UM FOGO NA CARNE

Conheça as obras da autora publicadas pela Galera Record

Série Sangue e Cinzas

De sangue e cinzas

Um reino de carne e fogo

A coroa de ossos dourados

A guerra das duas rainhas

Uma alma de cinzas e sangue

Série Carne e Fogo

Uma sombra na brasa

Uma luz na chama

Um fogo na carne

Série Despertar

Uma maldição de ruínas e fúria

JENNIFER L. ARMENTROUT

UM FOGO NA CARNE

Tradução
Adriana Fidalgo

2ª edição

Galera
RIO DE JANEIRO
2024

CAPA
Adaptada do design original
de Hang Lee

PREPARAÇÃO
Manoela Alves

REVISÃO
Fernanda Machtyngier
Laís Curvão
Paula Prata

DIAGRAMAÇÃO
Abreu's System

TÍTULO ORIGINAL
A Fire in the Flesh

CIP-BRASIL. CATALOGAÇÃO NA PUBLICAÇÃO
SINDICATO NACIONAL DOS EDITORES DE LIVROS, RJ

A76f

Armentrout, Jennifer L.
Um fogo na carne / Jennifer L. Armentrout ; tradução Adriana Fidalgo. – 2. ed. – Rio de Janeiro : Galera Record, 2024. (Carne e fogo ; 3)

Tradução de: A fire in the flesh
ISBN 978-65-5981-512-8

1. Ficção americana. I. Fidalgo, Adriana. II. Título. III. Série.

24-89024 CDD: 813
CDU: 82-3(73)

Gabriela Faray Ferreira Lopes – Bibliotecária – CRB-7/6643

Texto revisado segundo o Acordo Ortográfico da Língua Portuguesa de 1990.

Direitos exclusivos de publicação em língua portuguesa
somente para o Brasil adquiridos pela
EDITORA GALERA RECORD LTDA.
Rua Argentina, 120 – Rio de Janeiro, RJ – 20921-380 – Tel.: (21) 2585-2000,
que se reserva a propriedade literária desta tradução.

Impresso no Brasil

ISBN 978-65-5981-512-8

Seja um leitor preferencial Record.
Cadastre-se e receba informações sobre nossos
lançamentos e nossas promoções.

Atendimento e venda direta ao leitor:
sac@record.com.br

Dedicado a você, leitor.
Sim, você.

Guia de Pronúncia

Personagens

Aios – AYY-ohs
Andreia – ahn-DRAY-ah
Attes – AT-tayz
Aurelia – au-REL-ee-ah
Baines – baynz
Bele – bell
Daniil – da-NEEL
Diaval – dee-AH-vuhl
Dorcan – dohr-kan
Dyses – DEYE-seez
Ector – EHK-tohr
Ehthawn – EE-thawn
Elias – el-IGH-us
Embris – EM-bris
Erlina – Er-LEE-nah
Ernald – ER-nald
Eythos – EE-thos
Ezmeria – ez-MARE-ee-ah
Gemma – jeh-muh
Halayna – hah-LAY-nah
Hanan – HAY-nan
Iason – IGH-son

Ione – EYE-on
Jadis – JAY-dis
Kayleigh Balfour – KAY-lee BAL-fohr
Keella – KEE-lah
King Saegar – king SAY-gar
Kolis – KOH-lis
Kyn – kin
Lailah – LAY-lah
Lathan – LEY-THahN
Loimus – loy-moos
Madis – mad-is
Mahiil – ma-HEEL
Maia – MY-ah
Marisol Faber – MARE-i-sohl FAY-berr
Mycella – MY-sell-AH
Naberius – nah-BEHR-ee-us
Nektas – NEK-tas
Nyktos – NIK-toes
Odetta – oh-DET-ah
Orphine – OR-feen
Peinea – pain-ee-yah
Penellaphe – pen-NELL-uh-fee
Phanos – FAN-ohs
Polemus – pol-he-mus
Queen Calliphe – queen KAL-ih-fee
Reaver – REE-ver
Rhahar – RUH-har
Rhain – rain
Saion – SIGH-on
Sera – SEE-ra
Seraphena Mierel – SEE-rah-fee-nah MEER-ehl
Sotoria – soh-TOR-ee-ah
Taric – tay-rik

Tavius – TAY-vee-us
Thad – thad
Theon – thEE-awn
Veses – VES-eez

Lugares
Dalos – day-lohs
Hygeia – high-JEE-uh
Kithreia – kith-REE-ah
Lasania – lah-SAHN-ee-uh
Lotho – LOH-thoh
Massene – mah-SEE-nuh
Sirta – SIR-ta
Vathi – VAY-thee
Vita – VEE-tah

Termos
Arae – air-ree
benada – ben-NAH-dah
dakkai – DAY-kigh
graeca – gray-kah
imprimen – IM-prim-ehn
meeyah Liessa – MEE-yah LEE-sah
sekya – sek-yah
so'lis – SOH-lis
sparanea – SPARE-ah-nay-ah

Reproduzimos o guia de pronúncia original da autora, com exceção dos termos que receberam tradução para o português. (N. E.)

1

A dor latejante na garganta estava desaparecendo, e eu já não sentia as chamas incandescentes de agonia consumirem meu corpo.

Apesar do calor e da umidade de Dalos, a Cidade dos Deuses, eu estava gelada agora, mais gelada do que jamais havia me sentido. Pensei que talvez *eu* estivesse desfalecendo, já que minha visão parecia oscilar, intermitente. Tentei me concentrar nas portas abertas do cômodo circular onde tinha acordado depois do cerco das Terras Sombrias… enjaulada e acorrentada.

Pensei ter visto um grande lobo parado ali. Um lobo mais prateado do que branco.

Um lobo que eu soube, em meu coração e minha alma, que era ele: o Sombrio, Aquele que é Abençoado, o Guardião das Almas e o Primordial do Povo e dos Términos. O governante das Terras Sombrias.

Meu marido.

Nyktos.

Ash.

Ele jamais havia confirmado ser capaz de mudar de forma, mas eu sabia que era o meu Primordial da Morte. E, quando vi o lobo, achei que ele iria até mim. Que eu o veria e o tocaria uma última vez, que teria a chance de lhe dizer mais uma vez que o amava. Que teria a chance de lhe dizer adeus como gostaria que fosse.

Mas não o via na porta agora.

Ele não estava ali.

E se nunca tivesse estado?

Os braços ao meu redor se apertaram, fazendo meu coração disparar. Kolis, o falso Rei dos Deuses, ainda me segurava, provavelmente ainda chocado ao constatar quem estava em seus braços, de quem ele havia se alimentado.

— É você mesmo? — A voz de Kolis não passava de um sussurro. Lágrimas umedeciam minhas bochechas. Eram minhas? Dele? — Meu amor?

Estremeci. Deuses, Ash tinha se enganado quando dissera que eu podia sentir medo, mas jamais seria medrosa. Porque a mera voz de Kolis já causou uma avalanche de terror. Não importava que fosse apenas a alma de Sotoria dentro de mim. Que eu não era ela, e ela não era eu. Ele aterrorizava ambas.

Duas pernas vestidas em couro surgiram de repente em meu campo de visão. Ergui o olhar, percebendo as adagas de pedra das sombras embainhadas em seus quadris. O cabelo castanho-claro roçava a gola de uma túnica preta. Parado de frente para as portas estava o Primordial dos Tratados e da Guerra. O maldito traidor que me levara até Kolis teria visto Ash se ele houvesse estado ali, certo? Em sua forma de lobo, ele era enorme, maior do que qualquer lobo que eu já vira.

A menos que ele nunca tivesse aparecido e eu houvesse tido uma alucinação.

Senti um vazio no peito e... Ah, deuses, a onda de tristeza era um peso insuportável, ameaçando me esmagar.

— Vossa Majestade. — Attes se virou bruscamente em nossa direção. — Ela não está bem — observou ele. — Está morrendo. Com certeza é capaz de sentir.

— Você precisa pegar as brasas antes que ela morra — insistiu outra voz, que carregava uma melodia suave. O Espectro, Callum. Um dos *projetos em andamento* de Kolis. — Pegue-as...

— As brasas são a menor de suas preocupações — interrompeu Attes, falando diretamente com Kolis. — Ela está à beira da morte.

Não houve resposta do falso Rei. Ele só... Deuses, ele só me abraçava, o enorme corpo tremendo. Estava em choque? Se sim, aquilo me deu vontade de rir. O que significava que eu, provavelmente, também estava em choque.

— Se ela morrer com as brasas, estas também morrerão, assim como tudo pelo que vem trabalhando — insistiu Callum, atraindo minha atenção para ele. Parecia embaçado a princípio, mas depois entrou em foco. O Espectro era todo dourado: o cabelo, a pele e a elaborada máscara em forma de asas que pintava as laterais do rosto da testa até o queixo. — Tome-as, meu Rei. Tome-as e Ascenda como Primordial da Vida e...

— Ela estará perdida — interrompeu Attes. — Sua *graeca*, perdida para sempre.

Graeca.

Significava vida na antiga língua Primordial. Também significava amor. Mas imaginei que poderia haver um terceiro significado.

Obsessão.

Porque o que Kolis sentia por Sotoria não podia ser amor. O amor não criava monstros.

— Essa não é ela — sibilou Callum, estreitando os olhos por trás da máscara pintada. — Não dê ouvidos a ele, Vossa Majestade. Isto é um...

De súbito, Callum cambaleou para a frente, o sangue espirrando nas barras da jaula. Sua boca afrouxou enquanto ele olhava para o punho de pedra das sombras que se projetava do centro de seu peito.

Meu olhar disparou até Attes. Apenas uma adaga permanecia embainhada ao lado do corpo. Fora ele quem atirou a lâmina.

Por quê?

— Merda. — Trôpego, Callum caiu no chão dourado. Morto. Eu não achei que continuaria assim, mas não conseguia me lembrar do motivo naquele momento.

Não conseguia...

Senti um espasmo no peito. Sombras desceram sobre minha visão como um véu. O pânico gelado tomou conta de mim quando mergulhei na escuridão, os breves momentos de alívio se dissipando. Nenhum som. Nenhum cheiro. Nenhuma visão.

Eu não queria morrer.

Não agora.

Eu não...

Liessa...

Com um solavanco, fui arrancada da escuridão. Imagens do que vi cerzidas uma à outra: o divã dourado em que eu havia adormecido, a corrente conectada à faixa que mal sentia em volta do pescoço, as barras douradas da jaula que eu ocupava e a adaga de pedra das sombras que despontara do peito de Callum, agora no chão. O Espectro se levantava, colocava-se de pé. Por quanto tempo eu estivera inconsciente? Olhei através dele, para além do trono dourado, e ainda mais longe, para as portas abertas.

Vi o lobo outra vez, agora parcialmente escondido pelas folhas de palmeira balançando na brisa suave.

Minha mão direita — não, a gravação de casamento que apareceu durante minha coroação como Consorte de Ash — se aqueceu. O redemoinho dourado ao longo da parte superior e da palma formigava, e as brasas da vida em meu peito começaram a zumbir, vibrando descontroladamente. Uma série de arrepios se espalhou a partir da minha nuca.

Kolis continuava me embalando enquanto eu sentia o poder crescendo dentro de mim. Minha pele pinicava, e os pelos de meu corpo se arrepiaram.

Attes se virou para as portas.

— Ah, merda!

O lobo baixou a cabeça, seus olhos de um prateado luminoso. Uma enorme pata pressionava o piso de mármore rajado de dourado, o focinho se abrindo em um rosnado.

Uma névoa escura brotou de todos os cantos ao mesmo tempo. Sombras pendiam do teto do aposento, onde a luz do candelabro não alcançava, então começaram a pulsar e a se desprender do mármore e do calcário, escorregando pelas paredes para se espalhar pelo chão em ondas esfumaçadas. Minha respiração, já ofegante, ficou presa na garganta quando o lobo saltou no ar e naquela agitada nuvem de escuridão. Minúsculas estrelas explodiram ao seu redor, e meu peito se aqueceu...

As sombras rodopiantes junto às portas se expandiram e se alongaram. Arcos gêmeos e abrangentes de sombra e fumaça apareceram por trás da nuvem, e uma onda de choque varreu o aposento, abrindo caminho até o trono. O assento dourado estremeceu e depois se desfez em nada. A explosão de poder alcançou Attes, jogando-o de lado antes de erguer Callum, arremessando-o na jaula com um terrível estalar de ossos.

Várias fileiras de barras se *despedaçaram*. O teto do cômodo rachou e se estilhaçou, partido em dois. As sombras e a fumaça se solidificaram sob o luar brilhante que então se derramava pelo ambiente.

As paredes ao nosso redor explodiram, arremessando pedaços de pedra e deixando apenas alguns metros da estrutura de pé enquanto Ash se erguia ainda mais alto.

Por um breve momento eu o vi em sua forma mortal, os ângulos e os contornos de seu rosto firmes, talvez até um pouco cruéis, a pele marrom reluzente, o cabelo, castanho-avermelhado sob o luar, caído nas maçãs do rosto proeminentes. Captei apenas um vislumbre de seu maxilar forte e anguloso, da boca larga e dos lábios carnudos, que haviam tocado minha pele de maneiras tão obscenas.

Então ele assumiu sua verdadeira forma e pairou acima de onde o trono estivera, a carne se tornando um contínuo redemoinho de meia-noite e faixas finas e latejantes de éter. O aroma fresco e de frutas cítricas que era tão característico dele me alcançou, trazendo conforto.

Ash era aterrorizante, sua beleza cruel e de tirar o fôlego em ambas as formas que assumia. E ele era meu.

— *Kolis!* — rugiu Ash, a voz como uma tempestade reverberando pelo ar.

Sem aviso, uma explosão de luz riscou o céu noturno, atingindo o chão diante de Ash enquanto o calor queimava em meu peito. O túnel de luz brilhava com intensidade, ofuscando momentaneamente minha visão. Quando voltei a enxergar, vi...

Uma coroa de chifres de rubi brilhando ao luar.

Outro Primordial havia chegado.

Hanan, o Primordial da Caça e da Justiça Divina, com cabelo escuro e feições pálidas e angulosas, estava diante de Ash. Na mão direita, empunhava uma lança feita de algum tipo de material branco fosco que me lembrava osso.

— Vá embora, Nyktos. — A lança de Hanan começou a brilhar por dentro. — Antes que seja tarde demais — alertou. Mas ouvi o tremor em sua voz, o Primordial que enviou os Cimérios para reivindicar Bele em vez de ir pessoalmente até as Terras Sombrias. Eu ouvi o *medo*.

Hanan podia ser um Primordial, mas também era um covarde.

— Antes que seja tarde? — A voz de Ash ecoou, o poder de seu tom ressoando pelo que restava das paredes do aposento. — Já *é* tarde demais.

Luz branca emanou de Hanan enquanto ele se erguia no ar, inclinando o braço para trás. Éter crepitou de sua lança logo antes de arremessá-la. Prendi o fôlego...

Ash riu. Ele *riu* enquanto suas asas se abriam e se estendiam, uma massa violenta de sombras e luar. O poder faiscava dos dedos abertos da mão que ergueu, e um ofuscante raio de luz irrompeu de sua palma, atingindo a lança no ar. Um trovão soou assim que a luz irradiou em todas as direções.

E então Ash estava diante do Primordial, agarrando-o pela nuca. Ele havia se movido tão depressa que não percebi a sua outra mão até Hanan gritar, quando então vi Ash puxar o braço para trás. Uma pulsante massa sangrenta atingiu o chão.

Ash ergueu Hanan no ar e alguém gritou. Acho que pode ter sido Attes.

Parecendo alheio a tudo, Kolis enfim parou de se balançar e levantou a cabeça.

Ash agarrou o Primordial sob a mandíbula, rasgando...

Fiquei boquiaberta quando Ash arrancou a cabeça de Hanan de seus ombros.

Algo caiu e éter pulsava da mão de Ash.

As brasas Primordiais da vida zumbiam de modo ainda mais intenso em meu peito, enviando calor para minhas mãos. Eu sabia o que aquilo significava mesmo antes que a coroa tilintasse no piso dourado.

Ash tinha matado outro Primordial.

Era assim que se fazia? Arrancando o coração e destruindo a cabeça? Parecia um método grotesco e bárbaro.

E perturbadoramente sensual.

A coroa de chifres de rubi começou a vibrar quando ouvi um retumbar distante. Sob o diadema, o piso se abriu e a terra começou a tremer. Uma luz branca irrompeu do interior da coroa de rubi, sangrando até que não fosse mais possível discernir a galhada. O barulho continuou, vindo do céu e da terra, sacudindo até mesmo Kolis. Pedras rachavam em todas as direções. O chão fora das ruínas do aposento rangeu e depois se abriu. As palmeiras estremeceram e escorregaram para o lado, caindo na fissura.

A coroa de Hanan pulsou, em seguida desapareceu.

Um estrondo golpeou o ar, e eu sabia... ah, deuses, eu sabia que o som tinha viajado pelos confins de Dalos. Provavelmente atingiu todas as terras do Iliseu e além, estendendo-se até o plano mortal.

Mas eu também sabia que, em algum lugar das Terras Sombrias, um novo governante de Sirta havia surgido como a Deusa da Caça. Não porque Bele foi a única deusa da Corte de Hanan que Ascendeu — e pelas minhas mãos —, mas porque senti aquilo nas brasas da vida.

E eu sabia que Kolis também tinha sentido o mesmo.

A corrente conectada à faixa em volta de meu pescoço tilintou contra o piso quando Kolis me abaixou. Ele apoiou minha cabeça com a mão, um ato tão inquietante de ternura que chamou minha atenção. Com o coração descompassado, sustentei seu olhar. O ar gelado açoitava a jaula, os fios dourados do cabelo de Kolis chicoteando seu rosto enquanto ele deitava minha bochecha contra o azulejo dourado. Estremeci com a desconcertante gentileza de sua palma acariciando minha pele.

Um grunhido gutural e desumano sacudiu a jaula.

— Tire suas malditas mãos da minha esposa.

Kolis sorriu e minha pele congelou. Ele se levantou.

— Ah, Nyktos, meu garoto — disse ele, com sua voz veranil, olhando para onde a coroa de Hanan fora vista pela última vez, e, mais além, para onde Callum continuava deitado em uma poça de sangue, os dedos se contorcendo. — Vejo que andou escondendo o tamanho de seu poder. — Kolis encarou Ash. — Estou impressionado.

— Grande merda — rosnou Ash.

— Que grosseria — murmurou Kolis.

Eu precisava me levantar. Tinha de ajudar Ash e lutar ao seu lado. Kolis não era Hanan. Falso Primordial da Vida ou não, ele ainda era o mais antigo Primordial vivo. E era incrivelmente poderoso.

Eu precisava ajudar Ash.

Meus membros pareciam pesados, quase como se estivessem presos no chão. Lutei para girar de lado, e o simples ato me deixou ofegante.

Kolis suspirou alto, como se estivesse lidando com uma criança petulante.

— Porque somos uma família, vou lhe conceder a graça que seu pai nunca estendeu a mim. Uma chance de escapar.

Franzi a testa, e vários fios de cabelo claro caíram em meu rosto. Kolis simplesmente deixaria Ash partir depois de matar outro Primordial? Aquilo não fazia sentido.

Até que *fez*.

Kolis não podia matar Ash. Se o fizesse, as brasas Primordiais da morte seriam transferidas de volta para ele. Kolis não seria mais o Primordial da Vida ou o Rei.

Não *haveria* Rei algum.

Aquilo lançaria o plano dos deuses ao caos.

— Você vai retornar à sua Corte e, se Bele ainda estiver por lá — continuou Kolis —, vai aconselhá-la a se apresentar diante de mim e jurar lealdade.

Ao longe, prata iluminou o céu noturno por um instante: chamas ondulantes de éter. Então, na breve luz que se estendia ao longo do horizonte, vi dois seres alados gigantescos colidirem um contra o outro.

Dragontinos.

Ah, deuses, aquele era Nektas? Ou outro? Eu nem sabia se Orphine havia sobrevivido ao ataque dos dakkais. Eu a vira cair. Tinha testemunhado a queda de muitos.

Eu precisava me levantar.

— E você ordenará que quaisquer forças que o tenham apoiado se retirem e deixem as fronteiras de Dalos imediatamente. — No silêncio que se seguiu, um músculo da mandíbula de Kolis latejou. — Aceite essa oferta, Nyktos.

Com braços trêmulos pelo esforço, consegui me levantar um pouco, mas aquela tarefa normalmente fácil cobrou seu preço. Minha cabeça pendeu, o que chamou a atenção de Ash.

O éter em seus olhos estalou quando ele olhou para mim, para a pele mutilada do meu pescoço e a faixa abaixo da mordida de Kolis. Ele viu o traje dourado diáfano com o qual eu fora vestida, e pude sentir sua raiva. Caía como chuva gelada sobre minha pele. Queria lhe dizer que eu estava bem, mas minha língua parecia pesada demais para formular a mentira. Eu não tinha certeza se ficaria bem.

E acho que Ash percebeu.

Ele ergueu o peito e baixou a cabeça para Kolis.

— Vou matar você.

O falso Rei dos Deuses inclinou a cabeça para trás e riu.

— Agora você só está sendo tolo.

Ash se moveu tão depressa quanto uma flecha disparada, desembestado. Atravessou a abertura nas grades, as sombras rodopiantes ao seu redor se retraindo. O ar ficou totalmente estagnado e rarefeito pouco antes de Ash pousar no chão da jaula, a poucos metros de Kolis. Tentáculos de sombra chicoteavam das pernas usando couro. Seus olhos se transformaram em poças de éter.

— Nem pense nisso — advertiu Kolis, abaixando o queixo.

— Como eu disse antes — falou Ash, a estática crepitando a seu redor, dois raios de éter irromperam de suas mãos —, é tarde demais.

Kolis se moveu, tornando-se um mero borrão, porém, por mais rápido que fosse, nada era mais veloz do que poder Primordial liberto. Os raios de Ash atingiram Kolis com intensidade chocante, erguendo-o e o lançando para trás. Ele bateu nas grades. O ouro cedeu com o impacto.

Sombras rodopiavam pelo chão e sobre minhas pernas enquanto Ash girava, levando a mão à cintura. Vi o brilho da pedra das sombras quando ele desembainhou a espada e a arremessou.

A lâmina atingiu Kolis no peito. A força do golpe o fez recuar até que não tivesse mais para onde ir, e a espada atingiu a parede exterior, cravando-se profundamente e empalando o falso Rei.

Pelos deuses!

Um tropel de passos trovejou pelo chão em ruínas. Guardas em couraças e grevas douradas avançaram em direção à jaula, espadas de pedra das sombras em punho.

Ash virou a cabeça, olhando por cima do ombro para os recém-chegados.

Sombras, a própria essência dos Primordiais, emanaram de Ash em disparos por entre as barras da jaula. A névoa escura atingiu a armadura do grupo de guardas.

Gritos agudos e agonizantes rasgaram o espaço, guinchos que se calaram abruptamente.

Filamentos de noite se derramaram no ar ao meu redor enquanto Ash se ajoelhava ao meu lado, apenas um vislumbre das suas feições visível na escuridão rodopiante.

Apesar da secura e da dor, engoli em seco, forçando minhas cordas vocais e língua a funcionar.

— Isso... Isso foi... tão incrivelmente excitante!

Ash congelou por um instante, depois soltou uma risada rouca.

— Mantenha os olhos nos meus — disse ele, agarrando a faixa em volta do meu pescoço. — E não se mexa, *liessa.*

Liessa.

Algo belo.

Algo poderoso.

Rainha.

Meu coração... deuses, derreteu ao ouvi-lo pronunciar a palavra. Parecia uma coisa tão boba de se pensar, mas era verdade.

Aquele tempestuoso olhar prateado sustentou o meu. Ouvi o estalo do metal, e todo o meu corpo estremeceu. As correntes caíram ao chão, me fazendo tombar para a frente.

Sombras ondularam em meu peito e minha cintura enquanto os braços de Ash me envolviam, me amparando. A essência me cobriu como uma capa, mas não causou dor. Nunca tinha causado.

Ash me puxou para si. Sua mão, tão incrivelmente fria, mas também muito desejada, embalou minha cabeça. Ele me pressionou contra seu peito.

Ao inalar seu aroma de frutas cítricas e ar fresco, estremeci. Quando as presas de Kolis penetraram minha pele, acreditei de verdade que nunca mais veria Ash outra vez. Ouvir sua voz então? Estar em seus braços? Lágrimas inundaram meus olhos. Vivenciar aquilo era avassalador.

— Sinto muito — murmurou ele, tirando-nos rapidamente da jaula. — Lamento não ter chegado até você antes, mas estou com você agora, *liessa*, e não vou deixá-la. Jamais vou deixá-la de novo.

Seu pedido de desculpas partiu meu coração quando ele nos ergueu no ar. Aquilo era tudo culpa de Kolis e suas ações insensatas. Culpa de Eythos, pai de Ash, por colocar as brasas e a alma de Sotoria dentro de uma mortal sem jamais contar ao filho.

— Nada disso é…

Ash xingou, girando o corpo. Um tenso piscar de olhos se passou.

Algo quente e pesado atingiu as costas de Ash. Ele grunhiu, e o ar pareceu se estender e nos envolver com mãos invisíveis, nos puxando para baixo rapidamente. O medo se alojou na minha garganta.

O impacto foi estrondoso quando Ash caiu no chão, ainda de pé, pegando para si o impacto da aterrissagem. Ele cambaleou, caindo sobre um dos joelhos, mas ainda me manteve em seus braços. A essência sombria ao seu redor enfraqueceu, e vi a dor na tensão de sua mandíbula.

— Está tudo bem. — Ele rangeu os dentes, os olhos brilhantes e metálicos fixos nos meus. — Peguei você… — Sua cabeça foi jogada para trás.

Um grito rouco saiu de minha garganta quando os tendões de seu pescoço incharam. Ash resistiu, levantando-se mais uma vez. Ele não me soltou. Nunca o faria, exatamente como prometeu, apesar da agonia. Não importava o custo.

— Ash — sussurrei.

Ele arregalou os olhos e ficou imóvel por um instante.

— *Sera* — murmurou.

Então algo arrancou Ash de mim.

Meu coração deu um salto, o pânico me invadindo. Por um momento eu parecia suspensa no ar, e então caí no chão. Minha cabeça se chocou contra o azulejo, a explosão de dor surpreendente antes que o reino mergulhasse na escuridão.

No silêncio.

Na quietude.

O rugido selvagem e brutal da fúria de Ash me precipitou de volta à consciência. A lua. Eu vi a lua. Virei a cabeça.

Kolis avançou, saía sangue do largo corte irregular em seu peito. Éter tremeluzia do ferimento e se derramava de suas mãos, manchando o aposento.

Ash estava novamente de joelhos, mas agora tinha as mãos estendidas, protegendo-se das ondulações douradas da essência letal.

— Você realmente não devia ter feito aquilo — declarou Kolis, seguido por um pesado suspiro descontente, até um pouco decepcionado. — Agora, receio que tenha começado uma guerra.

2

Sombras impregnadas de éter sopraram de Ash, sufocando os raios de poder até que se extinguissem. Ele olhou para mim antes de se concentrar novamente em Kolis.

— No momento em que violou os costumes e a fé — vociferou Ash, erguendo-se em toda sua altura imponente —, *você* começou a guerra.

— Esqueceu seu lugar, sobrinho? Está na cara que sim. — Gavinhas de éter faiscaram na ponta dos dedos de Kolis enquanto o Espectro dourado aparecia atrás dele, mais uma vez vivo e de pé. — Porque eu sou o seu Rei.

— Você não é o meu Rei. — Relâmpagos dardejaram de Ash, atingindo o chão de ladrilho e Callum, lançando o Espectro para trás. O cheiro de carne carbonizada impregnou o ar. — Eu poderia mentir para agradá-lo, dizendo que sua autoridade de soberano terminou no momento em que a levou. Mas, na verdade, você jamais foi o meu Rei.

Avistando várias espadas de pedra das sombras caídas perto dos corpos retorcidos e mutilados dos guardas, ignorei a umidade na nuca e rolei de lado. Foi necessário ainda mais esforço do que antes.

— Palavras corajosas. — Kolis deu um passo à frente, e um raio de éter chicoteou em direção a Ash. — E surpreendentes. Mato seu pai, e você jura lealdade a mim. Pego sua Consorte, e você mata um de seus irmãos e me ataca. Por que isso, Nyktos? São as brasas da vida dentro da garota?

Revirei os olhos enquanto transferia meu peso para a palma das mãos abertas. Aquele tinha sido o plano de Ash, mas, depois que ele compreendeu o preço, tornou-se a última coisa que ele queria.

Porque pegar as brasas significava me matar, e ele havia *me* escolhido, mesmo que eu já estivesse morrendo e aquilo fosse tolice.

Mesmo assim, era lindo.

— É isso, não é? Você procurou extrair as brasas de sua Consorte e se tornar o Primordial da Vida — acusou Kolis, o éter de tom dourado faiscando da ponta dos dedos. — Você tentou esconder as brasas de mim. Esconder a mulher. Isso é traição.

— Traição? — Uma risada grave e sombria retumbou de Ash, um som que eu nunca ouvira dele. — Você matou minha mãe e o verdadeiro Primordial da Vida. — Sombras se espalhavam pelo chão abaixo de Ash, esvoaçantes como fumaça. — Você é uma maldita piada.

Kolis enrijeceu.

— Quer saber o que é uma piada? Você pensar que eu não fazia ideia do que vem tramando. Que eu me deixei iludir por suas falsas garantias e promessas, e não sabia que estava planejando me derrubar e tomar tudo o que é meu.

A fúria de Ash golpeou, fazendo com que a temperatura na sala despencasse quando comecei a rastejar lentamente em direção aos corpos.

— Nada disso é seu. Você roubou...

— De seu pai — interveio Kolis, o luar refletido na faixa dourada ao redor de seu bíceps. — E imagino que você acredite que a história se repetiu, mas estaria equivocado. As brasas da vida não lhe pertencem.

— *Ela* não pertence a *você*! — rugiu Ash.

O ar se tornou rarefeito mais uma vez. Parei, os braços trêmulos. Energia crua e violenta impregnava o aposento em ruínas, arrepiando minha pele.

— Acredita que ela pertence a *você* simplesmente porque a coroou sua Consorte? — A risada de Kolis me deixou com o coração apertado. Redemoinhos dourados de éter começaram a rodopiar em seu peito nu bem no ponto em que a ferida que Ash infligiu já havia cicatrizado. — Se ela é quem afirma ser, jamais foi sua para coroar.

Eu precisava me levantar e pegar uma espada. E precisava fazer isso depressa. Mas minha cabeça ainda girava e minhas pernas pareciam estranhas, como se estivessem desconectadas do corpo. Não pelo golpe na cabeça, embora aquilo não tivesse ajudado, mas pela perda de sangue. Eu havia sangrado demais. Podia sentir pelo modo como meu coração se esforçava para bombear o sangue restante em minhas veias, pela rapidez com que batia. E tinha a sensação, algum conhecimento instintivo que me dizia que, se eu não possuísse as brasas, já estaria inconsciente ou morta.

Ao me ajoelhar, achei curioso que o que inevitavelmente me mataria era o que também me mantinha viva.

Kolis deu um passo à frente, os lábios perfeitos demais curvados em um sorriso.

— Ela nunca foi sua, sobrinho. Sempre foi minha.

A fúria de Ash explodiu. A respiração que exalei formou uma nuvem densa enquanto a energia impregnava o espaço mais uma vez. Ash avançou na direção de Kolis, erguendo-se no ar.

Só o que vi foi o sorriso de escárnio de Kolis antes que finas brumas de éter jorrassem do falso Rei. Ele subiu, assumindo sua forma Primordial, criando um brilho ofuscante e que machucava a vista.

Ash e Kolis colidiram bem acima de mim, e foi como ver a noite e o sol colidirem. As sombras entremeadas de éter e a luz intensa raiada de dourado e prateado giravam em velocidade vertiginosa, mas o vento havia parado. As nuvens tinham cessado sua jornada através do céu. Todo... todo o restante ficara em silêncio e imóvel enquanto eu sentia um aperto no peito.

Estreitei os olhos, vislumbrando os dois Primordiais entre as sombras e a luz do dia. Cabelo dourado, depois mechas castanho-avermelhadas. Túnica preta, então calça de linho branco. Bracelete prateado e faixa dourada... um vislumbre de branco quando o braço se moveu. Punhos. Cabeças recuando.

Eles estavam trocando socos.

Então o turbilhão ao redor dos dois se aquietou, e o ar começou a vibrar e pulsar. As brasas em meu peito zumbiam...

Um raio de éter explodiu de Ash, atingindo Kolis e lançando os dois Primordiais para lados opostos. O falso Rei se recuperou e foi até Ash a uma velocidade atordoante. Um grito áspero e baixo escapou da minha garganta quando Kolis se chocou contra Ash. Éter cuspia e crepitava ao redor dos dois enquanto se erguiam.

Eles despencaram em um borrão. Com olhos arregalados, não consegui compreender o que acontecia até que um dos dois bateu no ladrilho, causando fissuras no mármore ao redor. Só percebi que Ash havia subjugado Kolis no chão quando vi a rodopiante névoa escura encobrindo o brilho cintilante.

Um tremor de alívio percorreu meu corpo quando a essência ao redor de Kolis esmaeceu o suficiente para eu ver Ash se endireitar. Ele passou por cima do tio, cuspindo um bocado de sangue cintilante no Primordial antes de se abaixar e agarrar Kolis pela cabeça...

O falso Rei disparou como uma lança, arremessando Ash para trás. Vento soprou, açoitando meu cabelo à frente. Relâmpagos riscavam o céu. Minha cabeça se voltou para o horizonte a oeste. Não vi sinal dos dragontinos.

Meu coração batia mais forte enquanto Ash e Kolis lutavam com socos e rajadas de energia Primordial, os corpos subindo e descendo muito rapidamente. Eu me virei para onde jaziam os guardas, e a distância entre nós parecia intransponível. Mas eu precisava pegar uma espada. Não tinha certeza do que faria quando a empunhasse, mas precisava fazer algo.

De repente, mãos pousaram em meus braços. Deixei escapar um grito assustado, e o instinto tomou conta de mim. Imediatamente tentei me libertar. Minha mente sabia o que fazer, fora treinada pelo melhor, mas meu corpo não respondia com a rapidez necessária. Eu me sentia lenta e desconjuntada e só parecia capaz de me debater como um verme moribundo.

— Pare — sibilou uma voz em meu ouvido, uma que reconheci.

Attes.

A raiva fervilhou quando tentei me desvencilhar com um safanão para a direita.

— Me solte, seu… traidor de merda.

O aperto de Attes se intensificou e ele me virou de lado, o que nos deixou cara a cara.

Dei uma boa olhada no Primordial. Ele não parecia bem. Sangue vermelho-azulado escorria de seus olhos, nariz, orelhas e cantos da boca. A cicatriz superficial que corria da linha do cabelo, cruzava a ponte do nariz e descia pela bochecha esquerda se destacava com nitidez.

Caramba. Aquela explosão de Ash realmente fizera um estrago e tanto.

— Ouça — disse ele, gritando por cima do vento.

— Vá se foder. — Eu me lancei para trás… ou *caí* para trás… e chutei. Meu pé resvalou em seu peito.

Attes parou, erguendo as sobrancelhas.

— Você realmente precisa poupar energia, Sera. E me escutar.

É, não vai rolar.

— Você nos traiu… — disparei, zonza. — Depois que ajudei Thad, você… traiu…

O chão tremeu quando Ash e Kolis aterrissaram em algum lugar à nossa direita, os corpos abrindo um fosso nos ladrilhos e atirando mármore em todas as direções.

Xingando, Attes se virou e me puxou em sua direção, afastando-nos da chuva de detritos. Estendi a mão, enterrando meus dedos em seu cabelo, e puxei com força. Eu sabia que era um golpe baixo, mas foi o melhor que consegui no momento.

Attes rosnou, mostrando os dentes. Presas. Ele balançou a cabeça, e eu senti uma onda intensa de satisfação quando vi fios do cabelo castanho-dourado entre meus dedos.

— Merda — grunhiu. — Pare…

Com os dedos em garras, mirei aquela maldita covinha.

— Sei o que fiz. — Ele pegou meu pulso, éter crepitando em seus olhos enquanto Ash e Kolis voltavam para o céu. — Não há tempo para discutir o assunto nem para você querer se vingar.

Abri a boca.

— Kolis vai matar Ash — disse Attes, nossos rostos a centímetros de distância. — Não de propósito nem por falta de vontade. É pelo que acontecerá se ele o fizer. — Algo molhado atingiu minha bochecha e depois meu braço. — Ash não é poderoso o suficiente para derrotar Kolis e seu dragontino, que vai aparecer assim que sentir que seu mestre está em perigo genuíno. Ash vai morrer.

Ofegante, olhei para o Primordial que entrara no escritório de Ash, aparentemente sem nenhuma preocupação. Aquele que havia flertado enquanto entregava a mensagem de Kolis e provocado enquanto perguntava sobre os movimentos das forças das Terras Sombrias em direção às fronteiras da Corte que ele compartilhava com o irmão, Kyn. Ash não confiara plenamente em Attes, mas algo tinha florescido entre os dois. Não uma amizade, mas talvez certa afinidade.

E ele havia armado para nós.

Attes possivelmente estivera ciente das ordens de Kolis para que eu massacrasse aquele pobre dragontino e provavelmente havia contado a ele que eu trouxe Thad de volta.

O ato que o falso Rei tinha esperado que eu concluísse, como se fosse a prova de que as brasas haviam amadurecido o suficiente para serem transferidas.

Algo respingou na mão que Attes mantinha entre nós. A gota era de um cintilante vermelho-azulado.

Sangue Primordial.

Prendi o fôlego, assustada.

— Eles precisam parar — insistiu Attes. — E a única pessoa que qualquer um dos dois vai ouvir é você.

Eu não tinha tanta certeza disso. Kolis não parecia o tipo que dava ouvidos a alguém. E Ash provavelmente já havia passado do ponto de escutar. Ele estava preso em um ciclone de fúria que vinha se acumulando havia *séculos*. Aquilo não era apenas sobre mim. Era sobre a mãe dele, que Kolis tinha massacrado com Ash ainda em seu ventre. Era sobre seu pai, a quem Kolis havia assassinado e cuja alma ele ainda possuía.

Era sobre todas as vidas tatuadas na pele de Ash que Kolis havia lhe tirado ou o forçado a tirar.

Mas Attes, desgraçado ou não, estava certo.

Kolis *iria* matar Ash.

E a morte de Kolis ou Ash destruiria não apenas o plano mortal, mas também o Iliseu e todos os Primordiais. Completamente. Eu não tinha certeza nem de que os dragontinos seriam capazes de sobreviver. Talvez apenas os Arae — os Destinos — permaneceriam.

Mas não me importava com nenhum deles. Apenas Ash importava para mim. Então eu precisava tentar. Mas como? Eles seguiam na mesma, trocando explosões de éter. O brilho que engolia Kolis havia desaparecido, fazendo com que não fosse mais doloroso encará-lo. As sombras escasseavam ao redor de Ash. Eu nem sabia o que planejava fazer se alcançasse uma das espadas.

Meu olhar foi até as adagas no quadril de Attes, e pensei... pensei que talvez soubesse como fazer Kolis parar.

Comecei a me erguer com pernas que pareciam a geleia que minha meia-irmã Ezra gostava de usar para rechear seus bolinhos.

— Me... ajude a ficar de pé — pedi, com as bochechas rubras de constrangimento, o que parecia muito idiota, considerando a situação. — Eu... eu não consigo me levantar.

Com as feições tensas, Attes hesitou. Era evidente que ele não confiava em mim. E não deveria. Porque, se eu sobrevivesse àquela noite, encontraria um modo de fazer coisas terríveis com o filho da puta.

Mas também porque menti... Bem, em parte. Podia ficar de pé, mas também sabia o esforço que seria necessário, e aquilo me destruiria. Eu estava fazendo o que Attes sugerira: poupando minha energia.

Em um piscar de olhos ele se aproximou e soltou meu pulso para me segurar pelos ombros. Ele ficou de pé, me levantando junto.

— Você está firme?

A verdade era que eu não conseguia sentir o chão sob meus pés.

— Sim.

— Ótimo. — O olhar de Attes procurou o meu, as feições contraídas em um esgar que parecia preocupação. Com certeza devia ser coisa da minha imaginação. — Então, qual é...?

Me movimentei o mais depressa possível, o que não foi nada rápido. Estava surpresa por ter conseguido agarrar o cabo de uma de suas adagas de pedra das sombras antes que ele pudesse me impedir. Eu apenas o pegara desprevenido.

— É sério isso?! — exclamou Attes, olhando para a adaga que tirei dele. — Não expliquei o suficiente?

— Fica calmo. — Respirei fundo e meu peito... Deuses, parecia esquisito. Como se estivesse solto. — Você não vale... o esforço.

Attes pareceu ter sido pego de surpresa. Ele não esperava aquela resposta.

Sentindo-me pesada, eu me virei para onde os dois Primordiais haviam pousado.

Suas mãos estavam no pescoço um do outro, éter disparando dos dedos.

Dei um passo à frente, gritando:

— Parem!

Nenhum dos dois ouviu, ou, se ouviram, me ignoraram. Suas veias estavam iluminadas por dentro, e, se não estivessem em processo de matar um ao outro, eu teria pensado que pareciam bizarramente belos.

E eu também sabia que talvez não houvesse sangue suficiente chegando ao meu cérebro.

O pânico me invadiu enquanto eu gritava repetidas vezes, sentindo-me cambalear. Attes, aquele maldito traidor, me firmou. Meu coração estava desacelerando, e eu suspeitava de que não fosse um bom sinal. Em especial porque a escuridão começava a espreitar os limites da minha visão. Não sabia como eu, uma mortal, poderia convencer dois Primordiais a...

Mas eu não era totalmente mortal.

Não mais.

As brasas da vida tinham mudado aquilo; as brasas da Essência Primordial.

A parte de trás de meu crânio formigava e minha mente disparou. O poder que as brasas poderiam manifestar estava ligado à minha vivência de uma emoção extrema, assim como um deus ou Primordial à medida que se aproximavam de sua Ascensão. Ash tentara fazer com que surgisse em mim intencionalmente. Não havia funcionado muito bem na ocasião.

Mas parecia esquisito. Enquanto eu estava parada ali, meu peito estranhamente relaxado, meio que desligada de mim mesma, de repente entendi por que as brasas não haviam ardido.

Eu tinha nascido com elas dentro de mim, mas jamais as havia considerado *parte* de mim. Eu era apenas um recipiente. Algo para escondê-las e armazená-las. Era o que Eythos, o pai de Ash, pretendia.

Mas não era mais o caso. As brasas faziam parte de mim. E, por enquanto, eram minhas.

Eu não tinha realmente entendido aquilo antes. Não havia acreditado até então.

Respirei mais fundo e mais devagar, procurando me concentrar na pulsação em meu peito. As brasas vibraram e então pulsaram quando invoquei o éter, alcançando-o.

— Bons Destinos — sussurrou Attes.

O que veio a seguir simplesmente aconteceu, quase como quando Rhain me contou sobre o acordo que Ash fizera com Veses. Exceto que, dessa vez, eu estava bem consciente do aflorar da essência. Eu a controlava. E, quando a usei, não pensei em como. Foi apenas instinto, antigo e primitivo.

A Essência Primordial se infiltrou em minhas veias, quente e suave, e, quando falei, senti o poder naquela palavra.

— *Parem.*

Não percebi o que havia feito, até que Ash e Kolis ficaram imóveis, os raios de éter se dissipando em pleno ar.

Eu tinha usado persuasão. Nos dois Primordiais mais poderosos ainda vivos.

— Bons Destinos — sussurrou Attes de novo com voz rouca, nitidamente chocado.

Ash e Kolis viraram a cabeça para mim.

Fiquei surpresa também. Não esperava aquilo, mas deixei meu espanto de lado, porque, embora tivesse sido capaz de fazê-lo, já podia sentir as brasas enfraquecendo. Sim, elas eram uma parte de mim, mas eu estava morrendo. Então *elas* estavam morrendo. Eu precisava agir depressa. Dei um passo à frente e fiz a única coisa em que consegui pensar.

Ash se importava demais comigo. Se fosse capaz, ele me amaria. Havia praticamente confessado isso depois de termos conversado com o Deus da Divinação, Delfai. Mas ele removera sua *kardia*, a parte da alma inerente a todos os seres vivos que lhes permitia amar, de forma incondicional e abnegada, alguém que não fosse do próprio sangue e lhes permitia fazer qualquer coisa por aquela pessoa. A deusa Penellaphe afirmou que devia ter sido incrivelmente doloroso para ele fazer aquilo. Para mim, parecia simplesmente trágico. Ele fizera aquilo na tentativa de se proteger do tio e quem quer que viesse a amar.

Kolis era um desgraçado perverso e doente, e eu não achava que o que sentia por Sotoria fosse amor. Era mais como uma obsessão. Mas ele ainda estava em posse de sua *kardia* e *acreditava* estar apaixonado por ela. Se aquilo fosse verdade, então ele faria qualquer coisa por Sotoria.

Alguém que ele acreditava ser eu.

Com o coração palpitando, levantei a adaga até o pescoço.

— Malditos Destinos — xingou Attes atrás de mim, a voz baixa. — Não era isso o que eu tinha em mente.

— Parem de lutar — repeti, ignorando o Primordial dos Tratados e da Guerra. — Façam isso por mim. Por favor.

Eu estava focada em Kolis, falando diretamente com ele, mas Ash reagiu primeiro.

As sombras escassas rodopiando ao redor e dentro dele desapareceram. Sangue vertia de seus lábios entreabertos e de seu nariz. O maxilar já estava inchando, a túnica queimada em alguns lugares, revelando a carne carbonizada por baixo. Mas foram seus olhos que fizeram meu coração bater mais forte dentro do peito. Arregalados e límpidos, os fios de éter imóveis.

Kolis demorou mais a responder, o brilho dourado desaparecendo apenas o suficiente para que suas feições se tornassem visíveis. Ele não parecia estar em melhor estado do que Ash. O peito também estava queimado e sangrento.

— Sera — disse Ash com voz rouca, braços meio erguidos. — O que você está fazendo?

Engoli em seco, um frio na barriga por causa da ansiedade, mas minha mão continuava firme.

— Parem de lutar, ou eu corto a minha garganta.

Kolis ficou boquiaberto.

— Você não vai fazer isso.

Pressionei a ponta da lâmina na pele até sentir uma pontada de dor. De repente, Ash — Deuses, parecia que ele não tinha controle sobre o próprio corpo — recuou um passo, trêmulo.

— Sim — assegurei, mantendo o olhar fixo em seus torsos. Eu não tinha certeza de que eles não iriam apelar à persuasão. Embora evitar o contato visual não os impedisse de fazer aquilo. Não completamente. — Eu vou. E se eu sequer *suspeitar* que um de vocês está prestes a usar de persuasão, é o que farei.

— Sera — repetiu Ash. — Abaixe a adaga. — Ele deu um passo à frente, parecendo se esquecer por completo de Kolis enquanto o peito chamuscado ofegava. — Por favor.

Respirei fundo, a mão trêmula.

— Eu vou… — Ofeguei, sentindo uma pontada aguda de dor na garganta quando alguém arrancou a adaga de meus dedos.

Ash gritou, e o medo em seu grito… Deuses, era palpável. De imediato, eu soube que havia cometido um erro grave.

Ah, deuses.

Eu subestimara o que eles fariam e o que não fariam. Tinha imaginado que poderia distrair Kolis. Que ele seria vulnerável ao seu amor, à sua obsessão por Sotoria.

Mas eu também havia distraído Ash.

A adaga que eu segurava no pescoço estava agora na mão de Kolis.

O falso Rei dos Deuses foi rápido demais. Ele se virou, cravando a adaga no peito de Ash.

Direto em seu coração.

3

O golpe que Kolis desferiu derrubou Ash, e fui dominada pelo horror.

A lâmina era apenas pedra das sombras. Deveria ter pouco efeito sobre um ser tão poderoso quanto um Primordial, mas os numerosos ferimentos que marcavam o corpo de Ash o tinham enfraquecido. Aquilo era evidente.

Ash se deteve, alcançando o cabo da lâmina enquanto cambaleava para a frente, os olhos arregalados fixos em mim e no calor úmido que eu podia sentir escorrendo pelo pescoço. Ele despencou… Ah, deuses. Ash caiu de joelhos.

— Fuja — engasgou, tombando para a frente sobre uma das mãos.

Um som agudo e aterrorizante explodiu em meus ouvidos. Foi um grito. *Meu* grito. As brasas se agitaram, reunindo-se brevemente antes de se aquietar. A pressão crescia em meu peito e cabeça, rapidamente se tornando um peso insuportável. Apressei-me em direção a Ash, mas não consegui. Minhas pernas vacilaram e bati no chão rachado. Pontinhos de luz pipocaram em minha visão.

Com um rosnado, Kolis agarrou um punhado do cabelo de Ash, puxando-o para trás. A adaga ainda estava em seu peito, em seu coração.

— Eu lhe concedi clemência.

— Pare — ofeguei, os dedos pressionando o ladrilho enquanto rastejava para a frente, de bruços.

Kolis rolou Ash de costas.

— E você a cuspiu na minha cara.

Com braços e pernas trêmulos, eu me ajoelhei.

— Por favor! — Eu me forcei a implorar, sangue pingando no chão sob mim. — Pare... — Minha garganta se fechou, me calando.

— Você, entre todas as pessoas, já deveria saber. — Kolis ergueu a perna e então fincou o pé no punho da adaga.

Todo o corpo de Ash estremeceu.

A mão de Attes cobriu minha boca, silenciando mais um grito meu.

— Ouça — sibilou ele em meu ouvido. — Ash ainda está vivo. A lâmina de pedra das sombras não vai matá-lo. Ele está apenas enfraquecido pela batalha com Kolis. Mas se continuar gritando, Kolis *vai* matá-lo.

Kolis bateu o pé na adaga mais uma vez, e senti o golpe. Podia jurar que o senti em meu peito. Todo o meu corpo estremeceu.

Tudo parecia se agitar e girar. O cômodo. As palavras de Attes. O que eu via. Tentei me desvencilhar do Primordial dos Tratados e da Guerra, precisando desesperadamente chegar até Ash. Kolis estava... Ah, deuses, ele puxou a lâmina e a enfiou novamente no peito de Ash. Um espasmo me perpassou, rápido e agudo. Fiquei aturdida e fraca. Inerte.

Attes praguejou baixinho enquanto me virava em seus braços.

— Sera? — Gavinhas brilhantes de éter chicoteavam em seus olhos. — Sera?

Minha boca estava aberta, mas apenas um minúsculo sopro de ar entrava, e ouvi um baque terrível, um som úmido. Lutei para respirar, para virar a cabeça em direção a Ash.

Tudo o que vi foi o braço de Kolis subir e descer. Para cima. Para baixo. Para cima. Para baixo. Uma adaga manchada de sangue refletia o luar.

Gritei. Eu sabia que o fizera, mesmo que não houvesse nenhum som. Eu gritei e gritei, ainda trêmula.

— Droga. — Attes ergueu a cabeça. — Kolis! Ela precisa da sua ajuda — gritou, a pele mais fina. — Merda, Kolis, me escute. Sotoria está morrendo.

Baque. Baque. Baque.

— Se deixar isso acontecer, você a perderá. Está me ouvindo? — Attes fechou os olhos com força, e pensei ter flagrado um vislumbre de pânico em sua feição. Mas eu não tinha certeza do que via. Meus olhos não conseguiam focar. — Você vai perder sua *graeca*.

As batidas horríveis cessaram.

— Não — crocitou Kolis. — *Não*.

O leve aroma de baunilha e lilases — lilases *podres* — me envolveu, e então Attes já não me segurava mais.

Kolis me tinha nos braços. Ele me ergueu enquanto se levantava, minha cabeça pendendo.

— Coloque-o nas celas — ordenou. — Lidarei com meu sobrinho quando voltar.

Se algo mais foi dito, eu não fazia ideia. Uma rajada de vento rodopiou ao nosso redor, e eu estava vagamente ciente da brisa quente da noite em minha pele.

Lutei para abrir os olhos, mas eles não respondiam mais aos meus comandos. A escuridão me estrangulava, sufocante. Minha respiração vinha em suspiros ofegantes, e senti o coração disparar antes de vacilar. Tempo. O tempo acelerou e desacelerou, deixando-me existir naqueles intervalos muito longos entre as batidas de meu coração e o rugido incessante do vento.

Eu não queria morrer.

Não desse jeito.

Não sozinha na escuridão com aquele monstro.

Eu queria estar com Ash, em seus braços e no meu lago, como ele havia prometido que aconteceria quando minha hora chegasse.

Aquilo não estava certo.

Não é justo, jurei ter ouvido o sussurro de Sotoria, seus pensamentos misturados aos meus por um instante.

As brasas da vida vibravam descontroladamente. O pânico surgiu como um animal selvagem enjaulado, desesperado para se libertar, mas não havia como escapar.

A morte sempre fora inevitável.

Senti que tínhamos parado de nos mover, parado de caminhar nas sombras. Uma palma pressionou o centro de meu peito, minha respiração e meu coração travando enquanto uma estranha sensação de formigamento tomava conta de mim.

Então não havia mais nada.

*

Ash.

Essa foi a primeira coisa em que pensei quando recobrei a consciência. A batalha entre Ash e Kolis, a lâmina o atingindo, movendo-se para cima e para baixo, para cima e para baixo, apunhalando seu corpo.

Meus olhos se abriram, arregalados. O céu acima estava repleto de luz das estrelas, e sorvi o ar úmido e salgado em respirações tênues que pouco faziam para aliviar a constrição em meu peito. O zumbido em meus ouvidos retrocedeu, e ouvi vozes de todas as direções. Sussurros nos seguiam quando captei a vaga impressão de pessoas caindo de joelhos e vislumbrei luzes cintilantes dentro de edifícios de arenito e estruturas maiores a distância. Mas eu não tinha certeza. Tudo o que sabia era que ainda estava sendo carregada enquanto lutava para respirar.

Ash.

Eu não sabia onde ele estava nem para onde havia sido levado. Tinha uma vaga lembrança de ouvir a referência a uma cela. E, antes daquilo, um baque molhado, o brilho de uma adaga escorregadia de sangue.

Ah, deuses.

Os cantos da minha visão ficaram brancos. Eu tinha a sensação de que não conseguia respirar...

— Acalme-se — ordenou uma voz cheia de um amargor cálido e um sol frio acima de mim.

Sobressaltada, meu olhar se voltou para olhos prateados com manchas douradas. O foco da atenção de Kolis mudou, e turbilhões cintilantes e redemoinhos se agitaram sob a carne de suas bochechas. Um arrepio percorreu meu corpo.

— Você viverá — afirmou Kolis, baixando o olhar para mim. — Contanto que seja quem afirma ser.

Nada naquelas palavras tornou mais fácil respirar. A cada segundo que passava, eu sentia como se meus pulmões encolhessem. Meu coração não pulsava mais de modo apático. Ele palpitava, destoante. Estática branca invadia os cantos de minha visão enquanto eu lutava para me lembrar do que Holland havia me ensinado, do que Ash me mostrara. Inspire. Prenda...

O chão se moveu sob nós, transformando-se em areia. Os passos de Kolis desaceleraram, seu toque mudou. Um som rítmico chegou até mim, o suave movimento das ondas de encontro à costa. Minha cabeça deslizou, minha bochecha prendendo na faixa dourada em torno de seu bíceps. Por um momento, quando olhei para o luar ondulante refletido no vasto mar em tons de meia-noite, esqueci que estava sufocando.

Kolis tinha parado à beira da areia branco-pérola, mas não havia nenhuma inclinação gradual até a água, como acontecia nas praias do Mar de Stroud. Aquela era uma queda acentuada sem fundo visível, mas algo na água se movia.

Nadavam em círculos, por cima e por baixo umas das outras. Dezenas, talvez até mesmo centenas. Seus braços poderosos e corpos nus e elegantes eram metade carne e metade escamas, criando correntes ferozes sob a superfície. As caudas daquelas mais próximas de mim brilhavam radiantes ao luar... azuis vívidos e brilhantes, cor-de-rosa intensos, verdes profundos e listras de amarelo brilhante.

Meus deuses, com certeza eram sirenas.

— Phanos! — rugiu Kolis.

Estremeci quando a onda de choque de seu grito atingiu a água, espantando as sirenas para as partes mais profundas do mar. Sua fuga frenética agitou as águas tranquilas. Ondas pequenas e com cristas brancas passavam pela superfície, e uma forma apareceu em meio às sirenas.

Todo o seu corpo se movia em um movimento ondulante, impulsionado pelo balançar rápido da enorme barbatana na ponta da cauda. Mais depressa do que as outras criaturas, ele nadou em direção à superfície.

Ao se aproximar, um raio de prata irrompeu de sua mão, formando um longa lança que se dividia em três pontas em uma das extremidades. Um tridente.

Feito de éter.

Phanos, o Primordial dos Céus e dos Mares, irrompeu das águas em um jato, o tridente cuspindo faíscas de âmbar contra a pele negra dos ombros e tórax largos. Sob a cauda ondulante que o mantinha no lugar, as sirenas se acalmaram o suficiente para eu ver outras menores mais abaixo. Crianças que ainda disparavam de um lado para o outro, emergindo brevemente antes de desaparecer por trás das caudas das sirenas mais velhas.

Phanos voltou o olhar para Kolis, então para mim. À luz brilhante da lua, as belas feições ficaram tensas. Ele inclinou a cabeça.

— Vossa Majestade.

Kolis se ajoelhou. Minhas panturrilhas deslizaram sobre a areia quente e áspera. Ele não me soltou, apenas amparou a metade superior de meu corpo ereta contra seu peito.

— Preciso de sua ajuda. Ela perdeu muito sangue.

Phanos me encarou, o olhar fixo em meu pescoço.

— Corrija-me se estiver errado, mas essa não é a Consorte de Nyktos?

— Sim — suspirei. Ou *pensei* ter falado. Não tinha certeza. Minha língua parecia pesada e inútil.

— Isso é irrelevante — respondeu Kolis.

— Talvez para você. Mas senti a perda de um de nossos irmãos e a chegada ao poder de uma nova… irmã. Todos nós sentimos. — O olhar de Phanos passou por nós, e ouvi o recuar de passos. Seus olhos se voltaram para mim. — É por causa dela?

— Você faz muitas perguntas — rosnou Kolis, a voz suave agora áspera. — E tenho pouquíssima paciência para respondê-las.

— Peço desculpas, meu Rei. — Phanos curvou ligeiramente a cabeça. — Mas não quero problemas com Nyktos.

— No momento, meu sobrinho não representa ameaça para ninguém — disse Kolis, e meu coração pareceu encolher até que nada restasse dele. — No entanto, até você deveria estar mais preocupado em incitar minha ira do que a de Nyktos — alertou Kolis, o tom carregado de amargura fria, enquanto exsudava éter dourado. Estremeci quando a essência deslizou inofensivamente em minha pele antes de cair na areia. — Ou preciso lembrá-lo?

Phanos observou os tentáculos de éter conforme paravam quase na linha da água, onde se levantaram e se enrolaram como víboras preparadas para o bote. Estremeci ao vê-los, sem ter ideia do que aconteceria se o éter chegasse à água. Independentemente do que fosse, tive a sensação de que seria terrível.

As narinas de Phanos se dilataram, e então o tridente ruiu e desapareceu de sua mão.

— Não, não precisa.

— Ótimo. — A voz de Kolis soou calorosa mais uma vez. Gentil até. O modo como ele mudava de humor tão depressa era irritante. — Ela não pode morrer. Preciso que se certifique de que isso não aconteça.

A confusão me invadiu. Com a perda de sangue somada à preocupação com Ash, meu cérebro confuso estava tendo dificuldade para processar tudo, e muitas coisas pareciam um borrão. Mas, mesmo naquele estado, eu não tinha ideia de como Phanos poderia ajudar.

— Se não deseja que ela morra, não pode fazer o que fez aos outros? — questionou Phanos. — Faça dela um de seus Espectros. Ela é uma semideusa, certo? Não deve ser um problema, não é?

Mas eu não era uma semideusa, a filha de um mortal e de um deus. No entanto, era a *impressão* que eu passava a deuses e Primordiais, por causa das brasas. De todo modo, Phanos evidentemente sabia sobre os Espectros. Talvez todos os Primordiais, exceto Ash, soubessem. Mas Phanos não sabia sobre as brasas.

Eu não sabia ao certo o que fazer com a informação. Havia algo a ganhar? Mas eu sequer havia cogitado a hipótese de Kolis me transformar no que quer que fossem os Espectros. Ele podia fazer algo assim? O que aquilo…?

— Não passa de morte renascida — argumentou Kolis, a cordialidade se esvaindo. — E não posso arriscar que sua alma seja roubada no processo de renascimento.

Duas coisas aconteceram ao mesmo tempo. Primeiro, percebi que um Espectro tinha de morrer para se tornar um. E a segunda coisa? Phanos se deu conta do motivo exato da presença de Kolis ali.

— É ela? — sussurrou ele. — Sua *graeca*?

Uma explosão de raiva incendiou minhas entranhas, substituindo temporariamente a frieza que parecia ter invadido cada célula do meu corpo. Palavras ardiam em minha língua, e eu só não queria que deixassem meus lábios. Eu não era sua *graeca*. Nem Sotoria. Não pertencíamos a ele. Desejei que minha boca se movesse, assim como fez antes, quando gritei com Ash e Kolis, mas as brasas crepitaram debilmente, e tudo o que consegui foi um som de choramingo.

— Ela... Acredito que sim. — Os dedos de Kolis pressionavam a carne de meu braço e de meu quadril. — Estou mantendo sua alma no corpo. Não tenho certeza... — Ele hesitou, o peso de suas palavras como uma admissão sussurrada. — Não sei ao certo por quanto tempo mais conseguirei fazê-lo.

Pensei no formigamento que havia sentido quando ele colocou a mão em meu peito. Foi isso? Quando ele agarrou minha alma... *nossas* almas?

Fui tomada pelo choque. Saion não tinha acreditado que Kolis ainda possuísse poder suficiente para invocar uma alma como Ash. Aquilo significava que ainda havia algumas brasas da vida nele? Ou era um subproduto das verdadeiras brasas da morte? Eu não tinha certeza, mas explica por que eu ainda estava viva... Bem, por pouco.

— Você sabe o que me pede — comentou Phanos baixinho, o vento chicoteando através da água e jogando as pontas de meu cabelo sobre a areia.

— Não estou pedindo.

Pequenos arrepios de desconforto eriçaram minha pele quando Phanos inclinou a cabeça para o lado. Um músculo em sua mandíbula latejou. Então ele deslizou sob a água. Mais ou menos um segundo depois, as sirenas ficaram imóveis. As menores, as crianças, nadavam cada vez mais fundo, desaparecendo de vista.

Phanos ressurgiu a menos de um passo da areia. Água escorria sobre a pele lisa de sua cabeça, descendo pelo peito. Sem dizer uma palavra, ele estendeu os braços para nós.

Kolis hesitou, a princípio sem se mover, e então me levantou uma vez mais.

— Se ela morrer, destruirei toda a sua Corte — jurou ele, entregando--me ao Primordial que não tinha se aproximado nem de Ash nem de mim durante minha coroação.

Mais uma vez, o pânico me invadiu quando Phanos me pegou em seus braços e as brasas arderam brevemente. Meu coração martelava contra as costelas, mas pensei ter sentido o peito de Phanos subir bruscamente contra o meu. Água quente e efervescente lambia minhas pernas, e então tudo abaixo de meu torso estava submerso. Minhas respirações fracas findaram. Adorava estar no meu lago, no plano mortal, e gostava de brincar na piscina de Ash, mas eu não sabia nadar. E era... era para o mar que um Primordial estava me levando.

— Certa vez Nyktos pegou o que me pertencia.

Meus olhos arregalados e olhar assustado dispararam do céu estrelado para Phanos. Ele estava falando sobre Saion e Rhahar.

— Eu deveria apreciar ver algo ser tomado dele. — Com a voz leve como uma pluma, era difícil ouvi-lo por cima da água borbulhante. — Mas não vejo alegria nisso. — Fios de éter prateado surgiram em seus olhos. — Posso sentir seu pânico. Não há necessidade. De que adiantaria machucá-la quando você já está morrendo?

Como estar naquele plano e ouvir aquela declaração deveria soar remotamente reconfortante?

Um canto dos lábios de Phanos se curvou.

Pensando bem, não acreditava que ele tivera a intenção de soar tranquilizador.

— Você está nas águas do Arquipélago de Tritão, perto da costa de Hygeia — continuou Phanos. — Sabe o que significa? É evidente que não. A maioria dos outros Primordiais nem sequer desconfia, inclusive Nyktos. — Phanos se afastou ainda mais. — Eu me pergunto se já a teria trazido aqui, se ele soubesse.

Eu realmente não estava entendendo a maior parte do que ele dizia. Só conseguia pensar na profundidade da água.

— A água é a fonte de toda vida e cura. Sem ela, mesmo o Primordial da Vida não teria poder… se tal energia pudesse ser possuída. — Um sorriso irônico e sem humor surgiu em seu rosto. — Quem nasce aqui, as sirenas, carrega a fonte dentro de si. É um dom que cura, assim como a água.

Seus olhos encontraram os meus, e ouvi… um canto… acordes suaves em uma língua desconhecida. O éter parou de girar nos olhos de Phanos, e pensei que talvez tivesse visto uma sombra de tristeza neles, mas com certeza havia sido fruto da minha imaginação. Aquele era o mesmo Primordial que tinha inundado o Reino de Phythe porque fora insultado.

— Para a maioria em seu… estado, a água proporcionaria uma cura. Mas para você? Você não é nenhuma semideusa, Consorte. Eu as senti no momento em que nossas peles se encontraram. — Phanos abaixou a cabeça e sussurrou: — As brasas do poder Primordial. Fortes. Fortes demais para qualquer mortal, e é o que você é. — O dorso de seu nariz roçou o meu. — Ou *era*.

A sufocante sensação de desamparo aumentou, me fazendo estremecer. Eu não tinha a menor ideia do que ele faria. Qualquer Primordial podia tentar tomar as brasas, assim como Kolis fez com Eythos, e o que eu poderia fazer para impedir? Nada. Meus dedos, só o que eu conseguia mover, crisparam-se em punhos. Não estava acostumada a ser incapaz de me defender. O sentimento me fez querer arrancar minha pele. O chicote da fúria me açoitou, colidindo com meu pânico, até que o desespero me asfixiou.

— Você tem brasas da vida dentro de si, o que significa que Eythos desferiu o derradeiro, e talvez vencedor, golpe no irmão, não foi? — Phanos olhou para a costa, os fios de éter em seus olhos queimando tão brilhantes quanto a lua. Uma risada baixa escapou dele. — Ah, você sempre foi o ponto fraco dele, não é? Eu mesmo poderia tomar essas brasas.

Eu o encarei, perguntando-me se seria melhor se Phanos simplesmente o fizesse. Embora, levando em conta como ele havia inundado um reino no plano mortal por causa do cancelamento de uma tradição destinada a honrá-lo, provavelmente não seria melhor.

— Mas, então, eu estaria lutando contra Kolis e Nyktos, este último provavelmente tão descontente quanto o primeiro, pelo menos com base no que vi em sua coroação. Não sou tolo. — Ele nos virou na água de modo que ficássemos de costas para a praia. Sua testa úmida roçou a minha. — O que realmente a aflige é mais profundo que a perda de sangue e não pode ser contornado, Consorte. Pode apenas ser adiado, não importa o quão alto seja o preço ou quantas vezes seja pago.

Quão alto seja o preço? O quê…?

— Quando tudo isso acabar e você ainda estiver respirando? — O dorso de seu nariz roçou o meu novamente. — Lembre-se das dádivas concedidas a você esta noite.

Antes que eu conseguisse processar o que ele havia dito, água se agitou sobre nossas cabeças e mergulhamos abaixo da superfície. A boca de Phanos se fechou sobre a minha, fazendo com que todo o meu corpo ficasse rígido com o contato. Ele não me beijou. Ele soprou em minha boca, as saias de meu vestido flutuando ao meu redor e meus braços as imitando quando afundamos. O hálito de Phanos era frio, fresco e poderoso, como engolir o vento.

Seus braços relaxaram ao meu redor, e eu me libertei de seu abraço. Meu olhar arregalado disparou através da água turva, e continuei afundando até…

Mãos agarraram meus tornozelos, me arrastando para baixo. Minha boca se abriu em um grito que fez bolhas gorgolejarem para a superfície da água. Dedos pressionaram minha cintura, me virando. Subitamente uma mulher estava diante de mim, o longo cabelo escuro emaranhado com os fios de meu cabelo, muito mais claros. Ela se inclinou, as escamas da cauda ásperas contra a pele de minhas pernas. Seus olhos eram da cor do Mar de Stroud ao meio-dia, durante o verão, um tom deslumbrante como vidro marinho. Seu peito nu pressionou o meu enquanto ela agarrava minhas bochechas. Como Phanos, ela colocou a boca sobre a minha e soltou o ar. O hálito era fresco e doce, derramando-se em minha garganta.

A sirena se soltou e flutuou para longe de mim, fechando os olhos, e nosso cabelo se separou, mas ela não afundou. Ela se *ergueu*.

Uma mão em meu ombro me virou novamente. Um homem com os mesmos olhos azul-esverdeados e pele rosada segurou minhas bochechas, colando a boca na minha enquanto o luar brilhante nos inundava. Ele também soprou aquele ar frio, doce e fresco em mim, preenchendo meus pulmões. Suas mãos deslizaram para longe como as da primeira sirena, e então outra criatura me pegou, aquela com cabelo quase tão claro quanto o meu. Seus lábios encontraram os meus e seu hálito me preencheu, nós duas vagando da luz da lua para as sombras. Ela flutuou para longe enquanto sirenas se aproximavam, uma após a outra. Havia tantas, e cada vez menos luz chegava até nós. Eu não conseguia mais acompanhar quantas criaturas colaram seus lábios nos meus e me passaram ar, mas, a cada respiração, eu me sentia diferente. A frieza dentro de mim desapareceu, e o aperto em meu peito e garganta diminuiu. Meu coração disparou, então começou a bombear com firmeza. Minha pulsação desacelerou, e aquele som enfim me alcançou. Olhei em volta e vi as sirenas nas sombras da água escura. Eram elas. Estavam cantando como aquelas em terra haviam feito. Eu não conseguia entender as palavras, mas a melodia parecia assustadoramente bela. A parte de trás de meus olhos ardeu.

As mãos suaves de uma sirena seguraram minhas bochechas, desviando minha cabeça daquelas que cantavam e em direção a ela. Não parecia muito mais velha do que eu. Seus lábios tingidos de azul se abriram em um sorriso enquanto a cauda subia e descia, impulsionando-nos para cima, em direção ao luar agora rajado. Lágrimas. Eu podia vê-las, mesmo na água. Escorriam pelas bochechas, e fechei os olhos para conter o que senti ao vê-las. A vontade de pedir desculpas me atingiu com força, embora eu não soubesse pelo que estava me desculpando. Mas suas lágrimas, seu sorriso e o canto das sirenas...

Ela fechou a boca sobre a minha e soltou o ar, sua respiração enchendo meu peito. As brasas da vida zumbiram fortes e vibrantes, como se despertadas. Ocorreu-me então que não era o hálito que as sirenas sopraram em mim.

Era seu éter.

Chegamos à superfície, e meus olhos se arregalaram.

Mãos diferentes me pegaram pelos ombros, aquelas que eu sabia pertencerem a Kolis. Ele me tirou da água. Espuma do mar escorria de meus membros e pingava da bainha de meu vestido e de meu cabelo, caindo em meus olhos enquanto ele me arrastava até a praia.

Eu me inclinei para a frente, piscando a fim de tirar a água dos olhos, e plantei as mãos na areia quente, áspera e branca. Minha cabeça não parecia mais cheia de teias de aranha. Minha mente estava lúcida e já acelerada, preparando meus músculos para lutar ou correr. Comecei a me desvencilhar do aperto de Kolis quando minha visão se tornou nítida.

Congelei.

Fiquei completamente imóvel enquanto olhava para a superfície da água. Não vi Phanos em lugar algum, mas o que vi fez meus lábios dormentes se abrirem, horrorizada.

Corpos flutuavam, alguns de costas, outros de bruços. Dezenas apenas... boiando nas águas agora calmas. Meu olhar saltou sobre escamas, não mais vibrantes e vívidas, mas opacas e desbotadas.

De repente, compreendi o canto triste que já não preenchia o ar. O sorriso da última sirena. Suas lágrimas. A tristeza que vira nos olhos de Phanos. *Aquele* era o preço de que mencionara.

As sirenas me deram vida.

À custa das delas.

4

Olhei para os corpos oscilando suavemente na água banhada pela luz do luar tão chocada com o que as sirenas haviam sacrificado que eu parecia entorpecida, mortificada, a ponto de me sentir extremamente vazia.

Por que fizeram aquilo?

Mas não tiveram escolha, tiveram? Kolis havia exigido a ajuda de Phanos, e foi assim que o Primordial do Céu, do Mar, da Terra e do Vento ajudou.

Você sabe o que me pede.

Kolis sabia.

Mas eu não.

Se eu soubesse, teria feito tudo ao meu alcance para evitar a perda desnecessária de vidas. Porque *era* desnecessária. O próprio Phanos dissera. O motivo pelo qual as sirenas haviam sacrificado a vida era apenas temporário. Eu ainda morreria. Mas, mesmo que não morresse, eu não concordava com aquilo.

— Por quê? — sussurrei ao vento, a voz rouca.

— Porque não vou permitir que você morra — respondeu Kolis, quase repetindo o que Ash dissera, mas…

Quando dito por Ash, sempre soava como um juramento trágico, nascido do desespero, da teimosia e do desejo… muito desejo. Um tremor começou em minhas mãos e se espalhou pelo corpo. As palavras de Kolis soaram como uma ameaça e beiravam a obsessão.

Meu olhar passou pelas sirenas sem vida. Jamais quis que qualquer um perdesse a vida por minha causa. Como aqueles que morreram durante o cerco das Terras Sombrias.

Como Ector.

A imagem do deus surgiu em minha mente, ocultando por um instante o horror diante de mim. Não foi como o vira na estaca quando Ash e eu voltamos do plano mortal. Embora tivesse sido ruim, eu preferia aquilo ao modo como o vira pela última vez, quando ele não era nada mais do que talhos vermelhos e sangrentos. Ector não merecera aquilo. Nem Aios que, pelo menos, eu conseguira trazer de volta. Mas ela havia desejado aquilo? Na ocasião, eu não fazia ideia de quanto tempo ela passara morta. Eu a teria arrancado da paz? E aquele ato tivera um efeito cascata... acabando com quantas vidas mais? O éter que eu havia usado para restaurar a vida de Aios atraiu os dakkais e os fez atacar aqueles que lutavam no pátio.

Agora, dezenas de sirenas tinham morrido — sido *assassinadas* — por minha causa. E para quê? Aquilo não impediria a Ascensão. Foi apenas um adiamento.

Em vez de avançar a passos largos em direção ao meu fim, eu agora me arrastava até meu destino. Mas ainda o encontraria. Não havia como impedir. Assim como não havia como mudar o que fora feito a Ector. Ou às sirenas e a inúmeros outros.

— Não quero que ninguém morra por mim — consegui falar.

— Você não tem escolha — afirmou Kolis. — E, se é quem diz ser, já deveria saber.

Estremeci com a verdade doentia daquelas palavras. Sotoria jamais havia tido escolha desde o momento em que Kolis a vira colher flores nos Penhascos da Tristeza. E *eu* nunca tive escolha desde o segundo em que Roderick Mierel fez aquele acordo desesperado com o verdadeiro Primordial da Vida para salvar seu reino moribundo.

Não era justo.

Jamais tinha sido.

Raiva e pânico brotaram rapidamente em mim, mas eu não tinha certeza se eram meus de fato. Cravei os dedos na areia enquanto meus batimentos cardíacos aceleravam. Emoções cruas e intensas se alojaram em meu peito e garganta. Eu me levantei, a respiração muito ofegante. E me virei para Kolis.

O falso Rei dos Deuses me encarou, o rosto contraído com uma expressão curiosa. O vento levantou os fios louros de seu cabelo, soprando-os contra as maçãs do rosto angulosas e proeminentes. Manchas douradas de éter serpenteavam na pele queimada de sol de seu peito nu. Não havia evidência da luta com Ash. Estava completamente curado.

Dei uma olhada ao redor. Não estávamos sozinhos. Havia outros a vários metros de distância, escondidos nas sombras das frondosas palmeiras. Só os vi porque suas lâminas de pedra das sombras brilhavam à luz do luar. Eu não sabia se eram os guardas de Kolis ou de Phanos, mas tinham armas, e era tudo o que importava.

— Ela tinha menos sardas que você, e o rosto mais em formato de coração. O cabelo não está certo. O dela era como... como uma pedra granada polida ao sol. — A voz de Kolis era suave, quase infantil em seu assombro, mas as palavras serpenteavam pela areia, roçando minha pele. — Mas, se prestar bastante atenção... se me permitir, eu a vejo em você.

Eu reagi.

Não houve hesitação. Nenhuma reflexão. Disparei, passando por ele e correndo depressa, os pés levantavam areia conforme o tecido do vestido encharcado grudava em minha pele. Corri direto até os guardas.

A surpresa estampou o rosto de um guarda de pele pálida, os olhos verde-azulados brilhantes com éter se arregalando um segundo antes de eu bater a palma em seu peito. O deus grunhiu, cambaleando quando estiquei a mão para o punho de sua espada curta.

— Merda! — exclamou ele, fazendo menção de me impedir quando arranquei a lâmina de sua bainha.

Eu o pegara desprevenido. Fui mais rápida do que ele. Golpeei com o cotovelo do outro braço, acertando-o sob o queixo e jogando sua cabeça para trás.

— Não toque nela — ordenou Kolis, enquanto outro guarda me agarrava. — Jamais.

O segundo guarda congelou.

Girando na direção do falso Rei, apertei firmemente o frio punho de ferro no qual a lâmina de pedra das sombras fora forjada.

— Deixe-nos — instruiu ele. — Agora.

Não ousei desviar os olhos de Kolis para ver se os guardas o obedeceram. Só podia imaginar que sim, o que me convinha muito bem.

Kolis e eu nos entreolhamos em silêncio enquanto eu ordenava que meu coração disparado desacelerasse. Precisava me manter calma, cuidadosa e determinada, porque, muito embora Kolis questionasse o que afirmei sobre Sotoria, no fundo, ele acreditava. Por isso havia tremido tanto ao me abraçar, e a crença causou o espanto que eu ouvira em sua voz apenas momentos antes.

Tudo aquilo significava que era vulnerável a mim — só a mim —, o que me dava uma chance. Possivelmente a única que eu teria para acabar com tudo.

— Eu esperava mesmo que você fugisse de mim — observou Kolis. — É o que Sotoria teria feito. Ela sempre fugia.

— Nem sempre — argumentei, lembrando o que aprendera sobre Sotoria. Talvez tivesse fugido no começo, mas depois mudou.

Filamentos de éter dourado giravam mais depressa em seu peito.

— Você tem razão. — Seu queixo se ergueu. Um segundo se passou. — Abaixe a espada.

Aquilo não iria acontecer.

— Me obrigue.

— Vamos — disse ele, com uma risada baixa, a boca larga se abrindo em um sorriso zombeteiro que beirava o paternalismo. Ele avançou em minha direção, o vento do mar fazendo a calça de linho esvoaçar. — O que acha que vai fazer com isso?

Esperei até que ele estivesse ao alcance da lâmina, então mostrei exatamente do que eu era capaz. Ataquei com a espada de pedra das sombras, mirando direto no coração do desgraçado.

Kolis arregalou os olhos e ergueu as sobrancelhas, causando um vinco em sua testa. A expressão atordoada em seu rosto era cômica. Como se ele não conseguisse acreditar que ousei fazer tal coisa. Eu teria rido, mas ele era um Primordial.

E era rápido, seus reflexos tão surreais quanto os de Ash. Mas, como acontecera com o guarda, o elemento surpresa estava a meu favor. Kolis não acreditava de verdade que eu o atacaria, o que custou a ele uma fração de segundo.

A lâmina de pedra das sombras perfurou sua pele, e meus lábios se abriram em um sorriso selvagem.

No instante em que a espada cravou em seu peito, ele arrancou o cabo da minha mão com tanta força que perdi o equilíbrio na areia implacável e caí de joelhos.

A espada vibrava do ponto em que parcialmente se alojara em seu peito, um centímetro — se tanto — à direita do coração.

Filho da mãe.

Sangue brilhante escorreu pelo peito de Kolis quando ele agarrou o punho da espada e a puxou. No exato momento em que a lâmina saiu de seu corpo, a maldita ferida parou de sangrar.

Nuvens espessas e escuras corriam pelo céu antes calmo, encobrindo as estrelas e a lua. Um segundo hesitante se passou.

De repente, um raio riscou o céu e a energia inundou o ar, serpenteando sobre minha pele e fazendo com que as brasas em meu peito se incendiassem. O peso de um poder desse era opressivo, ameaçando me enterrar no chão.

Com o coração trovejando, ergui a cabeça. A fúria estampava cada linha do rosto de Kolis e endurecia a curva de sua mandíbula. As veias em suas bochechas se acenderam com o dourado do éter. As brasas em meu peito responderam, começando a vibrar descontroladamente enquanto a Essência Primordial transformava aqueles olhos em piscinas prateadas com manchas douradas.

— É a segunda vez esta noite que sou apunhalado. — A luz pulsou de sua mão, e a espada de pedra das sombras que ele segurava evaporou. Não sobrou nem mesmo poeira. — Não gostei antes e não gostei agora.

Meu estômago se revirou enquanto me levantava. Eu tinha esfaqueado Ash mais de uma vez e ameaçado repetir tal ato inúmeras outras, mas jamais tive medo dele. Nem mesmo quando assumiu a forma Primordial diante de mim, nos Bosques Moribundos, depois que acidentalmente o acertei com um raio de éter.

Mas de Kolis eu tinha medo.

Tentei engolir em seco, mas minha garganta travou. Dei um passo para trás.

Kolis passou a mão pelo peito e olhou para a palma manchada de sangue. Ele inclinou a cabeça e baixou a mão.

— Isso foi muito imprudente.

— Foi — murmurei. — Eu devia ter mirado na cabeça.

Seus olhos prateados com manchas douradas ficaram vazios. Absolutamente mortos.

Fiz a única coisa sensata. Dei meia-volta e corri. Daquela vez, não havia guardas na sombra das palmeiras. Meus braços e pernas me impulsionavam…

Kolis agarrou meu cabelo, puxando todo o meu corpo para trás. Uma dor lancinante irrompeu em meu couro cabeludo quando meus pés escorregaram. Caí de joelhos de novo. Sabendo que aquilo me colocaria em perigosa desvantagem, tentei recuperar o equilíbrio enquanto ele me arrastava pela areia.

Kolis me puxou e girou.

— Agora com isso… eu estou mais acostumado.

Ele puxou minha cabeça para trás.

Ofeguei quando a dor percorreu meu couro cabeludo e desceu pela minha espinha. Segurei seu braço, tentando aliviar a pressão.

— Com a fuga, caso você esteja se perguntando o que eu quis dizer.

Uma pequena parte enterrada dentro de mim sabia que esse era um daqueles momentos em que eu precisava ficar de boca calada e pensar antes de agir. Não apenas por minha vida, mas também por todo o plano mortal.

Contudo, eu me recusava a me encolher diante de Kolis. *Ela* se recusava, independentemente do custo ou de sua tolice. Eu não era fraca e tinha me enganado quando ouvi pela primeira vez sobre a lenda de Sotoria. Ela também não era fraca.

— Parece algo do qual se orgulhar — cuspi, erguendo meu joelho em um golpe forte e rápido.

Eu havia errado seu coração antes, mas não errei o alvo agora.

Meu joelho acertou sua virilha. Um rugido de dor irrompeu de Kolis, e seu braço cortou o ar...

A agonia explodiu em meu queixo e em minha bochecha. Um gosto metálico imediatamente invadiu minha boca. Perdi o equilíbrio, me recuperando um segundo antes de acabar com a cara na areia. Nem sabia qual parte de Kolis havia me atingido. O braço? O punho? O que quer que fosse, meus ouvidos zumbiam. Por um momento a dor me deixou tão atordoada que temi que fosse algo que Ash pudesse sentir se estivesse consciente.

De joelhos, respirei em meio à dor até que o brutal choque inicial do golpe diminuísse. Cuspi um bocado de sangue na areia, chocada por um dente não ter saído voando também.

— Merda — rosnou Kolis. — Eu não queria que isso acontecesse. — O linho branco de sua calça apareceu em meu campo de visão. — Você está bem?

Um espasmo me perpassou. Ele parecia... Deuses, ele parecia genuinamente preocupado, e aquilo me causou um arrepio na espinha.

— O que você acha?

— Eu pedi que não me pressionasse — defendeu-se ele, o som de sua respiração afiado e curto. — Mas você está determinada a me transformar no vilão.

— *Transformar* você em vilão? — Deixei escapar uma risada molhada enquanto me levantava. Ergui a cabeça, que latejava. — Você já é.

— Eu nunca... — Os olhos de Kolis rastrearam o sangue escorrendo por meu queixo, e ele se encolheu. O desgraçado realmente se *encolheu* ao ver o sangue que havia derramado. — Eu jamais quis ser um vilão.

— Meus deuses — sussurrei. — Você perdeu o juízo.

À luz da lua, suas bochechas ficaram mais enrubescidas.

— Se perdi, então sou apenas aquilo que meu irmão fez de mim — rosnou.

— Existe alguma coisa pela qual você não culpe seu irmão? — disparei.

Kolis avançou tão depressa que prendi o fôlego, trêmula, e recuei um passo. E odiei ter recuado, ter cedido a ele sequer um centímetro.

Ele parou, ofegante. Um momento se passou, então mais um. Ficou evidente para mim que ele estava tentando se controlar. Muito mal.

— Não é o que quero... que a gente brigue.

— Não me importo com o que você quer! — revidei, com um nó no estômago. Não tinha, de fato, certeza se havia sido apenas eu a gritar as palavras.

Suas mãos se fecharam em punho na lateral do corpo.

— Não me pressione, *so'lis*.

So'lis? Eu não tinha ideia do que aquilo significava, mas imaginei que Sotoria talvez tivesse, porque sua raiva era palpável, e foi definitivamente ela quem gritou o que saiu de minha boca em seguida.

— Vá se foder!

Não o vi se mover antes de sentir o aperto em minha garganta. Minhas mãos voaram até as dele. Forcei seus dedos, mas de nada adiantou. Ele apertava meu pescoço, dificultando a respiração.

— Avisei para não me provocar — acusou Kolis, as narinas dilatadas. — No entanto, é exatamente o que você faz, e vai além.

Ignorando o pânico palpitante em meu peito, encontrei e sustentei o olhar dele.

— Acho que você passou muito tempo com meu sobrinho. — Kolis sorriu. — E esta noite eu o vi me encarar com essa mesma expressão. Tenho certeza de que a verei novamente em breve.

— Encoste um dedo em Ash e eu... — Forcei as palavras em meio a arquejos em busca de ar.

— Vai fazer o quê? — interrompeu Kolis, tênues fiapos de éter começaram a despertar em seus olhos conforme seu aperto se tornava ainda mais forte. — O que você vai fazer por ele? Porque eu vi o que ele faria por você. Ele mataria seus irmãos. Me atacaria. Começaria uma guerra.

Um pouco de bom senso retornou, me avisando que eu precisava ser inteligente quando se tratava de Ash. Não era necessário ser um gênio para saber que, se suspeitasse que eu estava apaixonada por seu sobrinho, Kolis iria interpretar aquilo como Sotoria apaixonada por ele, o que não acabaria bem.

Tive um vislumbre da imagem da adaga subindo e descendo. Ainda podia ouvir os sons de carne molhada.

Meu coração disparou de medo; um terror poderoso e entorpecente. Ash não estava seguro no momento. Estava enfraquecido e, por minha causa, gravemente ferido.

— O quê? — exigiu Kolis, os dedos cravados no hematoma que havia causado enquanto me erguia na ponta dos pés. — O que você fará por ele que se recusa a fazer por mim?

— Quase tudo o que você possa imaginar, mas não tem nada a ver com Ash. Afinal, eu pouco me importo com ele. — Eu me forcei a dizer as palavras, que não poderiam ser mais falsas. Meu peito parecia encolher a cada segundo que passava. O aperto de Kolis se intensificou, provavelmente deixaria marcas, e engasguei. — Eu faria qualquer coisa por literalmente qualquer outra pessoa... Um guarda aleatório, outro Primordial, um cadáver, um pedaço de grama... — sibilei.

— Acho que entendi. — Ele curvou o lábio e uma presa apareceu. — E também acho que você está mentindo.

O pânico acelerou meu pulso. Percebi que precisava desviar seus pensamentos de Ash, e o único modo de conseguir aquilo, eu sabia, era direcionando toda sua atenção para mim.

— E acho que você... acho que você golpeia como um aspirante a Primordial da Vida.

A risada de Kolis encheu o ar como um sibilo enquanto ele me puxava de encontro ao peito. O contato de sua pele no fino tecido do vestido me causou um arrepio de repulsa.

— Você é incrivelmente tola e imprudente. Muito ousada e tagarela demais.

— Você... — disse, lutando para respirar — esqueceu uma... coisa.

— E o que é? — perguntou ele. — Insolente?

— Com certeza, mas... em breve... também morta — ofeguei.

Ele ergueu uma sobrancelha dourada.

— É mesmo?

— Sim — crocitei. — Já que você está me matando... de novo.

Por um momento Kolis não se mexeu. Ficou completamente imóvel. Em seguida, seu olhar foi para o ponto em que apertava meu pescoço. Ele arregalou os olhos, surpreso. Era quase como se não tivesse ideia de que estava me sufocando. Então me empurrou para longe.

Cambaleante, quase não consegui manter o equilíbrio. Eu me inclinei, as mãos nos joelhos enquanto inspirava sofregamente o ar salgado. Um tremor percorreu meu corpo e engoli em seco, estremecendo com a dor na garganta.

Eu era quase capaz de sentir os hematomas se formando na pele do meu pescoço, mas então percebi algo. Eu ri, e o som lembrava pregos contra pedra. Doía, mas, por mais doentio e distorcido que fosse, seu amor por Sotoria era uma fraqueza em mais de um aspecto.

— Esta conversa acabou — declarou Kolis. Quase deixei escapar outra risada. Ele chamava aquilo de *conversa*? — Vamos para casa e, assim que você se acalmar, aí conversaremos.

— Casa? — Lentamente me endireitei, minha descrença e raiva, e talvez um pouco da de Sotoria, levando a melhor sobre mim. — Vá se foder, seu aterrorizante pedaço de... — Fiquei tensa ao ver a mão se mover daquela vez, ciente de que seria atacada.

O golpe jamais me atingiu.

Kolis agarrou meu queixo, e meu coração disparou. Não era seu toque. A pressão de seus dedos era firme, mas nem de longe tão contundente quanto havia sido em meu pescoço. Ainda assim, o que vi fez meu coração continuar martelando no peito.

A Essência Primordial faiscou e acendeu, espalhando-se no ar ao seu redor. Um brilho dourado e cintilante surgiu, espraiando de suas costas como asas. Os redemoinhos de éter se espalhavam tão rapidamente sobre sua pele que, por um momento, ele exibiu a mesma aparência de quando havia lutado contra Ash: luz dourada e ofuscante, e jorros de éter que faziam minha pele arder.

Mas a luz desapareceu depressa, mostrando que sua pele havia afinado a ponto de deixar visíveis os ossos de seu braço. Um nó de pavor revirou meu estômago quando ergui o olhar. Eu não queria ver, mas não conseguia parar de encarar.

Vi o brilho opaco de suas maçãs do rosto. Sua mandíbula. Os ossos do braço. E seus olhos... pareciam apenas órbitas repletas de um vazio escuro e rodopiante.

Kolis não tinha aquele aspecto quando lutara com Ash, mas eu logo soube que era assim que se pareciam as *verdadeiras* brasas Primordiais da morte.

E eram assustadoras.

As asas de éter se ergueram e se abriram às suas costas, então desapareceram na fumaça dourada. A aura em suas veias se apagou quando a pele engrossou, escondendo sua verdadeira forma.

— Espero que esteja muito mais consciente e grata do que Nyktos pela graça que concedi.

— Grata? — bradei. — Você...

O abismo rodopiante de nada que havia habitado seus olhos brilhava em prata e ouro.

— *Você não vai falar.*

Meu corpo ficou rígido, as quatro palavras trovejando através de mim. Um latejar doloroso percorreu meu queixo, e minha boca se fechou.

— *Você não vai retrucar* — disse Kolis, e sua voz estava em toda parte, tanto fora quanto dentro de mim. — *Nem vai lutar comigo.*

Meus músculos o obedeceram instantaneamente. Abaixei as mãos na lateral do corpo.

O que eu tinha temido no cômodo em ruínas enquanto segurava a adaga no pescoço havia se concretizado. Ele estava usando a persuasão.

— Muito melhor assim. — Kolis sorriu e me puxou para si somente com a curva de seu braço. Ele abaixou a cabeça e sua boca ficou apenas a centímetros da minha quando falou: — Muito, muito melhor.

Senti sua mão na parte inferior das costas, depois seu peito contra o meu. Meu coração deu um salto. Tentei obrigar minha boca a se abrir. Desejei que meus braços e pernas se movessem, mas nada aconteceu. Pude apenas ficar ali parada. Ele podia fazer qualquer coisa comigo. O medo floresceu com a perda do controle.

— Há algo que você precisa entender, quer tenha falado a verdade sobre quem é ou não. — Um por um, ele levantou todos os seus dedos, menos o polegar. — Se alguém ousasse falar comigo como você falou, eu o esfolaria e o alimentaria com a própria carne.

Kolis enxugou o sangue sob meu lábio inferior e depois levou a mão à boca.

Eu ia vomitar.

Com sorte, se vomitasse mesmo, eu o faria na porra da cara dele.

Ele lambeu o polegar, levando o sangue até a boca. Éter faiscava em seus olhos.

— Você viu o que aconteceu com Nyktos por ousar me atacar. — Ele inclinou a cabeça, uma mecha de cabelo dourado caindo em sua bochecha. — Então, se descobrir que você não é minha *graeca* e que tudo não passa de alguma trama elaborada, não haverá limite para as atrocidades que recairão sobre você e em todos com quem um dia se importou, antes de eu pegar as brasas da vida. — Seus lábios roçaram os meus enquanto se curvavam em um sorriso. — Isso eu prometo a você.

5

A persuasão de Kolis desvaneceu, e, no momento em que ele se foi, retomei o controle sobre meu corpo e pensamentos.

Mas fiquei parada ali, onde ele me deixou, uma jaula de ouro, ainda maior, que me despertava a terrível e profunda suspeita de ser aquela da qual Aios havia falado.

A água do mar escorria de meu cabelo e do vestido, formando pequenas poças no chão preto e brilhoso, enquanto um leve tremor percorria meu braço. O retorno havia passado em um borrão, mas, uma vez dentro da jaula, Kolis não saíra imediatamente.

Tinha ficado por algum tempo.

Mas não falara.

Ele apenas me encarara — meu rosto, meu corpo —, com as mãos trêmulas em meus braços, depois em minha cintura e quadris. Eu ainda podia sentir seus dedos cravados em minha pele, depois se enrolando em torno do tecido molhado e fino de meu vestido, minha pele arrepiada durante todo o tempo.

Ele tremia como se estivesse dominado por algum tipo de emoção extrema ou como se lutasse para não perder o controle.

E estremeceu enquanto o terror se alojava na minha garganta e o desamparo me sufocava lentamente. Ele continuou a tremer durante cada segundo, cada minuto, enquanto eu temia o que estava por vir, o que ele faria enquanto eu estivesse ali. Aquela impotência sufocante e asfixiante havia se entrincheirado profundamente dentro de mim e ali havia permanecido, mesmo na ausência de Kolis.

Um arrepio percorreu meu corpo, e senti um aperto no peito. Eu não havia sido capaz de desviar o olhar ou sair de seu alcance. Não consegui nem dizer a ele que parasse de me tocar, sequer tive a chance de recuperar alguma ilusão de controle. A náusea aumentou, fazendo meu estômago revirar.

Eu estava indefesa, absolutamente impotente, e tinha sido muito fácil para ele se assegurar daquilo. Quatro palavras. Apenas quatro malditas palavras, e ele havia obtido controle absoluto sobre mim.

O fundo de minha garganta queimava. As barras de ouro diante de mim, espaçadas trinta centímetros, pareciam desfocadas. Consegui dar um passo, e então minhas pernas pararam de me sustentar. Caí sobre joelhos e palmas. Nem mesmo senti o impacto. Meu peito muito apertado se contraiu ainda mais enquanto eu ofegava.

Kolis poderia fazer aquilo novamente a qualquer momento. Ele poderia controlar minha vontade, tirar meu poder antes que eu sequer percebesse, e não havia nada que pudesse fazer para impedi-lo.

Eu estava presa ali, com ele, sem controle. Morreria ali, nas mãos de Kolis ou em minha Ascensão, e não havia como dizer o que aconteceria naquele intervalo de tempo.

Na verdade, eu sabia.

Aios pouco disse sobre sua época como uma das *favoritas* de Kolis, mas pude preencher as lacunas do que ela não dissera. Ele jamais tocava em suas favoritas, mas comigo eventualmente seria diferente. Eu sabia disso. Pude perceber em seu olhar quando ele estava diante de mim, as mãos apertando meu vestido. Era o mesmo tipo de desejo sombrio e distorcido que eu vira nos olhos de Tavius mais vezes do que gostaria de lembrar.

Recostei-me, o coração disparado. Apertei os olhos, mas minhas bochechas ficaram úmidas. A dor explodiu em minha mandíbula enquanto eu fechava a boca com força, mas o som irregular ainda ensurdecia meus ouvidos.

Bati as mãos no rosto — porra, aquilo doeu —, mas a dor física era nada comparada à agonia fulminante que não deixaria hematomas.

A promessa de Kolis de destruição violenta, não só a minha, mas também a daqueles com quem me importava, ecoava em minha mente, ofuscando o medo de um possível ataque. Aquele foi um juramento do qual não duvidei nem por um segundo.

Agora era meu corpo que tremia. Pânico e raiva brutos me invadiram, derramando-se na fenda em meu peito que havia se formado nos Bosques Moribundos quando tentei escapar das Terras Sombrias e me entregar a Kolis. A pressão crescia. Meu coração palpitou, o que tornava qualquer respiração ofegante. Minha garganta parecia se fechar enquanto lágrimas queimavam a pele macia de meu lábio. A Essência Primordial se agitou, pulsou. Minha pele se arrepiou inteira, os pelinhos se eriçando em resposta à breve carga que impregnava o ar.

No fundo, eu sabia que aquilo não era bom. Eu me lembrava muito bem do que acontecera da última vez que perdi completamente o controle. Quase tinha derrubado o palácio de Ash sobre nós e desencadeado a Ascensão à qual não sobreviveria. Eu acabaria entrando em estase.

Não podia me dar ao luxo de enfraquecer e me tornar verdadeiramente vulnerável.

As brasas em meu peito vibraram e eu baixei as mãos, abrindo os olhos. Perdi o fôlego. Éter prateado brilhava na ponta de meus dedos enquanto as brasas e meu sangue começavam a vibrar.

— Controle-se — disse a mim mesma, tentando desacelerar e limpar a mente.

Mas era impossível.

Porque não se tratava apenas do que aconteceria comigo, mas do que, com certeza, seria feito a Ash, o que já havia sido feito a ele. E Kolis o prendera em uma cela em algum lugar.

Eu sabia o estado em que ele tinha ficado, e não era bom. Então algo me ocorreu. Pensei nas raízes que haviam brotado do chão quando quase me atirei na Ascensão. Por que a terra não tentara proteger Ash? Se bem que as raízes não tinham tentado me proteger, nem as brasas dentro de mim, quando eu estivera tão perto da morte. Tinha de haver uma razão, mas minha mente não conseguia se concentrar, perdida no que aguardava Ash, no que Kolis faria com ele.

Estremeci, os ombros subindo e descendo depressa enquanto tentava inspirar ar suficiente entre aqueles sons irregulares e entrecortados que ainda deixava escapar.

Pressionei os lábios, tentando cessar o tremor e silenciar os soluços. Ash nunca havia sido inteiramente sincero a respeito do que Kolis tinha feito com ele no passado, mas eu sabia o bastante. Deuses, eu sabia demais.

Ash era um Primordial, mas aquilo não significava que não podia ser ferido. Ele podia se machucar gravemente. Podia até estar em estase, incapaz de defender a si próprio.

Deuses, pensar naquilo não estava ajudando. As brasas latejaram com mais fervor...

Um estalar baixo chamou minha atenção para o piso da jaula. No ponto em que meus joelhos dobrados repousavam sobre o ladrilho preto, uma pequena fissura apareceu no que parecia ser pedra das sombras, formando uma fina teia de fendas.

Sem fôlego, olhei para as barras acima de mim. Uma leve nuvem de poeira desceu. Algo brilhou no centro da jaula lá no alto, onde todas as barras se juntavam, mas não consegui me concentrar naquilo.

Meu olhar se moveu para o aposento além. O fulgor amarelado de vários lustres lançava uma luz suave sobre paredes brilhantes de obsidiana. Pedra das sombras. Eu podia ver as rachaduras na superfície — fissuras profundas demais para terem sido causadas por mim.

Vi um assento dourado. Quantos tronos Kolis possuía? Um em todos os cômodos, ao que parecia; talvez até mesmo na sala de banho.

Mas não era o único objeto. Ao redor havia uma sala de estar com vários sofás, algumas mesas baixas e duas poltronas. À esquerda jazia uma mesa de jantar e algumas cadeiras. Um aparador de cerejeira escura estava encostado na parede, abastecido com garrafas de bebidas e copos empilhados. Tudo, exceto o aparador e o que ele continha, era dourado.

Kolis recebia convidados ali?

Malditos deuses, aposto que sim.

Várias janelas ficavam perto do teto, longe demais para serem alcançadas e apenas com alguns centímetros de largura e altura. Então, a menos que eu aprendesse a voar e fosse capaz de dobrar meu corpo pela metade, não me adiantariam de nada.

Presumi que estava dentro de algum cômodo do Palácio Cor, mas não tinha certeza. Podia estar em qualquer lugar.

Ash podia estar em qualquer lugar.

O ladrilho sob minha palma rachou.

Puta merda, eu estava quebrando pedra das sombras, um dos materiais mais resistentes em ambos os reinos; se não *o* mais resistente.

Ai, deuses, eu precisava me acalmar.

Deslizei as mãos trêmulas até os joelhos. Eu podia fazer aquilo. Podia controlar o pânico e a Essência Primordial, não podia? Mesmo que não parecesse, a ansiedade vinha de minha mente. Eu sabia como detê-la. E o éter? Agora sabia que ele fazia parte de mim, tanto que as brasas sequer poderiam ser removidas sem que eu morresse. Já tinha controlado aquilo antes. Podia fazer de novo agora. *As brasas são suas por enquanto*, lembrei a mim mesma.

E eu podia controlá-las novamente. Podia me controlar. Não era fraca. Não estava desamparada quando se tratava daquilo. Não ficaria. Eu me recusava.

Então eu precisava desvendar o mistério.

A essência estava respondendo a minhas emoções? À violenta mistura de pânico e raiva? Ou estava reagindo à sensação de não ser capaz de respirar? Não era a primeira. Sim, o éter sempre se tornava mais ativo quando eu sentia alguma forte emoção, mas foram a falta de ar e o sentimento de desconexão comigo mesma a causa. Foi a vertigem de me sentir completamente fora de controle, como se fosse capaz de fazer qualquer coisa a mim mesma, e qualquer coisa pudesse acontecer comigo. Aquilo era a causa. Porque parecia a morte. Como correr a toda velocidade em direção ao fim.

Mas eu não estava completamente fora de controle. Não tentaria nada contra mim mesma. Aquela não era como a noite em que havia tomado vários remédios para dormir. Eu não queria morrer. Também não tinha sido meu desejo naquela ocasião; apenas me sentira perdida. E eu estava respirando. Não muito bem, mas não me sentia sufocada por mãos invisíveis. O ar ainda enchia meus pulmões. Eu só precisava desacelerar a respiração.

Com os dedos cravados nos joelhos, forcei minha mandíbula dolorida a se abrir. Segui as instruções de Ash porque me faziam sentir como se ele estivesse presente, e eu precisava muito daquilo. Conjurei a memória de seu corpo amparando o meu, os braços com firmeza ao meu redor. Deuses, eu podia ouvi-lo, sua voz de fumaça e sombra.

— *Você precisa respirar mais devagar* — disse ele, com voz suave. — *Coloque a língua atrás dos dentes da frente.*

Fiz como ele tinha me instruído, pressionando a ponta da língua na parte de trás dos dentes superiores e mantendo a boca fechada. Então, imaginando que ele estava guiando minhas ações, endireitei as costas, removendo qualquer pressão física do peito.

— *Feche os olhos e me escute.* — Obedeci ao comando daquela memória. — *Concentre-se apenas em mim. Quero que você solte o ar enquanto eu conto até quatro. Não inspire. Só expire. Um. Dois. Três. Quatro. Agora inspire pelo mesmo tempo.*

Fiz exatamente aquilo, expirando e depois inspirando.

— *Não pare.*

Não parei. Continuei enquanto os segundos se transformavam em minutos. Não recuperei o controle imediatamente. Tive de lutar. Precisei esperar meu peito relaxar e minha garganta se expandir. Tive de lutar para que minha respiração desacelerasse e se aprofundasse. Lutar para que as brasas se acalmassem.

Então fiz o que fazia melhor. Eu lutei.

Não tinha ideia de quanto tempo havia se passado. Podiam ter sido minutos ou horas, mas as lágrimas por fim diminuíram. Minha respiração se aprofundou e se estabilizou. As brasas se acalmaram e o espiral vertiginoso desapareceu até que me senti presente, conectada ao corpo e no controle mais uma vez.

Com um suspiro entrecortado, me inclinei para trás e, em seguida, me forcei a ficar de pé. A dor em meu rosto e minha boca alternava entre uma dor fraca e uma pontada aguda enquanto afastava do rosto os cachos úmidos e emaranhados. Limpei as bochechas com cuidado, meu estômago embrulhado com o brilho vermelho que vi em minhas mãos.

Lágrimas de sangue.

Lágrimas de um Primordial.

Deuses.

Respirei fundo mais uma vez enquanto analisava minha mão direita. Os luminosos redemoinhos dourados atravessavam o dorso e deslizavam entre o polegar e o indicador, continuando em espirais pela palma.

Ash estava vivo.

Eu só precisava ter certeza de que continuaria assim, o que significava que tinha de dar o fora dali e encontrá-lo para que ele pudesse pegar as brasas. Então Ash Ascenderia ao que sempre fora seu destino: o verdadeiro Primordial da Vida.

Em meu peito, as brasas se contorciam como se... desaprovassem?

Deuses, aquele era um pensamento absurdo. As brasas eram apenas energia. Poder. Elas não tinham opiniões nem preconceitos. Simplesmente existiam.

E uma vez que Ash se tornasse o verdadeiro Primordial da Vida, as poucas brasas da morte que ainda havia em Kolis o forçariam a assumir mais uma vez o papel de Primordial da Morte, o que impediria que a Devastação se espalhasse pelo reino de Lasania e, eventualmente, pelo restante do plano mortal. E com a habilidade de Ascender deuses restaurada, como eu tinha feito com Bele e Aios, Ash poderia matar Kolis e fazer surgir um novo Primordial em seu lugar.

— O que Eythos tinha na cabeça? — sussurrei, perguntando pelo que parecia ser a centésima vez.

Ele tinha criado uma arma ao colocar as únicas brasas verdadeiras da vida dentro de mim, junto com a alma de Sotoria.

Mas uma arma mal planejada e imperfeita.

Era evidente que ele não havia considerado tudo o que podia dar errado depois que o acordo fosse selado. Talvez ele pensasse que eu nasceria antes de sua morte, mesmo sabendo que Kolis iria matá-lo. Ou talvez tivesse presumido que Ash seguiria com o plano, que me levaria quando eu completasse dezessete anos, o que, portanto, me daria a chance de matar Kolis antes de entrar na Seleção. Antes que as brasas se fundissem tão profundamente dentro de mim que uma única gota do sangue de Ash tornasse impossível que fossem removidas sem que eu morresse. Talvez tivesse esperança de que o filho pegasse as brasas e fosse capaz de Ascender algum deus das Terras Sombrias como o verdadeiro Primordial da Morte, antes que a morte de Kolis mergulhasse ambos os reinos no caos, o que aconteceria se todo o poder não tivesse para onde ir. Mas...

Lentamente, balancei a cabeça. Não havia como ele ser tolo o suficiente para apostar naquilo. Não havia como Ash Ascender a si mesmo e a outro deus antes que a energia libertada pela morte de Kolis causasse um estrago.

Eu tinha visto a pressa com que a onda de choque deixara Hanan, e já havia outro deus — outro recipiente — pronto para armazenar aquele poder.

Então, novamente, o que diabos Eythos tinha na cabeça? Tudo o que conseguira fora manter seguras aquelas duas verdadeiras brasas da vida.

E Sotoria.

Até agora.

Engolindo em seco, pressionei a mão no centro do peito. O vestido ainda estava molhado e grudou na palma. Não ouvi a voz de Sotoria, mas sabia que ela estava lá.

Podia senti-la como jamais havia sentido. Como se ela fosse uma entidade tangível que havia despertado dentro de mim.

E ela estava consciente.

Mas quanto? O suficiente para sentir o que eu fiz? Ou apenas o suficiente para saber que estava presa dentro de mim? Eu não tinha certeza, mas torcia para que sua consciência fosse apenas o resultado de meu encontro com a morte, e que ela ocasionalmente voltaria a ser... Bem, o que eu desejava era algo semelhante a estar adormecida.

Porque eu não queria que ela se sentisse aprisionada. Não queria que estivesse ciente do que talvez acontecesse a seguir. Ela já havia sofrido bastante.

Mas eu também já não sofri o bastante?

Uma sensação crescente de desesperança tomou conta de mim. Eu... eu não fui capaz de fazer o que precisava ser feito. Havia algum sentido naquilo agora? Eu tive a chance de matar Kolis na praia e fracassei.

Eu não me importava.

Não mesmo.

Além do mais, Kolis com certeza sabia exatamente para o que eu havia sido treinada, muito embora não tivesse demonstrado preocupação quando empunhei uma espada contra ele. A única opção que me restava agora era escapar e chegar até Ash.

É mesmo?, sussurrou uma voz irritante muito parecida com a minha.

Meu coração palpitou no peito enquanto eu observava as marcas douradas em minha palma. Mas aquela voz implicante precisava calar a porra da boca porque eu tinha tentado cumprir meu dever.

Mas você realmente tentou?

Eu odiava aquela maldita voz. Porque não, eu não havia tentado de verdade. Apunhalar Kolis tinha sido um ato de medo, fruto da oportunidade. Só isso. Tentar significava...

Tornar-se sua fraqueza.

Fazê-lo se apaixonar.

Acabar com ele.

Fechei os olhos, mas o gesto não impediu que a verdade fosse como um tapa na cara. Eu me importava. Pressionei os punhos cerrados contra os olhos. A verdade é que eu não queria fazer aquilo.

Não podia.

Eu não merecia passar qualquer tempo que me restasse me forçando a seduzir um ser como Kolis, me convencendo de que eu tinha alguma escolha quanto ao destino dado ao meu corpo. De que eu estava no controle. Aturando sua atenção e seu toque. Mentindo para mim mesma e odiando cada segundo daquilo. E tudo para quê?

Acabar com a Devastação? Salvar um reino que nem sabia que eu existia? Pelo chamado bem maior?

Não parecia certo.

E eu não podia fazer aquilo com Ash, com meu amor por ele. Mais importante: não podia fazer aquilo comigo mesma. Eu não podia me tornar um recipiente vazio outra vez, uma tela em branco. Eu era uma pessoa, não apenas um corpo quente criado para artimanhas, falsidade e com o propósito de destruir.

— Foda-se o bem maior! — berrei, a cabeça inclinada para trás enquanto o grito ecoava das barras da jaula.

O silêncio em resposta foi um tipo totalmente diferente de agonia.

Deixei escapar uma risada rouca, uma tempestade de emoções rugindo dentro de mim. Chamas de raiva lambiam minhas entranhas, soprando as brasas, enquanto uma tristeza profunda e dolorosa me puxava para baixo, como uma âncora pesada me arrastando para as profundezas do desespero.

Porque a verdade era que eu não queria ser o tipo de pessoa que sacrificava tudo — a vida, o corpo, a autonomia e a maldita alma — pelos demais. Tudo o que eu já havia enfrentado? A frieza de minha mãe e a sensação de que era, de algum modo, responsável pela morte de meu pai? Os anos de solidão e a necessidade de carregar o peso de um reino que nem sabia da minha existência, muito menos meu nome? Meu dever e existência, tão cuidadosos ao atender ao ego frágil de Tavius? A sensação de fracasso amargo e purulento? Tudo de que eu havia desistido? Jantares em família e afinidade? Amizade e companheirismo? Saber o que era ser desejada por minha própria causa, e não por causa do que eu poderia fazer por alguém? Ser conhecida? Incluída? Digna de uma conversa e de ser reconhecida? Ter pessoas que, de fato, sabiam que eu existia e que era real, porra? Fiz tudo aquilo por necessidade. Nunca por escolha. Jamais havia tido a opção de escolher.

Agora eu o faria.

Eu escolhia lutar.

6

Fechei brevemente os olhos, silenciando a voz que queria me lembrar de que aquele não era o modo de fazer as coisas. Que era uma ideia terrível, realmente ruim.

Aquela voz podia calar a porra da boca.

Eu precisava de uma arma. Fiquei de pé e me virei bruscamente para os vários baús alinhados em um dos lados da jaula. Havia alguns na jaula anterior, mas não como ali, nem tinham sido tão ricamente adornados com ouro e o que pareciam ser entalhes de pedra das sombras.

Dando uma olhada rápida no ambiente, corri para o primeiro deles. Não tinha ideia de quando Kolis voltaria, mas sei que o faria. Ele havia dito que precisávamos conversar.

De joelhos, abri a tampa de um baú com cerca de sessenta a noventa centímetros de largura e altura. No interior, havia livros empilhados. Passei os dedos pelas lombadas, perguntando-me quantos outros tinham feito o mesmo. O pensamento me deu calafrios. Eu sabia que as mãos de Aios, quando Kolis a havia mantido como uma de suas favoritas, provavelmente tocaram naqueles mesmos livros... sem mencionar inúmeros outros cativos.

— Não mais — sussurrei. — Não haverá mais *favoritas* depois de mim.

Porque suas vidas também eram importantes, elas ainda importavam. E assim que eu encontrasse Ash, e este pegasse as brasas, ele poderia deter Kolis.

Fechei silenciosamente o baú e abri outro, um pouco maior, do outro lado. Estava cheio de combinações de renda usadas para dormir. Passei para o seguinte, o maior. Continha mais roupas. Só vestidos. Vasculhei entre os itens, certificando-me de tocar o fundo para ver se havia alguma coisa escondida ali. A maioria das roupas era tão transparente que até mesmo as Amantes de Jade teriam corado ao usá-las, e eram todas brancas ou douradas, como as camisolas. Somente algumas pareciam fornecer ao menos um pouco de decência. E não havia roupas íntimas.

Deuses.

Passei para o quarto baú, as dobradiças rangeram quando a tampa se abriu. Mais vestidos branco-pálidos e dourado-brilhantes. Eu o fechei, me arrastando até o menor deles. Tentei levantá-lo, surpresa ao descobrir que tinha algum peso e que alguma coisa fazia um clangor ali dentro — várias coisas.

Franzi o cenho, ajoelhando. Ao levantar a tampa, as dobradiças cederam com mais suavidade do que as anteriores. Encontrei várias tiras de tecido, assim como os vestidos, todas brancas ou douradas. Peguei uma delas. Eram usadas para quê? Colocando a fita de volta, enfiei a mão no fundo. Meus dedos roçaram em algo gelado e liso.

Afastei o material, paralisada ao revelar o que estava no fundo.

Eram esculturas de vidro? Algumas eram lisas e retas, cilíndricas. Outras curvavam-se ligeiramente. Outras possuíam nervuras no centro. Variavam de quinze centímetros ou mais, com dois a cinco centímetros de largura, em vários tons de azul e vermelho. Algumas eram ainda mais largas e longas.

Não poderiam ser...

Peguei uma feita de vidro azul-escuro, que tinha o suspeito formato de... um pau.

Todas tinham. Bem, exceto as com nervuras, e aquela com um tom carmesim, tão larga quanto meu punho, cuja mera perspectiva me aterrorizava seriamente. Mas eu achava que sabia o que eram. Já tinha visto similares em antros de prazer. Eram pênis de vidro.

Aios também me dissera que Kolis gostava de visitar suas favoritas — conversar com elas e observá-las. Eu sabia que Aios não havia me contado tudo sobre seu tempo ali, mas imaginei que eu tivesse encontrado algo a que Kolis gostava de assistir.

— Desgraçado pervertido — murmurei, com revoltada repugnância. Evidentemente todos eles haviam sido limpos, mas parecia impensável imaginar quantas mãos os tinham tocado. Quantos corpos…

Queria quebrar todos, despedaçá-los. Droga, eu queria fazer algo bem pior, e pelo menos um desses atos envolvia enfiar um daqueles brinquedinhos no olho de Kolis.

Um sorriso tenso curvou meus lábios enquanto eu avaliava o objeto em minha mão. Provavelmente a arma mais estranha que já havia cogitado usar, mas era melhor do que nada. Olhei para as portas fechadas, avaliando o peso. Era muito pesado e resistente, não se quebraria facilmente, imaginei, mas eu era forte.

Agarrei a base, batendo-o contra a borda do baú. O estrondo resultante ecoou pelo ambiente. O impacto sacudiu meu braço, e uma rachadura dividiu a escultura ao meio. Insisti, golpeando mais uma vez. O pau de vidro se quebrou de forma irregular, a extremidade danificada dentada e afiada.

Perfeito.

Peguei a outra metade do vidro, guardando-a de volta no baú, depois fechei a tampa e me levantei, com a nova adaga de vidro na mão. Perto assim das barras, notei algo que não tinha visto antes. Não eram feitas de ouro. Foram pintadas. Percebi por causa de uma leve descoloração. Franzi o cenho, dei a volta no baú e estendi a mão, colocando os dedos sobre elas…

Senti uma dor intensa e rápida na ponta de meus dedos, e uma onda de faíscas prateadas iluminou brevemente as barras. Ofegante, levei a mão dolorida ao peito enquanto recuava.

— Que merda…?

Devia ser algum tipo de feitiço de proteção, magia alimentada pela Essência Primordial. Ou seria algo mais? O que quer que fosse, representava um problema óbvio.

Ao me afastar das grades, deparei-me com um divã dourado e um grosso tapete branco de pele aos seus pés. A cama, posicionada bem no meio da jaula, estava cheia de travesseiros brancos e dourados e cobertores de pele. Minha cabeça virou para a cômodo.

O trono ficava bem em frente à cama.

Óbvio que ficava.

Afinal, Kolis iria querer uma visão perfeita para assistir a suas favoritas dormindo ou... o entretendo.

Com uma careta, olhei para a mesa redonda e a cadeira perto da frente da jaula, à esquerda da cama.

Correntes jaziam amontoadas no chão, presas às colunas da cama. Senti o estômago revirar enquanto minha mão ia do peito para o pescoço. Muito parecida com aquela da qual Ash havia me libertado, uma faixa dourada brilhava à luz da lamparina. O gosto de bile encheu minha boca, e desviei o olhar. Um biombo para privacidade e uma cadeira branca foram posicionados do outro lado da cama.

Com uma boa ideia do que encontraria, atravessei a jaula e parei ao lado da imensa cadeira estofada. Atrás do biombo havia uma banheira enorme, um vaso sanitário e uma penteadeira, tudo preso ao chão.

A cadeira ficava de frente para a banheira.

— Malditos deuses — rosnei, as brasas zumbindo. — Ele poderia ser mais repulsivo?

Seria de se imaginar que não, mas a resposta provavelmente seria um sonoro *sim.*

Eu me perguntava o quão puto ele ficaria se eu enfiasse o que costumava ser um pau de vidro em sua garganta.

Virei-me para a prateleira cheia de toalhas e vários frascos de cristal. Havia sais, loções e produtos de higiene. Meu olhar se dirigiu para a penteadeira. Vi um pente sobre a pia de mármore, assim como uma escova de dentes.

O triste é que o interior da jaula era melhor do que minhas acomodações no Castelo Wayfair.

Mas ainda era uma prisão, independentemente dos luxos ali dentro.

Cuidei de minhas necessidades pessoais, depois comecei a sair da sala de banho. Meu olhar ficou preso naquela maldita cadeira. Os braços eram bem acolchoados, mas não havia como disfarçar as marcas de dedos.

Um arrepio me atravessou enquanto eu a examinava. Quantas vezes Kolis tinha sentado naquela cadeira, pressionando os dedos nos braços como fizera com meus quadris, para deixar uma marca dessa? Quantas pessoas ele observou, sem nem mesmo lhes permitir a privacidade mais básica?

Senti as chamas engolindo meu peito, espalhando-se por minhas veias como um incêndio. Minha mão tremia enquanto eu agarrava o vidro quebrado, os nós dos dedos brancos. Eu me ative àquela raiva e passei pela cadeira. Joguei a arma na cama e voltei para os baús, abrindo um deles, então escolhi uma roupa branca rendada com fendas em ambos os lados da saia.

Rapidamente despi o vestido ainda úmido e coloquei o outro. Era mais solto e as mangas caíam dos ombros, mas deixava pouco para a imaginação.

Era evidente que Kolis gostava de vestir suas favoritas para seu prazer visual, tratando-as como se fossem bonecas.

Brinquedos altamente sexualizados.

Enojada em vários níveis, recuperei meu recém-criado punhal e me sentei no chão.

E esperei.

Parte de mim sabia como aquilo era imprudente. Eu não tinha plano real algum além de encontrar Ash e escapar, mas qualquer coisa era melhor do que ficar sentada na jaula esperando Kolis voltar.

Esperando que ele se cansasse só de olhar e tocar, enquanto apenas os deuses sabiam o que estava acontecendo com Ash.

Não precisei esperar muito.

Passos ecoaram fora do cômodo. Depressa, deitei de lado, de costas para as portas. Não gostei daquilo, mas era o único modo de manter a adaga de vidro escondida debaixo do outro braço, ao mesmo tempo em que me permitia reagir rapidamente.

Meu coração disparou quando ouvi as portas se abrirem, depois o clique suave ao se fecharem. Completamente imóvel, segurei o vidro com força. Não senti o despertar das brasas que me alertava quando um Primordial estava próximo. Então era um guarda ou talvez um Espectro. Se fosse o último, elas não ficariam dormentes por muito tempo.

Toda a extensão de minhas costas formigou, alerta, enquanto o silêncio se prolongava. Imaginei que quem entrou na jaula tivesse se aproximado, porque o cheiro fraco e doce, porém rançoso, aumentou, embora eu não tivesse certeza. Segundos se passaram, mas me mantive imóvel, com medo de espirrar ou...

— Seraphena.

Merda.

Ao reconhecer a voz pertencente ao Espectro, Callum, fechei os olhos. Eu teria de causar danos sérios para mantê-lo no chão por alguns instantes, visto que uma adaga lançada por Attes e as rajadas de éter não o tinham incapacitado por muito tempo.

E por que Attes *havia* feito aquilo? Apenas porque Callum o irritava? Ou porque o Espectro não parava de pressionar para que Kolis removesse as brasas enquanto Attes obviamente não queria aquilo?

Pensando bem, por que Attes estava tão disposto a acreditar que eu falava a verdade sobre Sotoria?

A resposta não poderia ser tão simples quanto o Primordial dos Tratados e da Guerra não desejar que Kolis se apossasse de tal poder, porque aquilo não fazia sentido. Não depois que ele me entregara a Kolis.

Mas nada daquilo importava no momento. Eu precisava me concentrar.

— Acorde. — Ele parecia mais próximo, e a impaciência transpareceu em seu tom quando não respondi. — *Seraphena.*

Imaginando todas as maneiras com as quais planejava usar o vidro quebrado contra o Espectro, permaneci quieta e imóvel. Eu precisava que ele entrasse na jaula.

Um momento se passou.

Então outro.

— Merda — murmurou. — Como alguém pode dormir tão pesado? Por que ele pensaria que eu estava dormindo no chão, quando havia uma cama bem ao meu lado?

O som da fechadura girando soou como um canto de sereia para meus ouvidos. Forcei minha mandíbula dolorida a relaxar e minha respiração a desacelerar, apesar das batidas descontroladas de meu coração.

Callum estava na jaula agora, mas o desgraçado permanecia em silêncio. Nem o ouvi se aproximar, até que senti a ponta de um pé cutucando minha perna.

— Merda — resmungou ele, soando como se tivesse se ajoelhado atrás de mim. — Se você se engasgou com a própria língua ou algo assim… — Ele tocou meu braço com a mão gelada.

Meu coração desacelerou quando meus instintos aguçados assumiram. Ele chamou meu nome mais uma vez, me virando de costas.

Reagi sem hesitar.

Abrindo os olhos, levantei com um salto. Agarrei a frente de sua túnica branca, golpeei com o braço e acertei o filho da puta bem na garganta.

Um lampejo de surpresa distorceu sua feição pintada, os olhos claros arregalados. Seus lábios se abriram, mas o único som que saiu foi um gorgolejo.

Sangue escorria de sua boca enquanto eu arrancava o vidro. Ele levou uma das mãos ao pescoço e cambaleou para trás.

Não o deixei se afastar.

Mirei baixo e o chutei, dando uma rasteira nele, que tombou com um belo baque, o sangue pingando entre seus dedos, escorrendo pelo braço e pelo peito — sangue vermelho e opaco que cheirava a lilases podres.

Sabendo que provavelmente se recuperaria depressa, fiquei de joelhos sobre ele, levantando o vidro quebrado acima da cabeça.

Ele tentou segurar meu braço, os movimentos lentos e fracos enquanto eu enfiava o vidro em sua garganta. Sangue jorrou, respingando na frente de meu vestido, em meu cabelo e minhas bochechas. Seu corpo estremeceu, os dedos encharcados de sangue deslizando de minha pele. Golpeei com o vidro mais uma vez, grunhindo quando acertei o chão abaixo do Espectro. O que restava de seu pescoço eram alguns tendões rosados em carne viva.

Meu lábio se curvou em repulsa enquanto eu me inclinava para trás. Callum estava morto. Por ora. Eu sabia que não ia durar, então imaginei que, quanto mais ferimentos ele tivesse para curar, melhor seria para mim.

Pela abertura de sua camisa não vi qualquer cicatriz da adaga lançada por Attes. Mas também não restara sinal algum no Espectro chamado Dyses, e Ash havia arrancado o coração dele.

Com as duas mãos, enfiei o vidro no peito de Callum, rasgando a carne e fazendo a cartilagem ceder. O vidro penetrou profundamente, atravessando os músculos. Acertei seu coração e dei um belo giro na adaga improvisada com um sorriso selvagem. Então o acertei na virilha.

Só porque podia.

Limpando o sangue do rosto com as costas da mão, vasculhei seus bolsos, encontrando uma única chave de ouro. Eu me levantei e passei por cima do Espectro. Sem saber quanto tempo tinha antes de Callum ressuscitar, não perdi tempo. Sangue escorria do vidro quebrado enquanto eu saía correndo da jaula.

Do lado de fora, agarrei as barras da porta. Sibilei, uma dor ardente irrompendo de minha mão quando fechei a porta. Então, rapidamente, empurrei a chave na fechadura, girando-a.

— Desgraçado. — Dando uma última olhada em Callum, comecei a me virar, mas então parei, encarando a chave em minha mão.

Fui para o lado, parando diante da cama, e estendi cuidadosamente o braço através das barras. Joguei a chave na jaula, observando-a deslizar para baixo da cama.

— Só por precaução — disse a mim mesma, enquanto dava meia--volta. Se eu acabasse de volta na jaula, pelo menos teria uma chave.

A pedra das sombras estava fria sob meus pés quando atravessei o cômodo. Minha mente se aquietou quando me aproximei das portas. Era quase como vestir o véu do vazio porque eu não sentia nada. Nenhum medo por minha vida. Nenhum medo do fracasso. Aquilo havia sido arrancado de mim com o treino, mas, ao contrário das vezes em que minha mãe me enviara para entregar suas *mensagens*, eu não me sentia um monstro.

Eu me sentia como a vingança e a fúria encarnadas.

As brasas em meu peito zumbiam. Limpei a mão no vestido, então fechei os dedos em volta da maçaneta dourada da porta. Duvidava de que estivesse desprotegida.

Eu a abri, mantendo-me escondida e encostada na parede. Um segundo depois, vi que estava certa. Através da fenda entre a porta e a parede vi a armadura branca e dourada de um guarda.

Esperei, sabendo que provavelmente era um deus e que poderia haver outros. Deveria haver, mas apenas aquele entrou.

Um?

Kolis mantinha apenas um guarda vigiando fora do cômodo. Sério?

Fiquei meio ofendida.

No momento em que o guarda avistou a bagunça na jaula, parou.

— Que merda…? — praguejou, segurando a porta e se adiantando para fechá-la.

Eu ataquei, desgrudando da parede. Agarrei as alças traseiras do peitoral da armadura, saltei e enfiei o vidro na nuca do guarda, cravando meu joelho no meio de suas costas.

O deus grunhiu, cambaleando sob meu peso e o golpe inesperado. Ele se ajoelhou, a mão alcançando o punho da espada curta em sua cintura.

— Acho que não — rosnei, virando a cabeça do deus bruscamente para o lado. O estalo do osso foi nauseante, mas satisfatório.

Não achava que um pescoço quebrado abateria um deus por muito tempo, mas pedra das sombras? Aquilo sim. Deixei o pau de vidro estilhaçado incrustado na nuca do deus, peguei a espada…

O ar ao meu redor ficou carregado enquanto eu a desembainhava. Dava para sentir o poder vibrando em minha pele quando o deus endireitou o pescoço. O estalar de osso revirou meu estômago quando ele plantou a palma da mão no chão. Sangue vermelho-azulado escurecia o cabelo castanho.

— Sua vadia — cuspiu. — O que diabos está na minha nuca?

— Um pau. — Levantei a espada.

— O quê? — O deus congelou.

— Um pau de vidro — expliquei com um sorriso, descendo a lâmina.

A pedra das sombras cortou logo abaixo da protuberância de vidro que se projetava de sua nuca, silenciando qualquer coisa que o deus estivesse prestes a dizer. A lâmina cortou ossos e tecidos com pouca resistência, dando um rápido fim ao poder crescente.

Recuei, ignorando o pulsar quente das brasas... o desejo de desfazer o que fiz. Para restaurar a vida, não ceifá-la.

Mas aquilo não iria acontecer.

Com a espada em punho, virei-me para a porta, encontrando um salão cheio de luz solar; uma espécie de passagem coberta. Quando fechei a porta atrás de mim, meu olhar disparou para as frondosas palmeiras além dos arcos arredondados. À frente havia outra porta e, à esquerda, uma parede sólida feita de ouro e mármore. Finas rachaduras tinham espraiado em teias por toda a superfície.

Não queria me aventurar mais longe, se aquele fosse o Palácio Cor. Mas e se Ash estivesse preso em algum lugar ali dentro? Kolis havia ordenado que Attes o levasse para as celas. A Casa de Haides nas Terras Sombrias tinha celas abaixo da extensa estrutura, assim como o Castelo Wayfair, minha casa no plano mortal.

— Droga.

Eu devia ter tentado interrogar o guarda primeiro. Por outro lado, não teria sido muito esperto. Só teria dado ao deus mais tempo para usar o éter, algo contra o qual eu não podia lutar.

Tinha uma escolha a fazer e precisava decidir rapidamente: me embrenhar nas palmeiras e ver aonde aquilo me levaria; ou me aventurar ainda mais no palácio.

Ash não estaria entre as palmeiras.

Segurando firme o punho da espada, segui em frente. Uma brisa quente soprava pela abertura, o que fez vários cachos claros salpicados de sangue chicotearem meu rosto. Cheguei à porta no final do corredor e a abri.

Era um cômodo — um quarto — escurecido por pesadas cortinas fechadas. O cheiro de lilases podres era forte ali, e tive o péssimo pressentimento de que se tratava do quarto de Kolis.

Encostada a uma das paredes havia uma grande cama desfeita. Roupas tinham sido espalhadas pelo chão. Calça branca. Túnicas. Tigelas de frutas jaziam sobre uma mesa de jantar. Jarras de cristal estavam por toda parte: na mesa de cabeceira, na mesa e nos aparadores perto de um grande sofá, algumas com líquido em tons de âmbar, outras vazias.

Será que Kolis enchia a cara de bebida para esquecer as atrocidades que cometia? Bufei. Aquilo seria prova de que ele realmente se arrependia de seus atos, e pelo que eu tinha testemunhado e descoberto, não achava que fosse o caso.

Fui até as portas duplas folheadas a ouro e abri uma delas.

Dei de cara com um corredor mais amplo e absurdamente longo, com janelas e alcovas de um lado e portas do outro. Ou a sorte ou os Destinos estavam do meu lado aquele dia, porque o salão estava vazio e não se ouvia o som abafado e ofegante das alcovas, como quando Ash e eu tínhamos visitado Dalos pela primeira vez.

Segui em frente, testando cada porta ao passar. Algumas estavam trancadas. As que não estavam davam para espaços completamente vazios ou que continham apenas camas estreitas, pouco mais do que um catre. Alguns cômodos comportavam de quatro a cinco delas.

Não queria nem imaginar a finalidade daqueles quartos e camas.

Continuei andando à procura de alguma porta que levasse a uma escada, o tempo todo com medo de que fosse como a Casa de Haides, onde a entrada para o nível subterrâneo ficava ao lado da sala de estudo e próxima à sala do trono.

Bem ciente de que Callum poderia acordar a qualquer momento, apertei o passo, tentando porta após porta até encontrar uma que se abria para um corredor mais estreito. Entrei examinando as inúmeras aberturas mais largas, emolduradas por colunas folheadas a ouro, em ambos os lados do salão. Minha pele formigou enquanto eu captava o farfalhar de tecido.

Meus passos diminuíram quando me aproximei de uma abertura à esquerda. Espiei ao redor de uma das colunas e senti o ar deixar meus pulmões em um suspiro trêmulo.

Com certeza eu tinha razão sobre estar no Palácio Cor.

Porque tudo o que vi era branco.

Túnicas brancas e véus que cobriam quase cada centímetro de quem estava no interior do espaço arejado e luminoso. Devia haver dezenas indivíduos. Parados às janelas, sentados em almofadas grandes com borlas de marfim e ouro. Se alguém falava, então o fazia aos sussurros.

Eram os Escolhidos, levados até Iliseu durante o Ritual para servir aos Primordiais e seus deuses. Porque eram os terceiros filhos e filhas, tinham mais essência dos deuses no sangue do que seus irmãos, o que lhes permitia Ascender à divindade — uma tradição reverenciada no plano mortal e, no passado, honrada no Iliseu pelo propósito a que se destinava: repovoar o reino dos deuses com quem se lembrava de como era ser mortal.

Mas nenhum deles Ascendeu. Não desde o reinado de Eythos.

Agora, os Escolhidos viviam um pesadelo.

Gemma, uma das Escolhidas que Ash tinha salvado, disse que muitos deles desapareceram. A maioria não voltou, mas os que voltaram? Não retornaram os mesmos. Eles se tornaram algo frio e faminto, movendo-se apenas em espaços escuros. Holland os havia chamado de Vorazes, no que eu acreditava que a pobre costureira Andreia fora transformada.

Uma peça do quebra-cabeça se encaixou enquanto eu os observava levantarem os véus, apenas o suficiente para beber em cálices de cristal. Poderiam os Espectros ter sido Escolhidos também em algum momento?

Olhei para a frente, engolindo em seco. O corredor se curvava e girava, como se tivesse sido construído no rastro de uma serpente. Os Escolhidos me ajudariam? Seriam de alguma serventia? Provavelmente, não. A melhor coisa a fazer seria atravessar o cômodo sem ser vista. Mas…

Mas aqueles eram Escolhidos.

Mortais inocentes que, com certeza, estavam sofrendo abusos. Ou pior. E, deuses, pensei novamente em Andreia. Aquilo *foi* pior, e eu poderia cair direto em uma...

Um grito fez meu coração saltar dentro do peito. Virei a cabeça em direção ao cômodo. Um Escolhido estava à porta, as mãos enluvadas erguidas sobre a cabeça velada.

— Tudo bem. — Dei um passo à frente. — Não vou machucar você.

Mais gritos rasgaram o ar quando outro Escolhido me avistou. Eles correram para a frente, agarrando aquele que estava perto da abertura e afastando-o de mim. Não que eu os culpasse.

Eu parecia bastante... ameaçadora, coberta de sangue e carregando uma espada.

Uma porta dentro do cômodo se abriu e um homem de cabelos grisalhos, vestido com túnica dourada, a atravessou.

— Por tudo o que é mais sagrado, o que está acontecendo...?

As sobrancelhas cinzentas se ergueram, causando rugas mais profundas em sua pele conforme ele me encarava.

— Meus deuses! — exclamou ele.

— Não sou uma ameaça — comecei. — Eu sou...

— Guardas! — gritou o homem, as vestes balançando enquanto ele se virava para a porta pela qual havia saído. — Guardas!

— Droga — arfei.

Sem opção, comecei a correr o mais depressa possível. Meu coração batia no ritmo de meus passos. Voei pelo corredor, depois entrei em outro, os cômodos de ambos os lados passavam como um borrão. Foi só então que me ocorreu que os guardas não eram a única coisa com a qual eu precisava me preocupar. Os cruéis dakkais comedores de carne eram animais de estimação em Dalos. Um pouco tarde para me preocupar com aquilo agora.

Gritos irromperam atrás de mim, mas continuei correndo, outro salão, um aposento diferente...

Parei de repente. Por um momento não consegui entender o que via, embora compreendesse os gemidos suaves e ofegantes, e os vislumbres de pele nua. Parecia tudo tão inesperado.

Havia pessoas em todos os estágios de nudez espalhadas pelo chão em grupos de dois, três... e *uau*. Meu olhar pousou sobre uma mulher montada em um homem, os seios fartos chacoalhavam enquanto outro a tomava por trás, mãos e boca ocupadas. Ela sorriu, lábios em volta de um pau, enquanto o homem gemia...

Meu Deus, aquilo exigia talento.

Um homem empurrava os quadris de encontro a outro, deitado sobre o braço de um sofá e com a cabeça enterrada entre as coxas de uma mulher seminua. Ela estava com a boca em outra mulher, que por sua vez estava reclinada com as pernas abertas. Alguns estavam em colchões cobertos de seda dourada e safira. Outros em sofás. Alguns apenas assistiam às festividades, acariciando os paus, mergulhando os dedos fundo dentro de si.

Pisquei, chocada, balançando a cabeça. Aquela não era a primeira vez que eu via algo do gênero. Afinal, havia lugares semelhantes em Lasania, na Luxe, mas aqueles não eram mortais. Em vez disso, os olhos carregados de luxúria ali brilhavam com éter. Era um cômodo cheio de deuses fodendo. Malditos deuses.

Lentamente, recuei e voltei para o corredor.

Sem que uma única pessoa sequer me notasse, disparei mais uma vez. Merda. Eu não sabia para onde ir, e o lugar parecia um labirinto de salões e aposentos. Derrapei ao dobrar em outra passagem, a respiração ofegante.

A área em que tinha chegado era mais escura, sem janelas que permitissem a entrada de qualquer luz natural, e havia um cheiro estranho no ar.

Metálico.

Sangrento.

7

Um incômodo me invadiu enquanto eu me esgueirava adiante. Havia tapeçarias em brocado dourado penduradas nas paredes, ondulando suavemente, agitadas por algum tipo de brisa. Olhei para cima, avistando as hélices dos ventiladores de teto em movimento.

Engoli em seco, avançando. Vários aposentos estavam vazios, cheios apenas de sombras, mas elas... Semicerrei os olhos. Pareciam úmidas. Molhadas. Um rico aroma de ferro permeava o ar.

Havia sons ali também, vindos de espaços à luz de velas com arcos encobertos.

Ruídos famintos e ávidos.

Apertei ainda mais os dedos em volta do punho da espada quando passei pela estátua de mármore de um homem com um escudo em uma das mãos e, na outra, uma criança pequena contra o peito.

Nenhum dos dois tinha cabeça.

Não pare, disse a mim mesma. *Simplesmente não pare*. Devia ter uma escada em algum lugar.

Um grito carregado de pânico e de dor, não de prazer, explodiu de dentro de um aposento oculto.

Parei, virando para a direita. Um urro soou, mais fraco e mais curto. *Não pare*. Senti um aperto no peito quando olhei para trás, para o lugar de onde eu tinha vindo. Não fazia ideia de onde estavam os guardas, mas os sons, a mordida ávida...

Droga!

Alguns dias, eu me odiava. Avancei em direção à cortina preta transparente; era um deles.

Empurrei o tecido para o lado, examinando o ambiente mal iluminado. Não havia sofás nem cadeiras, apenas cornijas cheias de velas acesas e parcialmente derretidas e um colchão sobre o piso... com manchas cor de ferrugem.

E não estava vazio.

Uma mulher de cabelo escuro estava em cima de um homem, o rosto enterrado em sua garganta. Ela usava um vestido ou um robe branco largo, mas era possível ver seu corpo se contorcendo através do tecido. Sob ela, o homem estava meio vestido, a pele quase tão branca quanto as vestes rasgadas. Seu olhar frenético e inquieto colidiu com o meu.

Seus lábios se abriram sobre os dentes cerrados e então se moveram, formando uma palavra que não ouvi, mas senti até os ossos.

Socorro.

Um tipo diferente de instinto me dominou enquanto eu avançava. A mulher gemeu profundamente quando o homem sob ela estremeceu, os olhos dele tão apertados que a pele ficou enrugada nos cantos. A mulher parecia tão envolvida com o que eu imaginei ser sua refeição que estava completamente alheia a mim.

Alcançando o lado do colchão, agarrei um punhado de cabelo e puxei com todas as minhas forças.

Tive um vislumbre das perfurações no pescoço do homem enquanto empurrava a mulher para o lado.

Ele se virou para mim, os lábios se abrindo para revelar dois caninos ensanguentados, menores que os que vi em deuses e Primordiais, mas ainda assim afiados. Ela rosnou para mim, e mais uma vez me lembrei de Andreia. Mas aquela mulher não tinha duas presas na fileira inferior de dentes nem parecia... bem, *tão* morta quanto Andreia.

Meu olhar voou até o dela. Pelos deuses, aqueles olhos eram pretos como breu, tão escuros que eu não conseguia discernir as pupilas.

Não eram como os de um deus ou de um mortal.

Ela se moveu depressa, agachando-se, os joelhos projetados das laterais do vestido.

Tive a sensação desagradável de que ambos eram Escolhidos, mas a mulher parecia com o mencionado por Gemma: um Escolhido que desapareceu e voltou com fome.

Porque a vadia parecia estar *faminta*.

Ela inclinou a cabeça para o lado enquanto farejava o ar.

— Você cheira...

Franzi o cenho diante da voz rouca, gutural.

— Você cheira a Espectro e deus — ronronou ela, movendo-se com graça fluida, muito similar a uma víbora. Ela gemeu, os cílios grossos como um leque sobre as bochechas. — E algo mais. Mais forte.

— Obrigada? — murmurei, mantendo um olho nela enquanto me aproximava do homem. Ele não estava se mexendo. — Acho.

Um suave ruído sibilante escapou da mulher antes que ela colocasse as mãos na cintura do vestido.

— Estou com muita fome.

— Aham. — Mantendo a espada nivelada, eu me abaixei e toquei o pescoço do homem, sentindo a pulsação. Encontrei. Fraca, mas estava lá.

A mulher inclinou o corpo em minha direção enquanto passava as palmas das mãos pelo peito.

— Você cheira...

— Você já disse isso.

— Como a vida — sussurrou ela, levantando os cílios. Olhos escuros como breu ligeiramente iluminados por dentro focaram em mim.

— Que por...?

A mulher saltou sobre mim, um salto perfeito, como um grande felino. Ela foi rápida — mais rápida do que eu esperava — e se chocou contra mim. O impacto fez a espada cair. Cambaleei para trás, tropeçando sobre as pernas do homem. Caí, as mãos nos ombros da mulher. Bater no chão de pedra foi brutal, mas as presas estalando a centímetros de meu rosto pareciam muito mais violentas.

— Merda — ofeguei ao segurá-la, os braços trêmulos conforme ela agarrava meu pulso.

— Me deixe provar um pouco — pediu ela, os joelhos pressionando meus quadris. — Só um pouco. Uma provinha. E só. Por favor. — Ela gemeu, seus quadris rebolando e me esfregando. — Por favor.

— Que porra é essa?! — exclamei. Ela era quase tão forte quanto um deus. — Saia de cima de mim.

— Eu preciso disso. Preciso de mais — choramingou, a voz engrossando. — Eu preciso...

Com toda a força, empurrei-a para o lado. Não fiquei deitada de costas, ciente da rapidez dela. Eu me levantei e procurei a espada.

A mulher voou em minha direção, os movimentos frenéticos e destreinados, cheia de braços e presas. Ela estava mordendo o ar? Eu a empurrei para trás. Se ela fosse uma Escolhida, eu não queria machucá-la. Talvez o que quer que tivesse sido feito a ela pudesse ser *des*feito. Eu não sabia.

— Você precisa se acalmar.

Sem dar ouvidos, ela se lançou mais uma vez sobre mim. Mergulhei sob seus braços, colocando-me por trás dela. Com um giro de cintura, chutei, plantando meu pé em suas costas. Ela se inclinou para a frente, caindo de joelhos. Eu me virei, avistando a espada de pedra das sombras no colchão. Agarrando-a, girei. Ela se chocou contra mim a toda velocidade. Tropecei conforme meus braços dobravam...

A mulher estremeceu, a cabeça e as pernas caíram para a frente, as costas curvadas. Olhei para baixo e vi o punho da espada cravado no manto branco em sua cintura.

Ergui olhar ao mesmo tempo que ela. Seus lábios se abriram em um suspiro suave. Nossos olhos se encontraram, e o tempo pareceu desacelerar enquanto rachaduras minúsculas riscavam suas bochechas. Elas se espraiavam como fissuras nas paredes, cortando seu rosto e descendo pelo pescoço.

O peso da mulher contra a espada desapareceu, como se ela fosse oca. Então sua pele descascou, virando pó ao atingir o ar.

Fiquei de boca aberta enquanto ela implodia, partindo-se e se estilhaçando até que a espada em minhas mãos perfurasse nada além de tecido.

— Que porra é essa? — repeti, paralisada por um momento antes de desvencilhar a lâmina das vestes e procurar algum sinal da mulher. Um osso. Qualquer coisa.

Não havia coisa alguma.

Engoli em seco, dando um passo para trás. Bati na beirada do colchão e me virei, encarando o homem. Ele parecia mais pálido que antes. Os olhos estavam abertos, mas vidrados e estáticos. Após dar uma olhada na pilha de vestes vazias, ajoelhei, tocando seu pescoço.

— Droga. — Senti um aperto no peito. Não havia pulsação. Comecei a afastar a mão quando um movimento chamou minha atenção. Seus dedos se contraíram. Em seguida, o braço. Soltei um suspiro trêmulo. Pressionei com mais firmeza seu pescoço, em busca de uma pulsação, ainda sem encontrar nenhuma.

— Merda. — Olhei para seu braço. Estava imóvel.

Tudo bem. Eu devia estar vendo coisas.

Olhei para tudo o que restava da mulher: nada além de uma pilha de roupas. Ela não tinha sido o que Aios certa vez havia chamado de demis, o que acontecia quando um mortal que não era um terceiro filho ou filha Ascendia.

Um forte tropel de passos ecoou do lado de fora do corredor, voltando minha atenção para a cortina transparente. Várias silhuetas passaram apressadas.

Uma parou.

Um homem com cabelo claro, que caía por suas costas, ergueu a cabeça. Ele se virou para a cortina do quarto onde eu estava.

Passando por cima do Escolhido, levantei a espada.

— Eu a encontrei — falou uma voz rouca e desconhecida.

Merda.

Merda.

Outro apareceu do lado de fora, a armadura dourada opaca sob a iluminação fraca. O homem de cabelo comprido abriu a cortina um segundo depois, entrando.

Atravessei o cômodo como um raio. O homem inclinou a cabeça sem fazer movimento algum para se proteger. Ótimo. Encostei a ponta da lâmina em seu pescoço.

— Mexa-se — ordenei.

Embora as sombras obscurecessem suas feições, eu podia jurar que ele estava sorrindo ao levantar as mãos.

— Estou me mexendo — respondeu ele. — Vossa Alteza.

Ouvir o título foi chocante. De algum modo, em meio a tudo aquilo, eu havia me esquecido de que uma Consorte tinha status semelhante ao de um Primordial.

— Para trás — acrescentei, sem ter tempo para me perguntar se aquele era um deus ou um Espectro. — Afaste-se.

Ele obedeceu, saindo do aposento e entrando no corredor.

— Até que distância você gostaria que eu recuasse?

Com a lâmina ainda em seu pescoço, disparei atrás dele. O homem era absurdamente alto, vários centímetros mais alto do que eu, mas agarrei seu braço enquanto o forçava em direção ao guarda.

— Quero que vocês dois ouçam com atenção, porque não vou repetir — avisei, pressionando a ponta da lâmina em seu pescoço. — Se algum de vocês fizer um movimento que eu não aprove, vou cortar a cabeça dele. E sou rápida. Vocês não serão capazes de me impedir.

— Você é rápida quanto? — perguntou, muito casualmente para alguém que tinha uma lâmina no pescoço. — Imagino que bem rápida, para ter chegado tão longe.

Meu coração deu um salto no peito, acelerando. A pele dele? Estava quente, quase febril, e parecia cheia de cicatrizes ou… sulcos. O homem virou a cabeça para o lado.

Várias ondas louras caíram para trás, revelando sua bochecha.

— Mas é forte mesmo? — continuou ele, e ergui o olhar. — Porque vai ter de ser realmente forte, Vossa Alteza.

Meu estômago embrulhou quando vi as protuberâncias ao longo de sua mandíbula e bochecha. Elas formavam um padrão de escamas. Então vi um olho vermelho-rubi.

Um dragontino.

Minha lâmina estava apontada para o pescoço de um dragontino.

Dois pensamentos me ocorreram ao mesmo tempo: aquele dragontino havia desejado um vínculo com Kolis? E uma lâmina de pedra das sombras seria capaz de matar um dragontino? Eu estava prestes a descobrir, então realmente torcia para que ele estivesse feliz em servir Kolis, e não que o fizesse por falta de opção.

— Não faça isso — alertou o guarda.

Encolhi o braço para trás…

O dragontino se virou, agarrando meu pulso e o torcendo. A dor disparou por meu braço, mas segurei a espada. Era minha única arma. Minha única…

Ele aumentou a pressão em meu pulso, cravando os dedos nos tendões. Ofeguei quando minha mão se abriu. A espada ressoou no chão quando eu o chutei, acertando o pé em seu peito.

O dragontino nem se mexeu.

— Isso não foi muito amigável — disse ele, com um sorriso irônico. — Mas, se a faz se sentir bem, por favor, fique à vontade, continue.

— Vá se foder! — cuspi, afastando o corpo. Golpeei com o outro braço, acertando-o no queixo quando um baque veio de algum lugar atrás de mim. Eu não fazia ideia do que era e não tinha tempo para descobrir.

— Ui — grunhiu ele, com uma risada carregada. O soco provavelmente doeu mais em mim do que nele. — Isso foi fofo.

Fofo?

Fofo?

A fúria irrompeu de dentro de mim, misturando-se ao pânico crescente e atiçando as brasas. Aquela era minha única chance. Se eu não conseguisse fugir agora, com certeza jamais o faria, e eu *tinha* que fugir. Precisava. Minha nuca formigou enquanto as brasas da Essência Primordial zumbiam.

Elas vibravam no fundo do peito, lembrando-me de que a espada não havia sido minha única arma. Eu tinha *as brasas*.

E elas eram minhas.

No fundo do meu ser, um poder ancestral se agitou e se expandiu. Brilhante e quente, o éter atingiu minhas veias, me inundando.

O dragontino inclinou a cabeça, as narinas dilatadas. O choque fez com que seus olhos se arregalassem, e seu aperto em meu punho perdia força.

Éter se libertou e eu não tentei puxá-lo de volta. Empunhei aquele poder... *meu* poder. Eu o *invoquei*, estendendo os dois braços. Faíscas prateadas irromperam de meus dedos, e espalmei as mãos no peito do dragontino.

Seus pés saíram do chão e ele voou para trás, batendo na parede do outro lado do corredor com força suficiente para quebrar a pedra. Então caiu de lado, inconsciente.

Deixei escapar uma risada estrangulada. Puta merda, eu tinha acabado de nocautear um *dragontino*! Mas não havia tempo para ficar impressionada com minha incrível força. Girei em direção ao guarda de cabelo castanho.

O éter pulsava atrás de suas pupilas.

— Merda.

Ergui a mão. O poder irrompeu da palma, e algo aconteceu. A Essência Primordial crepitante e desprendida se materializou em minha mão, esticando e se alongando, formando um *raio*.

Arregalei os olhos.

— Bons destinos — murmurou o guarda com voz rouca, tropeçando para trás.

Um grunhido baixo e estrondoso soou, e virei a cabeça para o lado. O dragontino se levantava do chão, a pele se espessando em escamas, escurecendo para um tom carmesim. Sua mandíbula se abriu, e os olhos cor de rubi cintilaram com um tom de safira brilhante e luzidio enquanto a fumaça saía de suas narinas.

Reagi graças a um antigo instinto, nascido do poder Primordial que eu empunhava. Joguei o braço para trás enquanto me preparava para lançar o raio.

O que parecia ser o gemido do vento ecoou de dentro do cômodo do qual eu tinha saído. Um uivo baixo que se transformou em um grito estridente e fez minha pele arrepiar. Olhei por cima do ombro.

Algo atravessou o véu transparente e se chocou contra mim. Com minha concentração desviada, o raio desmoronou como uma inofensiva chuva de faíscas quando caí para trás.

Agarrei pelos ombros o que havia me atingido e bati com força no chão. Perdi o fôlego enquanto a coisa se rebelava, gritando e batendo os dentes. Mas aquilo não era uma *coisa*.

Mesmo em minha confusão, eu sabia que era o homem que até então estava morto.

E ele ainda parecia morto.

Sua pele tinha adquirido um medonho tom cinzento, e sombras escuras floresceram sob seus olhos, que agora ardiam, incandescentes. Lábios azul-acinzentados e pálidos se abriram, revelando quatro longos caninos que não estavam lá antes, dois na arcada superior, dois na inferior.

Assim como as presas que apareceram na costureira Andreia.

— Que porra é essa?! — exclamei, empurrando-o.

Eu me arrastei para longe, meu coração martelando quando ele caiu de lado. O corpo dele se contraiu, os braços balançando incontrolavelmente, a cabeça chicoteando em minha direção. O som que ele emitiu parecia gritos de uma centena de almas condenadas ao Abismo, e um arrepio percorreu minha coluna. Ele se levantou e veio direto para mim, como se ninguém mais estivesse por perto.

Levantei com dificuldade e me preparei…

Uma espada de pedra das sombras golpeou, atingindo-o no pescoço. Seu grito terminou abruptamente quando a espada o atravessou, cortando sua cabeça.

Atordoada, observei o corpo desmoronar, incapaz de entender como o Escolhido tinha passado do que eu vira antes para *aquilo*.

— Maldito Voraz — murmurou o guarda, e meu olhar se voltou para ele. Uma mecha de cabelo castanho caiu sobre sua testa enquanto ele cutucava a cabeça caída com o pé. — Abominações.

Eu estava certa.

Andreia — e *aquele Escolhido* — havia se tornado uma Voraz. E a mulher que o tinha mordido era outra coisa.

— *Vossa Alteza* — soou um sussurro rouco às minhas costas.

Meus ombros enrijeceram. Como eu tinha me esquecido do dragontino? Do meu plano de fuga? O Voraz e o que quer que aquela mulher fosse caíram no esquecimento. Procurei as brasas e as encontrei. Elas latejaram para a vida, um pouco mais fracas do que antes, mas ainda ali. Dei um passo à frente e girei, chamando a essência. O calor invadiu minhas veias enquanto meus olhos se fixavam naqueles que oscilavam entre carmesim e safira...

Alguém pousou a mão em minha nuca, dedos quentes cravados na lateral do meu pescoço. Tentei levantar os braços e me afastar daquela pressão repentina, mas meus músculos ficaram rígidos, e um redemoinho vertiginoso de escuridão se ergueu, me arrastando, sem piedade, para a vastidão do nada.

*

Sonhei com meu lago, as águas frias e escuras deslizando sobre minha pele enquanto eu nadava sob estrelas brilhantes.

Aquele sonho não me surpreendeu. O lugar era fonte de boas lembranças, e fiquei aliviada por minha mente ter decidido mc lcvar até ali em vez de ir a algum lugar terrível, mas eu não conseguia me lembrar com exatidão o que havia acontecido antes. Eu estava em algum lugar no Palácio Cor, não estava? Não tinha certeza. Tudo existia fora de meu alcance, velado pela bruma. E, além do mais, aquilo...

Eu sabia que nada de ruim poderia me atingir, assustar ou perturbar ali. Porque eu não estava sozinha.

Um lobo estava sentado na margem do meu lago, um mais prateado que branco. De guarda.

E eu sabia que estava segura.

8

Quando abri os olhos, tudo o que vi foram barras acima de mim e o brilho fragmentado de luz no centro do teto da jaula, e senti a suavidade de um cobertor abaixo do corpo.

Franzi as sobrancelhas, confusa. Como voltei para a jaula? Eu tinha desmaiado em um corredor escuro, com…

— Você acordou. Finalmente.

Aquela voz quente e estival fez uma onda de adrenalina percorrer meu corpo. Sentei-me em um pulo, meio de lado, perdendo o equilíbrio no divã estreito. Comecei a deslizar pela borda.

Kolis me segurou pelo ombro, a mão espalmada em minha pele nua.

— Cuidado.

Eu me desvencilhei de seu toque, encolhida contra as costas do divã, enquanto esticava o braço sob mim, sem tocar em nada além do pelo grosso do cobertor.

Kolis se ajoelhou diante de mim com a cabeça inclinada.

— O que, por favor me diga, está procurando?

Minha adaga.

Ou o pau de vidro lascado.

Eu procurava uma arma por instinto e puro reflexo.

— Eu… eu não sei.

— Hmm. — Ele arqueou uma única sobrancelha.

Com um nó no estômago, eu o encarei por trás de vários fios de cabelo que tinham caído em meu rosto — cabelo claro, agora manchado de vermelho.

Merda.

A tentativa de fuga, o que eu vira na parte sombria do palácio e meu fracasso subsequente voltaram de uma vez. Meu olhar disparou para o chão atrás de Kolis. O ladrilho brilhante estava livre de sangue e entranhas. Olhei para o cômodo além...

— Se está procurando pelo guarda que você assassinou sem necessidade com um objeto originalmente projetado para proporcionar prazer... embora eu deva admitir que foi um tanto incrível — observou Kolis. — Você não o encontrará.

Enrijeci, e as teias de aranha do sono se dissiparam. Voltei a atenção para Kolis. Ele estava vestido como antes, com nada além da faixa de ouro em volta do bíceps e a calça larga de linho.

— Ele foi removido — continuou o falso Rei. — E o cômodo, limpo.

Com a respiração ofegante, voltei a me concentrar nele.

— Sem necessidade? — Estremeci com a rouquidão em minha voz.

— Do que mais você chamaria?

— Legítima defesa — rebati.

Seu olhar frio estudou meu rosto.

— Ele a atacou?

— Não...

— Callum bateu em você?

— Não, mas...

— Então como pode considerar legítima defesa? — argumentou Kolis.

Entreabri os lábios, incrédula. Ele estava mesmo fazendo aquela pergunta?

— Você me mantém prisioneira. Não preciso ser atacada para me sentir ameaçada.

— Você não é uma prisioneira. — Ele endireitou a cabeça, e fios de cabelo dourado caíram sobre seus ombros. — É uma hóspede.

— Uma hóspede? — sussurrei.

— E uma encrenqueira — emendou, no mesmo tom monótono e seco.

Só o que consegui fazer foi encará-lo. Parte de mim se perguntava se eu ainda estava dormindo ou se o guarda que me deixou inconsciente causara algum tipo de dano em minha cabeça. Tinha de haver uma razão para Kolis parecer realmente acreditar nas próprias palavras. A menos que ele estivesse mesmo fora de si.

O que era provável.

Mas, pelo menos, ele não estava mais se referindo ao Palácio como minha casa.

— Você caiu em um sono pesado — afirmou Kolis, após um momento. — Como se estivesse em paz.

Eu *estava* em paz. Sonhei com meu lago e o lobo prateado... Espere.

— Como...? — Pigarreei. — Há quanto tempo você está me observando?

— Tempo suficiente — respondeu ele.

A repulsa me agitou.

— Você tem alguma ideia de como é extraordinariamente perturbador saber que você estava me observando dormir?

A luz quente refletiu em uma bochecha arqueada enquanto sua cabeça se inclinava.

— Isso a incomoda?

— Claro, porra! — rebati.

— Veja como fala. — Ele apertou os lábios. — É muito mais incivilizada do que eu me lembrava.

— E observar alguém dormir é *civilizado*? — disparei em resposta.

Uma sombra pareceu cair sobre o falso Rei, escurecendo o próprio ar ao seu redor. Sua expressão endureceu, ele trincou os dentes e um brilho frio e inflexível faiscou em seus olhos.

Kolis avançou, batendo as mãos no divã ao lado de minhas pernas, o que me fez pular. Ele sorria enquanto se inclinava, e, nossa, o Primordial sabia mesmo sorrir de modo cruel. Parecia um trejeito frio e brutal de uma boca e um rosto tão bonitos. Eu me forcei a ficar quieta enquanto ele invadia meu espaço, lutando contra o desejo de empurrá-lo.

Kolis parou, inspirando profundamente.

Uma sensação de formigamento percorreu minha pele.

— Você está... você está me *cheirando*?

— Você cheira a... — Seu nariz roçou minha têmpora, e um arrepio de repulsa percorreu meu corpo. Ele inalou novamente e meu pulso acelerou. — Você cheira a solo úmido.

Sério? Eu só conseguia captar o fedor adocicado de lilases podres. Meus dedos agarraram a almofada. Mas, se ele realmente sentiu cheiro de terra úmida, aquilo não fazia sentido. Aquele era o cheiro do meu lago, e eu não atravessara a passagem coberta.

Os segundos se passaram enquanto Kolis me estudava com uma expressão perturbadora, sem nem piscar. Ainda assim, quando ele finalmente piscou, meus dedos doíam de tanto apertar a borda do divã.

— Quero me desculpar com você — disse ele, de um modo meio tenso, enquanto seu olhar viajava até minha boca e meu queixo. — Por agredi-la. Eu sinto muito de verdade. Não era minha intenção.

Seu pedido de desculpas caiu no silêncio, como uma nuvem nociva e sufocante, enquanto eu o encarava. Ele parecia sincero, mas meu meio-irmão Tavius também, nas raras ocasiões em que o pai o censurava por causa de algum ato imperdoável e desprezível cometido por ele. Assim como os pais das crianças espancadas que as Damas da Misericórdia acolhiam. Eu já tinha visto abusos demais para saber que havia dois tipos de pessoas que machucavam os outros: as que sentiam remorso por suas ações e as que simplesmente não sentiam. Eu acreditava que soubesse a qual categoria Kolis pertencia, mas, no fim, raramente importava se o pedido de desculpas e o remorso eram genuínos ou não, porque nada justificava a violência, e o agressor quase nunca mudava.

Kolis podia pegar aquele pedido de desculpas e se engasgar com as palavras, mas eu já tinha bom senso o suficiente para guardar minha opinião para mim. Pelo menos por enquanto.

Ele permaneceu onde estava por mais alguns segundos, depois se levantou em toda sua altura imponente. Deixei escapar um suspiro ofegante conforme um pouco da tensão dolorosa em minhas pernas e costas aliviava.

— Você está ainda mais imunda do que da última vez que conversamos — afirmou ele. — Quando Callum retornar, você fará o que ele pedir, e não tentará feri-lo.

Levantei a cabeça lentamente e olhei para cima, meu olhar passeando por aquelas mãos e braços enormes, a faixa dourada e... Meu olhar voltou até ela. Franzi o cenho. O bracelete tinha parecido branco por um momento.

— Está me ouvindo? — perguntou, impaciente.

Confusa, voltei a me concentrar em Kolis e assenti.

— Então você entende?

— Isso é... tudo? — Coloquei os pés no chão. — Eu tentei escapar, e isso é tudo o que você tem a dizer?

Um sorriso fraco e confuso apareceu.

— Deveria dizer mais? Eu deveria ficar zangado com você?

— Hmm, presumo que sim.

— Estou descontente, *so'lis* — disse ele, causando um arrepio em mim. — Mas não esperava nada menos de você.

— É mesmo? — murmurei, sem confiar em seu comportamento aparentemente ambivalente.

— Você já tentou escapar de mim muitas vezes antes. — Seu olhar se estreitou. — Isto é, se for quem afirma ser.

O desconforto floresceu quando engoli em seco. A crença de Kolis de que Sotoria e eu éramos uma só parecia ser a única coisa que me mantinha viva.

— Eu... eu não me lembro de nada — admiti, sabendo que dizer a verdade sempre que possível tornava as mentiras mais verossímeis.

— É mesmo? — Ele repetiu o que eu dissera.

Assenti.

— Então você não se lembra do que acontece quando me desagrada — ponderou ele.

Minha nuca enrijeceu enquanto eu sustentava seu olhar.

— Não, mas tenho certeza de que posso adivinhar.

Kolis riu baixinho.

— Não, você não pode.

Um frio tomou meu peito e estremeci.

— Espero que não redescubra — acrescentou ele, com o olhar dançando sobre mim.

— Não preciso redescobrir para saber — cuspi. — Sei o que acontece àqueles que caem em desgraça com você. A outros que foram seus *hóspedes*.

Vi pequenas contrações nos músculos de sua mandíbula e acima de seus olhos enquanto ele me encarava.

— Você fala de outros que não apenas sustentei, mimando-os com as melhores sedas e os mais refinados vinhos e comidas, mas também protegi, sem nunca esperar nada em troca, a não ser companhia?

Engasguei com a respiração cheia de raiva. Ele achava mesmo que manter alguém em uma gaiola podia ser considerado algo além de fazer um prisioneiro?

— Você os estava protegendo quando se cansou deles e os deixou de lado, permitindo que qualquer um fizesse o que quisesse com eles? Que os maltratassem ou abusassem deles. Matassem…

Kolis avançou, pondo o rosto a centímetros do meu. Eu me esforcei ao máximo para não reagir.

— Você não tem ideia do que está falando. — Sua carne começou a afinar enquanto seu peito subia, arfante. Devagar, ele se recompôs. — Mas eu sei quem andou falando com você. Aios.

Não respondi nada enquanto sustentava seu olhar.

— Ela contou por que eu me cansava deles? Por que foram deixados de lado? Tenho certeza de que não. Todos foram ingratos. Não importava o quanto eu lhes desse. Não importava o que fizesse. Eles eram taciturnos ou calculistas, acreditando que suas vidas seriam melhores sem o que eu era capaz de oferecer. — Ele ergueu o queixo. — A única coisa que fiz foi permitir que descobrissem o quanto estavam errados.

Eu não conseguia acreditar no que estava ouvindo, uma justificativa não só para sequestro, mas também para o papel que desempenhou na morte daquelas pessoas. E seu tom me disse que ele realmente acreditava que nada tinha feito de errado.

Kolis me encarou.

— Eu posso sentir.

— O quê? — perguntei, imaginando se minha raiva era tão palpável a ponto de forçá-lo a desenvolver uma habilidade semelhante à de Ash.

— A essência em você. — Ouro cintilante pressionava a pele de seu pescoço. — As brasas. Ainda mais poderosas do que antes. — Ele abaixou a cabeça. — Não deveria ser possível. Afinal, você é mortal. No entanto, você não apenas as dominou para atacar um dragontino, como também invocou a persuasão não em um, mas em *dois* Primordiais.

— E?

— E? — Kolis repetiu com uma risada suave. — Somente o Primordial da Vida pode exercer a persuasão contra outro Primordial.

Meu coração disparou.

— Não sou a Primordial da Vida. Obviamente.

— Sim, obviamente — ecoou Kolis. — Callum retornará em breve. Não me desagrade. Eu odiaria que houvesse necessidade de designar um dakkai para este cômodo — ameaçou ele, e meu estômago se revirou diante da ideia. — O temperamento e fedor deles não os tornam bons companheiros, *so'lis*.

— O que isso quer dizer? — perguntei, sentindo aquela raiva tangível que não me pertencia apagar qualquer preocupação em relação ao dakkai. — *So'lis*?

Kolis ficou imóvel por vários segundos, depois sorriu, e meu corpo gelou.

Era um lindo sorriso.

Ele era lindo.

Mas havia algo de errado com aquele sorriso. Parecia… ensaiado, como se Kolis tivesse praticado vários até aperfeiçoar um, mas a emoção por trás do gesto não se fez presente. Não se via em qualquer lugar daquelas feições perfeitas.

— *So'lis* é o idioma dos Antigos e Primordiais — explicou ele, sendo os Antigos os primeiros Primordiais, aqueles que profetizaram um ser que exerceria o poder supremo tanto da vida quanto da morte. — Quer dizer apenas uma coisa.

Se aquilo fosse verdade, seria a primeira vez.

— E tenho certeza de que você notou que é semelhante ao meu nome.

Eu tinha notado.

— *Ko'*, na língua antiga, pode ser traduzido pela palavra *nossa*. *Lis* significa *alma* — revelou ele, meus músculos começando a travar. — Ko'lis pode ser traduzido como *nossa alma*. É o que meu nome simboliza.

— Que fofo — comentei. — O que significa *So*?

O ouro desacelerou em seus olhos.

— Minha.

Senti um vazio no peito.

Minha alma.

*

Caminhei por toda a extensão da jaula, as mãos cerradas ao lado do corpo, enquanto esperava o retorno de Callum. Era o que vinha fazendo desde que Kolis partiu.

Meus pensamentos continuavam se alternando entre o que eu tinha visto na parte sombria do palácio e o futuro. Devia ter perguntado a ele sobre os Escolhidos que havia encontrado. Era importante para Ash saber o que Kolis andava fazendo ali.

Mas como, em nome dos planos, eu conseguiria passar essa informação para Ash?

Tentei matar Kolis.

E fracassei.

Tentei escapar.

E fracassei outra vez.

Aquilo me fez encarar a realidade da situação. A única opção.

Essa sempre foi a única opção. Aquela voz irritante que parecia a minha havia retornado. Ótimo.

Acelerei o passo, o vestido manchado chicoteava meus tornozelos. Mas eu não conseguiria levar aquilo a cabo. Já havia decidido. Assim como tinha decidido que não me importava com o bem maior. Eu não seria a pessoa que sacrificaria tudo.

Mas eu *era* essa pessoa.

E eu *me* importava.

Não podia me enganar acreditando no contrário, não importava o tamanho do meu desespero. Se eu não fosse esse tipo de gente, não teria parado para ajudar os Escolhidos. Talvez não tivesse escapado, mas teria ido mais longe.

O que Holland me disse certa vez ressurgiu. Tinha sido anos após Ash me rejeitar como sua Consorte. Eu não conseguia me lembrar exatamente o que levara Holland a dizer aquilo. Com certeza eu andava reclamando por não querer fazer alguma coisa, o que era algo comum na época.

— *Sei que você sente que não teve escolhas na vida* — começara ele, naquele tom gentil característico de quando me dizia algo que sabia que eu não queria ouvir. — *Mas todo dia existe a escolha de continuar, de encarar o futuro de cabeça erguida, ou não. Todo dia existe a escolha de ser sincera consigo mesma ou mentir. Uma será a coisa mais difícil que você já fez, e a outra, a mais fácil, mas sempre há a chance de escolher, se não seguir o caminho mais fácil.*

Ele dissera aquilo quando era Sir Holland, um Cavaleiro Real treinado para me preparar a fim de cumprir meu dever e me defender. Aquele que muitas vezes gostava de externar o que eu tinha, carinhosamente, considerava uma baboseira filosófica absurda. Mas ele nunca havia sido apenas Sir Holland. Ele sequer era mortal. Era um Arae. Um Destino. Suas divagações filosóficas nunca foram baboseira.

Mas ainda eram, em grande parte, absurdas.

No entanto, eu entendia o que ele tentara dizer. Talvez. Mas eu *sentia* o que ele quis dizer... como se não houvesse escolha. Eu tinha vivido naquele estado desde que era capaz de lembrar, e a situação era a mesma agora.

Mas ele tinha razão.

Havia muitas escolhas. Fazer nada e deixar o acaso determinar o que aconteceria, ou enfrentar a realidade e tornar difícil para os Destinos ditarem seu caminho. Havia também a escolha de continuar. Certa vez, eu não tinha feito aquela escolha. Os Destinos, a sorte ou quem sabe até as brasas haviam impedido que tal decisão se tornasse minha última, mas fora uma escolha da qual eu me arrependia até hoje, porque tinha sido a errada.

E eu sabia que decidir me lixar para o bem maior e tentar outra fuga imprudente seria outra escolha da qual me arrependeria pelo tempo que me restasse. Tentar me convencer do contrário seria tolice, assim como acreditar que tinha total autonomia. Que eu, de algum modo, exercia um papel ativo nas escolhas que me foram apresentadas. Aquilo era besteira. A verdade era que nada daquilo era certo ou justo.

Mas o fato de que aquilo — tudo aquilo — era muito maior e mais importante do que eu também era verdade.

Kolis precisava ser detido.

Escolher lutar para sair dali significava escolher a mim mesma, o que provavelmente terminaria com minha morte antes da Ascensão. Kolis não parecia ter se importado muito com minha tentativa de fuga e *assassinato*, mas ele tinha menos controle sobre a própria raiva do que eu em um dia bem ruim. E, se aquilo acontecesse, tudo iria por água abaixo. Escolher a mim mesma não ajudaria a libertar Ash, e, deuses, aquilo era mais importante para mim do que cumprir meu dever.

Porque eu o amava. Eu estava *apaixonada* por ele. E, certa ou errada, faria qualquer coisa por ele.

Parei, fechando os olhos.

Balancei a cabeça, então os abri novamente. Como eu faria aquilo? Uma amarga tristeza me inundou, agitando as brasas. Elas vibraram.

Eu sabia como.

Cruzando os braços na cintura, comecei a caminhar mais uma vez, dando à minha mente tempo para se acalmar… bem, para ficar tão calma quanto possível. Seria melhor se estivesse com a mente límpida e lúcida o suficiente para que eu fosse capaz de enfrentar a realidade da situação e abordar tudo de maneira lógica — o que não era exatamente uma habilidade pessoal, mas eu sabia que havia dois resultados possíveis dali em diante.

Ou eu encontrava outro plano de fuga, mais razoável e bem pensado — que incluísse, de fato, uma estratégia —, e chegaria até Ash, para que ele pudesse pegar as brasas.

Ou eu não conseguia escapar e matava Kolis.

Ambas as opções exigiam a mesma coisa, e, deuses, só de pensar naquilo me dava vontade de vomitar! Doía para cacete em algum lugar profundo, como uma adaga cravada repetidamente em meu peito. Mas eu me recusava a remoer aquilo. Em vez disso, respirei fundo para me controlar.

Eu precisava.

O que significava que eu teria de explorar o amor de Kolis por Sotoria, e sabia o que aquilo implicaria. A única diferença agora é que eu não tinha de seduzir Kolis até que se apaixonasse por mim. Essa etapa já estava concluída graças à alma de Sotoria — enquanto ele continuasse convencido de que eu era ela.

Eu precisava apenas que Kolis confiasse um pouco em mim para conseguir um tanto mais de liberdade para escapar.

— Apenas.

Soltei uma risada rouca. Escapar com sucesso para que Ash pudesse pegar as brasas era a opção em que eu estava apostando. Era a única maneira de impedir a Devastação de destruir Lasania, minha casa, e, eventualmente, todo o plano mortal.

E mesmo que o reino não soubesse de minha existência, as pessoas ainda eram importantes. Ezra e sua Consorte, Lady Marisol — e todas as outras pessoas vivas —, valiam todo e qualquer sacrifício que eu talvez tivesse de fazer. Até minha mãe valia.

Deixei escapar uma risada curta e fraca. Tudo bem, talvez ela não valesse muito a pena, mas o plano mortal, sim, e as pessoas de lá não faziam ideia de que o fim se aproximava.

E se eu não conseguisse me libertar daquela jaula? Então eu teria de matar Kolis.

Eu precisava me sair melhor do que na praia perto de Hygeia.

O bom senso me dizia que escapar era o resultado menos provável, o que me deixava com a opção de matar Kolis. O que não resolveria tudo. Não evitaria a catástrofe que atingiria ambos os reinos nem acabaria com a Devastação, mas iria impedi-lo de machucar os sobreviventes. Acabaria com seu regime tirânico, no qual ele podia forçar dezenas de inocentes a se sacrificar.

Mas talvez matar Kolis retardasse a Devastação. Outra risada seca me escapou. Eu já devia saber. A Devastação havia começado com meu nascimento, o que sinalizou a eventual morte das brasas. Se Ash não Ascendesse para se tornar o Primordial da Vida, os mortais estariam, bem... estariam fodidos. Mas aquilo talvez desse a Ash, e aos outros, tempo para descobrir o que poderia ser feito em relação à Devastação, se é que algo podia ser feito. Tinha de haver alguma coisa a ser feita. Porque, eventualmente, ela se espalharia das Terras Sombrias para todo o Iliseu.

Até lá, matar Kolis protegeria Ash e o povo das Terras Sombrias — Aios, Bele e Reaver; a pequena Jadis e seu pai, Nektas; Saion, Rhahar e tantos outros, inclusive os da cidade de Lethe. Até mesmo Rhain, que eu ainda não tinha certeza se gostava de mim.

Eles importavam.

Todos mereciam uma existência que valesse a pena. E Ash? Deuses, ele merecia uma existência sem a ameaça constante de Kolis, merecia uma existência em que sua bondade inata fosse reconhecida em vez de castigada. Em que o medo de se apaixonar não tivesse sido tão intenso a ponto de ele ter feito outro Primordial remover sua capacidade de fazê-lo.

Mas havia algo que eu precisava fazer o mais rápido possível.

Eu precisava libertar Ash.

Ele não podia continuar preso. Não que seu aprisionamento o tornasse acessível. Eu teria que escapar de uma jaula para entrar em outra — provavelmente bem vigiada. Mas, mesmo que tornasse, eu não suportava a ideia de ele ser mantido em cativeiro, sujeito a qualquer crueldade que Kolis concebesse.

Ash precisava ficar longe do falso Rei. Precisava se manter em casa com seu povo, principalmente se Kolis estivesse falando sério sobre o início de uma guerra.

E eu sabia como fazer tudo aquilo.

Minha mão caiu para a lateral do corpo enquanto meu coração martelava. Não era a noção de que minha tentativa de fuga falhasse, ou de que eu precisava encontrar algo para efetivamente matar Kolis que me causava ânsia de vômito. Era o fato de que eu sabia o que tinha que fazer.

Eu precisava me tornar aquela tela em branco. O recipiente vazio. Sem qualquer emoção. Sem qualquer necessidade ou desejo pessoal. Superficial. Era o único caminho.

Senti um aperto no peito e inclinei a cabeça para trás. Olhei para as barras de ouro acima de mim.

A determinação se assentou, me dominando conforme eu abria os olhos. Controlando a respiração mais uma vez, parei novamente.

— Sinto muito — sussurrei para mim mesma e para Sotoria.

Não houve resposta.

Nem dela, nem de minha irritante voz interior. Olhei para baixo, para onde meus dedos dos pés despontavam por baixo da bainha do vestido.

Espere.

Meu olhar se desviou para a cama. A *chave*. Deuses, eu havia esquecido completamente.

Atravessei a curta distância, então me abaixei e espiei debaixo da cama. O alívio tomou conta de mim quando a vi. Eles ainda não a tinham notado.

Eu não tinha certeza do quão útil ela seria agora, mas não podia deixá-la onde estava.

Com uma espiadela nas portas fechadas do cômodo externo, deitei de bruços e me esgueirei o máximo que pude. Estendi o braço, tentando não pensar nos sonhos com monstros debaixo da cama em minha infância.

Meus dedos roçaram o metal frio. Agarrei a chave e me levantei depressa, olhando ao redor da jaula. Onde poderia escondê-la?

Os baús não deviam ser tão seguros. Nada naquela jaula era seguro, exceto…

Pensei no único lugar em que poucos homens se atreveriam a mexer.

Com um sorrisinho, corri para a área de banho e me ajoelhei na frente das prateleiras. Havia cestos no fundo. Abri uma das tampas, encontrando os paninhos que eram usados durante a menstruação.

Falando em menstruação, quando tinha sido minha última? Deuses, sempre fui péssima em acompanhar. Sei que menstruei… no mês passado? Embora não tivesse certeza de quanto tempo eu já estava ali. O céu além das janelas junto ao teto parecia luminoso, mas aquilo nada me dizia, já que eu sabia que o sol podia brilhar por muito mais tempo em Dalos do que em qualquer outro lugar. Eu podia ter ficado inconsciente por um dia, mas com base no que Kolis *enfim* havia deixado escapar quando despertei, poderia ter sido mais. Então, quem sabe?

Não importava.

Eu não estava transando com alguém que pudesse me engravidar. Ou sequer transando.

Desenrolei o fino pacote de pano e coloquei a chave ali dentro. Assim que me certifiquei de que estava escondida, levantei-me e vi meu reflexo no espelho.

— Deuses.

Estremeci. Sangue manchava minhas bochechas e testa. O hematoma em minha mandíbula estava inchado e com um adorável tom de roxo, com bordas vermelhas. O corte em meu lábio inferior estava em carne viva. Eu podia ver os hematomas, a marca dos dedos em meu pescoço, mesmo de onde estava. Olhei por cima do ombro, para os braços da cadeira branca, e me senti enjoada.

Podia ter sido pior, lembrei a mim mesma. A maioria não sobrevivia ao golpe de um Primordial. Eu sobrevivi. Não era nada de que se orgulhar, apenas algo para lembrar.

Aquilo era nada comparado às chicotadas que Tavius havia desferido. Eu tinha certeza de que era nada comparado ao que Sotoria enfrentara.

Pensei no que Kolis me contou e não pude deixar de imaginar se Sotoria tinha algum significado, assim como o nome do falso Rei.

Nossa alma.

Droga. Aposto que seus pais ficariam muito orgulhosos. Bufei enquanto observava meu reflexo.

O dela seria traduzido como minha… alguma coisa. Caso *toria* de fato significasse qualquer coisa.

So'lis.

Minha alma.

Um arrepio me atravessou. Deuses, ele a havia chamado de sua alma? Não era de admirar que estivesse zangada…

As portas do aposento se abriram sem aviso, e meu estômago revirou. Eu não estava mais sozinha.

9

Ar quente e doce, mas rançoso, infiltrou-se pela jaula enquanto eu saía de trás do biombo.

Callum estava parado diante do trono, sua entrada muito silenciosa no aposento era quase tão estranha quanto o fato de eu tê-lo visto morrer pelo menos quatro vezes, a última delas com a cabeça pendurada apenas por poucos tendões.

A maldita máscara pintada continuava no lugar, estendendo-se desde sua testa até a mandíbula. Uma rápida olhada mostrou o que eu já sabia. Não havia evidência alguma dos ferimentos que eu tinha lhe infligido, nem mesmo uma leve marca vermelha no pescoço.

— Olá de novo — cumprimentou ele, com um sorriso que até pareceria amigável em qualquer outra pessoa, mas, combinado aos olhos azuis pálidos e sem vida e sua incapacidade de permanecer morto, me deu arrepios. — Eu não tive chance de perguntar antes, mas não tenho certeza de como devo me dirigir a você. Devo chamá-la de Seraphena ou Sotoria?

Ele ia mesmo ficar parado ali falando comigo como se eu não tivesse quase lhe decapitado e transformado seu coração e seu pau em mingau?

— Creio que Seraphena seja mais... apropriado. — Seu olhar frio e imperturbável passeou por mim. Sabia muito bem que o Espectro podia ver quase tudo sob meu vestido, mas ele me encarava como se eu usasse um saco de batatas da cabeça aos pés. — Mas presumo que Vossa Majestade determinará como será chamada.

Cerrei os dentes, irritada, fazendo com que a dor aumentasse enquanto eu olhava rapidamente para além dele, para onde as portas duplas permaneciam abertas, revelando a passarela adiante, inundada pela luz do sol.

— De todo modo, vou tentar completar o que tinha em mente quando entrei nos aposentos ontem — continuou ele. — Você precisava de um banho na ocasião. Isso agora é um eufemismo.

Callum falou em um tom que combinava com seu sorriso enquanto gesticulava para o biombo. Amigável. Casual. Falou desse jeito quando fui parar na jaula pela primeira vez, e era tão irritante agora quanto havia sido na ocasião. Mas eu estava mais focada no que ele inadvertidamente compartilhara.

Um dia tinha se passado.

O que significava que Ash estava preso havia pelo menos dois dias.

— Onde está...? — Eu me controlei quando o pânico atropelou minha inteligência. Quase dissera *Ash*. Usar aquele nome indicaria muita intimidade. Muito afeto. — Onde está Nyktos? — indaguei, sabendo que não deveria perguntar a Kolis. Não deve ter sido muito mais inteligente perguntar a Callum, mas eu precisava saber. — Ele ainda está preso?

— Quando terminar o banho, você vestirá roupas limpas — continuou ele, como se eu não tivesse falado. — Se quiser, posso escolher algo para usar.

É, aquilo não ia acontecer.

Callum inclinou a cabeça para o lado. Uma mecha do cabelo louro que tinha escapado do coque na nuca caiu sobre o ouro pintado em sua bochecha.

— Preciso repetir?

Meus dedos se curvaram para dentro, pressionando as palmas das mãos.

— Onde está Nyktos?

Um leve sorriso apareceu, como se ele sentisse minha frustração crescente.

— Quando estiver limpa e vestida, talvez queira comer. Se não estiver com fome, pode descansar. É possível que haja tempo para ambos antes de Sua Majestade retornar para vê-la.

A raiva fervilhou dentro de mim enquanto eu apertava as mãos com mais força. Eu *talvez* quisesse comer. Eu *poderia* descansar. Aquilo me fez lembrar demais de minha juventude, quando cada minuto e hora dos meus dias se resumiam ao que eu podia e não podia fazer.

Callum se aproximou silenciosamente, parando a fim de se postar na frente da jaula.

— Mas o que você *não* vai fazer é ficar aí parada — prosseguiu, no tom tranquilo de um pai falando com uma criancinha. — Imunda, sujando seus aposentos.

— Meus *aposentos*? — Soltei uma risada aguda e entrecortada que fez doer a lateral do meu rosto. — É assim que você chama a jaula?

— Já estive em seu mundo muitas vezes. O que você chama de jaula é melhor do que a maioria tem por lá.

Logo me lembrei dos cortiços apertados da Travessia dos Chalés. Infelizmente, ele estava certo. De certo modo.

— Sim, mas a maioria tem sua liberdade.

Seu sorriso assumiu um tom paternalista.

— Tem mesmo? Alguns pensariam que são prisioneiros de sua própria pobreza e dos governantes que pouco se importam com eles. — Callum fez uma pausa. — Como sua mãe, a minha querida amiga Calliphe.

Enrijeci com a lembrança de seu contato anterior com minha mãe. Afinal, Callum tinha contado a ela como um Primordial poderia ser morto, o que, sendo sincera, fazia pouco sentido, porque aquele tipo de conhecimento colocava em perigo todos os Primordiais, inclusive Kolis. Ainda assim, nenhum dos dois soubera sobre a alma de Sotoria. Nunca haviam me considerado uma ameaça.

— Mas ela não governa mais, não é? — acrescentou Callum, seu sorriso se alargando até que um vislumbre de dentes ficasse visível. — A Rainha Ezmeria, junto à sua Lady Consorte, sim. — Ao falar de minha meia-irmã, ele estalou um dedo. — Quer saber? Não lhe fiz uma visita. Eu deveria, assim posso... parabenizá-la.

Cada centímetro de meu ser ficou tenso enquanto eu encarava o Espectro. Não havia amor entre minha mãe e eu, mas Ezra era uma das poucas pessoas que tinham me tratado como um ser humano. Eu me importava com ela. Eu a amava.

— E fique sabendo — Callum se inclinou para a frente e abaixou a voz —, estou bem ciente dos feitiços de proteção que Nyktos lançou sobre sua família mortal. Legal da parte dele fazer isso, mas bastante inútil. Já fui convidado a entrar em Wayfair. Nenhum feitiço me manterá do lado de fora.

Não me passou despercebido que eu acabara de descobrir algo novo sobre os Espectros, mas aquilo não importava no momento. Dei um passo à frente, sentindo as brasas em meu peito vibrarem.

— Se chegar perto dela, vou...

— O que você vai fazer? — Ele ergueu as sobrancelhas, criando um vinco nas asas pintadas em sua testa, enquanto eu me aproximava lentamente das barras. — Além de ofender meus sentidos com seu fedor. Você cheira a sirena, e só os deuses sabem a que mais.

Senti um aperto no peito com a menção àquelas que deram suas vidas na água.

— Farei você desejar ter continuado morto.

Callum deu um breve sorriso.

— Não tenho certeza se percebe ou não, mas, em sua condição e situação atuais, suas palavras não são tão ameaçadoras quanto você imagina.

Retribuí seu sorriso.

— Como se sentiu quando enfiei aquele vidro em sua garganta?

— Maravilhoso — respondeu. — Não percebeu?

— Não sei muito sobre sua natureza, mas imagino que voltar à vida não deva ser exatamente agradável, principalmente com inúmeros ferimentos para serem curados.

Seu sorriso congelou.

Eu tinha razão. Meus lábios se curvaram mais.

— Aposto que recolocar a cabeça no lugar é doloroso, assim como restaurar um coração. — Arqueei as sobrancelhas. — Mas e quanto ao seu pau? Como você se sentiu?

— Tenho uma pergunta para você — disse ele. — Como foi a sensação de passar por tudo o que passou e acabar exatamente onde estava?

Minhas narinas se dilataram com uma explosão de raiva.

— Aposto que é tão bom quanto fazer crescer um pau — argumentou ele. — E, a propósito, aquilo foi totalmente desnecessário e brutal.

Revirei os olhos.

— Discordo.

— Algo bem semelhante ao que Sua Majestade faria — acrescentou ele. — Mas você sempre foi mais parecida com ele do que jamais estará disposta a admitir.

Eu enrijeci.

— Se é o que pensa, então você não sabe nada a meu respeito.

— Eu a observo há anos — anunciou Callum. — Fiquei de olho em você por Kolis.

Minha pele se arrepiou de irritação. Eu estava ficando de saco cheio de descobrir que andara sendo observada. Ash também havia feito aquilo, embora suas razões tivessem sido menos... dignas de vergonha.

— Tenho certeza de que foi uma tarefa estimulante.

— Bem, não exatamente. Mas quando você decidiu começar a gastar seu tempo fodendo em vez de ficar deprimida as coisas se tornaram muito mais divertidas.

O calor de minha raiva fervilhou bem no meu interior.

— Você é um maldito pervertido.

— Talvez. Mas sei tudo a seu respeito, Seraphena — disse ele, o brilho do éter faiscando em seus olhos, embora mais fraco do que o de um deus. — Cada detalhe irrelevante da vida insignificante e triste que você levava. Sei o bastante para perceber que só parecia realmente *viva* quando estava matando.

Ele atingiu um ponto fraco, e o encarei. O que ele tinha dito não era verdade. *Sempre* senti como se estivesse morrendo.

Eu me sentia tão monstruosa quanto Kolis.

Ergui a cabeça.

— Mesmo assim você não sabia quem eu realmente era, não é?

Callum comprimiu os lábios em uma linha fina.

Sorri. Assim como aconteceu com Kolis antes, eu sabia que era melhor não explicar aquilo.

— Você me observou por anos e nunca percebeu que eu era a única coisa que *Sua Majestade* — continuei, escárnio escorrendo de meu tom — valorizava mais do que as brasas da vida. Aposto que isso deixou você bem irritado. — Dei a Callum meu sorriso mais simpático. — E, pior ainda, ele deve ter ficado bem decepcionado com você.

Ele trincou os dentes.

Então algo me ocorreu, e me inclinei o mais perto possível das grades sem tocá-las.

— Ele sabe que você contou à minha mãe como um Primordial pode ser morto?

O Espectro ficou tão imóvel que achei que não estava respirando.

Droga, aquela resposta indicava que havia uma boa chance de Kolis não fazer ideia, o que levou à questão de por que, exatamente, Callum fizera aquilo.

— Não se preocupe. Não vou contar a ele. — Eu dei uma piscadela. — Será nosso segredinho.

Callum se aproximou tão rápido quanto um deus, estava tão perto que apenas as barras nos separavam. O gesto me pegou desprevenida — qualquer um que se movesse daquele jeito o faria.

— Eu teria muito cuidado se fosse você, Seraphena. — Ele curvou o lábio o suficiente para que eu visse que ele não tinha presas. — Posso ver pelo seu rosto que Kolis não está convencido de quem você é.

Callum estava sugerindo que Kolis nunca havia feito mal a Sotoria? Que mentiroso desgraçado. Ele podia pegar aquela mentira e ir se foder, levando o pedido de desculpas de Kolis com ele.

— Como se ele acreditar ou não importasse.

— Se você realmente fosse Sotoria, saberia que sim — rebateu ele. — Mas talvez tenha esquecido. De qualquer modo, sei como isso termina.

— Ah, então você também é um Arae?

— O que sou é paciente. Só preciso esperar. Eventualmente, Kolis deve escolher entre o amor e... bem, literalmente todo o resto. — Callum agarrou as barras. Ele não reagiu. Ou estava mascarando a dor que eu sentira ao tocá-las, ou elas não o afetavam. — Então ele pode até se entreter com... o que quer que seja isso. — Seu olhar passou por mim com aquele brilho frio como um túmulo. — Kolis pode passar os próximos dias, semanas, meses ou até anos se convencendo de que você é tudo o que ele sempre quis ou precisou, mas não se preocupe, com o tempo você acabará como todas as outras favoritas.

Ele pressionou a testa contra as barras.

— Porque há uma coisa que ele sempre quis, mais do que a própria *graeca*, e é ser o Primordial mais poderoso que já existiu. Então ou é algo tão intangível quanto amor, ou poder supremo sobre a vida e a morte.

Ele estava falando um monte de merda, mas a parte sobre levar meses ou até anos para Kolis se cansar de mim se destacou. Como, exatamente, ele poderia atrasar a Seleção por tanto tempo?

Callum deixou os dedos deslizarem pelas barras antes de recuar. Ele cerrou as mãos em punho.

— Em alguns instantes os criados começarão a entrar em seus aposentos. Você vai se mover para a esquerda, sem falar com eles — instruiu, apontando para o divã e os baús. — Permitirá que eles concluam suas tarefas sem interrupção. E, só para constar, isso significa que você vai se comportar. Então nada de tentar assassinar ninguém.

Respirei para acalmar o pulso ardente de raiva incandescente.

— E se eu não obedecer?

— Sei que quer lutar, Seraphena. — Aquele maldito sorrisinho de satisfação retornou. — Sei que sua primeira resposta a qualquer situação é atacar, assim como fez antes. Mas aconselho fortemente que não tente de novo.

— Como se eu me importasse com seus conselhos — sibilei, perdendo o controle de meu temperamento.

A tentativa de ganhar a confiança de Kolis não se estendia a Callum.

— Seja como for, você deve saber o que acontecerá se decidir não dar a mínima para meu conselho. Se tentar me atacar, não vai ser você quem vai pagar o preço. Mas um criado.

Meu queixo caiu.

— Se dirigir a palavra a um deles? Vou matá-lo. Para cada minuto que os atrasar, um deles morrerá — disse ele, falando de um jeito muito casual. — E só para que não reste dúvida, a vida deles está em suas mãos. Quando morrem, *eles* não voltam.

Um suor frio brotou em minha testa quando me afastei das barras. Ele não podia estar falando sério.

— Eles nada significam para mim — acrescentou Callum, com um dar de ombros. — Vamos ver o quanto significam para você.

Meu olhar se desviou para as portas abertas. Figuras em mantos brancos e véus apareceram no salão banhado pelo sol.

Os Escolhidos.

Meu coração disparou quando entraram no cômodo, andando em uma fila única e organizada. Cada um carregava um balde grande. Seriam os mesmos que eu tinha visto no outro cômodo no dia anterior?

Quando os Escolhidos se aproximaram da jaula, Callum suspirou e então se moveu — muito depressa —, até ficar atrás do primeiro deles.

Eu não havia feito o que ele ordenou.

Disparei para a lateral da jaula, os pés escorregando no ladrilho.

— Não. Não...

Callum sorriu.

Suas mãos foram para as laterais da cabeça coberta pelo véu.

Os ossos estalaram como galhos secos se partindo ao meio.

Eu me sobressaltei com o som do metal contra o azulejo. Não quis acreditar no que vi quando as pernas do Escolhido vacilaram e ele caiu no chão. Balancei a cabeça em negação, mas as brasas da vida latejavam em resposta à morte, pressionando-se contra minha pele, exigindo que eu as usasse para restaurar a vida do Escolhido. O horror me inundou enquanto eu olhava a pilha de branco. Vagamente, percebi minha mão erguida a meio caminho, como se o gesto pudesse apagar o que eu tinha testemunhado.

Ou fazer outra coisa. Mas o quê? Eu não podia restaurar a vida sem um toque.

— Você não... não precisava fazer isso — argumentei, trêmula. — Posso ressuscitá-los.

Callum se virou lentamente para mim, erguendo as sobrancelhas. Então ele se moveu, postando-se atrás do segundo Escolhido...

— Não! — Corri em direção ao divã enquanto a náusea aumentava. — Estou indo. Veja! Estou fazendo o que você pediu. Não precisa machucá-los. Por favor.

Os olhos de Callum se fixaram nos meus, e meu estômago embrulhou. Um segundo passou. Dois. Então ele se afastou do Escolhido, sem perder aquele sorriso assustador.

Tremendo de raiva e descrença que mal conseguia conter, observei o Espectro se aproximar da jaula. Ele pegou uma chave enquanto os Escolhidos esperavam às suas costas.

Callum não percebeu que a chave que usara antes havia desaparecido? A gaiola se abriu, e encolhi os braços junto ao peito para me impedir de correr pela porta e me lançar naquele maldito Espectro.

Meus deuses. Algum dia eu causaria danos terríveis e permanentes a ele.

Mas não hoje.

Eu me concentrei nos Escolhidos. Nenhum deles reagiu ao assassinato. Nenhuma exclamação ou sobressalto, mas tinham gritado quando me viram. Era como se fossem Escolhidos diferentes, muito familiarizados com aquele tipo de violência.

Enojada, fiquei ao lado do divã, meu estômago revirando enquanto meus dedos dos pés se enrolavam no tapete grosso e macio. Um por um, eles entraram, desaparecendo momentaneamente atrás do biombo, depois retornando com seus baldes na mão. Eles não me encaravam. Ninguém abria a boca. O único som era o farfalhar de vestes sobre o mármore.

Quando o balde que havia caído no chão mais cedo finalmente fora enchido outra vez, e seu conteúdo adicionado à água da banheira, as brasas em meu peito tinham finalmente se acalmado. Callum trancou a porta da jaula quando o último Escolhido deixou o cômodo. A aproximação de passos mais pesados chamou minha atenção.

Um guarda de cabelo escuro apareceu no corredor, atravessando a sala em sua túnica branca na altura do joelho e grevas douradas. A luz brilhante do lustre refletia no emblema gravado na armadura dourada: um círculo com uma barra no meio. Seu rosto estava pintado da mesma forma que o de Callum.

Mas eu o reconheci.

Era o guarda que estava com o dragontino, aquele que tinha me nocauteado.

Ao se aproximar do Escolhido caído, levantou um pouco a cabeça. Olhos cor de âmbar iluminados pelo brilho do éter me observaram enquanto ele levantava o corpo. Então, sem dizer uma palavra, ele saiu. O guarda era um deus, mas não usara qualquer de suas habilidades divinas contra mim na véspera.

Assim como os outros guardas, o dragontino só havia parecido prestes a me atacar quando eu o acertei com aquele raio de éter.

O motivo ficou subitamente evidente para mim à luz das ações de Callum. Era provável que os guardas e aqueles leais a Kolis tivessem sido avisados para não me ferir. Eu poderia me aproveitar daquilo.

Até certo ponto.

Porque Callum tinha mostrado exatamente como pretendia garantir minha cooperação.

— Aproveite o banho — disse Callum, chamando minha atenção para ele. — Se não o fizer, trarei outro Escolhido aqui, e este terá o mesmo destino que o anterior.

Virei-me para onde ele estava mais uma vez diante da jaula.

— Vou matar você — prometi.

Callum riu baixinho.

— Sugiro que tome um banho e se troque. Kolis ficará muito descontente se encontrá-la nesse estado.

— Kolis que se foda — rosnei, mais uma vez perdendo o controle sobre meu temperamento.

— Ele gostaria disso, tenho certeza. — Callum piscou. — A água de seu banho está esfriando.

Qualquer que fosse minha resposta mordaz, morreu em minha boca quando Callum fez uma mesura e deu meia-volta. Fiquei olhando entorpecida enquanto ele saía, as portas largas e pesadas se fechando atrás do Espectro. Seguiu-se o clique de várias fechaduras.

Callum não havia tocado naquelas portas.

Ou aquilo era algo que as portas faziam por conta própria, ou Espectros tinham algumas habilidades de um deus.

Um deus que não se pode matar.

O que potencialmente tornava os Espectros tão perigosos quanto um Primordial, e aquele era mais um problema.

*

A preocupação me consumia. Kolis poderia voltar a qualquer momento, mas eu ainda hesitava em frente à banheira, a mão pressionando levemente a base do pescoço. Só de vê-la cheia de água um nó se formava em meu peito.

Ter sido quase sufocada até a morte em uma banheira acabou arruinando o luxo que eu costumava apreciar.

Até hoje eu ainda sentia a faixa em volta do meu pescoço, colocada por trás, obstruindo minhas vias respiratórias antes mesmo que percebesse que tinha dado meu último suspiro. Droga, a lembrança parecia ainda mais vívida agora.

Eu não queria entrar na banheira, mas era funda demais para eu mergulhar a cabeça como vinha fazendo nas Terras Sombrias — até Ash perceber que eu não estava usando a banheira para tomar banho. Em vez de me fazer sentir idiota, ele tinha entendido o trauma e procurado contorná-lo. Ele me levou para seu quarto e ficou de guarda em seus aposentos, de modo que eu me sentisse confortável para tomar banho.

Aquela não foi a única coisa que ele havia feito. Minha pele ficou aquecida com a lembrança de Ash entrando na banheira, de roupas de couro e tudo…

Mas ele não estava ali para me apoiar e me ajudar a me sentir segura. Eu precisava fazer aquilo sozinha e tinha uma vida inteira de experiência. Aquele dia não seria diferente. Pelo menos, foi o que disse a mim mesma.

Um tremor começou em minhas pernas enquanto eu mudava o peso do corpo de um pé para outro. Eu tinha de superar o trauma. Ninguém iria me sufocar. Se tivesse sorte. O que *iria* acontecer era uma retaliação de Callum se eu não tomasse banho.

Eu aprendia rápido, ao contrário do que minha mãe pensava. Bastou apenas um exemplo com Callum. Eu desobedeci, alguém morreu.

Espiei pelo biombo e esquadrinhei o cômodo além da jaula. Eu sabia que não havia ninguém lá, mas precisava do lembrete. Uma vez que consegui, corri para trás do biombo novamente e tirei o vestido sujo de sangue, desejando poder atear fogo nele enquanto todo o meu corpo se arrepiava. A sensação de estar sob centenas de olhares invisíveis me dava calafrios.

— Pare com isso — sibilei. Ninguém estava me observando.

Não que eu soubesse.

Revirei os olhos. Eu realmente precisava aprender a ser mais confiante.

Xingando, entrei na água morna. O nó em meu peito se expandiu quando agarrei as laterais da banheira. Concentrada em minha respiração, abaixei-me até conseguir sentar.

A água batia logo abaixo de meus seios, e meus músculos doloridos imediatamente embarcaram naquela ideia de imersão, mas não perdi tempo: me banhei o mais depressa possível, usando uma das jarras cheias posicionadas perto da banheira para enxaguar o cabelo. Passaram apenas alguns minutos até que eu saísse da banheira e puxasse o tampão, o que permitiu que a água fluísse pelo ralo. Agarrei uma das toalhas e me sequei conforme pisava em um tapete, os dedos dos pés fincados no tecido macio. Então me virei, estudando meu reflexo no espelho.

Grandes olhos verdes me encaravam de volta, e, sem o sangue respingado no rosto, as sardas que pontilhavam minhas bochechas e meu nariz se destacavam.

Porém, algo mais chamou minha atenção. Boquiaberta, eu me inclinei para mais perto e exclamei:

— O quê…?!

Um leve brilho prateado de éter desenhava uma aura em torno de minhas pupilas.

Havia quanto tempo?

Eu não tinha notado aquilo no dia anterior. Se bem que meu rosto machucado havia me distraído.

Engoli em seco, recuando. Aquilo significava que, apesar do sacrifício das sirenas, eu estava ainda mais perto da minha Ascensão?

Da morte.

— Merda — sussurrei, enrolando a toalha ao redor do corpo. Não havia nada que eu pudesse fazer quanto àquilo agora.

Não que eu não estivesse incomodada pela minha proximidade com a morte ao sair da área de banho dos meus *aposentos*. A morte era tão corriqueira para mim quanto para aqueles Escolhidos.

Havia passado a vida inteira aceitando que ela me encontraria. Que eu não teria uma vida longa, e não havia escapatória. Foi somente naquele curto espaço de tempo — desde o momento em que Ash tinha compartilhado seus planos de remover as brasas até descobrirmos o que aconteceria — que eu comecei a pensar em um possível futuro.

Não estava acreditando naquilo no momento; pelo menos, não em um futuro que me envolvesse.

Novamente ajoelhada junto aos baús, demorei um pouco à procura de algo mais próximo ao que eu normalmente usaria.

Então procurei um pouco mais.

Não havia coisa alguma, mas eu já tinha chegado àquela conclusão. Continuava procurando, por desencargo de consciência.

Enojada, escolhi um vestido branco. O estilo amarrado no pescoço deixava meus ombros e braços completamente expostos, e o tecido parecia algum tipo de renda delicada. Mas, pelo menos, era folgado no busto e abaixo dos quadris.

Exausta, sentei-me no divã e comecei a desembaraçar o cabelo com o pente que havia encontrado na penteadeira. A monotonia da ação me acalmou, permitindo-me pensar melhor sobre a ideia de, bem... tudo, inclusive de Kolis atrasar minha Seleção.

Kolis talvez não soubesse que as brasas não poderiam ser removidas sem minha morte, algo de que nem mesmo Ash tinha conhecimento. Afinal, as brasas Primordiais jamais estiveram dentro de um mortal antes.

No entanto, pelo que haviam me contado, nem mesmo deuses sobreviviam sempre à Seleção. E semideuses, dos quais eu era mais próxima, tinham ainda mais risco de morrer durante o processo.

Então, ainda que Kolis pudesse me Ascender, havia uma grande probabilidade de eu não sobreviver. Foi por aquele motivo que se interrompera. Podia ter tentado pegar as brasas sem me matar na ocasião. Ele não o fizera.

De todo modo, havia uma boa chance de Kolis sequer imaginar que apenas Ash poderia me Ascender. Mas ainda fazia diferença? Eu não acreditava que Kolis *pudesse* me Ascender, mesmo se eu não tivesse bebido o sangue de Ash.

Pensei nos ferimentos que eu havia sofrido quando Veses libertou os deuses sepultados na Floresta Vermelha. Fiquei bastante machucada. O sangue de Ash fez parecer como se as feridas nunca tivessem existido. Obviamente, o sangue de Kolis não possuía as propriedades curativas do de Ash. Ele não precisaria ter me levado até as sirenas se fosse o caso.

Mas o que as sirenas sacrificaram por mim? Haviam feito mais do que apenas salvar minha vida? Também teriam retardado a Seleção? Se fosse o caso...

Algo assim poderia ser feito de novo… e de novo? Basicamente atrasando minha Ascensão por meses ou até anos?

Usar a essência de outros, sua força vital, para me manter viva não parecia tão irreal, já que me sentia bem. Ainda melhor, na verdade… Bem, exceto pela dor no rosto e no pescoço. Fora aquele detalhe, nada de dor de cabeça ou fraqueza. Eu não sentia aquela exaustão intensa que me atormentava antes.

Mas, se eu continuasse viva, significaria que as brasas…

— Não.

Interrompi aquela linha de pensamento antes que ganhasse força. Eu sequer contemplaria a ideia de sacrificar vidas para salvar outras. Havia…

Um estranho barulho me sobressaltou, fazendo com que eu levantasse a cabeça. Um estrondo do lado de fora ecoou no cômodo silencioso. A luz do sol em uma janela de repente desapareceu.

O pente escorregou de meus dedos quando um… um *falcão* voou através de uma das janelas perto do teto — um enorme falcão prateado, com uma envergadura da asa da largura de meus braços.

Enquanto observava a cena, pensei que aquele pássaro mergulhando direto para a jaula só poderia ser uma alucinação. Ele inclinou o corpo para o lado no último momento, deslizando entre as barras. Fiquei boquiaberta quando ele circulou acima, então pousou, as garras escuras se agarrando ao topo da cabeceira da cama.

Olhos incisivos e penetrantes de um tom vívido e intenso de azul se fixaram nos meus, olhos repletos de fios de éter prateado. Fechando as asas perto do corpo, o falcão saiu da cabeceira da cama…

E se transformou. De repente, senti em meu peito a pulsação quente do reconhecimento quando uma explosão de milhares de pequenas estrelas prateadas engoliu o corpo do pássaro. Reconheci a sensação enquanto a deslumbrante explosão de luz se alongava e assumia a forma de um homem, um Primordial.

Eu me levantei de um salto, tocando a coxa por reflexo, mas sem encontrar nada conforme o espetáculo de luzes diminuía. Um peito largo com pele marrom clara substituiu as penas. Meu olhar disparou para cima quando o cabelo castanho-claro cobriu um queixo desenhado e uma... cicatriz na bochecha esquerda.

O Primordial dos Tratados e da Guerra estava diante de mim.

10

Uma onda de raiva pura e incandescente inundou meu corpo quando Attes deu um passo em minha direção.

— Seraphena...

Reagi sem hesitar e, dessa vez, não fui lenta nem fraca. Atacando-o com toda a força, eu soquei seu queixo.

A dor irrompeu no nó de meus dedos enquanto Attes grunhia, a cabeça caindo para trás. Xinguei, apertando minha mão latejante.

— Porra — cuspiu Attes, pressionando a mão no queixo enquanto abaixava a cabeça. Seu peito se encheu de ar após uma inspiração profunda. — Suponho que tenha merecido, mas, cacete, você *sabe* bater.

— Você merece coisa pior.

Avancei em sua direção.

— Tenho certeza que sim. — Attes ergueu a mão, se desviando. — Mas me ataque mais uma vez e trará à tona a mais básica natureza Primordial — avisou ele, seus olhos faiscando com éter ardente. — E você não vai querer ver isso.

Eu não tinha tanta certeza.

As brasas latejavam ferozmente em meu peito, pressionando a pele. Queriam sair, queriam acertá-lo. Ou, mais provavelmente, estavam apenas respondendo ao que *eu* queria.

No entanto, um pouco de bom senso prevaleceu. Eu sabia que não venceria uma luta contra o Primordial dos malditos Tratados e da Guerra.

Eu me forcei a recuar.

— Você nos traiu.

— Você já disse isso. — Observando-me com cautela, ele baixou o braço. — Mas está errada.

— Acho que não — cuspi.

Ele estreitou os olhos.

— O que fiz foi salvar vidas, sua encrenqueira.

— Salvar vidas? — Soltei uma risada mordaz enquanto recuava ainda mais em uma tentativa de me apegar ao bom senso que me escapava. — Como exatamente você conseguiu essa façanha, lançar um ataque às Terras Sombrias ao lado de seu irmão?

— Não lancei ataque algum às Terras Sombrias. Se o tivesse feito, elas seriam nada além de ruínas. — Éter crepitou em seus olhos. — E meu irmão não teve escolha. Quando Kolis a fez matar Thad, isso pesou a mão de Kyn. Exatamente como Kolis planejou.

Meu estômago se revirou de náusea enquanto pensava no jovem dragontino. Kolis me forçou a abatê-lo como punição por Ash não pedir sua permissão antes de anunciar que iria me tornar sua Consorte.

— Eu trouxe Thad de volta.

— Eu me lembro. Mas Kyn não sabia disso. E ainda não sabe, por razões óbvias — ressaltou. — Kyn deveria capturar você, mas não antes de arrasar as Terras Sombrias, deixando apenas o caminho para o Abismo e o Vale. Quando eu a peguei, impedi que isso acontecesse.

Respirei fundo, pensando nas pessoas da cidade de Lethe, tanto os mortais quanto os deuses. Eu me sentia um pouco tonta.

— Foi o que Kolis pediu?

— De modo indireto. Ele disse a Kyn para fazer uma declaração. — Os ombros de Attes ficaram tensos. — Você não diz isso ao Primordial da Guerra ou ao Primordial da Vingança sem esperar devastação total.

Engoli o nó de medo que se formou em minha garganta.

— O ataque terminou assim que eu te peguei — disse Attes. — Juro.

— Você me dá sua palavra? — zombei, o coração acelerado. — Como se valesse algo.

Ele suspirou.

— Você não confia em mim.

— Não brinca — rebati.

Attes me estudou por alguns momentos tensos. Quando tornou a falar, seu tom de voz era mais baixo, mais calmo.

— Kolis sabe sobre você há muito tempo.

— Eu sei.

Minhas mãos se fecharam em punhos. A fúria surgiu com o doloroso lembrete de que Kolis estivera ciente sobre mim desde a noite em que nasci estava apenas esperado as brasas amadurecerem e que eu as usasse. E tudo o que Ash sacrificou? O acordo que ele havia feito com aquela vadia da Veses, permitindo que ela se alimentasse dele para garantir que minha existência ficasse em segredo? Tinha sido em vão.

As brasas em meu peito latejavam, reagindo cada vez mais forte. A estática correu pelos meus braços, me assustando. Ao levantá-los, vi que os pelinhos dele haviam se arrepiado.

O olhar de Attes se fixou em mim, quase como se ele sentisse a energia crescente dentro de mim. Talvez sentisse. De todo modo, eu precisava me acalmar. Mas era mais fácil falar do que fazer, quando eu normalmente existia em um de dois estados: inquieta ou pronta para matar alguém. Na maior parte do tempo, não havia meio-termo.

E eu queria mesmo assassinar Veses.

De verdade.

Entretanto, eu estava em uma maldita jaula, conversando com Attes, e com sorte Veses ainda estava presa na Casa de Haides, então aquilo não iria acontecer.

— Então você sabe que não havia como impedir o que aconteceu — argumentou Attes. — Kolis a teria levado de uma forma ou de outra. A única coisa que poderia ter sido evitada era o extermínio desnecessário de inocentes.

— Devo agradecer a você por isso? — Quase gritei.

— Não preciso que agradeça, mas apreciaria se você mantivesse a voz baixa — ordenou. — Há guardas fora deste cômodo. E embora a pedra das sombras seja grossa, não é à prova de som.

— O que acontecerá se eles descobrirem que está aqui? — perguntei, lançando a ele um olhar apressado. — Nu?

— Minha nudez a incomoda?

O filho da puta sorriu até uma maldita covinha aparecer em sua bochecha.

Foda-se o bom senso. Curvando-me, peguei o pente que havia deixado cair e o atirei bem na sua cara.

— Não — rosnei, quando ele estendeu a mão, pegando o pente a centímetros do nariz. — Mas aposto que vai incomodar Kolis.

O sorriso desapareceu quando ele jogou o pente na cama.

— De fato. — Seu olhar desceu até minha boca e meu queixo. — Mas você provavelmente pagaria um preço muito mais alto por isso do que eu.

Com as bochechas corando, percebi que ele estava observando os hematomas.

Enrijeci.

— Como se você se importasse.

— Você não tem ideia com o que me importo ou não.

Ele cerrou os dentes enquanto encarava as portas fechadas.

— Você tem razão. E, francamente, não me importo.

— Mas precisa.

Um momento depois, ele acenou com a mão e uma calça preta de couro apareceu do nada, envolvendo suas pernas.

Uma relutante inveja me invadiu. Se tivesse aquela habilidade, eu evocaria algo que considerava como roupa. Fiz menção de pedir aquele favor a ele, mas me dei conta de que usar vestes que não corriam o risco de exibir meus mamilos levantaria suspeitas.

— Acho que não temos muito tempo para esta conversa — continuou ele. — Então preciso que entenda que não estou aqui para trair Nyktos nem você… principalmente você. Afinal, já salvei sua vida antes. Mais de uma vez.

— O quê? — zombei. — Você vai ter que refrescar minha memória… — Eu hesitei. Attes havia interrompido Kolis quando ele estava drenando meu sangue para chegar às brasas. Eu tinha me esquecido daquilo. Mas minha raiva pela traição de Attes meio que havia bloqueado aquele detalhe. — Você interveio quando Kolis estava se alimentando de mim. Eu não iria tão longe a ponto de dizer que salvou minha vida.

Um sorriso rápido voltou aos lábios de Attes.

— Mas essa não foi a primeira vez.

Franzi as sobrancelhas, então elas se ergueram quando finalmente vi — ou percebi — o que estava bem na minha frente, tendo voado através da janela.

— Era você? O falcão nos Bosques Moribundos?

Um leve sorriso apareceu.

— Sim.

Quando a confirmação de Attes me atingiu como um soco no peito, minha mente do nada apagou por vários segundos. E então me lembrei do que Ash havia dito sobre os falcões: eles eram um símbolo que pertencia ao seu pai, assim como o lobo. Kolis usava as mesmas representações, mas em dourado, enquanto...

— Os falcões de Eythos eram prateados — murmurei.

Attes fez uma careta.

— Eles eram.

Pisquei, chocada.

— Eythos mudava de forma?

— Sim. Todos os Primordiais têm essa capacidade.

— E a dele era um falcão? — arrisquei. — Ou um lobo?

— Um lobo — confirmou. — Embora ele sempre tivesse desejado voar com os falcões.

Comecei a perguntar por que ele não escolhera assumir a forma da ave de rapina então, mas isso importava? Não.

— E Kolis? No que ele se transforma?

— Em falcão — respondeu ele, com um esgar irônico.

Pisquei de novo, confusa. Por que diabos Eythos e Kolis iriam... Não. Não importava.

— Se era você na floresta naquela noite, por que...? — Eu quase disse *Ash* de novo, mas não parecia certo usar o nome usar na frente de Attes o nome pelo qual apenas alguns o chamavam. — Por que Nyktos não sabia de sua presença?

— Os Primordiais não conseguem sentir uns aos outros quando estamos em nossas formas estigmatizadas... quando assumimos a forma do animal com o qual nos sentimos mais conectados — explicou ele. — Assim como Kolis não o sentiu em sua forma de lobo.

E eu não tinha sentido Attes até que ele se transformou.

— Por quê?

Aquele sorriso descarado retornou.

— Porque quando estamos em nossa forma estigmatizada, ainda somos nós, mas... não exatamente.

Bem, aquilo explicava tudo, não?

— Vê-la nos Bosques Moribundos naquela noite foi um golpe de sorte. Eu estava bisbilhotando quando a encontrei. — A luz brilhou no bracelete prateado circundando seu bíceps enquanto ele esfregava a mão no queixo. — Estou meio receoso em perguntar o que você estava fazendo.

Eu não morderia a isca.

— E na Floresta Vermelha? Antes?

— Não era eu, mas *era* um de meus muitos falcões únicos. Senti sua morte e então o senti voltar à vida. Foi como eu soube que Nyktos a trouxera para as Terras Sombrias.

Meus pensamentos dispararam quando acabei perguntando o que devia a pergunta menos importante:

— O que você quer dizer com falcões únicos?

— Eles são o que chamamos de familiares, basicamente uma extensão do Primordial que assume a forma estigmatizada. São criados a partir de nosso sangue e estão muito vivos — explicou ele, as palavras envoltas em uma mortalha de tristeza. — O Iliseu costumava ser cheio de familiares. Já foi uma tradição, uma maneira de honrar nossa forma estigmatizada, como foi o Estigma Primordial... um vínculo formado com aqueles cuja forma tomamos. Era comum no reinado de Eythos, mas impossível sob o de Kolis. A maioria dos Primordiais perdeu todos os seus, mas os familiares que ainda existem podem viver durante séculos ou mais, ainda que o Primordial ao qual estejam ligados entre em Arcadia.

Bem, aquilo era meio estranho.

— Então é mais uma coisa que morreu com Kolis? — Virei a cabeça de lado. — Está além de minha compreensão que vocês tenham concordado com o que Kolis fez.

O corpo de Attes travou no lugar, tenso como uma mola enrolada.

— Com a morte de Eythos, e Nyktos sem as brasas Primordiais da vida, não tínhamos escolha.

Não tinha escolha? Quase gargalhei. Se eu, irracional como muitas vezes era, podia perceber que sempre existia uma escolha, não havia desculpa para os Primordiais não chegarem àquela conclusão, depois de viverem centenas, senão milhares de anos.

Algo que Attes havia dito momentos antes voltou a minha mente enquanto eu colocava as mãos nos quadris.

— Espere um minuto. Seu *familiar* que vi na Floresta Vermelha, a coisa estava bisbilhotando para você?

— Não é uma *coisa*, Seraphena. É um falcão, de carne e osso, como você já devia saber.

— Que seja. — Estava começando a perder a paciência. — Exatamente por que você estava bisbilhotando antes mesmo de me conhecer?

— Porque eu já sabia de sua existência. — O olhar de Attes se fixou no meu. — Sabia há mais tempo do que Nyktos ou Kolis.

Fiquei… fiquei sem palavras.

— Eu sabia o que Eythos havia feito antes de Kolis ou Nyktos descobrirem. Eythos e eu éramos irmãos como ele e Kolis nunca haviam sido. Amigos — compartilhou, a voz mudando. Agora carregava o sabor agridoce da dor e da alegria de conhecer e depois perder alguém. — E fui um dos poucos a quem foi confiado o conhecimento do que ele fez.

Recuando, sentei-me na beira do divã. Ash acreditava que Attes estivera me testando naquele dia, no escritório da Casa de Haides, tentando alimentar minhas emoções. E Ash ficou preocupado, porque, quando não funcionou, ele sabia que o Primordial dos Tratados e da Guerra perceberia que algo estava acontecendo. Mas se o que Attes estava dizendo fosse verdade, ele realmente tinha testado a força das brasas.

Se ele estivesse falando a verdade.

Saber o que Eythos fez explicava o motivo de ele ter acreditado tão rapidamente em minha afirmação a respeito de Sotoria. Ele devia saber.

Olhei para ele e me deparei com o Primordial me observando de perto. O que Attes disse fazia sentido, mas eu confiava em um pequeno grupo de pessoas, e ele não estava nem perto daquela lista.

— Se você sabia sobre as brasas, por que ficou tão surpreso quando eu trouxe Thad de volta? — perguntei.

— Sinceramente?

— Não, me conte uma mentira — retruquei.

Attes sorriu.

— Porque não via vida restaurada... vida *de verdade*, com meus próprios olhos... desde Eythos. Mas além disso? Jamais pensei que o plano dele funcionaria. — Um pouco de admiração se infiltrou em seu tom. — Restaurar a vida de um falcão é uma coisa, mas de um dragontino? — Seus olhos vagaram para cima enquanto ele balançava a cabeça. Depois de um momento, ele exalou suavemente e seu olhar voltou para mim. Havia um quê de deslumbramento em sua expressão. — Eythos tinha a impressão de que as brasas a protegeriam e que talvez dariam a você a capacidade de restaurar a vida, mas não a essa dimensão. Mesmo antes das brasas que ele roubou de Eythos morrerem, Kolis não conseguia ressuscitar um dragontino.

— Então por que eu fui capaz? — Deixei escapar.

Attes olhou para o chão enquanto sua cabeça se movia de um lado para o outro mais uma vez.

— Não sei. Mas, se eu tivesse de adivinhar com base no que vi e ouvi falar, inclusive sua recente tentativa de fuga?

Estreitei os olhos.

— As brasas estão se unindo a você, permitindo que acesse mais da essência. — Ele deu de ombros. — Acontece quando os deuses estão perto de sua Ascensão, assim como acontece com os Primordiais.

Engoli em seco, apertando os joelhos enquanto processava tudo que tinha acabado de ouvir, o que parecia um pouco impossível no momento.

— Por que não contou a Nyktos? E não quero ouvir que saber disso o teria colocado em perigo. Pura besteira. Não é como se ele fosse fugir e confrontar Kolis, revelando o que sabia. Ele não é idiota. — Inclinei-me para a frente, a raiva despertando. — E, se pensa assim, então você e Eythos subestimaram Nyktos. Foi *isso* que o colocou em perigo. Se ele soubesse sobre as brasas desde o início, muitas coisas poderiam ter sido feitas de outro modo. Isso teria me impedido…

Com as sobrancelhas franzidas, Attes se ajoelhou.

— Impedido você de fazer o quê?

De tirar aquele pouquinho do sangue de Ash que inevitavelmente havia colocado nossas vidas em rota de colisão com a morte. Minha morte.

— Você devia ter contado a ele — comentei, em vez de compartilhar aquele detalhe com Attes.

Um longo momento de silêncio se passou enquanto Attes encarava o azulejo.

— Você tem razão, mas Eythos não teve opção a não ser manter a boca fechada. Nem eu. Quando ele colocou as brasas em sua linhagem e acrescentou a alma de Sotoria? — disse, a tensão franzia os cantos de sua boca. — Ele mexeu com o destino de modo significativo. E os Arae não gostam de ser provocados.

Pensando em Holland, fiz uma careta.

— Sei tudo sobre os Destinos.

— Sabe mesmo? — perguntou Attes, inclinando a cabeça. — Então sabe que foram eles que impediram Eythos de contar ao filho o que fez?

Fiquei tensa.

— Conheço um dos Arae. Ele não disse nada sobre isso.

— Óbvio que não. Ele provavelmente não queria que um pente fosse jogado na cara dele.

Eu o encarei.

O breve brilho desafiador desapareceu de seus olhos.

— Veja bem, quando se brinca com o destino achando que escapou impune, logo se descobre que não. Toda ação tem uma reação, que se torna uma recompensa ou uma consequência. Isso cria equilíbrio. E se, na percepção dos Arae, esse equilíbrio for desfeito? Eles vão redefini-lo das maneiras mais deturpadas possíveis — argumentou ele. — E neste caso? Eles impediram Eythos e qualquer outra pessoa de contar a Nyktos o que foi feito. Porque, em sua opinião, equilibrava as coisas.

A descrença me invadiu, o que me fez sentir como se eu estivesse presa em um sonho surreal do qual não poderia ser despertada por qualquer beliscão ou sacudidela.

— Como o que Eythos causou pode ter perturbado o equilíbrio se Kolis está por aí, roubando brasas e matando Primordiais? — indaguei. — Isso não mexe com o destino?

Attes deu uma risada breve e rouca.

— E quem disse que Kolis se safou por ter se metido com os Destinos?

— Parece que ele está se saindo muito bem — declarei.

— Está mesmo? — retrucou Attes. — Para conseguir o que deseja, ele terá de arriscar matar a única pessoa que já amou.

Fechei a boca. Attes tinha razão quanto àquilo. Parecia que as ações de Eythos haviam criado a punição para Kolis.

Bati o pé no chão quando percebi que Holland não tinha sido completamente sincero. Ele não era o único Arae, eu sabia bem, e também reconhecia que ele tinha de caminhar sobre uma linha tênue entre aconselhar e interferir, mas eu queria ir além de atirar um pente na cara dele quando o visse de novo.

Se o visse.

Exalei alto.

— Tudo bem, então se o que diz é verdade, tire Nyktos de Dalos.

— Eu o faria, se pudesse.

— Se *pudesse*? — Levantei-me, a raiva se alojando em meu peito. — Você é um Primordial que voou para cá como falcão.

— Não significa que posso voar como falcão para fora de uma cela *com* Nyktos. — Ele ficou parado, desconfiado, quase como se esperasse que eu lhe desferisse outro golpe. — Está vendo essas barras? Você as tocou?

— Sim. — Comecei a andar de um lado para o outro. — Não foi nada agradável.

— Claro que não. São ossos dos Antigos. — Ele sacudiu o queixo na direção das barras. — Estão repletas de éter e feitiços poderosos.

Ossos? Meu lábio se curvou quando percebi novamente a descoloração no dourado.

Eca!

— Esses ossos, quando empunhados como uma arma, se ferirem até mesmo a pele de um Deus? Morte. E por causa das brasas, se eu tentar carregá-la através das barras e você for arranhada? Morte. Podem colocar até mesmo um Primordial em estase por anos — revelou ele. — Nyktos está tão aprisionado por elas quanto você, e muito mais vigiado.

Lentamente, eu o encarei enquanto uma imagem se formava... a arma que o Primordial da Caça e da Justiça Divina havia empunhado.

— A lança de Hanan era feita de ossos?

Ele assentiu.

— Então, obviamente, os ossos dos Antigos *podem* ser destruídos — argumentei.

— Apenas por dois Primordiais: o Primordial da Vida e o Primordial da Morte.

Ótimo.

Cruzei os braços.

— Mas podem matar um Primordial com mais do que apenas algumas brasas?

— Eles podem matar um Primordial jovem, dependendo de onde o tiverem atingido, como alguém que acabou de sair da Seleção. Estariam suscetíveis por muitos anos até que tivessem dominado seu éter.

Mas, se algum Primordial, novato ou não, for empalado por um osso, permanecerá incapacitado até que este seja removido.

Bem, aquela foi a primeira informação útil que Attes compartilhara. Mas nos momentos de silêncio que se seguiram, percebi que havia algo mais que eu queria saber.

— Você pode...? — *Inspire*. Senti um aperto no peito. *Prenda*. — Pode me dizer como está Nyktos?

— Você não vai gostar da resposta, mas não posso. — Ele seguiu o curto rastro que eu trilhava em frente ao divã. — Eu gostaria de poder, mas não o vejo desde que o levei para as celas.

Ele estava certo. *Não* gostei da resposta.

— Ele estava consciente?

— Não — respondeu ele, baixinho.

Inspire. Apertei os olhos contra a crescente onda de pânico e desamparo. *Prenda*. Ceder àquilo não ajudaria nenhum de nós. *Exale*.

— Onde ficam as celas?

— Era para onde estava tentando fugir?

Não respondi.

Não havia necessidade.

Attes soltou um suspiro cansado.

— Você jamais conseguiria chegar até lá, mesmo que tivesse conseguido fugir da jaula. Eu não seria capaz de levá-la e passar pelos feitiços... não sem ser detectado.

— Onde ficam as celas? — repeti.

— Em Dalos, mas longe da cidade — respondeu ele. — Ficam nos Cárceres.

Embora eu não acreditasse que Ash estivesse por perto, a decepção ainda me atingiu com força.

— Cárceres? — perguntei, a voz rouca.

— Há uma cordilheira ao sul da Cidade dos Deuses, menor apenas do que o Monte Lotho — explicou ele, falando sobre a Corte de Embris, o Primordial da Sabedoria, da Lealdade e do Dever. — São os Cárceres.

Meu lábio inferior ardeu quando o pressionei contra o superior.

— Como... como são os Cárceres?

— Você não vai querer saber.

Parando, eu o encarei.

— Eu quero saber.

Algo semelhante a respeito surgiu em seu rosto.

— Como são as prisões mortais?

— Terríveis.

— Imagine elas, mas muito, muito piores — disse ele, e um arrepio percorreu minha coluna. — Acredito que você só encontraria um local mais ameaçador no Abismo.

Deuses!

O nó em meu peito se apertou como se uma mão invisível o pressionasse. *Ele não vai ficar lá por muito tempo*, lembrei a mim mesma. Não vai. Eu olhei para Attes, pensando em minha chave.

— Se eu pudesse sair desta jaula...

— Se você conseguisse escapar desta jaula, eu a levaria. — Éter pulsava em seus olhos. — Eu a tiraria daqui e a levaria para algum lugar seguro.

Eu não tinha certeza se poderia confiar naquilo.

— Mas você não poderia me levar para Nyktos, não é?

Seu olhar procurou o meu.

— Eu nem arriscaria, sabendo que os feitiços de proteção não iriam falhar.

— Porque você seria punido?

— Não estou preocupado comigo — respondeu ele. — Eu ficaria mais preocupado com o que Kolis faria com você ou Nyktos.

— Certo — murmurei.

Não fazia sentido obter a ajuda de Attes em minha fuga. Eu também estava preocupada com a retaliação de Kolis quando percebesse que eu tinha partido para tentar libertar Ash. Ele nem mesmo havia me perguntado por que eu tinha tentado antes. Não tinha ficado surpreso.

Imaginei que fosse porque Sotoria tentara escapar muitas vezes, como ele havia mencionado.

— Se não veio para ajudar Nyktos, então por que está aqui? — perguntei. — Para amenizar sua culpa?

— Minha consciência já ultrapassou essa fase há muito tempo.

— Então por quê? — exigi. — Para me dizer que é secretamente leal a Nyktos, apesar de suas ações?

— Sou leal apenas ao verdadeiro Primordial da Vida. — Ele inclinou a cabeça para o lado. — Que era Eythos, e agora é você. Sim, você só tem duas brasas Primordiais — acrescentou rapidamente —, mas isso ainda faz de você, para todos os efeitos, a verdadeira Primordial da Vida, contanto que essas brasas permaneçam em seu peito.

As brasas se aqueceram em resposta, mas decidi ignorar.

— Você tem uma maneira realmente deturpada e inútil de demonstrar lealdade.

Ele soltou uma risada.

— Você faz maravilhas pela autoestima alheia, sabia?

— Bem, o que estou prestes a dizer não vai ajudar nesse sentido. Acho você um tolo. — A raiva afinou minha voz. — Acho todos vocês, Primordiais, tolos por servirem a outro sem questionar e com base em algumas brasas ou títulos roubados.

— Servir sem questionar? — Ele riu baixinho. — Sera... Posso chamá-la assim?

— Não.

Um sorriso mais amplo apareceu, o vislumbre de uma covinha.

— Somente os destinados à guerra servem a um rei ou uma rainha apenas porque eles carregam brasas ou considerarem a si próprios governantes. Eu saberia. — Ele fez uma pausa. — *Seraphena.*

Franzi o nariz.

— Isso soa muito filosófico e agradável, e aposto que fez você se sentir inteligente, mas, na verdade, não me diz nada.

— Está vendo esta cicatriz? — Ele pressionou o dedo indicador na parte mais funda da bochecha. — Obra de Kolis. Quer saber por quê?

Com base no pouco que Ash tinha sido capaz de me contar sobre Attes, e no que eu havia apurado, imaginei que seria melhor não saber. O que me tornaria uma covarde, então assenti.

— Eythos não foi o único que pagou o preço por Kolis perder Sotoria. O custo para Eythos foi a vida de Mycella. — Fios de éter se agitaram violentamente nas íris de Attes. — Mas muitos outros foram apanhados nesse turbilhão de violência: amigos, pais, amantes, dragontinos estimados. — Ele estreitou os lábios e suas feições se contraíram com o tipo de dor que nunca abrandava. A palavra que ele disse em seguida saiu baixa, soando como se viesse das profundezas de sua alma. — Crianças.

Ai, deuses. Um tremor me sacudiu.

— Quando tentei impedi-lo... Isto? — Ele apontou para a cicatriz novamente. — É o que o osso de um Antigo empunhado por um Primordial da Morte é capaz de fazer.

Eu suspeitava de que algo assim tivesse acontecido. A perda de uma amante ou mesmo de uma Consorte. Mas... tinha a sensação de que Kolis havia tirado parte de Attes.

— Eu não sabia.

— Como poderia? — perguntou. — Nossas perdas são nossas histórias para compartilhar. Nyktos, tendo nascido desse tipo de perda, teria respeitado isso.

Senti um aperto no peito quando meu olhar avaliou a cicatriz. As que eu não podia ver com certeza deviam ser piores. Merda, meu coração doía.

— Sinto muito.

— Eu também. — Ele fechou os olhos. — É um motivo bom o suficiente para você?

Pigarreei, piscando para conter as lágrimas.

— Sim.

O éter em seus olhos havia se acalmado quando ele os reabriu.

— Jamais apoiei Kolis. Não de verdade.

— Então tenho uma pergunta para você. — A raiva voltou a minha voz. — Nunca lhe ocorreu dividir essa informação com Nyktos?

— Por que eu faria isso? — rebateu. — Jamais soube o real posicionamento de Nyktos a respeito de Kolis.

Arqueei as sobrancelhas.

— Você está de brincadeira? Ele odeia...

— Odiar alguém não significa deixar de servi-lo, principalmente se for benéfico para você — interrompeu. — Confiar em Nyktos sem conhecer seus verdadeiros pensamentos e intenções seria um risco para minha Corte e para todos que confiam em mim.

A indignação me dominou. Eu não conseguia acreditar no que estava ouvindo.

— Ele nunca o teria entregado para Kolis!

— Acredita mesmo nisso?

Sustentei seu olhar.

— Eu *sei* disso.

Attes riu baixinho.

— Você não tem ideia do que qualquer um de nós fez ou do que somos capazes de fazer se formos encurralados. E isso inclui Nyktos.

Fiz menção de contradizê-lo, mas pensei naquele osso decente que Ash alegou que pertencia somente a mim. Eu sabia que ele tinha muito mais bondade dentro de si. O que fez pelos Escolhidos que podia salvar, pelo jovem Pax, que tinha resgatado das ruas, e incontáveis outros era prova disso. Mas *havia* uma crueldade em Ash. Eu já a tinha testemunhado.

— Houve uma época em que confiávamos uns nos outros — argumentou Attes, a voz assumindo um tom distante. — Quando nós, Primordiais, trabalhávamos juntos para a melhoria do Iliseu e do plano mortal. Essa época passou há muito tempo. E embora a antipatia de Nyktos por Kolis fosse evidente para qualquer um remotamente atento, no fundo ele ainda era leal.

— Ele fez o que pôde para resistir a Kolis — sibilei. — Mas não teve escolha senão servi-lo.

— Exatamente. — Attes ergueu as mãos, frustrado. — Nenhum de nós tem tido muita escolha, Seraphena.

Desviei o olhar. Suas razões para não confiar em Ash eram válidas… e, ainda assim, não bastavam para mim.

— Então o que mudou agora?

— Você — respondeu ele. Meus dedos se cravaram em meus braços. — Você é o motivo pelo qual as coisas mudaram.

— Por causa das brasas?

— Porque dentro de você reside a única capaz de matar Kolis. Aquela que pode acabar com isso. E tudo deve ser feito para protegê-la.

A tensão dominou meu corpo, fazendo as brasas zumbirem. Eu não devia me surpreender ao ouvir a preocupação por literalmente qualquer coisa além de mim. Em geral, era por causa de meu dever ou das brasas. Jamais eu.

Até Ash.

Uma pontada forte de dor atingiu meu peito, mas eu respirei até que passasse, focando no que Attes tinha dito. Ou melhor, no que *não tinha.*

— Você quer dizer que sou a única que pode deter Kolis.

— Não, Seraphena — discordou ele, seu tom pesado. — Não é isso.

Meu corpo gelou enquanto eu encarava Attes.

— O que está dizendo?

— Estou dizendo que o plano de Eythos não saiu como ele esperava. E, sim, a princípio não pensei que funcionaria mesmo, mas tanto faz. — Seus ombros subiram com uma respiração pesada. — Deixe-me perguntar uma coisa. Você e Sotoria são a mesma pessoa?

Um terrível pressentimento tomou conta de mim.

— Por que está me perguntando isso?

— Porque eu sei. — Seu tom de voz diminuiu. — Sei que você não é ela. Não de verdade.

Meu coração palpitou no peito quando suas feições se rearranjaram em uma nebulosa expressão de descrença.

— Há uma semelhança incrível entre você e Sotoria, tanta que não sei como Kolis não percebeu de imediato. Não creio que ele podia se permitir — continuou, quase cautelosamente, a voz baixa e comedido.

— Mas, se fosse Sotoria renascida, você seria igual a ela. Você não é. E não teria sido capaz de falar como ela do jeito que fez.

Uma onda de choque me varreu quando descruzei os braços, deixando-os cair na lateral do corpo. É provável que Attes fosse a primeira pessoa a dizer aquilo com convicção. Eu não poderia nem dizer, com certeza, se Ash, de fato, aceitava que eu não era Sotoria. Achei que não importava porque sempre fui Sera para ele.

Mas pensei no que Ash havia dito sobre a Primordial Keella durante a coroação. Keella podia acompanhar as almas daqueles que capturou e que renasceram. Ash não acreditava que Sotoria tivesse renascido… Não, não foi exatamente o que ele dissera. Ele apenas havia dito que não tinha certeza se Keella poderia seguir a alma de Sotoria porque seu retorno não fora um renascimento.

— Sabe que estou dizendo a verdade. Você não quer confirmar. Entendo. Sabe que Kolis acreditar que você é Sotoria é o que a mantém viva e as brasas do Primordial da Vida, seguras. Isso foi inteligente. — Attes cruzou a jaula. — Mas não adianta mentir para mim, Seraphena. Sei que o plano de Eythos não funcionou como ele pretendia.

Fiquei tensa, meus pensamentos aceleraram. Mesmo ciente do que havia causado a cicatriz de Attes, a cautela ainda dominava todos os meus sentidos. Alternando o peso entre os pés, olhei para as portas fechadas. Eu sabia que tinha de fazer uma escolha. Confiar em Attes ou não. Se o fizesse e estivesse enganada, eu morreria e Kolis teria as brasas. Mas eu não… não acreditava que ele estivesse ali como espião de Kolis. Não fazia sentido, quando, ao que tudo indicava, tinha me dado cobertura e impedido Kolis quando ele tentou tomar as brasas.

Inspirei fundo, sabendo que não estava arriscando apenas minha vida.

— Existe uma diferença entre renascer e ressuscitar?

— Os termos são frequentemente usados de forma intercambiável, juntamente à reencarnação, mas um renascimento em geral envolve as almas daqueles que não viveram de fato — explicou Attes, referindo-se aos bebês dos quais Ash havia falado. — Os reencarnados podem ter lembranças ou até sonhos de quem foram um dia, o que é tão raro quanto o ato em si, e geralmente reservado aos *viktors*.

— E renascer é como recomeçar — murmurei. — Sem lembranças de quem você já foi. — Olhei para ele. — Então ter uma alma colocada ao lado de outra é...?

— Não tenho ideia — admitiu ele, com uma risada cortante. — Não deveria acontecer. Mas pode ser o resultado do que Eythos tentou fazer... algo impossível. Ou os Arae intervieram.

Pensei no que Attes havia dito sobre os Destinos.

— Mas você disse que os Arae garantiram o silêncio de Eythos, assim como o seu, como um modo de equilibrar o que Eythos fez.

— Sim. Mas eu nunca disse que foi a única coisa que fizeram — argumentou. — Não sei o motivo de terem feito. Por outro lado, um deles colocou na cabeça de Kolis a ideia de tirar as brasas de outra pessoa, para início de conversa, e quem realmente sabe por que alguém iria compartilhar tal conhecimento?

Ele tinha razão. Delfai, o Deus da Divinação com o qual Ash e eu havíamos conversado, dissera o mesmo.

Balancei a cabeça.

— Qual é o objetivo de tudo isso? A alma de Sotoria está em mim. Esse detalhe não faz com que eu me torne ela para todos os efeitos?

— Uma alma em nada se parece com brasas, Seraphena. Duas nunca deveriam habitar em uma só pessoa.

Uma enorme sensação de desconforto me dominou.

— E o que acontece se habitarem?

— Significa que a alma de Sotoria está...

Eu o observei desviar o olhar enquanto ele passava a mão pelo cabelo.

— Presa dentro de mim? — perguntei.

— Basicamente.

Fechei os olhos quando um arrepio percorreu meu corpo. *Presa*. Eu achava que conhecia a sensação, e conhecia. Mas eu não conseguia imaginar como devia ser para Sotoria.

— Isso incomoda você.

Abri os olhos, deparando-me com o olhar de Attes em mim.

— Claro que sim. Não consigo nem me permitir realmente pensar no assunto sem perder a cabeça — admiti. — Não desejo isso a ela.

— Nem eu. — Um músculo latejou em sua mandíbula. — E isso também significa que, quando você morrer, a alma de Sotoria morrerá junto.

— Bem, já imaginava, mas daria no mesmo se a alma de Sotoria tivesse simplesmente renascido ou algo assim também?

— Se a alma de Sotoria tivesse renascido, você seria ela. Ela seria você. E quando você morresse, sua alma seguiria em frente. Mas não é o que aconteceu aqui. A alma de Sotoria vive em você, então, quando você deixar o invólucro mortal, ela ficará presa em seu corpo até que sua alma seja destruída, e então ela vai continuar nesse...estado. Incapaz de seguir em frente. Incapaz de viver ou morrer. — Ele fechou os olhos. — Ela simplesmente existiria.

Abri a boca em horror. Eu praticamente podia escutar o lamento ouvido com frequência nos Olmos Sombrios.

— Ela seria como um espírito?

— Pior. Sotoria ficaria perdida. — Ele avançou novamente. — Mais alguém sabe disso?

— Não.

— Nem mesmo Nyktos?

— Eu... eu acho que não. Ele sempre fez questão de me dizer que eu sou Seraphena, mas como ele saberia?

— Se tivesse olhado, ele saberia — comentou Attes. — Afinal, ele é um Primordial da Morte, conserva as habilidades perdidas para Kolis. Ele pode ver almas, mas não tenho certeza de que entenderia o que viu, se obtivesse a leitura de duas.

Respirei fundo. Ash teria olhado? Eu não sabia.

— Mas Kolis disse que segurou minha alma, mantendo-a dentro de mim até me levar para o Arquipélago de Tritão. Ele não teria sentido as duas?

— Estou surpreso que ele sequer tenha conseguido fazer algo assim. Então é improvável que soubesse exatamente o que segurava. Ele *podia* ter agarrado a alma de Sotoria, o que manteve você viva. Quem sabe. De qualquer modo, você entende o que tudo isso quer dizer?

Meu desconforto anterior se multiplicou, formando nós em meu peito.

— Pelo seu tom, acho que não.

— A alma de Sotoria está em você, mas você não é ela. — O olhar de Attes encontrou o meu. — E mesmo que Kolis jamais perceba, você não é a arma que Eythos acreditava ter criado.

11

Você não é a arma...

Cambaleei para trás, esbarrando no divã. Attes não estava insinuando o que eu imaginava que estivesse.

— Ainda sou capaz de cumprir meu dever.

— Talvez — rebateu ele, o éter pulsando em seu olhar. — Mas você não é Sotoria, e não temos como saber se esse detalhe faz diferença. Se eu seguir minha intuição? Faz. O que significa que você não será capaz de matá-lo.

Afundei no divã macio, balançando a cabeça em feroz negação. As palavras de Attes me atingiram como pedras atiradas em uma fortaleza intransponível em vez de uma que oferecesse refúgio.

Não senti alívio algum.

Não deveria sentir? Eu não queria fazer o que seria necessário para cumprir meu destino. Deveria estar comemorando a notícia, mas não sentia alívio algum.

Como poderia sentir, se aquilo significava que eu nunca havia sido capaz de salvar meu reino? Tudo o que tinha sofrido e de que havia desistido, todos os sacrifícios que fizera ao longo da vida por um reino que nem me conhecia, sem mencionar as escolhas que minha família enfrentou, tinham sido todas em vão. Todos aqueles anos do treinamento exaustivo, que deixou meu corpo e mente à beira do colapso, não significaram nada. Aprender como me sentir tão vazia, o que era preciso para ser assim, e o que aquilo me roubou... havia sido inútil.

Aceitar aquela verdade era insuportável, intolerável. Significava que minha vida, toda a minha *existência*, havia sido uma mentira.

Não.

Eu não podia aceitar que não seria capaz de deter Kolis se falhasse em escapar. Que ele sobreviveria e continuaria a ferir Ash e tantos outros. Que existiriam mais favoritas, e Sotoria... Bons deuses, ela ficaria presa quando eu morresse. Parecia algo inevitável. Eu não permitiria que outros morressem para que continuasse viva.

Não.

A intuição de Attes tinha que estar equivocada. Os Destinos não saberiam daquilo? Holland? E, se sim, por que ele tinha passado tantos anos me treinando? Por que fazia diferença Kolis acreditar que quem enfiaria uma lâmina em seu coração era alguém que amava? Talvez não fizesse diferença alguma.

Porque não era possível que tudo de que eu desistira, tudo o que Eythos e Kolis desencadearam, tenha sido em vão. Que foi tudo a troco de um maldito nada.

— Você tem que estar errado. — Endireitei os ombros. — Tem que estar.

— Espero que sim.

O olhar do Primordial agora estava fixado em algum lugar acima de mim, seus dedos curvados na base do pescoço.

— Nada mudou — avisei.

— A não ser que tente matá-lo e não funcione? — Ele abaixou o queixo. — O que acha que ele fará com você?

— O que ele já fez — respondi. — Eu o apunhalei mais cedo. Errei seu coração por um centímetro e ainda estou viva.

Attes piscou, atordoado.

— Ele ficou com raiva — acrescentei, apoiando as palmas das mãos nos joelhos. — Mas não me matou. Obviamente.

O Primordial me encarou por vários segundos.

— Você conseguiu apunhalar Kolis?

— Sim.

— Com que tipo de arma?

— Não era feita dos ossos de um Antigo — murmurei. — Mas de Pedra das sombras.

Ele arregalou os olhos.

— E perfurou a pele de Kolis?

Assenti.

— Ele se curou bem rápido.

— Merda — sussurrou ele, a surpresa evidente em seu tom. — Ele está mais fraco do que pensei. Mesmo com as brasas que roubou há muito apagadas, Kolis ainda é o Primordial mais antigo. Pedra das sombras não deveria ter perfurado a pele dele.

— Bem, isso é uma coisa boa, certo?

— É uma coisa *interessante* — corrigiu Attes. — Se ele não tivesse se curado imediatamente, *aí* teria sido uma coisa boa.

Comecei a franzir a testa.

— Quer dizer apenas que o jogo pode ter ficado mais equilibrado — acrescentou ele. — Mas ele não ter te matado antes, não significa que não o fará mais tarde. E se você morrer? E se a alma dela for perdida...

— Sim, já entendi. A alma dela é a coisa mais importante — rebati. — Ela morre, tudo está perdido.

Attes inclinou a cabeça. Um momento se passou.

— Você também é importante.

Deixei escapar uma risada amarga, mesmo enquanto minhas bochechas coravam de constrangimento.

— Você não precisa mentir.

— Não estou mentindo.

A irritação me dominou. Eu já deveria saber, o que me deixava ainda mais frustrada. Já deveria estar acostumada. Mas quer saber? A alma de Sotoria *era* importante.

— Então o que você está dizendo? Que eu não deveria tentar matá-lo?

— Não acho que valha a pena o risco — compartilhou Attes.

— E o que devo fazer? — perguntei. — Nada?

— Não foi o que quis dizer. Kolis não sabe a verdade, o que significa que você ainda é seu ponto fraco. Pode usar isso em nosso benefício.

— *Nosso* benefício? — A tensão voltou enquanto eu cravava meus dedos no vestido. — Escolha de palavras curiosa.

Attes ignorou meu comentário.

— Nyktos precisa ser libertado o mais depressa possível para que haja alguma esperança de evitar a guerra de que Kolis falou — declarou. — E já estamos avançando nessa direção. Posso sentir. — Seu olhar encontrou o meu. — Você pode mudar isso, pelo menos.

— Eu sei. — Endireitei os dedos. — Tenho um plano.

— Tem? — Ele arqueou as sobrancelhas. — Já?

— Sim. — Fiz uma careta. — Por que a surpresa?

— Você acabou de ser presa. — Seus olhos avaliaram os meus. — Ninguém a teria culpado se ainda não estivesse com cabeça para bolar um plano.

— Sim, bem, esta não é a primeira vez que me vejo sem muito tempo para resolver uma situação.

Ele me encarou.

— Que tipo de *vida* você viveu, Seraphena?

Eu ri, mas não havia humor no som. Não quando a sensação que tinha era de que meu corpo estava desmoronando.

— Então o quê? Eu liberto Nyktos, e o que acontece a seguir? Acha que ele vai retornar às Terras Sombrias e fingir que nada aconteceu?

— Se for sábio, sim. — Seu olhar sustentou o meu. — E você sabe que é verdade.

Meu coração deu um salto dentro do peito. Era verdade. Eu preferia que Ash fizesse exatamente aquilo, mas ele não o faria.

— Nyktos se importa comigo — falei, calmamente. — Ele se sente responsável por mim. Não vai fazer isso.

— Acho que ele sente que você é mais do que uma responsabilidade — provocou o Primordial, com um sorriso que fez sua covinha ganhar vida.

O ar queimava meus pulmões. Doía respirar porque eu tinha falado a verdade. Ash se sentia responsável por mim. Ele se importava comigo. Gostava de mim. Mas não era capaz de sentir o que Attes estava obviamente sugerindo.

Demorou muito para eu inspirar e focar além da sensação de queimação, mas eu o fiz. Porque eu precisava fazer.

— Então como isso vai evitar uma guerra?

— Eu não disse que você evitaria uma guerra — corrigiu Attes, baixinho. — Eu disse que você evitaria a guerra de que Kolis falou. Existe uma diferença. Embora eu saiba que Nyktos é capaz de muitas coisas terríveis se pressionado, não é nada em comparação ao que Kolis fará. Livre, Nyktos será capaz de proteger seu povo e conquistar apoio.

— Existe apoio a ser obtido?

— Pode haver.

Minhas mãos caíram na almofada.

— Não é bom o bastante.

— Ouça, os relatos do que Kolis fez estão se espalhando. Isso vai gerar um incômodo, mesmo que ele pense que não causará muita agitação — argumentou ele, e eu logo me lembrei da resposta de Phanos ao me ver. — Mas Kolis costuma esquecer que Nyktos vem em segundo lugar entre os três Primordiais que ninguém quer irritar.

— Deixe-me adivinhar. Você é o terceiro? — comentei secamente.

— Você é muito espertinha.

Aquela covinha reapareceu. E eu não estava nada impressionada.

— Alguém já te disse que você é muito esfaqueável?

Uma risada baixa irradiou de Attes.

— Já me disseram uma vez ou mil.

Bufei.

— Imaginei. — Aliviando o aperto mortal nas almofadas, eu me levantei. — E quanto a você e seu apoio? Você vai voltar…? — Hesitei, encarando o Primordial. Eu me lembrei do que ele dissera. Attes afirmava ser leal apenas ao verdadeiro Primordial da Vida.

E, como ele dissera, para todos os efeitos, eu era o Primordial da Vida.

Respirei fundo, ou pelo menos pensei que sim, mas a respiração que enchia meus pulmões parecia decepcionante de tão superficial. Senti um aperto de ansiedade no peito como se um punho apertasse meu coração a cada batida.

— Você vai apoiar Nyktos no que ele decidir e ajudá-lo a ganhar aliados — comecei, com a voz ligeiramente trêmula. Não estava acostumada a fazer exigências como aquela. — Ele terá todo o seu apoio e de sua Corte.

Attes inclinou a cabeça.

— Isso é uma ordem?

Meu coração disparou. Afinal, eu ainda era apenas uma mortal exigindo que um Primordial cumprisse minhas ordens. Mas as brasas em mim zumbiam com intensidade. Ergui o queixo, engolindo em seco.

— É, mesmo que você precise se opor ao seu irmão.

Fios de éter chicoteavam em seus olhos e iluminavam as veias sob a pele de suas bochechas. Ele inclinou o corpo em minha direção.

— Você vai jurar — acrescentei, sabendo que um Primordial não podia quebrar um juramento.

A energia aumentou, sobrecarregando o ar. Por um momento, pensei que podia ter extrapolado um pouquinho.

Ou muito.

Provavelmente muito.

— Muito inteligente — murmurou Attes, em seguida deu um passo à frente e se ajoelhou. Com uma das mãos sobre o peito, ele curvou a cabeça. — Com minha espada e com minha vida. — Olhos cheios de éter se ergueram para encontrar os meus. — Juro a você, Aquela que nasceu de Sangue e Cinzas, *da* Luz e do Fogo, e *da* Lua Mais Brilhante, honrar seu comando.

Meu título… aquele que Ash me concedeu. Respirei fundo enquanto outra carga de energia ondulava pelo ar, deslizando por minha coluna. Eu podia sentir. O poder de comandar tal juramento fez minha nuca formigar e as brasas vibrarem com mais força. Suas palavras carregavam a força de um juramento inquebrável gravado em seus ossos e nos meus — no próprio solo do reino em si.

E aquele poder repentino? Parecia tão inquietante quanto encorajador. E um pouquinho incrível também.

Attes aguardava, e acenei para que se levantasse só porque eu não fazia ideia do que deveria responder e tinha visto minha mãe e o Rei Ernald fazerem algo semelhante.

Conforme ele se levantava, esvaziei a mente e tentei me concentrar.

— O que será feito em relação à alma de Sotoria?

— Tenho procurado uma maneira de protegê-la e continuarei a fazê-lo. — Não havia qualquer traço de humor ou charme em sua voz e, quando falou novamente, ele o fez com sobriedade. — Sei o que será necessário para conquistar a confiança de Kolis e a liberdade de Nyktos. É a mesma coisa que você terá de fazer para continuar viva.

Incomodada com o rumo da conversa, mudei o peso do corpo de um pé para o outro.

— E eu... — Um músculo latejava em sua têmpora. — Lamento.

Desviei o olhar, o maxilar dolorido agora tenso. Deuses, Attes parecia sincero, e eu não sabia o que fazer, preferia que ele *não* soubesse o quanto tudo custaria.

— Preciso ir embora — disse ele, pigarreando, mas ainda meio rouco. — Ficar tanto tempo sem ser descoberto é uma sorte da qual eu não deveria abusar.

Assentindo, eu o encarei enquanto algo que havia me perguntado antes ressurgiu.

— Posso perguntar uma coisa?

— Claro.

— O nome de Sotoria significa alguma coisa na língua dos Antigos e dos Primordiais? Sei que *so'* significa *minha* — expliquei quando a pele no canto dos olhos de Attes se enrugou. — E imaginei que talvez o nome dela significasse alguma coisa. Como se fossem duas palavras unidas.

— Como Kolis? — perguntou ele.

— Sim.

— Significa. Ou, pelo menos, significava. — Ele exalou pesadamente, arrastando o polegar sobre a base do pescoço. — É de nossa língua mais arcaica. *Toria* teve alguns significados. Um deles era jardim. Outro poderia ser traduzido livremente como linda flor. — Ele sorriu então, mas nenhuma covinha apareceu, e eu não pude deixar de me lembrar do que Sotoria fazia quando morreu. Ela estava colhendo flores. — Mas uma tradução mais exata é papoula.

— Como a flor mortal? — Pensei naquelas que haviam começado a florescer novamente nas Terras Sombrias. — Ou as prateadas?

— Acredito que fazia referência à flor mortal, mas podia ter descrito qualquer uma das duas.

Ergui as sobrancelhas.

— Então o nome de Sotoria poderia ser traduzido como minha linda... — Um estranho arrepio percorreu minha espinha. — Minha linda papoula?

Attes assentiu.

— Ou meu lindo jardim.

— Ah — sussurrei.

Ele me avaliou.

— Alguma coisa na tradução a incomoda?

Sim, mas...

— Não. — Balancei a cabeça, sem saber de onde vinha a sensação de incômodo ou seu motivo. — Tenho outro pedido para você.

— Qualquer coisa.

Sorri ironicamente diante de sua resposta.

— Encontre para mim uma arma feita com os ossos dos Antigos.

Ele inclinou a cabeça para o lado.

— Seraphena...

— Não vou correr riscos desnecessários. Juro.

A contração daqueles lábios significava que ele duvidava de meu juramento.

— Mas se chegar um momento em que só me reste arriscar? Quero ter algo com o qual possa matá-lo ou incapacitá-lo, pelo menos — expliquei, e percebi que ele estava entendendo o que eu queria dizer. — Não custa tentar, não é?

— Não, receio que não — concordou ele. — Mas você precisa ter cuidado com essa arma. E não digo isso porque acho que você não consegue lidar com ela — acrescentou ele, quando abri a boca. — Você sequer pode tocar o osso sem sentir dor. Um punho precisaria ser forjado, o que não seria um problema, mas onde em si você esconderia a arma, *sim*.

Considerando a transparência de minhas roupas, ele tinha razão.

— Posso escondê-la aqui.

Ele soltou o ar pelo nariz.

— Acha mesmo que não vão procurar uma arma assim, principalmente depois de sua tentativa de fuga? Ainda mais uma de um tamanho que seria útil para seus planos?

Cerrei os dentes. Eu odiava todos aqueles argumentos lógicos.

— Tudo bem.

Attes se virou para as grades, em seguida parou.

— Você a sente agora? — Ele engoliu em seco quando seu olhar encontrou o meu. — A alma de Sotoria, quero dizer.

Sua pergunta me pareceu estranha, mas levei a mão ao peito. Eu não a ouvia como antes, mas houve um lampejo de algo que não era uma brasa. A consciência de alguém ali, observando e ouvindo.

— Sim.

A emoção estampou seu rosto, rápida demais para que eu fosse capaz de determinar o que era ou até mesmo me certificar de que tinha mesmo visto alguma coisa.

— Então espero que ela ouça isso — disse Attes, engolindo em seco novamente. — Eu vou te salvar desta vez.

*

Fiquei inquieta depois de Attes se transformar de novo em falcão e sair voando, o que foi tão bizarro quanto parecia. Na companhia de nada além de meus próprios pensamentos, fiz o que eu normalmente fazia.

Treinei.

Sem encontrar algo para prender o cabelo, fiz uma trança e depois fiz um pequeno nó nas pontas, sabendo que, com certeza, me arrependeria mais tarde. Invoquei todas as lembranças que podia acessar e me imaginei lutando com um parceiro invisível, repetindo os movimentos que Holland havia me ensinado.

À medida que passava do golpe com uma adaga imaginária para o treino com socos, minha mente divagou em vez de se esvaziar.

Attes.

Imaginando seu rosto, dava socos no ar acima de mim e só me senti um pouquinho mal.

Obviamente era difícil confiar no Primordial, mas aquele juramento? Ou eu, ou as brasas sentiram. Ele não poderia quebrá-lo. E o modo como falou sobre aquela cicatriz? A dor evidente em sua voz e em seu rosto parecia muito real, assim como o rastro de agonia em suas palavras quando jurou salvar Sotoria daquela vez.

Mergulhei, movendo-me o mais rápido que podia com aquele vestido. Algo que Attes havia dito enfim me ocorreu depois que ele se foi. Era tão óbvio. Mas em minha defesa? Muita coisa vinha — e ainda *estava* — passando por minha mente.

Attes tinha mencionado o quanto eu me parecia com Sotoria, mas sabia que não éramos exatamente iguais. Com base naquilo, e no que dissera antes de partir, Attes a havia conhecido. E, cara, eu tinha tantas perguntas. Mas me dei conta de outra coisa depois de sua partida.

O suor pontilhava minha testa quando me levantei e girei, golpeando com o braço. Repeti o movimento várias vezes enquanto refletia sobre Attes não ter mencionado o fato de Nyktos pegar as brasas. Ele provavelmente achava que era algo óbvio, portanto desnecessário de dizer.

Você não é a arma...

Diminuí os passos até parar, o peito ofegante pelo esforço. Levantei-me de outra postura agachada, os braços caindo para a lateral do corpo. Holland havia dito que eu era Sotoria, assim como a deusa Penellaphe

— ou, pelo menos, foi assim que eu tinha interpretado o que ambos disseram.

Mas e se Holland não soubesse? Sequei a testa com as costas da mão. Nem todos os Destinos eram oniscientes. Outro poderia ter feito algo sem que Holland soubesse. Ou talvez ele tenha sido incapaz de me dizer sem interferir.

Mas por que ele me treinou? Qual era o objetivo?

A menos que a intuição de Attes estivesse certa e Holland tivesse me treinado, na verdade, para manter a alma de Sotoria e as brasas seguras. Seria aquele o motivo, e não a morte de Kolis?

E se fosse?

Deixando a cabeça pender para trás, olhei para as barras acima. Deuses, eu meio que sentia como se grande parte de minha identidade tivesse acabado de ser destruída, e era muito frustrante.

Eu havia odiado aquela parte de mim, detestado o que me custara. No entanto, mesmo assim, não me sentia aliviada. A determinação de impedir Kolis não tinha desaparecido. Nenhuma parte de mim queria se agarrar àquela desculpa para não tentar. E talvez...

Talvez por não saber quem eu era sem meu dever. Talvez porque era a única coisa significativa que poderia fazer antes de morrer. E eu simplesmente não conseguia desapegar.

A questão era que, qualquer que fosse, eu não podia perder tempo com o motivo. Se o fizesse, perderia a cabeça também.

Dei meia-volta, segui até a área de banho e peguei uma toalha pequena. Usando a jarra de água limpa que havia ficado para trás, lavei o suor da testa.

Minha linda papoula.

Um tremor percorreu meu corpo, fazia minha coluna se arrepiar devido ao desconforto. O que estava me incomodando? Foi decididamente a coisa menos preocupante que Attes havia compartilhado.

Joguei a toalha na penteadeira e voltei para o divã e, daquela vez, tirei o cobertor, deixando-o cair no chão. Eu me sentei e me ajeitei no canto. Encolhi as pernas junto ao corpo e as dobrei sob o vestido.

Meu olhar viajou pelas barras, pousando no centro brilhante do teto da jaula. Com as luzes dos aposentos apagadas, eu conseguia ver com mais nitidez. Estreitei os olhos, percebendo a fonte do fragmento de luz que tinha notado antes. Era um diamante. Ou talvez um conjunto deles?

Revirei os olhos.

Fiquei ali sentada em silêncio por um tempo, os pensamentos pulando de modo ininterrupto de uma coisa para outra. Como tantas vezes antes, minha mente se agarrou em uma das coisas mais aleatórias.

De repente, pensei no lobo kiyou que tinha visto nos Olmos Sombrios quando criança.

Eu estivera coletando pedras, por algum motivo bizarro havia muito esquecido, quando avistei o lobo. Seu pelo era tão branco que poderia se passar por prata, e sempre me surpreendia por não ter fugido ou atacado imediatamente, ainda mais porque a aversão dos kiyou aos mortais era notória. O único outro de quem havia me aproximado foi o lobo ferido.

Eu tinha certeza de que sabia o porquê agora.

Quando Ash e eu havíamos mergulhado na piscina abaixo da Casa de Haides, ele admitira ter me vigiado no passado. Percebia agora que tinha sido ele todos aqueles anos antes. Não havia uma única parte de mim que duvidasse.

Com um aperto no peito, apoiei o queixo nos joelhos. Deuses, eu sentia sua falta e estava muito preocupada com ele. E se meu sonho tivesse fornecido alguma pista sobre sua condição e ele estivesse em estase? Aquilo faria suas feridas sararem, mas ele estaria completamente vulnerável.

Eu precisava tirá-lo de lá.

Fechei os olhos, decidida de que era hora de tentar ser mais confiante. Em vez de me estressar a ponto de querer gritar ou me jogar de cara nas grades, imaginei Ash livre. Claro, pulei a parte de *como* conseguiria me libertar da jaula e de Dalos e, bem… todo o restante. Fui direto para a parte boa. Ver Ash. Sentir seus braços ao meu redor. Ouvir sua voz. De verdade. Não em sonho.

Não teríamos muito tempo juntos antes que Kolis fosse atrás de nós, mas eu daria um jeito de fazer Ash jurar que não se culparia por minha morte; que uma vez que Ascendesse e cuidasse de Kolis, ele encontraria um modo de restaurar sua *kardia*.

Senti as lágrimas no fundo da garganta quando enterrei o rosto nos joelhos. Eu faria Ash prometer viver... viver *de fato*, o que significava eventualmente se abrir para aprender a amar e ser amado em troca, por mais que aquilo me fizesse querer atear fogo em todo o reino.

Porque eu não era uma pessoa assim tão boa. Já odiava a criatura desconhecida que um dia teria a honra de amar Ash e ser amada por ele. Eu absolutamente a odiava.

Mas ainda era o que eu desejava para ele.

Acho que o amor nos torna capaz de algo assim: desejar a felicidade do outro mesmo que significasse vê-lo com outra pessoa.

•

Quando abri os olhos novamente, foi ao som de água corrente e com a sensação da grama fresca e úmida contra o corpo.

Soube de imediato que estava sonhando.

Além do fato óbvio de que eu não era capaz de caminhar nas sombras, escapando de algum lugar nas profundezas de Dalos para o plano mortal, algo estava errado. Algo que não tinha nada a ver com o detalhe de estar completamente nua.

Eu não estava nadando.

Nos últimos sonhos de que me lembrava, eu estava sempre nadando enquanto o lobo me observava.

Águas escuras se derramavam dos penhascos dos Picos Elísios. Era meu lago e, como nos sonhos anteriores, não havia um calor sufocante adensando o ar, mas ele parecia diferente.

Embora o lago estivesse sempre escuro devido a um dos maiores depósitos de pedra das sombras encontrados no plano mortal, não havia movimento. A água estava totalmente parada e calma, como um espelho preto, mesmo no ponto a cachoeira caía do alto. Meu lago jamais aparecera assim em meus sonhos.

Olhei para baixo, para onde meus dedos estavam apoiados na grama da cor da meia-noite. Ergui o olhar, fitando além dos olmos cheios de folhas em tons de ônix e galhos da cor de pedra das sombras, para o céu que não era noite nem dia. Estrelas vívidas e intensas lançavam luz radiante sobre mim e o lago. Procurei no céu, mas não encontrei qualquer sinal da lua.

Aquilo me lembrava as Terras Sombrias, mas não havia lagos lá. Não mais.

Meus dedos se crisparam em torno das folhas de grama. Eu sentia o chão sob mim, frio e espinhoso. Sentia a brisa leve soprando em minhas pernas e resvalando em minha bochecha. Não havia a imprecisão que caracterizava os sonhos, mesmo quando eu nadava. Tudo parecia nítido e distinto, desde as estrelas até rico aroma do solo úmido.

Aquilo não parecia um sonho.

Enquanto eu olhava o céu estrelado, um zumbido repentino e cálido ganhou vida no centro do meu peito. Minha pele se arrepiou. Lentamente, tomei consciência do calor em minhas costas, alguém atrás de mim quando não houvera nada ali no momento em que abri os olhos.

Eu não estava sozinha.

Uma mão acariciou a curva de meu quadril, quente e pesada de um modo deliciosamente familiar. Meu estômago começou a se revirar. Respirei fundo. Um aroma de frutas cítricas e ar fresco que eu reconheceria em qualquer lugar me envolveu.

Minha respiração ficou ofegante, todo o meu corpo paralisado no lugar. Eu não conseguia me mexer, receosa demais de que minha mente estivesse prestes a me pregar uma peça.

Um toque suave em minha nuca me sobressaltou. Uma sensação mais sedosa seguiu. Lábios roçaram a curva de meu ombro, enviando arrepios cálidos e tensos por todo o meu corpo.

— *Liessa.*

12

Aquela voz, o sussurro sombrio da meia-noite que nunca deixava de causar uma miríade de arrepios em mim, era toda dele.

De Ash.

Meus olhos se fecharam. Era sua voz. Ele estava atrás de mim. Eu sabia em meus ossos e coração, mas sonhar com meu lago em vez de cair em qualquer cenário de pesadelo já era uma bênção. Sonhar com ele? Encontrá-lo ali, mesmo em meus sonhos... parecia impossível.

Como um milagre.

A mão em meu quadril se firmou, me colocando de costas. Dedos ligeiramente calejados por décadas de treinamento com armas roçaram minha bochecha, o toque tão reverente que o ar ficou preso em meus pulmões.

— Abra seus olhos para mim, *liessa*. Preciso vê-los. — Seu hálito dançava sobre meus lábios. — Por favor.

Respondi como se compelida, mas suas palavras não carregavam qualquer indício de persuasão. Era apenas como eu reagia a ele. Só a ele. Abri os olhos e me vi perdida em piscinas gêmeas de prata derretida.

Ash.

Meu coração palpitou, fora de controle, enquanto uma tempestade de emoções se precipitava sobre mim, cada fibra de meu ser varrida pelo golpe. Tudo o que eu podia fazer era olhar, presa em uma mistura inebriante de descrença e alegria, enquanto a brisa levantava as pontas de seu cabelo castanho, jogando os fios contra a pele marrom-clara de seu queixo.

Meu olhar percorreu aquela boca larga e expressiva. Seus lábios se abriram, e ele desceu o olhar, os olhos cheios de finos fios de éter, mais brilhantes do que eu jamais vira. Era apenas um sonho. Eu sabia, mas, ainda assim, procurei naquelas sobrancelhas espessas e feições marcantes qualquer sinal da batalha com Kolis. Não havia hematomas. Desci o olhar.

E *meus* lábios se entreabriram.

Nada desviava minha visão das linhas delineadas de seu peito. Exceto as leves cicatrizes que já estavam ali, não havia evidência da adaga que Kolis tinha cravado repetidas vezes em seu peito. Nenhum sinal de feridas nos músculos tensos daquele abdome. Meu olhar desceu ainda mais, percorrendo os fascinantes contornos de seus quadris...

Prendi a respiração mais uma vez. Assim como eu, Ash estava completamente nu e total e gloriosamente excitado. Um calor intenso se espalhou por mim. Deuses, eu não tinha ideia de como minha mente podia replicar cada parte dele em detalhes tão surpreendentes.

Mas fiquei feliz com aquilo.

Meu olhar subiu. Um lado de seus lábios se curvou em um meio sorriso que acelerou meu coração. Ash sorria livremente no plano mortal, algo que não fazia tanto nas Terras Sombrias. No entanto, aquilo tinha começado a mudar. Mais de sua natureza brincalhona havia começado a ressurgir, mas então...

Eu não queria pensar em nada daquilo. Não agora. O que eu queria era tocá-lo. Desesperadamente. Mas meus dedos se curvaram na grama. Eu temia que, se o fizesse, ele desaparecesse do nada.

E se aquilo acontecesse, mesmo em um sonho, seria uma perda insuportável. Porque não tínhamos muito tempo, e aquilo contava. Precisava contar.

Ash inclinou a cabeça para trás e para o lado enquanto seu olhar deixava o meu e descia. A intensidade de seu escrutínio foi como um toque físico. Minha pele formigava, meus mamilos endureceram. Calor líquido se acumulou no fundo de meu estômago enquanto o outro lado de seus lábios se erguia em um gesto travesso. Seu olhar baixou mais, passando pela minha barriga e depois por entre minhas coxas. Seu olhar era descarado e envolvente, marcando minha pele. As pontas de suas presas apareceram quando ele prendeu o lábio inferior entre os dentes.

— *Liessa* — repetiu ele, com aquela voz de fumaça e sombra, deslizando a mão por meu ventre, deixando um rastro de fogo líquido onde tocava. Seus olhos voltaram para os meus. — É você mesmo? Vindo me provocar em meus sonhos?

— Seus sonhos? — perguntei, observando seus olhos se fecharem brevemente ao som de minha voz. — É mais como se você estivesse no *meu* sonho.

Ash riu e arfei. Aquela risada rouca, baixa, incendiou meu sangue. Deuses, ninguém mais podia fazer uma coisa tão simples soar tão hedonista.

— Mesmo em meus sonhos você discute comigo.

— Não estou discutindo com você.

— Não está?

— Não.

Eu com certeza estava.

Aquela risada ecoou de novo, provocando meus lábios, e então sua boca cobriu a minha. Não senti dor no lábio cortado, mas estava sonhando. Óbvio, não haveria dor. Mas nada poderia ter me preparado para a sensação de sua boca na minha. Foi um choque para os sentidos porque parecia muito real. Não achei que uma lembrança pudesse capturar a firmeza suave, mas inabalável, daqueles lábios.

Mas então eu não estava mais pensando direito, porque os beijos de Ash obliteravam todos os pensamentos. Como sempre. Éramos só nós. Sua boca e como ele me beijava, como um homem sedento, me tomando, atraindo minha língua para um duelo com a sua, bebendo de meus lábios. Os beijos mais lânguidos e lentos, pareciam elétricos, enviando faíscas de desejo por todo o meu corpo. Naquele momento, meus sentidos estavam sobrecarregados e era difícil pensar em qualquer coisa além da sensação de seus lábios nos meus. Eu estava sem fôlego quando ele recuou.

— Sonhei que ouvia você me chamando. — Ele prendeu meu lábio inferior entre os dentes. Arfei com o beliscão rápido. — Sonhei que você ansiava por mim.

Escutei, o coração disparado enquanto sua mão subia, curvando-se ao redor de meus seios. Minhas costas se arquearam.

— Mas eu não devia ser capaz de sonhar — continuou. Eu não tinha certeza do que ele quis dizer, mas então sua voz mudou, assumindo um tom aveludado, suave e denso, como o chocolate mais doce. — Me toque. Me toque, *liessa*, para que eu saiba que você é real. Por favor.

Deuses, não havia como eu fazer nada além do que ele exigia, do que ele implorava. Com mãos trêmulas, pressionei os dedos em suas bochechas. Tremi com o contato. Sua pele estava firme, quente e muito real. Enquanto sua boca se movia sobre a minha, acariciei seu peito com as mãos, maravilhando-me com a sensação. Meus dedos deslizaram pelos sulcos rígidos de seu abdômen.

Ash gemeu contra meus lábios, e o som aqueceu meu sangue ainda mais. Eu podia senti-lo contra minha coxa, duro e grosso. Sua boca se afastou da minha, e abri os olhos. Ele me encarava outra vez, o olhar observando meu rosto por vários segundos.

— Trinta e seis.

Minhas sardas.

Meu coração inflou tão rápida e intensamente que eu não ficaria surpresa se flutuasse acima da grama.

— Precisava contá-las. — Sua mão veio até meu queixo. — Só para ter certeza de que todas estavam onde deveriam estar.

Sonhar com ele contando minhas sardas fazia sentido. Sua tendência de conferi-las derretia meu coração. Mas o resto? Que coisa estranha eu ter sonhado com ele admitindo isso.

Os lábios de Ash capturaram os meus mais uma vez, sem me dar tempo para pensar naquilo. E, quando ele me beijava assim, como se eu fosse a única coisa no mundo que podia alimentá-lo, não me restava nada além de me afogar alegremente naqueles beijos.

Então o fiz.

Correspondi ao beijo, confessando tudo o que sentia sem dizer uma única palavra, transmitindo uma intensidade de emoção à qual as palavras nunca poderiam fazer jus. Eu o beijei como se fosse a última chance que eu teria.

E realmente poderia ser.

Um nó de tristeza ameaçou se formar e arruinar o momento, mas eu me recusei a senti-lo. Agarrei seus ombros, sentindo a pele ligeiramente arrepiada sob a tinta que havia sido gravada em sua carne.

Ash tremeu, respirando com dificuldade enquanto pressionava a testa na minha.

Sua mão aninhou minha bochecha, e ela também tremia.

— Sinto sua falta — sussurrou, com voz rouca. — Eu não... não sei quanto tempo se passou. Um dia? Dois? Uma semana? Apenas algumas horas? Não sei, *liessa*, mas sinto sua falta, mesmo enquanto durmo tão profundamente.

Algo naquelas palavras fez minha pele arrepiar. Um sentimento, ou talvez uma lembrança, me incomodou, mas não consegui identificar o quê.

E não achei que importasse no momento.

— Estou aqui, Ash.

Ele estremeceu.

— Então não sinta minha falta. — Toquei seu queixo, sentindo a leve barba por fazer. — Me ame em vez disso.

— Eu amo — jurou Ash. — Destinos, Sera, eu amo.

Levantei a cabeça, juntando nossas bocas, muito embora suas palavras me lembrassem que eu estava sonhando, que tudo aquilo era eu criando o que eu *queria* sentir e ouvir. E, deuses, eu não queria nada mais do que ouvir Ash dizer que me amava. Que ele era capaz. E se eu só conseguisse a declaração em um sonho, eu a aceitaria sem constrangimento. Minha língua entreabriu seus lábios, e o gemido de resposta foi o som da pura felicidade.

A palma da mão de Ash voltou para meu peito. Deixei escapar um gemido ofegante enquanto ele arrastava a ponta áspera do polegar sobre o mamilo intumescido. Afundei uma das mãos nos fios macios de seu cabelo, enrolando-os em torno dos dedos conforme sua mão roçava minha barriga, depois descia entre minhas coxas. A sensação de tê-lo ali, seus dedos deslizando pela umidade e me penetrando, foi outro choque para os sentidos. Gemi alto, o som capturado por seu beijo. Meus quadris subiram com a pressão perversa e torturante de seu dedo mergulhando em mim. Eu me apoiei em sua mão, a tensão girando, e... deuses, eu *nunca* havia sentido algo assim em um sonho antes. Jamais nada tão intenso.

Senti a ponta afiada de uma presa contra minha língua e estremeci. Sua mordida jamais causava dor, apenas prazer sensual e decadente. Não como...

Apertei mais os dedos em seu cabelo. Não havia espaço para aquilo. Não em meus sonhos. Não quando eu me encontrava em um estado do qual não queria acordar.

Mas eu sabia que acordaria.

Aquela constatação me encheu de um anseio intenso e desesperado. Eu o puxei, querendo sentir seu peso sobre mim. Precisava sentir.

— Eu preciso de você. — Agarrei seu braço com a outra mão, sentindo seus músculos saltarem. — Preciso de você, Ash. Por favor.

— Você me tem, *liessa*. — Ash, graças aos deuses, obedeceu sem hesitação. Ele se mexeu, o corpo forte descendo sobre o meu, me prendendo. Os pelos mais grossos de suas pernas provocaram a minha pele enquanto ele se acomodava entre minhas coxas. — Você sempre me teve. — A ponta de uma presa afiada se arrastou por meu lábio inferior, deixando pequenos arrepios de prazer em seu rastro enquanto seu membro quente e duro pressionava onde eu me abria para ele. — Eu sempre tive você.

Senti-lo provocou uma reviravolta pulsante de prazer que incendiou aquele desejo frenético, porque ele era... deuses, ele era melhor do que uma lembrança.

Um som profundo ressoou de Ash. Sua mão voltou para meu quadril, e ele se pressionou contra mim enquanto seus beijos se tornavam mais ferozes, mais profundos e mais ásperos. Com cada provocação inebriante e lenta daquela boca, pequenos incêndios me consumiam. Então, com uma única estocada, ele me penetrou.

Meu gemido se perdeu em seu grito rouco quando uma onda de surpresa me varreu, o que me fez enrijecer. Eu sentia uma pequena pontada de dor devido a seu tamanho e ao prazer pulsante de senti-lo me preencher e esticar.

Eu *realmente* podia senti-lo.

Pulso acelerado, meus olhos se abriram e meu olhar colidiu com o de Ash. Seu corpo também havia ficado imóvel, mas o éter em seus olhos, brilhante como a lua, espiralava fora de controle. Nenhum de nós se moveu ou falou por um tempo enquanto as brasas em meu peito começavam a zumbir.

— Você parece... — Ash balançou a cabeça, a voz rouca. Seus olhos estavam arregalados, as cavidades sob suas bochechas mais acentuadas quando eu o senti latejar dentro de mim. — Você parece estar mesmo aqui.

Assim como ele.

Respirei fundo, sentindo o leve aroma de lilases... lilases *podres*. Meu coração palpitou dentro do peito, e o medo tomou conta de mim. Eu estava despertando? Meu coração já acelerado bateu ainda mais forte. Não, eu não estava pronta para acordar. Jamais estaria.

— Me ame — ordenei... implorei, na verdade. — Me ame.

— Sempre — murmurou Ash.

Lágrimas umedeceram meus cílios. Apertei meus olhos para contê--las, sem querer sentir a desesperança que evocavam. Não queria uma experiência cheia de tristeza em meus sonhos.

Eu queria queimar.

A cabeça de Ash desceu, a boca se fechando sobre meu seio. Ele sugou meu mamilo com sua boca quente. Suspirei conforme uma nova onda de prazer me inundava. Seus quadris começaram a se mover e meu suspiro rapidamente se transformou em um gemido.

Ele levantou a cabeça, acariciando meu pescoço, sob a orelha.

— Você é tão linda. Droga, Sera, você é linda para cacete.

Deixei escapar um suspiro trêmulo. Eu não poderia me sentir mais bonita do que naquele momento.

— Diga — murmurou contra a pele do meu pescoço. — Diga que me ama e te mostrarei minha gratidão. Eu juro.

— Eu te amo. — Guiei sua cabeça para cima, seus olhos encontrando os meus. — Eu te amo muito, Ash.

Outro tremor o percorreu. Ele disse algo baixo e rápido demais para eu entender, mas fez exatamente o que jurou que faria.

Suas investidas ganharam velocidade, os movimentos mais apressados e profundos. Éramos só dentes e membros emaranhados, ávidos e desesperados. Nós nos movíamos em sincronia, seus quadris pressionando para baixo, os meus subindo para encontrar os dele. O prazer aumentou, deixando-me tonta e sem fôlego de um modo que não evocava medo, apenas desejo e necessidade.

Os músculos de seus braços se flexionaram, então ele agarrou meu quadril, me levantando até minha bunda sair do chão. Agarrei sua nuca, envolvendo sua cintura com as pernas. Deuses, aquele ângulo...

Tremores sensuais e urgentes sacudiram meu corpo enquanto o dele se movia em um ritmo furioso. O orgasmo veio rápido e forte. Explodi, o nome de Ash escapando de meus lábios em um sussurro contra sua pele. Ele gozou em seguida com um grito, me prensando no chão, descargas de prazer nos arqueando, deixando ambos ofegantes e sem fôlego, a pele escorregadia com um brilho de suor — o meu quente, e o dele...

Ash estava *frio*.

Como quando precisava se alimentar. Eu não sabia por que minhas lembranças decidiram capturá-lo daquele jeito, mas meus pensamentos se dispersaram ao som de sua risada gutural.

— Destinos. — A bochecha de Ash deslizou contra a minha quando ele virou a cabeça. Seu beijo foi leve e terno conforme ele se afastava de mim, mudando de posição de modo a apoiar a maior parte de seu peso. — Como isso pode ser um sonho?

— Não sei. — Suspirei quando seu nariz tocou o meu. Também estava frio. Um momento se passou e soltei um suspiro entrecortado. — Parece...

— Real. — Ash mordeu meu lábio inferior mais uma vez e, quando ofeguei, o dele se curvou para cima. — Isso parece real, não é?

Eu sorri, adorando ver seu sorriso.

— Sim.

Sua língua roçou minha pele, acalmando a dor de sua mordida.

— Você parece real, Sera. Tanto que quase penso que estamos...

À espera de uma resposta, analisei sua expressão.

— O quê?

Ele engoliu em seco e passou os dedos sobre as sardas de meu queixo.

— Não sei. — Ele sorriu então, mas o sorriso não chegou aos impressionantes olhos prateados. — Mas sinto como se os Destinos tivessem me recompensado.

— *Você* se sente assim? — Ri baixinho. — Esse é um sonho tão estranho... bom, mas estranho.

— Nunca sonhei com nada melhor.

— Nem eu — sussurrei.

Os lábios de Ash encontraram os meus, e meu coração acelerou como se tivesse ganhado asas. A necessidade implacável de abraçá-lo e aproveitar cada momento em sua presença dominou todo o meu ser.

E eu o fiz.

Tive a impressão de que ficamos ali por um tempo, a testa de Ash apoiada na minha, e nossos corpos ainda agarrados. Foi como pareceu... como a passagem real de segundos e minutos.

Mas eu nunca senti a passagem do tempo em um sonho antes.

— Sera... — Ele falou meu nome contra meus lábios. — Você não faz ideia de como eu gostaria que isto fosse real.

— Eu faço. — Encontrei sua boca e o beijei. Até seus lábios estavam frios agora.

Ele levantou a cabeça e seu peito subiu bruscamente contra o meu.

— *Sera.*

O modo como ele disse meu nome fez meu pulso disparar. Meus olhos se abriram. Os dele estavam arregalados.

— O que foi? — Seu olhar disparou descontroladamente por meu rosto. Minha preocupação aumentou. — Malditos Destinos, machuquei você?

— O quê? — Franzi o cenho. — Lógico que não.

O éter pulsava intensamente.

— Seu lábio está cortado e seu queixo... inchado. Não estavam assim antes.

Um arrepio lento percorreu minha coluna. Consegui colocar um braço entre nós e toquei o lábio. Estremeci com a pontada de dor.

Ash se moveu rapidamente, pegando meu pulso. Ele afastou minha mão.

— Não mexa.

Ele levou meus dedos à boca, depositando beijos devastadoramente gentis em suas pontas. Minha perplexidade aumentou quando ergui o olhar para ele.

— Está doendo.

Sua pele ficou mais fina até que vi as sombras escuras de éter sob sua carne.

— Posso ver que sim.

— Mas parou de doer no momento em que comecei a sonhar... — Eu me interrompi.

— Esses ferimentos são reais? — Os olhos de Ash ficaram tão vazios quanto eu já tinha visto os de Kolis ficarem. Ele xingou. — Foi *ele*? — Gelo escorria de seu tom. — Kolis a machucou?

— Eu não... — Fechei os olhos com força. — Não sei por que eu sonharia com isso.

— Este não é seu...

Franzi as sobrancelhas. Sua pele ficou ainda mais fria. Minha respiração seguinte tinha aquele cheiro doce e rançoso novamente quando abri os olhos.

— Meu medo — disse ele, xingando.

— Seu medo?

— Sim. — Sombras cobriam a pele sob seus olhos onde antes não havia nenhuma. Sulcos marcavam as maçãs de seu rosto. Os lábios estavam tingidos de azul. — Mesmo durante o sono, meu medo por você me consome.

Enrijeci ao fitá-lo. Ele estava mudando bem diante de meus olhos. Sua pele normalmente vibrante empalideceu. Então os contornos do rosto de Ash ficaram turvos. Meu peito se contraiu. Seus ombros fizeram o mesmo.

— *Liessa*?

Ash virou a cabeça ao ouvir som de... passos?

Minha pele ficou toda arrepiada. Uma pressão repentina se espalhou ao longo de minha nuca. Meu olhar voou até onde meus dedos pressionavam com força a pele de seus braços.

— Não consigo sentir você. — Minha garganta ficou seca enquanto eu o segurava com mais força. Ou pensei que segurava. Quase não sentia sua pele debaixo da minha. — Não consigo mais sentir você.

— Está tudo bem — assegurou Ash, a voz áspera.

Mas não estava tudo bem. Os olmos frondosos e altos acima de nós se transformaram em fumaça. A brisa cessou. O desespero aumentou enquanto eu o encarava.

— Não quero acordar — sussurrei, com o coração partido. Eu o agarrei, mas não conseguia senti-lo. — Por favor, não me deixe acordar. Não quero te deixar. *Por favor*.

Um gemido escapou de Ash, um que parecia ter sido arrancado das profundezas de sua alma.

— Sera...

Acordei de repente, abrindo os olhos. Ofegante, tentei aliviar a pressão em meu peito. As lágrimas faziam meus olhos arderem, borrando a visão das barras, assim como o rosto de Ash,

Tinha sido um sonho.

Eu sabia disso, mas *pareceu* real. Ainda podia sentir Ash — seus toques e beijos, o peso sobre meu corpo. Podia até mesmo senti-lo agora, inteiro dentro de mim, e a umidade entre minhas coxas. Minhas mãos *ainda* formigavam com a sensação de sua carne na minha. Tudo pareceu real demais. Ainda parecia.

Mas não podia ser.

Porque não havia estrelas brilhantes acima de mim, apenas barras. E abaixo? A suavidade do divã onde eu tinha adormecido. Não havia o silêncio tranquilo — os uivos distantes e guturais dos dakkais podiam ser ouvidos.

Eu estava mais uma vez enjaulada.

13

Os Escolhidos chegaram algum tempo depois. Podem ter se passado horas ou até mesmo outro dia, e eu não fazia ideia. Mas havia menos Escolhidos do que antes sob o olhar atento de Callum.

Fiz questão de permanecer no divã enquanto eles recolhiam as toalhas utilizadas, trocavam a água dos cântaros por água fresca e, em seguida, arrumavam a mesa com o que parecia ser uma jarra, uma garrafa alta e esguia com tampa e quatro copos.

— Estou aliviado em ver que você aprende rápido — comentou Callum, depois que o último Escolhido tinha deixado o cômodo.

Olhei para ele.

— Minha vida está completa agora que sei disso.

O Espectro sorriu.

— Tenho certeza que sim.

Revirei os olhos, desviando o olhar. Meu coração batia acelerado, sobretudo com a preocupação de que, de alguma forma, a visita de Attes fosse descoberta.

Mas Callum nada disse. Apenas ficou em silêncio, perto da jaula.

A frustração inflamou meu temperamento enquanto me concentrava nele.

— Precisa de alguma coisa?

— Não.

Aquele sorriso educado apareceu.

— Então por que você está aí parado, olhando para mim?

— Isso a incomoda?

— Quem não ficaria incomodado com isso? — respondi, desdobrando as pernas.

— Eu não ficaria.

— Bem, eu realmente não acho que sua opinião conte.

A tinta dourada cintilou quando ele levantou a cabeça.

— Por quê?

— Não consigo imaginar você como alguém coerente. — Escorreguei até a ponta do divã, deixando meus pés tocarem o chão. — Com essa coisa de múltiplas mortes e tudo mais.

Ele riu.

— Pelo menos eu volto. Já você…

— Eu sei. Não vou. — Ergui uma sobrancelha. — Não é um insulto muito inteligente, levando em conta que sou mortal.

Callum deu de ombros enquanto eu olhava para as portas. Não estavam totalmente fechadas. Dava para ver o brilho de armaduras douradas pela brecha.

Tamborilei na almofada enquanto meu olhar deslizava de novo até ele. Pensei no que tinha visto na parte sombria da ampla estrutura.

— Eu… eu vi outros Escolhidos.

— Tive a impressão de que quando fez sua patética tentativa de fuga, você viu *muitos* Escolhidos — retrucou. — E os assustou.

Quase soltei uma gargalhada. Sim, provavelmente tinha parecido uma figura aterrorizante, mas sabia que não era eu quem os assustava de verdade.

— Não estou falando sobre eles. Vi uma se alimentando de outro.

Callum nada disse.

— E ela o matou — continuei. — Mas ele voltou. Não como você. Ele parecia… — As brasas de repente pulsaram em meu peito, atraindo minha atenção para as portas.

— Você o sente? — perguntou Callum. — Posso ver que sim.

Minhas palmas ficaram úmidas quando me levantei.

— Então por que pergunta?

— Porque sim — respondeu, como uma criança mimada.

As portas se abriram, e não pude evitar de sentir a imediata onda de medo ao ver Kolis entrar no aposento. Inundou todos os meus músculos, me fazendo enrijecer. Mesmo depois de me forçar a relaxar, a sensação permaneceu, como uma nuvem sombria.

A intriga estampava as feições de Kolis quando ele se aproximou da jaula.

— O que vocês dois estão discutindo?

Abri a boca para mentir, mas Callum, aquele desgraçado, foi mais rápido.

— Ela queria saber sobre a Escolhida que matou — revelou, pescando a chave do bolso. — E sobre aquele que voltou. Estava compartilhando sua observação astuta de como Antonis não era um Espectro.

Antonis, repeti para mim mesma. Então aquele era o nome do Escolhido que havia voltado à vida e tentado me atacar.

— Óbvio que não. — Kolis franziu o cenho e me encarou como se, de alguma forma, eu devesse saber o que ele era. — Alguns o chamariam de amaldiçoado. Um corpo outrora mortal, agora em decomposição, atormentado por uma fome insaciável. Voraz.

Uma onda de apreensão revirou meu estômago enquanto Callum destrancava a porta da jaula. O rangido suave das dobradiças me deu calafrios. Disse a mim mesma que ele não devia saber sobre Attes, porque duvidava de que estaríamos falando sobre Vorazes se fosse o caso.

— Não passam de um infeliz... efeito colateral.

— Efeito colateral de quê, exatamente? — perguntei, observando Callum se afastar.

— De criar Ascendidos. Eles são o produto de manter o equilíbrio e dar vida. — Kolis sorriu então, abaixando-se para entrar na jaula.

O medo colidiu com meus nervos já em frangalhos, desencadeando uma maré de emoções poderosas que lutei para conter. Cerrei os dentes em uma tentativa desesperada de mantê-los sob controle, ignorando a onda de dor que deflagrei.

— Os Ascendidos? Acho que não entendi.

— A mulher de quem você falou? Aquela que me disseram que matou. — O sorriso desapareceu quando a porta se fechou atrás de Kolis. — Ela era uma Ascendida. Minha filha.

Recuei, surpresa.

— Não quer dizer no sentido literal, certo?

— Desempenhei um papel na criação de sua nova vida — respondeu ele. — Isso não faz dela minha filha?

Eu não tinha tanta certeza. Não sabia o que ele queria dizer com *desempenhei um papel.*

— Como?

— Ao Ascendê-la, assim como meu irmão fez com outros anteriormente.

Uma onda de incredulidade me invadiu. Todos haviam dito que nenhum Escolhido tinha Ascendido desde o início do reinado de Kolis.

Com discernimento aguçado, o olhar observador de Kolis avaliou meu rosto.

— Isso a surpreende? Meu sobrinho não explicou como os Escolhidos são transformados em deuses? É por meio da Ascensão.

Fiquei tensa com a menção a Ash.

— Quer ele tenha explicado ou não, percebo que você não acredita em mim. — Kolis trincou os dentes, e as manchas douradas em seus olhos se iluminaram. — Acha que não posso dar vida só porque não posso criar um deus, como meu irmão fazia?

Ai, droga. Eu tinha acertado um ponto fraco.

— Eu...

— Não importa. — Sua mão cortou o ar em um gesto brusco. — Não foi sobre isso que vim falar com você.

Um baque silencioso ressoou dentro de meu peito. Talvez eu tivesse me precipitado ao pensar que ele não havia descoberto sobre a visita de Attes.

— Deixe-nos — ordenou Kolis.

— Sim, Majestade — disse Callum, do outro lado das barras.

Kolis atravessou a jaula, indo até a mesa.

— Você não respondeu minha pergunta.

Pisquei rapidamente. Ele tinha falado alguma coisa?

— Perguntei se você descansou. — Um brilho de ouro rodopiou sob a carne de suas bochechas. — Desde a última vez que a vi.

Ele achou mesmo que eu havia relaxado? Abri a boca para perguntar, mas me contive.

O plano.

Eu tinha um plano.

Ash era muito mais importante do que a satisfação momentânea de expressar minha opinião. Respirei fundo e prendi o fôlego, forçando minha mente a se acalmar. Anos de treinamento que eu só queria esquecer vieram à tona, lembrando-me por que eu precisava ser uma tela em branco.

Era o único modo de me adaptar às suas necessidades, permitindo que minha personalidade fosse pintada com as cores que Kolis quisesse e tudo o que aprovava. Era uma parte da arte da sedução que as Amantes de Jade haviam ensinado. *Preste atenção ao que é dito e ao que não é falado. Aos gestos e às ações.* O conhecimento sobre uma pessoa pode ser sempre adquirido.

E usado.

Eu já sabia que Kolis não gostava de xingamentos. Pelo visto, também não gostava de ser chamado à atenção quando se comportava como um pervertido, o que, infelizmente, acontecia com frequência. Do que ele gostava? Pelas nossas poucas interações, eu já sabia que ele não gostava de outras pessoas discutindo ou revidando. Ele não era nada parecido com Ash. Kolis queria mansidão. E eu apostava que, acima de tudo, queria submissão.

Meus dedos se enrolaram na saia do vestido enquanto eu pigarreava.

— Eu descansei.

— Ótimo. — Ele apontou para a mesa. — Gostaria de algo para beber? Será decepcionante se recusar.

A irritação zumbia em minhas veias, e eu não sabia se estava mais frustrada com sua pequena manipulação ou comigo mesma. Ele queria que eu bebesse, então eu beberia. Ele queria que eu ficasse de cabeça para baixo, eu plantaria uma maldita bananeira. Era o que seria necessário. Eu *sabia*.

— Sim.

A palavra saiu de meus lábios como um peso morto.

Kolis sorriu, mostrando presas e dentes alinhados e brancos. Aquele sorriso... foi surpreendente por um instante porque pareceu estranho. Eu ainda não conseguia apontar o motivo, mas era um belo sorriso. Apesar de toda a monstruosidade do Primordial, o falso Rei era lindo. Aquilo não podia ser negado.

E nem seus crimes contra deuses e mortais.

Eu o observei caminhar até a mesa e abrir um decantador. Ele parecia *deslizar* mais do que andar. Seus pés descalços mal roçavam o chão, como se o próprio ar o carregasse para a frente. Ele estava vestido como quando o vi de relance no Templo do Sol, no dia do Ritual. Uma túnica branca justa e calça larga de linho, ambos salpicados de ouro. Seu cabelo estava solto, preso atrás das orelhas, e, de perfil, não havia como negar que suas feições eram praticamente idênticas comparadas à pintura de seu irmão Eythos, aquela pendurada na biblioteca da Casa de Haides. Havia pequenas diferenças: o maxilar e o queixo de Kolis eram mais largos, e a testa de Eythos, mais proeminente, mas ainda gêmeos.

E era impossível não ver traços de Ash naquelas feições. Os ângulos e contornos do rosto de Kolis eram mais refinados, menos crus e selvagens do que os de Ash, mas, ainda assim, as semelhanças eram enervantes.

Kolis serviu um líquido transparente, cujas pequenas bolhas corriam para a superfície da taça estreita.

— Callum me disse que você perguntou sobre meu sobrinho.

Filho da puta.

Eu também era uma filha da puta porque estava desesperada o suficiente para perguntar a Callum sobre Ash.

— Disse que você queria saber onde ele está — continuou, erguendo a taça e a entregando a mim.

Fiquei surpresa com a firmeza de minha mão quando a peguei.

— Sim — respondi, sabendo que não deveria mentir sobre aquilo.

— Sente-se — instruiu Kolis.

A ordem me irritou, mas me sentei no divã enquanto descia o olhar para a curiosa bebida. Cheirei o líquido, detectando notas suaves e frutadas.

— O que é isso?

— Água com infusão de morango e limão. É uma bebida que meu irmão costumava preparar — explicou, e meu olhar se voltou para ele. — Ele era bom em criar todo tipo de coisa, fosse vida ou bebidas.

Eu não tinha certeza do que fazer com aquela informação, mas não havia amargura em seu tom. Imaginando ser improvável que ele me envenenasse, tomei um pequeno gole. Sentei-me mais ereta enquanto a água dançava em minha língua, absorvendo a doçura dos morangos e o leve sabor do limão.

— O que você acha? — perguntou ele.

— É boa — admiti, tomando um gole mais longo. — Muito boa.

Kolis fez um breve aceno de mão e a cadeira de jantar deslizou pelo ladrilho como um cão de caça atendendo ao chamado do dono. Ele se sentou bem na minha frente.

— Por que você quer saber onde está meu sobrinho?

Qualquer esperança que eu tinha de que ele esqueceria o assunto minou como a bebida que eu segurava.

— Curiosidade.

Kolis riu e o som saiu leve, mas frio.

Decidi que o melhor a fazer era mudar de assunto.

— Os exércitos das Terras Sombrias de que você falou mais cedo deixaram as fronteiras de Dalos? — indaguei, percebendo que não tinha me ocorrido perguntar aquilo a Attes.

— Não, não deixaram — respondeu ele. — Permanecem nas Terras dos Ossos.

— Terras dos Ossos?

Franzi o cenho.

— Foi Eythos quem batizou — explicou Kolis, com um dar de ombros. — Ficam ao sul de Dalos, ao longo da costa, além dos Cárceres. Um trecho bem inóspito de dunas e terras cobertas de vegetação e florestas, cheio de Templos esquecidos, outrora pertencentes aos Antigos, e rochas que vagamente se assemelham a ossos de gigantes. Meu irmão acreditava que, de fato, eram ossos de dragões massacrados pelos Antigos — zombou. — Talvez ele tivesse razão.

Por que os Antigos matavam os dragões? A resposta não era importante, mas Attes não tinha dito que Ash estava detido nos Cárceres?

— Você não… os atacou? Forçou os exércitos a deixarem suas fronteiras?

— Eu deveria? — rebateu ele.

Não tinha certeza de como ele esperava que eu respondesse à pergunta, mas decidi pelo óbvio.

— Sim?

— Sério?

— Se fossem forças invadindo minhas terras, eu o faria — respondi, com objetividade.

— Mas, se eu fizer isso, as tensões vão aumentar, possivelmente de modo irreversível. — Ele ergueu a taça. — Ao contrário do que você talvez acredite, não tenho o menor desejo de começar uma guerra. Um confronto com o exército das Terras Sombrias faria exatamente isso.

Entreabri os lábios lentamente enquanto aquela alegação pairava no espaço entre nós como uma névoa pesada de um monte de baboseira.

— Você parece surpresa.

— Estou mais para confusa — comentei.

Attes não dissera que Kolis queria guerra. Ele apenas tinha mencionado que o falso Rei travaria uma guerra a sua maneira.

— E por quê?

— Você disse que queria se tornar o Primordial da Vida e da Morte — expliquei, escolhendo as palavras com cuidado. Seu olhar astuto se concentrou em mim. O ouro deveria ter aquecido seus olhos, mas aquele olhar parecia muito frio. — E que aqueles que não submetessem suas Cortes e reinos a você morreriam.

— De fato, eu disse isso.

— Você está falando de Primordiais, deuses e mortais, correto? — Quando ele assentiu, afirmei o que achei bastante óbvio. — Isso não provocaria uma guerra?

A risada de Kolis foi um silvo baixo como o de uma serpente, tão cheia de superioridade e diversão que beirava a zombaria.

— Receio que deveria ter sido mais enfático. Não tenho planos de iniciar uma guerra que não venceria ou que transformaria grande parte de ambos os planos em uma bagunça inabitável, que é o que aconteceria se uma guerra eclodisse — argumentou ele. — Mais uma vez, você parece surpresa.

Aposto que eu devia parecer mesmo surpresa, já que podia sentir meu queixo caído como um portão quebrado. Nem tinha certeza de por que ouvir o que ele disse me surpreendia tanto. Kolis queria ser um governante supremo, o que significava que seria necessário haver terras e pessoas para governar.

Acredito que foi porque eu julgava Kolis um genocida desequilibrado e caótico.

E quem poderia me culpar? O modo como ele havia se comportado quando acordei pela primeira vez em Dalos tinha confirmado meu julgamento. Mas ele não era nada daquilo.

Bem, ele com certeza era um genocida desequilibrado, porém era mais lógico do que caótico. Ou talvez tão lógico quanto caótico. De qualquer modo, a constatação o tornava ainda mais assustador para mim.

— Além disso — continuou ele —, tal guerra certamente se espalharia pelo plano mortal e, embora tenham se tornado muito complacentes, eles não podem nos adorar como deveriam se estiverem mortos.

— Complacentes? — perguntei.

— Na vida deles. Mas isso vai mudar em breve, pois pretendo exercer um papel mais ativo.

Meu queixo deve ter caído de novo, e não tinha a ver com o que ele quis dizer quando mencionou *um papel mais ativo.*

— Não tenho certeza de quanto tempo você passou entre os mortais, mas a maioria não tem o luxo de ser complacente em suas vidas.

Ele fixou o olhar em mim.

— Talvez se eles servissem melhor ao Iliseu, teriam esse luxo. Contudo, o tempo que passam em adoração e oração tem diminuído de modo progressivo. Suas promessas aos Templos continuam a minguar, enquanto seus dízimos se tornam cada vez menos impressionantes.

Por mais assustador que ele fosse, minha boca não parava de se mover.

— Deve ser porque a maior parte do tempo deles é gasto tentando sobreviver.

— E como acabei de dizer, talvez a prosperidade dos mortais melhorasse caso se provassem dignos — argumentou. — Na situação atual, suas perdas e lutas são causadas por si mesmos.

A raiva me perpassou com tamanha intensidade que Kolis estaria se afogando naquela emoção se tivesse as mesmas habilidades de Ash. Eu precisava desviar o assunto dos mortais porque, se não o fizesse, provavelmente perderia a paciência.

— Me manter presa, enquanto Consorte das Terras Sombrias, não vai acirrar ainda mais os ânimos?

— Foi Nyktos quem começou a me atacar, mas estou dando tempo a ele para repensar suas ações, uma vez que sempre é possível recuar de um ato de guerra — retrucou Kolis, e a única parte que eu realmente assimilei foi quando ele disse que estava dando tempo a Ash. — Mantê-la aqui pode apresentar desafios, mas apenas se os outros Primordiais acreditarem que vale a pena ir à guerra por você.

Franzi os lábios enquanto pensava no que Attes havia dito.

— Ou se temerem que este ato vai encorajá-lo a quebrar ainda mais a tradição no que diz respeito a eles?

— Eles já deveriam temer isso — respondeu ele, sorrindo. — A maioria teme. De qualquer modo, sabem o que podem perder se decidirem lutar contra mim. Vou destruir tudo o que apreciam e soterrar suas Cortes em ruínas antes de acabarem presos junto com Nyktos.

Um arrepio percorreu minha nuca. Kolis parecia muito confiante, mas eu prestei atenção ao que ele dissera momentos antes. Basicamente, tinha admitido que havia chances de perder uma guerra em seu atual estado. A reação de Attes ao saber que a pedra das sombras tinha perfurado Kolis me passou pela mente. Quão enfraquecido ele estava? E por quê?

— Você não respondeu a minha pergunta — insistiu Kolis. — Por que quer saber sobre meu sobrinho?

— Eu já disse. Só estava...

— Curiosa. Foi o que disse, mas tenho ouvidos e olhos, *so'lis*. Ouvi seu grito quando o derrubei. Vi o terror em sua expressão e olhos. — Ele se mexeu, cruzando uma perna sobre a outra. — Você jamais gritou de terror por mim.

Pisquei os olhos, minha boca se abrindo novamente.

— Cuidado — murmurou. Meus músculos ficaram tensos. Seu sorriso apareceu. — Não conheço essa versão sua há muito tempo, mas já posso dizer quando está prestes a dizer algo muito imprudente.

Fechei a boca, estremecendo com a onda de dor em minha mandíbula. A minha frente, rugas emolduravam a boca de Kolis. Ele desviou o olhar, uma mecha de cabelo caindo em sua bochecha exatamente como... como o cabelo de Ash costumava fazer.

Tomei outro gole, com o cuidado de evitar a pele sensível do lábio enquanto pensava depressa no que dizer. Mais uma vez, eu compreendia que precisava ficar atenta quando o assunto era Ash. Com os pensamentos em turbilhão, refletia sobre o que Kolis já estava ciente. Ele não acreditaria que eu não sentia nada por Nyktos, mas eu também sabia que não podia deixá-lo descobrir a intensidade de meus sentimentos. Não fazia a menor ideia da reação de Kolis se percebesse que eu estava apaixonada pelo sobrinho, mas tinha certeza de que não seria bom para Ash ou para mim.

— Eu... gosto dele...

Um trovão ecoou lá fora, atraindo meu olhar para o teto enquanto as paredes do cômodo tremiam. Tudo bem, talvez aquela tivesse sido uma péssima maneira de começar.

— Fale — exigiu ele, os olhos brilhantes com o éter enquanto o ar na jaula se tornava carregado e denso. — Ou não consegue porque pretende contar uma mentira?

A raiva borbulhava como a água saborizada em meu copo, mas demonstrá-la não me levaria a lugar algum. Baixei o olhar.

— Não, é só que você me assustou.

Um momento se passou e a energia opressiva pareceu se dissipar do espaço ao redor.

— Não foi minha intenção.

As palavras subiram pela minha garganta. Eu sabia o que fazer. Ser compreensiva. Sorrir também cairia bem. Eu deveria me desculpar. Acima de tudo, precisava tranquilizá-lo de que ele não tinha feito nada de errado.

Mas as palavras que chegaram à ponta da minha língua não deixaram meus lábios. Eu não conseguia nem sorrir.

Droga, era mais fácil falar do que fazer.

— O que você estava dizendo? — insistiu Kolis.

— Eu estava dizendo que sinto afeição por ele. Nyktos tem sido gentil comigo — acrescentei depressa. — E ele me manteve segura.

A carne de Kolis começou a brilhar por dentro. Em um piscar de olhos, a taça vazia se quebrou em sua mão, transformando-se em nada e me sobressaltando.

Meus deuses, aquele Primordial precisava aprender a se controlar.

— Não quero vê-lo ferido por causa disso — continuei. — Mas ele… ele nunca me quis.

— Nunca quis você? — perguntou ele, baixinho. — Jamais vi Nyktos ser possessivo com alguém ou alguma coisa. Até você.

— É por causa das brasas — argumentei, ciente de que estava assumindo um grande risco. Um risco imenso. — E por causa do que o pai dele fez.

— Prossiga.

Tomei outro gole de água, forçando meu coração a desacelerar.

— Nyktos não sabia o que o pai tinha feito, como Eythos colocou as brasas em minha linhagem. Ele nem sabia que o pai havia tomado dele uma brasa da vida.

O olhar impassível de Kolis se fixou no meu.

— Eu preferiria que você não mentisse.

— Não estou mentindo — retruquei, a frustração transparecendo em meu tom porque era verdade. — Ele só sabia que o pai tinha feito um acordo com um rei mortal, concordando em salvar seu reino em troca de uma noiva de sua linhagem. Ele não sabia por quê. E nunca foi informado.

Kolis nada disse.

Depois de um instante, decidi que a falta de resposta significava que era seguro continuar.

— Mas ele se sentiu atraído por mim... pela brasa — completei depressa. — A parte de si mesmo que está em mim. Isso nos conecta, e acredito que pode fazer alguém se sentir... de certa maneira. Mas ele não me quer. Jamais me quis. — O que parecia ser uma ferida profunda se abriu em meu peito. — O que ele sente por mim é baseado em dever e honra.

O Primordial suspirou.

— Ele fodeu você?

Respirei fundo, meus músculos se contraíram com a tensão. O que ele perguntou não era de sua conta, mas eu sabia que era melhor não dizer aquilo nem mentir. Ainda assim, falar a verdade não era muito inteligente. Não havia uma boa maneira de responder àquela pergunta.

— Sim. — Forcei um encolher de ombros casual. — Estamos atraídos um pelo outro, mas ele não é a única pessoa por quem já me senti atraída... — O estrondo do trovão veio de novo, muito mais alto agora. — Ou com quem estive. Não é como se ele me amasse.

— Veja bem — falou Kolis lentamente, a agitação do éter desacelerando em sua carne. — Não tenho tanta certeza. Você não mata por outra pessoa, a menos que haja amor envolvido.

Franzi o cenho.

— Pessoas matam por qualquer e nenhum motivo...

— Mortais matam por qualquer e nenhum motivo — corrigiu ele. — Não Primordiais.

— Sério?

Não consegui disfarçar a secura em meu tom.

Aquele estranho sorriso de Kolis apareceu.

— Toda vida que já tirei, foi por amor.

— E essa é a única coisa que o amor já inspirou em você? — perguntei, antes que pudesse me conter. — Morte?

Sulcos profundos apareceram entre suas sobrancelhas. Um momento se passou.

— Sim.

— Eu...

Fiquei em silêncio. Ele estava falando sério? Achei que sim. Deuses, aquilo parecia tão confuso e triste... Trágico, na verdade. Senti um furor trêmulo no peito, porque me fez lembrar do que eu tinha feito por minha mãe. Eu odiava aquela mulher, mas a amava, e tudo o que já fizera por ela foi matar. Imaginei que, se aquela fosse minha única experiência com o amor, pensaria o mesmo.

Merda.

Então me ocorreu que, até conhecer Ash, minha opinião sobre o amor era menos doentia do que a de Kolis, mas não muito diferente.

Olhando para ele, suspirei.

— Então sinto muito.

Uma expressão parecida com surpresa estampou seu rosto, suavizando os vincos entre as sobrancelhas.

— Você nunca me disse isso.

Fiquei imóvel, meio que esperando ouvir a voz de Sotoria, mas ela permaneceu em silêncio.

— Então por que dizer agora? — perguntou ele.

— Eu... eu não sei muito sobre o amor, ou qualquer coisa, na verdade — respondi, e aquela também era a maldita verdade. — Mas o amor deveria inspirar alguém a desfrutar mais do que apenas violência e morte.

Ele me observou em silêncio por vários segundos.

— Você tem razão.

Eu tinha?

Eu *tinha*.

Engolindo o restante da água saborizada, eu desejei que fosse algo alcoólico, como uísque puro.

— Mas — continuou ele, fazendo minha pulsação acelerar ainda mais — sei que o amor inspira grandes e imprudentes atos de violência, muito parecido com o tipo em que meu sobrinho se envolveu.

— Sei aonde quer chegar. — Eu me curvei, pousando a taça no azulejo ao lado de meus pés. — Mas Nyktos não pode me amar.

— O que está dizendo? Que não é digna de amor? — Ele ergueu uma das sobrancelhas. — Baseado apenas em seu modo de falar e temperamento, ambos desagradáveis, eu não discordaria.

Estreitei os olhos.

— Bem, isso foi meio grosseiro.

Um meio sorriso apareceu, e me dei conta de que ele estava me provocando. Arrepios irromperam em minha nuca, e os nós de desconforto se intensificaram.

— Mas — me forcei a continuar — não era o que eu ia dizer.

— O que você *ia* dizer?

— Nyktos é incapaz de amar alguém — compartilhei, a sensação de aperto no peito agora se juntando àqueles nós. Eu odiava contar qualquer verdade sobre Ash para Kolis. Parecia traição, mas levando em conta o que eu provavelmente precisaria fazer, era a menor de minhas preocupações. — Ele removeu sua *kardia*.

Kolis se recostou na cadeira, relaxando o queixo.

— Ora essa.

Ele balançou a cabeça.

— É verdade. — Apertei meus joelhos. — Ele não é capaz de amar.

Um piscar de olhos. Então outro. Um maldito minuto tenso se passou enquanto Kolis me encarava.

— Por que ele faria isso?

— Eu não sei — menti, suavemente. — Vai ter de perguntar a ele.

— Bem, isso pode ser complicado.

Senti um calafrio.

— Por quê... por quê diz isso?

— Porque no momento meu sobrinho está indisponível para qualquer coisa além de ocupar espaço — revelou Kolis, enquanto um zumbido baixo enchia meus ouvidos. — Ele está em estase.

14

A negação se transformou em preocupação quando meu pior medo foi confirmado. Ash tinha ficado enfraquecido *nesse nível* pela batalha. Eu precisava encontrá-lo. Ele estava completamente vulnerável.

Meu peito começou a apertar. *Não totalmente*, eu me lembrei. Ele estava protegido. Agarrei-me àquilo e perguntei:

— Então ele foi... sepultado?

— Foi.

Ciente daquele olhar penetrante fixo em mim, não me permiti demonstrar nem mesmo uma minúscula parcela do alívio que senti. A terra iria protegê-lo e curá-lo. Engoli em seco, encarando Kolis quando um pensamento me ocorreu.

— Por que a terra não tentou protegê-lo no outro cômodo? — perguntei. — Tive a impressão de que isso acontece muito rápido se um Primordial estiver enfraquecido.

— Em geral, sim. Se o Primordial não for morto imediatamente. — Ele indicou o chão com um aceno do queixo. — Vê esses ladrilhos? São feitos de pedra das sombras. Você sabe como a pedra das sombras foi criada?

Balancei a cabeça.

— Fogo de dragão. Não de dragontinos, mas de seus ancestrais. Pedra das sombras é o destino de qualquer forma de vida queimada pelo fogo do dragão, de árvores a mortais, até mesmo os Antigos. Talvez até alguns Arae. — Ele riu, nitidamente alegre com a ideia.

Naquele meio tempo, meu estômago embrulhou enquanto eu pensava em todas as pedras das sombras apenas naquele cômodo, sem falar em todo Iliseu e os depósitos no plano mortal, como o meu lago e os Templos das Sombras.

Espere um pouco.

O leito do meu lago era originalmente composto por árvores ou pessoas?

Mais importante, todo o exterior da Casa de Haides havia sido construído com aquele material, assim como a grande escadaria do hall de entrada, as paredes de muitos cômodos e até mesmo alguns pisos.

Bem, aquilo era algo que eu poderia ter passado a vida inteira sem saber.

— Isso é... um monte de gente derretida — murmurei, os lábios trêmulos.

Sua risada soou mais leve. Amigável, até.

— Na verdade, não é preciso tanto para ter um depósito bem grande de pedra das sombras. Uma vez que os seres vivos são, como você diz, *derretidos*, em essência eles se tornam sedimento, penetrando no solo e, às vezes, se espalhando em rios e córregos. Uma vez que esfria, tudo o que o sedimento toca vira pedra das sombras.

— Ah — sussurrei, pensando que a explicação não tornava o fato de meus pés estarem apoiados em sedimento de gente mais fácil de engolir.

— Existem apenas algumas coisas em ambos os reinos que podem penetrar pedra das sombras — revelou ele. — E a terra não é uma delas. Tudo o que é necessário são algumas lascas no chão ou na área, e as raízes não serão capazes de romper.

Franzi o cenho, ciente de apenas uma coisa à qual a pedra das sombras *era* vulnerável... a própria pedra das sombras.

Aposto que os ossos dos Antigos eram a segunda coisa.

— Talvez eu tenha exagerado um pouco aqui. — Kolis esquadrinhou o ambiente exterior com o olhar e deu de ombros. — As paredes e o teto do cômodo e seus aposentos são construídos de pedra das sombras pura, mas foi meu irmão que construiu a Casa de Haides, e que bem isso lhe fez. — Aquele olhar prateado e dourado se voltou para mim enquanto ele descruzava lentamente as pernas. — Pedra das sombras também enfraquece o éter, a Essência Primordial, embora não o bloqueie por completo.

Sério? A surpresa me invadiu. Se aquilo era verdade, eu não esperava que as brasas em mim, uma mortal, fossem fortes o bastante para passar pela pedra das sombras. Observei as leves rachaduras que causei nos ladrilhos e paredes. Ele as notou? E se sim, assumiu que se deviam a sua luta com Ash? Ash havia dito que o golpe de éter que tinha arrancado de mim era forte.

— Como acontece? — perguntei, minha curiosidade sobressaindo. — Como a pedra das sombras enfraquece o éter?

— Ela absorve a energia, assim como a luz, e não nos permite extrair o máximo da essência do meio ambiente — afirmou, como se aquilo explicasse tudo. — A propósito, acredito em você.

Parei de pensar em pedra das sombras imediatamente. Ele acreditava? Puta merda, fiquei tão surpresa que uma brisa poderia ter me derrubado.

— Ótimo — comentei. — Porque estou dizendo a verdade.

— Sobre Nyktos? — Ele inclinou o queixo conforme o sorriso ficava tenso.

— Sim.

Meu alívio desapareceu em um instante, quase como se nunca tivesse existido. O desconforto duplicou, e de repente me dei conta de que não era apenas minha reação a Kolis. Também era a de Sotoria. O sentimento era mais forte agora do que quando Attes estivera ali. Ela estava mais do que consciente. Talvez ouvisse ativamente. Por instinto eu... eu sabia que estava certa, e também sabia que ela estava cautelosa. Muito mesmo. Um intenso mau pressentimento deslizou por minha coluna, como uma videira que rasteja lentamente.

— Duvido que você soubesse que a remoção da *kardia* podia ser feita. — Kolis ficou de pé. — E parece algo que Nyktos faria.

— Parece?

Ele assentiu.

— Veja bem, conheço meu sobrinho melhor do que ele mesmo.

Eu duvidava muito, mas sabiamente guardei minha opinião para mim.

— Ele deve estar convencido de que remover sua *kardia* me impede de atingi-lo atacando alguém que ama. — O tipo de sorriso que eu conhecia retornou e, deuses, *havia* algo errado. Como se fosse uma expressão que ele tivesse aprendido, mas não compreendido bem. — O que você acha?

Pressionei os dedos nos joelhos.

— Eu acho... acho que o que aconteceu com os pais dele o levariam a essa conclusão.

A risada de Kolis foi curta e impassível.

— Possivelmente, mas não é o verdadeiro motivo, minha querida. — Ele se ajoelhou. — É porque ele teme se transformar em mim.

Minha respiração ficou presa. Nektas tinha dito algo semelhante.

O olhar de Kolis avaliou o comprimento emaranhado de meu cabelo.

— E Nyktos teme isso porque sabe que, se sua amada fosse tirada dele faria o mesmo que eu. — Ele baixou a voz. — Ele sabe que seria capaz de coisa pior.

Talvez Kolis estivesse certo. Se Ash ainda tivesse sua *kardia*, talvez *fosse* capaz de coisa pior. Mas ele também estava muito enganado.

Sotoria nunca havia sido sua para que a perdesse.

Aquele era o maldito cerne de toda a questão.

— Você sabe como eu sei que ele teme se transformar em mim? — Seu tom se tornou malicioso, como se compartilhasse um segredo. — Eu me certifiquei disso.

A fúria irrompeu em minhas veias e se derramou em meu peito, alimentando a Essência Primordial. O poder me atingiu com tanta força e rapidez que não havia como reprimi-lo. Minha pele formigou, fervilhando...

— Então, sim, acredito no que você disse sobre Nyktos. — Ainda aquele sorriso vazio. — Acalme-se.

Eu me sobressaltei, só então percebendo que havia me levantado.

— Recolha-o. — Ele falou suavemente, enquanto uma fina camada de poeira e gesso flutuava do teto. — Agora.

Baixei o olhar e vi o brilho prateado enchendo as veias de minhas mãos. Meu coração palpitou de ansiedade enquanto meu olhar avançava até Kolis.

— Sente-se — ordenou.

Obedeci, o coração batendo forte enquanto eu lutava para controlar o poder.

— O éter faz parte de você. — Sua voz havia suavizado e o sorriso, desbotado. — Mostre algum controle e ele recuará.

Mostrar controle? Ele não tinha ideia do nível de *controle* que eu já estava exibindo. Meu peito subiu, ofegante, e eu disse a mim mesma para, bem, parar com aquilo. A essência fazia parte de mim. Eu podia controlá-la.

Depois de um momento, o brilho desapareceu de minha pele.

— Boa menina.

Meu olhar semicerrado disparou até o dele antes que eu pudesse me conter.

Kolis riu.

— Como eu estava dizendo — continuou, com um sorriso irônico. — Acredito no que disse sobre Nyktos, mas não acredito em sua afirmação sobre seus próprios sentimentos. Sei com certeza que está mentindo, e não foi apenas o modo como reagiu ainda agora que confirmou minhas suspeitas.

— Eu…

De repente, Kolis estava parado a minha frente, me fazendo ofegar e recuar. Não fui muito longe. Ele agarrou meu punho, levantando minha mão e a segurando entre nossos rostos… minha mão *direita*.

— Isto — zombou ele, virando minha mão à força para que eu encarasse os redemoinhos dourados da gravação de casamento. — Isto me diz que você sente muito mais do que afeição por meu sobrinho.

Ai, merda!

Meu coração começou a martelar no peito. Eu nem tinha levado em consideração a marca.

— Só uma união nascida do *amor* pode ser abençoada. — Os fios de éter se aquietaram em seus olhos. — Você o ama.

A pressão comprimia meu peito. Eu não sabia o que dizer. Minha cabeça estava a mil, mas nada que minha mente concebesse oferecia uma saída para aquela situação.

— Então me diga uma coisa — continuou ele, aquela amargura fria se infiltrando mais uma vez em sua voz. — O que vamos fazer?

— Eu... eu não sei o que você quer dizer.

— Com você. Meu sobrinho. — Ele fez uma pausa, olhando para minha mão. — Com *isto*.

Engoli em seco, a palavra *merda* se repetindo sem parar em minha mente.

— Cortar sua mão não mudaria seu sentimento.

Arregalei os olhos. Ele realmente havia considerado aquilo?

— Então, diga-me, o que devo fazer?

O ácido se agitou na boca de meu estômago.

— Eu não sei como essa gravação de casamento aconteceu. Não foi algo que escolhi — disparei. — Apenas apareceu.

— Se foi um ato consciente ou não, é irrelevante.

Um tremor começou bem fundo dentro de mim, dando origem a um medo cortante que tinha pouco a ver com a minha segurança e tudo a ver com a de Ash. A única coisa em que eu conseguia pensar era a verdade... e acreditava que poderia fazer funcionar.

— Não conheço você.

Ele franziu a testa.

— Eu não me lembro de você ou... ou de qualquer coisa de minhas vidas passadas, apenas o que me contaram — continuei. — Mas conheço Nyktos. Precisei conhecê-lo. E, sim, eu o amo, mas... — Meu peito doía com o que estava prestes a dizer a seguir. — Não estou apaixonada por ele.

Os olhos de Kolis averiguaram os meus.

— Existe diferença?

Hesitei, vendo que ele realmente não sabia que existia.

— Sim, existe uma grande diferença entre amar e estar apaixonada.

— Explique — exigiu ele.

— É difícil colocar em palavras…

— Então pense muito bem para que não seja difícil colocar seu argumento em palavras.

— Amar alguém não é… menos do que estar apaixonado. Só não é tão forte ou irrevogável. Amar é algo que pode mudar — divaguei, o coração martelando no peito enquanto ele ouvia atentamente. — Pode crescer até que se esteja apaixonado, e pode desaparecer. Estar apaixonado… não é assim. Só se torna mais forte, faz você ser capaz de qualquer coisa por quem ama. *Qualquer coisa.* — Senti um nó na garganta quando pensei no sonho que tivera. — Estar apaixonado é… é inquebrável.

Kolis ficou quieto, a expressão de quem tinha ouvido um idioma desconhecido. Por outro lado, ele era a mesma pessoa que acreditava que uma prisioneira poderia se tornar sua companheira.

Minha ansiedade se intensificou. Eu me sentia como se estivesse à beira de um penhasco, os dedos dos pés se curvando no abismo. Eu tinha um plano para libertar Ash e sabia o que seria necessário para colocá-lo em prática.

Ofegante, contei. *Inspire. Prenda. Expire. Prenda.* E, quando fiz aquilo, desliguei. Tudo aquilo. Minha preocupação. O medo. A *raiva.* Tudo. Assim como fiz tantas vezes antes de Ash.

Aquele exercício agora me causava uma sensação sufocante de tristeza na garganta e no peito, embora também fosse assim no passado. Mas respirei até superar a sensação. Eu me esvaziei de tudo enquanto soltava o ar, até mesmo de minha consciência de Sotoria, respirando longa e lentamente enquanto me tornava nada.

Um recipiente vazio mais uma vez.

Uma tela em branco até os ossos, adequada e pronta para me tornar quem eu precisava ser. Forte, mas oca, e tudo o que Kolis *quisesse* que eu fosse.

Meu coração disparado desacelerou. O tremor cessou. As brasas arrefeceram. Eu era exatamente como o sorriso do falso Rei. Educada, mas vazia.

— Se… se você não sabe a diferença entre os dois, então como pode afirmar que me ama?

Kolis respirou fundo, soltando meu pulso como se eu o tivesse queimado. Ele se levantou, os movimentos trêmulos.

— Eu te amo… — Seus olhos se fecharam, os ombros largos tensos. — Estou *apaixonado* por você.

— Então prove — sussurrei.

Seus olhos se abriram.

— Solte Nyktos.

O éter rodopiando de modo selvagem se aquietou em seus olhos.

— E por que eu faria isso?

— Porque estou pedindo.

— Deixe-me repetir. — Sua voz engrossou com a fúria, cada palavra cuspida como uma flecha de ponta venenosa. — Por que diabos eu faria isso? — Um músculo latejava em sua têmpora. — Quando sua exigência corrobora o que é nitidamente visível em sua mão e em sua atitude.

— Peço a liberdade de Nyktos porque não faz sentido você soltá-lo. Ele é seu inimigo. Meu marido. — Ergui o queixo com o rosnado baixo que vinha de Kolis, permitindo-me sentir apenas uma pontinha de medo. Eu podia controlar aquilo. Meu tom. Ele. O éter. O instinto aprendido era como vestir um traje que parecia um pouco apertado demais, e agora me pareceu muito óbvio que eu ainda não tinha me tornado um completo vazio até aquele exato momento. — Meu marido, a quem amo, mas por quem não estou apaixonada. Eu não faria *qualquer coisa* por ele, mas você fará qualquer coisa por mim?

— Acho que era óbvio — cuspiu. — Levando em consideração que matei meu irmão para trazê-la de volta à vida e depois passei o que pareceu uma eternidade a sua procura.

— Mas não me lembro de nada disso.

Suas narinas se dilataram.

— Você se lembra de eu não a ter matado depois que você me esfaqueou? Não deveria ser prova suficiente?

— Não.

Kolis arregalou os olhos.

— E por que não?

— Porque não matar quem você ama é o mínimo. Não é algo a ser feito por seu amor — argumentei, percebendo ser algo que jamais pensei que teria de explicar a alguém. — Não importa o que você tenha a ganhar com sua morte.

Ele cerrou os dentes.

— Mas libertar Nyktos?

Peguei minha taça e a levantei.

Kolis *recuou* um passo para longe de *mim*.

Eu mal conseguia esconder meu sorriso.

— É algo que você não quer fazer, mas que faria simplesmente para me agradar.

— E por que isso agradaria você?

— Como já disse, eu o amo. Não quero que mal algum lhe aconteça — expliquei, com mais calma do que jamais fizera em toda a minha vida. Cruzei a jaula até a mesa e corajosamente dei as costas a Kolis. — Não quero ter de me preocupar com ele, e sei que vou. E isso não tem nada a ver com amor.

Peguei a garrafa e a abri.

— Ele me protegeu, mesmo antes de me tornar sua Consorte. — Servi uma taça para mim e, em seguida, uma para Kolis. Com sorte, ele não destruiria aquela. — Você me colocou em perigo.

— Não fiz nada...

— Você fez. — Com as taças nas mãos, eu o encarei. Kolis não tinha saído de onde estava, perto do divã. — Mas você também não sabia quem eu era. Eu também não, por muito tempo. — Eu lhe ofereci a taça.

Ele hesitou, mas depois a aceitou.

— Enfim, não acho que posso me apaixonar por outra pessoa se estiver me preocupando com aquele que amo — declarei, tomando um gole da água saborizada.

— E por que você estaria interessada em... se apaixonar? — perguntou Kolis, as angulosas maçãs do rosto coradas.

— Porque nunca soube o que é amar e ser amada... — Minha voz se quebrou, assim como o receptáculo que eu havia me tornado. Fechando os olhos, virei a cabeça e esperei até que a ferroada da verdade diminuísse. A dor não desapareceu por completo, porque o que eu tinha dito era verdade, e não importava quanto eu me tornasse vazia, ainda podia sentir a agonia. — Eu gostaria de saber como é.

Em meio ao silêncio, o ar ao meu redor se agitou. Meu coração pulou uma batida quando abri os olhos.

Kolis estava a menos de um passo de mim.

— Isso parece manipulação — constatou ele. — Mas a dor que acabei de testemunhar foi real. — Um momento passou, então sua voz baixou. — Por que você iria querer me amar?

Cara, não era uma bela de pergunta? Bem opressiva, carregada de razões pelas quais eu nunca, *jamais* poderia amá-lo.

Mas Kolis não queria ouvir aquilo.

Não era o que ele *precisava* de mim.

Observei as bolhas na água borbulharem enquanto eu quebrava a cabeça pensando no que eu sabia sobre Kolis. Não era muito, mas eu sabia por que ele tinha assustado tanto Sotoria a ponto de ela cair de um penhasco na tentativa de escapar.

— *Relacione-se com ele* — instruíram as Amantes de Jade. — *Forme uma comunhão partilhada. Seja solidária, mas não demonstre pena.*

— Eu... eu nunca fui uma criança desejada, só pelo que minha mãe acreditava que eu poderia fazer por seu reino — respondi lentamente, com voz rouca. — Você provavelmente já sabe disso, mas eu era uma pária em minha própria casa, rejeitada. Alguns até me temiam. Ninguém queria me tocar.

A taça que dei a Kolis estava intocada sobre a mesa. Ele me observava sem nem piscar.

— Suponho que temos isso em comum — comentei. — E talvez dessa comunhão, o amor possa florescer.

Sua cabeça virou bruscamente para o lado, para longe de mim.

— Mas só se eu primeiro libertar o homem que você já ama?

— Sim.

Kolis inclinou a cabeça alguns centímetros, sua voz era um sussurro de pesadelos.

— Acha que sou tolo?

Uma pontada de medo conseguiu penetrar minha couraça, mas eu a controlei.

— Se não fosse, então eu saberia que não está apaixonado por mim. Estar apaixonado por alguém o encoraja a fazer coisas incrivelmente estúpidas.

— Estúpidas o bastante para esquecer que você já tentou me matar? — perguntou.

— Eu apunhalei Nyktos — revelei. — Então...

Kolis piscou os olhos, espantado.

— Você apunhalou Nyktos?

— Sim. Também coloquei uma adaga no pescoço dele. — Tomei um gole enquanto o falso Rei me encarava, boquiaberto. — E também o ameacei mais vezes do que consigo lembrar.

Ele balançou lentamente a cabeça.

— Você... não é o que eu esperava.

Eu bufei.

— Você não é o primeiro a dizer isso.

Sua carranca se acentuou.

— O que exatamente vai acontecer quando eu libertar Nyktos? O que isso vai mudar?

A esperança se agitou, mas eu não deixaria aquela maldita despertar.

— Não vou lutar com você.

— Explique — ordenou ele, impaciente.

— Não vou tentar escapar. — Aquilo era uma mentira. — Não vou fugir de você.

Ele respirou fundo.

— Você vai... se submeter a mim?

A sensação de espinhos perfurando minha pele dançou pelo meu corpo. Tentei obrigar minha boca a formar palavras, mas não consegui.

Bem, eu havia me enganado de novo. Minha tela não estava tão em branco quanto eu precisava. Aparentemente, até eu tinha meus limites.

— Não vou lutar com você, Kolis. — Terminei a água borbulhante. — Nós temos um acordo?

O falso Primordial da Vida me estudou atentamente e com um pouco de cautela.

— Temos.

O alívio quase me deixou de joelhos. Quase.

— Mas só se estiver falando a verdade sobre Sotoria e como se sente. Vou descobrir. Todas as suas verdades. — Ele sorriu. — E se estiver mentindo? — Ele pegou a taça mais uma vez. — Acredito que sabe o que vai acontecer.

Minha garganta secou. Eu me lembrei do que ele havia dito.

— Não haverá limite para as atrocidades cometidas contra mim e contra todos com quem um dia me importei.

O sorriso de Kolis se alargou.

— Tanto na vida, e para você, quanto na morte — disse ele. — Vou tomar sua alma, e ela será minha.

15

Era a tarde seguinte… ou o início da noite? Eu não tinha certeza. A luz do sol invadira as janelas quando adormeci, e estava lá mais uma vez quando acordei.

Eu não tinha sonhado com Ash novamente nem com o lago. Não tinha sonhado com nada.

Agora, estava sentada à pequena mesa de jantar, olhando para as travessas de comida. Uma tigela de sopa e um prato cheio de ovos e vegetais frescos foram levados para mim mais cedo, mas um banquete inteiro havia sido arrumado agora: carne, frango e pato assado, dispostos entre tigelas de legumes e frutas polvilhadas com açúcar. Havia também jarras de três tipos diferentes de bebidas. Outra fila de Escolhidos, silenciosos e de véu, tinha servido a comida enquanto Callum supervisionava. Então os Escolhidos se foram.

Callum não.

Sentado na área de estar fora da jaula, ele estava lendo um livro, e eu só conseguia pensar no Escolhido que ele assassinara de maneira tão insensível e cruel.

Apertei o garfo enquanto me imaginava cravando os dentes afiados bem fundo em sua garganta. Abri um pequeno sorriso. Ferir Callum não me ajudaria a ganhar a confiança de Kolis, mas eu tinha lhe prometido que o mataria.

E eu *iria* honrar essa promessa de alguma forma.

Enquanto forçava meu aperto no garfo afrouxar, pensei no que Aios havia dito sobre o modo como os favoritos de Kolis eram tratados. Poucos tinham autorização para interagir com eles. A presença de Callum — sozinho e já por várias vezes — devia significar algo sobre ele. Nenhum outro Espectro passava qualquer tempo ali.

Meu olhar passou dele para as portas. Quando estavam abertas, vi dois guardas emoldurando a entrada. Reconheci o de cabelo escuro.

Não tinha ideia de onde Kolis havia se metido depois de reiterar a promessa de fazer da minha vida — e, aparentemente, da minha vida após a morte — um pesadelo.

Ele prometera tomar minha alma, assim como fez com Eythos.

Estremeci, sem deixar de me perguntar onde, exatamente, ele mantinha a alma do irmão. Provavelmente em algum lugar perturbador.

De todo modo, não era tola o bastante para alimentar a esperança de que ele tivesse libertado Ash em sua ausência. O acordo só entraria em vigor quando ele tivesse certeza de que eu não havia mentido. Como ele planejava determinar aquilo era uma incógnita.

Belisquei a comida, meu apetite normalmente voraz agora quase inexistente. Meu estômago ainda estava embrulhado; e lidar com Kolis havia sido como brincar com uma víbora enjaulada. Exaustivo.

Bem como me tornar uma tela em branco e permanecer assim. Ambas as coisas tinham desempenhado um papel na facilidade e profundidade com que eu havia adormecido novamente. Tinha dormido no divã mais uma vez, incapaz de usar a cama.

— Você devia comer — aconselhou Callum, interrompendo o silêncio. — Vai agradar a Sua Majestade.

Revirei os olhos, desejando que a carne já não tivesse sido cortada e uma faca estivesse disponível. Eu a teria lançado no Espectro.

Deve ser por isso que não havia facas.

— É comida demais para uma pessoa — salientei, enquanto pegava uma migalha de pão do colo do vestido marfim que havia encontrado no baú. Era confeccionado no mesmo estilo do que eu usara na véspera, exceto que incluía uma corda dourada como cinto.

— É mesmo?

Comendo um pedaço de brócolis, olhei para ele.

— Acho que a resposta para isso é óbvia.

Callum apenas reagiu com um dar de ombros.

Eu o observei enquanto mastigava o vegetal amanteigado.

— Espectros não comem? — Franzi o cenho, lembrando que não tinha visto nenhum dente pontudo no desgraçado. Mas, por experiência própria, eu sabia que não eram necessárias presas para beber. — Ou você precisa de sangue?

Callum virou a página de seu livro.

— Essa é uma pergunta grosseira.

— É mesmo? — repeti sua resposta de antes.

Um leve sorriso apareceu.

— Espectros não precisam de comida nem de sangue.

Comi um pedaço de frango temperado com algum tipo de especiaria.

— Então se você não precisa de comida ou sangue, do que os Espectros precisam?

— Espectros não precisam de nada.

— Nada? Isso não… — me interrompi, finalmente entendendo. — É porque você já está morto.

— Bem, essa também foi uma avaliação grosseira — respondeu ele. — Pareço morto para você?

Ele parecia bastante saudável.

— Não.

— Então aí está sua resposta.

Ele voltou a ler.

— Isso não é resposta.

Ele deu um longo suspirou enquanto virava outra página.

— Você não consegue me ver?

Franzi o cenho.

— Essa é outra questão que deveria ter uma resposta óbvia.

— Pergunto porque você deve estar enfrentando problemas de visão — respondeu ele. — Já que obviamente não consegue perceber que estou tentando ler.

Espertinho.

Estreitei meus olhos totalmente funcionais.

— O que está lendo?

Callum franziu os lábios quando ergueu os olhos do livro, com a cabeça inclinada para o lado.

— Se você me responder, vou calar a boca.

Peguei uma taça cheia de água saborizada, imaginando exatamente o quão furioso ele ou Kolis ficariam se eu a jogasse na cabeça do Espectro.

— Isso parece altamente improvável.

Era mesmo.

— Para se tornar um Espectro, você deve morrer... tipo, a alma deixa o corpo e tudo o mais. Certo? — insisti. — É por isso que Kolis não tentou me transformar em Espectro para me salvar.

— Certo.

Espere. O modo como ele respondia àquelas perguntas... Ele só tinha se referido a si mesmo uma vez, perguntando se parecia morto, mas, quando respondeu às outras perguntas, nunca se referiu aos Espectros como *nós*.

— Você já foi um Escolhido?

— Se eu fui um escolhido? — Callum enrugou o nariz como se farejasse algo podre. — Não exatamente.

O que aquilo queria dizer?

— A mulher que vi se alimentando. Ela era uma Escolhida.

— Acredito que isso já tenha sido estabelecido.

— Mas você não é como ela.

A risada de Callum pareceu animada.

— Obviamente.

— Todos os Espectros são como você? — perguntei.

— Não existem Espectros como eu — zombou Callum.

Revirei os olhos.

— Quantos existem?

Ele nada disse.

A frustração aumentou, mas mudei de tática. Era mais provável que eu conseguisse uma resposta se estivesse diretamente relacionada a ele.

— Fiquei com a impressão de que muito poucos seriam autorizados a entrar em minha jaula sem a presença de Kolis, mas aqui está você.

— Porque sou especial.

— Sério — respondi secamente, estendendo o dedo médio da mão que segurava a taça.

Callum sorriu.

— Sou o primeiro.

Parei, a taça a meio caminho dos lábios. Não esperava aquilo nem tinha certeza do porquê. Tudo tinha uma primeira vez.

— E como acabou tendo tanta sorte?

— Você faz muitas perguntas, não é?

— Você não faria? — retruquei.

Fechando o livro, ele o deixou de lado enquanto ria baixinho.

— Não, eu seria inteligente e ficaria quieto.

— Ah, sim, não fazer perguntas e continuar ignorante, sem qualquer compreensão das pessoas que o cercam, é muito inteligente.

Callum sorriu.

— Bem, em breve veremos o quão inteligente você é.

A água saborizada azedou em meu estômago.

— Como assim?

— Quando Kolis descobrir se você é ou não quem alega ser. — Callum recostou-se, cruzando uma perna sobre a outra. — Se não for, imagino que sua morte será dolorosa.

— E se eu for? — desafiei. — Então o que você imagina?

— Já sabe o que eu imagino.

Eu sabia.

— Eventualmente Kolis vai se cansar de mim. Mesmo que leve semanas, meses ou anos.

Ele assentiu.

— Você é apenas um inconveniente.

— Prefiro ser um inconveniente do que um puxa-saco.

— Encantadora — murmurou o Espectro.

— Obrigada. — Eu sorri para ele daquele jeito que costumava irritar minha mãe, um sorriso amplo e radiante. Vendo como Callum enrijeceu, soube que teve o mesmo efeito. Escondendo um sorriso de satisfação, recostei-me na cadeira, decidindo que estava com disposição de ser irritante. — Então, qual o lance das máscaras?

— O que tem elas?

— Por que sempre tem uma máscara pintada em seu rosto e no dos outros Espectros, aqueles que não são tão *especiais* quanto você? — Ash havia me contado que as asas eram prateadas quando seu pai era o Primordial da Vida, mas eu desconfiava de que nem todos andavam por aí com as máscaras pintadas no rosto em seu reinado. — E nos guardas.

Ele esticou um dos braços sobre o encosto do sofá.

— São simbólicas.

— Não brinca — murmurei, engolindo depressa.

A carne macia tinha um gosto… diferente. Eu não conseguia entender o motivo, mas eca! Lavei o sabor persistente com um gole de água.

— Simboliza que servimos ao verdadeiro Rei dos Deuses e fomos criados a sua imagem.

Seus dedos tamborilavam.

— E quem seria ele?

Ele riu.

— Fofa.

Eu o ignorei.

— Imagino que as asas douradas deveriam imitar Kolis quando está em sua verdadeira forma?

Callum assentiu.

— Mas eu o vi em sua verdadeira forma — argumentei. — Ele não é nada além de ossos.

Os dedos do Espectro pararam.

— Receio que seja o que resta das últimas verdadeiras brasas da morte dentro dele — deduzi.

— Você o viu daquela maneira? — perguntou Callum.

Assenti.

Um sorriso lento se espalhou por seus lábios, um que fez minha pele formigar com cautela.

— Então você viu a morte — disse ele. — A morte verdadeira. Ninguém que a vê vive por muito tempo depois.

Meu estômago revirou quando nossos olhares se encontraram.

— Você não me assusta.

Callum riu.

— Mas ele sim.

*

Quando Callum voltou no que eu só podia presumir ser o dia seguinte, um banho havia sido preparado. O que era rotina, mas, depois de me banhar, uma Escolhida entrou na jaula com uma faixa de um material transparente que brilhava como ouro líquido à luz do candelabro.

A Escolhida tinha me vestido em silêncio, depois penteado meu cabelo até que brilhasse, prendendo-o com delicados alfinetes de pérola, como minha mãe costumava usar no cabelo dela. Ruge foi então aplicado em minhas bochechas e lábios.

Então ela se foi.

E Kolis apareceu.

Embora estivesse trajado como de costume, uma coroa que eu não tinha visto quando Ash e eu chegamos a Dalos agora ornava a cabeça dele. Era tão dourada e brilhante que não consegui distinguir muitos detalhes no início, mas, quanto mais olhava, mais eu os via.

A coroa de ouro era formada por uma fileira de nove espadas, cada ponta ostentava um diamante. O espigão central era um sol feito de mais diamantes.

A coroa do Primordial da Vida era o oposto da coroa do Primordial da Morte, ainda que idênticas. Dia e noite. Vida e morte.

Foi difícil não olhar para ela e pensar em como deveria repousar sobre a cabeça de *Ash*. No entanto, vê-lo assim, mesmo em minha imaginação, não parecia certo.

A coroa de Kolis não era a única coisa em exibição.

Eu também era.

Não houve mais conversas sobre descobrir meus segredos, como ele tinha me alertado. Kolis não mencionara Ash, e eu não havia tido tempo sequer para perguntar.

Tudo o que ele havia me dito foi:

— Não interaja com quem entrar no aposento.

O que era um aviso explícito. Depois, dividido entre a condução dos negócios do Rei dos Deuses, sentado em seu trono, e seus olhares para mim — *para certas partes de mim* —, ele se manteve ocupado.

Razão pela qual eu estava vestida daquele jeito, com o cabelo penteado de um modo que fornecia uma visão sem obstáculos de tudo o que o vestido revelava.

O mesmo guarda de cabelo castanho que tinha visto durante minha tentativa de fuga escoltava os deuses até o cômodo. Eu havia descoberto que seu nome era Elias. Eu me lembrei porque ele era o único cujo olhar nunca se desviou em minha direção.

Os deuses que eram trazidos frequentemente me olhavam, não importava o gênero, enquanto informavam Kolis sobre os pedidos feitos nos Templos do Sol. Muitos de seus olhares estavam carregados de curiosidade. Alguns exibiam um brilho de *desejo* que eu estava começando a reconhecer nos olhos de Kolis.

Não se parecia em nada com o que eu via no olhar de Ash. O dele estava repleto de desejo e necessidade, mas também havia ternura, anseio e muito respeito, reverência e paixão. Um carinho e devoção que poderiam se tornar amor se ele tivesse sua *kardia*.

Os olhares dos deuses me lembravam os do meu meio-irmão; cheios do desejo de consumir. Dominar sem deferência. Ter só pelo prazer de possuir porque eu havia sido preparada para ser agradável aos olhos e exibida em uma gaiola dourada.

Eu esperava que seus olhos explodissem de suas cabeças.

Junto com os de Kolis.

A única razão pela qual me deixei ficar sentada como um pássaro quieto e enjaulado enquanto passava por aquilo era Ash. O acordo. Assim que Kolis se convencesse de que eu era quem disse ser, ele libertaria o sobrinho. Mas eu precisava ter cuidado. Embora os Primordiais não pudessem quebrar seus juramentos, frequentemente encontravam maneiras de fazer com que você se arrependesse de ter cumprido as promessas. Havia coisas que Kolis poderia fazer sem deixar de honrar o que tinha jurado. Mas eu não podia me permitir pensar naquilo ou deixar minha imaginação correr solta.

Porque me dei conta de algo enquanto estava sentada ali. Eu não fui esperta o bastante para estabelecer o *estado* de Ash quando fosse libertado.

Como diria Callum, eu me *comportei* conforme as reuniões se arrastavam e Kolis começava a mudar.

Ele ficou cada vez mais tenso, inquieto até. Seus olhares se tornaram... *mais*. Mais longos. Mais carregados. Seu aperto nos braços do trono, mais forte, e aquela característica nauseante em seu olhar, mais intensa — razão pela qual ignorei Kolis e os deuses maliciosos ao máximo. Estava tão entediada que passei um tempo indecente analisando o conjunto de diamantes no centro das barras da jaula, me perguntando por que Kolis os colocara ali. Tipo, qual o objetivo? Eu não fazia ideia.

Descobri que cada um dos deuses de Kolis representava cidades diferentes dentro dos reinos mortais. E cada vez que um novo entrava no cômodo, eu prestava atenção apenas o suficiente para saber de onde era. Nenhum tinha vindo de Lasania.

Ergui o olhar enquanto o deus diante de Kolis discorria monotonamente sobre oferendas. Estreitei os olhos de leve quando percebi sua atenção em mim. Seu olhar exibia as mesmas características daqueles que o haviam precedido. Desejo só por desejo, o que também poderia ser traduzido em tomar só por tomar. Com um suspiro, mudei meu foco para as portas abertas. Eu conseguia ver apenas o ombro de Elias e o braço de outro guarda. Qual era o nome dele? Ele só tinha pisado no cômodo algumas vezes e, nesses momentos, exibia certa quietude que me lembrava Callum.

Levantei-me, indo até a mesa e me servindo de um gole da água borbulhante. Naquele dia, tinha um toque de abacaxi.

— Você a acha uma distração? — perguntou Kolis, de repente.

Parei, com o jarro meio abaixado, e ergui o olhar para ver o deus de cabelo cor de areia voltar sua atenção para o Primordial.

— Você tem prestado mais atenção nela do que em mim. — O aperto de Kolis nos braços do trono afrouxou. — Não creio que tenha afastado seus olhos dela desde o momento em que ela se levantou.

— Peço desculpas, Vossa Majestade — respondeu o deus, pigarreando. — Eu me deixei distrair.

— Por ela? — insistiu Kolis.

O deus olhou para mim novamente e assentiu.

A cabeça de Kolis se inclinou.

— O que há nela que o deixa tão distraído?

A alça da jarra cravou na minha palma. Será que não era por causa de meu vestido transparente?

— Ela é... interessante de se ver — respondeu o deus.

— Interessante? — questionou Kolis. — Por favor, elabore, Uros.

O olhar do deus baixou, permanecendo em meu peito.

— Ela é agradável aos olhos.

— Quais partes?

Virei meu olhar para o Primordial. Ele estava mesmo perguntando aquilo?

— Muitas partes — respondeu Uros, olhando para Kolis antes de continuar: — A silhueta.

Não interaja com quem entrar no aposento, lembrei a mim mesma enquanto pousava a jarra na mesa antes que a arremessasse através das barras, algo que achei que Kolis não apreciaria. Além disso, seria um desperdício. A água estava uma delícia.

— E? — Kolis sorriu para o deus, mas havia certa irritação, uma tensão que endurecia seu maxilar.

Uros me inspecionou enquanto prendia o lábio inferior entre os dentes.

— Os quadris. São cheios e parecem macios. A região escondida entre as coxas.

Meu queixo caiu.

Kolis ergueu as sobrancelhas.

— O que tem ela?

— Aposto que é igualmente macia. — O olhar de Uros estava cheio de calor, e não de um jeito bom. — E úmida.

— Mas que porra? — cuspi, antes que pudesse me conter.

Uros arregalou os olhos. Obviamente não tinha imaginado que eu falaria. E eu não devia mesmo ter falado. Minha pergunta com certeza seria considerada como interação. Mas *sério*.

No entanto, Kolis apenas riu.

— Acredito que você talvez a tenha ofendido.

Uros não respondeu, não que precisasse. Seus pensamentos estavam evidentes para mim na ligeira curva de seus lábios. Ele não se incomodava por ter me ofendido e, com certeza, não acreditava que eu fosse digna de sua preocupação.

— Você está? — perguntou Kolis, e levei um momento para perceber que ele se dirigia a mim. — Está ofendida?

Quem não estaria? Mas me sentir insultada por aquele deus significava que suas palavras ou opiniões eram importantes para mim.

E não eram.

— Não. — Tomei um gole de água ao encontrar o olhar do deus. — Somente pouco impressionada.

Kolis bufou enquanto as bochechas do deus ficavam rosadas. Eu me virei, voltando ao divã.

— A questão é — começou Kolis — que você *me* ofendeu.

Virei-me para sentar na hora errada. Ou talvez na hora exata. Seja como for, fazer aquilo no momento me garantiu um lugar na primeira fila para o que aconteceu depois. Kolis virou a cabeça para Uros e mostrou aquele sorriso tenso novamente.

Ele então levantou a mão direita e girou o pulso.

Uros *implodiu.*

Foi como se ele tivesse sido sugado para dentro de si mesmo. Seu rosto desabou, os ossos foram triturados e depois despencaram. Seu peito esvaziou como se o ar, o sangue e todo o restante dentro de uma cavidade tivessem sido removidos de repente. A túnica que vestia escorregou da cadeira enquanto seus ombros e braços desapareciam, puxados para o vórtice onde seu corpo tinha estado. As pernas foram em seguida e, com um último estalo de carne, nada restou além de linho ensanguentado e alguns pedaços de tecido rasgado.

Tudo aconteceu tão rápido que as brasas em mim não tiveram muita chance de fazer qualquer coisa, exceto pulsar fracamente diante da morte. Minhas mãos nem mesmo se aqueceram.

Kolis desviou o olhar para mim.

— Você o acha mais impressionante nesse estado?

Sentei-me no divã, boquiaberta.

— Eu acho. — Kolis arqueou uma sobrancelha. — Simplesmente porque ele ocupa menos espaço.

— Você... você acabou de transformá-lo em uma gosma — declarei.

— Sim — respondeu Kolis, sem hesitação. — Isso a incomoda?

Pisquei lentamente. Eu tinha visto Ash fazer algo parecido, mas aquilo foi diferente. *Isso* fora feito apenas por causa de uma troca de palavras, palavras que Kolis havia incitado o deus a pronunciar.

— Ele só estava me olhando.

Kolis ficou imóvel.

— Você *gostou* que ele a olhasse?

— Nem de longe, mas ele não foi o único a fazer isso — argumentei, tentando entender o que acabara de acontecer e aquela pergunta incrivelmente estúpida. — Muitos deuses me fitaram.

— Mas eles foram sábios o suficiente para não tornar o gesto tão óbvio. — Kolis inclinou a cabeça. — Eles podem admirá-la, mas não deveriam comentar.

— Você o *obrigou* a falar.

— Eu apenas fiz perguntas — reiterou Kolis. — Ele escolheu responder.

Não foi exatamente o que aconteceu. Kolis tinha basicamente incitado o deus a responder. Olhei para trás, para o que restava de Uros, meu estômago revirando quando o cheiro de ferro e ar carregado me alcançou.

— Isso é tão... nojento — murmurei.

— Sem histeria? — comentou ele. — Apenas declarações. Impressionante.

Fiquei definitivamente perturbada com o que havia testemunhado, então a falta de gritos e desmaios ao ver alguém transformado em gosma com certeza deveria ter me preocupado.

— Elias? — chamou Kolis.

O deus entrou, seus passos parando enquanto observava a bagunça. Mas ele logo se recuperou, mais depressa do que eu, o que só poderia significar que estava acostumado a esse tipo de coisa.

— Por favor, informe a Callum que o Templo do Sol de... — Kolis franziu o cenho. — De onde quer que Uros estivesse falando, precisa de um substituto.

Elias assentiu.

— Sim, Vossa Majestade. Deseja que eu envie alguém para limpar a bagunça?

A bagunça?

Eu não chamaria aquilo de uma simples bagunça.

— Não é necessário. — Kolis acenou com a mão, e a cadeira e a gosma tiveram o mesmo destino de Uros, só que, dessa vez, não se viu nada além de uma leve nuvem de poeira girando sobre o ladrilho de pedra das sombras depois. — Mande o próximo entrar.

O deus que entrou manteve os olhos fixados exclusivamente em Kolis. Obviamente, depois que o último não saiu do cômodo, ele havia ligado os pontos quando entrou no ambiente vazio. Ele parou por um momento, engolindo em seco. Em silêncio, ele se sentou no sofá.

Eu me acomodei no divã, a bebida em minha mão quase esquecida enquanto olhava para onde a cadeira havia estado. Tendo sido criada para cometer o tipo de violência mais fatal, eu estava acostumada a atrocidades. Uma parte de mim desejava que não fosse o caso, que algo como o que acabara de acontecer me impactasse mais, mas eu não via aquilo como uma fraqueza. Era uma força, principalmente agora. Mas o modo como Kolis tinha agido me deixava inquieta.

Foi tudo manipulação.

Kolis havia me exibido, uma tentação para ser admirada a partir do momento em que eles entrassem no cômodo. Sua opinião sobre quanto tempo de admiração era aceitável parecia sem pé nem cabeça. Uros *foi* repulsivo, e seus comentários ultrapassaram muitos limites, mas ele não os teria feito se Kolis não o houvesse manipulado.

E por que ele o fizera?

Kolis tinha algum problema com o deus? Teria feito aquilo para provar algo e lembrar aos outros deuses do que era capaz? Para *me* lembrar? Ou a razão fora a mesma pela qual Uros e os outros me achavam tão agradável?

Eu não era *tão* extraordinária de se contemplar, ainda mais no reino dos deuses. Tudo bem, alguns me achavam atraente e meus traços agradáveis. Outros achavam que havia muito de mim e que minhas sardas eram uma distração. De todo jeito, aqueles deuses se interessavam simplesmente porque me viam como a mais nova favorita de Kolis e sabiam que eu era intocável. Queriam o que não podiam ter. Desejavam porque podiam.

E Kolis tinha matado aquele deus porque *ele* podia.

Quem lhe diria que estava errado? Depois de conversar brevemente com ele sobre o assunto, percebi que não haveria sentido em protestar. Ele fazia o que bem entendia e pouco se importava se estava certo ou errado.

Olhei para a taça delicada que segurava. O que eu não entendia era o propósito de… *daquilo*. Minha alegação de que era Sotoria ainda não havia sido confirmada. Contudo, ele pensava que me vestir assim, me exibir e depois assassinar um deus ajudaria que meu amor por ele surgisse?

MasKolis não sabia o que era amor.

Fui alertada sobre como eram ele e sua Corte. Na verdade, eu já havia testemunhado quando Ash e eu estávamos ali, então eu não devia...

— Foram feitas orações por uma colheita abundante e um inverno ameno. Eu sei, uma total e absoluta surpresa. — Uma deusa com cabelo longo e pele marrom escuros lia um pergaminho, sua entonação tornando o que dizia muito mais interessante do que a de qualquer um antes da sua. Assim como fazia com o que deveriam ser suas adições às solicitações. — Uísque que acredito ter gosto de mijo de cavalo foi deixado como oferenda, assim como um touro branco que suspeito que possa ter sido pintado para parecer como tal.

Espere um pouco. O quê?

— Havia também um galho de carvalho. — Seu queixo pontudo se ergueu, e a luz cintilou no brilho dourado de uma angulosa maçã do rosto. — Não tenho certeza do que se deve fazer com o galho, além de lamentar a violência sem sentido contra a árvore. — Ela fez uma pausa, olhando para o Primordial.

Kolis estava, mais uma vez, olhando para mim.

Ela pigarreou.

— Kraig, com... — Ela franziu o cenho. — Com K, desejava apenas falar poética e extensamente sobre sua devoção a Vossa Majestade, deixando um...

— Basta — ladrou Kolis, assustando tanto a deusa quanto a mim. — Com licença. — Ele se levantou, encarando-me. — Voltarei em breve.

A deusa se virou da cadeira onde estava sentada, observando Kolis sair do aposento. Em seguida, olhou para mim.

Dei de ombros.

Cabelo comprido e brilhante deslizou sobre seus ombros enquanto ela inclinava a cabeça. Prendendo o carnudo lábio vermelho entre os dentes, ela olhou para a porta, e uma pitada de travessura estampou seu belo rosto. O vestido justo escorregou por suas longas pernas enquanto ela se levantava. Abaixando o pergaminho, ela se aproximou da jaula. Bem, *aproximou* era uma palavra muito inofensiva para descrever como ela se movia.

A deusa *rondava*, sem dúvida consciente de como o vestido complementava suas curvas.

Ela parou a um passo das grades. Sob o brilho mais suave da luz onde eu estava, notei que o vestido escondia seu corpo tão bem quanto o meu e todos os vestidos que eu vira as outras deusas usarem.

E eu podia dizer com segurança que seus seios eram bastante empinados. Ela sorriu ao ver para onde minha atenção havia sido atraída.

— Você gosta deles? — perguntou, seu tom levemente provocante. — Eu gosto dos seus. Talvez não tanto quanto o querido Kraig com K gosta de Sua Majestade, mas eu os acho bastante agradáveis de se olhar.

Arqueei as sobrancelhas, estranhamente entretida pela deusa. Seus olhos cor de âmbar tinham um brilho divertido, e ela não me encarava como os outros.

Não que ela não olhasse para mim como se quisesse algum tempo sozinha sem estarmos separadas pelas barras, porque olhava. Mas não gerava a sensação em mim de que minha pele estava tentando se separar do corpo.

Olhei rapidamente para as portas, sem ver Elias ou os outros guardas posicionados do lado de fora.

— Em que reino ficava esse Templo do Sol?

A surpresa estampou seu rosto.

— Ah, ela fala — comentou a deusa, e minha coluna enrijeceu. — Ninguém jamais fez isso.

À menção das outras favoritas de Kolis, minha diversão rapidamente começou a desaparecer.

— Mas você é... diferente — acrescentou ela, baixando a voz. — Há rumores sobre você, sabe. Que é a Consorte das Terras Sombrias.

Uma sensação de formigamento arrepiou minha pele enquanto eu a encarava. Foi o primeiro sinal de que outros, além de Phanos e Attes, sabiam quem eu era, ou do que achavam de minha presença ali. Eu não tinha certeza se outros sequer sabiam sobre mim, principalmente aqueles que não testemunharam minha tentativa de fuga.

— O Templo do Sol está localizado no reino de Terra — respondeu, no silêncio.

Minha respiração ficou presa. Terra era um reino vizinho de Lasania, com o qual Ezra estava negociando. Com exceção das Colinas Imortais, grande parte de Terra era de campos agrícolas. Como eu tinha deixado aquilo passar? Eu me inclinei para a frente.

— Tem alguma notícia sobre Lasania? Ouviu alguma coisa sobre eles?

As delicadas sobrancelhas se franziram.

— Está falando do reino que me faz pensar em camadas saborosas de macarrão e queijo?

— Não é pronunciado… — Eu me contive com um breve aceno de cabeça. — Sim, estou falando desse.

— Não exatamente.

A decepção tomou conta de mim.

— Embora vários indivíduos que deixaram oferendas no Templo do Sol fossem de Lasania — acrescentou ela. — Eles pediram sobretudo sorte com seu trabalho em Terra.

Poderia significar que Ezra havia fortalecido com sucesso a relação entre os dois reinos? Tomara. Porque muito embora Terra tivesse campos, eles não tinham a mesma mão de obra de Lasania. Um arrepio de alívio me varreu.

— Obrigada — agradeci, recostando-me.

A deusa começou a falar.

— Dametria. — Elias se agigantou à porta, uma das mãos apoiada no punho de sua espada. Murmurei o nome da deusa, guardando-o na memória. — Fora.

Estreitei os olhos para o guarda.

— Estou indo — disse a deusa, voltando sua atenção para mim.

— Não parece que esteja — observou Elias. — Sua Majestade retornará em breve.

— Sim. Sim. Ele o fará quando terminar de dar prazer a si mesmo.

— Malditos Destinos — murmurou Elias, e meu lábio se curvou em desgosto.

— Pelo menos, é o que espero que ele esteja fazendo com base no que vi. — Dametria baixou o tom de voz. — A propósito, sei que os rumores são verdadeiros.

Fiquei imóvel.

— Dametria — disparou Elias.

A deusa recuou, as palavras seguintes quase inaudíveis.

— Eu estava lá quando você foi coroada.

16

Não vou ficar pensando em Kolis dando prazer a si mesmo enquanto fazia uso rápido da sala de banho da jaula. Vou me concentrar na informação de que provavelmente Ezra tinha feito um acordo bem-sucedido com Terra.

Não os salvaria se Ash não tirasse as brasas de mim, mas os ajudaria a sobreviver pelo maior tempo possível.

Uma travessa com queijo, frutas e pão foi servida, e comi um pouco de cada item em silêncio, refletindo sobre o que Dametria havia dito. A deusa tinha comparecido à coroação. Então aquilo significava que servia à outra Corte? Ou era membro da Corte ali, em Dalos?

Eu não sabia, mas ela havia parecido tão diferente dos outros, sobretudo quando enfim deixou o cômodo, batendo o pergaminho enrolado no peitoral da armadura de Elias.

Todos os pensamentos sobre ela desapareceram de minha mente quando Kolis retornou.

O falso Rei parecia um pouco mais à vontade quando se sentou no trono novamente, dando alguma credibilidade ao que Dametria havia aludido.

E aquilo era muito mais perturbador do que qualquer coisa que Uros havia falado.

Mais alguns deuses entraram, mas o súbito pulsar das brasas em meu peito me obrigou a prestar atenção.

Não vi deus algum além de Kolis quando me virei para as portas. Então surgiu uma figura alta e de ombros largos, vestindo couro marrom-escuro e uma túnica preta sob uma armadura com o emblema de um elmo.

Reconheci o desgraçado de cabelo cor de areia imediatamente. Afinal, a aparência do Primordial da Paz e da Vingança era idêntica à do irmão, exceto que sua feição não exibia qualquer cicatriz.

Kyn foi responsável pela morte de Ector e de tantos outros. Uma onda de raiva me invadiu enquanto eu acompanhava seus movimentos.

— Kyn — reconheceu Kolis, inclinando a cabeça.

O Primordial fez uma reverência.

— Vossa Majestade.

— Acredito que tenha novidades?

Novidades? Meus ouvidos se animaram.

— Sim, eu tenho. — Kyn parou onde Uros havia acabado como gosma no chão.

— Então sente-se. — Kolis estendeu a mão em direção às cadeiras e aos sofás quando o Primordial da Paz e da Vingança enfim olhou em minha direção.

O ressentimento era evidente em seus olhos cheios de éter e na linha dura de seus lábios.

Kyn não gostava dc mim.

Eu entendia, mesmo que seus sentimentos estivessem equivocados. Kolis havia me forçado a matar Thad, um dos jovens dragontinos de Kyn, como punição por Ash não ter pedido sua aprovação para minha coroação. Eu havia trazido Thad de volta à vida, mas Kyn não sabia. Talvez se soubesse, sua antipatia violenta por mim abrandaria.

Mas *minha* raiva fervente não. As brasas latejavam em meu peito enquanto eu sustentava o olhar de Kyn, mais em sintonia com a vingança do Primordial do que com a vida. Eu não me importava se ele havia sido manipulado ou quais eram suas ordens. Ele tinha atacado as Terras Sombrias. Matado aqueles com quem eu aprendera a me importar. Por mais compreensiva que estivesse sento, parava aí.

— Talvez fosse melhor ter esta conversa em outro lugar — afirmou Kyn, me lançando um olhar demorado e mordaz. — Já que tem a ver com as Terras Sombrias.

Um raio de tensão me atingiu.

— É óbvio que tem a ver com a minha Corte menos favorita no momento — retrucou Kolis, secamente. — Podemos discutir abertamente as Terras Sombrias na presença dela, que não vai a lugar algum.

Era em momentos como esse que precisava me lembrar de manter a boca fechada.

Kyn hesitou por um momento, depois assentiu.

— Posso? — Ele apontou com o queixo na direção do aparador de cerejeira-escura.

— Claro — murmurou Kolis, os dedos começando a tamborilar preguiçosamente. — Fique à vontade.

— Obrigado. — Kyn foi até o aparador, suas longas pernas devorando a distância. — Falei com um dos comandantes de Nyktos sobre sua presença ao longo da costa das Terras dos Ossos.

Quebrei a cabeça, pensando de quem ele poderia estar falando. Com certeza de alguém próximo de Ash.

— Eles não parecem dispostos a obedecer às ordens — continuou Kyn, puxando a tampa de vidro de uma grande garrafa cheia de um líquido cor de âmbar. — Eles se recusam a mover suas forças até que Nyktos seja libertado.

O orgulho me invadiu, e precisei me esforçar para não o demonstrar, porque podia sentir o olhar de Kolis sobre mim.

— Eu já esperava por isso — disse Kolis. — Os dragontinos ainda estão com eles?

Servindo-se de um copo de uísque, Kyn assentiu.

— Sim. Três deles.

— Nektas?

— Sim. — Kyn recolocou a tampa.

Meu coração começou a martelar no peito enquanto eu esperava que ele dissesse o nome dos outros.

O Primordial tomou um gole, os lábios se abrindo, imaginei que por conta do ardor da bebida. Mesmo de onde estava, vi o tamanho de suas presas. Eram enormes.

— A presença de Nektas e sua recusa em deixar as Terras dos Ossos não é um bom presságio para as negociações — argumentou Kyn, virando-se. Seu olhar caiu sobre mim. — Você sabe como os dragontinos são com as terras que consideram sagradas.

Kolis não havia mencionado aquele detalhe.

O falso Rei suspirou.

— Se eles pensarem assim de todas as terras que contêm os restos dos que morreram em batalhas passadas, cada pedaço de chão seria sagrado.

— Sim, mas as terras a oeste das montanhas fazem fronteira com o plano mortal — explicou Kyn. Ele estava falando das Montanhas Skotos? — Onde os Antigos...

— Sei o que há naquela terra — interrompeu Kolis. — Não há risco de eles encontrarem um mortal por lá. Nenhum deles cruzou as Montanhas Skotos nem entrou nas Terras dos Ossos em eras.

Então a terra existente entre as Montanhas Skotos e outra cordilheira estava realmente no plano mortal? Fazia mais sentido do que o que os mortais acreditavam, que o reino simplesmente terminava a leste das Montanhas Skotos.

Kyn voltou para a área de estar e se acomodou.

— Eles usam o mar e contornam as montanhas, o que os coloca ao alcance para atacar Dalos.

— Também estou bem ciente disso.

— Devemos garantir que Phanos ajude caso tal situação se apresente.

— Isso não será um problema.

Só o fato de Kyn, um Primordial da Vingança, ter perguntado significava que poderia ser um problema.

— É um alívio ouvir isso. — O olhar de Kyn passou por mim, em seguida disparou para longe, deixando minha pele formigando. — Apenas metade de suas forças está nas Terras dos Ossos. A outra metade está na minha fronteira.

— Você quer dizer na sua e na de seu irmão — corrigiu Kolis, os dedos ainda tamborilando. Seu olhar deslizou para o outro Primordial.

— A menos que estejam posicionados ao norte da Baía das Trevas, onde acredito que fique seu acampamento.

Até onde eu sabia, eles estavam a leste do Lethe, onde ficava Vathi, a Corte de Attes e Kyn.

— Eles estão em nossa fronteira agora e já estiveram antes — disse Kyn, sem dar mais detalhes. — É tudo o que importa.

— Eles atacaram?

— Ainda não, mas imagino que seja apenas uma questão de tempo até que busquem vingança.

Parte de mim torcia por isso. A outra entendia a que aquilo levaria: uma escalada de violência. Guerra. Morte.

O olhar de Kyn passou por mim novamente, o lábio superior curvando-se ligeiramente, antes de sua atenção voltar para o falso Rei.

— Algo deve ser feito.

Um leve sorriso apareceu nos lábios de Kolis.

— Tenho certeza de que você tem sugestões.

— Tenho. — Kyn se inclinou para a frente. — Deixe-me liderar minhas forças e remover a ameaça a leste. Eu os destruirei, deixando que seus ossos apodreçam com os daqueles que vieram antes.

Kolis riu baixinho.

— Você disse que Nektas está com eles. Se tentar algo assim, você e suas forças farão nada além de queimar.

Uma forte tensão se infiltrou no corpo de Kyn, carregando o ar.

— Então me permita terminar o que comecei. — Olhos prateados me perfuraram, fazendo com que meus músculos se enrolassem como uma mola. — Deixe-me tomar as Terras Sombrias.

— Você teve sua chance — retrucou Kolis, o lembrete do quão perto as Terras Sombrias chegaram da destruição enviou um gélido sussurro de pavor por minha nuca.

— Só preciso de permissão para arriscar novamente — insistiu Kyn. — Não vou desperdiçar a oportunidade uma segunda vez.

Senti o estômago embrulhar enquanto meu olhar ia de um para o outro. Attes alegava que Kolis tinha forçado o irmão a se voltar contra as Terras Sombrias, mas Kyn parecia ansioso demais para tentar novamente para que suas ações fossem motivadas apenas à recente perda de um de seus jovens dragontinos. Ou Attes não percebia, ou não queria reconhecer o fato.

— Você queria que uma mensagem explícita fosse enviada. Ainda pode ser feito. — Mais uma vez, o olhar de Kyn me encontrou. — E no momento uma mensagem provavelmente se faz necessária devido *àquilo.*

Uma dor começou a se instalar em meus dedos por causa da força com que apertava a taça.

— E o que seu irmão pensa? — perguntou Kolis, depois de um momento. — Ele acha que uma mensagem deveria ser enviada?

— Meu irmão prefere os tratados à guerra. Isso e foder.

— Como se você fosse diferente quando se trata da última parte — salientou Kolis.

Arqueei as sobrancelhas e…

Pensei no motivo pelo qual Attes havia matado os guardas do irmão. Ele disse que vinham pegando os jovens, aqueles a anos da Seleção, e os levando aos seus acampamentos. E como Attes dissera, não foi para protegê-los.

— Com Nektas nas Terras dos Ossos, meus dragontinos e homens serão capazes de aniquilar rapidamente as forças que permanecem nas Terras Sombrias — argumentou Kyn.

Gavinhas de pavor se espalharam por meu estômago enquanto o tênue controle sobre minha língua titubeou e desapareceu por completo.

— E então o quê?

Dois pares de olhos cheios de éter pousaram em mim. Os de Kyn arregalados de surpresa. Não consegui detectar nada no olhar nem no tom de Kolis quando perguntou:

— O que você quer dizer?

Meu coração estava em algum lugar na garganta enquanto eu me recriminava repetidas vezes em minha mente.

— Se for dada a ordem para destruir as Terras Sombrias — expliquei, sabendo que precisava proceder com cautela, já que não era com minha mãe que eu estava falando. — Então o que vem a seguir? As forças nas Terras dos Ossos, inclusive Nektas, ficarão ainda mais motivadas para atacar Vathi.

Os lábios de Kyn se franziram enquanto me encarava, mas o Primordial não disse nada até que Kolis o incitou.

— E o que você tem a dizer sobre isso?

— Não estou tão preocupado com Nektas — respondeu Kyn, tomando um gole.

Incapaz de me conter, soltei uma gargalhada.

Kyn baixou o copo.

— Contei alguma uma piada?

— Pareceu uma para mim — respondi. — Ninguém em sã consciência *não estaria* preocupado com Nektas.

— Nunca disse que estava em meu perfeito juízo.

— Obviamente — murmurei baixinho.

Kyn estreitou os olhos.

Resistindo à vontade de mostrar o dedo do meio a ele, eu me concentrei em Kolis.

— Você me disse que não queria começar uma guerra. É exatamente o que destruir as Terras Sombrias causará. — Um gosto amargo encheu minha boca enquanto eu continuava: — O que discutimos antes? Você e eu?

Os dedos de Kolis pararam enquanto todo o seu foco se concentrava em mim.

— Como isso será possível se o reino entrar em guerra? — argumentei. — Como *qualquer coisa* será possível então?

O falso Rei ficou em silêncio enquanto o outro Primordial estreitava os olhos em fendas ardentes. Os segundos se passaram enquanto fúria e pavor me consumiam.

— Você tem coragem, Kyn — começou Kolis. — E é leal. Por ambos, tem minha gratidão.

— Você tem mais do que isso de mim. — Kyn se virou para o falso Rei. — Tem meu exército e meu comando.

Kolis assentiu.

— As coisas mudaram desde a última vez que conversamos. Os planos... se adaptaram.

A expressão no rosto de Kyn me deu a impressão de que ele sabia exatamente o que havia mudado.

— Mas você precisa dessas brasas — retrucou o Primordial. Fiquei um pouco surpresa por Kyn saber que eu as possuía. — Porque a realidade do que deve ser feito ou do que está por vir continuam a mesma.

Kolis assentiu lentamente.

— Eu não esqueci.

Exatamente do que eles estavam falando? Kolis queria as brasas para que pudesse Ascender e se tornar o Primordial da Vida e da Morte, um ser com poder inimaginável. Se fosse bem-sucedido, poderia eliminar todos os Primordiais e governar ambos os reinos. Ele queria poder — poder supremo e infinito. Ciente de que a estabilidade dos planos não seria mais impactada por sua própria morte, por que qualquer outro Primordial o apoiaria?

— Mantive o equilíbrio todos esses anos — disse Kolis. — Não há razão para que deixe de ser suficiente tão cedo.

Equilíbrio? O que ele dissera antes? Manter o equilíbrio e dar a vida. Ele tinha dito que os Ascendidos de olhos frios eram resultado daquilo.

— Não faremos mais nenhum movimento contra as Terras Sombrias a menos que nos provoquem — instruiu Kolis, despertando-me de meus pensamentos com uma onda de alívio.

— E se formos provocados?

Kolis se recostou, tamborilando os dedos mais uma vez nos braços do trono.

— Então farei o que deve ser feito. — Ele olhou para Kyn. — Estou aliviado em ver que você não parece muito decepcionado com meu decreto.

O Primordial sorriu.

— Não estou.

— E por quê?

Sim, *por quê*?

— É provável que Nyktos esteja em um humor agressivo quando for libertado. — Ele desviou seu foco de Kolis. — A menos que você planeje prendê-lo por uma pequena eternidade, ele será um problema.

Kolis soltou uma risada seca, o que me deixou tensa.

— Ele não será problema.

Ah, Ash definitivamente seria um problema. Senti meus lábios se comprimirem em uma linha fina…

— Ela chama a atenção, não é? — Kolis falou lentamente.

Ai, deuses, aquilo de novo, não.

Kyn soltou um grunhido evasivo por trás da borda do copo. Eu duvidava de que o que fosse dito pelo Primordial terminaria igual ao que ocorreu com Uros, mas a esperança era a última a morrer.

Kolis encarou o outro Primordial por vários segundos.

— Minha querida? — chamou, fazendo com que os músculos de minhas costas se contraíssem. — Por que você não se aproxima?

Hesitei, e aquele sorriso estranho vacilou. Sabendo que eu havia abusado da sorte ao interagir não uma, mas duas vezes com aqueles que tinham entrado no cômodo, lembrei-me de *quem* estava em jogo. Tomei fôlego, limpando a mente para que eu pudesse me tornar nada novamente.

Vazia.

Impassível.

Então eu me levantei.

Consciente demais de seus olhares, do ponto em que aqueles olhos se demoravam, e que eu tinha sido capaz de ver através do vestido de Dametria à luz, caminhei lentamente na direção das barras. Eu sabia por que Kolis pedido que eu me aproximasse.

Ele queria que Kyn olhasse.

Assim como quisera que Uros o fizesse.

Meu coração começou a martelar dentro do peito. Eu não conseguia me lembrar no momento se aquilo era algo que ele costumava fazer com suas favoritas: exibi-las. Gostar de saber que outros queriam o que ele havia reivindicado como seu. Só podia ser, considerando que ele parecera bem ciente de quantos deuses tinham me olhado. E ele não dissera uma palavra a eles.

Bem, exceto àquele que havia *matado*.

Mas Kolis parecia mais satisfeito do que homicida quando Kyn baixou o copo e o olhar.

— O que você acha agora? — perguntou Kolis educadamente, como se estivesse discutindo uma pintura.

Kyn cerrou os dentes enquanto me analisava.

Mantendo-me imóvel, eu não queria sentir absolutamente nada, mas não foi o caso. Ainda havia muito de mim presente, o que significava que eu não havia me tornado uma tela em branco. Na verdade, Kyn estava olhando meus seios com tamanha intensidade que eu não ficaria espantada se eles murchassem e caíssem.

— Ela chama a atenção — murmurou Kyn.

— Eu sei — disse Kolis. — Você não quer pensar nisso, mas pensa.

Meu olhar se voltou para o falso Rei. Um brilho de éter pulsava ao seu redor e, como aconteceu com Uros, sua atenção estava fixada no outro Primordial.

Mas ele estava diferente agora. A tensão desaparecera. Kolis parecia relaxado.

— O que aconteceria se ela não estivesse naquela jaula? — Kolis deixou a pergunta no ar, no silêncio entre eles. — Se ela não fosse minha?

O peito do Primordial subiu com uma respiração profunda e seus lábios se abriram. Ele sem dúvida era capaz de imaginar aquilo.

E eu estava imaginando cortar sua garganta até o osso.

Kolis observava o outro Primordial, uma espécie de expressão febril se instalando na carne de suas bochechas e no brilho de seus olhos.

— Você estaria entre aquelas lindas coxas ou naquela bunda igualmente linda.

Kyn sorriu enquanto eu respirava profundamente. De jeito nenhum ele estaria. Se eu não estivesse naquela gaiola, eu teria *os dois* paus ensanguentados no chão.

Mantendo aquela imagem em mente, devolvi o sorriso malicioso de Kyn.

Os olhos do Primordial brilharam enquanto ele enrijecia.

— Se ela não fosse quem você acredita que seja? Sua *graeca*?

Minhas narinas se dilataram. Então Kyn *sabia* quem Kolis acreditava que eu fosse. Exatamente quantos sabiam da obsessão de Kolis? Todos?

— Se ela não for? — Kolis tamborilavam, tamborilava os dedos, tamborilavam... — Você pode ficar com ela quando eu terminar.

Uma onda de calor espinhoso tomou conta de mim enquanto eu fitava o Primordial da Paz e da Vingança. O nada em mim inchou. Não era constrangimento por eles conversarem sobre mim como se eu não fosse nada mais do que gado, também não era medo.

Era fúria.

— Sim. — O sorriso de Kyn se alargou, exibindo suas presas enquanto as brasas vibravam. — Sim, eu fico com ela.

Ele me queria.

Não havia como confundir a luxúria em seu olhar e as poucas palavras trocadas desde que Kolis recomeçara aquele jogo, mas também tinha muita aversão, e eu soube em um instante o que aconteceria se Kolis descobrisse a verdade sobre a alma de Sotoria e eu sobrevivesse a tudo o que ele faria.

Eu *não iria* sobreviver ao que Kyn faria.

Nem sequer desejaria.

E Kolis sabia.

— Ótimo. — O olhar salpicado de ouro de Kolis voltou para mim. — Estamos combinados.

— Honrado — murmurou Kyn. — Seu potencial... presente me comove, Vossa Majestade.

Eu esperava que Nektas queimasse Kyn até virar um torresmo dolorido.

Virando-se para Kolis, o Primordial da Paz e da Vingança sorriu.

— Fico feliz que trouxe um para lhe dar.

Kolis ergueu a sobrancelha.

— Você trouxe?

— Um momento. — O Primordial se mexeu na cadeira. — Diaval — chamou, pousando o copo sobre uma mesinha lateral. — Espero que você não se incomode por eu ter pedido ajuda ao seu dragontino.

— Não quando se trata de um presente — respondeu Kolis.

Franzi as sobrancelhas conforme meu olhar disparava até a porta. Um piscar de olhos se passou. Então outro.

Um dragontino alto com cabelo louro comprido e cacheado entrou. Um choque de reconhecimento passou por mim. Foi aquele que eu atacara no corredor, aquele que tinha me nocauteado. Mas, no momento, eu não poderia me importar menos. Cada parte de mim se concentrou em seu *presente*.

A mão de Diaval agarrava o braço de alguém cuja cabeça estava coberta por um capuz de juta. A calça de couro preta e a túnica do homem estavam rasgadas em vários lugares, revelando lascas de carne ensanguentada.

Meu coração acelerou quando eles se aproximaram.

— Aqui está. — Diaval empurrou o prisioneiro para a frente.

O homem tropeçou. Prendi a respiração. Ele caiu, de joelhos, quebrando o ladrilho de pedra das sombras. Ele não emitiu som algum quando cambaleou para a frente, o peito ofegando com respirações rápidas e superficiais.

— Meu presente… — Kolis inclinou a cabeça. — Está bastante machucado e ensanguentado.

Kyn se levantou.

— Foi necessário convencê-lo um pouco.

O falso Primordial sorriu.

— Percebi.

Eu soube… deuses, eu *soube* no momento em que Kyn se levantou e caminhou atrás do homem ajoelhado, que aquilo não era um presente.

Seria um pesadelo.

Kyn agarrou a parte de trás do saco de juta e o arrancou, revelando uma mecha de cabelo dourado-avermelhado emaranhado com sangue seco.

Meu coração parou.

Era Rhain.

17

O pavor crescente apertava meu peito, sufocando minha respiração enquanto eu encarava o deus.

Mal reconheci as feições joviais de Rhain sob a crosta de sangue em seu rosto, mas era ele. O nariz estava torto, visivelmente quebrado, e os lábios estavam rachados e irregulares. Apenas um dos olhos castanho-escuros parecia aberto. Por muito pouco. O outro estava inchado e fechado. E seu pescoço…

Rhain fora mordido, mas parecia que um animal havia feito aquilo. Se ele não fosse um deus, seria impossível continuar respirando.

— Ele tentou me seguir quando deixei as Terras dos Ossos — explicou Kyn, sorrindo enquanto olhava para o deus espancado. — Quando o flagrei, ele exigiu ser levado até Nyktos. — Kyn riu, e senti um aperto no peito. — Não tenho certeza do que o tolo pensou que aconteceria.

Deuses, Rhain era um tolo… um tolo corajoso e leal.

— Eu o conheço — comentou Kolis, deslizando as mãos ao longo dos braços do trono. — É Rhain, correto?

Sangue escorria de seu queixo quando Rhain levantou a cabeça, inclinando-a em direção à jaula. Congelei quando o único olho iluminado pelo éter focou em mim.

— Esse é o nome dele — confirmou Kyn.

Kolis observou o deus.

— Rhain, um deus das Ilhas Callasta — disse ele, provocando uma onda de surpresa em mim. Rhain tinha servido a Veses originalmente? Eu nunca havia descoberto de que Corte ele vinha. — E filho de

Daniil. Você parece muito com seu pai. — Kolis se levantou. — Bem, você parece com seu pai da última vez que o vi.

Respirei fundo, o que ele quis dizer era óbvio.

— Vá se foder — cuspiu Rhain.

Kyn reagiu sem hesitação. Estremeci quando sua bota acertou as costas de Rhain, derrubando-o de bruços.

Eu me lancei para a frente quando Rhain gemeu, virando a cabeça para que seu único olho bom ficasse visível. Ele cuspiu um bocado de sangue.

— Tenho certeza de que seu pai disse a mesma coisa — respondeu Kolis. — Vou responder do mesmo jeito que respondi a ele. Não, obrigado.

O pânico brotou bem fundo em mim, criando raízes. Sentindo como se o aposento tivesse encolhido, dei um passo para o lado em direção à porta trancada. Fechei e abri as mãos ao longo do corpo, as brasas latejantes em meu peito.

— Você... você contou a ele? — perguntou Rhain, de modo áspero, as palavras distorcidas. — Por que ia... matá-lo?

— Ele já sabia. — Kolis se aproximou dele. — Ele cometeu um ato de traição. Tal pai, tal filho, posso ver.

— Conspiração? — Uma risada úmida e entrecortada saiu de Rhain. Por pura força de vontade, ao que parecia, ele conseguiu se colocar sob os joelhos. — Meu pai... apenas se recusou a... se tornar um capanga assassino.

Nunca soube de nada daquilo — nem de nada sobre Rhain, na verdade. Não conversávamos com frequência nem nos conhecemos bem. O deus havia sido cauteloso comigo desde o momento em que cheguei às Terras Sombrias. E depois que ele descobriu que eu tinha planejado matar Ash, compreensivelmente não havia sido muito caloroso.

— O que você chama de capanga assassino, eu chamo de escudeiro leal. — Kolis parou na frente de Rhain. — Ah, olhe só para você.

Rhain lutou para se levantar, o peito arfando com o esforço, mas ele se colocou de pé. O cabelo estava ainda mais escuro agora, o suor se misturando ao sangue. Mas, deuses, ele ficou *de pé*.

— Você... você não sabe o que é... lealdade.

— E você sabe? — perguntou Kolis calmamente. — Seu pai achava que sim. Ele estava errado. — Kolis olhou para o outro Primordial. — O que você acha, Kyn?

— Já disse o que acho. — O Primordial da Paz e da Vingança cruzou os braços. — Ele é um idiota.

— Vá se foder — disparou Rhain.

Kyn deu um passo em direção a ele.

O falso Rei ergueu a mão, impedindo o Primordial. Com um rosnado gutural, Kyn recuou.

Rhain *sorriu.*

E grande parte de mim respeitou a reação. Era algo que eu faria, mas sabia que eu era uma maldita idiota. Olhei para a porta da jaula novamente, pensando na chave escondida. Não havia como eu pegá-la e sair. Mesmo que eu conseguisse, o que faria depois? Eu não tinha ideia, mas precisava fazer *alguma coisa.*

Por causa do que eu sentia? E do que via nitidamente em minha mente? Era quase uma visão profética. Havia apenas uma razão pela qual Kyn traria Rhain para Kolis vivo. A pressão comprimia meu peito. Eu sabia o que estava prestes a acontecer.

Kolis iria matar Rhain.

— Então você seguiu Kyn na esperança de que ele o levasse até Nyktos?

Rhain não respondeu enquanto cambaleava, vacilante.

— Veja bem, tenho minhas dúvidas — continuou Kolis. — Você teria de ser um grande idiota para imaginar que seria capaz de seguir Kyn sem ser capturado.

O sorriso do outro Primordial era presunçoso.

— Mas sei de algo que ele não sabe. — Kolis se inclinou para a frente.

Os cantos dos lábios de Kyn se endireitaram.

— Seu pai era um excelente rastreador, capaz de se mover como um fantasma, invisível e incógnito. Até que fosse tarde demais. Por isso eu quis que ele cuidasse de algumas… tarefas para mim — disse Kolis. Só esse desequilibrado chamaria o assassinato de alguém de tarefa.

Na verdade, ele tinha aquilo em comum com minha mãe. Quem diria.

— Tenho certeza de que você herdou esses talentos. Seu pai também os passou para o filho mais velho, Mahiil.

Eu me assustei. Rhain tinha um irmão? Fiquei com a terrível sensação de que *tinha* era a palavra-chave ali.

— E também sei que meu sobrinho não se cercaria de idiotas — acrescentou Kolis. — O que eu acho é que você se permitiu ser capturado.

Fiquei boquiaberta enquanto encarava Rhain.

— E também acho que ser levado a Nyktos não era seu único objetivo ou sua expectativa. — Éter dourado rodopiava no peito nu de Kolis. — Então só vou fazer esta pergunta uma vez e, a menos que queira acabar como seu pai e seu irmão, sugiro que responda com sinceridade.

Meus deuses, minhas suspeitas estavam corretas. Kolis também havia assassinado o irmão de Rhain. Muita gente próxima a Ash sofreu por causa de Kolis. Gente demais...

Seraphena.

Enrijeci, meu olhar se desviando até Rhain. Sua voz. Eu podia jurar que a ouvira em minha mente.

— Você estava tentando descobrir a localização de Nyktos? — pressionou Kolis.

Seraphena. A voz de Rhain ecoou novamente. *Ouça.*

Senti a garganta seca. Ou eu o estava ouvindo, ou minha sanidade estava em cheque.

— Ou a *dela*? — perguntou Kolis.

Meu coração deu um salto dentro do peito. Um olho castanho se fixou no meu.

— Está vendo? Acho que é a última opção. — Kolis estava a menos de um passo do deus torturado. — E Kyn não me trouxe apenas um presente. Ele deu um presente a você.

Meu olhar disparou para o outro Primordial. Ele estava carrancudo.

Lembra como você reagiu quando soube o que Veses havia feito?

Tudo bem. Com certeza eu o estava escutando porque aquilo era uma coisa muito estranha de se pensar.

Quando você a viu com Nyktos?

— Porque sei de outra coisa que ele não sabe.

O éter girava mais depressa pela carne de Kolis.

Use a essência, sussurrou a voz de Rhain em meio aos meus pensamentos. *E derrube este palácio inteiro...*

Kolis avançou, agarrando Rhain pela garganta. Eu gritei, surpresa.

— Silêncio — avisou Kolis, lançando-me um olhar antes de voltar a se concentrar em Rhain. — Sei do que seu pai era capaz. Também sei o que ele passou para seus dois filhos.

Rhain ofegava quando Kolis o levantou do chão.

— Apenas alguns deuses de Veses são capazes de... Como ela chamou? — Rhain engasgou, e Kolis abriu um amplo sorriso. — Projeção de pensamento?

— Que porra é essa? — rosnou Kyn, descruzando os braços.

Puta merda, eu *tinha* ouvido a voz de Rhain. Mas o que ele me pediu? Quando eu havia perdido o controle? Eu não sabia como tinha feito a Casa de Haides tremer. Ainda que o fizesse, não mataria Kolis. Rhain devia saber daquilo.

— É uma via de mão única, mas ainda assim é eficaz. — Essência dourada pulsava ao redor de Kolis. — Sobretudo quando se trata de comunicar coisas a terceiros. Àqueles diante de si. — Seu aperto se intensificou, arrancando um sibilo de Rhain. — E até a distância. A questão permanece. Qual é o tamanho do seu talento é? Como seu irmão? Ele conseguia projetar os pensamentos se fizesse contato visual.

Todas aquelas vezes que eu vira Rhain e ele tinha ficado em silêncio, embora aqueles em sua companhia parecessem saber do que precisava ou o que pensava antes que se pronunciasse... Como quando ele estivera comigo e com Ash embaixo do palácio. *Faça*. Rhain havia pedido a Ash enquanto arrancava outra raiz. *Agora*. Rhain não tinha dito o que poderia ser feito para me impedir em voz alta, mas Ash entendera a que Rhain se referia.

— Ou você é tão habilidoso quanto seu pai? — zombou Kolis. — Que era capaz de projetar pensamentos para aqueles de quem carregava um objeto pessoal?

Rhain começava a ficar branco-azulado e pálido. Ele não conseguia responder, mas Kolis não estava realmente dando uma chance a ele. O falso Rei agarrou a frente da túnica de Rhain, onde o brocado se juntava, e a rasgou ao meio, revelando uma bolsinha preta pendurada em seu pescoço por uma corda preta e lisa.

— Exatamente como seu pai. — Kolis riu, pegando a bolsinha. A corda se rompeu com um puxão. — Escondeu os objetos da mesma maneira.

Kolis jogou Rhain de lado. O deus rolou pelo chão, parando a um passo da jaula.

Balançando a cabeça, Kolis puxou os cadarços da bolsa e a virou. Enquanto Rhain rolava de lado, o falso Rei despejou o conteúdo em sua palma.

Eu vi então. O *objeto*.

Era a corrente de prata fina e delicada que eu tinha visto Aios usar e em que sempre ficava mexendo.

— A quem isto pertence? — exigiu Kyn.

Rhain encolheu a perna enquanto tremia.

— Eu... eu não sei do que você está falando.

Kolis se virou para ele, inclinando a cabeça.

Foi como se cordas invisíveis estivessem presas aos ombros de Rhain. Ele subiu no ar. Recuei quando suas costas se curvaram, a boca aberta em um grito silencioso. As veias de sua garganta começaram a brilhar com éter.

— É meu! — gritei.

Kolis olhou para mim.

— O colar é meu. Ganhei há anos — menti, falando depressa. — Não sei por que Rhain está com isso. Nem sabia que ele podia fazer essa coisa de projeção de pensamento.

— Minha querida — ronronou Kolis. — Não me subestime.

— É verdade! Eu nem sabia que isso existia.

— Como você pode *não* saber? — disparou Kyn.

— *Você* não sabia — rebati, e éter pulsou em seus olhos. — E Rhain não dividiu essa informação comigo. Ele nem gosta de mim.

Kolis franziu o cenho enquanto o éter se retraía das veias da garganta mutilada de Rhain.

— Ele não gosta! — Era outra verdade.

Rhain conseguiu virar a cabeça para mim, então Kolis disse:

— E por quê?

— Provavelmente porque apunhalei Nyktos — lembrei.

— Você *apunhalou* Nyktos? — perguntou Kyn.

Eu o ignorei.

— Também sou respondona. Xingo demais, sou temperamental, começo discussões, tenho quase certeza de que o ameacei...

— Já entendi — cortou Kolis, olhando para Rhain. — Eu concordo com muitas dessas coisas. Principalmente a parte de ser respondona e xingar demais.

Rezei aos *malditos* Destinos para que ele tivesse uma maldita morte lenta e dolorosa.

Mas, sinceramente, não achava que Rhain estivesse tentando recolher informações sobre mim para Aios. Ele tinha esperança de descobrir a localização de Ash.

Respirei fundo.

— Talvez ele tenha pensado em se comunicar comigo, mas não o fez. E qual seria o sentido de tentar falar com mais alguém sobre minha localização? — continuei, depressa. — Tenho certeza de que todos já sabem que estou no Palácio Cor.

— Mas essa é a questão, minha querida — falou Kolis, lentamente. — Você não está no Palácio Cor.

Eu pisquei os olhos, confusa.

— Não estou...? — Não importava. — Rhain não tentou se comunicar comigo.

Kolis me olhou atentamente. Um segundo depois, Rhain estava sobre os próprios pés. Ele tropeçou, mas evitou uma queda, depois se curvou, ofegante.

— Então por que ele estava com isso? — A corrente de prata de Aios pendia dos dedos de Kolis, e *odiei* ver aquilo.

Engoli em seco.

— Talvez Rhain não seja tão bom quanto você pensa. — Forcei um dar de ombros. — E precise do colar para conseguir projetar o pensamento, imaginando que eu pudesse contar onde Nyktos está.

— Até parece que você não o faria — acusou Kyn.

Virei a cabeça em sua direção.

— Ninguém te perguntou nada, palhaço.

Kyn enrijeceu e o éter crepitou, ganhando vida ao longo da carne de suas bochechas.

— Minha querida. — Kolis riu. — Não falei para não interagir com ninguém aqui?

— Então ele precisa parar de interagir comigo. — Respirei fundo quando Kolis arqueou as sobrancelhas. — Eu… sinto muito. Como eu disse, tenho um temperamento ruim.

Rhain piscou o olho bom para mim.

— Mas não estou mentindo.

— Acredito em você — disse Kolis, e antes que eu pudesse sentir alívio, ele se virou para Rhain. — E por causa disso, sua morte será rápida.

— Não! — Avancei, agarrando-me às barras. Uma dor aguda e quente pinicou minhas palmas. Ofeguei, afastando as mãos queimadas. — Não precisa fazer isso.

Kolis ergueu a sobrancelha novamente.

— Não? Caso você tenha perdido a parte da conversa sobre como evitar as forças das Terras Sombrias, ele faz parte da rebelião declarada. E traição é um crime punível com a morte, mesmo no plano mortal. Ele também foi flagrado tentando reunir informações. Em outras palavras, estava espionando. Mais um crime punível com a morte…

— Ele só é leal a Nyktos — interrompi, os músculos do pescoço tensos quando ouvi a voz de Rhain em meus pensamentos de novo.

— Ele deveria ser leal apenas a mim!

Merda. Aquela havia sido a coisa errada a dizer.

— Só quis dizer que ele está preocupado com Nyktos. Todos estão. E você devia ficar feliz com isso.

O Primordial da Paz e da Vingança suspirou alto, quase ofuscando a voz de Rhain em minha mente, repetindo meu nome, reiterando o que havia dito antes.

Kolis franziu o cenho.

— Por que eu ficaria feliz com isso?

— Essa é uma boa pergunta — murmurou Kyn.

Se ele não calasse a boca...

— Porque aqueles que servem nas Cortes de seus Primordiais devem cuidar do Primordial a que servem. Se não o fizerem — continuei depressa, quando Kolis abriu a boca —, como podem cuidar de seu Rei?

Kolis me encarou.

Rhain fez o mesmo com seu único olho bom.

— Se eles não são leais ao Primordial a que servem — emendei, meu coração martelando no peito. Ouvi Rhain em minha cabeça outra vez —, não podem ser leais a você.

Kolis franziu o cenho enquanto inclinava a cabeça.

— Não acho que seja assim que funcione a lealdade ao Rei.

— É exatamente assim que funciona! — exclamei. — No plano mortal, as pessoas são leais aos nobres menores, o que prova sua lealdade à Coroa, porque esses nobres são uma extensão da própria Coroa.

O falso Rei tinha voltado a me encarar.

— E quando as pessoas reagem com base em sua lealdade a esses nobres, não deveriam ser punidas...

— Deveriam ser recompensadas? — interrompeu Kolis.

— Não. — Forcei meu temperamento a se acalmar, então continuei vomitando besteira. — Eu ia dizer que elas não deveriam ser punidas com a morte. *Ou* — enfatizei — tortura.

— Então como são punidas? — exigiu Kolis. — Com um tapinha na mão?

Kyn bufou.

— Em geral, são condenadas a um período razoável de reclusão, a fim de refletir sobre como deveriam ter lidado melhor com a situação — expliquei, ciente de que aquilo parecia absolutamente ridículo, mesmo que fosse uma punição melhor do que aquela em geral aplicada na maioria dos reinos.

A expressão em seu rosto dizia que Kolis achava a ideia ridícula, e meu temor por Rhain aumentou quando o ouvi com muita nitidez.

Está tudo bem, disse ele. *Estou pronto para morrer*.

Mas eu não estava.

Eu sabia que, se não conseguisse convencer Kolis de que havia uma alternativa, Rhain morreria, e seria uma morte horrível.

Também seria outra gota de sangue que Ash teria de tatuar em sua pele.

Eu me recusava terminantemente a permitir aquilo.

A determinação me dominou, selando as rachaduras em minha tela em branco. *Torne-se sua fraqueza*. Mesmo que ainda não estivesse convencido de minha identidade, Kolis *queria* que eu fosse Sotoria. Queria sua preciosa *so'lis*. Eu já era sua fraqueza.

— Existe outra opção. — Caminhei para a direita, me aproximando de onde Kolis estava. — Liberte-o.

— Você só pode estar brincando comigo — resmungou Kyn.

— Libertá-lo só vai beneficiar você. Prova que pode ser um governante benevolente. E sábio — argumentei. — Um Rei digno de lealdade. Mais do que qualquer Primordial governando uma Corte.

— Digno? — sussurrou Kolis.

— Só porque você acredita que as pessoas já deveriam achá-lo digno não significa que é o que pensam. Matar não vai mudar nada — expliquei. — Mas libertá-lo, sim. Não é como se ele tivesse conseguido alguma coisa além de uma boa surra.

— Bem, isso é verdade — observou Kolis.

— E isso serve de recado. Solte-o na condição em que se encontra. Os outros saberão que você pode ser destemido *e* generoso, como um Rei deveria ser. — Cheguei o mais perto possível das grades. — E libertá-lo impedirá que o conflito se inflame.

Vários segundos se passaram antes que Kolis falasse:

— Entendo o que está sugerindo, mas não sei por que acha que eu me importaria se aqueles que se rebelam contra mim me consideram destemido ou generoso.

Merda.

— Não me importo — continuou Kolis. — Só sou digno daqueles que já me veem como tal.

Bem, aquilo não fazia absolutamente sentido algum. Tentei engolir, mas estava com um nó na garganta.

Está tudo bem, a voz de Rhain retornou. *Estou pronto...*

Eu o bloqueei porque compreendia o que ele alegava, mas não podia deixar acontecer. Não podia permitir que Ash perdesse outra pessoa que não era apenas leal, mas também se importava com ele.

E eu não podia assistir à morte de Rhain.

— Deixe-o ir — pedi. — Farei o que você quiser.

— Seraphena — disse Rhain em voz alta, a cabeça pendendo dos ombros quando se virou para Kolis. — Apenas me mate. Apenas mate, porra...

Kolis estendeu a mão, e Rhain... simplesmente caiu. Ele atingiu o chão como um saco de batatas.

— O que você fez? — vociferei.

— Ele está bem. — Kolis avançou. — O que você estava dizendo? Que estaria disposta a fazer qualquer coisa por ele? — perguntou baixinho... baixo demais. — Por quê?

Ao olhar para a silhueta encolhida de Rhain, incapaz de ver seu peito subir ou descer, lembrei a mim mesma que seria capaz de sentir se ele tivesse morrido.

— Porque... porque se você o matar, haverá guerra. Ele é importante para Nyktos. — Minhas entranhas ardiam, definhando ao saber que Kyn estava ouvindo a conversa. — E, como eu já disse, como podemos recomeçar se houver guerra? Estou disposta a fazer qualquer coisa para ter uma chance de... — Senti um nó na garganta. — De saber como é o amor.

Uma pequena eternidade se passou enquanto Kolis me encarava.

— Qualquer coisa?

Meu coração acalmou seu martelar incessante quando enfim, *enfim*, aquele véu do vazio caiu sobre mim novamente.

— Qualquer coisa, contanto que você prometa que Rhain retornará às Terras Sombrias sem mais nenhum ferimento — respondi, tendo aprendido anteriormente que precisava ser o mais específica possível em nossas negociações, algo que eu não fizera em nosso trato sobre Ash. — Qualquer coisa.

O éter se acalmou em Kolis.

— Então outro acordo?

— Sim — confirmei, dando de ombros discretamente, ciente de como o movimento colava o vestido contra meu peito, o que chamaria sua atenção. — O que posso dizer? Gosto de negociar. — Sorri. — Afinal, o que nos trouxe até este momento é resultado de uma barganha.

Algo que preferia não reconhecer brilhou no olhar de Kolis.

— Combinado.

Assenti, aliviada.

— Você não é mais necessário — disse Kolis a Kyn. — O transporte de Rhain será arranjado por outro.

— Como desejar, Vossa Majestade. — Kyn fez uma reverência. Quando se endireitou, olhou para mim com um sorriso afiado como uma lâmina e uma expressão... uma expressão que dizia exatamente o que ele sabia que aconteceria.

Muito embora ele estivesse inconsciente, não consegui olhar para Rhain. Então tratei de me servir um copo de água enquanto Kolis chamava Elias para mandar buscar Callum. Eles tiraram Rhain do cômodo em silêncio. Não sabia por quanto tempo ele ficaria inconsciente, mas torci para que fosse tempo suficiente até ele ser levado de... bem, de onde quer que eu estivesse em Dalos.

Kolis e eu estávamos a sós.

Ele me observava.

— Qualquer coisa?

Tomei um longo gole e depois o encarei, mas não era eu. Eu não estava mais presente de fato. Então não fez diferença quando assenti.

Kolis parecia absolutamente radiante.

— Então esta noite dividiremos uma cama.

*

Pouco depois do que eu só poderia presumir ser a hora do jantar, os Escolhidos mais uma vez prepararam um banho para mim. Não pensei em nada enquanto me lavava, provavelmente por ordem de Kolis. Também não pensei em nada quando vi a camisola dourada justa e comprida sobre a cama.

A cama.

Ainda não havia dormido ali.

Eu me sentei no divã e esperei, vazia e impassível, até que Kolis retornasse. Ele chegou sozinho, vestido com aquela calça larga de linho, o cabelo úmido. Pelo visto, também havia tomado banho.

Kolis atravessou o cômodo e entrou na jaula, enfim dizendo:

— Se é quem afirma ser, está muito mais ousada do que antes.

— Como assim? — perguntei, embora tivesse uma boa ideia do que ele queria dizer.

— Você nunca falou o que pensava ou expressou sua opinião, pelo menos não a princípio — explicou.

A presença de Sotoria despertou conforme um pequeno lampejo de surpresa me invadia.

— Imagino que muito tenha a ver com a mudança dos tempos.

— Você imagina? — Ele inclinou a cabeça. — Mas não sabe, porque não consegue se lembrar.

Balancei a cabeça.

Kolis não disse nada por um longo momento.

— Meu pedido a surpreende?

Aquilo foi uma surpresa? Não. Não da maneira que ele provavelmente quis dizer.

— Não vai ser ousada agora e dizer o que pensa? — perguntou Kolis.

Eu podia ser muito mais ousada do que sua imaginação seria capaz de conjurar, porque aquela não era eu. Ergui o olhar para ele.

— Você me ofereceu para Kyn, então seu pedido foi um pouco surpreendente.

— Eu a ofereci apenas se você não for quem diz ser — argumentou ele. — Se esse não for o caso, então não deverá se preocupar por causa disso.

Kolis realmente achava que aquilo fazia diferença? Fosse ou não Sotoria, eu ainda era uma pessoa... Eu me contive. Ele de fato achava que aquilo fazia diferença, mas aquilo... não importava.

Vários outros momentos se passaram.

— O que você disse antes... — Ele ergueu o queixo. — Foi um conselho sábio. Libertar um dos homens de Nyktos mostra que sou razoável e justo.

Uma risada borbulhou em minha garganta, mas provei que era sábia ao não deixá-la escapar.

— E que sou... como você disse? Digno de lealdade. — Éter se derramou em suas feições. — Ficará feliz em saber que fui informado de que Rhain voltou para as Terras Sombrias sem mais ferimentos do que quando partiu.

A única coisa que me permiti sentir foi alívio.

— Obrigada.

— Espero não me arrepender, se o que você disse se revelar uma artimanha — declarou ele. E ele iria, quando acontecesse. Eu, no entanto, não podia me arrepender. Rhain estava vivo. — E que minha benevolência seja lembrada — continuou.

— Será — menti suavemente. Eu não era *nada além* de mentiras agora. Aquela não era mais eu. Não estava realmente ali. Nada do que dissesse ou fizesse importava.

Kolis ficou em silêncio e imóvel por um momento, depois estendeu o braço, apontando para a cama.

— O divã não nos servirá.

Levantei-me com as pernas firmes, passei por ele e me sentei na cama, sentindo o colchão macio.

Ele me observava como um falcão.

— Deite-se.

Esta não sou eu. Eu me reclinei. *Não estou aqui.* Deitando de lado, olhei para a frente. *Nada disso importa.*

Kolis continuava de pé. Os segundos se passaram. Fechei os olhos sem querer captar qualquer sinal do que ele estava pensando. O tempo continuou a passar. Eu não o ouvi se mover. Apenas senti a cama afundar e o calor de sua presença.

Apertei os olhos até ver estrelas explodindo atrás das pálpebras. Seu peito tocou minhas costas.

Esta não sou eu.

Seu braço enlaçou minha cintura. Um arrepio o perpassou.

Não estou aqui.

Sua presença, o perfume de lilases podres e a sensação de seu toque contaminavam minha pele e manchavam meus ossos.

Nada disso importa.

*

Observei Callum de onde estava, sentada à pequena mesa. Ele estava esticado no sofá, os pés apoiados em um dos braços enquanto pegava a adaga, que repetidas vezes jogava no ar.

Com os olhos fechados.

Apesar de relutante, fiquei impressionada... e também me lembrei de Bele fazendo o mesmo enquanto a costureira tirava as medidas para o meu vestido da coroação. Parecia ter acontecido em outra vida. Bocejando, brinquei com a ponta de um guardanapo.

— Não dormiu bem ontem à noite? — perguntou Callum.

— Como um bebê — menti.

Kolis e eu tínhamos dividido a cama.

Foi tudo o que havíamos feito.

Bem, tudo o que *eu* havia feito. Kolis tinha pegado no sono e dormido tranquilamente. Eu, por outro lado, dormira apenas cerca de uma hora. E só depois que Kolis partiu, no que presumi ser de manhã. Eu fingia dormir. Tendo passado a noite inteira tensa e com os olhos bem abertos, meu corpo cedeu à exaustão no momento em que ele saiu da jaula.

Horas mais tarde, eu ainda não conseguia acreditar que nada havia acontecido na noite anterior. Quando Kolis fez sua exigência, tinha sido no sentido mais literal.

Dividiremos uma cama.

Balancei a cabeça de leve. Talvez ele não se sentisse atraído por mim.

Quem me dera.

Infelizmente, eu sabia ser o contrário. Vi bem como ele me olhou no dia anterior.

Meu foco mudou para o prato quase intocado de carnes fatiadas e frutas à minha frente. Kolis sequer havia me abraçado com muita força durante a noite. Não como Ash. Nem mesmo como ele fazia quando não tinha a intenção de...

Eu não queria pensar em Ash nem em dividir a cama com Kolis. Limpei minhas palmas úmidas de suor no guardanapo. Não queria que aquelas duas coisas ocupassem ao mesmo tempo minha mente. Nunca. Porque, apesar de nada ter acontecido na noite anterior, eu ainda me sentia... repulsiva.

Deuses, eu também não queria pensar naquilo. Então me concentrei em Callum. Ele continuava a se divertir com a adaga. Eu tinha coisas mais importantes em que pensar. Como se Rhain havia sido capaz de comunicar qualquer coisa a Aios.

Estendi a mão e toquei a delicada corrente de prata que envolvia meu pescoço. Quando os Escolhidos me acordaram ao entrar cômodo, descobri que Kolis tinha deixado algo para mim no travesseiro em que descansara a cabeça.

O colar de Aios.

Eu tinha a esperança de conseguir devolver a joia a ela.

Eu *iria*.

Não acreditava de verdade que Rhain estivera tentando me encontrar. Ele era leal e corajoso o suficiente para arriscar sua vida por Ash. Não por mim.

— Você está quieta hoje — comentou Callum.

— Esqueci que você estava aqui — menti. Era impossível *não* notar sua presença quando ele pegava a adaga no ar momentos antes de a lâmina quase cravar em seu peito.

— Isso me magoa.

— Aham... — Eu me levantei da cadeira. — Descobri algo ontem.

Ele lançou a adaga mais uma vez.

— Que você é capaz de se prostituir para conseguir o que quer?

Estreitei os olhos e não pensei no que estava fazendo. Apenas fiz, enquanto uma onda de raiva incandescente me invadia. As brasas latejavam quando meu olhar se voltou para a adaga no ar. Eu a imaginei caindo acelerada, mais depressa do que a gravidade permitiria, direto no olho do Espectro.

E o que vi se tornou minha vontade.

A adaga tinha acabado de girar acima de Callum quando uma explosão de energia me deixou. A lâmina se desviou alguns centímetros para o lado, depois caiu com a velocidade de uma flecha disparada.

— Merda — ofegou Callum, enquanto rolava. Seus joelhos colidiram com o chão um piscar de olhos antes que a adaga se fincasse no braço do sofá onde sua cabeça estava repousando.

Ele se voltou em minha direção.

Eu sorri docemente para ele.

— Cuidado, Cal, você pode se machucar.

— Não me chame assim. — Fuzilando-me com o olhar, ele se levantou. — O que você descobriu?

— Que não estou no Palácio Cor.

— Demorou tanto assim para perceber? — Ele arrancou o punhal de pedra das sombras do estofado.

— Como eu poderia saber que não estava lá? O que vi do lugar me lembrou o palácio. — Eu o observei tomar um gole de sua bebida. — Sei que ainda estou em Dalos.

— Se não soubesse, eu teria sérias preocupações quanto à sua inteligência.

Arqueei uma sobrancelha.

— Onde estou exatamente?

— Você está no Vita — respondeu ele, embainhando a adaga na cintura. — É um santuário construído por Sua Majestade para substituir o Conselho Municipal existente.

O Conselho Municipal das Terras Sombrias ficava em Lethe, um anfiteatro que abrigava um segundo conjunto de tronos muito maiores. Se o Conselho Municipal era o mesmo das Terras Sombrias, então significava...

— Estou na Cidade dos Deuses?

— Talvez eu não precise me preocupar tanto com sua inteligência — zombou.

Meu olhar voou para as janelas estreitas. Eu só tinha visto o brilho da cidade a distância.

— A informação parece tê-la perturbado.

Só porque eu tinha a sensação de que seria mais difícil escapar de uma maldita cidade do que de um palácio.

— Não pensei que a cidade fosse habitada.

— E exatamente por que você achou isso? — Colocando sua adaga na mesa baixa, ele caminhou até a jaula. — Deixe-me adivinhar? Nyktos te disse.

Na verdade, ele não dissera. Ele tinha simplesmente me contado que muitos haviam passado a chamá-la de Cidade dos Mortos. Então presumi que aquilo significava que estava deserta e não mais habitada. Mas, antes que eu pudesse responder, as brasas de repente zumbiram em meu peito. Minha atenção se voltou para as portas. Havia um Primordial por perto.

O vestido farfalhou em volta de meus pés quando dei um passo para longe das barras. As portas se abriram apenas alguns segundos depois, provando que eu tinha razão.

Kolis entrou, coroa posicionada, e não estava sozinho.

Uma mulher usando um vestido verde de seda o seguia, a pele de um tom médio de marrom, o cabelo escuro na altura do queixo.

— Vossa Majestade. — Callum fez uma reverência quando eles se aproximaram.

Kolis assentiu para o Espectro enquanto a atenção daquela às suas costas se concentrava em mim. O brilho prateado do éter pulsava atrás dos olhos escuros. Ela era uma deusa. Desviou o olhar rapidamente.

Era uma deusa e estava nervosa.

Kolis olhou para a mesa com a comida.

— Gostou do jantar? — perguntou, calorosamente.

— Sim — respondi, suavizando o tom.

Callum virou a cabeça em minha direção, estreitando os olhos atrás da máscara pintada.

— Ótimo. — Kolis estalou os dedos, e os Escolhidos cruzaram o salão.

Eles se aproximaram da jaula enquanto Callum avançava para destrancar a porta. Entrelacei as mãos, recuando vários metros, sem querer incitar qualquer um dos dois a ferir um dos Escolhidos.

— Deixem as bebidas — instruiu Kolis. — Acredito que precisaremos delas quando terminarmos.

Os Escolhidos não assentiram nem falaram enquanto obedeciam seu comando. Em alguns minutos eles haviam saído do cômodo, e as portas se viam novamente fechadas.

Mas a da jaula permanecia aberta.

Aquele aroma doce e podre se intensificou quando Kolis entrou, seguido pela deusa.

— Gostaria de apresentá-la a alguém. Esta é Ione. Ela serve na Corte da Primordial Keella — disse ele, certo desdém pontuando o nome da Primordial.

Não fiquei surpresa ao ouvir aquilo, pois não esperava que Kolis fosse favorável à Primordial do Renascimento que ajudou Eythos a esconder a alma de Sotoria. Mas o que uma de suas deusas fazia ali?

Ione fez uma breve reverência enquanto cruzava um braço sobre a corda preta em sua cintura.

— Vossa Alteza.

— Venha e sente-se — convidou Kolis, apontando para o divã.

Ciente de que aqueles no cômodo observavam, fui até o sofá e me sentei na beirada.

— Ione é única entre os deuses das Planícies de Thyia — explicou Kolis, falando da Corte de Keella, enquanto a deusa parecia ter encontrado algo fascinante no piso. — Não restam muitos que conseguem fazer o mesmo que ela.

Sinos de alerta começaram a tocar. Meu olhar encontrou Callum. O desgraçado sorria agora, e seu sorriso destilava uma… expectativa selvagem.

— O que… — Engoli em seco. — O que ela pode fazer? — perguntei.

— Ler pensamentos — respondeu Kolis.

Meu coração começou a martelar no peito. Não, não, não. Meus músculos travaram.

— Ela pode ver suas verdades e mentiras — continuou o falso Rei. — Ver tudo o que é necessário.

18

De imediato a fachada de minha tela em branco começou a ruir.

Meu olhar foi do Primordial para Ione enquanto me levantava do divã. Meus deuses, como podia ter me esquecido de Taric sem imaginar a possibilidade de haver outro deus como ele? Alguém que pudesse vasculhar minha mente… e minhas memórias.

Como uma tola, eu não tinha me preparado para a situação, e não havia tempo para isso agora.

O pavor se enraizou, umedecendo minhas palmas enquanto a realidade da situação me atingia com a força de uma carruagem desgovernada. Aquilo era ruim, muito ruim.

— Não vai demorar muito — explicou Kolis, com aquele sorriso falso estampado no rosto. — Ione será rápida e eficiente.

A pressão apertava meu peito. Como se não bastasse Kolis estar prestes a descobrir muito rapidamente que eu o estava manipulando, eu também me lembrava com nitidez do quão doloroso havia sido quando Taric revirou minhas memórias tão casualmente quanto Callum virava as páginas de seu livro.

— Sente-se para que possamos acabar logo com isso — instruiu Kolis.

Eu não me mexi. Do lado de fora da jaula, o sorriso de Callum se alargou ainda mais. Aquele desgraçado sabia o que estava para acontecer. Se era apenas sua falta de confiança em mim ou qualquer outra coisa, eu não tinha ideia, mas parecia que o Espectro estava prestes a ver todos os seus sonhos se tornarem realidade.

O peso do medo crescente era sufocante, ameaçando me esmagar. Senti o estômago revirar enquanto as consequências da descoberta de minhas mentiras pairavam diante de mim como uma maldição. Eu não libertaria Ash, e se Ione visse alguma coisa relacionada à alma de Sotoria e que eu não era realmente ela? Eu estava praticamente morta.

— *Sente-se* — disparou Kolis, sua paciência já se esgotando.

Então eu senti Sotoria perto de meu coração trovejante. Senti *seu* medo e raiva, que se juntaram aos meus, criando uma mistura inflamável. As brasas começaram a vibrar.

— Você parece... nervosa — observou Kolis, as feições estoicas, mas os dedos apertados.

Eu definitivamente estava.

As manchas douradas em seus olhos haviam se aquietado.

— Por quê?

Minha pulsação aumentou e minha boca secou. *Pense*, Sera. *Pense.*

— Estou com medo — admiti, os pensamentos acelerados. Só consegui pensar em uma coisa para dizer. — Um deus já fez isso comigo, e doeu.

Kolis franziu o cenho enquanto me estudava.

— Taric — supôs Callum, franzindo os lábios enquanto atravessava a jaula. — Bem, imagino que enfim descobrimos com certeza o que aconteceu com ele quando fomos informados de que estava em algum lugar próximo ou nas próprias Terras Sombrias.

Kolis comprimiu os lábios em uma linha fina.

— Taric encontrou você?

— Não só ele. Cressa e outro deus chamado Madis o acompanhavam — respondi, na esperança de que aquele atraso me permitisse inventar outra desculpa. — Por que você...? — Olhei para Ione, na dúvida do quanto sabia, então decidindo que não era problema meu se ela não devia saber. — Por que você o fez procurar pelas brasas, se já sabia onde estavam?

— Porque eu não o mandei procurá-las. Obviamente — argumentou Kolis, com voz lenta e deliberada, como se estivesse explicando uma ideia complexa para uma criança. — Ele deveria procurar minha *graeca*.

Seu amor.

Não fui a única a presumir que Taric e os outros tinham estado à procura daquilo. Até Veses o fizera.

— Os outros se alimentaram de você? — perguntou Kolis.

Balancei a cabeça.

— Não, só ele. Eu... eu ainda não sabia quem era, mas ele parecia já saber que era eu quando me viu. Não achei que precisasse se alimentar. Ele simplesmente queria.

Um músculo latejou no maxilar do Primordial.

— Então ele se alimentou de você, mas não te contou, nem a Nyktos, o que viu?

— Na verdade, ele não teve a chance — revelei a ele.

Ione ergueu uma sobrancelha enquanto continuava olhando para o chão.

Kolis ergueu o queixo.

— Bem, veremos se é verdade, não é?

Meu coração palpitou no peito, e virei a cabeça na direção de Ione.

— Não precisa ser doloroso — disse ela, erguendo o olhar. — Apesar de não ser totalmente confortável. Você ficará cansada depois, e talvez tenha dor de cabeça, mas não deve ser uma dor inimaginável.

Sim, bem, o problema não era a dor. Eu podia lidar com aquilo. Ainda assim, agarrei-me à desculpa.

— Não posso passar por isso de novo. Foi horrível. — Um tremor percorreu minha espinha e foi mais genuíno do que forçado. — Não vou...

— *Seraphena*.

Enrijeci ao som do sussurro de Kolis. Ou ele havia gritado? Eu não tinha certeza. Fosse o que fosse, sua voz parecia estar em toda parte.

Ai, deuses.

Persuasão. Ele estava usando de persuasão novamente.

— *Olhe para mim* — incitou, seu tom suave e cadenciado, mas pesado e carregado de poder.

Sua voz tomou conta de mim como uma maré crescente, infiltrando--se em minha pele...

Não.

Meus dedos se fecharam.

Não, não.

Os músculos de meu pescoço se contraíram enquanto eu lutava, e, descontroladas, as brasas vibravam em meu peito. Se ele ganhasse o controle, não haveria nada que eu pudesse fazer. Nada. *Não. Não...*

— *Seraphena.* — De súbito, Kolis estava à minha frente, seus dedos no meu queixo.

Recuei, começando a fechar os olhos. Eu podia lutar contra aquilo, não podia? Tinha brasas Primordiais em mim. Podia lutar contra a persuasão com... com...

— *Olhe para mim* — exigiu Kolis, e uma onda de poder me atingiu com força. — *Agora.*

Eu tentei... deuses, eu tentei resistir. Meus músculos sofriam com espasmos dolorosos. Ar jorrou de meus pulmões, e eu ergui os olhos para acima de sua boca. Suas narinas estavam dilatadas de irritação. Meu olhar encontrou o de Kolis, e senti, então, a persuasão penetrando em meus músculos, relaxando-os. Aquele poder envolveu minha mente. Eu queria gritar, mas não consegui.

Não podia fazer nada além de obedecer.

Manchas douradas rodopiavam em seus olhos, deslizando por baixo e por cima dos fios de éter prateado.

— Você vai se sentar e não vai tentar resistir a Ione. Entendeu?

Meus lábios se moveram, formando uma palavra.

— Sim.

— Boa menina — murmurou ele, passando o polegar sob meu lábio inferior, evitando a ferida cicatrizada enquanto eu...

Fiquei imóvel, incapaz até de estremecer.

— Sente-se — repetiu.

Como marionete, eu me sentei.

Kolis se voltou para a deusa.

— Faça o que precisa ser feito. — Ele ficou em silêncio enquanto Ione se aproximava. — E o faça o mais depressa possível. — Ele olhou para mim e depois para longe. — Não quero que ela sinta qualquer dor desnecessária.

Ele dizia aquilo agora, mas mudaria de ideia em breve.

— Claro, Vossa Majestade. — Ione se ajoelhou diante de mim. Olhos escuros iluminados com éter encontraram os meus. — Você parece saber como funciona, mas, para que não restem dúvidas, vou precisar beber seu sangue.

Eu sabia. Eu me lembrava muito bem daquele detalhe.

Ione piscou, parecendo lembrar só então que eu não podia responder. Ela pegou minha mão direita, seu toque frio. Hesitou, as sobrancelhas se erguendo enquanto seu olhar voava até o meu.

— Algum problema? — Kolis exigiu de onde estava, um passo, se tanto, atrás da deusa.

Ione pigarreou.

— Não.

— Então vá em frente.

Ela curvou os ombros e pousou cuidadosamente minha mão direita em meu colo, depois levantou a esquerda. Achei estranho, mas não conseguia realmente me concentrar. Minha mente se encheu com o que estava por vir. Eu teria de reagir? Convocar as brasas e pelo menos tentar me libertar? Não sabia.

O hálito quente de Ione contra o lado interno de meu pulso foi meu único aviso. Um segundo depois, as pontas afiadas de suas presas perfuraram minha pele. Estremeci, e nem mesmo a persuasão foi capaz de impedir.

A ardência subiu por meu braço, fazendo com que todos os músculos de meu corpo se contraíssem. Ione sugava a ferida com intensidade, e aquele ardor atingiu meu pescoço. Eu queria libertar meu braço de seu aperto leve, mas não conseguia me mover. Eu não conseguia...

Então eu senti.

Um arranhão de dedos em meus pensamentos, afundando devagar, em vez da aguilhoada de garras, como havia acontecido com Taric. Os tendões de meu pescoço tensionaram, e senti a mente se abrir.

Ione estava em meu interior, em minha mente, invadindo-a com facilidade. Não foi indolor enquanto ela sondava meus pensamentos e memórias. O jantar que eu havia comido foi deixado de lado, revelando o sono sem sonhos, a conversa com Kolis e minhas mentiras... todas as minhas mentiras. Ela continuou a procurar. O vislumbre de imagens de um céu cheio de estrelas, mas sem lua, então pequenas ondas quebrando abaixo da Casa de Haides. As lembranças rapidamente se misturaram a outras. Vi a floresta e me ouvi confessar a Ash que o amava. Os lampejos vieram em rápida sucessão conforme Ione via o que eu tinha visto. Ouvia o que eu tinha dito. Ela viu as verdades. Todas elas. Também viu as mentiras. Suor brotou em minha testa. Um tremor percorreu meu corpo quando uma dor aguda e penetrante disparou por minha cabeça e percorreu minha coluna.

Eu me senti tremer por dentro, os olhos cheios de lágrimas, enquanto a agonia se espalhava e se tornava um incêndio. Minha pele parecia esticada, afinada; minha visão, turva.

Não tão doloroso? Ione tinha mentido. Eu sentia como se estivesse queimando de dentro para fora, e não havia alívio. Nenhum lugar para me esconder. A pressão se acumulava em meu crânio, provocando uma dor ardente que se instalou ali e criou raízes. Eu *convulsionei*, e um gosto metálico se acumulou em minha boca.

Ai, deuses, Ash podia sentir aquilo, mesmo em estase? Não queria que ele estivesse consciente e incapaz de fazer alguma coisa.

Não podia permitir.

Não o *faria*.

As brasas incharam sob a dor, e me agarrei a elas. *Pare*. Eu me concentrei em Ione, forçando seu rosto a entrar em foco. *Pare*, gritei enquanto fazia força. Eu *fazia força* com a mente.

A cabeça da deusa pendeu para trás. Houve um breve vislumbre de olhos escuros arregalados, e então ela recuava de joelhos pela pedra das sombras. Ela se conteve antes de bater nas barras da jaula, levantando a cabeça. Sangue escorria do canto do lábio.

— Bem. — Callum suspirou do lado de fora da jaula enquanto eu caía para a frente, respirando com dificuldade. — Isso foi muito inapropriado.

Trêmula, tampei a boca com a mão enquanto meus músculos enrijeciam e se contraíam sem parar. O fogo demorou a se extinguir, exatamente como antes.

— O que você viu? — indagou Kolis, sua voz próxima. Muito próxima.

— Muito — disse Ione com voz rouca, levantando-se cambaleante. Eu tentei ultrapassar a agonia persistente. — As brasas dentro dela são poderosas.

— Já sei disso — afirmou Kolis. — Ela é minha *graeca*?

Meu pescoço parecia fraco e flácido quando levantei a cabeça e vi o rosto ansioso de Callum. Invoquei as brasas e elas tremularam, assim como meu coração. Droga, eu não tinha tempo para deixá-las enfraquecer. Tinha segundos, se muito...

— Ela carrega a alma daquela chamada Sotoria — respondeu Ione, limpando suavemente o fio de sangue de seu queixo. — É ela.

Eu congelei.

Tudo congelou.

Até aquela cara *estúpida* de Callum.

— De verdade? — sussurrou Kolis.

— Sim. — Ione assentiu, juntando as mãos. — É ela.

Mas aquilo... aquilo não era verdade. E Ione sabia.

Callum se afastou da jaula, balançando a cabeça de um lado para o outro.

— E ela... ela ama Nyktos? — A voz de Kolis vacilou, depois ficou firme. — Está apaixonada por ele?

— Ela se importa com ele — respondeu Ione, os olhos fixos nos meus. — Mas nunca amou de verdade... nem foi amada em troca. — Ione interrompeu o contato visual e se afastou de mim. — Mas é o que deseja. Fará qualquer coisa por isso.

Meus deuses, a deusa estava mesmo mentindo sobre *tudo*. Bem, exceto sobre a última parte. Eu queria ser amada por Ash e faria qualquer coisa para isso. Mas o resto? Pura mentira.

Atordoada, observei-a caminhar até a mesa. Enquanto ela enchia uma taça com a água borbulhante, tentei entender o fato de que aquela desconhecida havia acabado de salvar minha vida.

— É você mesmo. — A voz de Kolis era um sussurro áspero, arrancando-me de meus devaneios.

Meu olhar disparou para o Primordial. Ele me encarava como quando eu tinha revelado pela primeira vez que era ela, quando provavelmente ouviu a voz de Sotoria na minha. Percebi então que fora a única vez que o vira demonstrar qualquer emoção real além da raiva. Todo o restante havia sido mera imitação. Uma cópia do que ele tinha visto nos outros. Mas, como no passado, sua feição ganhou vida com um tangível senso de deslumbramento, os olhos arregalados de assombro.

— Eu não... — Kolis parou, não se permitindo terminar o que quer que estivesse prestes a dizer.

A dor quase desapareceu de minha cabeça, mas meu corpo ficava mais tenso a cada segundo que o olhar sufocante de Kolis permanecia em mim. Parecia óbvio para mim que ele não estivera cem por cento convencido.

Agora ele estava.

Era mais uma coisa pela qual eu deveria sentir alívio, e sentia. Mas aquele olhar... Estremeci, subitamente desejando poder colocar um reino inteiro entre nós.

— Com certeza é um tipo de mentira — disse Callum, parecendo quase *assustado*.

— Eu não minto — interrompeu Ione, éter pulsando em seus olhos, transformando-os da noite para o dia. — Não tenho motivo.

Ah, mas ela definitivamente estava mentindo. Eu não tinha como saber ao certo por que a deusa fizera aquilo, só podia presumir que, como a Primordial a quem servia, ela não era leal a Kolis.

Mesmo assim, era um risco enorme para ela. Ainda mais do que foi para Attes. Ione tinha acabado de mentir na cara de Kolis sobre Sotoria, correndo o risco de outro deus entrar, ler minhas memórias e contradizê-la.

A menos que Ione e Taric fossem verdadeiramente os únicos e últimos a ter esse poder.

— Mas ela não se parece com Sotoria — argumentou Callum.

Duas coisas me ocorreram ao mesmo tempo. O Espectro tinha acabado de confirmar parte do que Attes havia alegado. Que, se eu realmente fosse Sotoria, eu me pareceria com ela. Porém, mais importante, Callum devia ter conhecido Sotoria.

— Isso não quer dizer nada — afirmou Ione, e tive a sensação de que a deusa estava mentindo outra vez. — O renascimento de uma alma não é comum o suficiente para sabermos exatamente como será sua aparência.

Minha mente disparou enquanto os dois discutiam. A primeira vez que Sotoria tinha morrido... deuses, aquilo acontecera havia centenas de anos, se não perto de uns mil, na época em que Kolis governava como o verdadeiro Primordial da Morte, e, seu irmão, como o Primordial da Vida. Então qual era exatamente a idade de Callum? Kolis teria criado Callum antes mesmo de roubar as brasas de Eythos?

Ou será que Callum a conhecera décadas mais tarde, depois que ela fora arrancada da paz do Vale e trazida de volta à vida — após Kolis roubar as brasas e trazê-la de volta? Ninguém sabia exatamente quanto tempo Sotoria tinha vivido aquela segunda vida. Mas, ainda assim, mesmo aquilo havia acontecido centenas de anos antes.

Callum era obviamente *velho*, e Kolis podia ter sido capaz de criar Espectros antes de roubar as brasas Primordiais da Vida.

— Você devia beber. — Ione me ofereceu a taça. — Vai ajudar a acalmar sua mente.

Com a mão um pouco trêmula, estendi o braço e a aceitei. Nossos olhares se encontraram.

— Obrigada — falei, torcendo para que ela entendesse que não era apenas pela água que eu estava agradecendo.

Um leve sorriso curvou os lábios finos, suavizando suas feições angulosas.

— De nada.

Tomei um gole da água saborizada, depois engoli quando Ione se virou para Kolis. Eles abriam e fechavam as mãos continuamente na lateral do corpo.

— Estou contente que tenha encontrado sua *graeca* — afirmou Ione, e eu quase engasguei com a água, olhos e garganta queimando. — Você deve estar muito feliz.

— Eu... eu estou — murmurou Kolis.

Pensei que talvez ele devesse se sentar, já que parecia prestes a desmaiar.

— Há algo mais em que possa ser útil, Vossa Majestade? — perguntou Ione.

— Não. — Suas mãos sossegaram. — Sua ajuda é apreciada e não será esquecida.

Ione assentiu enquanto recuava, curvando-se para Kolis antes de me encarar. Ela sorriu, o éter agora era uma pulsação fraca atrás de suas pupilas. Foi rápido. Eu vi. Kolis, não. Sua atenção estava fixada em mim. Eu podia senti-la, como se estivesse sendo sufocada em um cobertor grosso e pesado demais.

— Bom dia, Consorte. — Ione inclinou a cabeça.

Murmurei algo em resposta.

— Ione! — gritou Kolis, e meus dedos se apertaram em torno do vidro. O falso calor naquela voz imediatamente fez soar os sinos de alerta.

A deusa parou na porta da jaula.

— Sim, Vossa Majestade?

Abaixei a taça no colo, observando os lábios de Kolis se curvarem em um sorriso tenso.

— Você se dirigiu a ela como Consorte.

— Sim, eu… — As sobrancelhas arqueadas se uniram. — Eu não deveria?

— Não — respondeu Kolis. — Não deveria.

Cautelosa, Ione nos entreolhou.

— Eu… peço desculpas. Eu…

— Está tudo bem — interrompi. — É o meu título.

Kolis virou a cabeça em minha direção, os olhos tão imóveis e inexpressivos quanto as águas do meu lago, fazendo os cabelos de minha nuca se arrepiarem.

— Não é mais assim que você deve ser tratada.

Uma onda repentina de pavor me inundou, e me esforcei para não deixar a emoção transparecer no rosto. Precisei de toda a minha força de vontade para vestir aquele véu do vazio outra vez.

Seu olhar sustentou o meu.

— Sua coroação não foi reconhecida nem aprovada por mim.

Minha boca se abriu em incredulidade. Aquilo era uma mentira descarada.

— Portanto, a coroação em si foi inválida — continuou ele. Não pude acreditar no que estava ouvindo quando ele voltou sua atenção para a deusa. — Você entende?

— Eu… eu não sabia. — Ione baixou o olhar e assentiu. — Eu entendo.

Eu estava longe de ser a tela em branco que precisava ser agora, os dentes cerrados. Minha fúria não tinha nada a ver com a perda de meu suposto status em alguma estrutura de classe ridícula; era a mensagem que ele estava enviando para os outros Primordiais: que quaisquer acusações de quebra de tradição por parte de Kolis ao me levar poderiam ser desacreditadas.

Apenas os Primordiais Attes e seu irmão Kyn estiveram presentes quando Kolis deu permissão a Ash e a mim. Este último provavelmente respaldaria tudo o que Kolis afirmasse, mas Attes…

Ele havia me feito um juramento.

No entanto, o falso Rei não estava ciente daquilo. Assim como não tinha ideia de que Ione havia mentido para ele.

Minha raiva abrandou quando Ione atravessou o cômodo. Attes teria de apoiar Ash, o que incluía contar a verdade sobre o fato de Kolis dar sua permissão. Claro, os outros Primordiais poderiam escolher não acreditar em Attes ou Ash, mas os planos de Kolis não eram tão inteligentes quanto ele pensava.

— Vossa Majestade — começou Callum assim que Ione saiu.

— Sei o que pensa, Callum. Entendo que é difícil acreditar. E aceitar — declarou Kolis, a inércia abandonando seu olhar e as manchas douradas ardendo intensamente. — E você está certo. Ela parece diferente, mas existem semelhanças. Posso vê-las.

Callum nada disse, mas ele também me encarava.

Deuses. Um já era ruim o suficiente, mas os dois me examinando? Eu queria arrancar fora seus olhos.

— Mas é ela — continuou Kolis. A expressão no rosto de Callum se tornou cada vez mais perturbadora, lembrando-me de como eu sabia que tinha observado Tavius. — Depois de todo esse tempo, minha *graeca* voltou para mim.

Desgrudei o olhar de Callum, encarando o falso Rei, e senti meus lábios se curvarem em um sorriso, um sorriso verdadeiro que não tinha nada a ver com suas palavras. Sua convicção significava apenas uma coisa com a qual me importava.

— Eu estava dizendo a verdade.

— Posso ver. — O olhar de Kolis suavizou, trazendo vida à sua expressão mais uma vez. — Vou honrar minha parte do acordo — disse ele. — E você honrará a sua.

Meu estômago embrulhou, mas me senti concordar e sorrir.

Seu peito subiu com uma respiração profunda enquanto ele me encarava. Um segundo se passou. Depois vários. Meu sorriso começou a desaparecer.

— Callum, vejo você mais tarde.

O Espectro se curvou rigidamente.

— Sim, Vossa Majestade.

Com uma onda de incômodo descendo por minha nuca, observei Callum deixar o cômodo, fechando a porta ao passar.

— Quando sorri, você se parece mais com a imagem que guardo na memória — comentou Kolis, a voz mais grave.

Meu olhar voltou para o falso Rei.

Ele estava mais perto?

Não o ouvira se mover, mas ele parecia estar. E, enquanto me encarava, sua expressão perdeu um pouco daquela suavidade, tornando-se mais fina, mais nítida. Meu desconforto cresceu com a óbvia mudança que meu sorriso havia causado. Pequenos arrepios se espalharam por minha pele. As brasas se agitaram, mas alguma outra coisa se movia inquieta em meu peito ao lado delas. Era uma consciência, que me advertia que eu não estava segura a sós com ele.

Comecei a reconhecer a expressão naqueles olhos. Eu a tinha visto em Ash antes — uma *volúpia* predatória —, mas nem remotamente evocava a mesma resposta quando vinha de Kolis. Meu corpo não ardia de desejo. Ficou frio até o âmago.

Merda. Eu não devia ter sorrido para ele…

Espere, no que eu estava pensando? Eu não devia ter sorrido? Eu apenas abri um maldito *sorriso* para o Primordial. Foi tudo. Não era um convite, e eu não estava pronta. Estava longe de ser a tela em branco que precisava ser.

Você nunca estará pronta para isso, sussurrou uma voz, fazendo-me estremecer, meu pulso acelerar. Aquilo tinha… tinha sido o pensamento de Sotoria? Ela podia mesmo falar comigo? Ou eu estava perdendo a cabeça? Era bem provável, e eu realmente precisava me recompor, porque tinha que descobrir uma saída para aquela situação.

Apesar de acreditar que Kolis queria mais do que apenas dividir a cama comigo na véspera, eu não estava pronta para o que via em seu olhar agora.

Parecia diferente do que eu tinha visto no dia anterior. Era ardente. Vivo. Mais potente. Ele havia desejado que eu fosse Sotoria. Agora, ele acreditava plenamente que eu era ela, o que mudava tudo.

Eu me levantei com um salto, a boca seca. Kolis não mostrou qualquer reação ao meu gesto.

— Estou muito cansada.

— Passei séculos esperando por você — disse Kolis, como se eu não tivesse aberto a boca, e o som quase gutural daquela voz me causou arrepios nas costas.

— Isso é muito tempo — comecei, lutando para disfarçar o pânico crescente em minha voz. — Mas... — Soltei uma exclamação.

De repente, Kolis estava diante de mim, obrigando-me a dar um passo para trás e lutar contra o impulso natural de forçá-lo a recuar.

— Eu preenchi espaços semelhantes com inúmeras imitações suas.

Eu me encolhi.

— Desculpe. Eu não deveria ter tentado recriar meus sentimentos por você — continuou ele, tirando a taça de meus dedos dormentes. — Mas me sentia solitário.

Ele realmente havia entendido mal minha reação à sua afirmação.

Seus olhos se fecharam.

— Tenho me sentido tão sozinho, *so'lis*.

Meus músculos se contraíram com o esforço necessário para me manter imóvel em vez de usar meus anos de treinamento em Kolis.

— E sinto muito por isso.

Kolis me puxou para si, abraçando meu corpo rígido com tanta força que senti seu coração batendo contra o peito. Eu não fazia ideia do que ele havia feito com meu copo.

— Não tanto quanto eu — murmurou ele, segurando minha nuca.

Com os braços presos na lateral do corpo, abri os dedos.

— Kolis...

— Você não precisa se preocupar com Kyn nem com ninguém, nunca mais. Estou com você agora. — Sua cabeça pendeu sobre a minha, e ele respirou fundo.

Arregalei os olhos. Ele estava me cheirando de novo, porra? Tentei colocar algum espaço entre nós, já que aquele vestido horrível não era uma barreira, mas seu controle sobre mim parecia inquebrável.

— Preciso de você — sussurrou.

Todos os músculos de meu corpo enrijeceram. E, queridos deuses, imagens revoltantes atravessaram minha mente, ameaçando inundar o débil vazio que eu havia criado dentro de mim.

— Só preciso abraçar você. — Kolis estremeceu.

Pisquei, atônita.

Tudo bem, de novo aquele não foi o cenário que minha mente horrorizada havia criado, mas eu não tinha certeza se era melhor. Eu não queria ser abraçada por ele.

Ou eu não respondi em tempo hábil, ou ele simplesmente não esperou, porque de repente ele estava sentado na beira da cama, e eu em seu colo, meus malditos pés balançando no ar.

Com a mão enroscada em meu cabelo, ele continuou a me cheirar. Ainda estava trêmulo, e todo o meu ser parecia em meio a uma paralisia insubordinada, quase sem conseguir puxar um pouco de ar para meus pulmões. Dentro de mim, perto das brasas, um grito soou. Um que somente eu pude ouvir.

Eu me forcei a manter a calma e procurei uma maneira de distraí-lo.

— Você vai libertar Nyktos agora?

Kolis pressionou a testa contra a minha.

— O quê? — perguntou ele, com uma risada que soou insegura.

Meu coração martelava no peito.

— Fizemos um acordo — lembrei a ele. — Você prometeu libertá-lo se…

— Sei o que prometi — interrompeu, sua voz, tornando-se mais aguda. — Não posso acreditar que você está falando dele enquanto eu a abraço.

De repente, percebi como Kolis tinha ficado imóvel e o quão quente seu corpo havia se tornado.

— Que sequer está mencionando seu nome. — Ele recuou e vi então que sua carne… merda, tinha ficado mais fina. Não havia a aura dourada de éter, e vi o leve brilho de osso sob sua pele. Lembrando da última vez que vi algo assim, não parecia um bom sinal.

Meu instinto de lutar ou fugir entrou em ação. Recuei o máximo que pude. Nossos olhares se encontraram. Foi apenas por um ou dois segundos, seus olhos como poças douradas de éter.

Então ele atacou como uma víbora, afundando suas presas em minha garganta.

19

Uma descarga percorreu todo o meu ser. O choque repentino de agonia intensificou os gritos internos. Eu não conseguia respirar, não conseguia me mover enquanto meu olhar se voltava para cima.

Mas aceitei a dor, segurei-a com força enquanto a boca se movia contra meu pescoço. Minhas mãos sofreram com espasmos, depois se fecharam. Olhei para as barras douradas brilhantes, o fogo abrasador corria em minhas veias como mil facas perfurando minha carne. A escuridão se esgueirou nos cantos de minha visão…

As brasas pulsavam com selvageria, pressionando minha pele. As sombras aglomeradas em meus olhos desapareceram em um brilho prateado. Engoli um gemido quando Kolis moveu a cabeça. Suas presas aliviaram o aperto brutal em minha garganta, e a agonia… ai, deuses, a dor estava desaparecendo. *Não. Não. Não*. Ofeguei com uma respiração muito curta enquanto um indesejável calor invadia minhas veias.

Não. Não. Não.

Isso não estava acontecendo. Não podia. Unhas cravadas em minhas palmas, pequenas faíscas de dor perdidas em uma pulsação grotesca e tortuosa enquanto ele sugava a ferida.

Eu não queria aquilo.

A… a gritaria havia parado. Eu senti a presença em meu peito se aquietar enquanto as brasas pulsavam e queimavam em resposta ao meu desgosto, à fúria rodopiante e ao crescente desespero para impedi-lo.

A essência inchou, pressionando minha pele, e o impulso quase instintivo de acessá-la ameaçou me dominar. Minha pele começou a zumbir enquanto a jaula e o cômodo se encharcaram de prata...

Não.

Lutando contra o instinto de despertar as brasas, desejei que se acalmassem. Era preciso. Meu coração martelava no peito. Se eu as usasse contra Kolis, aquilo iria enfurecê-lo, e Ash... ele continuaria preso. Não podia arriscar Ash. Não o faria. Ele era importante demais. Eu podia lidar com aquilo, assim como ele fez quando Veses o procurou para se alimentar.

Concentrando-me em minha respiração, a essência se acalmou, embora meu coração trovejasse. Tentei desesperadamente reunir os restos esfarrapados do véu do vazio que costumava ser como uma segunda pele para mim. Eu podia fazer aquilo. Podia lidar com a situação. Tinha passado anos me preparando para algo assim.

Mas aquilo foi antes de Ash.

A náusea revirou meu estômago à medida que um peso perturbador se alojava em meu peito e abaixo. Kolis gemeu, seu abraço mais apertado enquanto ele bebia de mim. Aquilo... aquilo de modo algum era como antes. Cerrei os dentes, o olhar fixo nos diamantes acima de mim. As pedras pareciam pulsar, como se alguma luz interior se movesse depressa. Kolis sugou profundamente minha veia, os quadris se esfregando em minha bunda...

Ai, deuses, eu ia vomitar. Eu ia vomitar, porra.

Até onde aquilo iria?

Não tão longe.

O medo rompeu a névoa indesejada. *Inspire.* Eu soube — ai, deuses, eu soube então que não seria capaz de fazer *qualquer coisa* para ganhar a confiança de Kolis. *Prenda.* Não havia como me enganar. Eu não sabia o que faria se a situação avançasse ainda mais, mas seria ruim. *Expire.* Eu podia sentir isso no zumbido violento de poder dentro de mim. *Prenda.*

Uma das mãos de Kolis desceu pela lateral do meu corpo, agarrando meu quadril e deixando um rastro de arrepios indesejados. Aquilo não estava acontecendo comigo. Eu não estava ali. Aquilo não importava...

Não estava funcionando.

Fechei os olhos com força contra uma torrente de lágrimas, perdendo a concentração enquanto meus pensamentos giravam sem controle. Eu o odiava. Eu odiava Kolis, e odiava Eythos por causar aquela situação. Eu odiava os Destinos por impedir Eythos de contar ao filho. E, porra, eu odiava como aquilo me lembrava de Tavius e de como ele havia me agarrado em meu quarto.

Eu estava presa.

As brasas se agitaram novamente, respondendo ao meu turbilhão de emoções.

Mantive os olhos fechados e pensei em Ash. Suas feições se moldaram em minha mente, e me lembrei da noite em que havíamos adormecido juntos em sua varanda. Foi nossa primeira vez. A minha. Agarrei-me àquela memória, apagando Kolis. Eu o apaguei da experiência. Eu o *removi*. Ele não estava ali. Nem eu.

Eu estava de volta às Terras Sombrias, aninhada em Ash, segura e feliz. Foi onde me refugiei e fiquei até que Kolis finalmente parou de se alimentar e se roçar em mim.

Ele ficou incrivelmente imóvel mais uma vez, o corpo tão rígido quanto o meu. Meus dedos e palmas doíam devido à força com que os havia apertado. Contei o silencioso passar dos segundos, mal respirando enquanto o fazia.

Um.

Dois.

Três.

Quatro.

Cinco.

Kolis afrouxou os braços, depois me soltou. Eu me levantei como uma flecha disparada, mãos e pernas trêmulas. A parte de trás do vestido estava úmida demais.

A bile subiu pela minha garganta. Recuei um passo e levantei o olhar para Kolis, sentindo as brasas pressionando minha pele mais uma vez. Uma torrente de emoções rugia através de mim, me deixando ofegante. Raiva manchava minha pele, e algo que eu não deveria nem sentir espetava minha carne, deixando centenas de cortes brutais, enquanto parte de mim — uma parte tola, ingênua até — não conseguia acreditar no que acabara de acontecer.

Kolis ficou sentado ali, uma cortina de cabelo louro protegia seu rosto enquanto ele olhava para o próprio colo e para a mancha de umidade bem visível. Um arrepio o sacudiu.

— Desculpe. — Ergueu a cabeça abruptamente. — Eu… eu estou envergonhado — gaguejou. — Envergonhei você.

Minha nuca se arrepiou.

— Perdi o controle. — Seus olhos se fecharam, as feições tensas. — Eu… Não era minha intenção.

Tudo o que pude fazer foi encará-lo.

— Queria que dessa vez fosse diferente. Eu não queria te assustar com minha paixão e meu ciúme. Você tem que me perdoar — pediu, agitado. — Fui tomado pela emoção. Esperei muito tempo por você.

Eu não conseguia ouvi-lo. Os gritos em minha cabeça abafaram seu pedido de desculpas. Eram meus e de Sotoria, cheios de raiva, descrença e puro ódio. As vozes pareciam tristes, e o tempo todo ele… o maldito pareceu estar em *agonia.*

Kolis se levantou de repente, dando um passo em minha direção.

Fiquei tensa.

Ele fechou os olhos mais uma vez, as feições contraídas.

— Isso nunca mais vai acontecer. — Ele respirou fundo, levantou as pálpebras e fixou o olhar em mim. — Você entende? Não precisa ter medo.

Contei os segundos novamente.

Um.

Dois.

Três.

Quatro.

Cinco.

Eu me senti concordar, mas não acreditei.

Kolis engoliu em seco.

— Por favor… — Ele pigarreou. — Por favor, diga alguma coisa.

— Um banho — declarei, a voz estranhamente firme. — Eu gostaria de um banho.

*

Sentada na banheira, dobrei os joelhos junto ao peito. A água quente que os Escolhidos tinham providenciado poucos minutos depois que Kolis saiu do cômodo já esfriara havia muito tempo.

Não sabia quanto tempo tinha ficado sentada ali. Minutos? Horas? Tudo o que sabia era que eu não senti medo quando se tratou de tomar banho. Assim que Callum e os Escolhidos deixaram o cômodo eu despi o vestido nojento e praticamente mergulhei de cabeça. O horror do incidente que tinha se passado além do biombo que eu encarava substituíra o medo.

Havia muito mais coisas para temer agora.

Coisas com as quais toda mulher se preocupava, fosse deusa ou mortal. Coisas que eu sabia de que Kolis era capaz no momento em que descobri o que ele fizera a Sotoria. Coisas que eu sabia que teria de enfrentar. A partir do momento em que dissera ser Sotoria, eu havia percebido que não seria como suas outras favoritas. Ele não se contentaria apenas em observar. Eu sabia que aquelas *coisas* aconteceriam. Foi uma das razões pelas quais tinha tentado escapar e ligado o foda-se para o bem maior.

Mas, a partir do momento em que decidi usar o amor de Kolis por Sotoria em benefício próprio, eu havia entendido o que aconteceria. E entendido que talvez eu até tivesse de provocá-lo.

Havia dito a mim mesma que estava pronta. Que podia fazer aquilo. Tinha me convencido. Já sabia o que poderia acontecer. Mas o choque tolo e ingênuo persistia. Eu não conseguia entender. Não conseguia. Ou talvez não *quisesse*. Porque eu havia me preparado para a possibilidade de precisar seduzir Kolis a fim de ganhar sua confiança e a liberdade de Ash. E, embora não concordasse com a ideia, pelo menos tinha um quê de controle.

Eu não tive controle algum há pouco.

Nenhum.

E não tive escolha.

Realmente não tive. Porque escolher entre Ash ou meu bem-estar físico não era uma maldita escolha. Eu havia me enganado antes. Holland havia se enganado. As escolhas nem sempre existiam. Não as que importavam.

Estendendo a mão, toquei levemente a mordida em meu pescoço e estremeci. Ele podia pelo menos ter fechado a ferida. Baixando a mão, afundei o queixo nos joelhos, os músculos do corpo tensos, apesar de terem sido mergulhados em água quente. Mesmo assim, me sentia entorpecida. Alheia. Fechei os olhos.

Tive sorte. Dessa vez. Podia ter sido pior do que ele gozar enquanto se alimentava. Podia ter ido além.

Mas não me sentia com sorte.

Eu me sentia enojada. Enfurecida. Desesperada. Envergonhada. E com raiva de mim mesma por sentir tudo aquilo, porque eu já devia saber. Eu me sentia *fraca*. E eu não era fraca. Com ou sem brasas, eu era muito foda. Fisicamente. Mentalmente. Eu já havia desmoronado um pouco antes, mas não era fraca. Ainda assim, era como eu me sentia. Sentia tudo enquanto permanecia na água.

Mas, ao mesmo tempo, não sentia absolutamente nada.

20

Pouco depois de o café da manhã ser servido, o falcão prateado voou através da janela estreita, planando em um arco gracioso ao passar pelo lustre.

Deixei meu copo na mesa e dei um passo para trás. Presumi que fosse Attes, mas Kolis também podia assumir a forma de um falcão.

Em silêncio, observei a ave fechar as asas com cuidado para não roçar em nada enquanto passava pelas barras. A criatura emplumada circulou o conjunto de diamantes e depois mergulhou. No mesmo instante, luz de estrelas engoliu o falcão e as brasas zumbiram. Relaxei quando avistei o cabelo castanho-claro.

Attes estava diante de mim.

— Meyaah *Liessa*. — Ele cruzou um braço sobre o peito e fez uma reverência.

Arqueei uma sobrancelha diante da saudação.

— Isso não é necessário.

— É, sim. — Ele se endireitou. — Você é…

— Eu sei. Tanto faz. Você está nu. — Hesitei. — De novo.

Um meio sorriso apareceu, suavizando a cicatriz em seu rosto com a leve insinuação de uma covinha. Eu estava inclinada a apostar que a combinação dos três enfeitiçava muitos por aí.

Quando fiz menção de pegar uma jarra, ele conjurou roupas.

— Invejo esse seu talento — admiti. — Eu invocaria roupas de verdade.

— Eu poderia tecer algum comentário — disse ele, com um tom arrastado. — No entanto, seu marido provavelmente cortaria meus olhos e minha língua e os daria a Setti.

Seu marido. Uma pontada ardeu em meu peito. Duas palavras que eu jamais havia imaginado que me afetariam tanto. Duas palavras que jamais havia imaginado que se aplicariam a mim.

Pigarreando, levantei a jarra.

— Gostaria de uma bebida?

— Obrigado, mas não posso ficar muito tempo. Kolis está, bem... seus movimentos têm sido imprevisíveis ultimamente.

Eu bufei.

— Lamento não ter conseguido retornar antes — desculpou-se. — Mas tenho novidades para você.

Virei para encará-lo. Ele estava todo coberto de preto, dos tornozelos até o pescoço. Devia estar mesmo preocupado com Ash descobrir sobre sua nudez, porque aquilo parecia um certo exagero.

— Espero que seja sobre o marido de quem você obviamente tem medo.

Attes continuou calado, tanto que pensei que talvez não tivesse feito a pergunta em voz alta. Levantei o olhar para o dele, prestes a repetir o que havia dito, quando vi para onde ele estava olhando.

Meu pescoço.

Recuei um passo, virando a cabeça, como se aquilo pudesse de alguma forma desfazer o que ele tinha visto.

O calor tingiu minhas bochechas.

— Você tem...

— Kolis? — rosnou ele.

Enrijeci.

— Não, foram dois mosquitos enormes. — Minha piada teve tanta graça quanto uma tonelada de tijolos manchados de esterco, e o éter pulsou em seus olhos. — Estou bem.

— Seraphena...

— Estou — enfatizei. — Só o que ele fez foi se alimentar de mim. — Ergui o queixo. — Você tem notícias de Nyktos?

Demorou um pouco, mas o peito de Attes finalmente se moveu após uma respiração.

— Ele está sendo despertado da estase — respondeu ele. — Demorou mais do que o esperado.

Senti um aperto no peito, a mente um turbilhão de medo por Ash. Aquilo esgarçou um pouco o véu que eu havia colocado.

— Você sabe por quê?

— Não tenho certeza, mas... — Os ângulos de seu rosto se aguçaram. — Tenho minhas suspeitas.

Dei um passo à frente.

— Fale.

Ele hesitou por um segundo.

— Acho que ele foi incapacitado por uma arma feita com os ossos de um dos Antigos.

Minha mão tremia quando relembrei o que ele havia me dito antes sobre armas como essas. *Podem colocar até mesmo um Primordial em estase por anos.*

— Mas ele não está mais incapacitado?

Attes balançou a cabeça.

O alívio tomou conta de mim, e fechei os olhos com força. Aquilo era uma boa notícia. Uma ótima notícia.

— O único motivo que vejo para Kolis fazer tal coisa é o fato de planejar libertá-lo — disse Attes. — Imagino que quer dizer que seu plano está progredindo.

— Sim. — Abri os olhos. — Kolis prometeu libertá-lo.

Agora, os cílios de Attes baixaram.

— Graças aos Destinos.

— Não fique muito grato ainda — aconselhei. — Não até que ele seja solto. Até lá... — Dei meia-volta, caminhando até as grades em frente às portas fechadas do cômodo. — Até lá, precisarei tomar cuidado para não dar a ele motivo para encontrar uma brecha em nosso acordo.

— Não consigo imaginar como isso deve ser difícil para você.

— Na verdade, você *pode* imaginar. — Passei o polegar pela borda do copo.

Houve um breve silêncio.

— Esse acordo é como o que você fez para libertar Rhain?

A tensão tomou conta de meus ombros.

— Suponho que Kyn contou a respeito disso. — Os cantos de meus lábios se franziram. — A propósito, seu irmão é um cretino.

Ouvi um suspiro pesado atrás de mim.

— Sim, ele é — concordou Attes. — Embora nem sempre tenha sido.

Eu me virei para ele.

— Acho difícil de acreditar.

— Não posso culpá-la, mas se o tivesse conhecido há algumas centenas de anos teria visto um lado diferente dele. — Attes passou uma das mãos sobre o peito. — O lado pacífico.

Ergui as sobrancelhas. Algumas centenas de anos?

— Acho que terei de acreditar na sua palavra.

Um sorriso irônico apareceu em seus lábios.

— Nyktos contou alguma coisa sobre o motivo de um Primordial entrar em Arcadia ou cair em estase profunda?

— Por alto — respondi. — Ele mencionou algo sobre um Primordial entrar em Arcadia quando se sentia pronto.

— Quando se sentia pronto. — Ele soltou uma risada desdenhosa. — É uma boa definição. É verdade que, com certeza, alguns Primordiais estavam apenas cansados desta existência, prontos para o que os aguardava em Arcadia, mas outros ainda não estavam prontos por escolha própria, Seraphena. Tiveram de entrar em Arcadia ou cair em estase profunda porque estavam mudando, tornando-se o pior que seus poderes podiam conjurar.

Algo nas palavras de Attes soava familiar. Não tinha certeza se aquilo era uma coisa que Ash havia compartilhado comigo ou algo que as brasas sabiam.

— Como cada uma de nossas essências influencia mortais e deuses, isso eventualmente nos afeta. Nyktos, por exemplo, está enraizado na morte, mas morte benevolente... o final justo de um começo. Tem outro lado. Um mais maligno que busca a morte pela morte — explicou. — Maia pode evocar amor nos outros e em si mesma, mas pode se tornar sombria, obsessiva e destrutiva. Até a essência que reside em Keella, que cuida do renascimento de toda a vida, não apenas dos mortais, pode dar errado. A essência ligada a cada um de nós, Primordiais, é capaz de um grande bem, mas também de uma terrível perversidade.

Achei que entendia aonde ele queria chegar.

— Então a parte vingativa da essência de Kyn tem maior controle sobre ele?

Attes assentiu, abaixando a mão.

— Assim como os tratados não me servirão mais algum dia, e serei movido pela guerra. Acontece com todos nós, e a única coisa que podemos fazer para evitar e reprimir esse nosso lado é entrar em estase, ou entrar em Arcadia, onde permaneceríamos.

— Se isso acontece com todos vocês, por que Keella não é uma vadia furiosa? — perguntei. — Por que você não é consumido pela guerra? Você e Kyn têm a mesma idade.

— Tanto Keella quanto eu entramos em estase mais de uma vez ao longo dos anos — compartilhou Attes, para minha surpresa. — Mas isso não significa que não ceder ao lado mais tóxico de nossas habilidades não exija esforço. É como uma infecção invadindo lentamente nossa carne e sangue.

— Então por isso Kyn é tão cretino?

Outro sorriso irônico.

— Em parte. Ele sempre foi meio difícil. Mas quando Kolis fez o que fez? Não ajudou. A qualquer um de nós. A mácula se espalhou. — Suas feições se contraíram, depois se suavizaram com um suspiro. — Nada disso é desculpa, obviamente. Eu só queria... — Ele franziu o cenho como se não tivesse certeza *do que* desejava.

Mas pensei que eu talvez soubesse.

— Você só queria que eu soubesse que seu irmão nem sempre foi assim. Eu entendo. — Tomei um pequeno gole. — Entrar em estase ajuda? Se seu irmão hibernasse, ele despertaria... menos cretino?

O olhar de Attes encontrou o meu, mas ele não respondeu por um momento.

— Espero que sim. Espero que ele ainda não tenha sido tão afetado. E se tivesse?

— Como ele vai reagir quando Nyktos assumir seu lugar de direito como Primordial da Vida e Rei dos Deuses?

Sua mão se fechou na lateral do corpo.

— Só posso acreditar que ele agirá com sabedoria.

Como se ele não pudesse se permitir pensar de outra forma, porque Attes sabia o que aquilo significava. Uma vez que Ash tivesse as brasas da vida, poderia Ascender outro para governar no lugar de Kyn.

— Eu devia ir embora — disse Attes. — Se descobrir mais alguma coisa, farei o possível para avisá-la.

Assenti, resistindo à vontade de pedir que ficasse. Era bom ter alguém com quem conversar e que eu não queria assassinar, muito embora discutíssemos coisas que me deixavam um pouco vazia.

Attes se virou, mas, como da última vez, parou. Esperei ele perguntar sobre Sotoria.

— Você está bem, Seraphena?

Surpresa com a pergunta, demorei um momento para responder.

— Sim. Claro.

Attes expirou pesadamente e assentiu. Ele me lançou um último olhar antes que pontinhos brilhantes o varressem e ele voltasse à forma de falcão.

Meus olhos se fecharam no momento em que ele saiu do cômodo, mas ainda vi o olhar que havia me lançado. Fora fugaz, mas eu soube...

Eu soube que ele não acreditou na minha resposta à sua pergunta.

•

O vestido diáfano dourado se arrastava atrás de mim enquanto eu caminhava pela extensão da jaula.

Como sempre, eu não estava sozinha.

O Espectro estava a poucos metros das barras douradas, os braços cruzados sobre a túnica. Naquele dia, ele vestia preto. De algum modo, tornava aquela máscara dourada densamente pintada ainda mais assustadora.

Olhei para as portas fechadas, meu estômago contraído em nós de ansiedade. Pelo menos um dia se passara desde a visita de Attes, e dois desde que Kolis tinha concordado em libertar Ash e o *incidente* ocorrera.

Acelerei o passo enquanto torcia o colar de Aios entre os dedos.

Não tinha visto Kolis desde que ele se fora naquele fatídico dia, e o pior de tudo era a sensação ser a mesma de quando percebi que provavelmente seria incapaz de matá-lo. O que não tornava as coisas mais fáceis. Eu estava muito preocupada com Ash para apreciar a ausência de Kolis — e, com sorte, sua avassaladora humilhação.

E se Kolis tivesse mudado de ideia? *Ele não podia*, lembrei a mim mesma. Ele fez um juramento, e Attes disse que Ash estava despertando. Tinha acontecido mais alguma coisa? Rhain havia conseguido lançar algum tipo de ataque, atrasando acidentalmente a libertação de Ash? Fechei os dedos da mão direita, pressionando-os no redemoinho dourado na palma.

— Não acredito em você — afirmou Callum.

Eu o brindei com um olhar cínico.

— Em que sentido?

— Como se você não soubesse do que estou falando.

Eu tinha alguns palpites.

— Finja que não sei e me explique.

Seus olhos claros acompanhavam meus movimentos fugidios.

— Não acredito que você não vai tentar fugir na primeira oportunidade nem que esteja seriamente disposta a amar Kolis.

Bem, ele estava certo sobre ambas as coisas.

— Tudo bem.

Ele inclinou a cabeça.

— O quê? — provoquei. — Pense o que quiser. Você não significa nada para mim.

— Você deveria se importar — respondeu, e eu revirei os olhos. — Kolis vai perceber que está mentindo.

Eu *estava* preocupada porque, se *aquilo* acontecesse de novo, não acreditava que seria capaz de conter minha reação.

E aquilo não acabaria bem para mim.

— E ele vai perceber — acrescentou Callum. — Porque você não é Sotoria.

Meu coração saltou agitado dentro do peito, mas não demonstrei. O véu do vazio estava de volta ao lugar. Mais ou menos.

— E por que acha isso? Porque não me pareço exatamente com suas memórias?

— Em parte.

A curiosidade falou mais alto. Parei diante do Espectro.

— Se me conheceu antes, com certeza é velho.

Um sorriso estreito curvou seus lábios.

— Eu sou velho.

— Velho quanto?

— Muito velho — respondeu. — E eu não conheci *você* antes.

Um fio de desconforto que não parecia inteiramente meu se esgueirou lentamente pela minha coluna.

— É evidente que Kolis o favorece. Você é importante para ele.

Ele ergueu o queixo, e não havia como confundir o ar de presunção em sua voz quando disse:

— Eu sou.

— Então sabe o que eu acho?

— Mal posso esperar para ouvir.

Chegando o mais perto possível das barras sem tocá-las, reproduzi seu sorriso de lábios fechados.

— Acho que está preocupado que eu substitua você.

Sua risada carregava um quê de incerteza.

— Não estou preocupado com isso.

Sabendo que acertei em cheio, meu sorriso se abriu.

— Certo, Cal.

Ele estreitou os olhos.

— Não me chame assim.

Eu sorri.

Callum soltou o ar ruidosamente, seu comportamento em geral estoico começava a demonstrar estresse.

— O que me preocupa é a destruição dos planos devido aos encantos de uma charlatã.

— Charlatã? Que palavra sofisticada. — Fazendo uma pausa, meu olhar encontrou o seu. — *Cal.*

Mais daquela fachada *blasé* ruiu.

— Você acha que sabe tudo, mas, na realidade, você sabe muito pouco da verdade.

Ele esperava mesmo que eu acreditasse que estava preocupado com os planos quando não apenas apoiava Kolis, mas também fora criado por ele? *Sério.*

— Não tem nada a dizer? — desafiou.

Tendo me cansado dele no momento em que entrou na sala, resisti ao impulso de passar o braço pelas barras e lhe dar um soco.

— Então qual é a verdade?

— Kolis está tentando salvar os planos.

Pisquei para ele com suavidade.

— Ou estava — emendou Callum. — Agora ele está mais preocupado com o retorno de seu suposto grande amor. — Ele balançou a cabeça. — Veja, mesmo agora você não consegue esconder o quanto o detesta.

Ele devia ter razão, já que eu podia sentir a tensão em meu rosto.

— Meu acordo com Kolis não significa que eu concorde com o que ele tentou fazer comigo ou o que seria feito com os planos — argumentei, orgulhosa de minha resposta. — Você estava lá quando Kolis declarou com todas as letras o que planejava fazer com as brasas. Em que momento entre se tornar um Primordial como nunca existiu antes e matar qualquer um que se recuse a se curvar ocorre a salvação dos planos?

— A vida deve ser criada — respondeu Callum. — Seja como for.

Olhei para ele, pensando no que Kolis havia compartilhado sobre a Escolhida que eu tinha matado. Ele a Ascendera. Aquilo contava como criação de vida? Aparentemente, o falso Rei pensava assim.

— É o que Kolis está fazendo com os Escolhidos?

— Não importa.

Minha frustração aumentou.

— Discordo.

— Você só está tentando mudar de assunto.

Levantei as mãos.

— Foi você quem tocou no assunto!

Ele deu de ombros.

— Eu não.

— Ai, meus deuses. — Afastando-me dele, comecei a caminhar de um lado para o outro de novo. — Não tem nada melhor para fazer?

— Na verdade, não.

— Ótimo — resmunguei, voltando minha atenção para as portas. Eu não estava com cabeça para aquela conversa.

Mas Callum *estava*.

— Sua Majestade pode ter declarado apenas suas… razões pessoais para querer Ascender como o Primordial da Vida e da Morte. Sangue e Osso — disse ele. — Mas não foi o único motivo.

Já que não acreditava nem por um segundo que Kolis se importasse com os planos, nem me daria ao trabalho de discutir o assunto.

Callum me observou, o agradável meio sorriso de volta.

— Só vai ser pior para você mais tarde, quando Kolis descobrir a verdade.

— Claro, Cal — murmurei. — Caso tenha esquecido, você estava parado ali mesmo quando Ione confirmou que eu estava falando a verdade.

— Ela mentiu.

Senti um nó no peito quando passei outra vez na frente de Callum, pressionando o cinto de corda dourada na cintura. A deusa *tinha* mentido, e, queridos deuses, se Kolis algum dia descobrisse? Eu duvido que ela continuaria viva por muito tempo. Mas mordi o lábio inferior e me lembrei de que Ione conhecia os riscos. Ou ela havia mentido por cortesia da Primordial a quem servia, ou era uma dentre os muitos espiões leais a Ash espalhados pelas Cortes. Era bem possível que ele tivesse mencionado seu nome antes e eu simplesmente não conseguisse lembrar.

— Acho que você está em negação — declarei, enfim.

— Não estou.

— Deve estar, se acha que algum deus se arriscaria a despertar a fúria de Kolis.

— Ficaria surpresa com a tolice do comportamento dos deuses — comentou ele. — Sei que você não é Sotoria.

Suspirei, caminhando até a mesa. Havia vários copos não utilizados. Novas taças eram trazidas diariamente, e eu presumia que aquilo era uma preparação para a visita de Kolis. Reprimindo um arrepio, eu me servi de um pouco da água borbulhante.

— E você está certa. *Charlatã* é uma palavra muito sofisticada para você. — Seu olhar desceu para meu pescoço. — Posso pensar em outra.

Eu parei. Meu cabelo estava solto, mas tinha caído sobre o ombro, expondo a lateral do pescoço com aquela mordida desbotada.

— Talvez prostituta seja mais de seu agrado?

Apertando a alça da jarra, pousei-a cuidadosamente de volta na mesa.

— Você se lembra do que prometi outro dia?

— Provavelmente não — disse ele, depois de um momento de silêncio. — É tão insignificante para mim como afirma que sou para você.

Com o copo na mão, eu o encarei.

— Prometi te matar.

— Ah. — Callum riu, o som leve e arejado. — É evidente, *Sera*.

Voltei para as grades, uma tempestade de fúria se assomando dentro de mim, como aconteceu quando Kolis me segurou em seus braços.

— Eu vou. Um dia vou descobrir um modo de matá-lo, e farei da sua morte digna de pesadelos — jurei e, daquela vez, me concentrei no zumbido em meu peito e não lutei contra ele.

Convocando as brasas como fiz antes, deixei-as vir à superfície. Essência prateada brilhou na pele de meus braços enquanto o lustre acima de Callum começava a balançar. E então… então algo mais aconteceu.

Foi quase como se as brasas assumissem o controle, ou talvez o conhecimento contido em seu interior o fizesse; sabedoria antiga que eu provoquei em algum nível inconsciente, como quando o raio havia aparecido por um instante para mim.

Baixei a cabeça, e meus lábios se curvaram quando uma névoa branca penetrou pelas janelas. Fluiu pelo teto, engrossando e se espalhando, tornando-se nuvens… nuvens rapidamente carregadas e ameaçadoras.

Uma *tempestade*.

Uma tempestade para espelhar o que eu sentia por dentro.

Relâmpagos riscavam de nuvem em nuvem, eletrificando o ar. Um trovão veio em seguida, fazendo Callum pular. Ele se virou.

A tempestade que eu tinha criado logo se dissipou, deixando minhas têmporas latejando, meu coração palpitando. Fechando os olhos, tomei um gole da água saborizada.

Despertar tal poder provavelmente não foi sábio, principalmente depois de Kolis se alimentar de mim. Eu não sabia ao certo quanta essência eu poderia usar antes de me extenuar ou exatamente o que as brasas decidiriam fazer. Mas, quando abri os olhos, vi que havia conseguido o que queria.

Callum tinha parado de sorrir. A pele abaixo da máscara dourada estava pálida. Nossos olhares se encontraram, e senti as brasas zumbirem.

As portas se abriram. Nenhum de nós se virou, embora de repente sentisse meu estômago embrulhar. Ambos sabíamos quem havia entrado.

— Por que — começou Kolis — vocês dois parecem estar prestes a cometer alguma atrocidade um com o outro toda vez que entro neste cômodo?

Aquela devia ser a observação mais precisa que eu já ouvira.

Quando Callum se virou para Kolis e abriu a boca, fui mais rápida.

— Ele ainda não acredita que eu sou Sotoria.

Callum cerrou os dentes e deu um passo para trás enquanto Kolis se aproximava. Certificando-me de que não sentia nada, olhei para o Primordial e depois me concentrei no que era importante. Procurei por qualquer sinal de que tivesse visitado Ash. Nada. Ele estava com a mesma aparência de antes. Mas que tipo de sinal haveria? Ainda assim, uma tempestade de decepção rugia dentro de mim, muito parecida com as nuvens de tempestade que eu tinha evocado momentos antes.

— Ele só está em negação — respondeu Kolis, aproximando-se da jaula. Bebi um gole da água.

Ao observar Kolis destrancar a porta com um aceno de mão, quase podia sentir o peso opressivo de seus braços à minha volta. Minha mão tremia ligeiramente quando levantei o copo e minhas costas enrijeceram. Kolis parou na porta da jaula.

— Não é todo dia que se descobre que sua irmã, de fato, retornou.

21

Irmã?

Engasguei com a água, cuspindo um pouco enquanto tossia, e encarei o falso Rei com olhos arregalados.

Kolis abriu a boca em um sorriso torto e inocente.

— Você está bem?

— Não — ofeguei, abanando a mão na frente dos olhos arregalados e lacrimosos. Não era possível que eu tivesse ouvido corretamente. Sem chance. — O que você acabou de dizer?

Kolis franziu a testa, depois a relaxou.

— Ah, você não lembra. Ele é seu irmão, seu irmão mais novo.

Fixei meu olhar no falso Rei, tão paralisada pelo choque daquela revelação que nem me lembrei daquela *coisa* que ele havia feito comigo.

— Não pode estar falando sério. Ele não é... — Eu não conseguia me obrigar a repetir aquelas palavras. O fato de Callum ser irmão de Sotoria, e não meu, pouco importava.

— Não sou o quê? — exigiu Callum.

— Sensato? — disparei. — Simpático? Razoável? Não causador de ânsia de vômito ou o oposto de um assassino?

— Encantadora mais uma vez — retrucou Callum. — Ela é Sotoria, mas não sabe que sou seu irmão? — Ele franziu os lábios. — Ela me reconheceu da última vez que nos vimos.

— Ela não se lembra daquelas vidas — argumentou Kolis ao entrar na jaula, seus olhos... deuses, seus malditos olhos *cintilavam*. — As almas renascidas não têm lembranças.

— Ela as tinha da última vez — rebateu Callum.

— Era diferente, e você sabe — disse Kolis. — A vida dela foi restaurada. Ela não renasceu.

— Tanto faz — murmurou o Espectro, fuzilando a parede oposta com o olhar. E, se um olhar pudesse matar, aquele muro seria, bem... ainda seria um muro, mas Callum parecia...

Ele parecia tão perturbado quanto eu.

Queridos deuses, Callum podia realmente ser o irmão de Sotoria?

Aquele desconforto palpável no centro de meu peito perto das brasas, e que não era inteiramente meu, me dizia que sim.

— Puta merda — sussurrei, dando um passo para trás. Coloquei o copo na mesa antes que o deixasse cair. — Você é mesmo... — Eu *ainda* não conseguia dizer. — Bons deuses, por que tamanha abundância de irmãos terríveis?

— O que isso quer dizer? — Os fios de cabelos dourados chicotearam seu rosto quando Callum virou a cabeça em minha direção. Uma leve contração em suas narinas indicava seu crescente aborrecimento. — Espere. Você ousa me comparar àquele lixo mortal conhecido como Tavius?

— Não posso discutir com essa descrição — comentei. — Mas se a carapuça servir, pegue a maldita e a vista.

Callum ficou boquiaberto e parecia verdadeiramente *horrorizado*.

— Vocês são irmãos — declarou Kolis, friamente. — Os dois discutem como outrora Eythos e eu costumávamos fazer.

Nós dois ficamos em silêncio quando nos viramos para ele.

Kolis abriu um largo sorriso.

— E veja como acabou — murmurei baixinho, precisando de uma bebida. Alcóolica... da forte, entorpecente e destruidora de lembranças. Mas então algo me ocorreu. Voltei-me para onde Callum estava. — Perguntei se era um Escolhido. Você mentiu.

Ele levantou um pouco a cabeça.

— Eu não menti.

— Besteira. — Dei um passo à frente. — De que outra forma...?

— Ele não mentiu — interrompeu Kolis, atraindo meu olhar. Ele estava a menos de um passo de mim.

Não consegui evitar e recuei meio passo. Odiei minha reação. Odiei como meu coração começou a martelar e, mais do que tudo, odiei como ele franziu o cenho. Como se não fizesse ideia de por que eu faria aquilo.

Como se tivesse esquecido de como tinha *se envergonhado*.

— Você tinha dois irmãos. Uma irmã mais velha chamada Anthea e um irmão. — Ele acenou com a cabeça na direção de Callum. — Quando você me deixou, visitei sua família.

Enterrando o *incidente* o mais fundo que pude, voltei a me concentrar. Presumi que ele se referia à primeira vez em que Sotoria morreu depois de se assustar com ele. Mas ela não o tinha deixado. Ela havia fugido dele.

— Eu queria me desculpar — confessou Kolis, uma expressão distante estampada em seu rosto. — E explicar a eles que pedi ao meu irmão que devolvesse sua filha ao reino dos vivos. — Ele cerrou os dentes. — Mas isso foi tão proveitoso quanto falar com Eythos. Seus pais… — Ele suspirou, estreitando os olhos para as barras. — Eles também estavam com medo de mim. Não importava quantas vezes eu dissesse que não estava lá para causar mal, eles se encolheram no canto de sua casinha, gritando e chorando em suas roupas de luto. — Um músculo latejava em sua têmpora. — Só seu irmão não teve medo.

Encarei Callum. Ele agora havia desviado seu olhar assassino para o azulejo de pedra das sombras.

— Ele falou comigo. Respondeu minhas perguntas sobre você — continuou Kolis, a pele entre as sobrancelhas franzida. — Ele te admirava bastante.

— Mesmo? — perguntei, com um tom arrastado.

— *Sim*. — Callum ergueu a cabeça, os olhos claros ardentes. — Sotoria era gentil e forte. *Sempre* cuidou de mim, assumindo minhas tarefas se eu dormisse demais ou não estivesse me sentindo bem. Ela jamais ficou irritada comigo. Eu a amava… — Sua respiração ficou presa. — Sim, eu a admirava.

Não sabia o que dizer quando fechei os dedos em torno de uma das borlas sedosas do cinto do vestido.

— Ele lamentava profundamente sua morte — revelou Kolis. — Se sentia culpado.

Olhei de um para o outro.

— Por que você se sentiria culpado?

Callum não respondeu.

Kolis sim.

— Ele devia estar com você enquanto colhia flores para o casamento de Anthea. Em vez disso, acredito que estava fodendo a filha do padeiro.

Callum virou a cabeça, e arqueei levemente as sobrancelhas.

— Ele acreditava que podia ter evitado a tragédia se estivesse presente — explicou Kolis. — Que podia ter acalmado a irmã.

Ele podia ter feito aquilo? Possivelmente.

— Mas como ele se tornou um… Espectro?

— Antes de me despedir, ele me pediu que o levasse a Sotoria para se desculpar. Expliquei que não era possível. Mortais que ainda não foram julgados não são permitidos no Vale. Ele ficou perturbado.

O peso comprimia meu peito, deixando minha respiração ofegante, e eu sabia que o que sentia era a tristeza de Sotoria — e talvez até um pouco da minha —, porque eu… eu achava que sabia o rumo que aquela conversa estava tomando.

— Ele tirou uma faquinha do cinto e cortou a própria garganta — continuou Kolis, calmamente.

— Deuses — sussurrei, esfregando o centro do peito.

— Eu a segurei enquanto você morria. — A voz de Kolis ficou mais grave, tomada pelo peso da angústia e impregnada com a lâmina afiada e amarga do arrependimento. — E então, dias depois, segurei seu irmão enquanto ele também dava o último suspiro.

Selei os lábios com uma pressão firme, sem querer ser afetada pela emoção na voz de Kolis, pela tragédia. Mas era difícil. Na época, era bem possível que Kolis ainda não fosse um monstro. Ele tinha sido apenas a Morte…

Bem, a Morte com tendências obsessivas e habilidades limitadas de relacionamento interpessoal. Tipo *muito, muito* limitadas.

Mas ele não era o que é agora.

— Eu não podia permitir que ele morresse e, sabendo que Eythos não interviria por mim, fiz o que era proibido à Morte. — Um sorriso irônico, sem humor, iluminou o rosto de Kolis. — Eu dei vida.

— Você... você Ascendeu Callum? — Quando Kolis assentiu, franzi o cenho. — Mas ele não é como a que vi, aquela que você chamou de Ascendida. Tinha olhos escuros como breu. E Callum não era um terceiro filho...

— Porque eles não são iguais — respondeu Kolis.

Meus pensamentos dispararam enquanto eu olhava para Callum. Se ele não era...

— Então Espectros são demis?

Considerando o quão dramaticamente Callum revirou os olhos, eu diria que não.

— Não, minha querida, não são. — Kolis sorriu, e minha pele parecia estar coberta de lodo. — Discutiremos o assunto mais tarde, quando não tivermos outras necessidades urgentes para satisfazer.

Necessidades.

Tudo o que girava em torno de Callum caiu no esquecimento. Meu corpo se retesou com medo e expectativa — expectativa de que tais necessidades envolvessem Ash e medo de que... A marca de mordida em meu pescoço, logo acima do colar de Aios, queimava.

Eu não queria pensar no medo.

— Por favor, vá em frente, Callum — instruiu Kolis.

Nauseada, quase fiz o impensável e gritei para que Callum ficasse enquanto eu o observava se curvar em uma mesura e depois sair do cômodo.

— *So'lis?*

Baixando as mãos ao lado do corpo, procurei pelo véu do vazio. Demorei muito para encontrá-lo, mas consegui. Quando não sentia nada, desviei o olhar para ele.

— Queria falar com você sobre o acordo que fizemos. — Ele me observava. — Nyktos não foi libertado.

Meu estômago se revirou.

— Não estou renegando nosso acordo — acrescentou, depressa. — Meu sobrinho ainda estava em estase. Esse detalhe está sendo resolvido no momento.

Era disso que Attes estava falando.

— O que isso significa?

— Meu sobrinho é jovem para um Primordial, mas é bastante poderoso.

O orgulho me dominou. Com certeza, Ash era poderoso.

— Ele despertou brevemente da estase, logo antes de Ione chegar — explicou Kolis, enquanto se virava para a mesa. Algo naquilo me incomodou. Foi a mesma sensação que eu havia vivenciado quando sonhei com o retorno de Ash. — Precisei me assegurar de que ele se comportaria bem enquanto decidia o que fazer com ele. Isso aconteceu antes de fecharmos nosso acordo.

A sensação estranha desapareceu quando agarrei a borla do cinto.

— Como você garantiu isso?

Por favor, que não seja o que Attes suspeitava. Por favor. Por favor.

Ele se serviu de uma bebida.

— Se eu te contar, acredito que possa perturbá-la.

— Não me contar vai me deixar... mais preocupada — argumentei, escolhendo minhas palavras com cuidado.

Ele bebeu do copo. Quando enfim me encarou, minha ansiedade tinha deixado meus nervos tensos e frágeis.

— Para me certificar de que meu sobrinho não me causaria problemas, eu o incapacitei. Ele precisará se recuperar.

Olhei para além de Kolis, sem fôlego. Attes tinha razão. Espalmei a mão contra o abdômen enquanto meu estômago se revirava. Deuses, eu ia vomitar.

— Não é fácil.

Meus olhos se voltaram para ele.

— Ver você tão afetada por outra pessoa — disse ele. — A preocupação praticamente jorra de seus poros.

Sinos de alerta tocaram no fundo de minha mente.

— Eu disse a você que me importava...

— Eu lembro. É só no que penso quando olho para ele. — Éter prateado tingido de ouro pulsava em sua carne cada vez mais fina. Os ossos de sua mandíbula e bochechas ficaram visíveis, me causando calafrios. — Passei os últimos dois dias o observando enquanto ele voltava da estase — disse, a voz mais baixa, perdendo o calor. — Sabendo que você se importa com ele.

Meu corpo ficou frio. Então era o que Kolis vinha fazendo desde que o vira pela última vez? Observando Ash? Sempre que falava com Kolis eu tinha certeza de que seria impossível ficar mais perturbada, mas ele sempre me provava que eu estava errada.

— Eu me pergunto o que meu sobrinho tem que lhe inspira tanta emoção. — Seus lábios começaram a se arreganhar, perdendo a cor e depois a própria carne, expondo os dentes e as presas conforme o tecido ao redor de seus olhos, as pálpebras e a pele abaixo começavam a afundar, sem deixar nada além do osso. — E o que em mim lhe incita o medo.

Um gosto amargo se acumulou em minha boca quando uma risada quase histérica me sufocou. Ele estava mesmo me perguntando aquilo? Enquanto se transformava em um maldito *esqueleto* bem na minha frente?

— Isso me faz querer machucá-lo — rosnou Kolis. — Destruí-lo.

Tudo em mim congelou.

— Mas não vou. Eu *não vou*. Deve haver equilíbrio, de uma forma ou de outra — argumentou, como se lembrasse a si mesmo. E, puta merda, não foi nada reconfortante. Um arrepio o percorreu e o contorno de seus lábios se encheu. As pálpebras retornaram, mascarando o fogo profano do éter. — Sem equilíbrio não há nada.

Eu o encarei, os olhos arregalados.

— Não existem planos. Nem eu — continuou ele. — Nem você.

— Aham — murmurei.

Seus olhos se abriram. Vários momentos se passaram enquanto Kolis se tornava mais... concreto.

— Você tinha medo de mim antes, quando a perdi pela primeira vez e a trouxe de volta. Isso mudou apenas no fim de nosso tempo juntos. — Ele expirou longa e lentamente. — Mas dessa vez você demonstrou muito pouco medo de mim, mesmo que o tenha sentido. É uma mudança.

Olhando para Kolis agora, depois de vê-lo perder o controle de seu temperamento e deixar de lado a fachada que escondia o que era, tudo em que eu conseguia pensar era como Tavius mudava fisicamente quando ficava com raiva ou estava prestes a fazer algo particularmente hediondo. Ele não corava ou se tornava errático. Quando a escuridão o dominava, Tavius ficava imóvel, quase sem vida, exceto pelo brilho em seus olhos; aquela expressão febril, ensandecida, que eu já tinha visto antes em um cachorro que ficara doente, que o fazia espumar pela boca e morder o ar.

Kolis exibia aquele mesmo brilho.

— Você demonstrou seu medo da última vez que a deixei — disse ele, o éter retrocedendo da pele. — E demonstra agora. Não preciso do talento de meu sobrinho em ler emoções para saber, nem da clarividência de meu irmão.

— Clarividência? — perguntei, incapaz de me conter. — Eythos podia ver o futuro?

— Não da maneira que imagina — respondeu ele. — Eythos foi abençoado com uma... intuição aguçada. Conhecimento do que ele não deveria conhecer. — Um sorriso curvou seus lábios. — Ele nem sempre utilizava a habilidade ou ouvia.

Óbvio.

— Mas entendo por que a assusto agora. Falei sobre a intenção de prejudicar alguém de quem gosta. Você viu minha verdadeira aparência... como realmente sou sob a beleza e o ouro das últimas brasas da vida. Você viu como eu era antes e como sempre serei: Morte. Isso aterrorizaria a maioria das pessoas — continuou ele. — Mas você estava com medo antes de tudo isso. Inquieta desde o momento em que entrei, de um modo que não estava antes da última vez que ficamos sozinhos. Isso eu não entendo.

O que eu jamais conseguira aprender ao lidar com Tavius era como proceder com cautela quando ele exibia aquele brilho no olhar. Eu tinha o péssimo pressentimento de que estava prestes a repetir o mesmo erro ao abrir a boca.

— Não entende mesmo por que eu ficaria desconfortável depois do que você fez?

Um músculo latejou em sua têmpora.

— Pedi desculpas e prometi que não voltaria a acontecer.

Como se a promessa apagasse o que aconteceu.

Kolis me encarava, em expectativa.

Pelo visto, ele acreditava que seu pedido de desculpas e promessas vazias *de fato* mudavam tudo.

Não era o caso.

Mas eu tinha de dizer algo. Pigarreei, minha mente acelerada. Claro, eu sabia que devia aceitar suas desculpas. Dizer a ele que estava tudo bem. Dizer que tinha gostado, embora obviamente não tivesse. Mas eu... eu não conseguia. Não conseguia me obrigar a dizer algo além da verdade.

— Você... você me assustou. — Meus dedos se crisparam. — Eu não esperava por isso.

A pele entre suas sobrancelhas se enrugou.

— Pedi desculpas — repetiu ele.

— Eu sei — falei. — E você prometeu que não aconteceria de novo. Nenhuma dessas coisas apaga o que aconteceu.

— Então deixe-me repetir mais uma vez. Eu prometi que não voltaria a acontecer — disse ele, a frustração aumentando seu tom de voz. — O que você *acabou* de reconhecer.

Meu controle vacilou.

— Você me forçou.

Os cantos de seus lábios se curvaram para baixo.

— Reconheço que minha demonstração de amor por você foi intensa.

Amor? Ele chamava aquilo de demonstração de amor? Havia sido uma demonstração de castigo alimentada por ciúme e raiva — da qual ele acabou gostando.

— Perdi o controle — argumentou ele, enquanto a agitação subia pela minha garganta. — Só isso.

Por um segundo, sua resposta me deixou sem fala.

— Você não perdeu o controle simplesmente — comentei, uma parte de mim incapaz de acreditar que eu tinha de explicar aquilo para um homem mais do que adulto. — Você me mordeu *de novo*, sem meu consentimento, e sentiu prazer ao fazê-lo. Um pedido de desculpas e uma promessa não vão resolver as coisas.

— O que vai resolver as coisas? — questionou, as bochechas enrubescendo. — Eu gostaria de recomeçar com você. Diga-me como posso tornar isso possível.

Eu o encarei, tentando entender como ele podia pensar que aquilo era algo que alguém seria capaz de resolver. Tipo, que experiências ele havia vivenciado para ter a impressão de que se podia recomeçar depois de violar alguém? Sim, ele era um Primordial, e eles operavam sob regras e normas que eu provavelmente nunca entenderia, mas aquilo não desculpava seu comportamento de agora ou de antes com Sotoria. Não era uma razão boa o suficiente.

Mas então me ocorreu. E era nitidamente óbvio. Não havia desculpa. Assim como aconteceu com Tavius, era simplesmente a natureza de Kolis. E talvez algo em seu passado o tivesse deixado assim, mas eu não podia estar menos interessada no que seria, porque nenhuma razão era boa o suficiente. Tanto mortais quanto deuses passavam por *coisas* terríveis, mas nem todos se transformavam naquilo. Aios era um bom exemplo. Assim como Ash.

Assim como eu.

Mas o que me importava era Ash, então reprimi minha raiva e dei a Kolis o que ele queria. Mais ou menos.

— Preciso de tempo.

— Tempo? — repetiu ele, levantando as sobrancelhas.

Tomando fôlego, assenti.

— Preciso de tempo para confiar que vai honrar sua promessa.

— Minha palavra devia ser o bastante — afirmou ele, categórico.

Meus deuses, eu estava a dois segundos de perder as estribeiras.

— Não conheço você...

Kolis de repente estava bem diante de mim, o éter crepitando em seus olhos.

— Eu sou o Rei dos Deuses. Disso você sabe. Devia ser o suficiente.

Ele estava fora de si.

Eu me mantive imóvel, mesmo com o meu coração martelando no peito.

— *Isso* não está ajudando.

Vários segundos longos e perturbadores se passaram, então ele recuou.

— Você tem razão. — A essência ao seu redor desbotou. — Vou te dar tempo.

Não acreditei naquilo. Se Kolis era incapaz de entender o erro de suas ações ou optava por não o fazer, não respeitaria meu pedido de tempo. Ele não era capaz de fazer isso. E não era uma justificativa nem uma desculpa. Era a terrível realidade de sua natureza, independentemente de toda a beleza e ouro das brasas que ele havia roubado ou à Morte.

— Vou te dar tempo para que se sinta mais confortável perto de mim — continuou. Seus ombros se curvaram diante de meu silêncio. — Diga algo.

Vá se foder. Eu queria dizer. Ou *Espero que você tenha uma morte lenta e terrível que dure milhares de anos, seu filho da puta pervertido.*

— Tudo bem. — Eu me forcei a responder. — Obrigada.

— Ótimo. — Um pouco da rigidez desapareceu de Kolis, e aquele sorriso ensaiado retornou instantaneamente enquanto ele pousava o copo sobre a mesa. — Nyktos está saindo da estase e deve estar em posição de ser libertado nos próximos dias.

Não havia dúvida de como ele tentava minimizar o que havia feito a Ash com sua escolha de palavras. Não era uma mudança de situação. Era uma mudança em sua *saúde*.

Uma exigência para ver o estado em que Ash se encontrava subiu até a ponta de minha língua, coisa que certamente pioraria as coisas para ele. Porque eu havia detectado a luta na voz de Kolis quando ele lembrou a si mesmo de que sempre devia haver equilíbrio. Algo que ele era bem capaz de esquecer.

Mas também pioraria as coisas para mim. Meu pedido para ver Ash antes tinha... bem, eu sabia como aquilo tinha terminado. Um tremor me perpassou enquanto Kolis ajustava o jarro para que a alça ficasse voltada para o cômodo.

Em seguida, ele se virou para mim. Levou um tempo até que me encarasse. Minha pele começou a arrepiar, como se atacada por mil aranhas.

— Eu sinto... muito, *so'lis* — desculpou-se, a pele franzida no canto da boca. — Por qualquer sofrimento que eu tenha causado a você.

Eu não disse nada, só fui capaz de oferecer um aceno de reconhecimento.

Kolis ergueu a mão e aninhou minha bochecha na palma. Não oscilei. Não me afastei sob o toque de seu polegar sobre o hematoma desbotado em meu maxilar. Não vesti o véu do vazio. Enquanto me tocava, tudo parecia diferente. Era como se eu estivesse ali, só que não.

— O que eu te disse sobre o uso das brasas?

Eu me sobressaltei, tendo me esquecido de tudo aquilo. Abri a boca, mas Kolis pressionou o dedo no centro de meus lábios, me silenciando.

— Foi uma pergunta retórica, minha querida. — Ele sorriu, e o gesto me lembrou de calor sufocante, escaldante. — Senti a essência. Sei que veio de você. Eu avisei para não usá-la, a menos que quisesse ser punida.

Cada parte de mim se acendeu de raiva. Eu queria quebrar o dedo sobre meus lábios. Melhor ainda: eu queria arrancá-lo fora.

— Desculpe. Callum...

— Tenho certeza de que ele a provocou. Callum sabe ser bastante irritante quando quer. Mas não é desculpa. — Seus dedos se curvaram em meu queixo, inclinando minha cabeça para trás enquanto ele se abaixava.

Com o coração palpitando, enrijeci quando sua boca se aproximou da minha. Pânico serpenteava através de mim, comprimindo meu peito e me tirando o fôlego. Isso não era me dar tempo. Tentei desesperadamente esvaziar meus pensamentos e apagar quem eu era, quem eu queria ser e quem eu desejava.

Seus lábios pararam a menos de um centímetro dos meus.

— A essência não pertence a você. Não é sua para usar.

As brasas latejavam em discordância.

— E, para que não haja dúvida, isso não tem nada a ver com o que discutimos ainda agora — afirmou Kolis. — Este será seu último aviso, *so'lis*. Não use a essência outra vez.

Então ele se foi, e não houve nada além de silêncio. Fechei os olhos, soltando o ar bruscamente enquanto prometia a mim mesma o que prometera a Callum. De um jeito ou de outro, eu veria Kolis morto.

E soube então que, no momento em que Ash estivesse livre, se eu não escapasse, não viveria muito, por mais importantes que fossem as brasas. Porque eu me tornaria a porra do pior pesadelo de Kolis.

22

Algum tempo depois, após vários Escolhidos de véu limparem a área de banho, verifiquei o pano acolchoado para ter certeza de que a chave ainda estava no lugar.

Estava.

Pressionei os lábios, guardando-a de volta no esconderijo antes de me permitir começar a pensar em coisas imprudentes.

Então caminhei de um lado para o outro até o jantar ser servido, inquieta demais para ficar parada. Foi uma refeição maior, contendo dois tipos de carne, vegetais e morangos glaceados para sobremesa. Comi o que pude e me *comportei* enquanto Callum supervisionava os Escolhidos tirarem a mesa.

Então me flagrei andando pela jaula mais uma vez, tentando queimar a energia aflita acumulada ao longo do dia e procurando escapar de tudo em que eu não queria pensar.

Mas nenhuma caminhada poderia impedir minha mente de vagar. Não poderia impedir o que comecei a perceber que estava por vir.

Senti um aperto no peito. Eu estava em movimento, andando de um lado para o outro, mas meu corpo parecia imóvel... imóvel demais. Demorei a perceber que a inquietação não se devia apenas ao fato de estar enjaulada. Era também um sinal de alerta para os humores desconcertantes que pareciam ir e vir por capricho. Um deles estava a caminho agora.

— Merda — murmurei, acelerando o ritmo, pois sabia que a quietude sempre parecia torná-los piores. Era a última coisa de que eu precisava no momento ou, bem... em qualquer hora. Mas principalmente agora.

Trancei o cabelo às pressas e comecei a fazer minha rotina de exercícios, mas sentia a mente muito dispersa. Dei alguns socos por uns minutos, então percebi que havia parado e simplesmente estava quieta de novo. Quieta demais. Pensando em Ash. Consumida pela preocupação com ele.

Em que estado ele havia ficado — ainda estava? Eu tinha dificuldade em acompanhar os dias ali, então não fazia ideia de quanto tempo havia se passado desde que ele fora forçado à estase. Com o estômago embrulhado, cerrei os punhos. Parte de mim desejava não saber como os ossos dos Antigos podiam ser usados para manter um Primordial sedado. A ideia me enojava.

Mas Ash não era a única pessoa com quem eu estava preocupada. Eu vinha me forçando a não pensar em muitos outros, porque aquilo fazia com que me sentisse impotente. Rhain estava totalmente curado? E como estava Aios, de fato? A meio golpe, parei e toquei o colar. Obviamente ela estava viva. Eu havia sido capaz de lhe restaurar a vida, mas não tinha ideia de como ela estava lidando com a situação. Ela foi apenas a terceira pessoa que eu havia ressuscitado, e seus ferimentos... deuses, tinham sido ruins. Eu não sabia por quanto tempo ela estivera morta antes de trazê-la de volta. Poderiam ter sido minutos. Talvez mais. Como ela se sentia com relação àquilo?

Então havia Orphine.

Desisti de treinar e voltei a caminhar de um lado para o outro. Pensar na dragontina fez meu peito doer, porque tudo que eu conseguia ver eram os dakkais a cercando, suas garras e dentes mais do que capazes de rasgar a carne dura da criatura.

Eu estava preocupada com Bele. Presumia que sua Ascensão a tivesse deixado mais poderosa, mas ninguém tinha como saber se aquilo significava que ela poderia enfrentar um Primordial. Ainda estava nas Terras Sombrias, ou havia partido para Sirta? Se ela não tivesse ido embora, não podia se esconder nas Terras Sombrias para sempre. Achei que ela nem tentaria.

Então havia todo mundo: Saion, Rhahar, Nektas e outros. Muitos outros. Eles haviam sido feridos antes do fim da batalha? Como estavam lidando com a perda de Ector? O pequeno Reaver estava bem? Jadis? Será que ela estava ciente do que acontecia ao seu redor, ou era jovem demais? Eu tinha esperança de que ela continuasse ingênua o suficiente para estar alheia a tudo aquilo, que estivesse alegremente ateando fogo em cadeiras. Mas Reaver? Ele com certeza sabia o que estava acontecendo, apesar do que todos deviam estar escondendo dele. Era apenas uma criança. Um filhote. Mas seus olhos diziam que ele já tinha vivenciado várias existências de perda e dor.

Havia também Ezra.

Com um arquejo, olhei para as janelas ao longo do teto. Pelo visto, ela havia conseguido negociar um acordo com o reino de Terra, mas teria a Devastação se espalhado ainda mais? Como ela estava lidando com o estresse esmagador de governar Lasania, algo que jamais planejara e talvez nem mesmo desejara?

Eu não tinha pensado nisso quando lhe disse para ficar com a Coroa.

A culpa se abateu sobre meus ombros, sobrecarregando e se juntando à preocupação enquanto eu brincava com o colar. O pavor também aumentou. O desamparo. Os nós de meus dedos começaram a doer quando minha mente decidiu revisitar todos os detalhes do que eu havia feito, minhas escolhas, que pareciam insignificantes à época, mas que, uma vez combinadas, levaram até àquele exato momento.

Eu *devia ter* confiado em Ash no momento em que ele me levou para as Terras Sombrias, contado a ele para que fora treinada. Se o houvesse feito, *teria entendido* então que nunca fora ele que eu deveria matar. Eu podia ter mudado tanta coisa.

Devia ter me esforçado mais para chegar até Kolis. Mesmo que acabasse não sendo capaz de matá-lo, teria salvado vidas. Deuses sabiam quantas, mas eu podia ter salvado Ector. Ele ainda estaria vivo. Aios não teria experimentado a morte. Rhain nunca teria sido capturado e espancado até quase perder a vida.

Devia ter reconhecido meus sentimentos por Ash antes em vez de sentir tanto medo. Teria ficado mais feliz do que triste... triste e zangada. Eu podia ter vivido mais no tempo que tive com Ash. Amado mais.

Devia ter sido mais inteligente quando Ash me procurou. Se eu estivesse pensando direito, saberia que tentar distrair Kolis também seria letal para Ash. Eu podia tê-lo ajudado em vez de ser um obstáculo.

Devia ter me mantido focada quando me libertei em vez de me deixar distrair pela violência nos cômodos sombrios. Eu teria ido mais longe. Poderia ter escapado.

Devia. Podia. Teria.

Havia tantos. Muitos para listar quando parei ao pé da cama e olhei para o colchão. Jurava que ainda conseguia ver a marca de onde Kolis tinha se sentado. Aquilo era ridículo, dias haviam se passado.

Mas eu podia vê-lo em minha mente.

Podia ouvir sua voz.

Sentir seus braços.

Eu devia ter assumido o controle da situação. Fora treinada para seduzir e usar todas as armas — inclusive meu corpo — para cumprir meu dever e alcançar meu objetivo. Se o tivesse feito, teria evitado aquela sensação de que fizera algo errado. Como se a culpa fosse minha. Como se jamais fosse esquecer de que ele havia tornado prazeroso. Que, se ele não tivesse gozado naquele momento, eu teria, independentemente de desejá-lo ou não. Eu podia ter me convencido de que era apenas uma parte de fazer o que precisava ser feito. Senti a consciência no peito, a presença de Sotoria, enquanto ficava parada ali, olhando para a maldita cama.

— Sinto muito — sussurrei.

Eu devia ter resistido mais. Eu era uma lutadora. Uma guerreira. Teria sido capaz de detê-lo, se reagisse. Podia ter evitado que Sotoria precisasse vivenciar aquilo novamente. Eu podia...

Dando meia-volta, corri para trás do biombo e, com um gemido baixo, caí de joelhos no banheiro. Vomitei, expelindo o que eu havia consumido naquele dia e mais um pouco. Lágrimas ardiam em meus olhos, a garganta queimava. Agarrei as laterais do assento enquanto ânsias de vômito sacudiam meu corpo, causando espasmos dolorosos em meu estômago. Parecia que nunca iria acabar.

Não sei quanto tempo fiquei ali ajoelhada, ofegante, enquanto me forçava a controlar a náusea. Minutos? Horas? Em algum momento, um sopro de ar tocou meus braços. Minha bochecha. Abri um olho lacrimejante. Não havia nada lá. Escutei, em busca do som de alguém entrando no cômodo. Não havia, mas a frieza continuou, me lembrando da pressão suave de uma mão gelada. Eventualmente a tensão deixou meu corpo e o ar gelado desapareceu, deixando-me cansada ao extremo. Fechei os olhos e contei as batidas do meu coração até que não me senti mais como um macarrão cozido demais.

Cansada, levantei e fui até a pia, então usei água de um jarro para limpar os dentes e lavar o rosto.

Em seguida, vesti um roupão e me senti quase normal. Meu estômago ainda estava um pouco estranho quando passei pela cama, mas parecia que havia me livrado do vômito. Com sorte.

Fui até o divã, então me deitei de lado e pus os pés sob o cobertor macio no fundo do sofá baixo.

Disse a mim mesma que Ash estava bem. Assim como Aios, Bele e todos os outros. Rhain se recuperaria. Jadis *estava* espalhando o caos alegremente, e Reaver, escondido em algum lugar ao qual ela não tinha acesso. Orphine não havia morrido. Ezra estava dando seu máximo. Ela era inteligente. Forte. Resiliente. E tinha Marisol. Nem minha mãe estava sozinha. Eu não havia sido capaz de salvar Ector, mas *salvaria* outros. Eu salvaria Ash. De um modo ou de outro, eu me asseguraria de que ninguém mais ocupasse aquela jaula. Eu não ficaria impotente outra vez. Mais importante ainda: eu não me culparia pelo que Kolis fez.

Eu não permitiria que aquela mácula se enraizasse.

*

Ao abrir os olhos, vi as águas calmas e escuras do meu lago e soube que estava sonhando.

Mas parecia diferente.

Eu não estava nadando. Estava sentada de pernas cruzadas na margem, nua como vim ao mundo, capaz de sentir e perceber tudo como se estivesse ali de verdade. Nada parecia embotado, como era comum em sonhos. A grama estava fresca contra minha pele. O cheiro de solo rico e úmido preenchia cada respiração. Acima de mim, os olmos balançavam com a brisa.

Mas, como antes, era meu lago, só que não.

Por entre os galhos grossos não vi a lua, mas as estrelas estavam brilhantes e enormes, refletidas na superfície da água, como mil luzes cintilantes. O vento que agitava os galhos batia os cachos emaranhados de meu cabelo contra a lateral do rosto, e meus braços e cintura não exibiam a umidade sufocante que assolava Lasania até a chegada dos meses mais frios. E meu lago? Não havia ondulações, mesmo com a água caindo dos Picos Elísios.

Sentada ali, eu me dei conta de que havia um contraste entre quando eu estava nadando e quando não estava. Quando estava no lago, um pouco da nebulosidade dos sonhos permanecia, uma sensação de flutuar e apenas existir. Mas nada daquilo estava ali agora. Havia uma veracidade surreal quando eu não estava na água.

Mas eu estava sozinha.

Fechando os olhos, virei o rosto para o ar fresco, lutando contra a crescente onda de decepção. Eu me sentia grata por sonhar com meu lago de novo, mas eu precisava... deuses, eu precisava ver Ash, mesmo que apenas em sonho. Precisava vê-lo. Ouvir sua voz. Sentir sua presença. Seu toque. A imagem de Ash apagaria as outras. Sua voz substituiria o som da de Kolis. Sua mera presença ofuscaria todo o resto. O toque de Ash iria exorcizar a lembrança do *outro* como alguém cortando a carne podre de uma ferida purulenta.

Eu *precisava* vê-lo.

Porque, mesmo que fosse apenas um sonho, eu podia dizer a mim mesma que ele estava bem. Eu podia me convencer de que *eu* ficaria bem

Meu peito inchou com a respiração.

— Por favor — sussurrei... implorei, na verdade... enquanto uma onda de agonia me inundava. — Preciso de você. *Por favor*.

Nada além do silêncio me respondeu. Nem o vento, nem a água fizeram qualquer som. Não se ouvia o canto suave de pássaros. Nada.

Minhas bochechas estavam úmidas.

Encolhi as pernas junto ao peito, descansando a testa nos joelhos, e comecei a balançar preguiçosamente. *Tudo bem. Tudo bem. Tudo bem...*

O ar se agitou ao meu redor, mais frio do que antes. Ainda assim, não houve som. Não...

Parei de balançar quando *senti* o ar mais denso. Uma consciência tomou conta de mim. Minha pele se arrepiou. Pelos minúsculos se ouriçaram. Meus dedos se crisparam, cravando-se nas palmas das mãos enquanto eu levantava a cabeça devagar e olhava para a esquerda.

Olhos como piscinas de prata derretida, emoldurados por cílios volumosos e rosto de beleza selvagem, encontraram os meus.

— Ash — sussurrei, com medo de acreditar que minha mente havia sido bem-sucedida em conjurá-lo.

Aqueles olhos percorreram meu rosto, e seus ombros nus relaxaram com um suspiro pesado.

— *Liessa*.

Um tremor percorreu meu corpo, e logo entrei em ação, praticamente me jogando em seus braços, porque eu era assim. Eu estava ali com Ash, e não importava que fosse uma invenção de minha mente e nada além de um sonho.

Ao me pegar, Ash soltou uma risada rouca enquanto me puxava para o colo e contra o peito. Enterrei o rosto em seu pescoço, inalando profundamente. Estremeci com o cheiro de frutas cítricas e ar fresco, deleitando-me com a sensação daqueles braços ao meu redor. Em seu abraço não havia outra sensação, ninguém mais.

— Eu estava... eu não estava em lugar nenhum, *liessa*. Em lugar nenhum. — Os dedos de Ash se entrelaçaram em meu cabelo enquanto ele me segurava com tanta força que senti seu coração batendo contra meu peito. — Então ouvi sua voz. Você estava me chamando. Pensei que tinha acordado. Pensei que ia... — Ele se conteve, a voz embargada quando falou novamente: — Ainda assim a encontrei. É tudo o que importa.

Fechei bem os olhos. Ele estava certo ao dizer que aquilo era tudo o que importava.

— Estou feliz... — Minha voz falhou quando as lágrimas arderam em meus olhos. — Estou feliz que tenha me encontrado.

O peito de Ash subiu acentuadamente. Deslizando a mão para a lateral do meu rosto, ele recuou. Protestei quando ele levantou minha cabeça.

— Sera? Deixe-me vê-la. — Com o polegar, acariciou meu queixo. — Por favor.

Por favor.

Jamais poderia negar algo a ele.

Meus olhos permaneceram fechados quando parei de resistir, permitindo que levantasse minha cabeça.

— Ah, Sera. — Seus dedos roçaram minha bochecha. — Não chore.

— Não estou chorando.

Sua risada soou tensa, como se um peso o puxasse para baixo.

— *Liessa*. — Ele pressionou os lábios em minha testa. — Vejo suas lágrimas. Eu as sinto.

— Não tive a intenção.

— Está tudo bem — assegurou. — Apenas me diga por quê.

Levantei um ombro. Naquele momento, havia muitos motivos. Optei pelo mais fácil.

— Achei que ficaria sozinha.

— Eu jamais permitiria isso, nem acordado, nem em meus sonhos. Nunca. — Ele roçou as costas de seus dedos em minha outra bochecha. — Abra seus olhos para mim.

Respirei fundo e fiz o que ele pediu. Havia lágrimas grudadas nos cílios.

Seu olhar analisou meu rosto tão intensamente como quando ele contava minhas sardas. Exceto que havia uma apreensão no modo como ele traçava cada centímetro de pele, quase freneticamente. Fios de essência pulsaram em seus olhos, depois se acalmaram.

— É estranho.

— O quê?

Ele segurou outra lágrima, e, daquela vez, vi um leve toque de vermelho manchando seu dedo.

— Estou sonhando.

Achei estranho como ele falava, como se o sonho pertencesse a ele. Ele tinha feito o mesmo da última vez, e eu ainda não conseguia entender por que meu subconsciente o fazia se comportar assim. Algo no fundo de minha mente voltou a se agitar. A mesma sensação que tinha experimentado na primeira vez que sonhei com ele. Era como se eu devesse saber o motivo, mas aquilo não fazia sentido, e a sensação desapareceu tão rapidamente quanto surgiu.

— Mesmo assim, ainda posso sentir suas emoções — continuou ele. — Você está sentindo tantas coisas… o toque amadeirado e refrescante de alívio e o mais pesado e espesso fardo da preocupação. Há algo… doce no meio de tudo isso também. — Ele franziu as sobrancelhas, e me perguntei o que aquela doçura significava para ele. — Mas há tanta angústia… uma angústia pungente e cortante.

Outro tremor percorreu meu corpo.

— Senti sua falta.

Ash abriu um leve sorriso, de lábios fechados, que não alcançou seus olhos, nem transformou a prata em calor líquido.

— É mais do que isso. *Sei* que é. — A linha de expressão entre suas sobrancelhas se aprofundou. — Minha mente parece… desconexa. Inquieta. Mas acho que despertei por algum tempo. — Ele cerrou o maxilar. — Eu me lembro de lutar contra as correntes… correntes que eu criei. Eu me lembro de ouvir a voz *dele*.

Minha respiração ficou presa quando sombras apareceram sob sua carne.

— Kolis? — Eu me encolhi ao dizer aquele nome.

As sombras escureceram.

— A dele. Outras. — Deslizou a mão sobre minha bochecha novamente enquanto seu olhar encontrava o meu, e então sua mão continuou, afastando os cachos de meu ombro, meu pescoço. Seu olhar desceu.

Enrijeci em seus braços. Ele estava procurando a mordida? Era visível mesmo em um sonho? Os ferimentos que ele tinha visto da última vez não haviam aparecido até que eu estivesse prestes a acordar.

Sua expressão não revelava o que ele tinha visto ou não. Eu não fazia ideia de por que eu sonharia algo assim, mas rezei a qualquer ser superior capaz de ouvir para que Ash não visse nada.

— Diga — começou ele, o olhar voltando para o meu, mas, enquanto falava, era quase como se não me enxergasse. Como se tivesse visto os rostos daqueles que havia ouvido quando estava acordado. — Eu me lembro de ouvir…

— O quê? — sussurrei, meio temerosa do que minha mente poderia obrigá-lo a dizer.

A distância se retirou de seu olhar.

— Diga-me o que foi feito a você.

Um espasmo me atingiu. Abri a boca, mas não saiu nada.

— Ele a machucou? — Então seus olhos se fecharam, a pele se enrugando nos cantos. Quando ele os abriu outra vez, estavam brilhantes. — Sei que sim.

— O quê? Como assim?

— Lembro-me do que vi no meu último sonho. — As sombras deslizaram ao longo de sua têmpora, latejando e se separando, quase formando uma espécie de padrão. Um que me lembrou das trepadeiras que vi nas portas do salão do trono e nas túnicas dos deuses… na túnica de Rhain. — Eu me *lembro* do que ouvi. Do que Kyn disse. Do que Kolis afirmou. E você… você *estremeceu* quando falou o nome dele.

Eu não conseguia respirar. Não havia pânico nem aquela asfixia opressiva como quando estava acordada, mas eu não conseguia respirar.

— Kyn?

Ele assentiu, os olhos vazios. Sua pele estava gelada, e a mão em meu pescoço, na região em que estaria a marca da mordida, estava firme. O braço ao meu redor estava firme, mas uma tempestade de violência se formava sob a superfície quando ele ficava imóvel assim.

— Sera?

Abri a boca para responder, mas não consegui pronunciar qualquer palavra. Nem mesmo uma negação. Não fazia sentido. Aquilo era um sonho. Eu podia dizer qualquer coisa. Podia mentir. Podia dizer a verdade, uma que não fosse *tão* ruim. Certo? Muitas pessoas haviam passado por coisas piores do que eu. O homem que eu encarava, aquele que minha mente havia evocado de minhas lembranças, por exemplo. Mas o que no momento se esgueirava garganta acima não eram palavras. E sim um grito que me queimou enquanto eu lutava para reprimi-lo. Eu nem entendia o porquê. Eu estava sonhando. Podia gritar se quisesse.

Mas eu não queria.

Não queria pensar em nada disso.

Porque eu era *eu* ali, e *ela* lá.

— Sera — disse ele, baixinho. — Por favor.

— Não quero sonhar com isso. — Minha voz falhou. — Mal sou capaz de lidar com isso acordada. — As palavras jorraram de mim como água correndo sobre as pedras. — Não quero *isso* em meus sonhos. Não quero nada disso perto de nós, porque estou aqui com você. Estou aqui e nada mais…

— Está tudo bem, *liessa*. — Algo frio brilhou em seus olhos, algo selvagem que causou um arrepio em minha coluna antes que ele me puxasse até seu peito. — Tudo bem. Não precisamos falar sobre nada disso agora. — Mas um tremor percorreu seu corpo, fazendo meu peito estremecer. Ele me abraçou em silêncio por vários segundos, a mão em minha nuca se enroscando nos fios de meu cabelo.

Deixei a sensação de seu corpo acalmar as batidas do meu coração. Suas mãos estavam geladas, mas o restante estava maravilhosamente quente. Eu me perdi em Ash porque uma parte de mim sabia que aquela podia ser minha única chance, real ou não.

— Você é tão corajosa. Tem noção? Tão corajosa e leal. — Seu queixo descansou no topo de minha cabeça enquanto ele acariciava minhas costas com a mão. — Você é mais do que digna das espadas e escudos das Terras Sombrias.

Seraphena será uma Consorte digna das espadas e escudos que cada um de vocês usará para protegê-la.

Foi o que ele havia dito antes, e uma nova onda de lágrimas marejou meus olhos.

— Não há ninguém como você, Sera.

— Pare de ser gentil — murmurei, nem mesmo me importando que eu estivesse basicamente dizendo aquelas coisas para mim mesma. Ou se era meu subconsciente pronunciando as palavras. E fazia sentido, porque, naquele momento, eu precisava de apoio moral.

— Não estou sendo gentil. — Sua mão fez outra carícia reconfortante no meio de minhas costas. — Só estou dizendo a verdade. Você é a pessoa mais forte que conheço.

Eu sorri, me aconchegando mais perto.

— Mesmo quando você sente medo. — Ele conseguiu de alguma forma me puxar para mais perto. — Você jamais é medrosa. Há uma diferença, lembra?

— Eu lembro.

— Ótimo. — Ele baixou a cabeça, agora para dar um beijo em minha têmpora. — Preciso te perguntar uma coisa, *liessa.*

Soltei um suspiro longo e lento.

— Tudo bem.

— Você tem acesso a alguma arma?

Pisquei, surpresa. Tudo bem. Eu não esperava que minha mente pensasse assim, mas podia lidar com aquela linha de pensamento.

— Não. — Eu me lembrei do que tinha encontrado no baú. — Bem, achei algo que consegui usar como arma.

— Foi quando você tentou escapar?

Como ele sabia...? Ele não sabia. Eu sim. Minha mente estava criando suas palavras.

— O que você achou? — perguntou Ash.

Franzi os lábios.

— Acho que era um… pau de vidro.

Ash ficou imóvel contra mim.

— Desculpe. Acho que você falou errado.

— Não falei. — Meus lábios se contraíram. — Há um baú, e dentro tem um monte do que parecem ser paus de vidro. Acho que eles eram… — Balancei a cabeça, meu estômago revirou quando pensei no que aquilo significava. — Nem sei se ainda estão no baú. Não olhei, mas imagino que tenham sido removidos.

Ash nada disse por um longo momento, mas então guiou gentilmente minha cabeça para trás. À medida que nossos olhares se conectavam, detectei o mais fraco cheiro de lilases podres.

Fiquei tensa, a nuca formigando. Ouviu-se um som, um murmúrio distante. Comecei a virar a cabeça.

Ash me impediu.

— Preciso que me escute, tá? Você contou a Kolis o que acontecerá quando sua Ascensão começar? Que só eu posso Ascender você?

Franzi o cenho.

— Não, não contei.

— Ele acredita que você é Sotoria.

Como ele…?

— Você precisa dizer a ele que morrerá sem mim — disse Ash. — Você é a fraqueza de Kolis. Meu tio fará qualquer coisa para manter Sotoria viva… para manter você viva. Até mesmo te entregar para mim, a fim de evitar esse destino.

— O quê? — Soltei uma risada. — Kolis vai pensar que é uma armadilha. Ele não vai acreditar nisso. Eu não acreditaria.

— Mas ele vai acreditar nos Destinos — insistiu Ash. — Ele sabe que os Arae não podem mentir.

Eu não tinha tanta certeza daquela incapacidade de mentir. Eles tinham um talento especial para distorcer a verdade.

— Me escute, Sera. Não consigo invocar os Arae. Kolis também não. — Ash abaixou a cabeça para que nossos olhares se encontrassem. — Só o Primordial da Vida pode. E para todos…

— Para todos os efeitos, sou eu — terminei por ele. — Ash…

— Ele vai me libertar, Sera. Quando isso acontecer, invoque os Destinos. — Suas expressões se tornaram mais nítidas, mais vazias. Sombras floresceram sob seus olhos, e aqueles murmúrios…

Eram *vozes* que não vinham do meu lago, mas de outro lugar.

Eu acordaria em breve. Eu não estava pronta. Queria ficar ali.

— Você entende? — implorou Ash. — Prometa que fará isso. Que você vai contar a verdade a Kolis e então chamar os Destinos. Você precisa apenas invocá-los. Eles responderão.

— Eu… eu prometo. — A confusão aumentou quando segurei seus pulsos. — Mas como vou saber que você foi libertado? Kolis pode mentir para mim. Ele…

— Você saberá. Confie em mim. Ele fará um grande espetáculo — disse Ash, com uma leve careta. — O que estou prestes a dizer não muda o que eu já disse. — O éter rodopiava em seus olhos. — Você é corajosa, forte e resiliente. Não precisa que ninguém trave suas batalhas por você. Jamais precisou. Nem mesmo agora.

Meu peito ofegava enquanto eu o ouvia.

— Mas eu *vou* lutar por você. Vou libertá-la. E se para isso eu tiver de destruir tudo e todos em Dalos, então que assim seja — jurou ele, enquanto meu coração palpitava. — Nada vai me impedir.

Se ele fizesse aquilo, haveria uma guerra.

— Ash…

Sua boca se fechou sobre a minha em um beijo intenso e feroz que era por si só um juramento. Eu o senti até os ossos.

— Não sou nada sem você, *liessa* — sussurrou ele enquanto começava a desaparecer, as brasas zumbindo em meu peito. — E haverá nada sem você.

•

Acordei sobressaltada e, assim como da última vez que sonhei com Ash, não conseguia acreditar que aquela interação não tinha sido real.

Sua presença. Sua voz. Ainda de olhos fechados, respirei fundo. Mesmo agora, podia sentir o perfume do lago e de Ash, cítrico e fresco...

— Com quem estava sonhando?

Engolindo um arquejo ao som da voz de Kolis, eu me levantei de súbito e quase o acertei.

Kolis estava ajoelhado junto ao divã.

Levei a mão ao peito, o coração acelerado. Pelos deuses, ele tinha ficado me observando enquanto eu sonhava estar nos braços de Ash? Raiva e descrença se mesclaram em uma mistura inflamável.

— Você estava me espiando dormir? *De novo?*

Ele franziu o cenho.

— Posso ver que a ideia de eu observá-la ainda incomoda você.

— Não brinca — rebati.

Seus lábios se estreitaram enquanto traços de ouro giravam em suas bochechas.

— Quer saber o que é mais preocupante? Como é perturbador, mas fascinante, ver alguém encontrar prazer enquanto dorme.

Encontrar prazer? Um calafrio de repulsa passou por mim, e franzi o lábio superior enquanto a raiva fervilhava.

— Do que diabos você está falando?

— Você estava sorrindo — respondeu ele. — Eu vi sua respiração ficar ofegante.

Queridos deuses, por quanto tempo exatamente ele me espionara?

— Então não minta para mim.

Ou aquele homem não tinha absolutamente ideia alguma de como era a aparência de alguém experimentando o prazer, ou ele estava delirando.

— Eu não...

Kolis avançou, batendo a palma das mãos no divã. Ele se inclinou e inspirou profundamente. Eu fiquei tensa.

O falso Rei recuou, franzindo a testa.

— Ar da montanha e frutas cítricas.

Meu coração talvez tivesse parado enquanto eu o encarava. Ele sentiu o cheiro de Ash em mim? Porque, para mim, aquele era o aroma de Ash: ar fresco e frutas cítricas. Mas aquilo era impossível, não era? Pensamentos colidiram uns com os outros como navios no mar agitado. Como eu podia estar com o cheiro de Ash? O sonho... Era impossível que eu estivesse com seu cheiro simplesmente por ter *sonhado* com ele.

— Vou perguntar mais uma vez — insistiu Kolis, despertando-me de meus pensamentos. — Com quem você estava sonhando?

Ah, uma parte enorme, irresponsável e mesquinha de mim queria gritar o nome de Ash na cara de Kolis, mas eu não era tola.

— Não sei. — Fiquei tensa quando as manchas douradas desapareceram de seus olhos, mas ainda pulsavam sob a carne. — Não me lembro de meus sonhos. Nem sei com o que eu estava sonhando.

Kolis ficou em silêncio enquanto eu esperava que meus anos de mentira servissem de algo.

Enfim, os vestígios de éter diminuíram em sua carne, depois desapareceram. Ele recuou e se levantou.

— Eu... a aborreci.

Eu nada disse enquanto me agarrava à beira do divã. Seu olhar se desviou para meu pescoço, onde as marcas das presas tinham adquirido um cor-de-rosa desbotado.

— Não era minha intenção. Eu só... — Hesitante, ele fechou os olhos. — Fizemos uma promessa um ao outro. Uma promessa de começar de novo.

Eu não me lembrava de ter afirmado aquilo.

— Nós vamos começar do zero — disse Kolis, abrindo os olhos. — Nós *vamos*.

Suas palavras me fizeram lembrar de meu sonho. *Eu vou lutar por você. Vou libertá-la.* Mas aquilo não foi tudo o que Ash havia dito no sonho. Havia algo sobre as brasas e sobre contar a verdade a Kolis.

— Como posso fazer isso acontecer?

Franzi o cenho, voltando a me concentrar em Kolis.

— Fazer o que acontecer?

O falso Rei inclinou a cabeça.

— Facilitar nosso recomeço.

Ele já não tinha me feito uma pergunta semelhante, e eu não havia respondido que precisava de tempo? Embora eu não acreditasse que ele realmente me daria algum.

— Eu… não tenho certeza…

— Qualquer coisa. Não há limite para o que eu faria por você.

A náusea revirou meu estômago.

— Gostaria de um vestido novo? Um colar feito de rubis em vez de prata? Eu poderia fazer anéis deslumbrantes com qualquer pedra de sua preferência — ofereceu. — Há algo mais que deseje? Posso mandar vir livros de qualquer reino. Você gostaria de um animal de estimação? Eu posso…

— Eu gostaria de sair daqui — deixei escapar, a mente totalmente desperta.

Ele estreitou os olhos.

— Você perguntou — argumentei, lutando para manter a frustração longe da voz. Sair daquela maldita jaula e ver exatamente onde eu estava na Cidade dos Deuses seria excelente. — Eu gostaria de ver algo além deste espaço.

A expressão de Kolis se suavizou.

— Eu presumi… Não importa. — Ele pigarreou e então abriu um sorriso desequilibrado. — Você gostaria de passar um tempo comigo.

Não era o que eu estava sugerindo. Tipo, nem de longe.

— Eu gostaria disso também. — Ele recuou. — Vou mandar servir o café da manhã e lhe dar tempo para se arrumar.

Quando Kolis começou a se virar, eu me lembrei do que Ash havia dito em meu sonho, ou pelo menos o que eu imaginava ser um sonho.

— Kolis?

Ele tinha acabado de sair da jaula antes de parar.

— Sim, *so'lis*?

— Tem uma coisa que preciso perguntar.

Ele acenou com a cabeça para que eu continuasse.

— O que... o que você vai fazer em relação às brasas que carrego? — Fiquei de pé, cruzando os braços sobre o peito. — Kyn... ele falou com você outro dia sobre elas...

— Você não precisa se preocupar com isso.

— Preciso sim. — Dei um passo à frente, engolindo em seco. — Quando vocês dois conversaram sobre as brasas, você também falou sobre manter o equilíbrio. Não parecia que o que quer que estivesse sendo feito agora funcionaria para sempre.

— Não vai. — Ele cerrou os dentes. — Vou precisar pegar as brasas assim que você começar sua Ascensão, mas nem um momento antes. — Ele inspirou, levantando o queixo. — Então, eu a Ascenderei.

Meu coração martelava com força dentro do peito. Ele... ele *não* sabia que eu já estava a meio caminho de minha Ascensão, nem estava ciente de que não poderia simplesmente pegar as brasas e então me Ascender. Eu não sobreviveria. Tampouco o faria se ouvisse meu sonho e dissesse a ele que somente Ash poderia me Ascender. Mas...

— Me Ascender? — sussurrei, focada naquele detalhe. — Você iria me transformar em quê? Um Espectro? Um Ascendido?

— Espectros não são mais como antes — disse ele, com um sulco entre as sobrancelhas. — Não fui capaz de replicar o que fiz com o seu irmão.

Irmão.

Eca!

— Mas isso é irrelevante — continuou ele. — Você não se tornaria um Espectro.

— Então eu seria Ascendida?

Ele assentiu.

O que eu tinha visto daquela mulher passou diante de mim; olhos escuros como breu e famintos.

— O que vi dos Ascendidos não se parece com qualquer coisa mortal.

— Porque você não viu muitos — retrucou Kolis. — Os Ascendidos são quem costumavam ser. — Ele fez uma pausa. — Depois de um tempo.

Depois de um tempo? Bem, aquilo era reconfortante.

— Mas, como eu disse, não é algo com que precisamos nos preocupar ainda — disse ele. — Certo?

Assenti, distraída, mas estava muito preocupada com grande parte da situação.

— Mas o que acontece depois que você... pegar as brasas?

— Eu Ascenderei como o Primordial da Vida e da Morte — respondeu ele. — Mas você já sabe disso.

— Sim, mas o que isso significa para os planos, além de...?

— Assegurar a lealdade de minhas Cortes?

Em outras palavras, sendo um Primordial da Vida e da Morte, Kolis poderia eliminar qualquer um que se opusesse a ele. Ele seria capaz de Ascender um deus para substituir qualquer Primordial que matasse.

Ele me olhou por um momento.

— Uma vez que eu tenha Ascendido e garantido a lealdade aqui no Iliseu, farei o mesmo no plano mortal.

Assumindo o *papel mais ativo* de que ele havia falado. Abri a boca.

— Sem mais perguntas — interrompeu ele. — Voltarei em breve.

Fiquei em silêncio, observando-o sair enquanto três coisas me ocorriam ao mesmo tempo. Eu não tinha ideia se poderia ser transformada em uma Ascendida — não era algo que havíamos perguntado a Holland ou que sequer sabíamos. Nós de pavor começaram a se formar, mas eu não ficaria ruminando aquilo, porque nem mesmo era uma possibilidade. Eu não me permitiria ser transformada em um monstro faminto, independentemente do que acontecesse.

A segunda coisa foi que, embora Kolis não tivesse percebido que eu já estava entrando em Ascensão, Phanos percebeu. Ele sabia que o que suas sirenas fizeram por mim não duraria.

Mas o mais importante: havia uma razão pela qual Kolis estava tão à espera do último minuto a ponto de não perceber que já tinha chegado. Muito embora não estivesse ciente de que apenas Ash poderia me Ascender, ele sabia que eu podia morrer durante a Ascensão e tentava evitar aquilo.

Meu tio fará qualquer coisa para manter Sotoria viva... para manter você viva. Até mesmo te entregar para mim...

Respirei fundo, trêmula, enquanto recuava e me sentava.

Aquele sonho — aqueles *sonhos* — com Ash. Eram apenas isso. Algo que se passava dentro de minha mente.

Mas então como Kolis podia sentir o cheiro de Ash em mim? Não fazia sentido, assim como a sensação de realidade dos sonhos.

Então me lembrei da umidade pegajosa entre minhas coxas na primeira vez que sonhei com Ash. O sexo que fizera naquele sonho havia parecido real...

A sensação que vivenciei nas duas vezes em que havia sonhado com Ash voltou. Uma lembrança.

Lentamente, olhei para o biombo, aquela tela de privacidade. *Tela*. Em minha mente, vi a pintura de meu pai. Havia sido mantida em segredo nos aposentos pessoais da minha mãe, onde só ela poderia admirá-la, mas eu sabia que não o fizera com tanta frequência. Era muito doloroso. Ela sentia muita falta de meu pai. E me lembrei de imaginar se os dois tinham sido... corações gêmeos.

Mente acelerada, entreabri os lábios. Diziam que essas pessoas eram duas metades de um todo, como se tivessem sido criadas pelos Destinos uma para a outra. E seu toque era carregado de energia. Também diziam que elas podiam... entrar nos sonhos uma da outra.

Meu coração mais uma vez começou a martelar dentro do peito. Quando tocava em Ash, muitas vezes eu sentia uma torrente de energia. E ambos os sonhos... meus deuses, tinham sido reais demais. Nas duas vezes que sonhei com ele, não com o lobo, Ash podia estar despertando da estase ou talvez nem estivesse mais naquele estado. Ele também havia mencionado coisas que tinham acontecido. Havia falado como se soubesse...

Mas *eu* sabia o que tinha acontecido. Talvez eu estivesse transmitindo as informações à versão onírica de Ash. Só podia ser. Porque... como poderíamos ser corações gêmeos, se corações gêmeos sequer eram reais?

Até onde eu sabia, não passavam de lendas, em geral trágicas. Mas, de qualquer modo, corações gêmeos não envolviam o órgão em si. Era algo mais profundo. A *kardia*. E Ash? Ele nem a possuía. Não podíamos ser corações gêmeos. O sonho fora uma bela pausa, uma fuga momentânea, mas apenas um sonho.

Não poderia ter sido outra coisa.

23

Vestida com outro traje diáfano, apertado na cintura por uma corda de franjas salpicada com o que eu começava a achar que era ouro de verdade, eu seguia atrás de Kolis.

Após o café da manhã e de ser preparada para o dia, Kolis retornou e fez o que pedi.

Ele me libertou da jaula.

E me levou para fora.

Eu não havia ousado nutrir qualquer esperança de que ele me permitiria ver Ash, e muito embora isso me deixasse arrasada, estar fora da jaula me dava a oportunidade de entender melhor a disposição daquele seu suposto santuário.

Meus pés pisavam cuidadosamente no caminho de mármore que ele havia conjurado no solo arenoso, além da passagem aberta.

A coroa de Kolis também tinha aparecido do nada.

Ainda era difícil encará-la.

Não por causa do brilho, mas porque eu desejava avidamente avançar e arrancá-la de sua cabeça, puxando junto vários fios daquele cabelo dourado. Sorrindo com a ideia, senti um olhar sobre mim. Olhei para a direita.

Elias caminhava meio passo atrás de mim. Não havia outros guardas que eu pudesse ver, mas suspeitei de que muitos estivessem por perto.

O deus me espiou como se soubesse em que eu pensava antes de voltar a olhar para a frente.

Caminhamos em silêncio. Não se ouvia o canto de pássaros ou o farfalhar de vida animal, apenas nossos passos, quando Kolis nos conduziu por um palmeiral que ladeava as paredes levemente rachadas do santuário.

Deuses, a batalha entre ele e Ash tinha danificado estruturas até dentro da Cidade dos Deuses.

O que uma verdadeira guerra entre os dois faria?

Trêmula, ergui o olhar, notando que o azul do céu parecia escuro, tendendo mais ao violeta. Aquilo me lembrou dos minutos anteriores à chegada do crepúsculo.

— Logo será noite? — perguntei.

— Em cerca de uma semana, será — respondeu Kolis, a brisa quente levantando os fios de cabelo dos ombros.

— Quanto tempo o sol dura aqui?

— Há noite apenas uma vez por mês, o que equivale a cerca de três dias no plano mortal.

Há noite apenas uma vez por mês... Quase tropecei, o que me rendeu um olhar penetrante de Elias. Eu me endireitei.

— Estou aqui há três semanas?

— Aproximadamente — respondeu Kolis, me encarando por cima do ombro. — Você parece surpresa.

— Eu... eu não tinha ideia de que tanto tempo havia se passado.

— Depois que decidiu bancar a turista solitária, você dormiu por muitos dias — revelou ele.

Puta merda, eu tinha dormido por *dias*? Lancei um olhar mordaz para Elias. Afinal, ele havia me nocauteado. O deus rapidamente desviou o olhar.

Estreitando os olhos, olhei para a frente. Aquilo ainda não justificava todos os outros dias. Deuses, tinha sido difícil acompanhar a passagem do tempo, mas eu não havia me dado conta de que era *tão* difícil. Ainda assim, pelos reinos, como eu tinha dormido por tanto tempo sem entrar em estase? Com certeza fora por causa do que as sirenas fizeram, mas...

Agora eu sabia que tinha razão sobre como Kolis havia incapacitado Ash. Aquilo significava que ele mantivera Ash… empalado com uma arma feita a partir dos ossos dos Antigos? Deuses.

A raiva fervilhou quando uma parede alta de mármore, incrustada de diamantes, surgiu, semelhante à que Ash e eu tínhamos visto antes. Kolis se moveu para a esquerda, e vi uma ampla colunata por entre as árvores. Quando me virei, finalmente avistei o panorama da silhueta da cidade, com as torres de cristal.

— *A cidade é linda* — eu comentara com Ash ao ver pela primeira vez a extensa cidade brilhante como diamante.

— *De longe, sim* — havia respondido ele.

Minha pele ficou gelada apesar do calor, assim como aconteceu quando a vi pela primeira vez. O vento soprou mais forte, carregando o cheiro metálico de sangue e o fedor enjoativo e adocicado de decomposição.

As brasas zumbiram de leve. Não conseguia identificar a origem do cheiro, mas sabia o que o causava. Jamais esqueceria os corpos que vira amarrados por entre as árvores e entre os pilares de uma colunata como aquela diante de nós.

— Quantos vivem na cidade? — perguntei, lembrando o que Callum dissera.

Falando naquele idiota, onde ele estava?

Kolis parou, virando-se para me encarar.

— Não muitos.

— O que aconteceu com eles? — insisti, mesmo já sabendo a resposta. Ainda assim, eu queria ouvir o que ele diria.

— Morreram — afirmou ele, sem rodeios. — Mas não por minhas mãos.

Balancei a cabeça às suas costas. Kolis assumia a responsabilidade por alguma coisa?

— Pelas mãos de quem, então?

— Dos Destinos.

Arqueei as sobrancelhas quando ele se virou. Ele estava mesmo culpando os Arae? Olhei para Elias, mas ele estava observando os muitos edifícios espalhados pela paisagem. O cheiro de sangue e podridão subiu no vento mais uma vez antes de se dissipar.

Disse a mim mesma para ficar em silêncio.

Não escutei.

— E quem é o responsável pelo fedor de morte?

Elias virou a cabeça para mim.

— Eu — respondeu Kolis, com uma pitada de emoção. — Eles foram deuses que me… decepcionaram.

Cerrei o maxilar enquanto as brasas se agitavam novamente. Pelo menos aquilo ele admitia.

Um guarda com armadura dourada apareceu no arco do santuário.

— Um momento — disse Kolis, antes de avançar.

Imaginei que significava que eu devia ficar onde estava, então cruzei os braços e observei Kolis subir os degraus da colunata para se juntar ao guarda. Minha atenção voltou para a cidade brilhante, e tentei imaginar uma época em que vibrava com deuses… com *vida*.

— Você devia ser mais cuidadosa.

A surpresa me invadiu quando olhei para Elias. Ele realmente tinha falado comigo. Não achei que minha tentativa de fuga contasse, mas os guardas em geral não se dirigiam às favoritas de Kolis. Estas também não tinham permissão de sair da jaula dourada, pelo menos até onde eu sabia.

Por outro lado, eu não era uma simples favorita, era?

— Com o quê? — repliquei, mantendo a voz baixa.

— Com o modo como fala com ele. O que você questiona. Ele tem um temperamento irascível. — Ele observou Kolis, mas depois baixou o olhar para mim… para as duas pálidas marcas rosadas em meu pescoço. Quando voltou a falar, sua voz era pouco mais do que um sussurro: — Como tenho certeza de que já sabe.

— Obrigada pelas palavras de sabedoria — murmurei, meu rosto corando.

Não tinha ideia de por que aquele guarda ousaria arriscar ver tal temperamento ao se dirigir a mim. Certamente estava preocupado em ser pego no fogo cruzado quando — não se — eu irritasse Kolis.

Sorri com ironia.

— Venha — chamou Kolis.

Retirei o sorriso do rosto e segui o falso Rei para dentro. Alcovas sombrias emolduravam o salão adornado com ouro em que entramos, semelhante àqueles que eu tinha visto durante minha tentativa de fuga e no Palácio Cor. Ergui as sobrancelhas enquanto sussurros e gemidos ofegantes ecoavam do interior.

Uma risada súbita, baixa e gutural soou como um estalo agudo, desviando minha relutante atenção para Kolis ao mesmo tempo que me irritava. Ele estava, óbvio, me observando.

— Você parece bastante perplexa no momento — comentou ele. — É encantador.

Nenhuma parte de mim ficou surpresa ao ouvir que uma expressão perplexa parecia *encantadora* para ele.

— Por favor, diga-me o que causou tal expressão — disse Kolis, olhando para a frente enquanto voltava a andar.

Olhei para uma das alcovas, avistando pele profunda e brilhante e... nádegas bastante firmes.

— Só há muito... sexo.

Atrás de mim, Elias emitiu um som baixo, como uma risada disfarçada de tosse.

— Isso a incomoda? — Os passos de Kolis desaceleraram. — Costumava incomodá-la antes. Mas, na época, você era *inocente*. — Ele suspirou e meu lábio superior se curvou. — Você já não é mais uma donzela.

Meus olhos se estreitaram em suas costas. Eu me recusava terminantemente a dignificar a declaração com uma resposta.

— Não me deixa desconfortável — argumentei... desde que tudo fosse consensual. *Parecia* consensual, mas as aparências podiam enganar. Minhas palmas umedeceram. — Só é exagerado.

— É minha presença — disse Kolis, enquanto passávamos por várias outras alcovas ocupadas e protegidas por painéis de cortinas douradas transparentes.

— Ah — murmurei, franzindo a testa.

A presença dos Primordiais exercia certa influência à qual nem mesmo os deuses ou semideuses estavam imunes, mas sua afirmação não fazia sentido. Agora, se Maia, a Primordial do Amor, da Beleza e da Fertilidade, estivesse presente, eu entenderia…

Contive um suspiro de surpresa quando Kolis parou de repente e me encarou. Seu olhar se voltou para Elias, que se manteve afastado. Ele baixou a cabeça, e fiquei completamente imóvel enquanto Kolis falava em meu ouvido:

— Não vejo razão para mentir sobre minhas habilidades ou limitações com você, *so'lis*. As poucas brasas da vida que permanecem em mim são fracas e têm pouca influência sobre os deuses ou sobre minha capacidade de impactar aqueles ao meu redor. — Seu hálito em minha têmpora fez minha pele se arrepiar. — O que você acha que os vivos fazem quando estão perto da Morte? Não *um* Primordial da Morte, mas a verdadeira Morte.

Engoli em seco, mais do que um pouco surpresa por sua disposição em falar abertamente sobre o que realmente era. Mas ele estava certo. Eu sabia a verdade. Não havia razão para ele mentir para mim.

— Cedem ao desejo de provar que estão *vivos* — respondeu Kolis no silêncio. — E provar que seus corações ainda batem, e o sangue ainda corre em suas veias, muitas vezes envolve a participação em atividades que os fazem se sentir vivos. Poucas coisas fazem alguém se sentir mais vivo do que uma boa foda.

Kolis tinha razão, mas ouvi-lo falar sobre *uma boa foda* me fez querer encontrar uma adaga e enfiá-la em meus tímpanos.

Ele se empertigou, abrindo um de seus sorrisos refinados. Depois deu meia-volta e começou a andar novamente. Soltando o fôlego, eu o segui. Depois de alguns momentos, grandes portas douradas apareceram, ostentando o símbolo de um lobo — o mesmo animal rondando com as presas à mostra que eu tinha visto gravado no piso do átrio.

Mas aquelas portas eram muito mais largas do que as que eu já vira Kolis atravessar. Diminuí meus passos.

Kolis esperou que eu o alcançasse. Quando o fiz, Elias se adiantou, abrindo as portas para revelar um piso revestido de ouro e não muito mais. Ao olhar para a coroa brilhante na cabeça de Kolis, tive a sensação de que estávamos na antessala do que outrora fora o Conselho Municipal.

Parei, os dedos torcendo a borla do cinto enquanto as brasas vibravam mais forte. Eu podia ouvir o zumbido de vozes. A existência de deuses ali era uma possibilidade, mas definitivamente havia Primordiais. Eu os sentia, e uma onda de náusea me dominou.

— *So'lis*? — chamou Kolis, suavemente. — Você está bem?

Não me sentia bem, mas assenti.

— Não minta. Você está pálida.

Engoli em seco, desviando o olhar de onde Elias esperava, logo além das portas. Meus olhos encontraram os de Kolis. A preocupação em seu olhar era evidente, e aquilo era perturbador por uma série de razões, mas eu podia tirar algum proveito.

— Estou nervosa.

— Com o quê?

— Com quem quer que esteja do outro lado. — Gesticulei com a cabeça em direção às portas. — Multidões me deixam ansiosa, principalmente quando consistem de deuses e Primordiais.

— Não há razão para isso. — Kolis sorriu. — Vou protegê-la.

Em minha mente, me imaginei chutando sua cara repetidas vezes.

— Eu sei.

Kolis pareceu satisfeito com minha resposta, o suficiente para que seu sorriso ficasse enviesado, mais genuíno, à medida que seu olhar me perscrutava.

— Eu não disse antes — começou ele —, mas você está muito linda hoje.

Meu sorriso ficou mais hesitante.

— Obrigada. — Então minha língua relaxou, e eu não tinha muita certeza do motivo de ter falado o que falei em seguida, nem por que a ideia sequer me ocorreu. — Mas você prefere minha aparência anterior.

A curva irregular de seus lábios desapareceu. Vários segundos se passaram.

— Sim, prefiro. — Seu olhar se desviou para meu cabelo. — Era um tom de vermelho tão impressionante... do tom do vinho mais refinado. — Ele piscou. — Teremos de fazer algo sobre isso.

Franzi as sobrancelhas.

— Venha — repetiu, como se eu fosse um cão de caça lerdo. — Eles nos aguardam.

Eles.

Aqueles que não muito tempo antes haviam assistido à minha coroação como Consorte das Terras Sombrias e ao meu casamento com Ash agora assistiriam ao que quer que Kolis exigisse de mim.

Na última vez que havia me apresentado diante daqueles por trás das portas, eu estava vestida em renda prateada e brilhava como as estrelas distantes piscando para a vida.

Agora, eu estava adornada em ouro e teria de...

Precisava me comportar como se ao menos tolerasse Kolis e quisesse estar ali. Minha boca ficou seca. Não me importava com o que eles pensavam de mim, mas com a forma como isso afetaria Ash e qualquer apoio que ele tentaria obter.

Uma inquietação surgiu dentro de mim, entrelaçando-se a filetes de melancolia. Era uma mistura potente, um turbilhão de emoções pertencente a Sotoria e a mim. Senti a essência crescer em meu interior e sabia que, se eu simplesmente a libertasse, ela explodiria, lançando a desolação que percebia dentro de mim em todos aqueles além das portas.

Deuses, uma pequena parte de mim queria deixar aquilo acontecer. Queria que *todos* soubessem como eu me sentia por dentro, que vivenciassem a notória desesperança e o amargo desespero. Todo o medo sufocante e a vergonha devastadora. Queria que sofressem como Ash, como inúmeros outros. Queria pegar toda a dor e fazê-los se afogar em suas profundezas.

Meu corpo *formigava.*

E, deuses, o conhecimento inerente que vinha das brasas sabia que, se eu simplesmente parasse de resistir, o que eu queria se tornaria realidade. Eu poderia fazer aquilo. Poderia derrubar Kolis. O potencial me deixou sem fôlego...

Com um sobressalto, pisquei rapidamente. No que eu estava pensando? Meu coração martelava no peito quando cerrei as mãos. Meus deuses, eu estava tendo delírios de grandeza. As brasas eram mesmo poderosas, mas não o suficiente para enfrentar sabe-se lá quantos deuses e Primordiais, *e* Kolis.

As brasas pulsaram enquanto eu tomava fôlego, longa e profundamente. Limpei a mente como quando minha mãe me mandava em suas missões. Eu tinha um trabalho a fazer. A opinião que os Primordiais certamente teriam sobre mim não importava. Apenas libertar Ash. Eu iria sobreviver àquilo e então perguntaria a Kolis sobre Ash. Depressa, puxei alguns cachos soltos para a frente, cobrindo a mordida cicatrizada e fornecendo algum disfarce para o que o vestido não escondia. Quando segui Kolis meus passos eram firmes, apesar de não sentir o chão sob meus pés.

A conversa morreu sob o teto aberto do grande salão. O zumbido das brasas desapareceu lentamente enquanto meu olhar percorria os extensos pilares de mármore e ouro que revestiam o enorme e circular Conselho Municipal, que devia ter pelo menos metade do tamanho daquele em Lethe.

Os pilares apresentavam rachaduras leves.

Tochas haviam sido acesas em cada um deles, lançando um brilho ardente nos recessos além, onde a tênue luz solar não conseguia penetrar. Numerosos sofás longos e poltronas cobertos de marfim estavam espalhados, não mais ocupados. Dezenas estavam ao pé do estrado, cabeças curvadas como um borrão enquanto eu fitava os veios dourados no piso de mármore até o outro lado do salão...

Até onde jazia um enorme dragontino, a mandíbula ampla e o focinho achatado e largo apoiados no chão. Vários chifres brotavam de sua cabeça, curvando-se para trás. Deviam ter o comprimento de uma das minhas pernas, se não mais. As escamas do dragontino eram da cor de pedra das sombras, e cada uma delas parecia ter sido mergulhada em carmesim. As asas estavam dobradas perto da lateral do corpo, e uma longa cauda cheia de espinhos se contorceu quando um guarda passou cautelosamente por cima.

O dragontino estava... estava *cochilando*.

Nektas era o maior dos dragontinos, mas aquele com certeza vinha em segundo ou tinha o mesmo tamanho.

Quem era?

Kolis se aproximou da beira do estrado. Parei no trono, desviando meu olhar do dragontino para o que estava ao meu lado. Maior do que o do Palácio Cor, de algum modo mais dourado, mas não tão berrante como o do átrio. Os diamantes brilhavam no crepúsculo, cintilantes nos braços e nas costas entalhadas com muitos desenhos.

O espaldar do trono era um grande sol cravejado de pequenos diamantes, seus raios terminavam em pontos que formavam símbolos. No centro havia uma grande lua crescente. À direita da lua havia um elmo, um tridente, uma concha de marisco e, do último raio, um conjunto de chifres esculpidos no ouro. À esquerda da lua os raios terminavam em um aglomerado de muitos ramos e folhas, um galho enrolado em formato de serpente, outro elmo e, por fim, uma pequena árvore de jade.

Aqueles símbolos eram quase idênticos às coroas que eu tinha visto nos Primordiais. A árvore de jade devia representar as Ilhas Callasta, a Corte de Veses.

As brasas vibraram suavemente no centro de meu peito enquanto eu observava o trono. Por instinto eu soube que ele representava a unidade entre as Cortes de Primordiais e deuses. E soube também que era o trono do qual Eythos governara.

Baixei o olhar. Havia sulcos profundos nos azulejos dourados e até pontos em que lascas do chão haviam se soltado.

Um arrepio percorreu meu corpo; eu me encontrava parada onde outro trono havia estado. Provavelmente onde a mãe de Ash, Mycella, tinha se sentado ao lado do marido.

Agora não havia nada lá além de destruição e… eu.

— Levantem-se — ordenou Kolis, enquanto eu permanecia onde estava, sem ter ideia do que deveria fazer.

Os que estavam abaixo se levantaram, e, enquanto eu examinava a multidão de várias dezenas de rostos, um olhar prateado incandescente encarou o meu.

Kyn.

Nossos olhares se encontraram enquanto eu me lembrava de meu sonho, de Ash falando como se Kyn o tivesse visitado enquanto estava preso. Minha mente certamente inventaria algo assim. Não queria que Ash soubesse que eu tinha prometido a Kolis qualquer coisa em troca da libertação de Rhain, porque ele pensaria o pior.

Kyn sabia que a oferta de Kolis não estava mais na mesa? Eu torcia para que sim e para que aquilo o tivesse irritado.

Também esperava que seu pau murchasse e caísse.

Com aquilo em mente, abri um sorriso forçado para o Primordial. Ele avançou, como se soubesse que eu estava imaginando seu pau sendo dilacerado e planejasse fazer algo a respeito.

Uma mão agarrou seu ombro, chamando sua atenção — e a minha — para alguém de preto ao seu lado. Meu olhar se virou para aquela figura.

Attes.

O Primordial não olhou para mim enquanto conversava aos sussurros com o irmão.

Então Kolis se virou, indo até o enorme trono dourado ao lado do qual eu estava parada. Não sabia o que pensar da presença de Attes, mas confiava nele. Pelo menos, achava que sim.

Desviando os olhos dos irmãos, meu olhar colidiu com outro. Senti o ar deixar meus pulmões em um suspiro entrecortado.

Keella, a Primordial do Renascimento, estava com as mãos entrelaçadas na cintura do vestido marfim. Havia nada além de tristeza em seu olhar.

Pisquei, desviando rapidamente o olhar, o coração martelando dentro do peito. Keella se deu conta de que a ajuda que dera a Eythos não havia saído como planejado? Que a alma de Sotoria estava presa dentro de mim? Attes podia ter contado a ela, ou possivelmente Ione, que tinha visto a verdade em minhas lembranças.

Meu olhar passou pelo rosto de deuses que não reconheci e daqueles postados ao longo das paredes. Vi Phanos ao fundo, o brilho dos candelabros refletido na pele lisa e marrom de sua cabeça. Nem ele nem os outros três Primordiais usavam suas coroas, e eu não vi nenhum de outras Cortes.

Embris, o Primordial da Sabedoria, da Lealdade e do Dever, não estava presente. Nem a Primordial Maia, ou aquela vadia da Veses, a Primordial dos Ritos e da Prosperidade. Com sorte, aquilo significava que continuava trancada sob a Casa de Haides. E faminta.

Callum subiu ao estrado, e, por um momento, me distraí com sua presença… e por um pensamento gritante. Aquele filho da puta era irmão de Sotoria. Então vi o que ele carregava. Uma grande almofada dourada, que colocou aos pés de Kolis.

Não era possível que esperassem que eu ficasse sentada ali.

Os olhos do Espectro se ergueram até os meus enquanto ele se endireitava, o cabelo escondendo um sorriso presunçoso.

Filho da puta.

— Venha, minha querida — chamou Kolis, apontando para a almofada. — Sente-se.

Um formigamento quente subiu pela minha nuca. Sentindo o olhar dos outros sobre mim, evoquei o som da voz de Ash enquanto me movia até a almofada. *Inspire.* Era tudo o que me cabia fazer enquanto me abaixava no objeto dourado, tentando descobrir a melhor maneira de sentar, as fendas do vestido oferecendo pouca opção. *Inspire.* Contraindo o peito, sentei-me com os joelhos para o lado, muito consciente da área exposta de minha perna e da parte inferior do quadril. *Inspire.*

O salão parecia silencioso, sufocante, enquanto eu olhava para a frente, sem fitar alguém em especial. Fora Attes, o que os Primordiais pensavam ao me ver? Todos tinham conhecimento do que Ash tinha feito com Hanan, então sabiam, ou pelo menos suspeitavam, que Kolis havia me capturado. Phanos sabia porque Kolis me levara até ele quando eu estava à beira da morte.

Os criados entraram no salão por uma porta no interior das alcovas à nossa direita. As mulheres tinham a mesma aparência de que me lembrava: túnicas folgadas quase transparentes, braços cheios de braceletes dourados, do punho até o cotovelo, e rostos pintados para formar asas douradas.

— Que bela surpresa ver tantos de vocês hoje — anunciou Kolis, a voz de verão cheia de calor e simpatia. Se eu não o conhecesse, teria acreditado no que disse. — Por favor, sirvam-se de bebidas antes de começarmos.

Começar o quê?

Longos fios louros e ondulados chamaram minha atenção. Olhei para a esquerda, passando pelo dragontino ainda adormecido, até que meu olhar colidiu com olhos vermelho-rubi e belas feições familiares, mas presunçosas.

Diaval, o dragontino.

Encostado a um pilar, com os braços cruzados sobre o peito nu. Como Nektas também preferia, ele usava calça larga de linho.

Com os lábios franzidos, eu o observei voltar sua atenção para alguém próximo. Não reconheci quem quer que fosse, e tinha certeza de que o faria porque o homem... bem, ele era lindo.

Sua pele me fazia lembrar de rosas que desabrochavam à noite, as maçãs do rosto proeminentes em um rosto perfeitamente simétrico. O cabelo preto caía sobre os ombros e até o meio das costas em fios longos semelhantes a cordas. Estreitei os olhos e consegui distinguir a leve marca de escamas nas escápulas enquanto ele concordava com a cabeça para o que quer que Diaval dizia.

Examinei o salão mais uma vez, encontrando outro que suspeitei também ser um dragontino. Um homem de cabelo preto parado entre dois pilares à direita, por onde os criados entravam e saíam apressados. Estava perto o suficiente para eu ver sulcos na pele marrom-clara de seus ombros.

Tampouco estava sozinho. Outro homem estava ao seu lado, vestido como Callum em geral se vestia, com uma túnica e calça branca, detalhes em dourado. Apesar de sua máscara pintada obscurecer grande parte de seu rosto, vi olhos azuis sinistros e sem vida e suspeitei saber de quem se tratava.

O Espectro, Dyses. Aquele que não continuou morto mesmo depois de Ash arrancar seu coração.

Olhei para os fundos, onde vi vários guardas e outros convidados perto e entre os pilares. Todos estavam muito longe para se distinguir muitos detalhes. Então havia pelo menos três dragontinos presentes em suas formas mortais, um dragontino muito grande ainda adormecido e sabia-se lá quantos Espectros. Senti que era algo digno de nota.

Uma criada se aproximou do estrado, parando para se curvar antes de subir os degraus lentamente. A mulher esbelta carregava apenas dois cálices incrustados com rubis em sua bandeja de sisal e serviu Kolis primeiro. Quando ele pegou o seu, ela se virou para mim e se curvou ligeiramente, oferecendo o segundo.

— Beba — ordenou Kolis, com suavidade.

Aquela sensação de formigamento aumentou quando estendi a mão para o cálice. Kolis não havia permitido que eu fizesse uma escolha. Pude ver nitidamente que era algum líquido de cor âmbar, e não o potente vinho Radek que me disseram ser afrodisíaco.

— Obrigada — murmurei, enquanto uma brisa quente soprava sobre o estrado.

A criada de pele pálida não me encarou ao assentir, então saiu sem dizer uma palavra. Seus movimentos eram graciosos enquanto navegava por entre aqueles que permaneciam no salão e não tinham se recolhido para a área de estar nos nichos.

O barulho repentino e suave de alguém pigarreando chamou minha atenção, atraindo meu olhar em direção ao som.

A Primordial Keella estava parada a vários metros do estrado.

Os dedos de Kolis começaram a tamborilar preguiçosamente no braço do trono.

— Keella — reconheceu depois de um momento. — Estou surpreso em vê-la aqui hoje.

— Sei que não indiquei que precisaria de seu tempo durante a Corte — disse ela, e então entendi do que aquilo se tratava. Kolis estava em audiência, um momento para os deuses, e suponho que Primordiais, fazerem solicitações ou externarem reclamações. — Mas espero poder apelar para sua benevolência e falar com você antes do início da sessão.

Sua benevolência? Quase bufei.

— Você sempre apelou para meu lado benevolente — disse ele, um pouco do calor deixando seu tom. — Com ou sem razão.

Lembrei de como Keella tinha ajudado Eythos com a alma de Sotoria e deduzi que fosse ao que Kolis se referia com aquela insinuação. No entanto, Keella não esboçou reação alguma enquanto se levantava, a coluna ereta e os punhos relaxados.

— Então — continuou Kolis, lentamente —, o que a traz aqui hoje?

Keella ergueu o queixo.

— Ela.

Minha postura se endireitou de surpresa.

— Claro — murmurou Kolis.

— Ela é a Consorte das Terras Sombrias — afirmou Keella, com calma. Attes e alguns deuses se viraram para ouvir.

— Ela é?

— Eu estava presente em sua coroação e no casamento com seu sobrinho — respondeu Keella, enquanto meu aperto no cálice se intensificava. — Sei quem ela é.

O ar ficou preso em minha garganta enquanto eu me inclinava para ver tanto ela quanto Kolis.

— Você devia saber quem ela é. — O sorriso de Kolis, aquele bem ensaiado, não vacilou. — Diga-me, Keella, quando esteve na coroação, você sabia?

— Eu a conheço como Seraphena, Aquela que nasceu de Sangue e Cinzas, *da* Luz e do Fogo, e *da* Lua Mais Brilhante — respondeu ela, suavemente. — Consorte de Nyktos.

Tantas coisas passaram pela minha cabeça, mas aquele era um dos raros momentos em que eu sabia que não devia falar, então permaneci em silêncio.

— A Lua Mais Brilhante. — Kolis olhou para mim… para meu cabelo. — Posso ver por que Nyktos inventou um título tão idiota.

Meus dedos se crisparam. *Fique quieta.* Nada sobre aquele detalhe de meu título era idiota. Eu nem estava pensando na referência à profecia. Ash o tinha escolhido por causa de meu cabelo e de como ele o lembrava da lua. Era… simbólico. Carinhoso.

— E onde está Nyktos? — perguntou Keella, atraindo meu olhar de volta para si.

— Onde acha que meu sobrinho está? — rebateu o falso Rei. — Ele matou seus irmãos.

Espere. Seria possível que alguns dos Primordiais não soubessem sobre a prisão de Ash?

— Ele o fez para proteger sua Consorte? — Keella levantou as sobrancelhas. — Se foi o caso, embora eu abomine tal violência, sua reação é compreensível.

— É mesmo? — Um calor palpável roçou minha pele no rastro daquelas duas palavras. — Suas ações poderiam ter causado consequências prejudiciais e duradouras para os planos.

— Mas não foi o que aconteceu. — Com certeza Keella sentia a raiva crescente de Kolis, mas permanecia inabalável. — Outro subiu de hierarquia depois de todos esses longos anos. Devia ser considerado uma bênção.

— Tenho certeza de que Hanan apreciaria esse sentimentalismo — observou Kolis, secamente. Em qualquer outra situação eu teria rido. — No momento Nyktos está preso, mas será libertado em breve. Espero que ele demonstre mais remorso por suas ações do que você.

Eu desconfiava de que Kolis ficaria decepcionado.

— E o que acontecerá então? — pressionou Keella. — Você vai parar… o que quer que seja isso? Ela é a Consorte de Nyktos, Kolis. —

Sua voz baixou. — Esta é uma violação da tradição e da honra nunca vista desde…

— Desde quando? — perguntou Kolis, suavemente.

Keella respirou fundo, mas não respondeu. Até eu sabia a que ela se referia. Aquele tipo de comportamento não fora visto desde que Kolis matou Mycella em sua fúria. Olhei para Attes. Matou *seus* filhos e muitos outros.

Kolis se inclinou para a frente, baixando o tom.

— Eu não sancionei a coroação a que você compareceu. Foi tudo uma farsa.

Fechei os olhos, cerrando os dentes. Eu sabia o que ele planejava alegar, mas, ainda assim, tive vontade de gritar.

— Não foi essa a impressão que tive — argumentou Keella, secamente.

Houve um instante de silêncio, e então Kolis chamou Kyn. Arregalei os olhos de súbito.

O Primordial da Paz e da Vingança se aproximou sem seu irmão gêmeo, o bracelete de prata em seu braço brilhou enquanto ele erguia um cálice menos adornado.

— Sim, Vossa Majestade?

— Você estava presente quando Nyktos veio ao Palácio Cor e pediu permissão para tomar Seraphena como sua Consorte — começou Kolis, e um sobressalto de surpresa me sacudiu ao ouvi-lo dizer meu nome. Ele não o fizera desde que eu tinha falado que era Sotoria. — Eu dei permissão?

Kyn ergueu uma sobrancelha enquanto tomava um gole.

— Não. — Então ele me encarou, o belo rosto apático. — Não deu.

Tomei fôlego enquanto meu estômago se apertava. Claro que Kyn mentiria, mas, por algum maldito motivo, foi mais um choque, e uma onda de fúria incandescente me atravessou.

— Então, como você pode ver, ela não é Consorte. — Kolis acenou com a cabeça para Kyn. — Obrigado.

Kyn fez uma curta reverência, a curva de seus lábios zombeteira quando ele se virou, bebendo de sua taça com avidez.

Desgraçado.

— Então ela ficará aqui até que Nyktos seja libertado? — perguntou Keella.

Kolis riu.

— Ela não voltará para Nyktos.

Sua declaração foi como uma lâmina cravada em meu peito, fazendo com que o cálice em minha mão tremesse.

A Primordial nada disse por vários segundos.

— Então ela está aqui de livre e espontânea vontade?

Um momento se passou.

Senti meu coração disparar porque sabia o que estava por vir.

— Por que você mesma não pergunta a ela?

O olhar de Keella encontrou o meu, o éter em seus olhos rodopiando enquanto Kolis me fitava com intensidade. Eu queria gritar: *Não!* Mas o acordo... A liberdade de Ash. O gosto de bile encheu minha garganta quando disse:

— Sim. Estou aqui por... por escolha.

24

Nunca imaginei que uma meia-verdade pudesse ser tão ruim quanto levar um soco na cara.

Mas agora sabia.

— Isso acalmou suas preocupações? — perguntou Kolis.

A tensão tomou conta dos cantos da boca de Keella enquanto ela dava a Kolis um aceno abrupto.

— Obrigada.

Eu a observei recuar e se virar, meus ombros caindo sob uma onda repentina de exaustão.

— Keella? — chamou Kolis.

Ela parou, encarando-nos outra vez.

— Sim, Vossa Majestade?

— Parece que você esqueceu o juramento que me fez. Me questione de novo e acabará nos Cárceres — avisou ele, naquele tom suave e alegre. — Entendeu?

Keella inclinou a cabeça.

— Sim.

— Ótimo. — Kolis se recostou, terminando sua bebida.

A Primordial me lançou um último olhar, depois se virou, vagando de volta para a pequena multidão. Eu não sabia se ela acreditava em mim. Tinha lá minhas dúvidas.

Ainda assim, a meia-verdade queimava minha garganta.

A mesma criada de antes voltou com uma garrafa para reabastecer o cálice de Kolis. Ela se foi novamente, mas, daquela vez, enquanto se dirigia para a porta, não conseguiu deixar o salão.

Um dos deuses desconhecidos sentado em um dos sofás a agarrou pela cintura. Ela quase não conseguia equilibrar a bandeja de sisal e a garrafa enquanto o deus a puxava até seu colo. Ele disse algo a ela, que respondeu com um breve aceno de cabeça, antes de colocar a bandeja e a garrafa no chão.

Estreitei os olhos quando a cabeça do deus desapareceu na curva do pescoço da criada. Um segundo depois, seu corpo estremeceu, e a única asa pintada que eu conseguia ver se contorceu em uma careta de dor.

— O que está fazendo, *so'lis*? — perguntou Kolis, baixinho.

— Não estou... — Hesitei, percebendo que tinha me inclinado para a frente, fazendo menção de levantar. Com o estômago embrulhado, observei a asa pintada relaxar enquanto a criada amolecia nos braços do deus. Eu me forcei a me sentar. — Os criados são Escolhidos?

— São.

Então eu tinha acertado ao suspeitar daquilo quando estivera ali com Ash. Ciente da proximidade de Callum e Elias, perguntei:

— Também fazem parte do cardápio?

— Às vezes — respondeu Kolis, displicente.

O fogo da raiva incendiou minha pele enquanto eu observava a mão do deus deslizar do quadril da criada e mergulhar entre suas coxas. Desviei o olhar, percebendo que Attes havia se afastado para falar com Keella, que eu presumira ter ido embora. Parados nos fundos do espaço, mantinham as cabeças inclinadas e juntas. A conversa parecia... tensa. Vi que Kyn estava em uma das cadeiras situadas perto dos pilares, uma bebida na mão. Fuzilando-me com o olhar.

Eu o ignorei, minha atenção voltada para a alcova e a criada ainda nas garras do deus. Meu maxilar começou a doer.

— Posso ver que a cena a desagrada. — Kolis suspirou. — Eles são Escolhidos, *so'lis*.

Sim, o que vi me desagradava.

Ele me chamar de *sua alma* repetidas vezes também me desagradava.

— Eles devem servir a mim e a meus deuses. Às vezes, servindo a bebida. Outras vezes... sendo a bebida. — Ele riu, nitidamente satisfeito com o que acreditava ser uma piada inteligente.

Queridos deuses. Eu não sabia se seria capaz de controlar meu temperamento e permanecer como uma tela em branco até que Ash fosse libertado. Porque eu estava vermelha de raiva. O que significava que eu não estava exatamente em branco.

— Foi isso que ela escolheu? — perguntei, assim que tive certeza de que minha voz não revelaria meu desejo voraz de cometer um assassinato sangrento e violento.

O breve humor desapareceu de seu tom.

— Quase todas as escolhas foram feitas por eles desde o nascimento.

Minha cabeça virou para o lado de modo a encará-lo.

— Vejo que acertei um ponto fraco — observou ele, secamente, olhando para a criada. — Ela parece estar se divertindo.

A mulher ficou rígida contra a mão entre suas pernas, olhos fechados, lábios abertos.

— Não significa nada, quando uma mordida pode dar prazer indesejado.

Seu olhar voltou para o meu. As manchas douradas haviam parado.

— Sinto que isso tem mais a ver conosco do que com eles.

Minhas costas enrijeceram.

— Não tem.

— Mentira — murmurou ele, bebendo de seu cálice.

— Tudo bem. Talvez tenha um pouco — admiti. — Mas é irrelevante. Ela estava apenas passando por ele, e ele a agarrou. Então a mordeu. Ela talvez não tenha escolha sobre como serve aos deuses, mas eles poderiam ser menos cruéis, não poderiam?

— Todos nós poderíamos ser menos cruéis — argumentou ele, o ouro começando a se agitar em seus olhos. — Ninguém pode tocar ou falar com os Escolhidos enquanto estiverem no plano mortal, com exceção de bem poucos ou dos Sacerdotes.

— Eu sei.

— Aqui, os Escolhidos podem conversar e ser tocados. — Ele baixou a cabeça, um leve sorriso curvando sua boca. — Até mesmo fodidos.

Eu realmente queria que ele parasse de repetir aquela maldita palavra.

— Você vê uma vítima — disse ele, e meus lábios se apertaram em uma linha fina. — Eu vejo alguém que está faminto por aquilo que lhe foi proibido a vida inteira.

Olhei de volta para o deus e a criada quando os gritos suaves do clímax dela queimaram meus ouvidos. Nenhum dos outros prestava atenção aos dois. Sobretudo porque vários deuses, inclusive Kyn, agora tinham companhia.

— Que juízo você deve fazer de mim... — continuou Kolis, fazendo com que meu foco se desviasse de volta para ele. — Não a culpo. Tenho certeza de que já ouviu muitas meias-verdades.

Tomei um gole para me impedir de dizer algo imprudente. A bebida parecia ser uma espécie de uísque quente, mas as notas de maçã e canela fizeram muito pouco para aliviar o ardor do álcool queimando meu estômago.

— Os Escolhidos têm oportunidades aqui — prosseguiu. — A eles é oferecida a escolha de tirar o véu e servir àqueles dentro de Dalos e em outras Cortes.

Franzi o cenho.

— Em vez de quê?

— Em vez da Ascensão — respondeu ele. Antes que eu me concentrasse naquela informação, ele continuou: — A propósito, o nome dela é Malka. E o nome dele é Orval. — Conforme ele falava, minha atenção voltou para os dois. O macho levantou a cabeça antes enterrada no pescoço da criada, lambendo o sangue dos lábios. — Eles se conhecem.

O tal de Orval se inclinou para ela, falando em seu ouvido. Malka sorriu e pareceu ter soltado uma risada.

— Os dois se conhecem muito bem — acrescentou Kolis, enquanto eu assistia à Escolhida dar um tapinha no braço do deus.

Orval beijou sua bochecha e depois a soltou. De pé, ela ajeitou o vestido.

Soltei o fôlego com dificuldade, sem saber se podia acreditar no que vi e ouvi. Mas, mesmo que fosse verdade, os criados tinham escolha?

No plano mortal, em algumas famílias, sim. Em outras, mesmo que parecesse o caso, na verdade não tinham escolha alguma.

— E se eles não se conhecessem? — perguntei, quando Malka saiu pela porta. Avistei um corredor longo e mais escuro.

— Isso importa?

Olhei para Kolis por cima do ombro.

— Sim.

Ele não respondeu por alguns segundos. E, sinceramente, eu tinha ouvido as histórias. Sabia a resposta. A raiva ainda queimava em minhas veias quando me virei e baixei o olhar para o chão.

— O que você faria? — perguntou Kolis. — Se o consentimento da criada não tivesse sido dado?

Eu o encarei novamente, dizendo:

— Iria me assegurar de que fosse a última vez que alguém falhasse em obter o consentimento de outra pessoa.

— E como exatamente você faria isso?

— Enfiando uma lâmina direto em seu coração.

Atrás de Kolis, uma das asas pintadas de Callum se ergueu, mas o falso Rei não esboçou reação.

— Olhe à sua esquerda, *so'lis*. Para além de Naberius.

— Naberius?

— O dragontino que parece muito cansado — respondeu Kolis secamente, e eu arqueei uma sobrancelha diante de sua resposta. — Na alcova atrás dele, você verá uma cadeira de marfim ocupada.

Franzindo a testa, fiz como ele mandou, olhando para além de Phanos, que conversava com um deus, além dos dois dragontinos em suas formas mortais e, claro, do adormecido Naberius. Encontrei a cadeira de marfim de que Kolis falara, e a vi ocupada por um deus de pele cor de alabastro com uma criada no colo…

Pousei o cálice no chão ao meu lado, o coração batendo forte contra as costelas.

— O nome dela é Jacinta. Ela foi levada em um Ritual há dois anos — explicou Kolis, enquanto eu observava a mão que tapava sua boca e seus olhos assustados, arregalados. — Quem a está segurando é Evander. Ele tem várias centenas de anos e sabe se alimentar e dar prazer. Mas não é o que lhe agrada.

Kolis se inclinou para a frente, a voz diminuindo para um sussurro:

— Já a dor, sim.

Senti um nó de nojo na garganta.

— Então agora você sabe — disse Kolis, recostando-se.

Lentamente, me virei em sua direção, nossos olhares colidindo.

— O que disse que faria? — perguntou ele, as manchas douradas como uma luz estranha em seus olhos. — Enfiaria uma lâmina em seu coração?

— Sim.

— Então você tem uma escolha. Faça o que disse e mate-o — ordenou Kolis.

Pisquei os olhos, perplexa.

— O quê?

— Faça o que disse que faria se achasse que alguém estava sendo injustiçado de tal maneira. Enfie uma lâmina em seu coração. — A voz de Kolis soava carregada de desafio. — A menos que você seja como tantos outros e tenha falado o que *faria*, e não o que *fará*.

Arqueei as sobrancelhas em descrença. Não tinha por que ele pensar que eu não enfiaria uma lâmina no coração de alguém se eu já havia tentado fazer o mesmo com ele.

— E se eu fizer, o que *você* fará?

— Com você?

Assenti.

— Nada, minha querida.

Eu o encarei por um instante, sem ter ideia de por que ele me ofereceria aquilo. Por que ele me desafiaria a agir e matar um de seus deuses?

Pressionei os lábios, observando o casal sentado na cadeira de marfim. Jacinta tremia. Se o Ritual aconteceu dois anos antes, significava que devia ter a minha idade. Como Escolhida, não teria tido muita vida no plano mortal, mas *estava* segura. Agora, os nós dos dedos estavam brancos pela força com que ela apertava o braço do deus. Seu olhar disparava de modo descontrolado pelo salão, como se em busca de socorro. Ajuda que obviamente não viria de nenhum daqueles presentes. Nem mesmo Attes e Keella, que ainda estavam conversando, com certeza sem saber o que acontecia nas sombras. Mas se soubessem, interviriam? Ou aquela era uma das coisas terríveis que Ash havia sido forçado a testemunhar?

Algo brilhou na face pintada de Jacinta. Uma lágrima. O ar que inspirei de nada adiantou.

As motivações de Kolis não importavam.

Eu me levantei. O vestido drapejou ao redor dos meus pés enquanto eu encarava Kolis.

— Preciso de uma arma.

— Elias? — chamou Kolis.

O guarda avançou silenciosamente, desembainhando um punhal de pedra das sombras. Seus olhos escuros encontraram brevemente os meus enquanto ele estendia a mão. Não sabia o que ele estava tentando comunicar com aquele olhar, mas, na verdade, pouco me importava.

Kolis pegou o cabo brilhante da adaga, girando-a habilmente para que o punho ficasse voltado para mim. Meus dedos roçaram os dele quando peguei a arma e olhei para a lâmina preta e brilhante. A adaga era pesada, graças ao absurdo punho dourado, mas era administrável. Levantei os olhos, encarando-o mais uma vez, e, por um segundo, apenas um piscar de olhos, cogitei a ideia de mergulhar a lâmina em seu coração.

Mas que bem aquilo traria? Além de infligir dor, mesmo que eu pudesse matar Kolis, pedra das sombras só serviria para irritá-lo, o que não seria de grande ajuda para Jacinta. Prestando atenção à almofada no piso, recuei. Quando me virei, meu olhar dançou sobre Callum.

O Espectro estava sorrindo.

Ele quase *sempre* sorria, mas algo em sua expressão fez meu estômago revirar.

Dando meia-volta, pressionei a adaga perto da coxa para que o tecido de meu vestido a escondesse. Meu olhar se fixou no deus louro enquanto eu descia os degraus. A conversa diminuiu, então cessou quando passei por aqueles mais próximos ao estrado. Senti os olhares curiosos me seguindo enquanto Phanos e o deus com quem falava caíam em silêncio. Os dois se separaram, o azul vibrante que ambos usavam me lembrou o mar. Passei por eles, bem longe de Naberius. Eu me aproximei de onde estava Diaval. O dragontino se desencostou da parede, mas fosse lá o que tivesse feito a seguir me passou despercebido quando os olhos cheios de lágrimas de Jacinta encontraram os meus.

Meu olhar desceu até a mão que cobria sua boca. Tinta dourada borrava os dedos de Evander. Meu olhar se moveu mais para baixo. Um dos braços dele estava em volta dos ombros de Jacinta, prendendo os dela entre o corpo e o próprio peito. A outra mão agarrou seu seio enquanto ela estremecia, seu corpo movido pelo impulso do de Evander. Por um segundo, não a vi. Nem ele. Eu me vi. Eu vi Kolis. A lateral de meu pescoço latejava.

— Com licença — chamei.

A garota piscou, as lágrimas escorreram pelos cílios.

O deus gemeu.

E algo se desligou dentro de mim. Minha humanidade ou qualquer outra coisa, parecia exatamente como havia me sentido quando entregava as mensagens de minha mãe. Ou quando agia em nome das Damas da Misericórdia.

Eu me inclinei sobre a criada assustada, agarrando um punhado do cabelo claro de Evander. O deus parou de se mover debaixo de Jacinta.

— Solte-a — ordenei, calmamente. — Com cuidado.

Todo o corpo da Escolhida estremeceu, em seguida ouvi uma voz profunda dizer:

— Que porra é essa?

— Saia — disse a ela.

Ela hesitou, então se afastou do deus. Sangue escorria do canto da boca de Evander enquanto seu olhar se voltava para encontrar o meu. A pele do deus já era pálida, mas toda a cor que havia em sua carne desapareceu. Eu não tinha certeza do que ele viu em meus olhos, ou se, de fato, viu alguma coisa. Talvez a reação tenha sido porque ele me reconheceu como aquela que havia subido ao estrado.

Talvez ele me visse como a Consorte das Terras Sombrias.

Eu não sabia.

E não me importava.

Porque eu realmente não o via.

Eu via apenas Kolis.

Os cantos de meus lábios se curvaram quando golpeei, meu braço se esticando. Enfiei a lâmina de pedra das sombras fundo em seu peito, em seu coração.

A surpresa arregalou seus olhos azul-centáurea. A aura do éter atrás de suas pupilas pulsou com intensidade no mesmo instante que as brasas em meu peito. Tirando a adaga de seu peito, soltei sua cabeça enquanto minhas mãos começavam a esquentar. Dei um passo para trás quando ele caiu de lado.

Então a gritaria começou.

25

Com o coração aos pulos, girei em direção ao som. Os gritos estridentes e agonizantes vinham de Jacinta. As pontas de seus dedos pressionavam as bochechas pintadas de dourado, arranhando-as.

Dei um passo em sua direção, levantando a mão vazia para confortá-la.

— Você está bem. Você está…

Ela passou por mim, o vestido diáfano drapejando em torno de suas pernas. Preocupada que ela estivesse em choque, virei-me para detê-la enquanto ela saltava adiante, na direção do deus.

— Não, não, não — gritou ela, me paralisando por completo enquanto caía de joelhos diante da cadeira. Ela agarrou as bochechas exangues do deus.

— Evan, por favor, abra os olhos.

Evan?

— Por favor! — implorou, gritando sem parar.

Um forte baque fez com que eu virasse a cabeça de repente, e senti meu fôlego preso na garganta.

A cauda de Naberius deslizava pelo ladrilho. Os músculos ao longo do focinho do dragontino se contraíram, então um olho vermelho vibrante com pupilas verticais se abriu. Sua cabeça se ergueu quando a pele escamada abaixo das narinas vibrou e recuou. Uma fileira de dentes grossos e afiados apareceu, e um rosnado baixo rasgou o ar.

Um zumbido começou em meus ouvidos quando me virei para Jacinta, um zumbido que aumentava a cada batimento cardíaco descontrolado. Dei um passo para trás enquanto ela pressionava as mãos trêmulas no peito do deus, sobre a ferida. Queria dizer a ela que era tarde demais, mas não conseguia falar. Não conseguia processar o que estava vendo. Ele a estava *machucando*. Kolis tinha dito...

Uma onda de calafrios percorreu minha nuca e pescoço. Sangue escorria da lâmina de pedra das sombras em minha mão enquanto eu continuava a recuar, olhando em volta, meu olhar agora tão selvagem quanto o de Jacinta. Vi Attes primeiro. A cicatriz que ia da linha do cabelo até o dorso do nariz e a bochecha esquerda se destacava com nitidez. Seu maxilar estava cerrado, olhos velados. Keella tinha a mão pressionada sobre o coração, a pele normalmente marrom parecia pálida. Um aperto se instalou em meu peito enquanto meu olhar passava pelas linhas duras das feições de Kyn, antes de se dirigir ao estrado.

Kolis sorriu e ergueu o cálice. Mesmo de onde estava, vi que aquele sorriso era diferente. Igual ao que ele havia exibido quando ordenou que eu matasse Thad. Os lábios curvados da mesma maneira cruel.

— Alguém poderia, por favor, ajudar a querida Jacinta antes que Naberius o faça? — instruiu Kolis, baixando seu cálice até o braço do trono enquanto meu olhar se voltava para o dragontino. Ele havia levantado ligeiramente as patas dianteiras e espiado o interior da alcova. — E remova Evander de nossa presença.

Cada músculo de meu corpo ficou tenso enquanto eu continuava parada ali. Os guardas avançaram. A cabeça de Naberius girou para trás, rosnando para aqueles que se aproximavam. Fechei os olhos, sentindo o aperto em meu peito se intensificar. *Inspire*. Cada respiração parecia muito curta, muito superficial. *Prenda*. Um baque alto soou novamente, seguido por um xingamento. *Expire*. Jacinta. Seus gritos se tornaram mais distantes, abafados...

Uma súbita rajada de ar quente soprou as mechas de cabelo do meu rosto... ar quente que cheirava a... *carne*.

Meus olhos se abriram.

Duas narinas nas quais eu poderia enfiar a mão estavam a apenas alguns centímetros de meu rosto.

— Naberius — gritou Kolis.

Lábios finos vibraram, afastando-se ainda mais daqueles dentes perversos enquanto o dragontino se inclinava, perto o suficiente para que eu visse os fios de saliva agarrados às presas.

Kolis gritou seu nome outra vez.

— Afaste-se. *Agora.*

Naberius não parecia estar prestes a obedecer, pois sua respiração bagunçava os fios do meu cabelo. Um estrondo baixo brotou de sua garganta uma vez mais.

Naberius parecia prestes a me devorar.

Achei que deveria sentir medo. Entre todas as maneiras de morrer, imaginei que dentes de dragontino rasgando carne e triturando ossos provavelmente fosse uma bem dolorosa. Mesmo assim, sentia nada além de confusão e descrença incessantes. Nem sentia as brasas.

Enquanto Diaval se esgueirava para dentro de meu campo de visão, Naberius me... *farejou.*

O dragontino bufou, um suspiro que fez a parte superior de meu vestido farfalhar. Então recuou, movendo a cauda junto ao corpo.

— Vamos — rosnou Diaval exasperado, saltando para fora do caminho da cauda grossa do dragontino.

Um guarda diferente não foi tão rápido.

A cauda de Naberius varreu suas pernas, derrubando o deus de costas.

Pisquei os olhos, atônita.

— Seraphena. — A voz baixa de Attes se intrometeu, causando-me um sobressalto. Ele estava perto, mas não me tocou enquanto a cabeça de Naberius retornava ao chão e seus olhos se fechavam. — Você devia voltar para o estrado.

Meu olhar voltou para Kolis enquanto ele se reclinava no trono.

— Eu... eu não entendo.

— Está tudo bem — assegurou Attes, mas não estava. Nem de longe estava tudo bem. — Você precisa retornar ao estrado.

Não me senti andar, mas o fiz. Attes ficou ao meu lado até eu alcançar a plataforma. Ele ficou ali até eu subir os degraus.

— Obrigado, Attes — disse Kolis, os olhos em redemoinho fixos em Naberius.

Attes talvez tivesse respondido, mas eu não sabia ao certo, pois as conversas começaram às minhas costas, mais uma vez se tornando um murmúrio de vozes sussurradas.

— Não entendo — repeti.

— O quê? Naberius? Ele é velho. Portanto, mal-humorado.

— Não estou falando do dragontino.

O olhar de Kolis deslizou até o meu.

— Então com o que está confusa?

Ele não podia estar falando sério.

— Evander. Ele a estava machucando.

— Ele estava — concordou Kolis.

— Por que ela reagiu daquela maneira então? Ela agiu como se... — Deixei escapar um suspiro dolorido. — Ela agiu como se... se importasse com ele. Mas não é possível. Eles não se conheciam. Ela não estava gostando do que ele estava fazendo com ela.

— E como você sabe?

— Você me disse...

— Eu não te disse isso.

Kolis inclinou a cabeça, uma mecha de cabelo louro caindo em seu rosto.

— O... o quê? — gaguejei, uma onda de descrença me invadindo. — Você me perguntou o que eu faria se soubesse...

— *De fato*, perguntei o que você faria se soubesse que alguém não tinha dado seu consentimento, mas eu não disse que ela estava sendo forçada.

Ele *dissera*. Meus pensamentos recapitularam nossa conversa. Ele havia revelado o nome do casal, depois dito que Evander sabia alimentar e dar prazer, mas que gostava de dor. Em seguida... em seguida, dissera: "Então agora você sabe."

Ele não tinha dito explicitamente que o deus estava forçando Jacinta. Balancei a cabeça.

— Eu a observei. Ela estava com dor. Ela estava chorando.

— Lágrimas de dor? Ou de prazer? — perguntou Kolis. Abri a boca. — Você perguntou a ela? Presumo que não.

Por que eu perguntaria a ela diante daquele que a machucava? Seria irrelevante no fim das contas.

— Por que eu perguntaria se você me fez acreditar...?

— Eu não a levei a acreditar em nada, minha querida — interrompeu Kolis. — Perguntei o que faria em tal situação. Você respondeu que enfiaria uma lâmina no coração da pessoa. Eu te contei o que vi. Você não perguntou se eles se conheciam. Não perguntou se ela estava em perigo. Só perguntou sobre si mesma e como suas ações a afetariam.

Eu me encolhi.

— Você, como meu sobrinho e muitos outros, ouve o que quer ouvir. Vê o que quer ver — continuou Kolis. — E então age de acordo com o que se adapta à sua narrativa.

— Não foi o que aconteceu — argumentei.

Ele havia desconsiderado todo o contexto de nossa conversa que levou àquele meu ato.

Kolis se inclinou para a frente.

— Foi *exatamente* o que aconteceu, *so'lis*. Você preencheu as lacunas com o que eu não compartilhei. Você escolheu agir de acordo com essas informações e com o que você já acreditava. Essa foi *sua* escolha. — Seu sorriso retornou. — Talvez, da próxima vez, você não confie tanto no que seus olhos e mente lhe contarem.

Parada ali, eu me lembrei do choque no rosto de Keella. Não. *Não.* Olhei em volta e não a encontrei no meio da multidão.

— O quê... A que Corte Evander...? — Minha voz falhou. — Onde ele servia?

Kolis arrastou as pontas das presas sobre o lábio inferior, e então eu soube. Merda, eu *soube*.

— Ele servia nas Planícies de Thyia.

Evander tinha sido um dos deuses de Keella.

Meu corpo ardeu e depois gelou quando a motivação por trás do que havia acabado de acontecer ficou evidente. Não se tratava de provar alguma versão distorcida da realidade para mim. Mas da resposta de Kolis a Keella, que ele percebeu não ter acreditado em nada do que ele dissera sobre a coroação *ou* em minha resposta. E ele havia provado aquilo através de *mim*.

Assim como fizera com Kyn.

Callum se postou ao lado de Kolis, curvando-se para falar baixinho com o Primordial.

Eu…

Simplesmente fiquei parada ali.

Não conseguia acreditar no que ele havia acabado de dizer. Eu sabia o que vira, o que ouvira. Kolis podia não ter dito que Jacinta estava sendo forçada, mas ele deixara implícito. Não havia insinuado que ela estava se divertindo ou que sentia prazer na dor. Ele tinha me contado o que acreditava que eu queria ouvir. O que eu…

O que eu facilmente presumiria e que *tinha* presumido momentos antes, quando vi Malka e Orval. Ele havia percebido o que eu faria e me incitou a fazer.

Matar um deus possivelmente inocente.

Punir Keella por ousar perguntar sobre mim.

A adaga que eu ainda segurava parecia ainda mais pesada. Olhei para baixo. O sangue tinha parado de gotejar, mas ainda manchava a lâmina cor da meia-noite. Os nós de meus dedos em torno do punho tão brancos quanto os de Jacinta.

Lentamente, ergui o olhar para Kolis. Ele ainda conversava com Callum, uma das mãos relaxada no braço do trono que brilhava como sua coroa, a outra segurando o cálice com a ponta dos dedos, deixando-o balançar. Suas pernas estavam abertas, os joelhos levemente dobrados. Ele levantou um braço, afastando do rosto uma mecha do cabelos. A luz quente refletiu naquela faixa ao redor do bíceps. O falso Rei parecia totalmente à vontade, o sorriso em seu rosto dissimulado e presunçoso.

Em um instante, minhas lembranças me levaram de volta àquele momento em que havia ficado diante de Thad. Quando o jovem dragontino tinha me pedido para acabar logo com aquilo. Eu via em Kolis agora o que tinha visto na época.

O que havia naquela sua essência dourada… seu poder e beleza. A escuridão que não tinha nada a ver com a morte. A mesma coisa que via em seu sorriso; o sorriso que parecia tão real quanto aqueles enviesados e inseguros.

Algo contaminado.

Vil.

Corrupto.

Aquilo manchava a aura sob sua carne e transformava o ouro no cinza sem vida da Devastação.

As brasas em meu peito começaram a vibrar com violência. E, como antes, eu estava lá, mas não estava sozinha.

Senti Sotoria.

Podia sentir o poder ancestral das brasas despertando e se espreguiçando. Senti a mesma *entidade* de antes, entrincheirando-se no fundo de meus ossos. E ouvi aquela voz em meus pensamentos, que começou como um sussurro e se tornou um grito. *Meu*. Seu poder roubado. Era *meu*. A coroa. *Minha*. Sua dor. Seria *minha*. Vingança. Retaliação. Sangue. *Meus*. Tudo aquilo seria *meu*.

Mas, daquela vez, eu sabia que a entidade era no que as brasas haviam me moldado desde o nascimento. A voz não era um espírito nem os fantasmas de muitas vidas.

Era minha voz.

A entidade era eu.

Quem eu realmente era.

E eu estava cheia de uma raiva pura e *primordial*. Enquanto meus lábios se curvavam em um sorriso, dei um passo rápido e silencioso em direção a Kolis.

— Vossa Majestade — chamou Attes, a voz grave como o estrondo de um trovão.

Kolis olhou para cima, mas não para mim. Ele olhou direto para onde Attes estava, parado ao pé do estrado.

— Sim?

— É hora de começar? — perguntou Attes, enquanto algo branco e dourado enchia minha visão.

Um tórax coberto por uma túnica branca e protegido por uma armadura dourada... que a adaga de pedra das sombras que eu segurava havia começado a penetrar.

Ergui o olhar e me deparei com Elias parado à minha frente. Meu corpo inteiro estremeceu. Sem palavras, ele tirou a adaga de minha mão, subitamente flácida e fria.

— Sente-se — disse, calmamente.

Trêmula, eu me virei, como se em transe, e me sentei. Olhei para a frente, não enxergando qualquer um daqueles diante de mim. Meu olhar se fixou na cadeira de marfim na alcova. Estava vazia, com nada além de uma mancha de sangue vermelho-azulada na parte de trás do assento.

•

O entorpecimento desapareceu lentamente, deixando apenas uma raiva latente enquanto eu olhava para uma fera bastante musculosa, do tamanho de um cavalo, mas com a forma de um cachorro, a pele da cor de óleo da meia-noite.

Um dakkai descansava ao lado dos degraus que levavam ao estrado, mastigando o que parecia muito ser o osso da perna de alguém. Franzi os lábios. Ainda havia *carne* nele.

Eu quase sofrera um ataque cardíaco quando a coisa havia aparecido e trotado pelo estrado. Kolis apenas soltou uma risada, chamando-o como alguém faria com um cão muito querido. Ele até havia coçado abaixo do focinho da besta, evitando aquele osso carnudo da perna, que se projetava dos dois lados da boca. O dakkai apenas farejou o ar ao meu redor e, então, foi até onde estava deitado agora, enquanto Kolis enfim começava as audiências.

Não eram como as que Ash presidia nas Terras Sombrias ou as que eu vira em Lasania. Tampouco consistia em deuses tagarelando sobre o que foi pedido ou deixado como oferendas em um de seus Templos. Sim, os deuses que chamavam Dalos de lar compareceram diante do falso Rei com solicitações. Alguns pediram permissão para viajar entre as Cortes. Outros queriam entrar no plano mortal. Kolis aprovava o que eles pediam com um aceno indiferente, parecendo entediado com a cerimônia.

Após um suspiro trêmulo, esquadrinhei a multidão abaixo. Encontrei Attes além da aglomeração, com as sobrancelhas baixas e o queixo rígido, encostado em um pilar.

A vergonha me causou um calafrio. Nem queria saber a opinião dele sobre o que eu tinha feito. Ou se Kyn havia compartilhado com ele o segundo acordo que eu selara com Kolis. Mas, enquanto o observava, eu me lembrei de nossa conversa sobre a alma de Sotoria. Ele havia descoberto alguma coisa? Tinha de haver algo. Afinal, havia a Estrela, o diamante extraído das Colinas Imortais, aquele que os Arae pretendiam usar caso precisassem guardar as brasas de um Primordial se nenhum Primordial da Vida pudesse Ascender para substituir aquele que caiu. Obviamente, um dos Destinos havia previsto o que estava por vir, mas *não tinha* visto que o que eles criaram daria a Kolis o objeto que ele precisava para transferir as brasas.

Deuses, aquilo ainda me irritava. Mas se a Estrela fosse poderosa o suficiente para abrigar as brasas, não poderia fazer o mesmo com uma alma mortal?

Kolis guardava o diamante. Em algum lugar.

Mas ele não havia me oferecido joias? Mais importante ainda, ele seria tolo o bastante para me dar um item tão poderoso? Provavelmente não, mas valia a pena tentar.

Os movimentos de Kolis chamaram minha atenção. Ele se sentou mais ereto, inclinando a parte superior do corpo para a frente, enquanto ouvia os dois deuses que haviam se aproximado do estrado. O dakkai havia desaparecido. Devia ter se afastado em algum momento. Eu não tinha me mantido atenta o suficiente para captar o nome dos deuses. Minha mente estava muito consumida pelos pensamentos sobre o que eu havia feito. Pouco me importava com o que *eles* tinham feito. Tudo o que eu sabia era que o da direita estava zangado com o da esquerda, por algum suposto insulto.

— O que você gostaria que eu fizesse, Amais? — perguntou Kolis.

— Quero que ele seja punido — exigiu o da direita, que presumi ser Amais, com anéis de pedras preciosas brilhando na mão cerrada. — Seir insultou minha honra.

O da esquerda revirou os olhos cor de âmbar que me lembravam de outros.

— Como se ainda restasse alguma honra a ser insultada.

Apesar de meu dilema interno, levantei as sobrancelhas.

Amais se virou para Seir, o éter estalando na ponta dos dedos.

— Pare — ordenou Kolis, com um aceno de mão.

Com as narinas dilatadas, Amais recuou e encarou o falso Rei.

— Vossa Majestade, algo deve ser feito a respeito.

— Qual foi esse suposto insulto exatamente? — perguntou Kolis, tamborilando os dedos no braço do trono.

Trono no qual ele não deveria estar sentado.

— É extremamente escandaloso, Vossa Majestade — respondeu Amais. — Ele insinuou que sou um trapaceiro.

Um latejar persistente martelava minhas têmporas quando olhei de um deus para o outro. Seir vestia calça marrom e uma túnica simples cor de creme, ao passo que Amais me lembrava um dos Lordes do Arquipélago de Vodina, com seu traje todo branco, os dedos cheios de joias brilhantes.

— Um trapaceiro em quê? — pressionou Kolis.

Amais ergueu o queixo.

— Ele me acusou de trapacear em um jogo de cartas.

— E o que você tem a dizer sobre isso, Seir?

Abri os lábios para deixar escapar um suspiro. Aquilo era sério? Amais estava ali porque Seir o havia acusado de trapacear em um jogo de cartas, e Kolis realmente estava dando atenção à questão? Pelo amor dos deuses, parecia tudo tão… *humano*. Não era de admirar que eu estivesse com dor de cabeça.

— Ele estava trapaceando — respondeu Seir, dando de ombros.

Amais cerrou os punhos.

— Tenho sido leal desde que você Ascendeu como o Primordial da Vida.

Imaginei que ele quisesse dizer desde que Kolis matou para se tornar o Primordial da Vida.

— Qualquer insulto, por mais insignificante que seja — continuou Amais —, é um insulto contra Vossa Majestade.

Bem, aquilo era um exagero.

— Você tem sido leal, Amais. De modo impressionante. — Kolis se recostou, a atenção se voltando na direção dos pilares. O dragontino sem nome que eu vira antes e o Espectro que eu suspeitava ser Dyses agora estavam com um Escolhido de véu. — Gostaria de poder dizer o mesmo sobre você, Seir.

Minha atenção se desviou para os deuses diante de mim. Seir havia perdido a postura casual, e Amais…

Aquele deus agora exibia um sorriso largo o bastante para mostrar as presas.

— Também sou leal.

A pele marrom reluzente de Seir havia perdido um pouco do brilho.

— E, ainda assim, você não deu a meu título o respeito que ele merece.

Aquilo não era verdade. Seir o havia chamado de Vossa Majestade e se curvado ao se aproximar do estrado. Ele simplesmente não repetia o tratamento a cada cinco segundos, como fazia Amais.

— Portanto, você se tornará um lembrete para todos de como é imprudente que sua lealdade seja questionada.

Kolis parou de tamborilar os dedos. E foi isso.

As pernas de Seir cederam, os ossos fortes estalando como um trovão. O pescoço seguiu o exemplo, quebrando-se e silenciando os gritos de dor antes que pudessem deixar seus lábios. As brasas em meu peito latejavam conforme o deus caía no chão, ainda vivo, mas ferido.

— Coloque-o na muralha — instruiu Kolis.

— Obrigado, Vossa Majestade. — Amais fez uma reverência. — Não há outro igual a você.

A incredulidade tomou conta de mim quando dois guardas avançaram para recolher Seir, e Amais deixou o Conselho Municipal com arrogância. Eu, que não havia me movido até então, enfim me voltei para Kolis.

Ciente de meu olhar, ele me encarou.

— Você parece descontente.

Levei um momento para encontrar as palavras.

— Era isso que você queria me mostrar? Como queria que passássemos nosso tempo juntos?

Kolis arqueou uma sobrancelha.

— Você disse que gostaria de passar algum tempo fora de seus aposentos. Tenho uma Corte e, por mais que eu queira passar meu dia satisfazendo seus desejos e caprichos, tenho responsabilidades.

Eu não sabia qual era a parte mais doentia daquilo. O fato de que ele tinha interpretado o que disse de maneira inteiramente errada ou que ele parecia preferir passar o dia me *satisfazendo*.

— Quando pedi para sair de meus aposentos — comecei, me obrigando a dizer as palavras seguintes — e passar um tempo com você, não esperava por isso.

— E o que é *isso* exatamente?

— Você me mostrando que o Primordial da Vida não é capaz de nada além de morte.

As linhas e ângulos perfeitos de seu rosto perderam toda a cordialidade solar.

— Como chegou à conclusão de que foi tudo o que fiz?

— O que aconteceu com Evander…

— Essa escolha foi sua.

Aquilo era besteira, mas se ele queria jogar esse jogo, tudo bem.

— Você me permitiu matá-lo, mesmo sabendo que ele não estava machucando Jacinta. Isso não desperta afeto nem mesmo ternura. Só fez provar um ponto que podia ter sido discutido, em vez de demonstrado.

Kolis ficou completamente imóvel.

— E então você quebrou as pernas e o pescoço de um deus por simplesmente chamar outro de trapaceiro?

— Não, minha querida, nada do que fiz foi simples — argumentou ele, como se estivesse falando com uma criança ingênua. — Eu o condenei à morte por deslealdade e desrespeito.

— Como exatamente acusar outro deus de trapaça é um sinal de deslealdade e desrespeito?

— Não foi por isso, mas sim pela falta de lealdade e respeito demonstrada perante a mim. — Seu tom endureceu. — Não é uma questão de um deus ser leal a outro Primordial, portanto leal a mim. Trata-se de manter controle e equilíbrio aqui e no plano mortal.

Ah, eu via muito bem como aquilo era sobre manter o controle.

— Como qualquer coisa do que ocorreu hoje na Corte mantém o equilíbrio?

— Mostrando que toda ação tem uma reação — respondeu ele.

Meus deuses, eu realmente acreditava que Tavius seria capaz de inventar uma desculpa melhor do que aquela.

— Assim como a ação de questionar minhas escolhas, um indício de deslealdade e desrespeito será recebido com reação. — Seus dedos se cravaram ainda mais no trono. — Que significa morte imediata.

Senti um arrepio na nuca enquanto dizia a mim mesma para me concentrar em vestir meu véu do vazio. Em ficar calada.

Como de costume, não me ouvi.

— Devo ser condenada à morte, então? — Notei Elias se remexer onde estava, atrás do trono. — Eu questionei suas escolhas muitas vezes.

— Você questionou. Talvez devesse parar de me lembrar. — O ouro reluziu em seus olhos. — Mas você é diferente. Não vou puni-la por agir assim.

Naquele momento, quase desejei que ele tentasse.

— Levante-se — ordenou.

Pisquei, confusa.

— O quê?

— Preciso repetir?

Sem a menor ideia do que ele estava prestes a fazer, eu me levantei. Os lábios de Kolis se curvaram em um de seus sorrisos falsos.

— Aproxime-se.

Avancei em direção a ele, parando no braço do trono. O cálice em sua mão havia desaparecido.

— Sente-se.

Franzi o cenho quando comecei a me dirigir para a almofada.

— Não aí.

O formigamento ao longo de meu pescoço aumentou quando me virei lentamente para Kolis.

— Sente-se comigo — declarou, com suavidade. Ele não pediu. Ele ordenou.

Meu coração disparou.

— Acho que não há espaço suficiente para nós dois, Vossa Majestade.

O sorriso forçado se alargou quando aquele brilho alcançou seu olhar.

— Garota boba — murmurou ele, fazendo minha coluna ficar rígida. — Não estou pedindo que se sente ao meu lado.

Eu sabia. Só esperava que não estivesse exigindo que eu sentasse em seu colo enquanto ele se dirigia à Corte.

Aquele sorriso começou a esmaecer.

— *So'lis*, vai me negar um pedido tão simples?

Sim!

Eu queria gritar até minha garganta sangrar. Não havia nada de simples naquilo. Apenas nojo. Mas se eu recusasse? Sobretudo com seus guardas e Espectros tão perto? À vista dos deuses e Primordiais? Na presença de Attes? Quem poderia dizer o que ele faria?

Coloquei aquele véu do vazio e o deixei à mão, então me ajeitei entre suas pernas. Meu olhar encontrou brevemente o de Elias enquanto me virava, empoleirando-me no joelho de Kolis…

Seu braço serpenteou em volta de minha cintura, me puxando mais para seu colo.

Com o estômago embrulhado, olhei para a frente, sem me permitir sentir nada.

— Como eu estava dizendo — começou Kolis, a voz baixa enquanto falava diretamente em meu ouvido. — Você não será punida por questionar minhas decisões passadas. Mas se insistir nisso...

Minhas mãos se fecharam em punho enquanto eu as mantinha no colo.

— Me fará repensar os acordos que fechamos. Ambos.

Minha respiração ficou presa no peito.

— Não vou quebrá-los — disse ele, passando a mão pela minha cintura. — Mas...

Kolis deixou a palavra pairar no ar entre nós. Eu sabia o que viria depois. Ele poderia recapturar Rhain e tecnicamente ainda teria cumprido sua parte do acordo. Também poderia atrasar a libertação de Ash. Havia tantas maneiras de burlar nosso pacto que eu não tinha sido esperta o bastante para prever.

Mais um fracasso.

Pior ainda era saber que a simples menção dos pactos que havíamos feito lhe dava a vantagem.

E por que ele iria querer perder aquilo, cumprindo o que tinha mais peso?

Libertar Ash.

O nariz de Kolis roçou a lateral de meu rosto.

— Você entende, *so'lis*?

— Sim — respondi, as unhas cravadas nas palmas das mãos.

— Ótimo. — Kolis deu um tapinha em meu quadril. Precisei me esforçar ao máximo para não estremecer de repulsa. — E sou capaz de mais do que apenas morte.

Mentiras.

— Vou provar a você. — Ele se recostou apenas o suficiente para que eu já não sentisse sua respiração na pele. — Você vai ver.

Fechei os olhos, sem dar a mínima para ele ser capaz de criar vida quando sua ameaça tácita me sufocava.

Kolis não precisava quebrar sua promessa. Podia simplesmente continuar encontrando razões para não libertar Ash. O pânico começou a me dominar quando abri os olhos e vi os rostos borrados daqueles que permaneciam no salão. Senti um aperto no peito e um zumbido, e esquadrinhei a multidão, me deparando com as linhas frias e ásperas da expressão de Attes, e de seu irmão…

Kyn estava sentado em uma das alcovas perto do estrado, com uma bebida em uma das mãos, a outra sob o vestido de uma mulher sentada em seu colo. A cabeça da jovem estava enterrada em sua garganta e, pelo modo como o braço se movia entre eles, uma das mãos também estava ocupada.

Kyn não estava prestando atenção na mulher. Ele me encarava, um sorriso malicioso nos lábios.

Eu o odiava.

E odiava Kolis, porra!

Repetindo a afirmação em minha cabeça, desviei o olhar, passando por vermelho e dourado antes de pousar em Attes. Ele se afastou do pilar, o maxilar cerrado. Espere um pouco.

Aquele vermelho…

Era da cor de sangue.

E o dourado?

Minha cabeça se voltou mais uma vez naquela direção. Procurei entre aqueles no piso abaixo, em busca do brilho de pedra polida e dourado… cabelo dourado. Perdi o fôlego quando percebi que não era um elmo sofisticado que eu tinha visto.

Era uma *coroa*.

No formato de uma pequena árvore de jade, esculpida em pedra da cor de sangue e rajada de ouro.

Que jazia sobre fios dourados caindo em cachos.

Um grupo de deuses no centro do chão abriu caminho enquanto a mulher avançava — ou melhor, deslizava — em direção ao estrado. Ela usava um vestido de renda marfim que se moldava à silhueta esbelta, exibindo uma cintura fina, ao mesmo tempo que revelava a pronunciada curva de seus seios.

Meu coração martelava dentro do peito quando levantei meu olhar para seus lábios carnudos cor de damascos orvalhados, e um nariz delicado sobre uma tez suave apenas um pouco mais pálida e menos leitosa do que eu lembrava. A descrença trovejou através de mim.

Não.

Não havia como.

Mas era ela, caminhando em nossa direção, rebolando os quadris estreitos.

A Primordial dos Ritos e da Prosperidade.

Veses.

26

Veses estava livre.

Pior ainda, a maldita deusa que chantageou Ash para se alimentar dele, que o havia tocado, provavelmente o forçando a sentir prazer indesejado durante o processo, e que espancara Reaver, quase o matando, não aparentava estar tão mal, levando em conta o tempo que passou em uma masmorra.

A não ser pela palidez da pele, Veses estava linda, como sempre.

Raiva pura e desenfreada irrompeu dentro de mim, inundando cada parte do meu corpo com uma força indomável quando Veses parou diante do estrado. Olhos prateados dispararam do Primordial atrás de mim até os meus. Nossos olhares se encontraram. Suas narinas se dilataram enquanto ela me examinava.

Então os cantos de seus lábios se curvaram.

E a vadia sorriu.

Em minha mente, eu a ouvi dizer: "*Ele só podia ter um bom motivo para estar disposto a fazer qualquer coisa por você.*"

O bom senso sumiu. Eu não era nada além de uma tempestade de violência que queria destruí-la. As brasas ganharam vida. Punhos se abriram e os músculos de todo o meu corpo ficaram tensos enquanto eu me preparava para liberar uma tempestade de fúria. Eu ia arrancar aquela coroa da cabeça da Primordial e cravá-la em seu peito em vez de nos olhos, como havia feito antes, com a adaga.

Sentindo a Essência Primordial crescer dentro de mim, inclinei-me para a frente e comecei a levantar…

Uma presença se agitou perto das brasas enquanto o braço em minha cintura se enterrava em meu estômago. Ofegante, eu congelei. Uma onda repentina de ansiedade inundou minhas veias, um nervosismo que, pela primeira vez, não pertencia a mim.

Sotoria.

Eu estava sentindo sua apreensão e... *medo*. Por que ela...?

Lentamente, lembrei-me do óbvio. Onde eu estava. Com quem eu estava. Estava no Conselho Municipal, cercada por deuses e Primordiais, sentada no colo do falso Rei, a segundos de despertar as brasas.

Eu avisei para não a usar, a menos que quisesse ser punida.

Merda.

Não havia dúvida em minha mente de que Kolis havia sentido a onda de poder dentro de mim, e Sotoria... Ai, deuses, seu desconforto. Ela devia ter estado consciente quando Kolis falou que esperava que eu não me lembrasse do que havia acontecido quando ela o desagradou no passado.

Com certeza ela se lembrava.

Merda, merda.

Forçando-me a me acalmar, foquei em minha respiração. Queria tanto infligir uma quantidade perturbadora de dor a Veses que duvidava que qualquer punição *não* valesse a pena, mas não podia pensar somente em mim. Havia Sotoria também. Eu precisava me controlar.

Cem pensamentos diferentes cruzaram minha mente quando a Primordial se curvou tão profundamente que quase temi que seus seios aparecessem. Como ela tinha se libertado? Alguém havia sido ferido por causa disso?

— Vossa Majestade.

Aquela voz rouca e sensual era como o som de unhas arrastando na pedra.

— Veses — declarou Kolis. — Aproxime-se.

A luz brilhou na coroa vermelho-sangue enquanto a Primordial se endireitava. Meus dedos se contraíram enquanto a saia de seu vestido se abria a cada passo, deixando à mostra um vislumbre de pernas longas e tonificadas. Ela não me olhou conforme se aproximava. Estava totalmente concentrada em Kolis.

— Faz tempo que não a vejo — comentou ele, tamborilando lentamente os dedos apoiados no braço do trono. — Por onde andou?

Ai, aquela era uma pergunta capciosa.

Não me mexi, embora meu estômago tivesse embrulhado. Eu não fazia ideia de como Veses responderia ou qual seria a reação de Kolis se ela falasse a verdade.

— Eu estava… indisposta — respondeu ela.

— Mesmo?

Ela assentiu.

— Houve problemas em minha Corte que exigiram minha atenção: descobri um grupo de semideuses e deuses que planejaram um golpe.

Veses estava mentindo de modo descarado com dentes e presas branco-perolados.

A surpresa tomou conta de mim, depois desapareceu com a compreensão repentina. Veses havia sentido as brasas da vida e me atacado, acreditando que Kolis ficaria furioso por Ash ter me escondido. Por mais que eu odiasse admitir, ela *quisera* proteger Ash da ira de Kolis.

Eu tinha odiado reconhecer antes, mas Veses se importava com Ash daquele seu jeito distorcido. O fato de ela mentir agora era mais uma prova de seu desejo por ele, alimentado simplesmente pelo fato de que não poderia tê-lo. E, na verdade, aquilo havia se transformado em uma espécie de afeto.

No entanto, ela supostamente queria Kolis.

Que não a queria.

Eu sorri com malícia.

— Traidores? O reino parece estar cheio deles hoje em dia — comentou o falso Rei. — E o que aconteceu com esses traidores?

— Lidamos com eles, mas os interrogamos antes. Foi o que ocupou meu tempo. Queria ter certeza de que a conspiração não se estenderia a outras Cortes — mentiu ela tão… porra, tão naturalmente. — Alguns pareciam relutantes em revelar, mas, no final, confirmei que ninguém mais estava envolvido.

— Bem, é um alívio saber que um golpe terminou antes mesmo de eu tomar conhecimento — argumentou Kolis. — Você é mesmo muito zelosa.

Veses enrijeceu ao ouvir o que eu ouvira: um endurecimento no tom caloroso.

— Mesmo assim, de alguma forma você ainda conseguiu me decepcionar — acrescentou ele.

Veses franziu as sobrancelhas delicadas e pálidas.

— Decepcioná-lo é a última coisa que farei.

Ela parecia mesmo estar falando sério.

Kolis continuou a tamborilar os dedos.

— Mas você me decepcionou.

Dirigi o olhar para onde tinha visto Attes pela última vez. Outro deus agora ocupava o pilar no qual o Primordial havia se encostado. Examinei a alcova enquanto meu coração batia acelerado contra minhas costelas. Mas eu não o vi.

Pressionando os lábios, voltei a me concentrar em Veses. Não tinha certeza se outros deuses estavam prestando atenção. Mais bebidas haviam chegado. Alguns copos continham o vinho Radek roxo, e havia muito mais... atividade nas alcovas. Phanos, no entanto, estava prestando atenção. Ele assistia ao drama se desenrolar com uma expressão confusa.

— Então peço desculpas por tê-lo decepcionado — lamentou Veses.

— Você se desculpa antes de perguntar *como* me decepcionou? — Kolis riu, e o som fez pequenos arrepios se espalharem pela minha pele.

Veses engoliu em seco enquanto alisava a cintura do vestido com as mãos. Eu não tinha ideia do que Kolis queria dizer, mas parecia óbvio que ela estava se aventurando em águas perigosas. Seu nervosismo pairava no ar.

— Como eu o decepcionei, Vossa Majestade? — perguntou ela, desviando o olhar para mim.

Aquilo não passou despercebido a Kolis.

— Você a reconhece?

— Não tenho certeza — respondeu Veses.

— É mentira — protestei, sem saber o motivo, enquanto seu olhar voltava para mim. Eu sorri.

Na verdade, estava mentindo para mim mesma agora. Eu sabia exatamente por que havia me manifestado. Veses não mentia apenas para proteger Ash. Ela também tentava proteger a si mesma. Afinal, o acordo que fizera com Ash era manter minha existência escondida de Kolis em troca de permissão para que se alimentasse dele.

— Fale — murmurou Kolis.

Seria sensato me manter quieta. Expor Veses poderia expor Ash, mas mesquinhez e rancor tinham cravado suas garras em mim.

— Ela me viu nas Terras Sombrias.

— É mesmo? — Kolis arrastou a palavra.

— Mais de uma vez — confirmei. — A primeira logo depois de minha chegada.

Veses respirou fundo e meu sorriso se alargou ainda mais.

— Interessante.

O peito de Kolis roçou minhas costas enquanto ele se inclinava para a frente.

— Que tarefa confiei a você?

Seu lábio inferior tremeu.

— Ficar de olho em Nyktos.

Meu corpo inteiro se aqueceu. Aquilo era novidade.

— E quão bem você tem ficado de olho em meu sobrinho? Não... — Kolis levantou a mão. — Não responda. É óbvio para mim que não olhou bem de perto.

Infelizmente, ele estava errado sobre aquilo.

— Você estava ciente da presença dela nas Terras Sombrias, ainda assim não compartilhou a informação comigo — argumentou ele. — Por quê?

Mais importante, por que ele estava fazendo aquela pergunta? Ele havia descoberto sobre mim muito antes de Veses.

— Eu… eu não achei que a presença dela importasse. — Seu lábio superior se franziu. — Ela era apenas uma reles mortal.

— Você está incrivelmente errada em suas suposições. — A voz de Kolis retumbava de excitação.

Ele estava se divertindo.

Era por isso que estava fazendo perguntas irrelevantes. Era um jogo para ele, perguntar coisas que sabia que poderiam encurralar alguém pouco cuidadoso com suas respostas. Assim como havia se divertido quando me manipulou para matar Evander, Kolis obtinha prazer do poder que exercia como Rei — poder sobre mim e os outros Primordiais e deuses.

— Sei que você não tem sido capaz de sentir Ascensões há algum tempo — continuou ele. — Acho difícil acreditar que não tenha conseguido sentir o que existe dentro dela, uma vez que estava de olho em Nyktos. Uma vez que você estava ciente do uso de energia Primordial.

— Por que eu pensaria que uma mortal teria algo a ver com isso? — argumentou Veses.

Quase não resisti à tentação de revirar os olhos. Aquela conversa parecia tão sem sentido. Kolis sabia que eu carregava as brasas desde que nasci. Veses também sabia que eu as tinha. Ela havia suspeitado de que era eu a quem todos tinham sentido. Mais tarde, eu havia confirmado as suspeitas ao curar Reaver. Então, ambos estavam mentindo. E um deles estava ficando irritado.

Os dedos de Kolis ficaram imóveis.

— Você deve ter pensado alguma coisa, se não me contou nada sobre ela.

— Sua presença simplesmente me passou despercebida. — Éter iluminou sua íris. — Não há nada muito memorável nela.

Eu revirei os olhos.

— Você é de longe a mais bonita de nossa espécie, ainda mais do que Maya. — O elogio de Kolis trouxe cor às bochechas de Veses, um lindo tom rosado de apreciação. — E, ainda assim, muitas vezes me perguntei como alguém tão bela podia ter uma língua tão cruel.

O peito da deusa subiu acentuadamente, e qualquer que fosse o medo anterior resultante da desaprovação de Kolis desapareceu.

— Você sabe por quê.

Arqueei as sobrancelhas quando, de repente, senti como se estivesse à beira de testemunhar uma conversa realmente estranha.

— Sei? — Kolis se recostou. — Vai precisar refrescar minha memória.

Cachos roçaram sua cintura enquanto ela se aproximava do trono.

— Você realmente se esqueceu? — Diante do silêncio de Kolis, ela soltou uma risada suave e melódica, que me lembrou a Veses com quem eu tinha interagido. — Sério, por que insiste em me provocar assim?

Kolis permaneceu em silêncio.

Ela prendeu o lábio inferior carnudo entre os dentes enquanto se ajoelhava aos nossos pés.

— É a mesma razão pela qual concordei em ficar de olho em Nyktos — explicou, as palavras praticamente vibrando ao sair.

— Concordou? — repetiu Kolis, suavemente. — Não me lembro de ter lhe dado escolha.

Ela levantou um ombro esbelto enquanto se inclinava para a frente. Meus olhos caíram até seu busto, consegui discernir o rosado dos mamilos e, se eu podia ver, com certeza Kolis também. Eu não me importava com o que ele alegaria.

— Você está certo. Não havia escolha quando eu faria qualquer coisa por você.

— Por dever e lealdade.

— Pela necessidade de sua aprovação — ronronou ela, e talvez eu tenha golfado um pouco. — Sua atenção. — Dedos com unhas vermelhas brincavam com a renda recortada ao longo dos seios. — E seu amor.

Droga, eu estava certa.

Aquilo estava ficando ainda mais estranho, muito depressa.

— Não tenho certeza se você sabe o que é amor, Veses.

Pelos deuses, que ironia Kolis falar aquilo…

— Eu sei. — Cílios grossos tremularam. — Amor é a razão pela qual eu faria qualquer coisa por você, Kolis. — Ela fez uma pausa. —

Qualquer coisa. Se me pedisse para chorar lágrimas de ouro por você, eu encontraria um modo de obedecer.

— Acredito. — Calor irradiava de Kolis. — Se eu te pedisse para enfiar uma lâmina em sua garganta, você o faria sem hesitação. — Ele parecia muito satisfeito com a perspectiva. — Se eu dissesse para me chupar, você cobriria meu pau com a boca antes que eu pudesse tomar fôlego.

Eca!

Pelo visto, Veses não achou aquilo tão nojento quanto eu. Com um gemido, semicerrou os olhos.

— Com prazer.

Enquanto eu encarava a deusa, observando-a quase apalpar os seios, não pude evitar reconhecer que tudo aquilo era incrivelmente doentio. Veses se importava com Ash, mas, se estava sendo sincera, sabia o que alguém seria capaz de fazer por amor. Ela podia muito bem amar o falso Rei, que também estava apaixonado por outra, que, por sua vez, não queria nada com ele. Ou talvez fosse o motivo de acreditar que estava apaixonada por ele. Veses era famosa por cobiçar e se fixar no que não podia ter.

De todo jeito, era como estar presa num círculo tóxico de rejeição e amor não correspondido.

O éter brilhava nas finas fendas de seus olhos.

— Peça a mim, Vossa Majestade, e eu faço aqui mesmo, perante a Corte.

— Bem, seria um pouco difícil no momento, não? — disparei, antes que pudesse me conter, meio com medo de que aquilo acontecesse, apesar do amor declarado de Kolis por Sotoria... e, por extensão, por mim. Sério, eu vomitaria em cima dos dois.

Kolis riu.

— Infelizmente. — Os olhos da deusa se fixaram em mim então. — Por que você está aqui mesmo? — Ela voltou sua atenção para Kolis. — Tinha a impressão de ela ter sido coroada Consorte de Nyktos.

— Você estaria enganada mais uma vez, se acreditasse nisso.

Cerrei os dentes.

Os cílios de Veses baixaram quando ela me encarou. Um momento se passou.

— Então você não deu sua permissão?

— Não.

A Primordial também sabia que aquilo era mentira.

— Então posso presumir que a presença dela é uma punição?

— Muito pelo contrário — argumentou ele, e pude ouvir o sorriso ansioso em seu tom. — Ela está aqui porque é aqui que eu a quero.

— Para quê? — Veses levantou uma sobrancelha. — Para manter seu colo aquecido? Tenho certeza de que poderia encontrar algo não tão... pesado.

Revirei os olhos mais uma vez, daquela vez tanto que eu não teria ficado surpresa se acabassem presos.

— Aí está aquela língua afiada de novo.

Ela deu de ombros em resposta, me encarando.

— Peça desculpas.

Ela empinou a cabeça.

— Perdão, o quê?

— Você foi grosseira. Não negue. — Aquela dureza havia se infiltrado em sua voz novamente. — Peça desculpas a ela, Veses.

A Primordial não podia parecer mais... desconcertada.

— Por que eu faria isso?

— Porque é com minha *graeca* que você está falando — respondeu Kolis, desferindo um golpe surpreendente, que não deixava margem para dúvidas: o falso Rei tinha conhecimento dos sentimentos de Veses por ele.

Veses entreabriu os lábios enquanto recuava.

— Ela é... — Seus cachos saltitaram quando ela balançou a cabeça. — Isso é impossível. — Fios de éter explodiam sem controle em seus olhos. — Foi o que ela contou a você? Se sim, é mentira.

— Não é, Veses. Foi confirmado. — Sua mão firmou na minha cintura, me fazendo enrijecer. — Meu amor finalmente voltou para mim.

Veses se encolheu, como se tivesse levado um tapa.

— Agora, peça desculpas a ela.

A pouca cor que havia retornado a sua pele desapareceu então, e eu queria me sentir mal por ela. Kolis sabia exatamente o impacto de suas palavras e o saboreou. Mas não senti pena dela. De jeito algum.

— Veses — avisou Kolis.

— Sinto muito — disse ela, piscando rapidamente. — Sinto muito se a insultei.

Se? A mulher nunca foi algo além de insultante.

Ela se levantou, o vestido se acomodando ao seu redor. Veses recuou um passo, abrindo e fechando as mãos. Sua expressão mudou, revelando uma série de emoções.

— Eu estou... — Ela pigarreou. — Feliz por você, Kolis.

Agora era eu que certamente parecia *perplexa* quando Veses abaixou a cabeça e começou a dar meia-volta.

— Veses — chamou Kolis, e esperou que ela o encarasse novamente. Seus dedos tamborilavam mais uma vez. — Creio que está esquecendo algo.

Ela franziu o cenho, a coroa em sua fronte parecia mais opaca agora.

— Você me decepcionou — lembrou ele. — Isso não ficará impune.

Veses ficou imóvel.

— Kyn? — convocou o falso Rei.

Naquele exato instante, enquanto o Primordial da Paz e da Vingança se desvencilhava de quem quer que estivesse em seu colo e se aproximava do estrado, Veses e eu percebemos ao mesmo tempo o que estava prestes a acontecer.

Eu sabia por causa do que Kolis havia oferecido a Kyn antes. Já o conhecimento de Veses possivelmente era resultado de experiências passadas. Meu coração começou a martelar no peito enquanto Kyn subia os degraus. O cheiro de bebida e sexo exalava do Primordial.

Ele segurava seu cálice.

— Vossa Majestade?

— Veses servirá como entretenimento esta noite — anunciou Kolis. — Presumo que você se certificará de que isso aconteça?

Ai, deuses.

Kyn se virou para Veses em silêncio, encarando-a enquanto tomava um gole.

— Isso vai ser divertido.

Meu estômago embrulhou quando Kyn deslizou um braço ao redor da cintura da Primordial, os lábios brilhantes por causa da bebida.

Esquivando-se do abraço, Veses zombou:

— Você e eu temos conceitos consideravelmente diferentes de diversão.

Kyn riu enquanto segurava o braço da deusa.

— Você e eu temos exatamente o mesmo conceito do que é diversão, querida.

Com certeza eu estava enganada.

Continuei dizendo aquilo a mim mesma enquanto ele a acompanhava para fora do estrado. Que o que eu achava que iria acontecer não aconteceria. Veses desenganchou o braço do de Kyn, mas aceitou o cálice quando ele o ofereceu, e bebeu avidamente o líquido que havia no copo. Sustentando o olhar de Kyn, a deusa pousou o cálice vazio na bandeja de um criado, que saiu às pressas das sombras e então sumiu novamente. Veses disse algo a Kyn, o que rendeu outra gargalhada alta, algo entre cruel e divertida.

Aquilo não ia acontecer.

Kyn olhou para o estrado, para Kolis, e seja lá o que tenha visto fez surgir um sorriso tenso e áspero em seu rosto. Ele se aproximou de Veses. Cabeças se inclinaram na direção dos dois. Corpos se viraram para assistir. Veses não recuou quando Kyn estendeu o braço para agarrar a coroa. A joia ficou presa no cabelo, a cabeça da deusa deu um solavanco. Fios finos e dourados pendiam em meio a pedra e ouro.

O Primordial jogou o diadema da árvore de jade no chão.

Minha boca se abriu quando a coroa deslizou pelo azulejo dourado, parando perto de Naberius, que ainda dormia.

Não sabia muito sobre etiqueta Primordial, mas até eu podia perceber o total desrespeito daquele gesto.

Ai, deuses, aquilo *ia* acontecer, e eu não sabia por que estava tão surpresa. Já tinha ouvido o que Kolis fazia com suas favoritas depois que se cansava delas. Basicamente, as jogava para os abutres. Ele havia me oferecido a Kyn, caso não se convencesse a respeito de minha identidade. Mas, de novo, saber do que ele era capaz parecia diferente de ver.

Eu odiava Veses com todas as fibras do meu ser pelo que ela havia imposto a Ash e por ferir Reaver. Nada me agradaria mais do que substituir a mão em sua garganta pela minha, para que eu pudesse sufocá-la até a morte. Ela era um ser perverso e doentio, que machucava os outros. De modo algum eu acreditava que a alma de Ash fora a única que ela havia maculado. Veses merecia punição.

Mas aquilo?

Meu olhar selvagem percorreu o salão. Nem todo mundo estava assistindo. Alguns tinham virado as costas. A maioria dos guardas de Kolis assistia. Elias não. Dyses se fora, e Callum observava com um esgar de desgosto nos lábios.

Kyn circulou Veses. Uma cadeira de encosto baixo deslizou pelo chão como se amarrada ao Primordial por uma corda invisível. Ele empurrou Veses em sua direção. Ela se inclinou sobre o assento, o rosto protegido por todos aqueles cachos dourados.

Kyn se aproximou dela, colocando a mão no centro de suas costas e a empurrando para baixo. Alguém aplaudiu. Outro assobiou. Daquela vez, era eu quem me encolhia a cada som que vinha da audiência.

Ninguém merecia aquilo.

Kyn agarrou as laterais de seu vestido...

— Pare! — Fiquei de pé, me libertando do abraço de Kolis. Tudo parou.

Os sons. As zombarias. As mãos de Kyn.

— Pare já com isso...

— Você — cuspiu Veses, tendo se movido mais rápido que eu consegui acompanhar. De pé agora, parada em frente ao estrado, ela apontava o dedo para mim, como se prestes a me amaldiçoar com infortúnio. A carne de seu lindo rosto havia afinado, expondo um opaco brilho vermelho, semelhante à própria coroa. — Você não vai intervir a meu favor. Não é necessário.

Balancei a cabeça, incrédula.

— Isso…

— Nem desejado.

Os olhos de Veses ardiam com o mesmo fogo prateado que se acendeu dentro de mim.

— *So'lis* — falou Kolis baixinho, enquanto os espectadores voltavam sua atenção para o mais novo drama que se desenrolava. — O que exatamente está fazendo?

Com o peito latejando, me virei para ele.

— Isso não está certo.

Kolis olhou para mim, a expressão impassível.

Minhas mãos tremiam.

— Por favor, pare com isso.

Seus dedos cessaram o tamborilar.

— E se eu não o fizer?

As brasas pulsaram mais intensamente dentro de mim, pressionando minha pele.

— Você vai fazer.

Seu peito parou de se mover.

— Porque isso está errado. — Respirei fundo. — Porque parar é a coisa certa a fazer.

Um longo e tenso momento se passou, e então Kolis se levantou, atraindo a atenção de seus guardas e de Callum. Ele não falou até chegar ao meu lado.

— É hora de voltar para seus aposentos.

— Antes pare com isso…

— *Silêncio* — sibilou ele, os dedos se crispando em meu queixo enquanto sua vontade me sobrepujava, envolvendo-me e cravando fundo suas garras, assumindo o controle. — Retornaremos a seus aposentos e faremos isso em silêncio.

Um grito silencioso de fúria trovejou em minha cabeça enquanto eu o encarava. Comecei a lutar contra a persuasão, alimentada por raiva e instinto primitivo...

Redemoinhos dourados irromperam em seu peito enquanto uma leve névoa vazava de algum lugar abaixo de Kolis.

— Nem pense nisso.

As brasas continuaram a inchar, incitando-me a fazer mais do que apenas pensar. Elas queriam que eu agisse de acordo com a raiva e o poder que cresciam dentro de mim.

— Vossa Majestade? — interrompeu Phanos.

— O quê? — rosnou Kolis, sem tirar os olhos dos meus.

— Presumo que a Corte desta noite tenha chegado ao fim — disse ele quando, em minha visão periférica, vi outros se afastando das sombras das alcovas, alguns desalinhados, com as roupas amassadas e os cabelos emaranhados, enquanto se aglomeravam em torno de Veses e Kyn. — Mas preciso falar com você.

A bruma ao redor de Kolis desvaneceu.

— Há algo de que preciso cuidar primeiro. Então eu voltarei.

— Claro — comentou Phanos, seu tom indecifrável. — Estarei à espera.

Ofegante, eu fervilhava quando Kolis soltou meu queixo e pegou minha mão. Ele me guiou em direção às portas pelas quais entramos, a risada de Kyn ecoando no salão.

*

— O que eu disse a você?

Kolis se elevou sobre mim quando chegamos à jaula, suas narinas dilatadas. Não consegui responder. A persuasão ainda me dominava.

Mas não achava que ele queria uma resposta.

— Avisei para não me questionar e, dentro de uma hora, você não apenas fez isso de novo, como também de uma maneira muito pública. — Redemoinhos dourados espiralavam em seu rosto a uma velocidade vertiginosa. — Eu avisei para não usar a essência, e você usou duas vezes no mesmo período de tempo.

Droga.

Ele *havia* sentido.

— Agora mesmo eu posso ver. — Ele agarrou as laterais de meu rosto, inclinando minha cabeça para trás. — A essência que não pertence a você, alimentando sua teimosia. Seu temperamento. Não mereço nenhuma dessas coisas de você.

Eu teria rido, se pudesse.

— Eu a defendi dos insultos de Veses, e você começou a interferir em seu castigo — disse ele, inclinando o corpo para o lado. Mais atrás, avistei Callum. Ele caminhava de um lado a outro, silenciosamente. — E é assim que você me paga? Com desobediência e ingratidão?

Meus deuses, ele era... ele era completamente desequilibrado.

— Você me retribui ficando do lado da mulher que colocaria meu pau na boca em cinco segundos, se eu permitisse? — Seus olhos estavam arregalados. — Você não tem honra?

Eu não conseguia acreditar no que estava ouvindo.

A fúria desapareceu de seu rosto, de sua voz. Seus olhos se fecharam com força.

— Por que insiste em me desobedecer? Não uma, nem duas. Mas três vezes. — Um arrepio o percorreu. — Eu tinha grandes esperanças para hoje. Planos.

Maldito desequilibrado.

— Queria mostrar a você tudo de que sou capaz. — Sua voz baixou, os olhos se abriram. O brilho atrás de suas pupilas era quase forte demais para contemplar. — Queria mostrar o que estou arriscando por você.

O que ele estava arriscando...? Meus deuses, não havia palavras, mesmo que eu *pudesse* falar.

— Mas agora o dia termina assim. — Ele respirou fundo pelo nariz, soltando meu rosto. — Você... você é minha alma, mas eu sou seu Rei. Precisa aprender que não pode me questionar e que não pode usar as brasas.

Um filete de medo rompeu minha raiva. Não por mim, mas por Ash. Por Rhain. Kolis havia me dito o que faria se eu o desobedecesse, e foi justamente o que fiz... sem sequer pensar nas consequências.

Kolis recuou. A persuasão se dissipou, destravando minha mandíbula enquanto meus ombros relaxavam.

— Você será castigada.

Ergui a cabeça. Callum parou de andar.

— E?

— E então veremos. — Seus olhos... eles brilhavam. — Vamos ver se novas medidas precisarão ser tomadas.

Antes que eu pudesse falar ou processar as lágrimas que vi em seus olhos, correntes chacoalharam.

Minha cabeça girou em direção ao som. Os grilhões se soltaram das colunas da cama e deslizaram pelo chão como serpentes. Senti um nó no peito enquanto ficava tensa.

Foi tudo muito rápido.

Algemas envolveram meus pulsos, puxando meus braços para cima. As correntes se enrolaram no teto da jaula, perto do conjunto de diamantes. Meus braços foram puxados com força, alongando os músculos. Um grito de surpresa me escapou enquanto meu corpo subia, erguendo-se até que apenas as pontas dos dedos dos pés tocassem o chão. O metal frio prendeu meus tornozelos, me ancorando na posição, braços e pernas abertos.

Kolis me encarou, o rosto pálido.

— Quero odiá-la por me obrigar a fazer isso — murmurou. — Mas só consigo amá-la.

— Isto é amor? — Ofeguei, já começando a sentir a queimadura em meus braços.

— Você me desobedeceu repetidamente, mas, ainda assim, está viva. Ninguém mais estaria. Então, sim. É amor — argumentou ele, com voz rouca, enquanto um filete de carmim manchava sua bochecha.

Kolis estava chorando.

27

— Quase me sinto mal por você.

Abri os olhos, sem me preocupar em levantar a cabeça ou responder ao Espectro de cabelo dourado. Desviaria muita energia e foco de minhas tentativas de não gritar, no que eu vinha me concentrando desde que Kolis tinha ido embora, com lágrimas vermelhas escorrendo pelo rosto.

Não sabia ao certo o que era mais doentio: todo o resto em relação a Kolis ou o fato de que ele podia escolher machucar alguém e depois chorar.

— Você deve estar com muita dor — continuou Callum.

— Nunca me senti melhor.

— Que mentira deslavada.

O que parecia evidente era sua observação desnecessária. O ardor em meus músculos esticados havia desaparecido. Meus braços estavam dormentes agora. Não conseguia mais sentir as mãos, mas o estresse de ficar suspensa, apenas com as pontas dos dedos dos pés sustentando meu peso, tinha se voltado para os ombros. Parecia que estavam em chamas.

Não tinha ideia de quanto tempo estava pendurada ali. Àquela altura, com certeza fazia horas. Callum ter decidido quebrar o silêncio fazia com que parecesse muito mais tempo. Enquanto tudo estava quieto, eu havia me contentado em pensar em todas as maneiras como causaria uma dor inimaginável a Kolis.

Descobri que possuía uma imaginação fértil.

— Se você fosse mesmo minha irmã.

Deuses, de novo não.

— Eu não teria permitido que isso acontecesse.

— Então, se você acreditasse que eu sou sua irmã, acharia isso errado? — perguntei.

Callum estava a poucos metros da jaula.

— Lógico.

Deixei escapar uma risada áspera, o que intensificou a dor em meus ombros.

— O fato de você precisar acreditar que é parente de alguém para ver o erro nisso me diz que cada mau juízo que fiz de você é mais do que merecido.

— Você pensa assim porque não me conhece. — Ele cruzou os braços sobre o peito. — Porque não é minha irmã.

— Tanto faz — murmurei, exausta demais para tentar convencê-lo do contrário.

Callum ficou quieto por vários benditos minutos.

— Você estava certa. — Ele hesitou. — Sobre o que estava acontecendo no Conselho Municipal.

Cansada, levantei a cabeça. Os músculos de meu pescoço se contraíram enquanto meu olhar encontrava o Espectro.

Sua cabeça estava abaixada, os olhos focados no chão.

— Aquele tipo específico de punição é errado. — Seus ombros ficaram tensos. — Está aquém de Kolis. Ele é melhor do que isso.

— É mesmo? Em que momento?

— Antes de Eythos morrer.

A surpresa me dominou. Eu realmente não esperava uma resposta, muito menos aquela.

Callum ergueu o olhar com um sorriso irônico.

— O quê? Pensou que eu diria que foi quando Sotoria morreu pela segunda vez? Sim, a morte de minha irmã teve um impacto sobre Kolis, mas ele… — Callum calou a boca, uma mecha do cabelo louro caindo sobre o rosto quando seu olhar voltou para o chão.

Estremecendo, mudei ligeiramente de posição para esticar os dedos dos pés.

— Mas o quê?

— Ele amava Eythos — respondeu, calmamente. — Mesmo assim. Mesmo depois de tudo.

Eu o encarei, um pouco atônita. Sabia que Kolis tinha amado o irmão um dia, mas Callum se referia a depois que ele havia roubado as brasas de Eythos e matado sua esposa. Não achei que fosse possível, e com certeza não acreditava nisso agora.

Você não tem honra?

Ele questionava minha honra quando sua ideia de punição era ordenar o estupro de alguém. E mesmo que Veses tivesse concordado com o que quer que Kyn houvesse designado, foi exatamente o que aconteceu no Conselho Municipal. Pouco importava que ela fosse culpada do mesmo comportamento.

Porra! Por mais que eu odiasse a mulher e fosse comemorar alegremente se ela morresse, até eu podia entender que não era certo.

Mas não Kolis.

O tratamento que dispensou a Veses tinha pouco a ver com me defender de insultos patéticos que nem sequer me atingiam, e tudo a ver com o suposto fracasso da deusa em algo totalmente irrelevante.

As ações de Kolis se resumiam a lembrar a todos que ele detinha o poder.

E todas as reações dele se resumiam a posar como a parte injustiçada, a vítima. Era quase como se ele florescesse com aquilo.

Um músculo latejou no maxilar de Callum.

— Antes da morte de Eythos, ele nunca teria permitido uma coisa assim nem teria mantido seus… animais de estimação — disse ele, falando das favoritas de Kolis. — Algo que nunca fez antes da morte de Eythos. — O olhar do Espectro reencontrou o meu. — Você não acredita em mim.

— Talvez você esteja falando a verdade — concedi, depois de um tempo. — Mas ele é assim agora. E ele *tem sido* assim, certo? Com os outros deuses e Primordiais? Com as favoritas que o desapontaram…?

— Com você, quando perceber que esta é uma grande fachada? — interveio ele.

Minha raiva despertou.

— *Comigo* agora.

Callum comprimiu os lábios.

— E sabe de uma coisa? Você não é diferente — cuspi. — Sabe que o que aconteceu no Conselho, e só os deuses sabem quantas outras vezes, é errado, mas ficou parado e não fez nada.

— Ao contrário de você?

Eu o fuzilei com o olhar.

— Ninguém mais se pronunciou — continuou. — Aqueles que não ficaram entusiasmados com o que estava acontecendo saíram. Você é melhor do que eles? Deuses, Primordiais, dragontinos e Espectros?

— Sim! — respondi, sem hesitação. — Qualquer um que ao menos tente impedir aquilo é melhor do que todos eles.

Callum sorriu.

— Tenho certeza de que Kolis ficaria emocionado ao ouvi-la dizer coisas tão traiçoeiras.

— E tenho certeza de que você vai contar a ele — sibilei. — Como o cachorrinho leal que é.

— Eu sou leal. Sempre serei leal a ele. Kolis me perdoou por fracassar em manter minha irmã segura.

— Não foi culpa sua! — Deixei escapar. Era verdade. Callum não tinha causado a morte da irmã.

O Espectro enrijeceu.

— Foi minha culpa — afirmou ele. — E Kolis me perdoou. Ele também me deu a vida eterna.

Revirei os olhos.

— E ele é a única coisa que mantém este plano unido.

— Caralho — resmunguei. Era possível que Callum tenha sido decente antes de seu infeliz encontro com Kolis, mas agora ele era... — Você é tão desequilibrado quanto ele.

Suas narinas se dilataram.

— Vou me certificar de que ele também saiba disso.

Ergui a cabeça, enviando um frenesi de dor pelos meus ombros e coluna.

— E eu vou garantir que ele saiba que sua preciosa primeira criação é o idiota que disse a minha mãe como um Primordial poderia ser morto. Aposto que ele vai ficar seriamente… decepcionado ao saber desse detalhe.

A boca de Callum se fechou.

— Sim. — Sorri em meio à dor, mostrando os dentes. — Eu não esqueci, mas eu gostaria que você explicasse *por que* faria algo tão… imprudente.

— Eu não estava sendo imprudente, sua mosquinha insignificante. — Ele avançou, agarrando-se às barras. Não pareciam afetá-lo. — Eu estava… — Ele tomou fôlego, depois afastou as mãos, um dedo de cada vez. — Quer saber por que está sendo castigada? Porque, no fundo, Kolis sabe que você não é Sotoria.

Uma semente de desconforto floresceu.

— Você sabe como é repetitivo? Chega a ser exaustivo.

Seu sorriso voltou.

— Ele nunca trataria Sotoria dessa maneira.

Deixei escapar outra risada seca e dolorosa.

— Não tenho certeza do porquê acha graça no que eu disse.

— Não estou rindo do que disse — revelei. — Estou rindo de você.

Callum estreitou os olhos.

— Você é um tolo por pensar assim. Ela foi morta por ele…

— Ela? — As asas pintadas se ergueram ao longo de sua testa.

Merda. Cometi um deslize.

— Sim, *ela*. Não me lembro de nada — retruquei, me recuperando o melhor que pude. — E essa não é a questão.

— Mas é essa a questão. — Seu sorriso voltou. — Se fosse ela, você saberia.

— Você pode…?

— Saberia que ele nunca matou Sotoria.

Agora fui eu que calei a boca quando a presença de Sotoria se inquietou em meu peito.

— Sim, ele a assustou da primeira vez, mas foi um acidente. Kolis não sabia com que facilidade Sotoria podia se assustar — disse ele, a pele sob as asas pintadas suavizando de um modo que eu jamais vira. — E ele também não a matou da segunda vez. — Seu lábio inferior tremeu. — Eythos o fez, e essa foi a segunda e última vez que a decepcionei.

*

Callum enfim se acalmou, tendo decidido se sentar, taciturno, no sofá. O que ele havia compartilhado permaneceu em minha mente.

Sempre se suspeitou de que Sotoria tivesse morrido de fome ou que Kolis houvesse perdido a paciência e acabado com sua vida. Mas Eythos? Eu não podia acreditar, embora Callum tivesse muito pouco a ganhar mentindo.

Por outro lado, o que Eythos tinha a ganhar matando Sotoria? Bem, além da vingança. Muito embora, dado o que eu sabia sobre Eythos, ele não me parecesse o tipo de pessoa que buscaria vingança prejudicando um inocente.

Com o passar do tempo, meus pensamentos se transformaram em preocupações. Como Veses havia escapado? Alguém foi ferido? Kolis procuraria me punir ainda mais, recusando-se a libertar Ash ou voltando sua atenção contra Rhain? Mais preocupações atormentavam minha mente, e eu não podia fazer nada além de continuar pendurada ali, com dor.

Quanto tempo me restava? Eu conseguiria chegar até Ash? De alguma maneira eu encontraria a Estrela? A joia sequer funcionaria com a alma de Sotoria?

Como eu poderia continuar a tolerar a presença de Kolis?

E Kolis se daria conta de que Callum tinha razão? Que, de fato, eu não era Sotoria? Meus pensamentos passaram para Veses e o Conselho Municipal. Se assim fosse, eu não viveria o suficiente para que ele cumprisse a oferta que fez a Kyn. Ele pegaria as brasas, me matando e condenando Sotoria definitivamente.

Mais tempo se passou.

Quando Kolis enfim retornou, cheirando a algum tipo de fumaça doce e rançosa, meus ombros tinham ficado dormentes. Ele nada disse quando me pegou pela cintura e soltou as algemas.

Não consegui ficar quieta quando ele libertou meus braços. Gritei, meus músculos doloridos protestando.

— Sinto muito, *so'lis*. — Kolis me pegou em seus braços. Uma sensação ardente de agulhadas irrompeu, deixando-me ofegante de desconforto e dor, incapaz de me opor àquele abraço. — Sinto muito.

Ele repetia as palavras enquanto me apertava, me balançando levemente. Os Escolhidos trouxeram água quente, e novos aromas flutuaram pela jaula: camomila e hortelã.

Kolis se levantou, me carregando para trás do biombo e me colocando de pé. Uma Escolhida de véu permaneceu ao lado da banheira fumegante, em silêncio, as mãos enluvadas e entrelaçadas.

— Ela vai ajudá-la com seu banho — informou Kolis, falando para o topo de minha cabeça. Eu realmente não conseguia erguê-la. — Você vai descansar, e então... tudo vai melhorar, prometo.

Mordi o interior da bochecha para conter uma risada. Se eu começasse a rir, não acreditava que seria capaz de parar. Nunca.

Ele me soltou, e a Escolhida veio silenciosamente em minha direção, alcançando os fechos de meu vestido; eu não conseguia sequer pensar em levantar os braços para soltá-los. Minhas pernas tremiam. O corpete escorregou, se amontoando em minha cintura, e, e a sensação era como se um exército de formigas de fogo enxameasse minha pele, eu pouco me importava se Kolis visse um pingo de minha nudez.

Mas ele não o fez.

Tinha parado perto do biombo, de costas para nós. O vestido caiu no chão aos meus pés enquanto as mãos enluvadas da Escolhida seguravam gentilmente meu cotovelo, me ajudando a entrar na banheira.

Kolis pigarreou.

— Só quero que saiba que interrompi o castigo de Veses quando voltei ao Conselho.

Deixei escapar uma risada enquanto afundava na água quente e mentolada.

E a risada não parou.

28

Dormi sem sonhar com meu lago ou com Ash. Quando acordei, as coisas pareciam melhores. Na maior parte. Eu continuava dolorida, mas o pior da dor havia passado.

E não estava mais rindo, o que já era um grande avanço.

O lado bom é que eu não estava sozinha. Callum mais uma vez tinha se esparramado no sofá. Ficara deitado ali desde o café da manhã, mas bem menos tagarela, enquanto eu me obrigava a percorrer toda a extensão da jaula. Precisava me livrar da dor. Continuar sentada não ajudaria, mas eu não tinha certeza se me mover abrandaria a outra dor.

A dor que passou a residir em minhas têmporas.

Aquilo era um mau sinal, um péssimo sinal.

Enterrei depressa o significado da dor no fundo da mente quando Kolis entrou na câmara. Parei, imediatamente me esvaziando de tudo o que me fazia ser quem eu era.

Porque eu sabia o que tinha de fazer.

Era algo que havia me ocorrido enquanto me forçava a comer e em meio à caminhada.

Depois de tudo, parecia mais difícil do que antes, mas era necessário. Eu precisava convencê-lo a libertar Ash, o que significava que eu tinha de me comportar como se nada tivesse acontecido no dia anterior. Como se ele não tivesse me manipulado a matar Evander. Ou forçado Veses a fazer sabe-se lá o quê antes de finalmente colocar um fim no castigo, um gesto que eu podia apostar que ele acreditava apagar tudo o que viera antes. Como todos os abusadores e aproveitadores.

Mas tudo bem.

Porque eu seria mais inteligente que antes.

Quando o falso Rei se aproximou da jaula, seu sorriso me dizia que eu havia ganhado a aposta que tinha feito comigo mesma.

— Como está se sentindo, *so'lis*?

Apertei as mãos como os Escolhidos costumavam fazer, ignorando a rigidez em meus braços.

— Descansada.

— Fico aliviado em ouvir isso. — Seu olhar percorreu meu vestido dourado enquanto destrancava a jaula. — Você está adorável.

— Obrigada — agradeci, a língua murchando enquanto me lembrava das lições das Amantes. *Torne-se o que eles desejam*. Com Kolis, era mais do que ser dócil e submissa. Eu sabia disso agora. Era tudo uma questão de fazer com que ele sentisse que suas ações fossem justificadas. Acima de tudo, significava ser como Callum: um cachorrinho leal, cujo único propósito era cobrir seu tutor de carinho e gratidão. — Há algo que eu queria dizer.

Ele parou na porta aberta da jaula.

— Sim?

— Eu... eu queria me desculpar por ontem.

Kolis ficou me encarando.

Callum também.

— Tudo tem sido bastante assustador para mim — comecei, vendo a expressão de Kolis se suavizar enquanto os olhos de Callum se estreitavam. — Muita coisa aconteceu... *tem* acontecido. Tudo é muito desconhecido para mim. Não tenho certeza do que devo ou não fazer, mas nada é desculpa para a maneira como me comportei ontem.

— Seu comportamento é compreensível, *so'lis*. — Seus olhos brilharam enquanto Callum levava as mãos aos quadris. — Você passou por muita coisa.

— Mas você foi tão compreensivo comigo... — Obediente, baixei o olhar. — E fui desrespeitosa. Desculpe.

— Tudo bem. — Sua voz próxima foi o único aviso que recebi antes de sentir a palma em minha bochecha. Ele ergueu meu olhar para o dele. — Aceito seu pedido de desculpas.

Às suas costas, Callum parecia prestes a bater com a cabeça na parede.

Lutei contra um sorriso sincero.

— De verdade?

— Sim. De verdade. — A aprovação estava estampada em suas feições, tornando seu sorriso enviesado e mais genuíno. — Venha. Vamos dar uma volta.

Depois do que acontecera na véspera, acompanhá-lo para qualquer lugar era a última coisa que eu queria fazer.

Mas era o que *ele* queria.

E eu me tornaria seu desejo.

Então me juntei a ele sem protestar. Quando o falso Rei enganchou o braço no meu, eu nada disse. Ao sairmos da câmara, com Callum e Elias logo atrás de nós, balancei a cabeça e sorri, minhas ações e reações tão vazias quanto as dele.

Mas Kolis não percebeu.

Ele estava praticamente vibrando de alegria quando cruzamos a passagem aberta e pegamos o caminho que levava à colunata. Entramos no santuário, eventualmente passando por alcovas cheias de sons ofegantes e entusiasmados.

Kolis nos conduziu pelo labirinto de corredores, nenhum dos quais me parecia familiar. Acabamos atravessando uma entrada ladeada com pilares até uma espécie de câmara de estar, com muitas tapeçarias cor de marfim penduradas nas paredes.

— Sente-se. — Kolis estendeu o braço em direção a um dos divãs de cetim dourado.

Como um cachorrinho obediente, fiz o que ele instruiu e me sentei, cruzando os pés na altura dos tornozelos.

Callum o seguiu, parando perto da entrada. Ainda parecia querer dar de cara com alguma coisa.

— Há algo que quero mostrar a você — anunciou Kolis, enquanto entrava. — Eu tinha planejado fazer isso ontem, mas... bem, ontem não importa mais.

Como se ele pudesse simplesmente decretar tal coisa.

— Iason. Dyses? — chamou Kolis.

Eu me virei em direção ao que pensei ser uma tapeçaria, mas era, na realidade, cortinas de marfim emoldurando um arco. O dragontino de cabelo escuro que eu tinha visto no Conselho Municipal avançou com o Espectro. Entre eles, estava um Escolhido.

Espere. O que ele dissera no dia anterior? Que tinha planejado me mostrar que era capaz de mais do que apenas morte?

Meu estômago embrulhou. De repente, entendi o que ele estava prestes a fazer.

— Você não precisa provar nada. — Esqueci o roteiro de cão obediente em um piscar de olhos, meus músculos sobrecarregados protestaram quando me levantei em um salto. — Acredito em você.

Com uma rápida torção do pescoço, Kolis lançou um sorriso vazio e uniforme para mim por cima do ombro.

— Está mentindo.

Com certeza, mas aquilo não vinha ao caso.

— Não a culpo por acreditar nisso — acrescentou ele. — É por isso que você deve saber.

— Você podia apenas me contar como eles Ascenderam. — Meu coração disparou porque eu sabia o que ele iria fazer: criar vida quase a partir de seu fim. Porque aquilo não era o mesmo que Eythos fazia. — Você não precisa se dar a esse trabalho.

— Não é trabalho algum.

Senti uma pressão comprimir meu peito enquanto virava a cabeça para os três. Meus pensamentos estavam em turbilhão. Eu tinha um plano para libertar Ash: ganhar o favoritismo e a confiança de Kolis. Com minha tentativa de fuga fracassada e literalmente todo o resto que havia acontecido, eu estava fazendo um péssimo trabalho. Precisava ter cuidado e não incitar o descontentamento de Kolis, o que eu seguia fazendo.

— Realmente não é necessário — insisti, as mãos em espasmos na lateral do corpo enquanto eu me continha.

O tropel das botas de Iason e Dyses contra a pedra e os passos silenciosos do Escolhido agora soavam como um trovão. Dyses parecia um pouco entediado, mas o dragontino…

Iason olhava para a frente, quase como se não visse ninguém. Mais uma vez pensei em quantos dragontinos em Dalos tinham sido forçados a se unir a Kolis. Iason era um daqueles que, ao contrário do primo de Nektas, optaria por *não* servir Kolis se tivesse escolha?

— Mas é. — Kolis se voltou para o Escolhido. — Venha — encorajou ele, acenando calorosamente.

Inspire. Meu corpo ficou rígido. O Escolhido cruzou a distância restante, mãos enluvadas cruzadas diante da cintura. *Prenda.*

— Revele-se — instruiu Kolis.

Expire.

O Escolhido levantou o véu, revelando gradualmente as belas feições de um jovem que não poderia ser muito mais velho do que eu. *Prenda.*

— Jove — chamou Kolis. Uma parte covarde de mim não queria saber seu nome. — Como vai você?

— Estou bem, Vossa Majestade. — Jove sorriu e, deuses, o sorriso me lembrou um dos meus, sempre que minha mãe me mandava entregar suas mensagens: ensaiado, mas vazio. Assim como eu.

Inspire.

— Hoje você será abençoado — revelou Kolis, segurando a bochecha do homem. — Receberá nova vida.

Jove fez uma mesura.

— É uma honra.

Não. Não, não era. Porque ouvi o tremor em sua voz. Vi seu sorriso definhar aos poucos, os olhos castanho-escuros arregalados.

Ele estava com medo.

Parei com os exercícios respiratórios e dei um passo à frente.

— Kolis.

A cabeça do falso Rei se virou em minha direção.

— Sim?

— Você não precisa fazer isso — repeti, enquanto as brasas vibravam em meu peito. — Eu... eu pensei que, quando você disse que queria dar uma volta, era para passar um tempo comigo. A sós.

— Nós vamos. — Kolis me encarou por tanto tempo que pensei que talvez tivesse mudado de ideia. — Mas há coisas de que devo cuidar. Esta é uma delas.

Jove ficou completamente imóvel, as mãos cerradas com força, enquanto o terror inundava meu coração.

— Isso é uma honra — prosseguiu Kolis, e eu não sabia se ele se dirigia a mim ou ao Escolhido. — A vida ainda pode ser criada, mesmo que imperfeita. E deve ser. Pois sem ela, a própria estrutura dos planos se romperia.

Pisquei um pouco, sem entender.

— O... o quê?

— Feche os olhos, meu filho. — Kolis voltou sua total atenção para Jove.

O Escolhido obedeceu sem hesitar. Kolis inclinou a cabeça do homem para trás, expondo o pescoço.

Ele ia mordê-lo.

Levei a mão à garganta enquanto a lembrança da dor queimava através de mim. Não podia ficar ali parada e permitir.

O instinto assumiu o controle e, de repente, eu estava me movendo na direção de Kolis e do Escolhido, antes mesmo de ter plena consciência do que fazia. Atravessando o espaço, a essência assomou dentro de mim enquanto eu estendia a mão...

Engoli em seco quando Kolis esticou o outro braço, capturando meu pulso.

— Eu entendo — disse ele, baixinho, seu olhar frio e inexpressivo fixando-se no meu. — Você sempre teve um coração gentil, *so'lis*.

Estremeci.

E então *ela* estremeceu.

— Mesmo agora, sob este exterior afiado, áspero e muitas vezes abrasivo, você tem o coração mole — continuou ele, minha pele arrepiando com seu toque. — Você é uma boa pessoa. Admiro isso. Sempre admirei.

Kolis estava enganado. Eu não tinha um coração mole ou gentil. Nem era uma pessoa particularmente boa. Se fosse, não teria sido capaz de fazer todas as coisas que havia feito, do modo como as havia feito. Eu simplesmente não podia assistir àquilo parada. Havia uma diferença.

— Você precisa entender por que isso é importante. O que está e sempre esteve em risco — explicou Kolis. — Ou ele é recriado à imagem dos deuses, ou dá vida a outro que será. Depende de você.

Não era preciso ser muito inteligente para saber que dar vida a outra pessoa significava a morte para Jove.

— Mas não se engane — continuou Kolis, colocando-me a seu lado com apenas um gesto do braço. Engoli em seco, mas não ajudou a aliviar a náusea despertada pelo contato e pela constatação do que estava por vir. — O equilíbrio deve ser mantido.

Lá vinha ele de novo com aquela obsessão por equilíbrio.

— Isso é mais importante do que qualquer pessoa neste espaço, inclusive você. — Ele sustentou meu olhar. — Até mesmo eu. Porque sem equilíbrio não há nada.

O que ele disse fazia pouco sentido. Inspirei um mero sopro de ar.

— Você pode... pode tornar indolor?

O éter se aquietou em seus olhos e sua pele ficou mais fina. O frio me encharcou.

Sem dizer nada, ele soltou meu pulso e me empurrou para longe. Tropecei, mas me contive quando ele virou a cabeça para Jove. Um piscar de olhos depois, Kolis arreganhou a boca. Tive um vislumbre de presas, e então ele atacou, perfurando a carne da garganta do rapaz.

Meu corpo estremeceu no exato momento em que o de Jove também o fez. Eu me inclinei para a frente enquanto o Escolhido enrijecia, com olhos e boca bem abertos. Minhas pernas começaram a tremer. Eu sabia a que tipo de agonia excruciante ele provavelmente estava sendo submetido. Freneticamente, eu me virei, vasculhando os arredores em busca de uma arma. Meu olhar pousou nas espadas daqueles ainda ali, conforme as brasas ganhavam vida, me lembrando de que...

Um gemido logo chamou minha atenção de volta para Kolis e o Escolhido. *O som*... Meu olhar se dirigiu para onde o Primordial se alimentava avidamente de Jove. Os lábios do Escolhido estavam agora apenas entreabertos, o rosto relaxado e ligeiramente corado. Eu não tinha ouvido um gemido de dor.

Mas um gemido de prazer.

Ofegante, pressionei a mão contra o estômago. Um espasmo sacudiu Jove enquanto exalava outro gemido excitado. Kolis não estava causando dor.

Observei, presa entre a surpresa e a agitação, enquanto o Escolhido gradualmente relaxava nos braços do falso Rei. Eu sabia que Kolis era capaz de se alimentar sem dor, mas também sabia que ele não era gentil. Ele havia demonstrado aquilo repetidas vezes.

Mas o Escolhido não estava com dor. Êxtase impregnava suas feições. Ainda assim, aquilo... Engoli o amargor da bile. Aquilo não parecia certo. Recuei um passo, de alguma forma ainda mais perturbada pelo que testemunhava agora do que eu estaria se Jove *estivesse* gritando.

Eu havia pedido a Kolis para não causar dor.

Ele tinha feito aquilo por mim, mas eu só conseguia pensar no que me ocorrera quando vi Orval e Malka pela primeira vez, e no que havia sido levada a acreditar sobre Jacinta e o deus da Corte de Keella. Tudo no que conseguia pensar era como a última coisa que eu tinha desejado sentir quando Kolis me mordeu foi prazer.

Ai, deuses.

Eu havia pedido a Kolis para fazer aquilo e sabia que não estava tudo bem, mesmo que minhas intenções tivessem sido boas, mas não sabia o quão errado aquilo era. No caso, os *meios* justificavam o fim? Eu não sabia responder.

Com os braços trêmulos, recuei até quase ficar atrás do travesseiro. Meus dedos se cravaram em meu abdome enquanto minhas mãos começavam a esquentar.

Jove estava pálido. Estava morrendo.

Kolis jogou a cabeça para trás sem aviso.

— O processo é bastante simples — comentou, com uma voz rouca que me lembrou os verões avassaladores em Lasania e o modo como ele falava de seu desejo. — O sangue deve ser sugado dos Escolhidos até o coração começar a vacilar. — Ele fez uma pausa, lambendo uma gota de sangue do lábio inferior. — Então eles devem receber o sangue dos deuses.

O ato de Ascensão para os Escolhidos *era* igual ao que Ash havia falado. Uma transfusão de sangue.

— Vossa Majestade.

Sobressaltada pela voz de Elias, virei-me de lado.

— Venha, Elias — respondeu Kolis.

O guarda passou por mim, sem me encarar, enquanto se aproximava de Kolis. Sem dizer mais nada, ele levou o pulso à boca e mordeu a veia, sangue brilhante brotou.

Meu olhar voou para Kolis quando enfim compreendi. Kolis não podia dar o próprio sangue ao Escolhido, que foi o que eu tinha concluído quando ele me levou até as sirenas em vez de me curar por si só.

Mas o que eu não sabia era por que exatamente ele não podia. Ash era um Primordial da Morte, e seu sangue curava. Poderia ser porque Kolis era *o* Primordial da Morte?

Fiquei ali parada, enquanto Elias colocava o pulso ensanguentado sobre a boca de Jove. O Escolhido se virou para mim, mas, depois de alguns instantes, vi o movimento de sua garganta ao engolir.

Trêmula, cruzei os braços ao meu redor, mal sentindo a dor em meus músculos. Não sabia quanto tempo havia passado, mas, em algum momento, Elias ergueu o flácido Jove em seus braços.

— Era e é assim que se faz — disse Kolis.

Como se saísse de um transe, pisquei. Elias carregava Jove em direção ao arco com cortinas.

— Venha. — Kolis não me deu chance de responder, apenas pegou minha mão. — Vou explicar mais.

Cada parte do meu ser se rebelou contra aquele toque enquanto o falso Rei nos guiava de volta pelas portas. Retornamos pelo caminho de onde viemos em silêncio, chegando à jaula no que me pareceu um piscar de olhos.

Kolis e eu estávamos sozinhos.

— Quando meu irmão fazia as Ascensões, os Escolhidos Ascendiam à divindade. — O lábio superior de Kolis se curvou, e então sua expressão suavizou. — Sem as brasas da vida, eles simplesmente se tornam os Ascendidos, como eu disse antes.

Levantando minha mão — minha mão esquerda — até sua boca, ele pressionou um beijo no dorso.

— Aqueles que são como deuses, mas não deuses. A doença não mais os aflige. Eles podem consumir alimentos, mas não é necessário. E sobreviverão à maioria dos ferimentos mortais, suscetíveis apenas a alguns tipos de morte — explicou ele, a voz exibia um leve tom de orgulho. — Mas eu estive trabalhando em algumas desvantagens.

— Como...? — Parei de falar quando ele começou a me conduzir pela câmara, meu coração acelerado quando nos aproximamos da cama. Nós passamos por ela. Ele me sentou no divã, e pigarreei. — Como o quê?

— Com o tempo, eles podem se tornar tão fortes quanto um deus, mas, até agora, não foram capazes de controlar o éter. — Kolis caminhou até a mesa. Novos copos e jarras foram providenciados durante nossa ausência. — Têm uma forte aversão à luz solar.

Eu me lembrei do que Gemma havia dito, que os Escolhidos regressados permaneciam dentro de casa durante o dia. Meu olhar se voltou para as portas. Era por isso que a parte do santuário onde eu tinha visto o último Ascendido parecera tão escura?

— Mas o sol ainda brilhava e Jove estava...

— A aversão não é imediata. Leva algumas horas — interrompeu ele, passando os dedos sobre o linho estendido na mesa. — Muito embora não precisem de comida, eles precisam de sangue, e a fome é... insaciável no início. Difícil de controlar. Alguns não desenvolvem tal domínio.

Qualquer sangue basta, mas é melhor um que carregue ao menos poucas gotas de éter. Pode ajudá-los a controlar a fome.

A dor de cabeça voltou, latejando em minhas têmporas.

— E se não conseguem controlá-la?

De onde estava, do outro lado da mesa, ele ergueu o olhar para mim.

— Então são abatidos.

A maneira como disse aquilo, sem qualquer emoção, foi mais do que perturbadora.

Deuses.

— Isso te incomoda. — Ele abriu os dedos sobre o linho. — Não deveria. É por um bem maior.

Aquelas eram minhas duas palavras mais odiadas, mas ouvir Kolis falar do *bem maior* era, bem, tão absurdo que chegava a ser cômico.

— Deuses nem sempre conseguiram controlar sua sede de sangue. Também eram abatidos no reinado de Eythos — argumentou Kolis, um tom defensivo se esgueirando em sua voz. — A única diferença é que nem ele nem aqueles a quem o deus servia sujavam as mãos.

— Era você? — deduzi.

— Eu era o Primordial da Morte, afinal — respondeu, com um sorriso vazio. — Quem mais cometeria atos tão desagradáveis?

Kolis ainda era o verdadeiro Primordial da Morte e sabia muito bem. Mas até eu era capaz de admitir que receber uma responsabilidade dessa devia ter sido terrível.

— Como Eythos, estou criando vida, não morte. E um Ascendido fora de controle é exatamente isso: Morte. Eu lhes dou uma chance de conter a si mesmos. Dou mesmo — repetiu, com um incisivo dar de ombros. — Mas se fracassam? Vão se fartar de sangue. E uma vez que sucumbirem à sede de sangue, quase sempre vão estar perdidos. Vão matar indiscriminadamente, drenando suas vítimas, que se tornam nada mais do que mortos-vivos... — Ele franziu os lábios. — Não é um dever que eu aprecie, ao contrário do que as pessoas possam acreditar. Mas não o confio a ninguém. Um Ascendido que cedeu à sede de sangue deve ser morto, e isso deve ser feito por seu criador.

Havia muita coisa para digerir, a começar pelo fato de que Kolis realmente parecia acreditar no que dissera: que estava criando vida. E parecia que ele se *importava* de fato com aquela vida. Havia também a ideia de que ele se considerava o criador daqueles Ascendidos. Mas era mesmo? Kolis tinha drenado Jove, mas, no fim das contas, seria o sangue de Elias que o Ascenderia. No entanto, o que ele disse acontecer com aqueles de quem os Ascendidos se alimentavam e matavam motivou minha pergunta seguinte:

— Como um Ascendido é diferente daqueles que você falou antes? Dos Vorazes.

— Bem, um ainda está vivo, o outro não. Eles são como os Germes — explicou, e vislumbrei a imagem dos outrora mortais de pele cerosa que invocaram um deus, depois ofereceram suas vidas eternas em troca de tudo que acreditavam tanto precisar. — Mas uma criatura cuja mordida espalha um tipo muito diferente de toxina. Uma espécie de infecção que vai transformar mordidos ou arranhados por eles em mortos-vivos… se sobreviverem ao ataque.

Fiquei boquiaberta.

— Essa é uma grande desvantagem — comentei.

— Sim, principalmente porque os mortais, ou mais mortais do que deuses, são suscetíveis a se transformarem em Vorazes. — Um músculo latejou em sua mandíbula. — O que significa que os Ascendidos recém-transformados são um perigo para os Escolhidos.

— Se eles são tão perigosos, por que um Ascendido foi deixado para se alimentar de um Escolhido? — indaguei.

Os olhos de Kolis assumiram aquele brilho frio e sem vida, enviando uma onda de alarme através de mim.

— Bem, porque não é um perigo ao qual estamos totalmente desacostumados. O que você acha que acontece se um deus drena um mortal? Algo similar. Pode-se dizer que é uma infecção ainda mais virulenta.

Eu me lembrei da costureira. Madis havia saído da casa logo antes de eu encontrá-la morta. O problema era que ela não *permaneceu* morta. E a aparência dela não era igual à daquela que eu vira ali.

— E os Ascendidos recém-criados estão sempre sob vigilância — continuou ele, em um tom que soava como se cada palavra fosse esculpida em pedra. — No entanto, um certo alguém tentou escapar.

Eu.

Kolis estava falando de mim.

— E os responsáveis por zelar pelos Ascendidos deixaram seus postos — declarou. — Ironicamente, se tivessem permanecido no lugar, o Ascendido não teria matado e você ainda teria sido capturada. Mas já me entendi com eles.

Tive a sensação de que *se entender com* não significava que eles simplesmente haviam sido repreendidos. Eu provavelmente devia me sentir um pouco mal pelo fato, mas não consegui reunir energia, não sem saber como processar o que tinha sido feito a Jove.

Ele não morreria, mas tampouco escolhera viver como um Ascendido. Havia sido decidido *por* ele. Talvez tivesse escolhido viver, independentemente de qualquer coisa, mas podia ter decidido morrer em vez disso. Eu jamais saberia. Mas e se ele fosse um daqueles que não conseguiam controlar sua fome? E os Ascendidos eram bons ou maus? Algo intermediário?

Franzi o cenho enquanto algo me ocorria. Ash podia suportar mais do que seria aconselhável sem se alimentar. Acontecia o mesmo com aqueles Ascendidos?

— E… e se um Ascendido optar por não se alimentar?

— Vão enfraquecer com o tempo, tornando-se semelhantes a mortais outra vez.

Senti um sobressalto no peito.

— Então, de certa forma, esse tipo de Ascensão pode ser desfeito?

— Não. — Ele inclinou a cabeça enquanto franzia a testa. — Ser semelhante a um mortal não é a mesma coisa. Se não beberem sangue, seus corpos eventualmente falharão. O processo é… — Seu semblante ficou mais carregado. — Sem dúvida, bastante perturbador.

Obviamente, era algo que ele já tinha testemunhado antes.

— Já houve algum Ascendido que se recusou a se alimentar? — presumi, a dor aumentando.

— Sim, houve.

— Por quê?

Sulcos profundos se formaram entre suas sobrancelhas.

— Eles não ficaram gratos pela bênção que lhes foi concedida.

Eu o encarei, um tanto perplexa.

Ele se endireitou, tirando a mão da mesa.

— O quê? É evidente que você está pensando em algo. Quero saber.

Eu realmente precisava aprender a controlar minhas expressões faciais.

— É só que... Bem, eu estava pensando que talvez eles não se sentissem gratos porque não queriam se tornar algo que talvez os transformasse em assassinos indiscriminados.

Ele riu baixinho.

— Todos os deuses são capazes de se tornar assassinos, *so'lis*, e os mortais não são diferentes. — Ele me lançou um olhar penetrante. — E pelo que sei de sua vida atual, no plano mortal, você não era diferente.

Meus ombros enrijeceram com a verdade daquelas palavras. Ele tinha razão. Eu não havia sido diferente.

Ainda não era, o que parecia engraçado, levando em conta as brasas dentro de mim.

— Tudo o que é criado ou nasce tem potencial para se tornar um assassino indiscriminado — acrescentou.

Eu vi onde ele estava tentando chegar.

— Tudo bem.

Kolis estreitou os olhos.

— Não está tudo bem.

— Eu disse que estava.

— Talvez nem sempre eu saiba quando você está mentindo, mas, na maioria das vezes, sei — declarou ele, e enrijeci. — Embora eu não seja o grande conspirador mencionado na profecia, sou um enganador, um contador de mentiras. Reconheço muitas das suas. Esta é uma delas.

Kolis era o único que *poderia* ser o grande conspirador, e talvez fosse mesmo capaz de sentir minhas mentiras, mas, contanto que não reconhecesse a mais importante delas, pouco importava. Minha cabeça doía.

— Tudo bem, então — falei, tomando fôlego. Eu podia lidar com uma dor de cabeça. — Entendo o que você quer dizer sobre todo mundo ter potencial para ser um assassino, mas…

— Nada de *mas*. Eu estou certo.

Respirei fundo.

— Deixa pra lá, então.

Ele olhou para mim, abaixando a cabeça.

— Não, continue.

— Não adianta continuar, se você vai ignorar minhas palavras antes mesmo de eu terminar de dizê-las. — Tomei fôlego. — Deuses nasceram sabendo que um dia Ascenderiam. Eles têm toda a vida para se preparar para esse momento. Os Escolhidos, não.

— Não? — Ele ergueu as sobrancelhas. — Eles são entregues aos Templos ao nascer e criados como Escolhidos. Passam a vida se preparando para servir no Iliseu e Ascender. A única diferença é que não Ascendem à divindade.

Em primeiro lugar, aquela não era a única diferença. Nem todos acabavam sendo Ascendidos. Alguns acabavam mortos ou transformados. Mas eu podia discutir até perder o fôlego, e aquilo não mudaria a opinião de Kolis nem responderia ao que eu queria saber.

— E você tem de fazer isso por causa do equilíbrio — comentei. — O que exatamente é esse equilíbrio?

— O equilíbrio é tudo, *so'lis*. Sem ele, não há nada.

— Eu sei. — Reprimi minha crescente frustração. — Você já disse. Mas você não…

— O equilíbrio é tudo — repetiu Kolis. — E há equilíbrio *em* tudo. Ou, pelo menos, é o que os Destinos dizem. Estou inclinado a pensar que a ideia de equilíbrio deles é um pouco… desequilibrada. — A raiva estampou sua expressão. — Você sabia que se espera que o Primordial da Morte permaneça distante de alguém cuja alma possa um dia ser julgada por ele?

Arregalei os olhos.

— Lógico que não saberia. O Primordial da Morte não deve chamar de amigo, confidente ou amante qualquer pessoa que precise ser julgada. Os Arae acreditam que a formação de laços estreitos poderia, em última análise, distorcer o julgamento — afirmou Kolis. — Isso significa qualquer um que não seja Primordial ou dragontino.

Não fazia ideia. Aquilo também era um dos motivos pelo qual Ash mantinha um muro entre ele e Rhain, Saion e todos os outros? Por que não havia compartilhado aquela particularidade comigo? Por outro lado, não houve muita oportunidade para eu aprender os detalhes mais intrincados de seus deveres, uma vez que passei metade de nosso tempo juntos tentando me impedir de me aproximar demais. O que me lembrava de quando tinha perguntado a ele sobre seus exércitos e planos. Ele não havia me informado de nada porque, àquela altura, eu não manifestara qualquer interesse em me tornar sua Consorte. Uma onda de arrependimento me invadiu, juntando-se ao que certamente se tornaria uma longa lista.

— E, no entanto, o mesmo não era esperado do Primordial da Vida — continuou Kolis. — Não havia limitações, como se cair nas graças do Primordial da Vida não pudesse levar a um mau julgamento, mesmo que as habilidades do Primordial fossem uma coleção das dos outros Primordiais, uma mistura da *bondade* de outros, que poderia ser explorada. Você sabe como?

Balancei a cabeça.

O sorriso de Kolis mais parecia um esgar malicioso.

— Meu irmão podia trazer chuva para terras secas, mas não podia mergulhar essas terras no mar, como Phanos. Ele podia ajudar a promover o amor entre dois indivíduos, mas não podia transformá-lo em ódio, como Maia costuma fazer. Podia capturar almas, mas não podia direcionar seu caminho, como Keella. — Suas narinas se estreitaram. — Eythos podia conceder fortuna, mas não amaldiçoar com infortúnio, como Veses. E ele podia garantir que uma caçada, de animais ou de desaparecidos, fosse bem-sucedida, mas não podia enfraquecer o arco nem esconder o que se busca, como Hanan. Quando seus conselhos eram solicitados, Eythos podia despertar o dever dentro da personalidade mais preguiçosa, mas não podia inspirar lealdade absoluta, como Embris. Ele podia gerar paz e tratados, mas não guerra e vingança.

Kolis inclinou a cabeça para trás, e continuou:

— Ele podia mudar a vida de qualquer mortal ou deus para melhor se quisesse, da maneira que achasse adequada. Mas os Destinos não achavam que essas habilidades fossem influenciadas pelos laços formados.

— Não parece justo — argumentei, depois de um segundo. — Na verdade, sequer faz sentido.

Kolis me encarou, um pouco da ansiedade desaparecendo de suas feições.

— Então você e eu estamos de acordo.

Aquele era um pensamento perturbador.

— Mas, para os Arae, faz sentido, e eles acreditavam que garantir que as emoções nunca me influenciariam evitaria que quem não tinha merecido seu paraíso ou sua punição fossem recompensados com os mesmos. Para eles, a eternidade era muito mais importante do que aquilo que viam como existência temporária, por mais inabalável que fosse essa crença.

Mais *desfocada*, na verdade. Era como olhar para a floresta e ser incapaz de ver os detalhes das árvores.

— E nem você nem Eythos podiam discutir a questão com eles?

— Com qual propósito? Fazê-los mudar de ideia? — Kolis riu, o som beirava a zombaria. — Não se muda a opinião dos Destinos.

Tudo bem, talvez ele estivesse certo. O que eu sabia? Absolutamente nada quando se tratava daquele assunto.

— Mas o que isso tem a ver com o que você acabou de fazer com aquele Escolhido?

— Porque também cria equilíbrio. Um projetado para ser conhecido apenas pelos Arae, o verdadeiro Primordial da Vida e o verdadeiro

Primordial da Morte — respondeu ele. — Um equilíbrio que foi estabelecido quando os Antigos criaram os planos.

Dor de cabeça esquecida, eu o encarei.

— Pensei que Eythos tivesse criado os planos.

O sorriso de Kolis foi frio.

— Ele criou alguns, mas não criou *os* planos; todas as terras e oceanos que permitem que a vida se desenvolva e floresça. Os Antigos criaram. E, ao contrário da crença popular, os Antigos não foram os primeiros Primordiais e nenhum Primordial se tornará um Antigo, não importa quantos anos tenha.

Abri a boca, mas então me ocorreu. Se os dragões, os ancestrais dos dragontinos, existiam, com certeza algo os havia criado. Não tinha sido Eythos, visto que as criaturas já existiam quando ele tinha se tornado tão fascinado por elas.

— E também decretaram que deve haver morte, e vice-versa. Assim como toda ação tem uma reação, uma não pode existir sem a outra. E não seria tão simples quanto só existir vida, se não existisse morte; ou apenas morte se não houvesse vida. — Os olhos de Kolis brilharam. — Então, sempre deve haver *o* Primordial da Morte e *o* Primordial da Vida, mesmo que nada mais do que uma faísca de brasas permaneça com eles. Mesmo que estejam em estase ou… — Ele me lançou um olhar rápido. — Ou escondidas dentro de uma linhagem mortal. Enquanto as brasas existirem de alguma forma, e a vida for criada e tomada, o equilíbrio é mantido.

— Ah — sussurrei, olhando para a frente, mas sem vê-lo.

Ele me analisou.

— Vejo que agora entende a importância da vida, mesmo que seja indesejável para você. E que vê o que eu pessoalmente arrisco por não pegar essas brasas.

Assenti, mas ele interpretou meu choque de modo errado. Eu sempre soubera o que aconteceria se as brasas da vida se apagassem. Foi o que ele tinha compartilhado sem querer que me abalou.

Kolis não podia ser morto.

29

A constatação de que Kolis não podia ser morto ocupou meus pensamentos por muito tempo depois que ele se foi, me permitindo apenas algumas horas de sono agitado, se muito.

Kolis era *o* Primordial da Morte. *Ele* carregava as verdadeiras brasas da Morte.

Ash era *um* Primordial da Morte. Ele não carregava as verdadeiras brasas da Morte.

E como Kolis havia garantido que não sobrasse ninguém em sua Corte capaz de Ascender a Primordial da Morte, depois que ele roubou as brasas de Eythos, o título coube a ele.

Eu não podia acreditar.

Com um latejar nas têmporas que se espalhava pelo meu queixo com frequência, eu caminhava de um lado ao outro, inquieta, enquanto Callum lia qualquer que fosse o livro que tinha no colo. Olhando para a jarra de porcelana sobre a mesa, cogitei lançá-la em sua cabeça, por nenhuma outra razão além de me fazer sentir melhor.

Mas apenas temporariamente.

A frustração me dominou quando passei outra vez na frente da porta. Ash podia não saber quem realmente criou os planos, mas ele e todos os outros, sobretudo os Destinos, com certeza sabiam que Kolis não poderia ser morto.

Então por que, em todo o vasto planejamento, Holland, um Destino, tinha passado anos me treinando para matar o Primordial da Morte? Por que Eythos colocaria a alma de Sotoria, assim como as brasas, em mim, para que ela o matasse por meu intermédio? Principalmente quando aquilo causaria estragos e destruição em todos os planos.

Com certeza eu estava deixando passar alguma coisa.

Esfregando as têmporas, andei de um canto arredondado da jaula até o outro. Primeiro, eu havia descoberto que não podia matar Kolis, porque o plano de Eythos tinha dado errado. Agora, havia descoberto que Kolis não podia *ser* morto...

Parando, olhei para os diamantes no centro da jaula.

O diamante Estrela.

Podia guardar as brasas Primordiais. Afinal, a Estrela fora criada para conter as brasas de um Primordial morto.

Baixei as mãos das têmporas doloridas enquanto olhava para a luz estranha, quase leitosa, refletida pelos diamantes. Meu estômago azedou. Se eu conseguisse o diamante Estrela — e aquilo era um grande *se* — eu duvidava que ele pudesse ser usado para conter uma alma e as brasas ao mesmo tempo.

Mas, a menos que eu tivesse passado a vida inteira treinando para algo totalmente inútil, os Arae deviam ter acreditado que poderiam colocar as mãos na Estrela outra vez. Era a única coisa que fazia sentido.

— O que está fazendo? — perguntou Callum.

Desviando o olhar dos diamantes, recomecei a andar.

— Rezando.

— Sério? — Veio a resposta seca.

Eu me virei para ele.

— O que são...? — De repente, as brasas no meu peito vibraram. Um Primordial estava próximo.

Respirei fundo, me preparando para o que quer que Kolis tivesse em mente para o dia, torcendo para que ele trouxesse notícias da libertação de Ash.

Você precisa dizer a ele que morrerá sem mim.

Minha boca secou enquanto as palavras daquele Ash do sonho flutuavam através de meus pensamentos.

Callum franziu a testa, acompanhando minha súbita mudança de atenção para as portas.

— Você pressentiu um Primordial?

Infelizmente.

— Sim.

— Isso não faz sentido. — Callum fechou o livro. — Kolis está ocupado.

Levantei as sobrancelhas enquanto encarava as portas. Interessante.

— O que ele está fazendo?

— Se ele quisesse que você soubesse, teria te contado.

Callum se levantou, pegando a adaga que estava na almofada.

Jogar aquela jarra na cabeça dele se tornava uma ideia mais atraente a cada segundo que passava.

— O que você acha que vai fazer com essa adaga? — perguntei.

— O mesmo que você faria. — Callum me lançou um olhar de soslaio. — Só porque não pode usá-la para matar, não significa que não possa usá-la para ferir.

Ele tinha razão.

Uma voz abafada passou pelas portas, possivelmente de Elias ou de outro guarda.

Olhei novamente para a adaga de pedra das sombras que Callum segurava.

— Devo me preocupar?

— Todo Primordial sabe que não deve se aproximar desta parte do santuário. — O Espectro caminhou em direção às portas. — A não ser que tenha interpretado mal o que sentiu, este Primordial parece não ter noção do perigo.

— Eu não interpretei nada errado — retruquei, enquanto olhava ao redor da jaula, em busca de uma arma ainda mais inútil do que a adaga que ele estava empunhando.

A verdade é que, se um Primordial quisesse me fazer mal enquanto eu estivesse presa em uma jaula, eu já estaria morta.

As brasas pulsaram em meu peito, quase como um lembrete de que eu as possuía.

E eu as possuía.

A questão era que eu não achava que usá-las fosse tão sensato, dadas as dores de cabeça que andava tendo.

Callum alcançou as portas no momento em que elas se abriram, acertando-o em cheio. Ele cambaleou para trás, xingando quando um filete de sangue escorreu de seu nariz. Deixei escapar uma risada assustada, que desapareceu rapidamente quando vi uma deslumbrante aparição em um traje marfim cruzar o limiar.

Veses.

A raiva tomou conta de mim, me fazendo tensionar os músculos. Leves pontadas de dor irradiavam pelos meus membros. A coroa estava ausente e os cachos loiros presos e enfeitados com rubis, mas ela parecia ainda melhor do que quando a vi no salão, a cor de volta a suas bochechas.

A Primordial olhou na direção de Callum.

— Ah. — Observando o Espectro ensanguentado, ela ergueu uma sobrancelha castanho-claro enquanto eu avistava um Elias de lábios comprimidos fora da câmara. — Você estava atrás das portas. — Sua atenção mudou de Callum para a jaula, para mim. Seus lábios carnudos se curvaram em um sorriso. — Me desculpe.

— Desculpas desnecessárias. — Callum arrastou as costas da mão debaixo do nariz. — Se está procurando por Kolis, ele não está aqui.

— Não estou procurando por Kolis. — Alisando o quadril sobre o vestido cor de marfim, ela deu um passo à frente. Pela primeira vez, seu vestido era mais modesto do que aquele que eu usava. Não consegui ver nem um indício de seus seios. — Olá.

— Vá se foder — respondi.

Sua risada rouca arranhou minha pele quando ela avançou mais um passo.

Callum a seguiu.

— Por que está aqui?

Lentamente, ela virou a cabeça para Callum. O ar ficou carregado, crepitando sobre minha pele. Callum também sentiu. Sua coluna enrijeceu, mas ele não recuou. Um respeito relutante me invadiu, mas brevemente, quando ele embainhou sua adaga.

— De novo, por que está aqui, Vossa Alteza?

Seu sorriso se alargou.

— Como já expliquei a Elias, vim falar com Seraphena.

— Isso não é…

— E como também informei a Elias, negar-me seria deveras imprudente.

Callum se manteve firme.

— Seria deveras imprudente você desafiar as ordens de Sua Majestade.

Veses contraiu o rosto ao levantar uma das mãos. As portas se fecharam na cara de Elias. Ela se concentrou em Callum e, por um momento, eu não soube ao certo por quem iria torcer em uma briga entre os dois.

— Não é minha intenção que Kolis descubra minha presença aqui. — Veses colocou um dedo nos lábios de Callum, com a unha pintada de preto, em vez de vermelho. — O que significa que não pretendo que você, ou qualquer um dos guardas de Kolis, vá correndo contar a ele. Mas não acho que você fará isso. Também creio que garantirá que seus guardas não o façam.

— E por que você acharia isso? — perguntei, caminhando em direção aos baús. — Callum é um… Ele é extremamente fiel.

Veses sorriu quando seu olhar se voltou para mim.

— Porque, embora não seja do conhecimento de Callum, ele e eu temos algo em comum.

— Serem dois pedaços de merda desagradáveis? — Eu sorri.

A cabeça de Callum virou para mim.

— Silêncio.

Levantei a mão e estendi o dedo médio.

— Ela é tão elegante, não? — ronronou Veses, olhando para mim. — Mas não, minha querida, não era ao que eu estava me referindo.

— O que vocês têm em comum, então?

Seu sorriso doce e meloso retornou.

— Lealdade.

Eu a encarei, indecisa entre a incredulidade e a repulsa. E que os deuses me ajudassem, um pouco de piedade se manifestou, porque, se ela continuava mesmo leal a Kolis após os acontecimentos no Conselho Municipal, e se ainda estava apaixonada pelo falso Rei, então odiava perdidamente a si mesma.

— Sei que você é leal a Kolis — declarou Callum, aproximando-se dela. — Mas, ainda assim, não pode vir aqui, Veses. Mesmo se eu nada dissesse sobre esta visita, ele poderia descobrir. E isso não terminaria bem.

— Kolis não vai te machucar. — Veses continuou avançando. Estava perto o bastante para que seu perfume de rosas me envolvesse. — Você é como um filho para ele.

Por alguma razão, aquilo me perturbou tanto quanto a lealdade de Veses a Kolis.

Callum cerrou o maxilar.

— Não estou preocupado comigo.

Meu olhar disparou para ele. Ele estava…? Ele estava preocupado com Veses?

— Muito gentil de sua parte. — Veses tocou a bochecha do Espectro daquela vez, logo abaixo da tinta dourada. — Mas posso lidar com Kolis e seus castigos.

O peito de Callum subiu visivelmente.

— Pode mesmo?

Um rubor tingiu as maçãs de seu rosto.

— Posso. — Ela retirou a mão. — E, na verdade, é sobre isso que eu queria falar com ela.

Ele enrijeceu.

— Veses…

— Não vou machucá-la. — Ela ergueu o queixo. — Não sou tola.

Callum arregalou os olhos claros.

— Não é o que estava sugerindo. É a última coisa que você é.

Além do fato de Veses ser muito, muito tola, Callum não parecia preocupado com ela. E obviamente nutria algum afeto por aquele monstro horrível e belo. Eu não sabia o que pensar de tudo daquilo. Na verdade, simplesmente não tinha capacidade mental para tanto.

— Ouça, só quero conversar com ela sobre o que aconteceu. Você sabe o porquê desse meu desejo. Afinal, você estava lá. — Os cílios grossos velaram os olhos. — Só quero conversar com ela sobre... — os ombros delicados estremeceram — sobre *aquilo*, em particular.

Estreitei os olhos. De jeito algum pensei que fosse aquele o motivo da presença da deusa, não mesmo.

Callum franziu os lábios enquanto olhava em minha direção.

— Que se dane. — Ele passou a mão pelos cabelos. — Você tem dez minutos.

— É tudo de que preciso. — Veses sorriu abertamente, pegando a mão dele e a apertando. — Obrigada.

Com um último olhar para mim, ele resmungou novamente, depois saiu da câmara.

Deixando-me com a Primordial que já havia tentado me matar uma vez.

Não que ele soubesse daquilo.

A porta se fechou e Veses disse:

— Fique sabendo, não estou aqui para agradecer por tentar intervir naquela noite.

— Isso nem me passou pela cabeça.

— Ótimo. Porque, na verdade, eu gostei — disse ela. — Kyn tem um certo... lado sádico que só me deixa... — Ela estremeceu. — Molhada.

— Claro.

— O quê? Não acredita em mim? Essa não foi a primeira vez que fui castigada dessa forma. Se é que se pode chamar de castigo. — Ela correu um dedo sobre o decote do vestido. — Se você realmente o irrita, e ele está a fim de se divertir, Kolis vai te dar a um de seus dragontinos pela noite. — Ela prendeu um dos lábios carnudos e rosados entre os dentes. — E acredite em mim, quando as garras e escamas somem, eles fodem com força. — Ela riu baixinho. — Em geral, Kolis gosta de assistir, e eu gosto até mais. Quando gozo, é olhando para ele. Infelizmente, o que quer que você tenha dito acabou com tudo, antes que ficasse realmente agradável e...

— Me convencer de que está dizendo a verdade parece muito importante para você — interrompi, sem querer ouvir mais nada. — Ou está tentando se convencer de que gostou?

Seu dedo parou no centro do corpete.

— Talvez tenha mesmo gostado. — Aproximei-me das grades. — Tenho certeza de que a brutalidade sádica de Kyn apela ao *seu* sadismo. É *isso* que a deixa molhada.

As narinas de Veses se dilataram.

— Mas também sei o que vi em seu rosto quando Kolis convocou Kyn. Você pode ter se excitado, mas não queria no início. — Sustentei seu olhar. — Tenho certeza de que tanto os mortais quanto os Primordiais chamam aquilo da mesma forma...

— Não — advertiu ela, os lábios se abrindo. — Nem termine essa frase. Não foi nada, e não devo gratidão alguma a você.

— Eu não iria querer sua gratidão mesmo. — Olhei para ela. — Como sequer chegou aqui?

Ela bufou, um sopro delicado, mas, ainda assim, atraente.

— Eu poderia te perguntar a mesma coisa.

— Acho que é óbvio por que estou aqui.

Sua expressão se tornou astuta.

— Talvez.

Meus olhos se estreitaram, o desconforto aumentando.

— Mas, para responder à pergunta, eu tive que... usar os dentes para me libertar. — Ela levantou os braços magros enquanto eu fazia o mesmo com minhas sobrancelhas. — Se está pensando que eu precisei mastigar os músculos e os ossos de cada braço, você acertou.

Fiquei boquiaberta com a declaração, minha mente imediatamente se enchendo de imagens horríveis.

— Sério?

— De que outro modo você acha que me libertei das algemas forjadas como essa sua linda gaiola? — Veses olhou para os próprios braços. — Fazê-los brotar do cotovelo para baixo levou algum tempo.

— Que... nojento.

— Você devia ter me visto quando eram apenas cotocos mutilados — retrucou ela. — Mesmo assim, eu continuava muito mais atraente do que você.

Revirei os olhos.

— Admito que foi extremo, mas, quando senti a morte de Hanan, simplesmente soube que era obra de nosso querido Nyktos — disse ela, e meus dentes começaram a ranger ao ouvir *nosso Nyktos*. — Foi isso que me despertou da estase, se quer saber.

— Não quero.

Veses abriu um sorriso malicioso.

— De qualquer forma, ninguém mais ousaria fazer tal coisa. Mas, como eu disse antes, Nyktos pode ser tão...deliciosamente imprevisível em sua raiva. Achei que Hanan tivesse colocado as mãos em você, que estivesse morta de um jeito ou de outro, e que seria melhor se eu sumisse antes de Nyktos retornar e me culpar por algo com o qual tive nada a ver.

— Você está se esquecendo de que ele te prendeu porque você tentou me matar?

— Isso é irrelevante.

Eu a encarei.

— Mas imagine minha surpresa quando cheguei a minha Corte e fui informada de que Kolis tinha um novo animal de estimação, que também era a recém-coroada Consorte das Terras Sombrias. — Um brilho de éter pulsou atrás de suas pupilas. — Foi quase tão chocante quanto ouvir Kolis chamá-la de *graeca*, a mesma mortal sardenta que Nyktos queria manter escondida, que por acaso carrega as brasas Primordiais da Vida dentro de si.

— Você quis dizer decepção, em vez de surpresa? — perguntei.

Ela me olhou.

— Decepcionada nem sequer começa a descrever adequadamente como me senti. Devastada? Com o coração partido? Sim.

— Exatamente quão *devastada* poderia estar quando, não muito tempo atrás, eu a vi se esfregando no colo de outro homem? — retruquei.

— Só porque o que eu quero está fora do meu alcance não significa que não posso pegar o que *está a meu alcance.*

Mas ela havia pegado algo que não estava ao seu alcance.

— Então ontem, ou algo assim, bisbilhotei um pouco — continuou. — Ah, as coisas que descobri. A prisão de Nyktos é nada surpreendente. Afinal, ele matou outro Primordial, alguém conhecido em todos os planos como corajoso e formidável. — Veses pressionou a mão no pescoço. — Se tivesse pérolas, eu as estaria esmagando.

— Aham...

— Detecto uma pitada de sarcasmo. — Abaixando o queixo, ela sorriu. — Você estaria certa em suspeitar de minha sinceridade. Hanan era um covarde fraco e chorão, que não tinha mais valor. Já foi tarde.

Aparentemente, Hanan e Veses não se davam bem.

— Também descobri que as Terras Sombrias estão prestes a invadir Dalos. — Ela estremeceu. — Isso vai ser divertido. Deve apimentar a monotonia da vida cotidiana.

— Ter que arrancar os braços não foi excitante o suficiente para você?

Veses riu.

— Durou pouco tempo.

Não me surpreendia nem um pouco ela achar divertida a ideia de pessoas morrerem. E era exatamente o que aconteceria se as forças das Terras Sombrias invadissem: haveria baixas de ambos os lados.

Veses me observou.

— Também descobri o acordo que você fez para libertar Nyktos.

— E sobre descobrir o acordo, você quer dizer que conversou com Callum?

— Jamais direi. — Ela piscou. — Mas quer saber a coisa mais interessante que descobri?

— A pergunta mais correta seria se eu me importo — argumentei. — A resposta é não.

— Você *deveria* se importar — comentou ela, a ponta das presas roçando seu lábio inferior. — Porque há certa… Como devo colocar? *Dúvida* em relação a quem você afirma ser.

Eu me forcei a não esboçar qualquer reação.

— Puxa, eu me pergunto quem é a fonte dessa dúvida.

— Se acha que é apenas Callum, está enganada — respondeu a deusa, e fiquei tensa. — Veja, todos nós, Primordiais, que estávamos vivos quando Kolis se tornou o Primordial da Vida, lembramos como era Sotoria. E apesar de vocês compartilharem feições semelhantes…

— A cor do cabelo está errada, e eu tenho mais sardas — completei. — Eu sei. Isso não prova nada.

— Só que outras almas renascidas ressurgiram com a mesma aparência de suas vidas anteriores.

— E a quantas dessas almas também foram confiadas as brasas da vida? — argumentei, bastante orgulhosa de meu raciocínio rápido. — Ocorreu a você, ou a qualquer outra pessoa, que isso teve algum impacto?

— Ah, tenho certeza de que isso ocorreu a alguns — respondeu ela, inclinando a cabeça. — Sobretudo àqueles que não têm interesse em saber se você é ou não Sotoria.

— Mas você? Você tem interesse em simplesmente não querer acreditar que eu sou ela — retruquei. — Dessa forma, você ficaria… menos devastada.

Veses comprimiu os lábios em uma linha fina.

— Mas estou começando a achar que gosta de se sentir assim — continuei. — Afinal, você é linda, Veses.

Seus lábios se curvaram.

— Pelo menos por fora — acrescentei, e a curva desapareceu. — Seja como for, você poderia ter praticamente qualquer um que desejasse, tanto deuses quanto mortais, mas cobiça os dois seres mais indisponíveis em ambos os planos.

Um músculo começou a pulsar em sua mandíbula.

— Acho engraçado você acreditar que eles são indisponíveis.

— O que acho engraçado é que tanto você quanto Callum parecem supor que não direi nada a Kolis sobre sua visita.

— Eu não suponho nada. Callum? Ele é um garoto encantador, mas nem sempre pensa nas consequências. — Ela deu de ombros.

Callum? Encantador?

— Mas não acho que você vá dizer coisa alguma — acrescentou ela.

Cruzei os braços.

— E por quê?

Veses deu de ombros outra vez, andando lentamente da lateral da jaula para onde eu estava. O éter crepitava em seus olhos.

— Você não vai contar a Kolis.

— Parece muito confiante.

— Não pareço confiante. Só sei que estou certa. — Ela se aproximou o máximo possível sem encostar nas barras. Meros centímetros nos separavam. — Não vai contar porque sabe como ele vai reagir. E independentemente do que eu diga, você não me colocaria nessa posição, porque é uma mortal muito boa e decente.

A tensão tomou conta de meus ombros.

— Tem razão.

Seu sorriso se tornou presunçoso.

— Mas não muito. Não sou boa nem decente desde que passei a preferir vê-la morta do que punida.

A risada de Veses parecia sinos de vento.

— Vejo que o ciúme a faz dizer coisas terríveis.

As brasas se agitaram em meu peito enquanto a raiva continuava a arder.

— Eu sei.

Veses inclinou a cabeça.

— Sobre?

— Sobre o acordo que você fez com Nyktos.

O sorriso dela desapareceu.

O meu voltou.

— Kolis pareceu decepcionado por você não ter contado sobre minha presença nas Terras Sombrias. Como acha que ele vai se sentir quando descobrir sobre o pacto que fez com o sobrinho dele para manter escondida qualquer informação sobre mim?

O espanto iluminou brevemente suas feições.

— Ele te contou? — Seu olhar encontrou o meu quando um sorriso astuto substituiu seu espanto anterior. — Ele contou o quanto estava ansioso para fechar o acordo? Quanto foi prazeroso para ele...?

— Invente a tolice que quiser sobre si mesma. — Uma onda de raiva fez as brasas em meu peito se agitarem. — Mas nem tente fazer o mesmo com ele, sua vadia doente.

Com um esgar desdenhoso, Veses mostrou as presas.

— Como ousa falar comigo dessa maneira?

— Como *ouso*? O que, em nome dos deuses, há de errado com você? — Eu lutava para manter as brasas pulsantes sob controle. — Não existe a menor possibilidade de não saber o quão repugnante e errado é o que fez. Não pode ser desequilibrada a esse ponto. — No momento em que as palavras saíram da minha boca, percebi que Kolis era desequilibrado a esse ponto, então Veses provavelmente também era. Balancei a cabeça. — Obviamente, o que aconteceu na outra noite no Conselho Municipal não foi a primeira vez. Você sabe como *é*.

— Eu já disse, eu gostei...

— Pouco me importa o que você diz! — gritei, e ela arregalou os olhos quando uma torrente de energia escapou de mim, soprando o vestido de Veses para trás e fazendo o lustre balançar. — Você sabe como é, e, ainda assim, fez o mesmo com outra pessoa, alguém de quem já foi amiga. Sim, sei que vocês dois foram próximos a certa altura. Mas não fazia diferença, não é?

Ela arregalou os olhos quando o vestido se assentou mais uma vez aos seus pés. Um segundo se passou. Então outro.

— Não é como se eu o tivesse machucado.

— Você não...? — Minhas mãos se fecharam. Que os deuses me ajudassem, eu ia matar aquela vadia. Eu encontraria um jeito. — O que Kolis disse? Que apesar de ser muito bonita, você diz coisas bem cruéis?

Seu peito subiu com um arquejo.

— Ele tinha razão. — Meu corpo tremia de raiva. — Ele simplesmente se esqueceu de mencionar como você é feia por dentro.

Essência prateada se derramou em suas veias.

— Você não sabe nada a meu respeito, garotinha.

— *Garotinha*? Achei que eu fosse gorda — retruquei. — E eu sei o suficiente, Veses, para ver como você é depravada por dentro.

— Eu tentei proteger Nyktos! — Ela atirou de volta. — Colocando a mim mesma em grande risco.

— Tentou protegê-lo, forçando-o a permitir que se alimentasse dele? Ficando excitada com isso? — Meu coração trovejou enquanto eu tentava sufocar minha raiva antes de perder completamente o controle. A última coisa da qual eu precisava era que Kolis me sentisse usando as brasas. Droga, ele já podia ter notado. — Você é um maldito desastre.

— E você é o que? — exigiu Veses, o éter crepitando ao seu redor. — É uma pergunta retórica. Sei o que você é. Uma prostituta.

Soltei uma risada seca.

— Você precisa mesmo trabalhar seus insultos, Veses. São realmente patéticos.

— Não é um insulto quando é a verdade. Você tinha Nyktos. Ele não era bom o bastante? Você tinha de agarrar Kolis?

— *Agarrar* Kolis? — Eu me contive, antes de dizer qualquer coisa que ela pudesse usar contra mim. Fechei brevemente os olhos. — Por que tantos de vocês perderam o juízo?

— Essa é uma pergunta ofensiva.

Com a cabeça doendo, deixei-a pender para trás. Olhei para as barras acima de mim.

— Não entendo a maioria dos Primordiais, mas você? Acho que você é a que entendo menos.

— Você não deve ser nem inteligente nem sofisticada o suficiente para sequer começar a me entender — ironizou ela.

Suspirei.

— De novo com os insultos bobos. Você pode melhorar. — Encontrei seus olhos. — Você quer Kolis, mas, como não pode tê-lo, vai atrás do sobrinho, que também não a quer. Aproveita a primeira oportunidade de transformar qualquer amizade ou camaradagem que um dia compartilharam em um pesadelo, mas alega protegê-lo? Como se você se importasse com ele?

— Eu me *importo* com ele — argumentou Veses, as bochechas coradas. — Nyktos não teve a vida mais fácil para um Primordial.

— E você realmente fez o possível para piorar as coisas para ele, não é? — Tive de contar até cinco antes de continuar: — É porque os dois se parecem e assim você pode fingir que está com quem realmente quer?

Veses desviou o olhar, cerrando o maxilar.

Queridos deuses, poderia mesmo ser aquilo? O que Ash havia afirmado? Dizer a Veses que ela era um caso perdido nem de perto abrangia o que se passava naquela cabeça.

— Isso é ainda mais patético do que seus insultos, sério, e digo isso sem a menor intenção de ofender.

Veses me encarou mais uma vez.

— Mal posso esperar para vê-la morrer.

Nem levei a ameaça em consideração.

— Levando em conta que Kolis não tem ideia do acordo que fez enquanto devia estar de olho em Nyktos, não é porque você queria deixá-lo com ciúmes.

— Kolis pode não saber sobre o acordo, mas ele acredita que vigiei o sobrinho dele muito, muito de perto. Acha que ficamos íntimos. — Ela abriu um sorriso forçado. — Algo que Nyktos não fez questão alguma de negar.

— Então *é* para deixar Kolis com ciúmes.

Ela deu de ombros.

— Você não tem algo a dizer sobre Nyktos não fazer Kolis mudar de ideia?

— Não.

— Vamos, você pode estar nesta jaula, e Kolis pode chamá-la de *graeca*, mas sei bem quais são seus interesses.

Arqueei uma sobrancelha.

— Sei por que ele não tentaria fazer Kolis mudar de ideia — admiti.

— E você sabe disso porque o ama — disse ela, com a expressão inabalável. — Kolis pode estar iludido e pode até acreditar que você sente apenas afeição pelo sobrinho dele...

Maldito Callum.

Ele não estava na câmara quando fechei o acordo, mas, de alguma maneira, havia descoberto, bisbilhotando ou pelo próprio Kolis.

— Mas eu enxergo muito bem.

— Você não sabe de nada — zombei.

— Você se esqueceu de que eu estava lá quando teve seu pequeno colapso, depois de flagrar a mim e Nyktos juntos?

Todo o ar deixou meus pulmões.

— Nyktos e Rhain estavam muito obstinados em chegar até você e pensaram que eu tinha saído, como ordenado. Óbvio, eu não saí nem me dei conta a princípio de que era você que estava fazendo o palácio inteiro tremer. Mas assim que a vi usar as brasas, percebi que tinha sido você. — Os olhos dela cintilavam. — E ninguém que sente apenas carinho por outro reage dessa maneira. Eu sei. Arrasei quase metade de minha Corte quando Kolis trouxe Sotoria de volta à vida.

Entreabri os lábios.

— Então, nossas... reações violentas com as pessoas que amamos são algo que temos em comum — declarou Veses.

Não havia o que eu fosse capaz de dizer sobre aquilo.

— Então, se você é realmente Sotoria ou não, não importa. Seu coração já pertence a outra pessoa — argumentou ela. — E quando Kolis perceber? Você saberá o quão sádico Kyn pode ser.

Respirei profundamente.

— Sua vadia doente!

— Eu não estou doente, Seraphena. — Ela levantou o queixo. — Só estou cansada.

— Então vá tirar um cochilo de um século — rebati.

A risada de Veses soou sensual demais para nossa discussão.

— Nunca poderia descansar tanto tempo. Tenho muito medo de perder o que quer que esteja acontecendo no plano daqueles que estão despertos.

Balancei a cabeça enquanto a dor descia pela lateral de meu rosto.

— Tenho quase certeza de que seus dez minutos acabaram, então qual é o objetivo desta conversa, além de ser um vívido aborrecimento?

— Te avisar.

— É evidente. — Suspirei.

— Não vou perder Kolis para Sotoria de novo — declarou, em voz baixa. — Prefiro vê-lo sozinho a ter que aceitar isso.

— Acho que você não *foi* sincera quando disse que estava feliz por ele — murmurei, secamente.

— Faça quantos comentários sarcásticos quiser. Nada muda o fato de que farei o que estiver ao meu alcance para abrir os olhos de Kolis, para que ele veja o que é tão nitidamente óbvio para a maior parte do plano — garantiu ela. — Que seu coração, não importa quem realmente seja, pertence a outro. E não vou lamentar o que acontecer a você depois que a verdade for revelada.

— Chocante.

— Mas vou lamentar o que causará a Nyktos. O que *já* está causando a ele. — O sorriso zombeteiro e vingativo abandonou seu rosto. — Assim que Kolis se der conta de que você está apaixonada pelo sobrinho dele, encontrará um modo de mantê-lo aprisionado. Ele não vai libertá-lo até que Nyktos aceite que é hora de seguir em frente, e até que você receba o que merece, de forma eficaz.

Senti o estômago embrulhar.

— Ou você pode simplesmente encontrar um modo de sair da equação — sugeriu a deusa. — Sacrifique-se por Nyktos.

Ou eu poderia garantir que Kolis o libertasse antes que Veses conseguisse convencê-lo de qualquer coisa.

— Apenas algo a se pensar. — Com rubis brilhando no cabelo, ela deu um passo para trás e me olhou de cima a baixo. — Eu ficaria melhor nesse vestido, aliás.

— Tenho certeza que sim — respondi, falando a verdade. Ela ficaria melhor até em um saco de aniagem.

Ao vê-la sair, lembrei-me do que Aios tinha dito sobre Veses e a mãe de Ash. Que haviam sido amigas e que Veses havia sido boa um dia; bem, tão boa quanto qualquer Primordial podia ser.

Veses já não era *boa*.

Talvez o roubo das brasas da vida por Kolis e a própria morte de Eythos tivessem contribuído para transformá-la. Ou talvez ela não teria ficado assim se tivesse descansado por um período de tempo real. Era bem possível que ela continuasse decente se não tivesse se apaixonado por Kolis.

O que Holland tinha dito sobre o amor? Basicamente, que era tão inspirador quanto terrível.

Fiquei muito feliz por meu amor por Ash significar que eu havia tido uma provinha de como era a parte inspiradora. Não podia deixar de sentir uma pontinha de pena de Kolis e Veses, que só conheciam o lado terrível daquele sentimento.

Mas Veses tinha razão. Nosso amor nos tornava capazes de violência.

— Veses.

Ela parou na porta, mas não olhou para trás.

— Só quero que saiba que… lamento pelo que foi feito a você no Conselho Municipal.

Suas costas enrijeceram.

— Mas isso não muda o fato de que farei tudo ao meu alcance para vê-la queimar antes de eu morrer.

•

Exausta, estava sem muito apetite quando os Escolhidos serviram o jantar, mas me forcei a comer o máximo possível, sabendo que precisava manter minhas forças.

Porque tinha a impressão de que deveria evitar sobrecarregar ainda mais meu corpo.

Mas eu não me preocuparia. Já tinha coisa o suficiente na cabeça após a visita de Veses.

Enquanto me preparava para dormir, torci para sonhar com Ash mais uma vez. Com aquele desejo firme na mente, saí de trás do biombo, meu olhar cansado se movendo da câmara escura adiante para...

Espere. O lustre estivera aceso quando fui para trás do biombo. Não? Comecei a me virar.

Kolis estava deitado no meio da cama, um braço para trás, apoiando sua cabeça. O corpo comprido esticado, os tornozelos cruzados. Parecia tão à vontade quanto na própria cama.

Engasgada com um grito de surpresa, dei um passo para trás enquanto minha mão voava até o peito.

— Assustei você — disse Kolis, com um sorriso.

Meu coração martelava dentro do peito.

— Que observador.

Aquele sorriso ensaiado vacilou, mas retornou rapidamente.

— É uma de minhas muitas habilidades.

Eu não me importava com nem uma de suas habilidades.

— O que está fazendo aqui?

Ele arqueou uma das sobrancelhas.

— Está questionando minha presença aqui, dentro do santuário que construí? — Kolis inclinou a cabeça para o lado. — Certamente não está me perguntando isso.

Mantenha seu temperamento sob controle, lembrei a mim mesma enquanto cruzava um braço sobre meu estômago ainda revirado. Principalmente, com o novo objetivo de vida de Veses.

— Só não estava esperando você. — Olhei para o biombo. Ele estava ali havia quanto tempo? Enquanto eu usava o banheiro? Tinha me despido. Deuses, eu precisava acrescentar aquilo à lista cada vez maior de coisas nas quais eu não podia pensar. — Eu nem te ouvi.

— Ser silencioso é outro talento — brincou.

A mão na lateral do corpo se crispou.

— É impressionante.

Ele parecia quase radiante.

Forcei meu tom a soar despretensioso.

— Estou muito cansada, Kolis.

— Perfeito. — Ele estendeu a mão, dando tapinhas no espaço ao seu lado. — Assim como eu. Sei que nenhum acordo foi fechado, mas gostei da última vez que dormimos juntos.

— Fico aliviada em ouvir — murmurei, pensando que parecia irônico que ele ficasse tão feliz com algo que me assombrava. Ou talvez fosse mais perturbador que irônico. — Por falar em acordos...

— Meu sobrinho está sendo preparado para ser solto — interrompeu ele. — O que vai acontecer muito em breve. — Éter dourado rodopiava em seu peito nu. — Quero dizer, a menos que surja uma razão para que isso não aconteça... ou mais uma razão além das que você já me deu.

Visões do rosto exultante de Veses dançaram em minha cabeça.

Seus olhos encontraram os meus.

— Junte-se a mim. Eu ficaria muito... decepcionado se você não quisesse.

Enrijeci. O que Kolis não disse ecoou em alto e bom som. Se eu o desagradasse, aquilo se tornaria outro motivo para atrasar a libertação de Ash. Apertei o tecido do roupão enquanto resistia à vontade de gritar que ele deveria procurar Veses, que ficaria mais do que feliz em dividir a cama com ele.

— Você hesita — afirmou Kolis, categoricamente. — Não deseja minha companhia?

— É... Não é isso. — Eu o odiava. Deuses, eu o *odiava.* — Só estou nervosa.

Ele levantou uma sobrancelha.

— Com o quê, *so'lis*?

— Com o que espera de mim. Ainda precisamos nos conhecer…

— Eu só desejo dormir ao seu lado, como fizemos da última vez. — O éter desacelerou em seus olhos. — A virtude com a qual você pouco se importava quando se entregou a meu sobrinho, e sabe-se lá a quem mais, está segura comigo.

A implicação daquelas palavras fez minhas bochechas corarem.

Ele sabia.

E via.

Porque aquele sorriso deturpado estava de volta.

— Ao contrário deles, sou um cavalheiro.

Uma risada subiu pela minha garganta. Uma risada muito imprudente, mas não tive a chance de soltá-la.

— Mas não pense que não me incomoda que você não tenha sido tão fiel quanto eu, abrindo essas lindas pernas para quem quer que chamasse sua atenção — disse ele. — Incomoda. Mas optei por perdoar tais erros. Você não tinha memória de quem era ou do que significava para mim.

Tudo bem.

Havia vários *que porra é essa?* no que Kolis acabara de destilar, mas minha mente pulou os insultos chauvinistas e se agarrou a uma coisa que ele tinha dito.

— O que você quer dizer com você foi… fiel?

— Não houve ninguém desde você.

Fiquei boquiaberta, mas foi difícil encontrar o que dizer, ainda mais processar o que ele havia acabado de confessar.

Kolis deu uma risadinha.

— A descrença em sua expressão é cativante. Eu não disse que sou virgem, apenas que não estive com ninguém desde que a conheci.

Se Kolis não estivera com ninguém desde que havia conhecido Sotoria, o que aconteceu muito tempo atrás, muito mais do que apenas duzentos anos, ele era praticamente virgem.

Sinceramente, meu choque nada tinha a ver com virgindade. Ash era virgem quando nos conhecemos. Tudo bem, a extensão de sua vida até agora não passava de uma gota no oceano em comparação a Kolis.

O que me deixou perplexa foi a intensidade de sua obsessão por Sotoria para ele permanecer fiel a alguém a quem literalmente havia assustado até a morte, e então traumatizado.

Foi o que Veses tentou dizer ao falar que preferia ver Kolis sozinho a vê-lo com Sotoria? Porque ela sabia que ele realmente tinha sido fiel?

Meus.

Malditos.

Deuses.

Ele e Veses foram feitos um para o outro.

— Você devia se sentir honrada com essa informação — observou Kolis, com um tom firme se infiltrando na voz. — Eu teria ficado honrado se tivesse descoberto que você se manteve casta.

Pisquei, despertando de meu estupor com uma onda de raiva. A reação de Ash a minha falta de castidade não poderia ter sido mais diferente da de Kolis.

— Minhas palavras a insultaram? — perguntou. — Eu só falei a verdade.

— Não, não me insultaram.

E era verdade. Suas palavras pouco me abalaram, além do choque da descrença inicial e da raiva que suas opiniões chauvinistas despertavam.

Sem dizer mais nada, fui para a cama e me deitei, de costas para ele.

Alguns momentos de silêncio se passaram.

— Você normalmente dorme nessa posição? — indagou ele. — De lado?

— Sim.

— Desse lado?

Eu conseguia dormir virada para qualquer lado, mas, de fato, preferia me deitar sobre o direito. Foi assim que dormira com Ash. Com Kolis? Não queria encará-lo, e queria minha mão dominante livre, por via das dúvidas. Eu não precisava me preocupar com aquele detalhe com Ash, nem mesmo antes de me dar conta de que não precisava me preocupar.

A cama se moveu atrás de mim e fechei os olhos, me preparando.

Kolis me enlaçou com o braço. Outro momento se passou, e então seu peito tocou minhas costas. Suas pernas se enroscaram nas minhas, e fiquei deitada ali, não mais concentrada em reencontrar Ash em meus sonhos. Em vez disso, fantasiei sobre todas as muitas maneiras, variadas e sangrentas, com as quais eu machucaria tanto Veses quanto Kolis antes de morrer.

O problema era que eu sentia dificuldade de visualizar aquelas fantasias em detalhes. Era improvável que eu conseguisse as duas coisas antes de minha morte porque eu...

Eu estava com os dias contados, e eles corriam depressa.

30

Fiquei na frente da penteadeira, olhando para o vermelho-rosado que manchava a espuma.

Minhas gengivas estavam sangrando.

Com a mão trêmula, peguei o copo e enxaguei a boca, depois usei o resto da água para lavar a evidência do que Phanos havia avisado que aconteceria. Qualquer que fosse o tempo que as sirenas tinham conseguido para mim estava se esgotando.

Ou aquilo estava destinado a acontecer, ou havia outros motivos. A lesão sofrida quando tentei escapar? Quanto tempo eu tinha dormido depois? O uso das brasas? Kolis ter se alimentado de mim? Apesar de tudo, eu estava mais uma vez avançando em direção a minha Ascensão.

Entorpecida, eu me afastei da penteadeira e me troquei, colocando o primeiro vestido que encontrei em um dos baús, desistindo de procurar por um traje minimamente decente.

Enquanto caminhava até a mesa e pegava um copo, olhei para o prato de frutas açucaradas que os Escolhidos haviam deixado, depois que todos os outros tinham sido retirados. Meu apetite ainda não havia retornado. Não conseguia me lembrar de algo que afetasse minha fome antes, mas, com certeza, a recente *punição* de Kolis exercera um papel no que eu sabia ser verdade, assim como me preocupar com o que Veses vinha planejando. Estava mais adiantada em minha Ascensão agora, e todos os outros sintomas faziam sentido. As dores de cabeça. O cansaço. Eu simplesmente tinha preferido não ligar os pontos, porque significava que o tempo estava se esgotando.

Eu passaria pela minha Ascensão e não sobreviveria. Sotoria estaria perdida, e as brasas...

Não haveria esperança para o plano mortal.

Surpreendentemente, minha mente não se demorou naquele pensamento, na mais séria das consequências. Nem mesmo pensei em Ash. Meus pensamentos foram para os Ascendidos.

Se o processo que levaria a minha morte começasse e eu ainda estivesse ali, com Kolis, ele iria tomar as brasas e tentar me Ascender.

Aproximei-me das grades, pensando no que Delfai dissera: que as brasas haviam se fundido a mim. Eu teria de ser totalmente drenada para alguém removê-las. Meu coração iria parar. Segundo Kolis, os Ascendidos nunca morriam como os Espectros. Eu tinha me esquecido daquele detalhe em meu pânico inicial ao ouvir os planos de Kolis.

A lembrança trouxe algum alívio. Pelo menos, eu não retornaria como um ser atormentado pela sede de sangue.

Com sorte.

Porque havia muita coisa que eu não sabia. Como o que Kolis tinha compartilhado sobre os Antigos ou o fato de que o sangue de Kolis podia dar vida. Pensei em Callum... Bem, meio que podia dar. Mesmo que houvesse apenas uma pequena chance de que Kolis conseguisse, de alguma maneira, concretizar seus planos, era uma chance.

Tomei um gole da água que, naquele dia, tinha gosto de uma mistura de frutas. Prestes a encher o copo mais uma vez, ouvi o som de passos. Um segundo depois, senti o pulsar das brasas no peito.

Concentrando-me em minha respiração, esvaziei os pensamentos e me tornei ninguém enquanto me afastava das grades.

Kolis entrou sozinho na câmara, a calça de linho branco pendia de seus quadris, mas eu podia ver os ombros dos homens montando guarda no corredor.

— *So'lis* — cumprimentou, com um sorriso caloroso e alegre. — Você está adorável hoje.

— Obrigada — agradeci, no mesmo tom.

Pelo menos dois dias haviam se passado desde a visita de Veses. Eu não tinha visto Kolis na véspera, não até o cair daquela suposta noite em Dalos e ele aparecer mais uma vez, exigindo que eu dormisse ao seu lado.

Ele me abraçou ainda mais forte que na noite anterior.

Eu não tinha ideia de onde ele estivera naquele meio tempo nem se Veses havia o encontrado.

Curiosamente, eu também não tinha visto Callum desde a visita da deusa.

Os passos de Kolis diminuíram quando ele se aproximou da porta da jaula.

— Embora pareça bastante cansada.

Pisquei devagar com o tom crítico impregnado em sua voz.

— Não dormiu bem ontem à noite?

Eu sabia que não devia responder a verdade: que só havia sido capaz de cochilar e não conseguira ter um sono profundo em sua presença.

— Dormi bem. Não entendo por que pareço cansada.

— Então talvez isso ajude. — Ele destrancou a jaula. — Achei que talvez apreciasse um passeio.

Um passeio.

Como um cachorro.

Se ele fosse qualquer outra pessoa, eu o teria chutado na garganta. Em vez disso, sorri.

— Seria ótimo.

E seria. Qualquer chance de sair da jaula era uma oportunidade para conhecer melhor a área.

— Excelente. Venha.

Ele fez sinal para que eu avançasse. Obedeci, atenta aos guardas. Elias estava presente, como sempre. Daquela vez, o outro guarda era o Espectro Dyses. Seus olhos pareciam ainda mais pálidos à luz do sol poente.

— Por onde Callum tem andado? — perguntei.

— Eu o mandei para longe por alguns dias, a fim de cuidar de algo importante para mim — respondeu ele, sem entrar em detalhes sobre a tarefa. — Achei que vocês dois poderiam se beneficiar de algum espaço. — Ele me encarou, seu olhar de repente perspicaz. — Talvez menos inclinados a me desobedecer.

Desobedecê-lo…?

Droga, ele tinha sentido quando usei as brasas durante a conversa com Veses. Exceto que ele acreditava que era resultado de minhas interações com Callum.

O que significava que ele não sabia da visita dela. Talvez até significasse que Veses não havia começado sua campanha contra mim.

Apesar do próprio delírio, Veses era inteligente o suficiente para não lançar um ataque verbal tão aberto contra mim. Ela logo despertaria o furor de Kolis, e não da maneira que desejava. Mas eu podia apostar que a deusa já andara sussurrando no ouvido do falso Rei, preparando o terreno.

Outra coisa me ocorreu enquanto Kolis me conduzia pelo mesmo caminho que tínhamos percorrido até o Conselho Municipal. A cor dos olhos dos Espectros só poderia ser descrita como um tom mortiço de azul. Ênfase em *mortiço*. Já tinha visto os olhos dos mortos antes, como a princípio se fixavam no além, depois se tornavam vidrados. Tinha visto a cor mudar ou, pelo menos, parecer mudar. Uma espécie de película caía sobre eles, a cor se tornava leitosa, cinza-azulada.

Quase idêntica à cor dos olhos de um Espectro.

Era porque tinham morrido?

Olhei para trás, aliviada ao ver que apenas Elias nos seguia. Parecia meio rude perguntar o que eu queria saber na frente de Dyses.

— Posso perguntar algo sobre os Espectros?

— Claro.

Kolis caminhava devagar, permitindo-me acompanhar seu passo.

— Callum me explicou que os Espectros não precisam de comida nem de sangue — comecei.

— Não precisam — confirmou, enquanto passávamos sob as amplas folhas das palmeiras. — Eles não precisam de nada que sustente mortais ou deuses. Nem mesmo dormir.

Franzi o cenho.

— E quanto às coisas menos tangíveis? Como companhia?

— Quer dizer amizade? Amor? Sexo? Não.

Queridos deuses.

— Isso parece…

— Maravilhoso? — Ele sorriu. — Suas vidas não estão mais amarradas às necessidades da carne ou aos desejos da alma. Eles são movidos apenas pelo impulso de servir a seu criador.

Tudo bem, *maravilhoso* não era bem no que eu estava pensando. E sim horrível.

— Você não acha? — perguntou ele, quando nos aproximamos da parede incrustada de diamantes. Os edifícios cintilantes da cidade se erguiam à frente.

Eu sabia que não devia respirar fundo. O cheiro de decomposição estava impregnado no ar.

— Eu… eu simplesmente não consigo imaginar não querer nada. — Eu sinceramente não conseguia, pensei, enquanto nos voltávamos em direção à colunata. — Não sentir nada.

— Imagino que seja bastante libertador — comentou ele, enquanto subíamos os degraus baixos e largos.

Eu mal conseguia manter a expressão neutra. Embora tivesse desejado não sentir nada muitas vezes na vida, não podia imaginar uma quase eternidade sem sentir coisa alguma. A simples ideia fez meu peito ficar apertado.

Obriguei-me a respirar de maneira uniforme e lenta, refletindo sobre o que Kolis havia compartilhado, enquanto atravessávamos o corredor que presumi ser a parte central do santuário. Os Espectros podiam ter renascido e ser capazes de andar e conversar e *servir*, mas não tinham desejos nem necessidades, e aquilo nada mais era do que uma pobre imitação de vida.

Kolis havia chamado os Vorazes de mortos-vivos, mas, na verdade, o termo cabia aos Espectros.

Aquele era o motivo de Kolis não querer me transformar em um deles. Os que voltavam não tinham alma. Espectros não passavam de carne reanimada e ossos.

Deuses, eu sentia pena deles. Provavelmente não deveria, porque, se realmente não tinham alma, então os Espectros não eram pessoas; eram apenas *coisas*, algo que não deveria existir. Mas eu sentia.

O salão estava muito mais silencioso naquele dia, apenas alguns gemidos fracos ecoavam nas alcovas sombrias.

— Mas Callum é diferente — argumentei, lembrando o que ele e Kolis disseram.

Ele assentiu quando paramos em um dos espaços com cortinas. Ele puxou o tecido para trás, revelando uma porta.

— Callum é cheio de desejos e necessidades — respondeu, secamente. — Assim como você e eu.

Então pelo menos Callum *vivia*.

— E você não sabe mesmo por que ele ficou diferente dos outros?

Kolis abriu a porta com um aceno de mão.

— Não, mas...— Ele suspirou alto, antes de olhar por cima de meu ombro para Elias. — Você pode esperar aqui.

— Sim, Vossa Majestade.

Tensa diante da perspectiva de ficar sozinha com Kolis, esperei que ele elaborasse, quando chegamos a uma estreita escada em espiral.

Felizmente, ele estava falante.

— Acredito que a motivação desempenha um papel. O porquê da criação dos Espectros — explicou ele, seguindo o caminho até a escada. — E acho que é por causa do que meu irmão disse uma vez sobre criar vida. Que há um pouco de magia na criação.

Passando a mão pelo corrimão de mármore liso, estudei suas costas. Sempre era estranho ouvi-lo falar de Eythos sem amargura ou raiva e, em vez disso, com melancolia.

— Uma parte que era desconhecida e não planejada. Magia dos planos, no éter que tudo habita — disse ele, a declaração me lembrando de algo que Holland diria. — Eythos afirmava que tudo o que o criador sentia no momento da criação muitas vezes moldava sua obra. Que mesmo uma pitada de alegria, tristeza, desespero ou raiva poderia esculpir a vida na criação, antes mesmo de começar — continuou, seguindo o caminho sinuoso da escada enquanto um leve brilho de suor brotava em minha testa. — Quando crio os Espectros, sinto apenas dever. Mas, com Callum, eu senti… senti tudo. Desespero. Raiva. Tristeza. Até a alegria de estar perto de quem compartilha seu sangue.

Curvei o lábio.

— Eythos diria que o que senti ao devolver a vida a Callum é o motivo de ele ser diferente. Que minhas emoções trouxeram quem ele era de volta quando restaurei sua vida.

Mais à frente, a luz do crepúsculo preenchia o patamar.

— Mas não acho que esteja certo.

— Por quê?

Senti cãibras nos músculos das pernas, por falta de uso ou pelo cansaço sobre o qual Kolis havia comentado.

— Porque eu me obriguei a sentir essas coisas ao criar outros Espectros — explicou ele, chegando ao patamar vários degraus antes de mim. — E nenhum deles se tornou igual a Callum, independentemente de meus sentimentos ou pensamentos na ocasião.

Franzi os lábios. Ele realmente não sabia o motivo. Era bem óbvio para mim. O que ele sentiu ao ressuscitar Callum havia sido real. As outras vezes? As emoções só podiam ser emuladas até certo ponto e, mesmo que alguém conseguisse convencer os outros, até a si mesmo, o fingimento não tornava a emoção real. Eu sabia disso melhor do que ninguém.

Já Kolis? Talvez tivesse compreendido as emoções em algum momento, mas não mais.

— De todo jeito — prosseguiu, encarando-me —, acredito que seja uma bênção. Prefiro meus Espectros como são.

Óbvio que sim.

— Você está cansada — observou ele, quando enfim cheguei ao patamar. — E sem fôlego.

Deuses.

— É desnecessário apontar isso — murmurei. — Eu odeio escadas.

As manchas douradas em seus olhos brilhavam.

— Você também não era fã de escadas.

A maioria das pessoas não era.

— Mas espero que goste do que tenho para mostrar. — Ele atravessou um arco, baixando a cabeça.

Se ele havia mandado construir aquele santuário, por que não considerou sua altura e a cabeça enorme? Revirei os olhos.

Com as pernas parecendo gelatina, eu o segui até o que parecia ser um terraço, um elevado acima da muralha do santuário.

Esqueci os músculos doloridos e atravessei o pátio, parando na balaustrada da sacada, que batia em minha cintura. Eu podia ver grande parte da cidade: as deslumbrantes torres cristalinas, as estruturas circulares com seus pilares arrebatadores e os edifícios mais baixos e atarracados que brilhavam sob a luz fraca do sol. Olhei para baixo. Até as ruas brilhavam.

Sem palavras, eu me virei a fim de olhar para trás de nós. Vi mais edifícios cintilantes, as cúpulas do Palácio Cor e, eventualmente, o topo das estátuas que guardavam a cidade e o trecho das árvores douradas de Aios. Mas aquela não foi a única coisa que vi.

Além das estátuas e das árvores, onde um trecho árido de terra arenosa cedeu, uma névoa espessa cobria grande parte do solo que levava às montanhas. Uma cordilheira que fazia os Picos Elísios parecerem nada mais do que colinas em comparação.

Com certeza, os Cárceres.

Prendi a respiração enquanto meu olhar observava os íngremes penhascos cinza-ardósia e profundas cristas verde-escuras, densamente arborizadas. Não vi estradas nas montanhas, mas vislumbrei algo mais escuro por entre as árvores, cobrindo as laterais e os planaltos. Trechos de vazio que absorviam a pouca luz que penetrava na floresta, transformando aqueles pontos em abismos cintilantes.

Pedra das sombras.

Um grito arrepiante chamou minha atenção. Um dragontino marrom--claro, empoleirado em um dos penhascos, esticou seu longo pescoço, atacando outro que voava muito próximo. Mais acima, perto do topo dos Cárceres, mais dois circulavam.

Soltei o ar, voltando minha atenção para os pontos escuros. Era onde Ash estava. Meu coração começou a bater forte de alívio e também de frustração. Só de ver onde ele estava preso me abalou, mas ver o que seria necessário para alcançá-lo se ele não fosse libertado era devastador.

— O que acha? — perguntou Kolis.

Pigarreando, arrastei meu olhar para longe das montanhas e de volta à cidade... aos edifícios silenciosos e ruas vazias.

— É linda — sussurrei. — Parece feita de vidro. — Tomando fôlego, eu o encarei. — Você disse que os Destinos mataram a maioria dos que viviam aqui?

Kolis assentiu.

— Por que eles fariam isso? — pressionei, quando ele não explicou. — Achei que não pudessem intervir dessa forma.

Ele bufou.

— Eles podem fazer o que quiserem, quando quiserem, sobretudo quando acreditam que o equilíbrio foi abalado. — Seu olhar seguiu o topo de minha cabeça, depois desceu pelo meu rosto. — E seus métodos de corrigir as coisas podem ser extremos.

Pensando no que Attes havia dito, olhei para as estradas estreitas construídas com diamantes.

— Para onde eles estavam tentando restaurar o equilíbrio?

— Quando peguei as brasas da vida e a coroa, dei uma escolha aos deuses que moravam aqui, dentro da Cidade dos Deuses — respondeu ele, estendendo o braço. — Eles poderiam me servir fiel e lealmente, e viver. Ou poderiam recusar e morrer.

Eu o encarei.

— Metade recusou. Eu os matei — afirmou ele, com uma ligeira tosse, como se quisesse apagar uma emoção acumulada na garganta.

— Desagradou os Arae, então eles exterminaram aqueles que juraram lealdade a mim.

Meu estômago revirou. Eu nunca entenderia o modo como os Arae corrigiam o que acreditavam ser errado, mas algo na voz de Kolis me deixou inquieta.

— Você… você se arrepende de ter matado aqueles que não lhe juraram lealdade?

Por um longo momento, Kolis não respondeu.

— Eu podia tê-los condenado à prisão. Dado a eles a oportunidade de repensar sua decisão. — Um músculo latejava ao longo de seu maxilar. — Podia ter dado tempo a eles. Acredito que a vida é importante. Agi precipitadamente. Alguns diriam que costumo fazer isso com frequência.

Eu ainda o encarava.

— Bem, admitir o erro é meio caminho andado — murmurei, sem saber o que pensar do que havia sido dito enquanto voltava meu olhar para a cidade, o Palácio Cor e os Cárceres.

Talvez Kolis tivesse se arrependido de ter matado aqueles deuses devido à maneira como os Arae haviam respondido. Talvez ele realmente desejasse ter feito as coisas de outro modo, não que aquilo fizesse diferença. De toda maneira, ele parecia valorizar a vida.

E, ainda assim, eu o vira matar com tamanha facilidade. Aquilo me dizia que ele não se importava.

Ou poderia ser o lado maligno da essência da Morte que fazia com que sua impulsividade resultasse em morte, anulando a parte benevolente? Não achava que Kolis tivesse nascido assim. Ele havia se *tornado* assim. Provavelmente, eu nunca descobriria tudo o que contribuiu para como e por que o falso Rei se transformasse no que era agora, mas desconfiava de que entrar em um sono profundo só iria piorar as coisas.

Eu tinha a sensação de que ele já ultrapassara o ponto de retorno.

E mesmo se ele pudesse? Aquilo não desfaria o que fizera.

— Há momentos em que olho para você e vejo partes de sua aparência de outrora.

Minha cabeça voltou para ele.

— O modo como sorri. O som de sua voz. Seus gestos. Seus olhos. — Ele baixou aquele olhar intenso. — Sua silhueta.

A bile subiu para minha garganta.

— Mas é como se tudo de que me lembro fosse amplificado. Seus sorrisos são menores, mais tensos. Sua voz, mais grossa. Fala com mais confiança e com um pouco mais de liberdade. Você também se move com mais segurança. Há mais sardas. — Seu olhar percorreu meu peito. — Mais tudo.

A bile se acumulou.

— Partes da nova você são agradáveis — revelou ele, o olhar se elevando para meu cabelo, e eu tive o péssimo pressentimento de que havia sido correta em minhas suspeitas de que Veses já andava sussurrando em seu ouvido. Por que outro motivo ele mencionaria aquilo? — Outras partes, nem tanto. Apesar do que eu disse a Callum, pensei que você iria ter a exata aparência de minhas lembranças.

Fiquei tensa.

Ele deu um longo suspiro.

— Eu gostaria que tivesse.

Eu estava muito feliz de não ser o *maldito* caso, mas aquilo não impediu minha reação. Arqueei as sobrancelhas de surpresa. Ele basicamente havia acabado de me contar, àquela que acreditava ser o amor de sua vida e a pessoa com quem queria recomeçar, que desejava que parecesse outra pessoa.

Deuses, e eu me achava péssima quando se tratava de interagir com os outros.

Ninguém era pior do que Kolis.

A pele de sua testa se enrugou quando uma brisa quente, impregnada do cheiro rançoso de decomposição, levantou os fios de seu cabelo.

— Acredito que talvez a tenha insultado.

— Ah...

— Não sei bem o porquê — continuou ele. — Eu não disse que a achava pouco atraente.

Olhei de volta para a cidade. Não tinha coragem nem de começar a explicar tudo o que havia de errado com o que ele dissera.

— Eu a aborreci. — Kolis se aproximou. — Como posso compensá-la?

Deuses, aquilo de novo não.

— Do que você gostaria? Vestidos novos? Livros? Joias? Um animal de estimação? — Kolis pegou um cacho que havia caído em meu rosto. Seus lábios se estreitaram enquanto ele o ajeitava. *Ele* se ofendeu com a cor? — Diga e eu darei a você.

Comecei a dizer que não estava irritada e que não precisava de vestidos, joias, livros ou um animal de estimação... Espere.

Que tipo de animal de estimação?

Não importava. Foi a outra coisa que ele tinha oferecido.

Joias.

O diamante Estrela.

Meu pulso acelerou quando uma ideia me ocorreu depressa — uma ideia muito mal elaborada, mas, mesmo assim, uma ideia.

Voltei-me para o parapeito, colocando a palma da mão na superfície lisa de mármore.

— Você sabe por que acho a cidade tão bonita? — Meu estômago e o peito se agitaram enquanto eu falava. — Pelo modo como brilha. Todos as diferentes formas, algumas lisas, outras irregulares. — Ciente do quão atentamente ele ouvia e observava, sorri. — Minha mãe tinha muitas joias, principalmente safiras e rubis. Brilhantes e perfeitamente polidas. Completamente impecáveis... ao contrário de mim.

— Como assim?

Minha mãe, de fato, tinha muitas joias, mas a maior parte do que estava prestes a sair da minha boca em seguida era pura invenção.

— As sardas. — Baixei a voz, jogando com o que ele havia dito. — Ela as achava demais. Afinal, ela preferia uma beleza suave e imaculada. Mesmo assim, ela possuía um diamante com bordas ásperas e formato irregular. A pedra sempre me fascinou, como todos os diamantes. É verdade que foram criados por lágrimas de alegria?

— A maioria deles.

— Eu queria usá-lo — menti, sem vontade alguma de usar qualquer joia. — Mas ela nunca me deixava tocá-lo.

— Eu poderia recuperá-lo para você agora — ofereceu Kolis mais do que depressa. — Diga-me onde está.

Ai, merda.

— Não tenho certeza de onde ela o guarda agora.

A determinação contraiu seu maxilar.

— Posso fazer com que ela me conte.

Merda em dobro. Aquilo estava saindo de controle rápido demais.

— Nem tenho certeza se ela ainda o tem.

Inclinei meu corpo em direção ao dele, tão desesperada para conseguir tirar aquela ideia de sua cabeça que coloquei a palma da mão em seu peito.

Kolis ficou completamente imóvel.

Eu também, mas por motivos diferentes, enquanto fazia de tudo para ignorar a sensação de sua pele sob minha palma.

— Você não precisa se dar esse tipo de trabalho, Kolis. — A bile que comprimia minha garganta estava de volta, o nó maior do que nunca, quando passei meus dedos sobre a parede de músculos, parando no centro do peito. — Outro diamante seria suficiente.

Kolis baixou o queixo. Olhou para minha mão enquanto eu me perguntava se havia perdido a cabeça.

— Obviamente, não um de quaisquer dos edifícios. — Pude sentir como seu coração batia acelerado. — Ficaria triste se eles fossem danificados de alguma maneira. Mas algo grande e único funcionaria.

— Grande quanto, exatamente? — Sua voz soou áspera. — E único?

Qual deveria ser o tamanho do tal diamante Estrela? Tudo de que me lembrei foi que era irregular e o que ouvira sobre a cor.

— Bem, o tamanho não importa tanto quanto sua singularidade — decidi, fingindo suspirar. — E que tenha um brilho prateado. O dela era tão prateado e irregular… — Bati meu dedo contra sua pele e depois retirei a mão. — Não importa. Eu não preciso de nada. — Comecei a me virar.

— Eu sei de um. É grande e irregular — disse ele. Eu talvez tivesse parado de respirar. — Acredito que também tenha um brilho prateado. É um… diamante raro.

Lentamente, eu o encarei.

— Você sabe?

— Sim.

Ele ainda estava olhando para minhas mãos. Voltei minha palma para seu peito.

— Posso… posso ver?

Olhos com turbilhões dourados e prateados se ergueram para encontrar os meus.

Mordi meu lábio inferior.

— Eu gostaria de vê-lo. Segurá-lo. — Fiz meu tom soar ofegante, provavelmente parecendo ridículo comparado à maneira como Veses naturalmente falava. — Tocá-lo.

O turbilhão de seus olhos se agitou.

— Isso a deixaria feliz?

— Sim. — Assenti, retirando a mão novamente. Eu entrelacei os dedos na cintura. — Deixaria.

— Então venha. Vou levá-la até ele.

Meu peito e estômago ainda estavam trêmulos enquanto eu seguia Kolis de volta para dentro do santuário. Parte de mim parecia mergulhada em descrença. Era realmente tão fácil assim manipulá-lo? Sério?

Mas Ash não sabia sobre o diamante. Attes jamais o mencionara.

Delfai havia revelado que *ninguém* além dos Destinos o conhecia. Obviamente, um Arae tinha compartilhado o conhecimento com Kolis. Eu perguntara a Delfai como um Destino poderia ter feito aquilo, já que não deveriam interferir, e ele havia alegado que, quando os Primordiais começaram a sentir emoção, o mesmo aconteceu com os Arae. Portanto, eles também poderiam ser manipulados. Quem diria? Outros Primordiais poderiam saber de sua existência e do que era capaz, mas havia uma boa chance de nem passar pela cabeça de Kolis que eu estava pedindo para ver o diamante Estrela.

Se ele estivesse realmente me levando até a pedra.

Comecei a duvidar seriamente quando fomos parar mais uma vez do lado de fora, Elias nos seguindo no caminho. Quando Dyses apareceu, minhas mãos se fecharam em punho.

A porta da câmara se abriu e Kolis me conduziu para dentro. Quando ele passou por seu trono e destrancou a porta da jaula, meus passos desaceleraram.

— Não entendo — comentei. — Achei que você fosse me mostrar um diamante.

— E vou. — Ele entrou na jaula, esperando por mim.

Forçando-me a avançar, juntei-me a ele. Kolis não deixou muito espaço para mim. Meu corpo roçou o dele quando atravessei a soleira.

A porta se fechou quando ele parou atrás de mim. Tipo *bem* atrás de mim.

— Olhe para cima.

A raiva fervilhou quando fiz o que ele disse. Eu olhei para cima.

— Sim?

— Você vê, não é? — perguntou Kolis.

— Não vejo... — Meu olhar pousou no conjunto de diamantes no centro da jaula. — São vários diamantes. E o brilho não é prateado. — Era uma cor estranha, entremeada e leitosa.

Kolis riu.

— Parece assim apenas porque desejei que fosse. — Com um braço ao meu redor, ele levantou o outro e abriu a mão. — *Vena ta mayah.*

Identificando a linguagem dos Primordiais, meus lábios se abriram quando o aglomerado de diamantes no teto da jaula começou a vibrar, provocando um zumbido agudo.

As pedras estremeceram, libertando-se do ouro, e percebi que não era um agrupamento de vários diamantes, mas apenas um. A forma *mudou* enquanto flutuava para baixo, pulsando com um raio leitoso de luz e prata.

Quando chegou à mão de Kolis, ele segurava um único diamante do tamanho de sua palma, a forma irregular lembrando vagamente as pontas de uma...

Eu não podia acreditar.

O maldito diamante estava acima de mim o tempo todo.

31

Olhei para A Estrela em silêncio, absolutamente chocada pelo todo--poderoso diamante ter estado acima da minha cabeça por semanas.

— O que você acha, *so'lis*? — perguntou Kolis. — É maior ou menor do que aquele que você uma vez cobiçou?

— Maior — sussurrei, enquanto ele girava o diamante na mão. Os ângulos afiados brilhavam como prata. — Parece uma estrela.

— É assim que se chama — disse ele. — A Estrela.

— Ah. — Fingi surpresa. — É um nome adequado.

— É mesmo.

O calor de seu peito atingiu minhas costas quando me virei ligeiramente.

— Como esse diamante foi criado? — perguntei, já sabendo a resposta, mas estava interessada em ouvir o que Kolis diria.

— Pelo que entendi, foi criado pelo fogo dos dragões. — Enquanto falava, ele passou o polegar sobre o diamante, e eu era capaz de jurar que o brilho prateado se retraiu sob seu toque. — Muito antes que os Primordiais pudessem derramar lágrimas de alegria. Descobri a pedra por puro acaso.

Foi exatamente como Delfai disse que o diamante havia sido criado, mas eu sabia que Kolis não tinha *tropeçado* na pedra.

— É realmente lindo. — Observei a luz leitosa ondular através do diamante quando ele o girou mais uma vez. — Por que você muda a aparência dele e o mantém aqui, escondido?

— Porque onde mais eu colocaria uma pedra tão bonita, senão onde mantenho o que mais prezo?

Meu estômago embrulhou com a resposta, mas consegui sorrir.

— Posso segurá-lo?

— Claro — ronronou Kolis.

Engoli o azedume que se acumulava em minha boca enquanto ele estendia o diamante em minha direção. Meus dedos se dobraram em torno da pedra...

Uma faísca dançou na ponta de meus dedos no momento em que minha pele entrou em contato com A Estrela. A onda de energia fluiu por minha mão e subiu pelo meu braço enquanto as brasas em meu peito imediatamente ganhavam vida, cantarolando e zumbindo tão rápido que não consegui abafar o suspiro ou esconder como meu corpo inteiro estremeceu.

A intensa corrente beirava a dor enquanto atravessava meu corpo, forçando minha mão a apertar a pedra incrivelmente cálida. Um tremor começou em meu braço enquanto o diamante aquecia. Tentei obrigar meus dedos a afrouxarem, mas não consegui soltar a joia, não consegui desviar o olhar enquanto seu brilho se intensificava. A luz que eu vi não tinha sido um reflexo. Os fachos de luz leitosa e branco-prateada estavam *dentro* do diamante. Agora se expandiam, preenchendo toda a pedra...

Imagens surgiram em minha mente sem aviso, ganhando forma rapidamente e se alternando, como um livro de pinturas. Vi uma floresta exuberante — uma área densamente arborizada, no topo de uma montanha — e um homem pego por um vendaval, as longas mechas de cabelo escuro chicoteavam seu rosto parcialmente coberto por tinta em tons avermelhados. E os olhos dele...

Os olhos dele.

Eram da cor dos planos... azul, verde e marrom, com estrelas preenchendo suas pupilas. Ele gritou para o céu, suas palavras perdidas ao vento.

Ar quente e violento saiu das mandíbulas abertas de uma enorme fera alada. Um *dragão* da cor da terra e dos pinheiros que seu hálito derrubou.

Um brilho vermelho apareceu dentro da boca do dragão, nas laterais. Chamas radiantes irromperam do ser majestoso, um funil de fogo que engoliu o homem na montanha. E as chamas continuaram chegando, destruindo toda a crista do pico até que nada restasse onde o homem estivera.

Nada além de terra arrasada e um diamante cravado profundamente no chão, sendo enterrado...

As imagens mudaram rapidamente mais uma vez. A montanha e o dragão desapareceram, sendo substituídos por outro homem, agora de cabelo preto, que segurava o diamante assim como eu, com força, os nós dos dedos brancos. Seu braço tremia como o meu. Todo o seu corpo sacudia quando ele levantou a cabeça. O choque inundava os olhos prateados e brilhava nas largas maçãs do rosto, afrouxando a boca ampla e o maxilar forte, empalidecendo a pele marrom reluzente.

Ele olhou para o homem à sua frente, um de cabelos dourados que se parecia com ele.

Eu sabia quem via agora.

— Nada pode apagar o passado — disse Eythos, com voz rouca.

Uma mão da mesma cor da de Eythos se fechou sobre a dele.

— Não tenho interesse em apagar o passado. Vou mudar o futuro — jurou Kolis.

Seus olhares se encontraram quando um raio riscou o céu acima deles.

— Não da maneira como acha que vai — argumentou Eythos, seu corpo trêmulo enquanto lutava para levantar o outro braço e apertar a nuca de Kolis. — Escute-me, irmão. Trará nada além de dor para os planos, para você.

— Como se eu já não vivesse com nada além de dor! — gritou Kolis. — É tudo o que sempre existiu para mim.

Lágrimas inundaram os olhos de Eythos.

— Não desejo nada mais do que sua vida tivesse sido diferente. Se eu pudesse mudar o que houve, eu mudaria. Eu faria qualquer coisa...

— Mas você teve sua chance de me fazer feliz. Você teve a escolha de fazer qualquer coisa por mim, mas se recusou — rosnou Kolis. — E agora olhe para nós. Veja onde estamos!

— Desculpe. — Éter crepitava na pele de Eythos. — Eu lamento. Mas não é tarde demais para interromper isso. Juro a você. Posso te perdoar. Podemos começar de novo…

— Me perdoar? — Kolis riu com rispidez enquanto o trovão rugia. — Ora. Você fala como se ainda fosse capaz de me considerar seu irmão. Como se pudesse, depois de Mycella. Você nunca me perdoou por ela me amar.

Eythos recuou.

— Nunca perdoei…? Irmão, no passado ela já sentiu carinho por você…

— Ela só estava com você porque eu não a quis.

A raiva brilhou no rosto do Primordial.

— Por que insiste em dizer coisas assim?

— É apenas a verdade.

— Não, é a verdade em que você escolheu acreditar — retrucou Eythos. — Mycella pode ter te amado quando éramos mais jovens, e ela continuou a se importar com você até o momento em que a assassinou.

Kolis desviou o olhar, cerrando os dentes.

— Mas ela me amava, Kolis. Ela não me escolheu porque não podia ter você. Isso não é amor. O que nós tínhamos? O que floresceu entre nós? Era amor. Ela me amou, e nunca usei contra você o que ela um dia pode ter sentido por você.

— Maldito mentiroso.

— Nunca! — gritou Eythos. Ele respirou fundo, visivelmente tentando controlar seu temperamento. — Sim, eu não fiquei feliz no começo. Quem ficaria? Mas eu jamais culpei você.

Kolis zombou.

— Você simplesmente não consegue parar de fingir que é superior…

— Não é fingimento!

— Besteira — bradou Kolis. — Você não é um mentiroso tão bom quanto eu. Nunca foi. Não há como voltar atrás… como parar nada disso.

— Mas há. Tem de haver. Somos da mesma carne e do mesmo sangue. Irmãos. Eu amo você…

— Cale-se! — gritou Kolis, estendendo a outra mão.

Eythos estremeceu, os olhos brilhantes de incredulidade. Ele olhou para a haste branca e fosca penetrando em seu peito, perfurando seu coração.

O tempo pareceu parar.

O vento rodopiante. A tempestade crescente. Tudo cessou enquanto energia pura e inalterada se intensificava.

Kolis retirou a mão — a mão ensanguentada. Sua boca se abriu.

— Eu sabia… eu sabia que você era capaz disso. — Um arrepio percorreu Eythos enquanto ele levantava o olhar para encontrar o do irmão. Sangue brilhante pingava de seus lábios. — Mas eu… eu esperava estar enganado. Eu sempre… tive esperança.

— Eythos — sussurrou Kolis. Ele balançou a cabeça, a negação gravada em sua expressão. — Não. Não!

Kolis segurou o irmão quando as pernas de Eythos cederam e então o abraçou enquanto a energia explodia de seu gêmeo, enchendo o ar e o plano.

A… visão, ou o que quer que fosse, desapareceu. Eu ainda estava segurando A Estrela, ainda olhando para o diamante, mas tudo o que via era o vermelho fluindo do peito de Eythos. O vermelho escorrendo dos olhos de Kolis.

Uma onda de incredulidade tomou conta de mim porque eu sabia… eu *descobri* duas coisas de uma vez.

— Você chorou.

— O quê? — indagou Kolis, e, antes que eu respondesse, ele agarrou meu braço e me girou para que eu o encarasse. Fios prateados de éter apagaram as manchas de ouro. — O que você disse?

Droga, eu não devia ter dito aquilo. O choque tinha me dominado.

— Eu… eu não sei o que você quer dizer…

— Não minta para mim.

— Não estou mentindo.

Um silvo de dor me percorreu quando seu aperto em meu braço aumentou, alimentando as brasas já vibrantes. Seu olhar selvagem caiu para o diamante que eu ainda estava segurando. Ele respirou fundo e levantou o braço cuja mão segurava o diamante até que a pedra estivesse na minha cara.

— O que você viu? — Kolis me sacudiu, fazendo minha cabeça balançar para trás e para a frente.

Uma explosão aguda de dor irradiou pela minha coluna. Minha pele já muito tensa se arrepiou quando eu agarrei o braço do falso Rei.

Ele estendeu a mão por cima do braço que me segurava e arrancou o diamante de meus dedos, lançando-o no ar. Meus olhos dispararam para a pedra, meu olhar seguindo A Estrela enquanto retornava ao teto da jaula, mais uma vez se tornando o aglomerado de diamantes.

As faixas leitosas de luz prateada pulsaram sobre nós.

Estremeci.

Porque agora eu sabia *o que* havia naquele diamante.

Que tinha testemunhado tudo o que acontecera naquela jaula.

O centro de meu peito latejava quando Kolis me sacudiu como se eu não passasse de uma boneca de pano.

Presas se projetavam abaixo de seus lábios descarnados.

— Eu? O Rei dos Deuses. E você? Uma donzela antes assustada que virou prostituta?

Meu aperto em seu braço afrouxou enquanto eu o encarava. A tela em branco não estava em lugar algum enquanto as brasas dentro de mim inchavam. Não havia nada além de raiva confusa — fúria ardente e poderosa. Os cantos de minha visão ficaram brancos. Estendi as mãos, esmurrando o peito dele enquanto o poder me inundava as veias.

Vislumbrei um lampejo de choque no rosto de Kolis que ecoou através de mim antes que ele me soltasse. Caí no chão, quase rolando quando ele escorregou para trás com a explosão de éter. Kolis se conteve antes de bater nas barras. Houve um breve momento em que percebi que não deveria ter sido capaz de fazer aquilo com ele ali, cercada por pedra das sombras e ossos dos Antigos.

Eu não deveria ter sido capaz de invocar aquela tempestade para assustar Callum também, mas as brasas…

Ofegante, Kolis ergueu a cabeça. Através da cortina loira de seu cabelo, vi que aqueles olhos haviam se transformado em poças de um vazio infinito, e a pele ficara mais fina, revelando o osso por baixo.

— *Então você viu a morte* — dissera Callum, quando contei a ele que havia visto a verdadeira forma de Kolis. — *A morte verdadeira. Ninguém a vê e depois vive por muito tempo.*

Ofegante, dei um passo para trás, esbarrando na coluna de madeira no pé da cama.

— O que eu disse sobre o uso das brasas? — sibilou ele.

Os sinos de alerta tocaram, desencadeando instintos que me disseram que eu estava em perigo. Meu olhar foi para a porta fechada da jaula. Eu me desencostei da coluna…

Kolis estava em cima de mim antes que eu desse um passo, pôs a mão no meu pescoço de novo. Sem fôlego, agarrei seu braço enquanto ele me puxava abruptamente para longe da coluna e me erguia no ar. Arregalei os olhos enquanto sentia meus pés balançarem no vazio.

— Quero que se lembre de uma coisa. — Não havia restado um resquício de carne em seu rosto. — Não me culpe pelas minhas ações. Você provocou isso.

De repente, a pressão em volta do meu pescoço desapareceu. Houve um momento de confusão quando me vi suspensa no ar, então fui lançada para trás.

Bati na cama com força, o colchão macio pouco fez para amortecer o impacto. O ar escapou de meus pulmões, me deixando momentaneamente atordoada e imóvel enquanto Kolis *levitava*, os ossos do peito e dos braços se tornando visíveis sob o éter crepitante.

O instinto assumiu. Não havia como acalmá-lo. Como manipulá-lo com palavras gentis. Eu sabia, bem no fundo, que precisava fugir.

Virando-me de bruços, fiquei de joelhos, em uma tentativa desesperada de chegar ao outro lado da cama. A distância não faria muito, mas…

Gritei quando, de repente, Kolis estava atrás de mim, me deitando sobre a barriga. Não houve tempo para reagir. Ele agarrou meu cabelo, puxando minha cabeça para trás com tanta força que pensei que minha coluna fosse quebrar. Vi A Estrela acima de mim, uma luz prateada atravessando a pedra. A fúria colidiu com o pânico crescente enquanto Kolis forçava minha cabeça para o lado. Tentei libertar as mãos do peso de meu corpo e me erguer, para tirá-lo de cima de mim, mas ele era muito pesado e muito forte.

— Saia de cima de mim! — gritei.

O peso de Kolis me imobilizava, e a sensação de seu corpo pressionando o meu, pressionando minha bunda, era insuportável, roubava o ar de meus pulmões. Eu não conseguia respirar.

O pânico explodiu em minhas entranhas, tão intenso e devastador que a jaula dourada ao redor desapareceu por um instante, substituída pelas paredes de pedra nua do meu quarto, em Wayfair. Não era Kolis deitado sobre mim, mas Tavius. Eu estava *lá*. Eu estava *ali*. Encurralada. Incapaz de respirar. Incapaz de fazer qualquer coisa para me proteger de meu meio-irmão ou de Kolis enquanto seu hálito soprava em meu pescoço exposto. Eu sabia que suas presas logo rasgariam minha pele. E também sabia que aquilo não iria parar ali. Não daquela vez.

Não havia nada que eu pudesse fazer. Estava desarmada. Impotente. Nada que eu fizesse mudaria aquilo. Treinamento ou preparação alguma ajudaria. Mas as brasas…

Elas pertenciam ao Primordial da Vida.

E agora pertenciam a mim.

Eram poderosas o bastante para que Rhain me dissesse para derrubar o prédio. Eram formidáveis o suficiente para restaurar a vida, para neutralizar os efeitos nocivos da pedra das sombras. Meu olhar selvagem pousou nas barras.

— *Obviamente, os ossos dos Antigos podem ser destruídos* — eu argumentara com Attes.

— *Apenas por dois Primordiais.*

O Primordial da Morte.

E o Primordial da Vida.

Meu coração martelava no peito quando Kolis torceu minha cabeça para trás. Vi A Estrela mais uma vez.

As brasas do Primordial da Vida eram capazes de muita coisa, mas minha vontade…

Minha vontade era capaz de *qualquer coisa.*

Porque eu não era fraca.

Não estava impotente.

As brasas zumbiam. O atrito afiado das presas de Kolis arranhava meu pescoço. Eu não deixaria aquilo acontecer. Eu me recusava.

Eu não perdi o controle.

Eu o *agarrei* com tudo.

Convoquei a essência à superfície, acolhendo a onda inebriante de poder enquanto inundava meu peito e veias. Abracei a raiva voraz que tinha reprimido quando ele me abraçou à noite, quando percebi que ele havia me manipulado para matar Evander, quando sorri e agradeci a ele por seus elogios vazios, quando ele me ofereceu a Kyn, quando ele me mordeu e sentiu prazer em fazê-lo, e tantas outras vezes. Deixei entrar a fúria que vinha crescendo dentro de mim havia dias, semanas, meses e anos que vivi, e os séculos que não pertenciam a mim. Quando minha visão ficou prateada, senti Sotoria se erguer dentro de mim, e foi ela que gritou:

— Saia de cima de nós!

Kolis congelou em minhas costas.

A explosão de poder reverberou em todas as direções, arremessando o falso Rei para longe de mim. Eu o ouvi bater nas barras daquela vez, seu grunhido de surpresa dando lugar a um gemido de dor.

Energia e essência bombeavam através de meus músculos, iluminando cada célula de meu ser, e eu soube então que era realmente mais do que apenas algumas brasas.

Eu era elas.

Elas eram eu.

O que eu queria. O que eu pensava.

Tornava-se realidade.

Em um piscar de olhos, eu estava de pé, mas não corri até a porta. Lentamente, virei-me para onde Kolis estava. Ele era mais ossos do que carne.

A Morte estava diante de mim.

Mas eu era a Vida.

— Nós? — sussurrou ele.

O éter rugiu para a superfície de minha pele, rodopiando pelos meus braços. Gritando, joguei minhas mãos para os lados. Outra explosão de energia me deixou, evaporando o divã e a mesa. A cama subiu conforme um tapete e pilhas de livros intocados desmoronavam. O biombo se despedaçou enquanto tudo o que não estava preso no espaço para banho ia pelos ares. Avistei a maldita chave que eu havia escondido, mas nunca tivera a chance de usar. Ela se desintegrou. As barras douradas explodiram, enviando cacos para fora.

— Estou farta disso — sussurrei, ou gritei, não tinha certeza.

Qualquer que fosse o volume, o éter impregnava minha voz, que soava como o ar que carregava os ventos do tempo, soprando além da jaula meio destruída e varrendo o cômodo além. O trono em que Kolis tinha se sentado foi reduzido a pó enquanto a essência — minha *vontade* — se derramava das estreitas janelas ao longo do teto.

Kolis tropeçou, o abismo de seus olhos brilhando em ouro e prata, mas eu não o via. Ele não tinha importância enquanto eu me agarrava à minha vontade, imaginando os fios prateados de éter se estendendo acima do santuário e chicoteando para fora, correndo pelas ruas vazias e entre as construções cintilantes, passando pelo Palácio Cor e pela brilhante muralha de diamante e mármore. Vi as estátuas aladas guardando Dalos e, como estava me sentindo mesquinha, eu as transformei em pó. Então avistei as montanhas que tinha visto antes. Concentrei-me nos pontos de escuridão — na pedra das sombras — enquanto invocava os tentáculos de poder pulsante. Eles cobriram o sopé dos Cárceres como uma teia prateada antes de se espalharem pelas encostas da montanha e abrirem caminho através do labirinto de árvores, encontrando os alvos de pedra das sombras e soprando direto através deles, através de todas as paredes, pisos, tetos e correntes no interior.

No final das gavinhas de éter que enviei, vi olhos rajados de éter prateado se abrirem.

E sorri.

Kolis virou a cabeça para a direita, cerrando o maxilar como se pudesse sentir o que eu fiz.

Quem eu libertei.

Seu olhar voltou para mim e, sim, ele sabia quem estava a caminho. Com certeza, Kolis sentia a fúria gélida impregnar o ar acima de Dalos, alimentando um poder inimaginável, porque eu conseguia sentir.

Uma gota de sangue atingiu o corpete de meu vestido quando mudei meu foco para Kolis. A parte de trás do meu crânio começou a formigar conforme a essência pulsava através do que restou da jaula. Baús foram derrubados. Vestidos transparentes de branco e ouro giraram no ar ao nosso redor como espíritos dançantes.

A carne de Kolis reapareceu quando ele retornou à forma mortal.

— *Nós?* — repetiu.

— Cale a boca.

Éter brotou e eu me agarrei ao poder, ao *meu* poder. Éter crepitante e estralado irrompeu da ponta de meus dedos, tomando forma em minha mão, se esticando e alongando no raio que havia criado antes. Meus dedos se fecharam em torno da massa de energia que zumbia.

Kolis arregalou os olhos.

— Não.

— Vá se foder.

Atirei o raio como se fosse uma adaga.

E raramente eu errava ao lançar uma lâmina.

Daquela vez, também não errei.

O raio atingiu o alvo, derrubando-o e o jogando pelo buraco na jaula às suas costas. Ele bateu no chão e rolou vários metros.

Avancei, levantando as mãos. O que restou dos ossos dourados se erguia no ar ao meu redor, a maioria apenas pequenos fragmentos, alguns do tamanho de minha mão ou um pouco maiores.

Kolis se levantou com um salto, a pele do peito carbonizada e fumegante. Franzindo o lábio, inclinou o queixo.

— Você não quer fazer isso.

Olhei para a esquerda.

— Ah, eu quero.

Seu olhar seguiu o meu até os estilhaços.

— Merda.

Ele disparou para o lado, escapando do impacto completo do que enviei contra ele, mas vários fragmentos se cravaram em sua barriga e coxas. Ele levantou a cabeça enquanto agarrava um pedaço de osso em seu abdome, o rosto contraído em uma careta de dor.

— Pare com isso agora.

— Parar? — Eu ri quando o rugido estrondoso de um dragontino terminou em um ganido ao longe.

— Sim. Não é tarde demais…

— Você jura? Que pode me perdoar? — Enquanto eu pisava para fora da jaula, um tecido sedoso girou ao meu redor, prendendo-se nos ossos pontiagudos. — Que podemos começar de novo?

A confusão atravessou o rosto de Kolis enquanto ele piscava.

— Sim.

Eu ri conforme um rugido estrondoso de raiva se aproximava.

— Ora. Você fala como se ainda fosse capaz de me considerar… *ela* — ironizei, mudando apenas aquele detalhe do que ele dissera a Eythos. — Você não é um mentiroso tão bom quanto eu.

Kolis ficou imóvel.

— Nunca foi. Não há como voltar atrás… como parar nada disso.

A descrença deu lugar a uma confusão de emoções que eu nunca tinha visto em seu belo rosto. Horror. Tristeza. *Arrependimento*.

— Você viu…

Um pedaço mais longo de osso voou para a frente. Kolis cambaleou para a esquerda, mas sua perplexidade lhe custou caro. O estilhaço o acertou no ombro, arrastando-o para o chão.

Estiquei a mão, pegando um dos ossos. O toque queimou minha pele enquanto eu rondava Kolis, me aproximando, mas não o soltei. A dor valia a pena.

— Você não acreditou em Eythos quando ele disse que te amava.

Kolis lutou contra o osso que se projetava de sua pele, o olhar selvagem disparando para o que eu tinha na mão.

— Por isso você o apunhalou. Não achou que fosse matá-lo. A ferida no coração não o mataria, nem mesmo com um desses. — Afastei sua mão com um chute e pisei em seu braço, prendendo-o. — Mas ele estava enfraquecido, não estava?

Kolis olhou para mim como se eu fosse um espírito que ele sabia que o estivera assombrando, mas não tinha sido capaz de ver até então.

— Eu... eu não sabia que ele havia removido as últimas brasas de si mesmo. Se soubesse...

— Se soubesse, você não teria... O quê? Matado seu irmão por acidente?

Uma respiração pesada sacudiu Kolis.

— Eu... eu não queria. — Seus olhos estavam tão arregalados, tão cheios de ouro, que por um momento ele não parecia o falso Rei dos Deuses, mas um homem que cometeu muitos erros. — Porque como ele podia me amar?

— Boa pergunta. Receio que seu irmão tenha sido muito mais indulgente do que o restante de nós. Definitivamente melhor do que eu — declarei, ajoelhando-me sobre ele, mas mantive seu braço preso. — Quero que você se lembre de uma coisa, Kolis.

A compreensão estampou seu rosto, seu olhar indo até o osso que eu empunhava.

— Não desejo nada além de matá-lo.

Kolis ficou completamente imóvel embaixo de mim. Ele não tentou me arremessar para longe nem se defender. Vislumbrei um lampejo de algo semelhante a aceitação e, no fundo, pensei que talvez ele quisesse aquilo. Que finalmente tivesse compreendido que suas ações o fizeram perder quem ele acreditava ser Sotoria, e a morte agora seria um alívio.

Teria sido triste se ele não fosse um desgraçado completo.

Cravei o osso em seu peito, no coração e até o chão, sacudindo todo o seu corpo. Eu o arranquei e o enfiei de novo e de novo, transformando sua respiração em nada além de gorgolejos. Contei, como tinha feito depois que ele havia me mordido, e continuei a apunhalar Kolis. Contei, como tinha feito quando havia me sentado naquela banheira, enquanto enfiava o osso em sua garganta, cabeça e estômago.

Uma.

Duas.

Três.

Quatro.

Cinco.

O sangue cobria minhas mãos e manchava meus braços e bochechas quando enfiei aquele osso em seu coração novamente. Meus braços tremiam. Meu corpo tremia.

Então eu senti. *Ele.*

Com alguns arquejos rápidos, libertei minhas mãos doloridas do osso, deixando-o enterrado profundamente no que acabou por se mostrar uma parte altamente sensível de Kolis. Rastejei para longe do falso Rei, recostando-me no chão, até que bati nas pernas de uma cadeira, os vestidos ainda circulando à minha volta. Fitei as portas fechadas da câmara.

Por que os guardas de Kolis não entraram?

Não importava.

A dor trespassou minhas têmporas e alcançou minha mandíbula, lentamente sumindo em uma dor branda. Ofegante, fechei os olhos e foquei nas brasas. O éter latejava dentro de mim, em minhas veias e ossos, não mais contido apenas no peito. As brasas estavam mais fracas do que antes, muito mais fracas, mas eu me concentrei nelas enquanto lutava para respirar. Eu queria vê-lo; precisava, porque a sensação da essência quente em minhas veias com certeza era algo significativo. Final. Um espasmo me atravessou quando me lembrei do que Ash havia me contado sobre a essência. Que era minha vontade.

Então a usei para me dar o que eu queria.

Uma sensação de leveza me invadiu, quase como se minha consciência estivesse deixando meu corpo. Eu me tornei um fantasma que flutuava através das janelas ao longo do teto e seguia pela passagem aberta vazia, através dos aposentos de Kolis e pelos corredores, amarrado aos tênues dedos de éter que procuravam e procuravam…

Até que eu o encontrei.

Ash.

Ele seguia pelos corredores do santuário, a calça de couro puída pendurada nos quadris. Sua pele estava pálida, aquela beleza selvagem característica — maçãs do rosto largas e sobrancelhas fortes — mais marcante do que nunca. A poeira sujava seu abdome, onde os músculos tensos se destacavam, prova de que ele não comia nada substancial havia semanas.

Mas Ash estivera se alimentando.

Sangue escorria pelas linhas definidas de seu peito, encharcando seu pescoço e manchando a boca larga.

Um guarda saiu correndo de um dos corredores, atacando o Primordial, o ouro da armadura brilhante à fraca luz do sol.

Ash pegou seu braço antes que o golpe da espada o acertasse.

— Onde ela está?

— Vá se foder — rosnou o guarda, mas tremeu ao dizer as palavras, o corpo revelando seu medo.

— Resposta errada.

Ash partiu o braço em dois. O deus uivou quando a espada caiu no chão. Ash foi tão rápido quanto o estalo de um chicote, rasgando a garganta do deus. Ele bebeu rápido e avidamente antes de levantar a cabeça.

Presumi que aquilo fosse… um lanche rápido?

Dois guardas invadiram o corredor. Alguém arremessou uma espada curta de pedra das sombras.

Ash desviou, usando o guarda que segurava como escudo. O corpo do deus estremeceu com o impacto da lâmina nas costas.

Virando o deus, Ash arrancou a espada, deixando o corpo cair no chão. Um raio de éter atravessou o corredor enquanto outro guarda avançava. Vislumbrei olhos azul-claros pálidos. Um Espectro. Ash deu um passo para a direita, evitando a explosão de energia. Ele lançou a espada, atingindo o deus na cabeça enquanto filamentos prateados de éter se dissipavam. Girando, Ash pegou o Espectro pelo pescoço, arrancando a adaga de sua mão.

— Onde ela está?

O Espectro grunhiu algo que não consegui entender. Fosse o que fosse, Ash não ficou impressionado.

Ele cravou a adaga no peito do Espectro, então rasgou sua garganta, arrancando a *coluna* pelo buraco aberto. Ele jogou o corpo ainda se contorcendo de lado.

— Onde ela está? — repetiu ele várias vezes, deixando um rastro de corpos vestidos em armadura no rastro, alguns acordariam, outros não. Ele passou por alcovas silenciosas, com cortinas douradas e transparentes ondulando suavemente.

Vários guardas apareceram. Sombras subiram do chão, rodopiando em torno das pernas cobertas em couro de Ash.

— Onde ela está?

— Na ala norte, depois dos aposentos de Kolis — respondeu um deus, largando a espada. — Se seguir este corredor, você entrará nos aposentos pessoais de Sua Majestade. É onde ela é mantida. — Ele ergueu as mãos enquanto dava um passo para trás. — Nós não...

— Eu não ligo.

Ash virou a cabeça para ele. Apenas isso. Com um olhar, o deus parou. Suas costas se curvaram, o corpo ficou rígido. Ele flutuou no ar e abriu a boca enquanto rachaduras apareciam em sua carne. Éter jorrou do deus suspenso enquanto Ash desviava sua atenção para aqueles que estavam à frente. O deus se despedaçou em poeira brilhante.

Vários outros deuses começaram a recuar.

— Podem correr — declarou Ash, a voz chamando as sombras das paredes e alcovas. — Mas não vão chegar longe.

Os deuses deram meia-volta e fugiram.

Independentemente das circunstâncias que os haviam levado a ficar do lado de Kolis, ou de qualquer remorso que aqueles deuses sentissem, nada os salvaria. Como Ash havia avisado, eles não chegaram longe.

A névoa rodopiante da cor da meia-noite se espraiou, correndo pelo chão. Por toda a parte, deuses eram elevados ao teto, braços estendidos e cabeças jogadas para trás. As armaduras explodiam em seus peitos e panturrilhas. Do centro de seu tronco, um brilho prateado pulsava enquanto eles pairavam no ar, como lanternas de papel. Então eles caíam como estrelas.

Um enxame de dakkais irrompeu de um corredor e invadiu o salão, as bocas abertas cheias de dentes afiados. Atraídos pelo éter ou enviados devido à presença de Ash, eles trombavam uns nos outros, rosnando e estalando no ar, enquanto corriam em direção a Ash.

Não houve nem tempo para me preocupar, porque Ash estava muito, *muito* bem alimentado no momento.

Fios de éter sombrio se ergueram mais uma vez, saindo dele e golpeando os dakkais, perfurando seus corpos. Gritos estridentes se calaram de repente, um após o outro, até que houvesse nada diante de Ash.

Uma dor intensa e surpreendente explodiu mais uma vez, quebrando minha concentração. Aquilo interrompeu a conexão, e de repente não sentia mais como se flutuasse.

Caí para a frente sobre a palma das mãos enquanto golfava, vomitando nada além de ar e o leve gosto de algo metálico. Através das mechas emaranhadas de cabelo, olhei para minhas mãos; os poros da esquerda pareciam cheios de uma leve luz prateada. A náusea aumentou e eu engasguei, meu estômago se contraiu. Embora meus olhos estivessem fechados, o cômodo parecia girar.

Não me sentia bem. Minha cabeça. Meu corpo. Eu me sentia muito relaxada, mas muito tensa. Havia um vazio estranho em meu peito que parecia *definitivo*. Meus braços e pernas tremiam com o esforço necessário para me manter de pé. Suor umedecia minha pele como se eu estivesse com uma febre intermitente.

As brasas de repente zumbiram em meu peito enquanto minha mão direita *aquecia*. Piscando para afastar as lágrimas, olhei para baixo. O redemoinho no dorso de minha mão brilhava intensamente.

Ele estava quase ali.

Meus braços cederam. De repente, minha bochecha estava grudada no azulejo gelado de pedra das sombras e, deuses, a sensação contra a pele quente era boa. Fechei os olhos bem apertados quando pensei ter ouvido gritos, mas não tinha certeza. Meus ouvidos latejavam com minha pulsação. Um estrondo veio de algum lugar, o som de portas batendo nas paredes e se quebrando. O ar carregado se agitou ao meu redor, então dedos maravilhosamente frios tocaram minhas bochechas. Me levantaram e apertaram contra algo gélido e sólido. Seguro. O aroma de frutas cítricas e ar fresco me envolveu, e deixei escapar um suspiro ofegante.

— *Liessa* — falou Ash, a voz áspera agora um bálsamo. — Estou com você. Tudo ficará bem agora. Eu estou com você.

32

Estou com você.

Três palavras curtas e simples, mas que abalaram minhas estruturas.

— Abra os olhos, *liessa.*

Ash me apertou com mais força junto ao peito enquanto balançava para trás.

Lutando contra a exaustão profunda, abri os olhos. Tudo parecia embaçado a princípio, mas minha visão logo ficou nítida. A metade inferior de seu rosto estava manchada de carmesim, mas o sangue não diminuía em nada o impacto dos ângulos e das linhas de seu rosto. As sombras duras sob seus olhos não pareciam tão implacáveis, tendo desaparecido entre o momento em que eu havia perdido minha conexão através da essência e agora.

— Aí está você. — Ash sorriu, mas foi um sorriso tenso e forçado, enquanto afastava as mechas de meu cabelo do rosto. Vi seus lábios se moverem antes de ouvi-lo falar. Era como se minha mente estivesse com algum tipo de atraso. — Fale comigo.

Engoli em seco, estremecendo com a dor na garganta. Lutei para me concentrar nele.

— Você…

Um trovão estrondoso soou do lado de fora, em algum lugar próximo. Eu enrijeci. O céu além das janelas estreitas brilhava com uma intensa luz prateada. Aquilo não era trovão e relâmpago.

— Está tudo bem. — Ash me assegurou enquanto gritos distantes se transformavam rapidamente em gritos silenciados. — É Nektas. Ele sentiu assim que me libertei.

Nektas estava ali? Quem ele estava queimando...?

Um grito estridente ecoou, me fazendo estremecer. O santuário inteiro tremeu quando algo grande pousou nas proximidades.

Agora eu sabia o que Nektas estava queimando.

Outros dragontinos.

— Você está segura. — Ash percebeu meu olhar arregalado. — Fale comigo, *liessa*. Por favor.

— Você me encontrou.

— Sempre. — Olhos entrelaçados com éter me analisaram antes de se fecharem com força. Seu peito subiu, e então ele olhou para mim novamente. — Vou *sempre* encontrar você, Sera.

Meus olhos se encheram de lágrimas, que os fizeram arder. Inspirei profundamente seu cheiro, levantando um braço dormente, e agarrei sua nuca, entrelaçando os dedos em seus cabelos.

— Mas eu não encontrei você. — Ash roçou o polegar sobre a curva de meu queixo. — Você me encontrou. Minha Consorte bela e forte. Você deu um fim a esse pesadelo.

Eu tinha feito aquilo, não tinha?

Mas não parecia bom demais para ser verdade? Que eu tivesse detido Kolis antes que ele... me destruísse de maneiras que eu não tinha certeza se conseguiria me recuperar? Que eu enfim tivesse entendido toda a extensão do poder das brasas e libertado Ash da prisão?

Minha respiração ficou presa.

Eu podia vê-lo e senti-lo, mas tudo parecia surreal; desde o momento em que havia tocado A Estrela até aquele exato segundo. Não parecia real.

E se aquilo — tudo aquilo — fosse um daqueles sonhos ultrarrealistas? Pânico deslizou pela minha coluna. E se eu não tivesse detido Kolis e, em vez disso, tivesse recuado para dentro de minha mente? Com o coração disparado, virei a cabeça para o lado. Meu olhar passou por pequenos fragmentos de ossos dourados, faixas de fina seda creme e dourada, e uma grande poça de sangue vermelho-azulado brilhante.

Kolis estava deitado no chão, com os braços abertos. Seu rosto e sua garganta eram uma bagunça mutilada. Assim como outras partes do falso Rei. Um osso dourado se projetava de seu peito — do coração —, mas não foi aí que meu olhar permaneceu. Ele voltou para seus braços.

Braços que ele não tinha erguido em defesa própria. Ele tinha ficado imóvel quando eu disse que ia matá-lo. Eu pensei ter visto... *aceitação* estampar suas feições. Talvez até um vislumbre de... *paz*.

Aquilo não poderia estar certo. Parecia algo que minha imaginação iria inventar. Respirei fundo enquanto o rosnado de um dragontino se aproximava.

— Isso é...? — comecei, a garganta áspera e a voz rouca. — Isso é um sonho?

— Não, *liessa*. — Ash desviou minha atenção de Kolis com uma gentil pressão de seus dedos contra minha bochecha. A tensão contraía sua boca. — Não é um sonho. É real. Estou aqui. Não estamos no seu lago.

Um arrepio de alívio percorreu meu corpo enquanto a confirmação de Ash dissipava o resto de confusão da minha mente. Tantas coisas me ocorreram de súbito... coisas com as quais eu precisava me preocupar, mas a única coisa que me importava era *ele*.

— Você está bem?

— Se estou...? — Uma risada trêmula abriu seus lábios enquanto ele balançava a cabeça. — Não acredito que está perguntando se estou bem.

— Você foi preso — salientei, respirando fundo mais uma vez. Não sentia como se fosse vomitar, mas a exaustão permanecia, e pensei...

Não, eu *sabia* o que aquilo significava.

Eu sabia.

Uma estranha sensação de calma tomou conta de mim. Meu peito relaxou. Um senso de propósito me invadiu. Eu precisava me levantar. Tínhamos de sair dali porque alguém, ou vários alguéns, acabariam aparecendo. E se alguém removesse aquele osso de Kolis, ele despertaria. E então...

Tudo ficaria muito ruim, muito rápido, porque Kolis sabia a verdade: que eu não era Sotoria.

Mesmo que aquilo não acontecesse, a luta de Nektas poderia atingir o santuário, e havia pessoas inocentes ali, como os Escolhidos. Tentei me sentar, mas os braços de Ash pareciam faixas de aço ao meu redor.

— E você não foi?

Ash deslizou a mão até minha nuca. A frieza de seus dedos era pura alegria contra meus músculos tensos.

— Foi muito mais fácil para mim — argumentei, embora a conversa sobre prisão me lembrasse de outra. — Veses está livre. Não sei como.

— Comigo em estase, as proteções nas celas devem ter enfraquecido — explicou ele. — Tem certeza de que está bem?

— Sim — assegurei, enquanto ele inclinava minha cabeça para trás. — Mas e se ela machucar alguém...?

— Você não está bem.

Suas narinas se dilataram. O ar ficou subitamente rarefeito, carregado de energia. Os minúsculos pelos de meus braços se arrepiaram enquanto as brasas em meu peito vibravam debilmente em resposta ao poder que emanava de...

— Ash? — sussurrei.

Sombras apareceram, girando sob sua carne em um rodopio vertiginoso, enquanto seus olhos se enchiam de gavinhas de éter crepitante... olhos que não estavam focados nos meus, mas em meu pescoço.

Meu coração martelava dentro do peito. A lembrança das presas de Kolis roçando a pele do meu pescoço me inundou com uma onda de repulsa. Ele deve ter rompido a pele, o que explicava a dor no local.

Ash ergueu a cabeça, sua atenção se deslocou para além de mim, para onde jazia Kolis. Seus lábios se abriram, revelando as presas. Ele começou a me abaixar para o chão.

— Eu vou destruí-lo.

Minha respiração ficou presa no peito. Com o éter iluminando suas veias, atravessando as sombras bruxuleantes, e a escuridão se acumulando no chão, pensei que talvez houvesse uma boa chance de que Ash pudesse realmente conseguir, sobretudo diante do estado de Kolis. Como ele mesmo havia dito: seu sobrinho era muito poderoso. Mas...

Mas Kolis não podia morrer.

Sabia disso quando enfiei o osso em seu coração. Apertei Ash com mais força enquanto desejava ser, pela primeira vez na vida, a mais inteligente e racional.

— Deixa para lá.

Ash ficou tenso contra mim enquanto uma massa espessa da cor da meia-noite girava ao nosso redor.

— O quê?

— Deixa para lá — repeti, puxando seu cabelo até que seu olhar mais uma vez encontrasse o meu. Eu mal conseguia ver as pupilas em seus olhos. — Ele não vale a pena.

— Vale quanto, exatamente? — rosnou. — Porque no momento qualquer coisa e tudo vale a pena para acabar com a existência desse desgraçado.

— O fim dos planos? — argumentei.

Seus olhos se estreitaram.

— Não dou a mínima para os planos.

Deixei escapar uma risada rápida e rouca.

— Sim, você dá. — Respirei fundo para limpar a mente. — Você se importa com os planos.

— Você me dá muito crédito, *liessa* — disse ele. — Faz um juízo muito gentil de mim.

— Você não se dá o *devido* crédito — respondi.

Duas nuvens de éter sombrio se ergueram às suas costas, assumindo um indistinto formato de asas.

— Eu já falei que todo e qualquer osso decente que tenho em mim pertence a você.

— E eu já disse a *você* que isso não é verdade.

— Não discuta comigo, Sera. — Seu corpo zumbia com um terrível poder enquanto as sombras em sua pele se fundiam. Em algum lugar do cômodo, algo estalou alto. — Não por causa disso.

— Não estou discutindo com você!

Ele me olhou feio, e eu poderia jurar que estava contando até dez.

— Não acho que você entenda o significado da palavra *discutir*.

— Eu não acho que *você* entenda o que...

— Ele te mordeu! — rugiu Ash, me sobressaltando quando as asas de sombra golpearam o chão, sacudindo todo o cômodo.

Respirei fundo, resistindo à vontade de tocar meu pescoço.

— Não mordeu, não. Eu o impedi... — Eu me contive antes de dizer mais e piorar as coisas. — Eu o impedi.

— Dessa vez? — A voz de Ash diminuiu até se tornar um sussurro de morte tão frio que até eu estremeci. — É o que você quis dizer.

— Não.

— Não minta para mim.

— Não estou mentindo — menti.

Sombras se espalharam por seu pescoço, chegando à curva do maxilar.

— Acha que não sei o que aconteceu com você? — O ar se tornou gélido. — O que ele fez?

Fiquei sem reação quando senti o sangue se esvaindo de meu rosto. Cada músculo havia ficado rígido, e não tinha a ver com o frio na câmara.

— Não — neguei, e não tinha certeza a quem estava respondendo. A ele? A mim? A nós dois? De qualquer forma, ele não podia saber. Eu precisava acreditar naquilo. Ash apenas suspeitava de coisas com base no que conhecia de Kolis.

Ele estremeceu enquanto me encarava.

— Vou *estripá-lo* — prometeu, naquele sussurro gelado e sombrio que eu apostava ter ecoado pelo Abismo. — Vou arrancar a cabeça de seu pescoço e desmembrá-lo pedacinho por pedacinho, e espalhar os restos pelos planos.

Franzi o cenho quando uma ideia me ocorreu.

— Na verdade, não parece um plano ruim.

— Então não discuta comigo, *liessa*.

Seus braços se afrouxaram ao meu redor, e minha bunda mais uma vez tocava o chão.

Agarrei seus ombros.

— Não foi o que eu quis dizer.

Aquelas asas esfumaçadas se abriram novamente.

— Acha que não posso ver?

— Acho que é uma pergunta retórica, já que obviamente você pode.

— Eu posso — confirmou ele, e revirei os olhos. — Vejo como ele obrigou você a se vestir.

Revirei os olhos em resposta mais uma vez.

— Vejo em que condições você está.

Que condições...? Olhando para baixo, percebi que o material frágil do vestido havia rasgado no pescoço. Por algum milagre, meu peito não estava exposto... bem, *mais* exposto do que já havia ficado.

— Acha que não sei o que deve ter sido necessário para você convocar a essência assim?

— Se me fizer mais uma pergunta para a qual obviamente pensa já saber a resposta... — murmurei.

— Comandá-la a ponto de fazer o que fez com Kolis e me libertar? — continuou ele, me ignorando. — E se esqueceu de que eu podia sentir você? Sentir o que você estava sentindo?

Ah.

Ah, não.

Entreabri os lábios quando ele confirmou meus maiores receios.

— Cada vez que ficava consciente, eu sentia você. Sua dor. Seu medo. Seu pânico. Seu maldito *desespero*. — As paredes tremeram enquanto aquele sussurro gelado circulava pelo cômodo, caindo no chão como granizo e gelo. Eu sabia que não era obra de Nektas ou de qualquer outro dragontino. — Sua raiva? Eu senti tudo. Provei tudo o que você estava sentindo até me afogar. Até rasgar minha carne para chegar até você. — Sua voz então rachou, e o mesmo aconteceu com a parede atrás dele. — E eu não pude fazer... porra *alguma*... para te proteger. Para apagar qualquer horror que você estava vivenciando.

Senti um aperto no peito. Ai, deuses, eu nunca quis que ele sentisse aquilo, nada daquilo. Foi a única coisa que eu tinha acreditado que a estase havia impedido. Minha pele de repente ficou muito tensa, e eu queria fechar os olhos e rastejar para dentro de mim. Mas não conseguia desviar o olhar de Ash.

Eu o fitei, percebendo que havia me enganado quando acreditei ter visto aquelas brasas primordiais da morte saírem de Ash antes. Na verdade, não tinha. Não até agora. Tive vislumbres delas quando ele matou os guardas de Tavius e os deuses que entraram nas Terras Sombrias por mim. Tinha visto vestígios quando ele lutou contra os deuses sepultados na Floresta Vermelha. E mais tarde, quando ele derrubou o dragontino, Davon, dos céus e *riu*. Tinha visto um pouco das brasas quando ele matou Hanan e lutou contra Kolis, mas eu realmente as via *neste* momento.

Ash não fez aquela coisa estranha de virar um esqueleto, como Kolis. Ele não precisava do drama, porque cada palavra que pronunciava carregava o peso de mil sepulturas frias e vazias, e a promessa de morte infinita no Abismo.

Mais uma vez, percebi que havia uma boa chance de Sotoria não ser necessária. Ash podia derrotar o tio, mas sem que houvesse um verdadeiro Primordial da Morte, o equilíbrio em que Kolis tanto insistira acabaria afetado de maneiras que resultariam em uma destruição incomensurável, Ash pegando ou não as brasas.

Então, mesmo que não quisesse nada mais do que ceder à pressão e ao desejo de me levantar e fugir, colocando o máximo de distância entre mim e o que Ash possivelmente sabia, não podia.

Aquilo era maior do que eu. Mais importante. Eu precisava me recompor, porque não tínhamos muito tempo. Já podia sentir, apesar de fazer o máximo para ignorar. Contei como havia feito antes.

Um.

Dois.

Três.

Quatro.

Cinco.

Tirei a mão trêmula do ombro de Ash e toquei seu rosto. Nada daquele marrom reluzente de sua pele parecia visível agora, o maxilar duro como granito sob minha mão.

— Não desejo nada além da morte de Kolis — argumentei. — Mas ele não pode morrer. Com certeza você sabe disso, certo? Esse tempo todo, você tinha de saber que ele não poderia ser morto. Por ninguém. Nem mesmo por Sotoria.

Ash nada disse enquanto as asas às suas costas engrossavam, mas eu sabia que tinha razão. Com certeza, ele sabia que o Primordial da Morte sempre deveria existir. Assim como o Primordial da Vida.

— Sei que você se importa com os planos — declarei. — Mesmo que não o fizesse, eu *me importo*. Eu me importo com minha irmã e Marisol. O povo de Lasania, e o restante do plano mortal. Até com minha mãe.

Ele endireitou a cabeça.

— Sua mãe? — rosnou. — Foda-se ela.

Meus lábios tremeram, mas reprimi um sorriso. Não achei que rir ajudaria nossa situação atual.

— Precisamos sair daqui, Ash. — Engoli em seco, mas isso não ajudou muito com a dor na garganta. Olhei para o corpo imóvel de Kolis.

Havia muitos motivos pelos quais precisávamos sair, a começar pela raiva que Ash sentia do tio. Era tão intensa que não levaria a nada além de ruína, e, caso se permitisse ceder àquele impulso, ele se arrependeria. Ash não acreditava nisso, mas eu sabia que sim, e não podia permitir que aquilo acontecesse. Eu me recusava a permitir que outro arrependimento maculasse sua alma.

Mas aquele não era o único motivo.

— Precisamos ir a algum lugar seguro — continuei. — E você precisa pegar as brasas antes que seja tarde demais.

O músculo ao longo de sua mandíbula latejava sob minha mão. Um longo e tenso segundo se passou, e então as sombras começaram a se dissipar, dispersando-se até desaparecerem sob sua carne. Algo que eu disse devia ter conseguido alcançá-lo.

— Tudo bem? — perguntei.

Ash assentiu enquanto as asas sombrias desapareciam, mas seu olhar deixou o meu e se desviou para Kolis. Pensei ter ouvido alguma coisa então. Passos? Antes que pudesse olhar, os braços de Ash me envolveram.

Em um segundo, eu estava sentada no chão, envolta em seus braços. No seguinte, estava de pé, com ele me segurando junto de si. O movimento fez meu estômago revirar enquanto sua cabeça se voltava depressa em direção à porta. Um rosnado baixo retumbava em seu peito.

— Vossa Majestade? — Veio uma voz que levei um momento para reconhecer. Elias.

Forçando meu estômago a se acalmar, eu me virei na direção das portas enquanto se abriam, uma delas caindo das dobradiças danificadas.

Elias hesitou, seus olhos dourados passando de Kolis para Ash, então para mim.

— Ela está bem?

Toda aquela raiva dirigida a Kolis foi transferida para o deus na entrada. Um estrondo baixo de advertência saiu de Ash.

— O que foi que perguntou?

— Não desejo mal a ela — insistiu Elias, recuando. Mas com base no que eu tinha visto Ash fazer nos corredores do santuário, sabia que de pouco adiantaria ao deus.

Sombras se derramaram de Ash, deslizando sobre mim inofensivamente enquanto se erguiam, preparando-se para atacar Elias. O deus não sobreviveria ao golpe. Um dos tentáculos serpenteava pelo chão. Não achei que Ash pretendia deixar Elias vivo, mas...

— Não. — Meus dedos pressionaram o peito de Ash. — Não o machuque.

Ash puxou o éter esfumaçado para trás, mas não desviou sua atenção do deus.

— Está pedindo isso porque deseja fazer as honras?

— Na verdade, é muita gentileza de sua parte pensar assim — respondi, dando um tapinha em seu peito.

As asas pintadas acima das sobrancelhas de Elias pareceram se erguer.

— Mas não. — Eu encarei o deus. A espada de pedra das sombras que empunhava estava escorregadia com sangue brilhante. Ergui o olhar para seu rosto pintado. E pensei no conselho que ele havia oferecido em vez de em como me nocauteara.

Antes que qualquer um de nós fosse capaz de responder, vi um lampejo de escamas profundas e cinzentas, e toda a câmara tremeu quando Nektas pousou do lado de fora. No final da passagem aberta, guardas irromperam das portas da câmara de Kolis. A cauda pontiaguda chicoteou pela passagem aberta, apenas metade da cabeça com chifres de Nektas visível, as enormes mandíbulas se abrindo.

Uma torrente de fogo prateado explodiu, jorrando sobre os guardas. Eles se acenderam como pavio seco, derrubando suas espadas enquanto gritos rompiam o ar.

— Ou talvez você prefira que Nektas o queime? — sugeriu Ash, seu olhar gélido ainda focado em Elias.

— Ah, também não. — Eu me encolhi enquanto um dos deuses se debatia, engolido pelas chamas prateadas. — Pelo menos, ainda não.

— E qual é seu argumento, *liessa*? — Raios iluminados de éter subiam pelas veias de seu rosto. — Os planos não sofrerão com a perda de mais um deus.

Droga.

Olhei para Ash, sentindo uma onda de calor quase desconhecida. Ele parecia... *selvagem* quando estava com raiva, e achei aquilo, mesmo em meio a tudo, realmente excitante.

Para variar, não achei que devesse me perturbar com aquilo, quando Ash *enfim* desviou a atenção de Elias. Ele olhou para mim. Levantou uma das sobrancelhas conforme fios de éter ardentes rodopiavam em seus olhos. Percebi que ele devia ter sentido meu desejo, notei que não estava constrangida. Eu estava... deuses, estava aliviada por sentir aquele calor inundando minhas veias. Extasiada. Porque, naquele momento, enquanto o encarava, eu me senti normal.

Bem, tão normal quanto alguma vez já havia me sentido. E foi por causa de Ash... Ele me ajudou a me sentir assim. Meu peito foi tomado pela emoção, que momentaneamente preencheu o vazio torturante que ali crescia.

— Eu te amo — sussurrei.

A mudança em Ash foi rápida. Sua expressão suavizou enquanto seu peito se levantava contra o meu.

— *Liessa*...

Com os olhos ardendo, desviei o olhar antes de começar a soluçar em cima de Ash. Não havia tempo para choramingar. Voltei a me concentrar em Elias, que parecia meio confuso e também um pouco aliviado. Então olhei além dele, para Nektas. Tinha de haver uma razão para o dragontino não queimar o deus.

— Você... você serve a Kolis, Elias?

— Eu sirvo ao Primordial da Vida — respondeu Elias.

— Aí está sua resposta — afirmou Ash, seu breve calor se dissipando. — Ele também morrerá.

— Eu me expressei mal — corrigiu Elias, enquanto se ajoelhava.

Meu coração martelava dentro do peito.

— De novo, não.

Ash franziu o cenho.

— Eu sirvo ao *verdadeiro* Primordial da Vida.

Cruzando a espada sobre o peito, ele inclinou a cabeça.

— De novo, *sim* — murmurei, enquanto Ash fitava Elias.

— Com minha espada e com minha vida. — Elias levantou a cabeça. — Eu juro a você, Aquela que nasceu de Sangue e Cinzas, da Luz e do Fogo, e da Lua Mais Brilhante, honrar seu comando.

Ash enrijeceu.

— Você está jurando lealdade a Seraphena?

Elias assentiu.

— São apenas as brasas — expliquei, a dor voltando a minhas têmporas enquanto me perguntava se Elias estava trabalhando sozinho contra Kolis, com um Primordial como Attes, ou quem sabe até Keella, que obviamente não era fã de Kolis. — É ao que ele está jurando lealdade.

— Não. — Ash franziu o cenho, em seguida inclinou o corpo em minha direção. Seu olhar passeou por mim. — É a você.

Abri a boca, mas não tive chance de discutir a semântica da lealdade do deus. Ash baixou a cabeça, me beijando e, pelos deuses, todo o cômodo desapareceu ao nosso redor, porque sua boca estava na minha, e eu não me importava de sentir o gosto do sangue daqueles dos quais ele havia se alimentado. Havia temido jamais sentir aquilo de novo, que iria deixar o Iliseu e nunca mais experimentar o toque de seus lábios nos meus fora de um sonho outra vez.

Ash separou sua boca da minha, sussurrando:

— Diga a ele para se levantar, *liessa*.

Sentindo os joelhos ainda mais fracos, pisquei, confusa.

— Hã?

Seus lábios se curvaram contra os meus.

— Ele ainda está ajoelhado.

— Ah. — Pigarreei. — Você pode se levantar.

Havia a sombra de um sorriso no rosto de Elias quando ele ficou de pé.

— Eu mandei chamar Attes — informou Elias, o que respondia a minha pergunta sobre com quem estava trabalhando. — Ele está a caminho…

O centro do meu peito se iluminou enquanto Ash ficava tenso ao meu lado.

— Acho que ele já está aqui.

Elias suspirou.

— Óbvio que já estou aqui. — A voz do Primordial soou do lado de fora.

Um segundo depois, ele apareceu, a brisa levantando seu cabelo castanho-claro enquanto contornava Nektas. O dragontino acompanhou seus movimentos, os olhos vermelhos em alerta.

À medida que Attes se aproximava, vi que sua armadura estava manchada de sangue.

— Eu me atrasei um pouco. — Ele passou por Elias, olhando para Ash e para mim. — Sei que vocês dois gostariam de continuar esta reunião, mas sugiro que a gente se apresse e saia daqui. Estou convicto de que um dos deuses caminhou nas sombras até Vathi para alertar Kyn, e que aqueles malditos Espectros estão fazendo aquela coisa de reanimação. Basilia fez Diaval e Sax baterem em retirada, mas não vai durar muito, principalmente se Naberius decidir... — Ele hesitou, parando abruptamente de falar ao dar uma olhada em Kolis.

Eu não tinha ideia de quem eram Basilia ou Sax, mas como Attes tinha mencionado Diaval, achei seguro presumir que Basilia era um dos dragontinos de Attes. Sax devia ser outro dos de Kolis.

Attes engoliu em seco enquanto olhava para Kolis.

— Eu tinha razão.

Ciente do ar gelado que soprava de Ash, eu disse:

— Você tinha.

O olhar de Ash se voltou para o falso Rei e para o osso dourado saliente em seu peito. Ele respirou fundo e imaginei que havia enfim compreendido o que viu e o que aquilo significava.

Olhos da cor da tempestade encontraram os meus.

— Eu sabia — sussurrou.

— Que eu não era realmente ela? — perguntei.

— Essas perguntas terão que esperar — interrompeu Attes, e o semblante de Ash ficou impassível. — Você realmente precisa tirá-la daqui, Nyktos. Ela não pode estar aqui quando meu irmão chegar.

Ash olhou para Attes, depois abaixou a cabeça, sussurrando em meu ouvido:

— Você está bem? — Quando assenti, ele pressionou os lábios na minha têmpora. — Aguente firme. Logo sairemos daqui.

Comecei a franzir a testa quando ele me soltou. Minhas pernas estavam um pouco bambas, então foi preciso algum esforço para evitar que ficasse evidente enquanto Ash se afastava de mim.

Attes o encarou.

— Nyktos, sei que você não deve confiar em mim, mas nunca fui leal a Kolis.

— Sério? — rebateu Ash, a voz suave.

Os sinos de alerta dispararam imediatamente. Quando ele falava assim, as coisas ficavam sangrentas.

— Seu pai era como um irmão para mim… até mesmo para Kyn um dia. Eu nunca apoiaria Kolis de verdade depois do assassinato dele. Fiz tudo o que pude para interferir e proteger os planos de seu pai. Você precisa saber que no fundo…

Foi tudo o que conseguiu dizer antes que Ash acertasse um soco em seu queixo. Arregalei os olhos conforme Attes cambaleava para trás.

— Ui — murmurei, enquanto Elias, nervoso, mexia o corpo perto da porta.

Não tinha certeza do que alimentava mais a ansiedade do deus: os dois Primordiais ou a enorme cabeça de Nektas logo às suas costas. Fumaça saiu das narinas do dragontino quando a criatura soltou um suspiro.

— Porra. — Attes cuspiu sangue. — Tudo bem. Eu mereci.

Gavinhas de sombras entrelaçadas com éter se acumulavam aos pés de Ash quando ele agarrou o peitoral de Attes, arrastando o Primordial até si. Os dois estavam quase cara a cara, e achei que deveria intervir, mas Attes tinha razão. Ele *havia* merecido o soco, mas…

— Attes é confiável — declarei.

— É melhor que seja — disse Ash, e ouvi o sorriso em sua voz. Não foi amigável. — Você e eu? — Não havia nem um centímetro de espaço entre seus rostos. — Vamos ter uma conversinha.

Sustentando o olhar de Ash, Attes assentiu.

— Sim, vamos, mas não aqui. Se Kyn chegar, vai…

— Eu sei o que ele vai fazer — rosnou Ash, e meus joelhos travaram. — Então você sabe o que vou fazer.

— Sim. — A voz de Attes havia se tornado ríspida, e seu olhar disparou para onde eu estava.

Meus joelhos se soltaram e comecei a ir em direção a eles.

— Devíamos…

Uma onda violenta de tontura me atingiu, imediatamente fazendo uma fina camada de suor brotar em minha testa. O cômodo inteiro pareceu oscilar, e fechei os olhos com força enquanto sentia o estômago embrulhar.

— Queridos Destinos! — exclamou Attes.

Ash estava ao meu lado num piscar de olhos, uma das mãos em meu ombro para me firmar.

— Sera? — Sua palma fria tocou minha bochecha. — Fale comigo.

Cerrei o maxilar, lutando contra a náusea crescente enquanto me concentrava no alívio que aquele toque gelado gerou.

— É sua respiração? — O tom de voz de Ash caiu para um sussurro, e ele se debruçou sobre mim.

Deuses, o fato de ele ter pensado naquela hipótese e ter se certificado de que apenas eu poderia ouvi-lo... Inspirei pelo nariz enquanto a náusea diminuía.

— Não, eu... eu só fiquei tonta. — Abri os olhos e vi seu olhar preocupado preso a mim. — Estou bem.

— Não, você não está. — A voz de Attes soou mais perto.

Ash virou a cabeça para ele.

— Quer levar outro soco?

— Na verdade, não — respondeu o Primordial, empalidecendo. — Você viu o que eu vi.

— O que você viu? — exigi, olhando de um para o outro. Nenhum dos dois respondeu. — O quê?

— Você parecia estar se transformando — respondeu Elias, enquanto o rugido distante e furioso de um dragontino ecoou.

— Transformando? — repeti, enquanto Nektas tirava a cabeça da passagem, esquadrinhando o céu. — No quê? Alguém vestindo mais roupas?

Uma covinha apareceu quando Attes abriu um sorriso. Provavelmente foi bom Ash não ter visto aquilo.

— Pudemos ver as brasas. — Ash prendeu uma mecha do meu cabelo para trás. — Em sua carne. Mas apenas por alguns segundos.

— Ah — sussurrei, pensando nos pequenos pontos de luz prateada que eu tinha visto em minha pele.

— Você... Você estava linda — comentou ele, um lampejo de admiração cruzando seu rosto antes que a preocupação se instalasse em seu semblante. — Precisamos ir.

Sem discutir, balancei a cabeça enquanto encarava Attes. A preocupação era evidente em seu rosto também, mas eu sabia que não era direcionada apenas a mim. Engoli em seco, procurando a presença de Sotoria. Eu... eu a senti onde as brasas *haviam* estado, quieta, mas consciente.

— Mas também precisamos de tempo — continuou Ash. — Tanto tempo quanto for possível com Kolis fora de combate.

Elias apontou o queixo para Kolis.

— Posso tirá-lo daqui. Escondê-lo e tornar sua recuperação um pouco mais... desgastante. — Um sorriso brutal apareceu, e tive a sensação de que uma recuperação *desgastante* envolvia o crescimento de membros. — Os leais a ele estarão preocupados apenas em encontrá-lo. Isso dará a vocês algum tempo.

— Não muito — alertou Attes.

Meu coração deu um pulo dentro do peito quando pensei em tudo que queria fazer naquele *não muito* tempo. Tudo o que eu queria vivenciar. Um nó se alojou em minha garganta. Aquela era mais uma coisa em que eu não devia pensar.

— É o que você quer que seja feito? — perguntou Elias.

Sua resposta foi o silêncio, enquanto eu esperava que Ash ou Attes respondessem, mas os dois estavam olhando para mim. Elias também.

Arqueei as sobrancelhas.

— Está perguntando para mim? — guinchei, com voz rouca.

Um leve sorriso apareceu nos lábios de Ash.

— Você é a Primordial da Vida a quem Elias jurou lealdade. — Ele me lembrou. Como se eu pudesse esquecer.

— Sou sua Consorte — lembrei a ele.

— Na verdade — começou Attes, depois se conteve. — Deixa para lá.

Eu queria mesmo saber o que ele estava prestes a dizer, mas nós precisávamos sair dali.

— Não tenho ideia do que devemos fazer com ele.

— Você sabe minha resposta — disse Ash. — Mas estava certa em me impedir, por mais que eu desejasse que não estivesse.

— Você e eu. — Passei a mão pelo braço, ignorando a viscosidade do sangue nele. — Poderíamos levá-lo conosco até descobrirmos o que fazer com ele?

— Seria o ideal. — Attes se aproximou de Kolis e se ajoelhou. Ele xingou. — Mas não tenho certeza se seria sensato.

A atenção de Ash se desviou para o outro Primordial.

— O que está acontecendo?

— O fragmento de osso não foi fundo o suficiente para permanecer no lugar. Nem dá para chegar tão fundo — explicou ele, levantando-se. — O corpo de Kolis vai começar a expeli-lo em breve. — Attes se virou para nós. — Ele vai despertar.

— E não há mais nada que possamos fazer para mantê-lo inconsciente? — perguntei.

— Não, a menos que coloquemos as mãos em uma lâmina de osso — respondeu Attes.

Tentei conter a frustração.

— Você não pode pegar a do seu irmão?

Attes me lançou um olhar insípido.

— Não creio que ele vá entregá-la sem uma grande luta.

— Luta que você talvez não queira começar — cuspiu Ash.

O olhar de Attes se voltou para Ash.

— Você está certo. Quero evitar enfrentá-lo o máximo possível. — Ele cerrou os dentes. — Porque sei que isso vai acabar com minha morte ou com a dele.

Meu estômago revirou. Nenhuma parte de mim lamentaria a morte de Kyn, mas sua morte, sem que outro se elevasse para ocupar seu lugar, causaria mais revolta. Olhei para Kolis.

E Attes não deveria ser aquele a matar seu irmão se as coisas chegassem a esse ponto.

— Então, qual é a alternativa? — perguntei.

Ash manteve o braço em volta de mim enquanto se virava para Elias.

— Acha mesmo que pode tirá-lo daqui?

Elias assentiu.

— Isso nos dará algum tempo — disse Ash. — Faça.

— Mas pode fazer isso com segurança? — acrescentei. — Tipo, sem acabar morto?

— Minha segurança não vem ao caso, Vossa…

— Não me chame assim — interrompi. — E sua segurança *vem* ao caso, ou eu não teria perguntado.

Elias fitou Ash, então engoliu em seco ao ver o olhar que recebeu em resposta.

— Estou honrado que se preocupe comigo. Posso fazer isso com segurança. — Ele encarou Attes, um brilho iluminando os olhos cor de âmbar. — Se você me emprestar algo grande o suficiente para tirá-lo daqui rapidamente. Como Setti, talvez?

— Acho que você só quer montar meu cavalo — comentou Attes, arrastando os dedos sobre o bracelete que envolvia seu bíceps. — Mas tudo bem.

Uma fina corrente de névoa pairou do bracelete de Attes, espalhando-se rapidamente e tomando forma, solidificando-se em um enorme cavalo do tamanho de Odin, com uma pelagem brilhante, no tom de pedra das sombras. Setti sacudiu a crina, soltando um relincho suave e grave.

— Nunca vou me acostumar a ver isso — murmurei, meu olhar se movendo para o bracelete no bíceps de Kolis.

Pensei no estranho reflexo leitoso que vi ali. Eu não tinha visto seu corcel…

Espere.

Luz branco-leitosa.

Eythos.

— Espere! — gritei, enquanto Attes segurava as rédeas de Setti. O cavalo de guerra pisoteava o chão com cascos que eram do dobro do tamanho de minha mão. Meu coração martelava no peito. — Meus Deuses. — Eu me virei na direção de Ash, olhos arregalados. Deuses, seu pai… — Eu quase esqueci.

— Esqueceu o quê?

— O diamante. — Eu me desvencilhei do abraço de Ash. Ou tentei. Ele se moveu comigo, o braço na minha cintura. — O diamante Estrela.

Attes contornou Setti enquanto Ash se endireitava, perguntando:

— Você encontrou a pedra?

— Sim. Sim. Vocês sabem o que é?

Elias balançou a cabeça, mas Attes assentiu.

— Eythos me contou sobre o diamante.

Ash o encarou, um monte de coisas provavelmente começando a se encaixar.

— Você não vai acreditar nisso. — Eu me virei. Daquela vez, Ash me soltou. Muito embora eu tivesse a sensação de que apenas finos tendões... mal... mantivessem minhas pernas de pé, felizmente elas continuavam firmes. — Está aqui. Estava aqui o tempo todo.

Eu me arrastei em direção à jaula em ruínas.

— Acho que não o destruí. Com sorte. — Olhei para dentro, aliviada ao ver o cacho de diamantes ainda no centro da gaiola. — Ali está. No teto. Kolis o escondeu lá.

Ash se juntou a mim, um músculo na têmpora latejando enquanto examinava o que sobrou do recinto e o que restou dentro dele.

— Lá em cima — repeti baixinho, sem querer que ele se importasse com qualquer outra coisa que via. — Não tenho muito tempo para explicar tudo, mas precisamos desse diamante.

Seus ombros se endireitaram quando ele ergueu o olhar.

— Tem certeza de que é aquilo?

— Ele o invocou. E quando o fez, mudou de forma, tornando-se um diamante que parecia, bem... uma estrela.

— Como ele o invocou? — perguntou Attes, parando ao nosso lado.

— Ele falou na linguagem dos Primordiais, acho. — Enxuguei as palmas das mãos úmidas no vestido. — Você acha que A Estrela seria capaz de armazenar a alma de Sotoria?

Attes esfregou o queixo enquanto olhava para o conjunto de diamantes.

— Não vejo por que não, se ela é capaz de guardar brasas.

— Sinto como se estivesse perdendo alguma coisa aqui — observou Ash.

— Você tem razão. — O mais rápido possível, contei a ele a parte sobre a alma de Sotoria. — Kolis disse algo como... como *vene ta meyaah*.

Ash repetiu o que eu disse, franzindo as sobrancelhas.

— Você quer dizer *vena ta mayah*? Isso se traduz como "venha até mim".

— Sim! — A tradução fazia sentido. — Acha que vai funcionar se outra pessoa pronunciar as palavras?

— É como uma espécie de feitiço de proteção — explicou Ash, seu olhar caindo para a cama. Seu peito subiu. — Se assim for, nem Attes, nem eu seremos capazes de invocar a pedra. — Ele encontrou meu olhar. — Mas você é.

— Por causa das brasas — presumi.

Ele assentiu.

— Mas não quero que o faça.

Attes enrijeceu.

— Precisamos tirar a alma de Sotoria de Sera antes de qualquer coisa.

— Você pode precisar — corrigiu Ash, os olhos brilhantes com um prateado vívido. — Mas o que eu preciso, o que Seraphena precisa, é não usar essas brasas.

Meu estômago embrulhou com o que Ash *não* estava dizendo. Que usar as brasas me levaria ao limite, completando minha Ascensão.

— Você não entende — argumentou Attes. — Podemos não ser capazes de matar Kolis ainda, mas um dia talvez sejamos, e somente Sotoria poderá fazê-lo.

— Não dou a mínima para esse *um dia* — rosnou Ash. — O que me importa é o agora, e o que usar essas brasas fará.

— Não é só isso. — Éter impregnava os olhos de Attes. — A alma de Sotoria ficará presa aqui quando...

— Não. — Uma tempestade de fúria explodiu de Ash. — Não ouse terminar essa frase.

Attes recuou, passando a mão pelo cabelo.

— Sinto m…

— Não termine essa frase também.

Sombras sangraram sob a carne de Ash. Nenhuma das frases precisava ser terminada. Todos nós sabíamos o que não estava sendo dito. A alma de Sotoria ficaria presa se eu Ascendesse, o que não aconteceria. Ou se eu morresse, o que estava acontecendo. Era a estranheza que sentia em meu corpo, o vazio em meu peito. Porque as brasas não estavam mais lá. Eles estavam *por toda parte* agora, tornando-se um zumbido suave em meu sangue e uma leve vibração em meus ossos.

O que quer que as sirenas tenham sacrificado por mim havia se esgotado, ou o que eu tinha feito para nocautear Kolis e libertar Ash consumira tudo. Attes sabia que eu estava morrendo. Era pelo que lamentava. E Ash…

Ash também sabia.

Mas Sotoria não era a única razão pela qual eu precisava daquele diamante. Tomando fôlego, entrei na jaula.

— Sera — disparou Ash, de repente ao meu lado. — Não quero você nesta gaiola nunca mais. — Éter entremeou seu rosto enquanto segurava o meu. — Nem por um segundo.

Deuses, eu o amava!

— Você precisa poupar sua energia — disse ele, a tensão enrijecendo seu corpo. — E precisamos partir. Agora.

Sentindo que ele estava prestes a me pegar e caminhar nas sombras até onde só os deuses sabiam, desejei que houvesse outra maneira de compartilhar com ele o que tinha descoberto.

— Não é apenas por causa de Sotoria. — Forcei as palavras através do nó de emoção em minha garganta. — É também por seu pai. A alma dele está no diamante Estrela.

33

Ash olhou para mim, entreabrindo os lábios.

— O quê? — ciciou ele.

— Tem certeza? — perguntou Attes, a voz quase tão áspera quanto a de Ash.

Assenti.

— Absoluta. Quando o toquei mais cedo, eu… soube que a alma de Eythos estava nele.

Todo o corpo de Ash estremeceu. Ele deu um passo para trás, quase por reflexo.

Não desviei o olhar de Ash. Seus olhos estavam tão brilhantes que eu mal conseguia ver as pupilas.

— Preciso obter A Estrela por ele também.

Ash engoliu em seco enquanto seus olhos encaravam o teto.

— Meu pai… — Ele balançou a cabeça enquanto seu olhar encontrava o meu. A tensão franziu sua boca e sua voz baixou quando disse:
— Não quero que você use as brasas.

— Ash…

— Não por ele. Nem mesmo por mim. Não vou permitir que arrisque sua saúde e… — Sua voz… Deuses, sua voz falhou. E o mesmo aconteceu com meu coração. Éter chicoteava através de suas íris. — Não vou arriscar você.

Uma onda de choque me invadiu.

— É a alma do seu pai, Ash.

— Eu sei. Destinos, eu sei. — Um tremor o percorreu. — Mas não vou colocar você em risco.

Meu peito inflou ao mesmo tempo que a fissura em meu coração se alargou. Porque como Ash poderia ser incapaz de amar? Seu desejo, sua necessidade de me manter segura, parecia algo que alguém faria por amor.

Era o que eu faria por ele.

Era o motivo pelo qual eu precisava fazer.

— Eu estou bem.

Tal como o grande conspirador, eu era uma boa mentirosa quando precisava ser.

— Sera...

— Estou bem — repeti. — Eu me sinto como antes. Posso fazer isso. — Eu me estiquei, guiei sua cabeça até a minha e o beijei suavemente. — Eu vou fazer.

Beijando-o mais uma vez, eu me firmei de pé e depois me virei. Felizmente, não tropecei nem oscilei. Levantei a mão como Kolis havia feito, concentrando-me nas brasas.

— *Vena ta mayah*.

A essência reverberou fraca por todo o meu corpo, mas foi o suficiente. Minhas têmporas latejaram, e o aglomerado de diamantes vibrou, provocando aquele zumbido agudo.

Ash xingou atrás de mim.

— Você nunca me ouve?

— Sinto muito.

Meu coração palpitou, e não foi de uma maneira agradável. Aquilo fez minha respiração engatar. Um leve tremor percorreu meu corpo enquanto eu combatia uma onda de tontura com a respiração.

— Não, você não sente.

Ash se aproximou por trás, enlaçando minha cintura com o braço. Havia uma sensação calmante e fundamental em seu toque da qual eu sentira uma falta terrível. E não... não era justo que eu experimentasse aquilo novamente só agora.

O aglomerado brilhante se transformou à medida que se aproximava da minha mão, revelando um diamante com o formato de uma estrela.

— Eu cuido disso — avisei, para o caso de ele ou Attes tentarem pegá-lo.

Não sabia se eles veriam o mesmo que eu, mas não queria que ninguém mais testemunhasse aquilo. Especialmente Ash — não sem aviso.

O diamante pousou em minha mão, enviando uma carga de energia pelo braço. Não houve lampejos repentinos de imagens daquela vez, mas aquela luz leitosa, a alma, pulsava.

— É só isso? — Ash me encarou, pigarreando. — A luz? Não consigo sentir nem perceber nada.

— Acho que sim. — Sabia que não tínhamos muito tempo, mas precisava saber algumas coisas. — Como… como você acha que podemos colocar a alma de Sotoria aqui?

— Não sei dizer — respondeu Attes.

O braço de Ash se apertou em volta de mim.

— Keella deve saber.

— Acha que ela vai ajudar? — perguntei, então me lembrei de como ela havia questionado Kolis. — Ela vai. — Ou, pelo menos, tinha esperança de que ela colaborasse, depois do que eu fizera com Evander. Olhei para Attes. — Você pode chamá-la?

— Claro — disse ele, solene. — Vou ajudar Elias a tirar Kolis daqui, depois vou buscar Keella.

Segurei o diamante com força.

— Acha que ela também vai saber como *resgatar* uma alma do diamante? Acho que não é como tirá-la de outras coisas. — Fiz uma pausa. — Ou pessoas.

— Se for diferente, talvez ela saiba, mas imagino que seja o mesmo com qualquer objeto. Eu seria capaz de tirar a alma do diamante. Kolis seria capaz. — Ash estremeceu. — E você. Você seria capaz.

•

Depois que Attes ajudou Elias a acomodar Kolis no lombo de Setti, Ash mais uma vez enlaçou o braço ao meu redor, puxando-me para seu peito. O vestido não oferecia qualquer barreira contra a frieza de sua pele, e o contato fez o de sempre: provocou um arrepio sensual que percorreu minhas costas. Virei um pouco a cabeça e vi a cama. Deuses, eu tive tanto medo de nunca sentir aquilo de novo.

— Vamos caminhar nas sombras? — perguntei, segurando o diamante com força.

— É mais rápido. — Ele colocou a mão em minha nuca e inclinou a cabeça, pressionando a bochecha na minha. — Apenas se lembre de respirar.

— Vou lembrar.

O ar ficou carregado e o corpo de Ash começou a zumbir. Névoa branca se derramou de seus poros, espessa e raiada de meia-noite. Eu exalei, então prendi a respiração enquanto a névoa rodopiava ao nosso redor.

— Segure-se — sussurrou ele, então beijou minha têmpora enquanto eu ouvia a rajada de vento causada pela decolagem de Nektas.

Eu me concentrei no que restava da jaula, e, então, Dalos sumiu.

Parecia que apenas um piscar de olhos — possivelmente dois — tinha passado antes que eu respirasse novamente, sentindo o cheiro do ar fresco não contaminado pelo odor de morte nem de podridão. O que inspirei parecia ar úmido e doce. Lilases? Havia também o som do tilintar de água.

Ash entrelaçou os dedos em meu cabelo enquanto me segurava contra ele. Um segundo se passou. Depois outro. Nenhum de nós se moveu enquanto eu deixava a tensão sair de meu corpo. Estávamos livres. Nós dois, a salvo. Pelo menos por enquanto. E estávamos juntos.

Com os olhos ainda fechados, senti a névoa se afastando de nós enquanto eu me deleitava com a sensação de Ash. Respirei seu cheiro. Embora devesse, eu não tinha pressa em me soltar de seu abraço. Havia passado muito tempo sem ele.

— Você está bem? — perguntou Ash, a respiração agitando meu cabelo.

Assenti, as arestas do diamante se cravando na palma da minha mão.

— Tem certeza de que isso não é um sonho?

— Sim, *liessa.* — Ele beijou o topo da minha cabeça. — Estamos acordados. Estamos juntos.

Um arrepio percorreu meu corpo.

— Parece um. Eu não pensei… — parei de falar, balançando a cabeça.

— O quê? — questionou ele, com suavidade.

As palavras se esgueiraram até meus lábios e pararam ali. Falar a verdade sobre, bem, qualquer coisa sempre foi difícil. Mas quando o assunto era dizer como eu me sentia? Como eu *de fato* me sentia? Do que eu tinha medo ou quais eram minhas fraquezas? Eu não tinha muita experiência. Tipo, nenhuma. Não me ensinaram aquilo. Eu havia sido treinada para sentir nada e compartilhar apenas mentiras. Então o medo de dizer algo errado ou de modo errado me causava uma ansiedade quase paralisante. Mesmo agora, com Ash, que eu sabia que não me julgaria, que não iria zombar. Afinal, ele também não tinha muita experiência com essas coisas. Ainda assim, era difícil.

No entanto, de acordo com Holland, as coisas mais difíceis rendiam os melhores frutos.

Ele estava correto.

Difícil não era impossível.

E manter os olhos fechados ajudava.

— Eu… eu dizia a mim mesma que iria vê-lo de novo. Foi assim que eu… — Balancei levemente a cabeça. — Foi assim que eu fiz o que precisava para… você sabe, sobreviver.

A mão de Ash apertou de leve meu quadril e depois deslizou para o meio de minhas costas.

— Eu sei.

Apertei os olhos com mais força.

— Mas eu estava com muito medo. E sei que você diz que nunca senti medo de verdade, mas eu senti. Fiquei com medo de não conseguir vê-lo. De que eu não seria forte o bastante para lidar com tudo e *garantir* que o veria.

— Forte o bastante? — Ash fez uma carícia em minhas costas. — Você é a pessoa mais forte que conheço.

— Não tenho tanta certeza — murmurei.

Seus dedos se emaranharam ainda mais em meu cabelo.

— Você me libertou, Sera. Você derrubou Kolis.

Mordi o interior do lábio.

— E eu podia ter feito isso a qualquer momento. Podia ter libertado você dias ou semanas atrás. Podia ter… — Tentei não pensar *naquilo*. — Eu devia ter percebido que poderia fazer o que fiz.

— Destinos, Sera. — Ash abaixou a cabeça, então senti seu hálito em minha sobrancelha quando falou: — Mesmo se percebesse antes, você não teria conseguido me libertar. Eu estava em estase — ressaltou. — E então o quê? Tenho a sensação de que você não teria feito a coisa certa.

— Eu teria ido até os Cárceres e despertado você da estase — respondi. — Era a coisa certa.

— A coisa certa seria fugir — argumentou ele, suavemente. — Em vez de correr o risco de ser recapturada.

— Você teria fugido ou teria ido me buscar?

— Eu teria ido atrás de você, mas não estamos falando de mim.

Fiz uma careta.

— Você também me libertou da estase — continuou ele. — Obrigou Kolis a me despertar.

Parte da tensão começou a se infiltrar em mim mais uma vez.

— Ele te disse isso?

Sua mão fez outra carícia ao longo de minhas costas.

— Sim.

Virei a cabeça, pressionando minha testa em seu peito. Queria perguntar o que Kolis havia dito exatamente, mas também não queria saber.

Ash ficou quieto por um instante.

— Isso me permitiu escapar. Então, sim, você é a pessoa mais forte e corajosa que conheço — insistiu ele, e meus olhos começaram a arder. — Pensei que iria salvá-la. Toda vez que acordava, era só no que me concentrava: me libertar e encontrar você.

Pensei no que ele tinha dito, em como havia rasgado a própria carne para se libertar. A ardência no fundo de meus olhos aumentou.

— E eu devia ter sido capaz de fazer isso. Devia tê-la tirado de lá em vez de ir atrás de Kolis — disse ele, com voz embotada. — Devia ter sido mais inteligente.

— Não. — Tentei levantar a cabeça, mas sua mão me manteve no lugar. Sua pele estava fria e dura sob minha mão. — Não carregue essa culpa. Você veio até mim. Lutou com Kolis, e eu te distraí.

— Sera... — Ele soltou um suspiro trêmulo. — Nada disso importa agora. Você não está mais lá. Estamos aqui.

Ele tinha razão. Todos os "e se" não tinham lugar ali. Não mais.

Lentamente, inclinei a cabeça para trás e senti o ar úmido no rosto. Confiando que não cairia no choro, arrisquei abrir os olhos e enfim percebi onde estávamos. Havia galhos, ou talvez trepadeiras, carregados de grandes flores azuis e roxas em formato de funil. Lilases. Levantei o olhar, entreabrindo os lábios. As flores subiam pelas paredes cinzentas e cruzavam o que eu podia ver do teto, entrelaçadas na forma de um dossel.

Senti uma pontada no pescoço quando me inclinei mais para trás. Luz solar se infiltrava por entre as flores, enviando estreitos raios de luz para...

As mãos de Ash se afastaram de mim, e ele permitiu que eu me virasse. Nuvens de vapor subiam de uma piscina natural e dançavam nos raios de luz.

Com base nas descrições limitadas que ouvi sobre as Terras dos Ossos, não pensei que era onde estávamos.

— Onde estamos?

— No plano mortal. — Ash se postou logo atrás de mim. — Isto é uma fonte termal que descobri. Achei que nós dois precisávamos de alguns momentos de privacidade e de um banho.

Meu olhar rastejou sobre a água, demorando-se no ponto onde se agitava ao redor dos afloramentos rochosos. Não precisava de um espelho para saber que minha aparência estava tão perturbadora quanto a de Ash.

— Sei que não é seu lago, mas não estamos tão longe das Terras dos Ossos. Estamos do outro lado das Montanhas Skotos. — Ele fez uma pausa. — O que você acha?

Pisquei os olhos.

— É... é lindo. — Balancei a cabeça, maravilhada, admirando os lilases pendurados em cachos no teto da caverna e a água fumegante que cintilava sob os raios de sol. — Nem sequer desconfiava da existência de um lugar assim.

— Está bem escondido. — Olhos prateados encontraram os meus enquanto eu o encarava por sobre o ombro. — Não tenho certeza se um único mortal já o encontrou.

Com o diamante em mãos, eu me voltei para a piscina rochosa.

— E quanto a Attes? Nektas?

— Eles podem esperar.

Mas nós poderíamos? Eu poderia? O vazio em meu peito não havia se espalhado, e meu estômago tinha se acalmado. A dor de cabeça era suportável. Eu estava cansada, mas não desmoronando.

— Attes provavelmente vai precisar de tempo para encontrar Keella, certo?

— Sim — respondeu ele. — E Nektas sabe que estou bem. Ele pode sentir se eu não estiver.

Assenti, de algum modo esquecendo que através do vínculo um dragontino sentiria se seu Primordial estivesse em perigo.

— Ele sabe sobre este lugar?

— Não. Ninguém mais sabe. — Seus dedos roçaram meu braço enquanto ele levantava o cabelo grudado na minha pele já úmida. — Não temos muito tempo.

Não, não tínhamos

— Mas temos o suficiente.

Era reconfortante saber que ninguém iria interromper aqueles momentos roubados. Soltei um suspiro longo e pesado enquanto olhava através das flores para os pontinhos de luz solar. Então baixei o olhar para o diamante. Parecia quente em minha mão e eu podia senti-lo pulsar.

— Está vendo aquelas pedras grandes ali, no centro? — Ash apontou para as rochas lambidas pela correnteza. — Contanto que não vá muito além, a água só chegará a seus ombros. Mais adiante, fica bem fundo.

Lágrimas inundaram meus olhos mais uma vez, e pisquei para afastá-las. Deuses, ele era tão atencioso…

Engolindo em seco, me virei para ele. Metade de seu rosto estava na sombra.

— Como está se sentindo? — Olhei para o diamante. — A respeito disso?

Ash inclinou o queixo para trás.

— Sinceramente? — Ele virou a cabeça. — Não sei. — Ele franziu o cenho. — É difícil até pensar… Se ele está consciente aí dentro, se sabe o que está acontecendo fora do diamante. — Ash cerrou o maxilar, e eu esperava… Deuses, eu rezava… para que não estivesse pensando onde A Estrela fora posicionada e o que Eythos poderia ter visto abaixo do diamante. — Qual seria a sensação de estar preso na pedra?

— É… é inimaginável.

Ele engoliu em seco.

— Sim.

Olhei para A Estrela. A luz leitosa em seu interior havia se acalmado — ou pelo menos não estava mais piscando.

— Acho que ele está consciente.

— O quê…? — Ash pigarreou, desviando o olhar por um instante. — Por que acha isso?

— É só uma sensação. Tipo, talvez as brasas da vida reconheçam sua alma ou algo assim. Não sei. Mas o modo como a luz interior se move... Muda de velocidade, ficando quase frenética. Agora está calma.

— Essa luz é uma alma. — Ele baixou o olhar, quase como se enfim estivesse se permitindo ver, e então se aproximou. Seu peito manchado de sangue subiu com uma respiração profunda. — Ainda não sinto nada, mas é como uma alma se parece, uma boa alma. Uma alma pura seria mais intensa… uma luz branca e brilhante, ofuscante.

A luz no diamante — a alma — parecia flutuar perto da superfície da pedra. Eu me perguntei como seria a alma de Kolis.

Cinzenta como a Devastação, imaginei. Mas então me perguntei qual seria a aparência da *minha* alma. Meu olhar se ergueu para Ash.

— Você sabia que eu não era realmente Sotoria?

Seu olhar encontrou o meu.

— Eu não tinha certeza, mas presumi que as suposições de Holland e Penellaphe estivessem corretas. — Ele franziu a testa conforme o olhar caía para o diamante. — Quando você continuou insistindo que não era Sotoria, procurei por uma marca de alma adicional em você, mas nunca senti a presença de alguém, a não ser a sua. Talvez simplesmente porque sua alma é mais forte, ou porque foi nisso que me fixei.

Eu não sabia por que tinha ficado lisonjeada pelo fato de ele ter se fixado na *minha* alma, mas fiquei.

— Mas também nunca importou para mim.

Perdi o fôlego então.

— Eu não me importava se você era apenas Seraphena, ou se tinha, em algum momento, sido conhecida como Sotoria. — Uma mecha de cabelo escorregou para a frente, pousando em sua bochecha. — Não importava para mim. Você sempre foi Seraphena, independentemente do restante.

Eu... eu tive razão ao pensar que era indiferente para Ash. Pressionando meus lábios, senti lágrimas se acumulando em meus olhos outra vez, mas lutei contra elas. Eu precisava contê-las, porque eram uma mistura de amor e tristeza, e porque me lembravam de que aquilo não era justo.

E aquela injustiça ameaçava destruir qualquer calma que eu pudesse encontrar.

— Posso...? — Ash pigarreou novamente. — Posso segurar o diamante?

Meu coração doeu. Eu nunca o vira parecer ou soar tão vulnerável. Inseguro.

— Não sei se você deveria.

Seu olhar disparou até o meu.

— Por quê?

— Vi coisas quando toquei A Estrela. Acho que também é por esse motivo que sei que foi onde a alma de seu pai ficou presa. — Alisei uma das pontas com o polegar. — Eu vi como a pedra foi criada e... como seu pai morreu.

Os músculos de seus ombros se contraíram e tensionaram.

— O que você viu?

Eu queria perguntar se ele realmente queria fazer aquilo, mas já sabia a resposta. A minha seria a mesma. Eu gostaria de saber.

Então contei a ele.

Contei tudo, exceto a parte sobre a mãe. Eu só... eu simplesmente não achava que ele precisava saber daquele detalhe. E então ter de encarar a possibilidade de que a mãe tivesse sentido afeição por Kolis, talvez até o amado um dia, apenas para ser morta por ele. Talvez aquela decisão não coubesse a mim, e eu estivesse errada em esconder a informação, mas não conseguia ver como saber disso o beneficiaria. Talvez se tivéssemos mais tempo, eu contasse tudo o que descobrira, além do que vi no diamante, até mesmo a alegação de que Eythos havia matado Sotoria; algo que eu não tinha certeza se era inteiramente verdade e de cujas as circunstâncias desconfiava.

Mas naquele momento? Compartilhei com ele como Eythos tentara falar com Kolis e como ele tinha dito ao irmão que os dois poderiam superar tudo o que o falso Rei havia feito, dizendo que ainda o amava.

O rosto de Ash se tornou uma máscara fria e impenetrável enquanto eu falava e, naquele momento, ele parecia a personificação de um Primordial da Morte.

— Kolis não acreditou nele — continuei, falando baixinho, embora ninguém além de nós pudesse ouvir. — Então ele o apunhalou com uma adaga feita de ossos dos Antigos para provar que Eythos mentia sobre ainda amá-lo. Ele... ele não planejava matá-lo.

Seus olhos ficaram vazios.

— Besteira.

— Acho que não — argumentei, sabendo que tinha tomado a decisão certa ao não compartilhar o detalhe sobre Mycella. — Ele não sabia que Eythos havia desistido da última brasa. Não percebeu o quão fraco o irmão estava.

As narinas de Ash se dilataram.

— Kolis afirmou isso?

— Eu *vi* acontecer — lembrei a ele. — Eu ouvi acontecer. Eythos disse a Kolis que sabia que o irmão era capaz de matá-lo, mas havia alimentado a esperança de estar enganado. Eu vi Kolis chorar. — Fechei os olhos. — Kolis não se deu conta de que eu veria alguma coisa quando toquei o diamante, mas o que vi me surpreendeu tanto que deixei escapar que o tinha visto chorar. — Um nó se formou na minha garganta. — Foi... Foi aí que ele soube que eu havia testemunhado algo.

— Foi o que causou isso? — Sua voz falhou devido à fúria mal contida, cada palavra foi dita lentamente, cuspida como o golpe de um chicote. Eu não ouvi quando ele se moveu, mas senti o toque frio de seus dedos no pescoço. — Os hematomas?

Aquele nó se expandiu quando forcei um encolher de ombros.

— Ele não ficou muito contente por eu ter visto o que realmente aconteceu. — Abri os olhos, logo mudando de assunto. — Acho que ele estava envergonhado do que fez... envergonhado da verdade.

— Não dou a mínima para o motivo de sua vergonha. — Ash deixou a mão cair ao longo do corpo e a fechou em punho. — Ou que ele não pretendia matar meu pai. Ele ainda assim o fez. Ele fez todo o restante. Ele ainda fez isso a você.

— Eu sei. — Engoli em seco. — Kolis é... — Balancei a cabeça. — Ele não é exatamente bom da cabeça.

— É de longe o eufemismo de várias vidas.

— Verdade. — Eu recuei. — De qualquer jeito, não sei se você verá nada disso, e simplesmente não quero que veja. Você já viu muitas coisas terríveis.

Ele inclinou a cabeça.

— Sou um Primordial da Morte, *liessa*. Vi todos os tipos de coisas terríveis. Atrocidades que você nem poderia imaginar. Já até cometi algumas.

— Mas você não precisa ver *isso* — comentei.

Ash me observou por vários segundos, quieto e intenso, o que me fez sentir exposta de um modo totalmente diferente de quando Kolis me encarava.

— Obrigado.

Franzi o cenho.

— Pelo quê?

— Por se importar o suficiente para pensar em mim — respondeu ele. — Por... por me amar o suficiente para evitar isso.

Por alguma razão fútil, minhas bochechas coraram.

— Você faria o mesmo.

Leves fios de éter começaram a se infiltrar em suas íris.

— Sim, faria.

E eu sabia que ele faria.

Então como... como ele podia não amar? A pergunta ficou na ponta de minha língua, mas não vi sentido em perguntar o que era inútil.

— É melhor nos lavarmos — declarei em vez disso, olhando para as fontes termais. — Embora eu me sinta mal por entrar tão imunda nessa água.

Ash abriu um sorriso irônico.

Procurei um lugar para colocar o diamante, mas só vi ralos trechos de grama espreitando por entre as rochas. Notei a bainha relativamente limpa do meu vestido. Curvei-me, colocando cuidadosamente o diamante na pedra antes de pegar o material transparente. Eu o puxei, e o tecido rasgou com facilidade.

— Existem maneiras muito mais fáceis de se despir, *liessa*.

Abri um sorriso.

— Eu sei. Parece meio errado deixar o diamante no chão da caverna. — Rasguei uma tira e embrulhei A Estrela no pano. — Pronto.

Flagrei uma expressão em seu rosto que não entendi muito bem ao ficar de pé.

— Queria poder fazer o que você faz — confessei. — E saber o que está sentindo.

— Não sei se você seria capaz mesmo que tivesse a habilidade, porque *eu* não sei o que estou sentindo. — Ash franziu as sobrancelhas e seu olhar procurou o meu. — Ele sempre a fez se vestir assim?

— Você provavelmente não quer ouvir a resposta.

— O que significa que já tenho uma. — Seu peito subiu com uma respiração forçada, e então ele estava diretamente na minha frente, os dedos tocando minhas bochechas com suavidade. — Tudo o que fiz foi para evitar que isso acontecesse. *Tudo*.

— Eu sei — sussurrei.

Um leve tremor atingiu suas mãos.

— Mesmo assim eu falhei com você. Eu sinto muito, Sera.

Senti um aperto no peito conforme um nó de tristeza se formava em minha garganta.

— Você não falhou comigo, Ash. Você não tem por que se desculpar.

— Sim, tenho. Eu falhei com você antes mesmo de você dar o primeiro passo nas Terras Sombrias.

Agarrei seus pulsos.

— Como pode dizer isso? Você me recusou como sua Consorte para me proteger. Selou aquele acordo com Veses para me manter escondida de Kolis. Não havia como você saber que ele sabia sobre mim o tempo todo.

— Não estou falando disso, Sera. Eu…

Analisei suas feições.

— Então o quê?

Fechando os olhos, ele balançou a cabeça.

— Precisamos nos limpar. Conversaremos mais tarde.

— Mas…

— Mais tarde — insistiu ele, dando um beijo na minha testa. Seus olhos, agora abertos, brilhavam como estrelas. — Agora, eu… eu só preciso cuidar de você. Por favor?

Não haveria exatamente um *mais tarde*, mas ele tinha pedido por favor, e eu não podia recusar. Assenti.

— Obrigado.

Aquela única palavra falada com brusquidão fez o nó em meu peito se apertar ainda mais. Fiquei imóvel enquanto ele penteava meu cabelo por sobre um dos ombros e soltava o fecho do vestido na nuca. O corpete imediatamente afrouxou. Por reflexo, eu o segurei, cruzando um braço sobre o peito.

Seus dedos pararam de se mover.

— Só quero cuidar de você — repetiu ele. — Isso é tudo, Sera. Nada, absolutamente nada, é esperado de você.

Levei um momento para entender o que ele quis dizer, a que ele realmente se referia. Ash não me levou ali para outro propósito além do que alegou. Para nos dar algum tempo sozinhos e para nos limparmos. E aquele tempo sozinhos não envolvia nada de natureza sensual. Uma mistura conflitante de emoções me inundou. Havia o crescente sentimento de amor em resposta a sua consideração e consciência, mas também havia uma sensação de... de minha pele e meu corpo não pertencerem a mim. Um medo profundo de que Ash não me via mais como a Sera que conhecia antes de Kolis me levar porque eu não tinha ideia do que ele sabia. Do que contaram a ele. Mas definitivamente contaram *algo* a ele, que parecia saber do acordo que fiz para libertá-lo. Será que sabia sobre aquele que eu tinha selado pela vida de Rhain?

— Sera? Você está bem?

Abri e depois fechei a boca. Meus dedos dos pés se curvaram quando a pressão contraiu meu peito e minha garganta, mais punitiva do que as mãos de Kolis.

— Posso sentir o sabor amargo de seu incômodo. — Ele inclinou minha cabeça para trás. — Você não tem nada a temer de mim. Eu juro. Você está segura.

Mudei o peso do corpo de um pé para o outro. Apesar do calor da caverna, pequenos arrepios irromperam em meus ombros e braços.

Não queria que ele me olhasse de maneira diferente. Que pensasse em mim de maneira diferente. Eu ainda era eu. Ele via aquilo, certo?

— Sera? — Seu olhar desceu brevemente para onde eu segurava o vestido. Só então senti a dor nas articulações por agarrar o material com tanta força. Sombras apareceram brevemente em seus ombros. — Seria melhor se eu não a tocasse?

Pisquei os olhos, confusa.

— O...o quê?

— Não vou ficar ofendido. — A leve pressão de seus dedos desapareceu. — Só quero ajudá-la no que precisar.

Meu coração começou a acelerar no peito.

— Por que acha que eu não iria querer que me tocasse?

— Você... você passou por muita coisa — começou ele.

E eu...

Não ouvi nada do que ele disse em seguida, enquanto uma sensação esmagadora e debilitante me dominava, e cruzei outro braço sobre o peito. Ai, deuses, o que ele *sabia*? O que *haviam* contado a ele? O que ele achava? O pânico esgarçava minha pele.

— Não sei o que te contaram — falei, sem ter ideia se ele tinha continuado a falar ou não. Um tremor passou por mim, depois outro e mais outro. — Mas Kolis e eu... quero dizer, ele não... — Meus dentes estavam começando a bater. — As coisas não chegaram a esse *ponto*. Juro. Ele sequer me tocou. — Tudo bem, aquilo era mentira, mas o restante não. — Você não precisa se preocupar em me tocar. Eu ainda sou eu, sabe?

— Eu sei que você ainda é você. — Suas sobrancelhas escuras baixaram. — Sera...

— Ótimo, porque eu não sou... Sei lá. — Meu rosto parecia queimar e congelar ao mesmo tempo. — Não é como...

Seu peito subiu, e quando ele falou novamente, a voz soou tão dolorida quanto meu peito.

— Como *o quê*, Sera?

Não consegui pronunciar as palavras que invadiram minha mente. Era errado pensar nelas, mesmo que os abusos de Kolis não tivessem chegado àquele ponto. Mas, ainda assim, aquilo não havia ocorrido? Ele não me mordeu, me abraçando enquanto sentia prazer? Era diferente, nem de longe tão ruim quanto o que muitas pessoas haviam sofrido — até mesmo Veses, que dissera ser nada. Mas o que aconteceu comigo não era *nada*...

Não.

Não importava, porque tudo o que Kolis fez ou deixou de fazer não me transformava no que aquela maldita voz em minha mente sussurrava. Eu sabia. Porque não considerava aqueles acolhidos pelas Damas da Misericórdia sórdidos. Não achava que Aios fosse indigna. Gemma não foi corrompida. Ergui o olhar para Ash. Ele não estava arruinado. Eles não eram nada daquilo.

Então eu não estava.

Vi os lábios de Ash se moverem e sabia que ele estava falando, mas aquela *coisa*, a voz que criou um lar para si no fundo de minha mente, estava disparando pensamentos, um após o outro, sem deixar espaço para qualquer alívio. Era a minha voz, e estava mais alta do que a de Ash, embora eu soubesse que ele jamais pensaria em mim daquela maneira. Não ele. Não depois do que ele havia passado. Mas aquela voz questionava se ele ainda me achava forte. Jamais verdadeiramente medrosa. Nem fraca. Nem alguém que precisava ser tratada como vidro frágil, danificado e soprado. Tratada como se estivesse prestes a estilhaçar. E era aquilo que eu seria agora, pelo pouco tempo que me restasse? Meus dedos ficaram dormentes.

As brasas latejavam debilmente em meu peito quando me forcei a respirar, mas não consegui expandir os pulmões. Meu olhar selvagem disparou para longe de Ash conforme eu abria mais a boca, tentando respirar, mas o ar parecia denso e...

•

Meu peito se encheu, mas não achei que voltaria a esvaziar. Não conseguia expirar. E aquilo significava que não conseguia inspirar. Eu não conseguia respirar...

Subitamente, os olhos de Ash estavam na mesma altura dos meus.

— Acalme-se. — Ele mudou em um instante. Sua postura. O volume e a cadência de seu discurso. — Acalme a respiração, *liessa* — ordenou ele, naquele tom firme e suave. — Me escute.

Por um segundo, não entendi o que ele estava dizendo, e então suas palavras romperam a névoa de pânico que invadia minha mente. Não que eu não conseguisse respirar, o problema era que sempre respirei muito rápido, as respirações muito ofegantes.

— Pressione a ponta da língua na parte de trás dos dentes de cima. Mantenha a boca fechada e inspire pelo nariz, Sera. — A palma de uma de suas mãos comprimia a parte superior de meu tórax, a outra estava espalmada em minhas costas, enquanto eu seguia suas instruções. — Não solte o ar. Prenda e conte até quatro, lembra? Um. Dois. Três. Quatro.

Com a pulsação acelerada, contei enquanto ele usava as mãos para empurrar meus ombros para trás, endireitando minha coluna. Eu nem tinha percebido que havia começado a me encolher.

— Agora, solte o ar na mesma contagem. — Ele fez o mesmo, exalando por quatro segundos. — Continue. Continue respirando comigo.

Eu o imitei, forçando o ar garganta abaixo e para dentro dos pulmões.

— Isso. — Ele sorriu e meus olhos se encheram de lágrimas. — Você consegue, *liessa*.

Algo belo.

Algo poderoso.

— Agora, inspire novamente pelo nariz. Ótimo. — Seus olhos nunca deixavam os meus enquanto ele fazia os movimentos até que os pequenos pontos de luz desaparecessem da minha visão e o tremor em meu corpo abrandasse. — Mais uma inspiração profunda, certo? Mantenha a ponta da língua nos dentes. Prenda por quatro segundos.

Fiz como ele mandou, enfim sem sentir como se meus pulmões estivessem sendo esmagados. Meu peito relaxou.

— Melhor? — perguntou ele.

— S... sim — sussurrei, a voz rouca. — Sim. Eu... sinto muito.

— Você não precisa se desculpar, Sera. Está tudo bem. — Ele continuava perto, as mãos na parte superior de meu peito e costas, acompanhando minha respiração. — Você tem tudo sob controle, e estou com você.

Um leve arrepio percorreu meu corpo enquanto eu respirava mais fundo, captando indícios de seu aroma de frutas cítricas e ar fresco. Ash me observou por vários segundos.

— Ainda se sente melhor?

Apertei os olhos e contei até cinco antes de reabri-los.

— Estou bem — afirmei, a voz mais firme, mais forte. Levantei o olhar para ele. A ansiedade ainda estava presente, escondida dentro de mim, ainda sussurrando que, pelo tempo que me restasse, Ash e eu não seríamos como éramos, fossem dias ou horas; e eu realmente não achava que fossem *dias*. E o único modo de calar a voz era provar que ela estava errada. — Ash?

— Sim?

— Se eu pedisse que me tocasse agora, você tocaria? — Meu rosto estava definitivamente em chamas agora. — Se eu te pedisse...

— Farei tudo o que me pedir, Sera. — Raios prateados de essência chicotearam através de seus olhos. — *Qualquer coisa.*

— Se eu pedisse para me tocar como fez na primeira vez que tomei banho em seu quarto, você o faria? — insisti. — Você me beijaria...?

A boca de Ash estava sobre a minha antes que eu pudesse dizer outra palavra e... Ai, deuses, era evidente que ele não me via como um frágil pedaço de vidro. Não de acordo com o modo que seus lábios se moviam contra os meus. Não havia nada gentil em seu beijo. Era voraz e implacável. Ash enlaçou minha cintura quando se debruçou sobre mim, selando nossos corpos enquanto inclinava a cabeça. Ele aprofundou o beijo conforme o toque de seu corpo sobrecarregava meus sentidos: a frieza rígida de seu peito, a força de suas coxas e a pressão dura e grossa de seu pau contra meu ventre. Tudo o que eu sentia era desejo, um desejo inebriante e ardente. Ele separou meus lábios e enfiou a língua em minha boca. Um arrepio percorreu meu corpo quando afrouxei os dedos no vestido e agarrei seus ombros. Minhas unhas se cravaram em sua carne enquanto eu correspondia ao beijo, acariciando sua língua, suas presas. Senti seu arrepio em cada parte de mim.

Desacelerando o beijo, Ash prendeu meu lábio entre os seus enquanto levantava a cabeça. Respirando com dificuldade, disse:

— Como já falei, *liessa*, farei tudo o que você quiser. Você precisa que eu esteja aqui? Estou aqui.

Sua mão deslizou da minha cintura, arrastando o vestido frágil e destruído para baixo, fazendo-o escorregar pelos meus quadris. Minha respiração se tornou ofegante quando o ar ameno soprou em minhas costas.

O olhar de Ash sustentou o meu.

— Você precisa que eu te abrace? Feito. — Ele se abaixou, passando um braço por baixo de meus joelhos e me levantando como se eu fosse feita apenas de ar. Ele me segurou contra o peito. — Te beije? Você já sabe a resposta.

Meus lábios pareciam… deliciosamente inchados. Então, sim, eu sabia a resposta para aquela pergunta.

— Quer mais do que isso? — continuou, quando tomei consciência de que ele estava caminhando, o chão se movendo sob nós. O som da água borbulhante aumentou. — Quer que eu beije esse seu queixo teimoso?

Só então ele rompeu nosso contato visual, beijando meu queixo, e então aquelas íris rodopiantes encontraram as minhas novamente.

— Quer que eu beije esses seios lindos? Que eu chupe os mamilos do jeito que sei que você gosta?

Entreabri os lábios quando a água quente cobriu meus pés, imediatamente gorgolejando enquanto Ash descia os degraus de terra…

Espere.

Ele ainda estava usando as roupas de couro, não estava?

— Você quer que eu beije seu corpo até chegar entre suas coxas? Ou que a toque lá? Com meus dedos, meu pau? *Com prazer* — prosseguiu Ash, e eu não estava mais pensando em suas calças. Sua voz... bons deuses, me lembrava de sombras sedosas e sonhos à meia-noite, enquanto Ash se abaixava, sentando-se em uma rocha sob a superfície ou o leito da fonte. A água subiu, espumando em minha cintura e puxando minhas mãos. — Vou estar dentro de você ou de joelhos em um piscar de olhos.

— Mesmo agora? — sussurrei, enroscando os dedos em seu cabelo enquanto a água provocava meus quadris e seios. — A parte de joelhos, não seria difícil?

Um sorriso esfumaçado apareceu, que eu não via fazia uma eternidade, ou assim parecia, enquanto ele me ajeitava em seu colo.

— Não seria impossível.

— Sua cabeça estaria debaixo da água — salientei, enquanto ele se recostava ligeiramente, mantendo-nos equilibrados.

Seus olhos eram como poças de prata derretida.

— E minha boca ainda estaria se banqueteando de você.

— Isso... isso parece muito, muito bom.

Uma torrente de luxúria pulsou através de mim, fazendo com que eu me remexesse um pouco em seu colo.

Ash gemeu, deixando a testa cair na minha.

— Parece mais do que muito, muito bom. — Seus lábios roçaram os meus. — Posso praticamente sentir seu gosto em meus lábios e língua.

Arrepios de desejo e volúpia agitaram meu ventre enquanto a água efervescente circulava entre minhas pernas.

— Qualquer coisa — repetiu Ash no ar quente e úmido entre nós. — O que você quiser.

Eu queria pegar aquelas promessas e transformá-las em ação. A pulsação constante e bem-vinda em meu âmago confirmava aquilo, e o modo como seu coração batia sob minha palma me dizia que não demoraria um segundo para que ele cumprisse o que havia prometido. Mas...

Só preciso cuidar de você.

Foi o que ele havia dito que precisava, e aqueles momentos não eram apenas sobre aplacar meus medos. A voz cheia de ansiedade tinha se calado, desmentida pelas palavras de Ash e pelo que eu sentia pressionado contra mim.

— Cuide de mim — pedi. — Por favor?

Ash estremeceu, e eu sabia que ele havia entendido o que eu quis dizer.

Em silêncio, relaxei contra ele enquanto o observava pegar um de meus braços e colocá-lo sob a água. Ele esfregou as mãos nas minhas, depois as passou por meus braços, lavando o sangue. Antes de passar para o outro braço, ele o ergueu para os estreitos raios de sol, inspecionando seu trabalho. Uma vez satisfeito, avançou para o seguinte e repetiu o gesto. Ele me fez inclinar para trás, então todo o meu cabelo ficou sob a superfície, me segurou enquanto estendia a mão e passava suavemente os fios pela água agitada.

Quando terminou, segurei sua mão e a levei até a boca. Beijei a marca brilhante e depois lavei seus braços como ele havia feito com os meus. Pegando a água com as mãos, enxaguei seu peito, seu rosto, e, apesar dos olhos semicerrados, eu sabia que seu olhar nunca havia desgrudado de mim. Nem mesmo depois, quando ele fez o que pedi em seguida.

Enquanto as fontes termais borbulhavam e se agitavam ao nosso redor, Ash me abraçou em meio ao ar docemente perfumado.

34

— Trinta e seis.

Sua pele estava mais fria debaixo da água.

A água borbulhava ao nosso redor quando levantei a cabeça.

— Você estava contando minhas sardas de novo?

— Possivelmente.

Com os fios molhados de seu cabelo grudados nas laterais do rosto e do pescoço, ele sorriu para mim.

Ficamos sentados em silêncio por um tempo, embalados pelo som da água borbulhante. Era tão tranquilo ali... Imaginei que o Vale fosse assim.

Meu estômago se revirou.

— Posso... posso te perguntar uma coisa?

— Qualquer coisa.

Mordi o lábio inferior, relutante em perguntar o que eu queria saber. Não era algo em que eu me permitisse pensar.

— *Liessa?*

Fechando os olhos com força, respirei fundo e procurei a coragem até encontrá-la.

— O que... o que vai acontecer quando eu morrer?

O peito de Ash subiu de modo acentuado.

— Sera...

— Só quero saber. Vou ser julgada diante dos Pilares ou minha alma vai precisar do julgamento extraespecial do Primordial da Morte? — Abrandei o tom, apesar do crescente aperto no peito. — Melhor ainda, terei de esperar na fila?

Ele não respondeu.

Abri os olhos e vi os filetes de vapor rodopiando acima da água.

— Sei que este não é o melhor assunto.

— Não é algo em que você deveria pensar.

— Tento não fazer isso, mas é difícil. — Meus dedos se curvaram de leve. — Principalmente agora. Só quero saber o que esperar. — Sentei--me de frente para ele. — E não quero ouvir que não preciso esperar esse resultado.

Ash abriu a boca.

— Nós dois sabemos que não é verdade — argumentei, antes que ele pudesse negar. — E ter a mínima noção vai... Sei lá. Talvez me ajude.

Um brilho de éter apareceu atrás de suas pupilas.

— Vai ajudar? De verdade?

Eu... eu não tinha certeza.

— Talvez saber piore as coisas. Talvez não. Mas não pode ser pior do que isso.

Ele virou a cabeça e um feixe de luz solar refletiu na maçã do rosto.

— Não sei.

— Ash.

— Estou falando sério, Sera. Não posso responder se você vai passar pelos Pilares ou se vai precisar ser julgada pessoalmente para que seu destino seja determinado.

Comecei a franzir a testa.

— Mas...

— Sei o que disse antes, mas não consigo ver como será sua jornada. Assim como não consegui ver a jornada de Lathan — compartilhou, o brilho pulsando atrás de suas pupilas. — Estava escondida de mim. Assim como a sua.

— Por quê?

— No momento em que considerei Lathan como amigo, meu papel em sua jornada eterna terminou. É por isso que...

— O Primordial da Morte não tem permissão de formar laços — murmurei.

Um raio de éter surgiu por trás de suas pupilas.

— Kolis te contou?

Assenti.

— Se um...um vínculo é formado, os Destinos equilibram as coisas evitando que o Primordial da Morte conheça a jornada de uma alma ou participe dela.

— Sim.

— Os Destinos... — Pensando em Holland, balancei a cabeça. — Eles são uns malditos, não são?

Sua risada saiu baixa.

— Já pensei isso muitas vezes.

Quando Kolis tocou no assunto, eu não tinha achado que fosse justo, e aquilo não havia mudado.

— E nenhum dos outros Primordiais está sujeito às mesmas regras? Digamos que Maia se torne próxima de um mortal, ela não seria mais capaz de interferir em questões de amor ou fertilidade?

Ash franziu o cenho.

— Os demais estão sujeitos às mesmas regras. Uma vez que formem laços com mortais ou deuses, não podem influenciar suas vidas de maneira positiva ou negativa.

A irritação aumentou.

— Kolis fez parecer que só ele estava sujeito ao veto.

— Óbvio que sim — ironizou Ash, com um sorriso de escárnio. — Ele acredita que é o único que já foi punido ou que sofreu. — Outro redemoinho de éter apareceu em seus olhos. — Mas meu pai... o verdadeiro Primordial da Vida? Até onde sei, ele não estava sujeito a tais normas.

Meus pensamentos se voltaram para a raiva que eu vira em Kolis quando ele mencionou todas as maneiras pelas quais Eythos poderia influenciar a vida daqueles com quem viesse a se importar.

— Certa vez, Nektas me disse que tal exceção simplesmente se devia ao fato de que o Primordial da Vida seguia um padrão mais elevado, incumbido de saber quando impactar ou não a vida dos outros. Ou de aprender quando fazer isso. Para mim, sempre soou como ser constantemente tentado pela capacidade de melhorar o destino de alguém e ter de escolher não fazê-lo.

— Deuses — murmurei. — Quem iria querer esse tipo de escolha?

— Kolis — sugeriu Ash. — E ele só a queria porque nunca precisou fazê-la.

Assenti, lentamente. Kolis omitiu que ele não era o único que tinha de operar de acordo com as regras, mas não fiquei surpresa ao saber. Ele não se importava com os outros Primordiais. Só se importava com o que o irmão poderia fazer ou não.

Recostando-me no peito de Ash, voltei ao que havia originado conversa.

— Então quem julgou Lathan?

— Se os Pilares não puderam julgá-lo, então os Arae o fizeram.

O que significava que eles provavelmente me julgariam, porque eu duvidava de que os Pilares saberiam o que fazer comigo. Não tinha certeza se era uma coisa boa ou ruim, ou se a opinião de Holland seria levada em conta.

— Como está a água?

— Incrível.

Toda a dor havia desaparecido. Devia ser o calor da água, e talvez até um pouco da magia daquela caverna escondida.

Ash ajeitou a parte de trás de minha cabeça em seu ombro.

— Melhor do que seu lago?

— Sim, está. — Suspirei, apertando o braço que prendia minha cintura. Como eu já tinha notado, sua pele estava ainda mais fria debaixo da água, o que provavelmente me impediu de superaquecer. — Mas de um jeito diferente.

Seu polegar se moveu ao longo de meu quadril sob a superfície da água, em uma carícia preguiçosa.

— Como assim?

Meu olhar passou pelas fontes termais ligeiramente borbulhantes. Os feixes de luz solar brilhavam fragmentados na superfície enquanto nuvens de vapor se erguiam da água, emaranhando-se aos lilases pendentes.

— Meu lago é... é refrescante, mas isto é relaxante. Como se eu pudesse adormecer.

— Sim. Acho que eu também poderia fazer isso. — Havia um peso em sua voz enquanto ele se inclinava, beijando minha têmpora. — Gostaria que pudéssemos.

Eu queria tantas coisas.

Um nó ameaçou se alojar em minha garganta. Respirei profundamente na esperança de aliviá-lo.

— Voltaremos aqui. — Os lábios de Ash roçaram a curva de minha bochecha. — Prometo.

Meus olhos se fecharam enquanto aquele maldito nó se expandia. Foi gentil da parte de Ash prometer, mas nunca voltaríamos ali. Eu torci para que *ele* o fizesse, no entanto, quando abri os olhos. Olhei para o afloramento brilhante de rochas e as paredes cobertas de lilases enquanto pensava no que queria para ele quando tudo aquilo acabasse. Uma vida. Um futuro. Amor. Eu esperava que ele criasse mais boas lembranças naquela fonte.

O polegar de Ash parou contra meu quadril.

— Como está se sentindo?

— Bem.

Não era necessariamente uma mentira. Meu estômago tinha se acalmado e eu não me sentia prestes a desmaiar, mas *estava* cansada. Embora não achasse que a água quente tivesse muito a ver com aquilo.

Ash ficou quieto por um instante.

— Já te contei qual é o gosto da angústia?

Estreitei os olhos.

— É picante, quase amargo — continuou ele, endireitando um delicado elo no colar de Aios.

— Pare de ler minhas emoções.

— É uma das emoções mais difíceis de bloquear. Às vezes, é ainda mais ruidosa do que a alegria, mas é quase impossível se proteger das suas.

Franzi o nariz.

— Quase impossível?

Sua risada ressoou em minhas costas.

— Quase — repetiu. — Simplesmente estou mais... em sintonia com você do que com qualquer outra pessoa.

Refleti sobre o assunto. Apenas uma gota de meu sangue havia permitido que ele sentisse quando eu corria perigo, mesmo que estivesse no Iliseu e eu, no plano mortal. Ele já havia bebido muito mais do que uma gota, então fazia sentido que sua capacidade de ler emoções, algo que ele herdara da mãe, também tivesse se aperfeiçoado quando se tratava de mim.

Mas aquilo significava que ele sentiria o mesmo que eu quando... quando eu morresse?

Senti um aperto no peito. Deuses, eu esperava que não.

Mas eu não devia pensar em minha morte. Só os deuses sabiam que emoção ele captava quando eu o fazia.

— Não estou triste — falei.

— Sera. — Ele suspirou.

— Não é o que você pensa. É só que eu queria... eu queria que tivéssemos mais tempo.

— Teremos.

Comprimi os lábios em uma linha fina enquanto assentia.

Seu queixo roçou a lateral do meu rosto.

— Você é tão corajosa. Corajosa e forte — sussurrou ele. — Não há ninguém como você, Sera.

— Pare de ser... — Eu me interrompi, franzindo as sobrancelhas.

— Parar de ser fofo? — completou Ash. — Como eu já disse...

— Você só está dizendo a verdade. — A pele de meus ombros se arrepiou toda. Meu sonho voltou para mim num ímpeto. — Sonhei com você dizendo isso.

— Eu sei.

Enrijeci, então me levantei antes de me virar em seu colo para encará-lo.

— Os sonhos...

— Não eram sonhos normais.

Gavinhas de éter iluminaram seus olhos.

Fiquei boquiaberta.

— Eu devia ter percebido da primeira vez — comentou ele. — Principalmente quando você continuou discutindo que o sonho era seu.

— Eu não estava *discutindo*.

Aquele sorriso caloroso e suave voltou.

— Você tem uma compreensão bem peculiar da palavra *discutir*.

— Talvez seja você quem tenha?

Seus lábios se curvaram ainda mais.

— De qualquer forma, tudo era real demais. A sensação da grama sob mim. A sensação de você. — A mão em meu quadril subiu pela cintura enquanto seu olhar caía para o ponto onde a água efervescente brincava com meus mamilos. Sua voz engrossou. — A sensação de estar dentro de você. Nenhum sonho poderia replicar a beleza daquilo.

Meu coração palpitou dentro do peito enquanto eu o encarava.

— Tudo parecia *mesmo* real. Das duas vezes... — Aquela palpitação desceu para meu ventre. — Você me falou para dizer a Kolis que eu precisava de você para Ascender, e para convocar os Arae.

— Sim. Foi o melhor plano que consegui arquitetar — confirmou. — Eu sabia que ele nunca me deixaria sair com você, mas isso nos daria uma chance de escapar.

Ash estava certo. Kolis nunca teria permitido que ele fosse embora comigo. Se chegasse a tanto, ele simplesmente teria mantido Ash preso até que minha Ascensão acontecesse.

— No fim das contas, você não precisou de mim para se libertar — disse ele, cheio de orgulho na voz. Minhas bochechas coraram em resposta. — Você cuidou de tudo.

— Não sei, não — argumentei. — Eu nunca teria saído de Dalos sem você.

— Discordo. Você teria encontrado um modo. — Ash se inclinou, me beijando suavemente. — E tenho confiança suficiente em minhas habilidades para admitir.

Gostando — não, *amando* — que ele não se sentisse menos capaz devido a *minha* capacidade, sorri de encontro a sua boca.

— Era um bom plano. Poderia ter funcionado.

Ash me beijou novamente, um beijo mais longo. Quando nossos lábios se separaram, meu pulso latejava de modo agradável.

— Sabe — comecei, depois de um momento —, eu sonhei que nadava no meu lago com um lobo cuidando de mim. Sonhei com isso muitas vezes.

— Acho que aconteceu quando eu estava em estase. — Ele franziu o cenho. — Não tenho certeza de como foi, mas tudo em que posso pensar é que parte de mim…

— Seu *estigma*?

— Como você sabe?

— Attes me contou sobre isso em uma das vezes que conseguiu chegar até mim.

Ele inclinou a cabeça.

— Exatamente quantas vezes ele visitou você?

Revirei os olhos.

— Tipo, duas vezes.

— E ele não conseguiu libertá-la?

— Você sabe que ele não podia — argumentei, mas Ash tinha um ar de quem optava por não se lembrar daquele detalhe. Hora de mudar de assunto.

— Então, quando vi você em sua forma de lobo, foi porque…?

— Acho que parte de minha consciência, uma parte do meu ser, ainda estava bastante alerta para te encontrar.

Minha mente disparou, compreendendo a linha do tempo. O sonho com Ash e o lobo casava com o período em que ele entrava e saía da estase, mas…

— Não foi a primeira vez que sonhei com seu lobo.

Ele fez uma leve careta, em seguida sua expressão se suavizou.

— Quando você quase entrou em estase enquanto estava nas Terras Sombrias. — Ele me deu um pequeno aceno de cabeça quando assenti.

— Droga. Pensei que fosse um sonho então, mas nem foi a primeira vez…

Espere. *A primeira vez.*

— O primeiro sonho quando você não estava em sua forma de lobo. Quando nós fizemos sexo. — Soltei uma exclamação. — Nós realmente fizemos sexo em sonho? — Arregalei os olhos. — Bem, isso explica muita coisa.

— Explica o quê, *liessa*?

— Por que eu podia, você sabe, ainda sentir você quando acordei.

As pontas de suas presas apareceram enquanto seu sorriso se tornava quase presunçoso.

— Exatamente como você ainda me sentia, *liessa*?

— Eu podia sentir você… Certo, tudo isso é possivelmente a coisa menos importante para discutirmos agora — decidi.

Ash riu.

— Não tenho tanta certeza.

Captando a nota provocante em sua voz, senti um pequeno aperto no peito. Ouvi-lo falar *assim* era… deuses, era muito raro.

Era outra coisa que eu desejava: mais momentos como aquele.

Engoli em seco, pressionando as mãos no peito.

— Ouvi histórias sobre algo assim. Pessoas capazes de entrar nos sonhos umas das outras.

— Corações gêmeos — sugeriu ele, e senti uma pontada no fundo do peito.

— Eu… eu ouvi lendas. — Pensei em meus pais. — Mas não pode ser — argumentei, antes que ele o fizesse. — Então como é possível?

Uma emoção cruzou seu rosto depressa demais para eu decifrá-la.

— Talvez seja porque compartilhamos sangue. Pode ser normal entre aqueles que experimentaram o mesmo que nós.

Fiz menção de perguntar como podia não ter certeza, mas a quem ele poderia ter perguntado? Ainda era jovem quando Kolis matou seu pai, e, embora eu imaginasse que havia algum tipo de amizade entre Ash e Attes, os dois tinham mantido certa distância entre si.

— Ou são as brasas — acrescentou Ash, enquanto seus polegares se moviam em pequenos círculos ao longo de minhas costelas. — Em particular, aquela que meu pai tirou de mim e colocou na sua linhagem. Talvez seja o que permitiu nos conectarmos em sonhos.

A questão era que ninguém sabia se era o caso ou não. Bem, talvez os Arae sim, mas o que aconteceu com as brasas nunca havia sido feito. Fazia sentido. E também me fez pensar em que outras maneiras as brasas podiam ter formado uma conexão entre nós. Aquilo, somado ao sangue que tínhamos compartilhado…

A tensão invadiu meus músculos quando finalmente me ocorreu que aquela era uma das razões pelas quais Ash sabia que algo tinha me acontecido em meu cativeiro. O modo como eu tinha reagido quando ele disse que sabia que Kolis havia me machucado. Foi assim que ele descobrira que o que Kyn e Kolis lhe disseram enquanto esteve preso não podia ser tudo mentira. Senti um aperto no peito quando ergui o olhar. A suavidade e a irreverência desapareceram completamente das feições de Ash enquanto ele me observava.

Merda.

Eu precisava me recompor, e não pensar em tudo aquilo seria o primeiro e mais importante passo para fazê-lo.

Forçando minha mente a se concentrar em outra coisa, pensei em meu lago. E em Ash, zelando por mim.

— Posso te perguntar mais uma coisa?

— Claro.

Eu sorri.

— Por que você não me disse que podia se transformar em lobo?

Os cílios grossos baixaram, velando o olhar.

— Eu não sabia se isso iria… te perturbar.

— Porque você pensaria isso?

Ele deu de ombros e pigarreou. Quando ergueu os cílios, a vulnerabilidade em sua expressão me impressionou.

— A maioria das pessoas ficaria ao menos perturbada pela capacidade de alguém se transformar em uma besta.

— Algumas provavelmente ficariam um pouco assustadas com isso, mas eu não sou a maioria das pessoas.

— Não — murmurou ele. — Você não é.

— E um lobo não é uma besta. Um dakkai? Sim. Isso é uma besta para mim. — Tracei a linha de sua clavícula. — Um lobo é lindo. — Meu olhar encontrou o dele. — Você é lindo na forma de lobo.

— Obrigado.

Tamborilei meus dedos em sua pele.

— Acho todas as suas formas lindas. Esta. O lobo. Quando você se torna Primordial pleno.

— Primordial pleno?

Assenti, prendendo meu lábio inferior entre os dentes.

— Quando sua a pele lembra pedra das sombras, e você faz aquela coisa esfumaçada e sombreada.

O éter se intensificou, rodopiando descontroladamente em seus olhos.

— Acho que sei exatamente qual parte da forma Primordial plena você acha tão... *linda*.

Minhas bochechas coraram quando minha mente logo voltou para a noite em que Ash havia sido atraído até mim enquanto eu dava prazer a mim mesma. Aqueles tentáculos esfumaçados da energia sombria que ele controlava eram definitivamente *lindos*. E devassos. E altamente excitantes. Senti um delicioso aperto no estômago apenas com a lembrança daquela noite.

Deuses, eu realmente não podia pensar naquilo agora, mesmo que ainda me sentisse tão aliviada e emocionada que sequer pudesse sentir desejo. Mas havia outras coisas que precisavam ser resolvidas. Coisas importantes que não envolviam aqueles escandalosos fios de éter ou qualquer parte de nossos corpos.

Endireitei os ombros.

— Provavelmente precisamos ir.

— Sim. — Ele inclinou a cabeça para trás. — Mas você vai precisar de roupas para isso.

Olhando ao redor da caverna, levantei uma sobrancelha.

— Acho que estamos sem sorte nesse quesito.

— Vou pegar algumas para você — disse ele, lembrando-me de que era tão mais jovem do que os outros Primordiais e não conseguia manifestar roupas como Attes, por exemplo. — Vai demorar alguns minutos, se muito. Aproveite um pouco mais o lugar.

Aquilo significava que ele iria caminhar nas sombras. Ele iria embora. Meu estômago embrulhou e, deuses, não consegui evitar a explosão de pânico.

— Posso colocar o mesmo vestido.

— Nunca mais quero vê-la vestida daquele modo. — Éter chicoteou através de seus olhos. — E não tem nada a ver com o sangue espalhado por todo o tecido. *Essa* é a única parte do vestido que eu gosto.

— Porque é o sangue de Kolis? — arrisquei.

Ele assentiu.

— Cruel — murmurei, meus dedos pressionando seu peito. — E se algo acontecer com você? E se não voltar e eu ficar presa aqui? Não me leve a mal, é lindo, mas acho que não consigo comer lilases ou…

— Nada vai acontecer comigo. Nem você vai precisar comer os lilases… e por favor, nem tente. — Uma pitada de divertimento se infiltrou em seu tom. — Nada vai acontecer. Você está segura aqui, Sera. Juro.

Eu sabia que estava. Ninguém sabia sobre a caverna.

— Não é comigo que estou preocupada.

— Você não precisa se preocupar comigo, *liessa*. — Ele roçou os nós dos dedos em meu rosto. — É improvável que Kolis tenha sequer começado a se recuperar.

Com o coração batendo forte, assenti.

— Não é vergonha sentir medo. — Ele tocou meu lábio inferior. — Mas eu não te deixaria se achasse, mesmo por um segundo, que não era sensato.

— Não estou com medo — menti mais uma vez, e mais uma vez ele percebeu, porque eu *estava* com medo. De não vê-lo novamente. De algo dar errado. De ficar sozinha. Só os deuses sabiam do que mais.

Mas também nunca mais queria ver aquele vestido de novo. Eu precisava mesmo de roupas, de preferência algo que não fosse transparente. E nós também não tínhamos tempo para eu ter um colapso emocional.

— Tudo bem — concordei, mas Ash hesitou, os olhos procurando os meus. — Estou bem. — Saí de seu colo, deixando-me flutuar de volta para a água. — Vá.

— Só alguns minutos — prometeu ele enquanto se levantava, filetes de água escorrendo pela calça de couro encharcada.

O peso da água fez com que a peça ficasse pendurada em seus quadris, revelando os sulcos dos lados. Mordi o lábio, lembrando-me de que, embora parecesse indecentemente erótico, ele devia estar muito desconfortável.

— Não se esqueça de pegar algo seco pra você também.

Um lado de seus lábios se curvou. Um lampejo de névoa branca surgiu, e então Ash se foi.

Inspire.

Olhei ao redor da caverna mal iluminada. *Prenda.* Exceto pela água, estava silenciosa. *Expire.* Exatamente quão abaixo da terra eu me encontrava? *Prenda.* Provavelmente, não era a melhor coisa em que pensar. Dei meia-volta na água, mordiscando o lábio enquanto avançava, o coração desacelerando conforme a água girava suavemente ao meu redor. Parei a poucos metros da pedra para a qual Ash tinha apontado. A água batia logo acima de meu peito, como ele dissera. Fiquei imóvel, me permitindo absorver a sensação da água quente e borbulhante. Ela fazia espuma ao meu lado e abaixo da superfície, bolhas dançando descontroladamente sobre meus quadris e pernas. Olhei para baixo, percebendo que tinha cruzado os braços firmemente sobre os seios.

Deuses.

Relaxei a postura enquanto respirava o ar doce. Acima de mim, ouvi o leve canto dos pássaros e, por alguns instantes, apenas os escutei. Havia quanto tempo que não escutava os pássaros? Semanas? Até mais tempo, na verdade. Fora os falcões, não existia tanta vida nas Terras Sombrias.

Tanta vida...

Esvaziando a mente, procurei a presença de Sotoria. Não a sentia exatamente, mas sabia que ainda estava lá.

— Eu… eu não sei do que você está ciente — falei baixinho. — Mas vou tirá-la de mim. Você não vai ficar presa.

Senti então uma forte palpitação, quase como um segundo batimento cardíaco. Com certeza, era ela.

— Vamos colocar você em alguma coisa e então… — E então? Franzi os lábios enquanto observava os buracos de luz espalhados acima. — Não sei exatamente como tudo vai funcionar, mas sei que Attes deve garantir que você seja bem cuidada e que encontre a paz novamente. — A emoção fechou minha garganta. — Tudo bem?

Eu não a ouvi, mas ouvir sua voz era raro. Houve outro baque suave e estranho, e interpretei aquilo como se ela reconhecesse o que eu havia…

Uma dor aguda e pulsante surgiu sem aviso, atravessando minhas têmporas. Sufocando um suspiro, fiquei completamente imóvel enquanto um gosto metálico me enchia a boca.

Com mãos trêmulas, separei os lábios e cutuquei de leve o céu da boca com um dedo. Olhei para baixo: sangue pontilhava a pele.

Rapidamente abaixei a mão sob a água enquanto engolia, estremecendo com o gosto metálico na língua. A pontada de dor retrocedeu à dor habitual.

Olhei de volta para a margem, examinando as sombras antes de me permitir deslizar para baixo da superfície.

A água quente e ondulante corria por cima de minha cabeça e explodia em um turbilhão de bolhas ao meu redor. Fiz o que sempre fazia quando estava no meu lago. Fiquei submersa, os pensamentos se esvaziando até não haver mais nada. Daquela vez, porém, não fiquei até meus pulmões começarem a queimar. Não cheguei a tal ponto, porque senti o zumbido de um Primordial. Meu coração palpitou dentro do peito, muito embora eu soubesse que só poderia ser Ash. Tomei impulso, rompendo a superfície.

Parado a poucos metros da borda das fontes termais, Ash colocava uma trouxa de roupas sobre um afloramento de rochas maiores, perto do diamante. Imediatamente, vi que ele havia encontrado uma calça seca marrom-escura que se ajustava perfeitamente às coxas e panturrilhas, enfiada em botas pretas.

O alívio me invadiu tão depressa que me deixei afundar até a água bater em meu queixo.

— Não demorou muito.

— Pensei em ir até as Terras Sombrias, mas tive medo de que demorasse mais do que o necessário — explicou ele. — Então fui até as Terras dos Ossos.

Mordi o lábio. Obviamente, ele se preocupou que eu fosse me desesperar se demorasse muito.

— Consegui algumas calças e uma túnica para você. Vão servir, pelo menos por enquanto. Mas nada de sapatos. Bele está em busca de um par enquanto falamos.

— Bele — sussurrei, saindo da água. Eu segui em frente. — Como ela está?

Puxando algo escuro e comprido do embrulho, ele me encarou.

— Ela está… Bele.

Eu ri da resposta, porque me disse o que eu precisava saber. Ela estava bem.

— E Aios?

Ash ficou completamente imóvel.

— Ela também está bem. Mas não estava nas Terras dos Ossos. — Ele entreabriu os lábios enquanto me observava me aproximar dos degraus escavados na terra. — Ela ficou nas Terras Sombrias.

— É seguro para ela?

— Sim.

Seu olhar se moveu enquanto a água rodopiante e espumosa cobria cada vez menos, batendo primeiro no umbigo e depois nos quadris, e então até mais baixo, enquanto eu subia os degraus.

Um calor inebriante se acumulou em meu peito, descendo para onde Ash havia fixado seu olhar ardente. Vi as pontas de suas presas outra vez. Uma onda de prazer intenso me invadiu, e... algo mais também... algo mais frio.

O olhar de Ash se ergueu, os fios de éter em seus olhos se acalmaram. Meu coração disparou.

— Também peguei um cobertor — disse ele, antes que eu pudesse falar. Então veio em minha direção, abrindo-o. — Para usar como toalha.

— Obrigada — sussurrei, sentindo... deuses, eu não sabia como me sentia.

Ash estava quieto quando começou a me secar, torcendo meu cabelo para retirar o máximo possível de umidade. Fiz menção de dizer a ele que eu podia cuidar daquilo, mas depois desisti. Achei que talvez ele precisasse fazer aquilo, e eu estava gostando... de como ele era gentil, meticuloso. Lembrou-me de outra época.

Olhei para o diamante embrulhado, me encolhendo. Eu realmente esperava que o pai de Ash não estivesse tão ciente a ponto de ter ouvido nossa conversa anterior. Ou que visse aquilo.

Na verdade, provavelmente era melhor não pensar no assunto.

— Obrigada — agradeci, quando Ash terminou.

Ele se levantou e nossos olhares se encontraram.

— O prazer é meu.

Sorri quando ele se virou, jogando o cobertor onde havia deixado o vestido. Ao passar por eles, uma faísca acendeu a pequena pilha. Arregalei os olhos enquanto chamas prateadas lambiam o cobertor e o vestido, não deixando nada para trás. Levantando uma sobrancelha, olhei para ele.

— Eu não quero mesmo ver esse vestido de novo — afirmou Ash, pegando o que parecia ser uma calça preta.

Eu me vesti em silêncio enquanto Ash colocava uma túnica larga de linho que tinha separado para si mesmo. Pendia desamarrada na gola, o que permitia um tentador vislumbre de sua pele marrom reluzente. A calça que me trouxera estava mais para o apertado, mas a camisa era vários tamanhos maior e caberia em Ash com facilidade. Batia em meus joelhos. Sinceramente, podia ter sido usada como camisola.

Baixei os braços, observando as mangas passarem vários centímetros dos dedos.

— Fofa — disse ele, com um tom arrastado.

— Aham.

Juntando-se a mim, ele pegou uma das mangas e começou a enrolá-la.

— Vi Elias enquanto estava lá. Apenas brevemente. Ele disse que Attes deveria chegar logo.

— Ótimo. — Expirei pesado, ignorando o latejar de dor que percorria minha nuca. — Você acha que ele encontrou Keella?

— Tenho certeza.

Ele olhou para o diamante.

— Vamos ter de... libertar seu pai antes de mais nada. — Fiquei imóvel enquanto Ash ajeitava a manga em meu cotovelo. — O que acha que vai acontecer quando fizermos isso?

— Sua alma ficará livre. — Com a cabeça baixa, ele passou para a outra manga. — Ele deve entrar em Arcadia.

— Você... você será capaz de vê-lo então? Sua alma?

— É provável.

— Falar com ele?

— As almas não falam como nós. É possível ouvi-las em sua mente. — Ele dobrou a manga. — Mas não sei o que vai acontecer.

— Espero que o ouça. — Apertei meus lábios. — Depois disso, precisamos remover a alma de Sotoria de mim.

— Disso não tenho certeza.

— Ash...

Ele parou no meio de meu antebraço, seus olhos encontraram os meus.

— Não tenho ideia de como remover a alma de Sotoria de você. Estamos apenas presumindo que Keella seja capaz. Isso significa que ela provavelmente estará com A Estrela no momento e poderia tentar pegar suas brasas.

Arqueei as sobrancelhas.

— Delfai disse que as brasas só poderiam ser levadas se...

— Eu me lembro do que ele disse. — Um músculo flexionou em sua mandíbula. — Mas não sabemos se Keella sabe. Ou Attes. Ambos poderiam tentar algo.

— Ash — comecei. — Você realmente acha que algum deles vai tentar algo? Keella não é leal a Kolis.

— Não estou preocupado com ela — murmurou ele. — Já Attes? É outra história.

Ele terminou com a manga. E no momento perfeito, porque cruzei meus braços.

— Você está preocupado com Attes?

— Esta é uma pergunta retórica?

— Não deveria sequer ser uma pergunta — salientei. — Ele nos ajudou a escapar, e me ajudou antes.

— Quando ele fez isso? — Ash me encarou quando comecei a recuar. Ele segurou meu cotovelo. — Ainda não.

— Sei que vocês dois ainda não tiveram sua conversinha... Espere, por que eu preciso ficar parada?

Ash arqueou uma sobrancelha enquanto esticava os braços para as laterais de meu pescoço, deslizando as mãos sob meu cabelo.

— Ah. — Fiquei imóvel enquanto ele começava a soltar suavemente meu cabelo de onde estava preso, por baixo da gola da túnica. — De qualquer forma, Kyn recebeu ordens de destruir as Terras Sombrias para mandar uma mensagem e depois me levar. Attes interveio.

— Levando você pessoalmente. — O ar na caverna ficou carregado. — Para Kolis.

— Era a única maneira de impedir Kyn de destruir as Terras Sombrias — argumentei.

O olhar que Ash me lançou deixou óbvio o que ele pensava da interferência de Attes.

— Ouça, seu pai confiava em Attes — insisti, tentando outra tática. — Confiava nele o suficiente para contar o que planejava fazer com a alma de Sotoria e as brasas.

Ash hesitou novamente.

— Attes sabia o tempo todo, Ash. Ele não teria contado a Kolis sobre a alma de Sotoria se fosse leal ao falso Rei? — argumentei. — Não teria revelado que eu não era Sotoria? Porque Attes também sabia que, qualquer que tenha sido, o plano de Eythos não dera muito certo. Ele sabia que eu não era Sotoria e não tinha motivos para esconder essa informação de Kolis, que provavelmente teria chegado à mesma conclusão que eu: que se A Estrela era poderosa o suficiente para segurar e transferir brasas, seria forte o suficiente para fazer o mesmo com uma alma.

Aquele músculo ao longo de seu maxilar se contraiu com mais força.

— Se Attes sabia disso esse tempo todo, por que não me contou?

— É uma ótima pergunta. Eu mesma perguntei a ele.

Ash havia conseguido desvencilhar quase todos os fios de cabelo do colarinho da túnica.

— Tenho certeza de que ele tinha uma resposta.

— Os Destinos. Eles exigiram que você nunca soubesse do plano. Era um jeito de manter seu precioso equilíbrio. E, sim, é realmente idiota, mas Attes e Eythos temiam que, se te contassem, a informação acabaria se voltando contra você de alguma forma.

Aquele músculo em seu queixo continuou contraído enquanto ele soltava um cacho colado no meu pescoço.

— E ele não confiava em você.

— Essa é a primeira coisa plausível que ouvi.

Suspirei.

— Ele não confiava totalmente em você. Attes nunca soube o que você realmente pensava de Kolis, o que parece difícil de acreditar.

— Não é. — Ele passou para o outro lado de meu pescoço. — Eu te disse. Mesmo que nem sempre enganasse Kolis, eu podia ser muito convincente. — Ele me encarou. — Nada disso significa que confio em Attes quanto a isso.

A frustração me dominou.

— Eu tenho vontade de enfiar algum bom senso em sua cabeça agora mesmo.

— Pode tentar.

Ele me deu um sorriso.

Eu o ignorei.

— Attes odeia Kolis, e você precisa saber por quê… o que Kolis fez com ele. Com seus filhos.

As narinas de Ash se dilataram enquanto ele ajeitava o restante do meu cabelo sobre o ombro.

— Eu sei.

— Então você acha que Attes não quer ver Kolis derrotado tanto quanto você?

Os cílios grossos baixaram, protegendo seu olhar.

— E Attes fez o mesmo que Elias — disparei.

A pele ao redor de seus olhos franziu.

— Ele jurou lealdade a você?

— Sim, até fez toda aquela coisa de ajoelhar e prometer.

Um pouco da dureza deixou suas feições.

— Isso é… interessante.

Revirando os olhos, levantei os braços.

— Attes só fez o que Keella fez, o que você fez. Sobreviveu enquanto fazia o possível para impedir Kolis de conseguir o que quer — declarei. — E não é apenas Sotoria. São as brasas também. Ele quer… ou *precisa*… — corrigi — das brasas.

— Para se tornar um monstro insano e invencível?

— Bem, além disso. Tem toda essa questão do equilíbrio. A vida tem de ser criada para manter os planos estáveis, e o que ele está fazendo para conseguir é criar o que ele chama…

— Sei o que ele tem criado. Os Ascendidos — interrompeu ele, e a surpresa me invadiu. — Os Espectros. Ele não conseguiu esconder seu maldito orgulho quando me contou sobre o… — Os tendões se destacaram ao longo de seu pescoço. — Quando me contou que eu seria libertado quando minha raiva estivesse sob controle.

Eu sabia que não era aquilo que ele estivera prestes a dizer. Foi quando Kolis havia ido contar a ele sobre o acordo.

— Por que ele mencionou isso?

— Porque meu tio é um desgraçado arrogante que leva o fato de não ser capaz de criar vida, como meu pai, para o lado pessoal e ao extremo.

Assenti lentamente, lembrando-me de como ele havia reagido quando sentiu que eu não acreditava que ele pudesse criar vida.

— De qualquer forma, nem sempre funciona. Ele sabe disso. Kyn também.

Sombras pressionaram as bochechas de Ash.

Acrescentei depressa:

— Kolis não sabia que não poderia me Ascender, mas acreditava que a coisa toda seria perigosa. Então planejava esperar até que eu entrasse na Seleção para pegar as brasas. Ele não sabia que eu já havia começado minha Ascensão. E a única razão em que posso pensar para o processo não ter se completado foi devido ao que Kolis obrigou Phanos a fazer.

Seu olhar se aguçou.

— E o que foi?

Contei a ele sobre o sacrifício das sirenas, e praticamente vi as engrenagens começando a girar em sua mente.

— Não.

Ele franziu a testa.

— Não o quê?

— Não permitirei que mais alguém dê a vida para prolongar a minha. Sei que você está considerando a ideia.

— Só que não é apenas sua vida que você estaria prolongando, Sera. É a de milhares — rebateu Ash. — Milhões.

Minhas mãos se fecharam ao lado de meu corpo.

— Mas apenas temporariamente. Enquanto as brasas continuam dentro de mim, a Devastação se espalha e causa mais danos. E…

Ash ficou imóvel novamente.

— E o quê?

— E eu… estou ficando sem tempo — admiti. Não o vi respirar. — Estou morrendo.

— Não.

— Estou morrendo, Ash. — Enquanto falava, coloquei aquele véu. Odiei fazer aquilo com ele, mas não queria que a calma que eu tinha encontrado em relação ao que estava acontecendo desmoronasse e ele sentisse qualquer emoção minha. Já seria difícil o bastante para ele. Então, me esvaziei o máximo que pude. — Você tem de pegar as brasas, e precisa fazer isso logo. Eu não tenho muito...

— Você não sabe.

Sombras engrossaram sob sua carne, apagando rapidamente os tons mais quentes da pele.

— Eu sei, e você também. — Segurei suas bochechas. Sua pele estava tão gelada agora. — Minha boca...

— Não diga nada — sussurrou ele... implorou.

Eu precisava.

— Minha boca tem sangrado. Estava sangrando ainda há pouco, quando você saiu para pegar as roupas. — Quando ele começou a desviar o olhar, eu o impedi, mantendo seus olhos nos meus. — E já não sinto as brasas em meu peito, Ash. Eu as sinto em todos os lugares. Em meu sangue. Meus ossos. Minha pele.

Um arrepio o sacudiu, e então eu estava em seus braços, abraçada com força junto a seu peito. Ash não falou nada enquanto eu sentia seu coração acelerado. Não precisava, porque ele sabia.

Minha Ascensão havia mesmo começado. E eu estava certa. Não tínhamos muito tempo.

Talvez nem um dia.

O fim estava sobre mim... sobre nós.

35

O conhecimento do que estava por vir nos seguiu quando Ash e eu caminhamos nas sombras até as Terras dos Ossos.

Eu soube no momento em que chegamos. A umidade e o aroma doce da caverna desapareceram, substituídos por uma brisa mais fresca, que me lembrou a primavera em Lasania.

Ash não me soltou quando levantei a cabeça. A névoa começou a se dissipar ao nosso redor enquanto o canto dos pássaros diminuía, revelando verde, *muita* folhagem verde e exuberante. Vi sempre-vivas, baixas e rasteiras, arbustos que desabrochavam com flores claras e árvores com troncos cobertos de trepadeiras, seus galhos extensos e pesados com folhas largas.

— Hmm — murmurei, segurando A Estrela na mão direita.

Ash ergueu o braço, entrelaçando os dedos em meu cabelo molhado.

— O quê?

— Estou meio confusa. — Olhei para a direita, vendo mais do mesmo. — Para um lugar chamado Terras dos Ossos, eu esperava ver um monte de ossos.

— Olhe para baixo, *liessa*.

Meus olhos dispararam de volta para ele, arregalados. Parte de mim não estava convencida de que era o que eu queria, mas a curiosidade sempre, *sempre* vencia.

Os cantos de meus lábios se curvaram para baixo.

— Só vejo terra e grama.

— Se estivéssemos neste exato local, no final da era dos Antigos, estaríamos sobre os restos mortais dos que caíram diante deles em batalha — explicou. — E esses ossos ainda estão aqui, apenas retomados pela terra ao longo dos milênios. Quase tudo a leste das Montanhas Skotos até a Enseada cresceu a partir dos restos daqueles que sucumbiram.

Meu lábio superior se curvou enquanto eu resistia à vontade de pular nos braços de Ash. Já tinha visto muitas coisas nojentas. Eu mesma tinha feito algumas. Mas, de algum modo, achava aquilo muito mais perturbador.

— Fico um pouco nervosa em saber que estamos basicamente de pé sobre os túmulos dos deuses e sabe-se lá quantos esqueletos. E parece desrespeitoso.

— Os dragontinos concordariam com você. — Seus dedos percorreram meu cabelo. — Eles veem as Terras dos Ossos como sagradas.

Já tinha ouvido falar sobre aquilo. Inclinei a cabeça para trás. A luz solar pontilhava a curva da bochecha e do maxilar de Ash.

— O que de fato causou a guerra com os Antigos?

— Uma coisa. — Seu olhar analisou meu rosto. — E, ainda assim, muitas coisas.

— Que resposta útil.

Um leve sorriso apareceu.

— Os Antigos nunca sentiram como os mortais, nem mesmo como os Primordiais da época de meu pai, antes de o primeiro deles se apaixonar. Eles simplesmente não foram... criados assim — explicou, deslizando a mão do meu cabelo até o queixo. — Mas não significava que fossem indiferentes às necessidades de seus filhos ou dos mortais que eventualmente povoaram as terras a oeste do Iliseu. Eles transbordavam empatia... até que não mais.

— O que fez com que mudassem?

— O mesmo que acontece a qualquer ser que vive tempo demais. — Seu polegar roçou meu lábio inferior. — Eles perderam a conexão com aqueles que vieram de sua carne e com os mortais, enxergando cada vez menos beleza naqueles que habitavam os belos planos ao longo do tempo. Meu pai disse que começaram a ver qualquer coisa que não fosse criada por eles como parasitas. As mudanças que os mortais fizeram em seu plano não ajudaram. Os Antigos ficaram particularmente descontentes com a destruição da terra em nome do progresso. Muitas florestas foram devastadas, dando lugar a fazendas e mansões. As estradas cobriram o solo. As cidades foram construídas sobre os prados. Quando olhavam para o plano mortal, só viam morte.

— Sério? — Arrastei a palavra.

Ash assentiu.

— De acordo com meu pai, os Antigos não só eram capazes de ver, mas também podiam se conectar com as almas de cada criação viva. O que incluía formas de vida superiores, como você e eu, mas também animais e vegetais.

Rugas se formaram entre minhas sobrancelhas.

— As plantas têm alma?

— Segundo ele, é o que os Antigos afirmavam.

— Então presumo que nem você nem os Primordiais mais velhos possam constatar isso?

— Correto. — Seu polegar fez outra carícia em meu lábio. — Os Antigos passaram a acreditar que os mortais e as terras não poderiam coexistir. Eles perceberam que tinham de fazer uma escolha.

— Os mortais ou... ou as árvores?

— Os mortais não podem existir sem a abundância da terra — argumentou ele. — Então, para eles, a escolha foi fácil. Eles decidiram limpar as terras e livrá-las dos mortais.

— Queridos deuses — murmurei. — E eles podiam fazer isso?

— Os Antigos eram... Bem, você lembra o que foi dito sobre um Primordial tanto da Vida quanto da Morte? Como poderiam destruir os planos e refazê-los em um piscar de olhos?

— Sim. — Estremeci, pensando em Kolis com tanto poder. — Os Antigos podiam fazer isso?

— A princípio. Felizmente, alguns perceberam o perigo de qualquer ser possuir poder tão ilimitado e tomaram providências para diminuir o seu próprio muito antes do primeiro sopro de um mortal. E fizeram isso criando descendentes a partir de sua carne.

— Primordiais como seu pai?

— Sim. Eles transferiram partes de sua energia, sua essência, para cada um de seus filhos, dividindo assim suas habilidades entre eles e, portanto, criando um equilíbrio do poder compartilhado.

Algo no que ele dissera soou familiar.

— Quando os Antigos decidiram limpar a terra, os Primordiais e deuses uniram forças com os mortais, dragontinos e seus ancestrais, para resistir. — Ele hesitou. — Até Kolis lutou lado a lado com meu pai. Era outra época então.

Era difícil imaginar uma época em que Kolis e Eythos estivessem do mesmo lado.

O trinado baixo e estridente de um dragontino chamou nossa atenção para as árvores.

— Estão nos aguardando.

— Estão. — Ash guiou meu olhar de volta para si. — Eles podem esperar mais alguns minutos. — O éter se agitava, inquieto, em seus olhos. — Como está se sentindo? De verdade?

Por impulso, comecei a dizer a ele que me sentia bem, mas não havia por que mentir. Não era justo com ele. Nem comigo.

Respirei fundo, mas meus pulmões não pareciam ter se enchido por completo. Era uma sensação diferente da que acompanhava a falta de ar gerada pela ansiedade. Parecia que parte de mim simplesmente não funcionava mais direito.

— Estou... estou cansada.

A expressão de Ash não revelava nada, mas ele engoliu em seco.

— Como está sua cabeça? Seu maxilar?

Gostaria de ainda poder mentir para ele.

— Só uma dor leve agora.

— Tudo bem. — Ele baixou a cabeça e beijou minha testa. — Prometa que vai me avisar se a dor piorar.

— Prometo.

Ash ficou parado por vários segundos, a mão fria em minha bochecha e os lábios em minha testa. Então ele recuou e pegou minha mão esquerda, fazendo menção de me levantar em seus braços.

— O que está fazendo?

Ele franziu o cenho.

— Eu ia...

— Por favor, não diga que você ia me pegar no colo.

— Quero que você poupe suas forças.

— Caminhar não é esforço algum.

A carranca se aprofundou.

— Além de não entender o que é uma discussão, acho que você também não entende como o corpo funciona.

Estreitei os olhos.

— Eu posso andar, Ash. Estou morrendo — constatei, forçando leveza em meu tom enquanto batia em seu peito. — Mas não estou morta.

O éter ficou extraordinariamente imóvel em seus olhos.

— Isso não é motivo para piada.

Suspirei. Ele tinha razão.

— Para qual direção?

— Oeste.

— Oeste? — Olhei para a esquerda e depois para a direita, antes de voltar meu olhar para ele. — Pareço uma bússola?

Ele contraiu os lábios.

— Por aqui, *liessa*.

Com minha mão segurando a sua, Ash começou a se virar para a esquerda.

— Não vamos precisar caminhar muito — disse ele, com a voz um pouco mais áspera que o normal, o que atraiu meu olhar para seu rosto. Ele olhava para a frente, expressão indecifrável.

Apertei sua mão.

Ele deu um leve sorriso, que não alcançou seus olhos.

— Cuidado — instruiu ele. — Há muitas pedrinhas e galhos aqui. Não quero que corte os pés.

Aquilo me fez sorrir e também fez meu coração se apertar um pouco, porque ele estava preocupado com a possibilidade de eu machucar meus pés. Meus *pés*. Eles poderiam ser amputados que não faria a menor diferença.

Certo, provavelmente aceleraria o inevitável, mas sua preocupação era fofa e… e parecia *carinhosa*.

Com o diamante na mão, caminhei com Ash por alguns minutos, ele me desviando de galhos caídos e pedrinhas espalhadas que não poderiam perfurar minha pele mesmo se eu pulasse sobre eles. Eventualmente, lascas de branco — mármore branco opaco ou pilares de calcário — surgiram por entre as árvores.

— É um templo? — Semicerrei os olhos.

— Um deles. — Ele estendeu a mão, afastando um galho do caminho. — E antes que me pergunte, não tenho certeza em honra de quem foi erguido.

— Eu não ia perguntar.

Uma mecha de cabelo castanho-avermelhado caiu em sua bochecha quando ele me olhou de soslaio.

— Que seja — murmurei, ficando quieta por cerca de dois segundos enquanto olhava uma árvore caída, coberta de musgo. — Então os mortais viviam a leste das Montanhas Skotos?

— Sim. — Soltando minha mão, ele agarrou meus quadris e me levantou sobre a árvore caída com tanta facilidade que não pude deixar de me sentir frágil e delicada. — Costumavam viver até o sopé dos Cárceres.

— Uau! — Partes do telhado plano e quadrado do Templo ficaram à vista. — Não pensei que morassem tão perto do Iliseu.

— Primordiais e deuses interagiam mais estreitamente com os mortais, visitando aldeias e passando tempo com eles — explicou Ash, pegando mais uma vez minha mão. — Isso foi antes das habilidades dos Primordiais amadurecerem e seus efeitos começarem a influenciar os mortais.

À frente, algo — não, *alguém* alto e ágil vestido de preto — avançava por entre as árvores, caminhando rapidamente em nossa direção.

— Quem é aquele? — perguntei.

— Bele. — Seus lábios se estreitaram. — Você não...

— Finalmente! — gritou Bele. Acima de nós, galhos balançaram conforme pássaros silenciosos alçavam voo, dispersando-se ao vento. — Estava começando a ficar preocupada.

Meus lábios começaram a se curvar quando Bele ficou mais visível, a pele marrom-clara reluzindo sob os raios de sol filtrados pelas árvores. Ela caminhou em nossa direção, a ponta de sua trança da cor da meia-noite balançando na altura dos ombros conforme seus passos aceleravam.

Como sempre, Bele estava armada até os dentes. Adagas embainhadas nas coxas, lâminas menores presas a faixas em seus braços e o punho de uma espada projetado da parte de trás da cintura. Sobre o ombro, vi a curva de um arco.

Bele era... Ela costumava ser feroz antes de Ascender, confiante e às vezes um pouco assustadora. Mas agora?

Agora, ela estava impregnada de poder e força, movendo-se através da mata como um predador em uma caçada.

Meus passos desaceleraram. Ela agora era a Deusa da Caça. Ou melhor, a Primordial da Caça e da Justiça Divina. Pelo que fiquei sabendo, ninguém fazia ideia se Bele havia Ascendido como verdadeira Primordial, mas tinha sido antes da morte prematura de Hanan. Se fosse o caso, porém, eu não sentiria sua aproximação?

As bochechas ligeiramente arredondadas de Bele se ergueram enquanto um sorriso se espalhava por seu rosto, e então ela não estava mais a vários metros de distância, mas bem na minha frente. Eu nem tive tempo de ofegar. Seus braços me envolveram com tanta força que quase deixei cair A Estrela, e teria tropeçado para trás antes que ela me firmasse, se não fosse pelo aperto de Ash em minha mão.

Bele... estava me abraçando. Quero dizer, realmente me abraçando, com os dois braços e a cabeça enterrada no meu ombro.

O choque percorreu meu corpo enquanto eu dirigia o olhar para Ash. Ele levantou uma sobrancelha. Bele não era do tipo que abraçava. Nem era tão emotiva. Ela era mais do tipo que elogiava-enquanto--insultava-ao-mesmo-tempo, provavelmente o motivo de nos darmos bem. De certo modo. Nós duas também parecíamos nos divertir irritando os outros.

Eu a enlacei com um braço, depois com o outro, assim que Ash, lenta e relutantemente, soltou minha mão.

Mas ele continuou por perto.

— Pegue leve com ela, Bele.

Seu abraço afrouxou um pouco. Senti seu peito subir.

— Obrigada.

— Pelo quê? — murmurei em sua trança, com tapinhas desajeitados em suas costas, porque oficialmente eu dava os piores abraços.

— Por Aios — respondeu com voz rouca, estendendo a mão entre nós para tocar o colar. — Se eu a tivesse perdido... — Um tremor a percorreu.

Apertei bem os olhos, tendo esquecido da suspeita de que havia algo íntimo entre as duas, algo mais do que apenas amizade.

— Não precisa me agradecer por isso.

— Acabei de agradecer. E não vou voltar atrás. — Sua voz se firmou. — E você não pode rejeitar meu agradecimento.

Meus lábios se curvaram.

— Tudo bem.

— Que bom que estamos de acordo. — Bele recuou. — Odeio arruinar esta reunião, mas... — Ela parou, inspirando profundamente. A deusa baixou os braços enquanto abria a boca e depois fechava. Éter estalava em seus olhos, as íris que antes eram de um tom de avelã mais próximo do ouro agora eram pura prata. — Por favor, me diga que você deu pelo menos uma boa surra naquele filho da puta.

Por um momento, não tive certeza do que tinha provocado a pergunta, mas então percebi que ela estava olhando para o meu pescoço; os hematomas e o ferimento deixados pelo arranhão das presas de Kolis.

— Ele levou mais do que apenas uma surra — interveio Ash, segurando minha mão novamente.

O queixo de Bele se ergueu.

— Sério?

— Sim. — Minha tendência natural de me gabar quando se tratava de ter levado a melhor em qualquer luta não estava presente, o que provavelmente significava que eu estava mais cansada do que imaginava. — Ele está nocauteado agora.

A aprovação brilhou naquelas feições deslumbrantes, acompanhada de um sorriso selvagem.

— Gostaria de ter estado lá para ver.

Comecei a sorrir quando percebi algo. Bele tinha Ascendido como a Primordial da Caça, mas seus braços estavam nus.

— Você não tem um bracelete como os outros?

— Ainda não. — Bele olhou para aquele ao redor do bíceps de Ash. — Aparentemente, vai aparecer quando eu estiver pronta. — Ela semicerrou os olhos para Ash. — E quando será isso, exatamente?

— Tenho a impressão de que varia. Odin não apareceu até alguns anos depois de eu me tornar um Primordial da Morte.

— Alguns anos? Isso é irritante. — Bele revirou os olhos. — De todo jeito, ouvimos dizer, por algum deus chamado Elias, que Kolis havia sido nocauteado, mas não o deixamos dizer muito mais antes de o amordaçarmos.

Pisquei os olhos, perplexa.

— Antes de fazerem o quê?

— Nós o amarramos e o amordaçamos — repetiu ela. — Por que está me olhando assim? Eu não o conheço. Nenhum de nós o conhece. Sabemos apenas que Attes apareceu, deixou o sujeito com o rosto pintado de dourado e então disse que voltaria, antes que qualquer um de nós pudesse ao menos discutir o fato de que *aquele* filho da puta estava aqui.

— Ai, meus deuses — murmurei, enquanto Ash fazia um barulho que soava muito como uma risada. — Elias não é um cara mau. E Attes... Não vou explicar tudo de novo. — Lancei um olhar para Ash. — Nektas está aqui? Ele sabe de tudo.

— Nektas está fazendo coisas de dragontino.

— E ele não poderia ter mudado para sua forma mortal a qualquer momento para contar a vocês que Elias não precisava ser amarrado?

Comecei a caminhar em direção ao Templo, de onde presumi que Bele tivesse vindo.

— Sim, ele poderia ter feito isso, mas não o fez. — Bele alcançou Ash e eu. — Ouça, o deus está vivo. São e salvo.

Não tinha certeza se amarrar alguém se enquadraria como são e salvo.

— A propósito, parece que tenho outras más notícias para você. — Bele me encarou. — Veses está...

— Livre. Eu sei. Eu a vi — admiti. — Alguém se machucou?

Bele balançou a cabeça.

— A princípio, nem percebemos que ela havia escapado. Fui até lá e vi que ela basicamente tinha arrancado os malditos braços a mordidas. Acho que estava mais preocupada em fugir do que em se vingar.

Então Veses falou a verdade.

As árvores se tornaram escassas, revelando mais do antigo Templo que, agora eu via, fora erguido sob alguns penhascos rochosos.

— Veja. — Bele apontou para as colunas colossais. — O deus está vivo.

De fato, eu vi Elias. Era meio difícil não ver, já que eles o tinham amarrado ao pilar central do Templo de estilo coríntio; pernas, braços e boca presos. Mas foram as sombras que caíam sobre o Templo que chamaram minha atenção. Dois dragontinos o sobrevoavam, o maior deles tinha escamas pretas e cinza. Galhos ao longo da copa das árvores próximas balançavam quando Nektas circulava o penhasco mais baixo com vista para o Templo, enquanto o dragontino cor de ônix desacelerava, abrindo as asas. Ele pousou no telhado do Templo, as garras cravando na estrutura, que estremecia sob seu peso.

Choveram poeira e pedras. Entreabri os lábios quando vários detritos bateram inofensivamente no chão enquanto um entalhe espiralado, em formato de pergaminho, se partia, caindo sobre a cabeça e os ombros de Elias. O deus soltou um grunhido abafado antes que seu corpo desabasse.

Lentamente, virei a cabeça para Bele.

— São e salvo?

Os olhos de Bele estavam arregalados.

— Ele vai viver.

Arqueei as sobrancelhas.

— Isso não é minha culpa. — Ela cruzou os braços. — Eu não sabia que, entre todos os lugares, Ehthawn ia decidir pousar justamente ali.

Com a dor em minhas têmporas mais intensa, eu me virei, observando Ehthawn estender o pescoço para abaixar a cabeça em forma de diamante. Ele cutucou o deus inconsciente, antes de se inclinar em nossa direção. Pupilas verticais cercadas por vermelho se focaram em mim enquanto ele soltava um rugido baixo e bufante.

— Ele está se desculpando — explicou Bele.

— Aham.

Ehthawn fungou, seu hálito quente bagunçando os fios de cabelo em volta do meu rosto. Ele soltou um guincho suave, quase triste.

Ash apertou minha mão, parecendo responder ao som que o dragontino emitiu. Olhei para ele. Sua expressão continuava indecifrável.

Ehthawn se aproximou de mim, fechando os olhos. Desvencilhei minha mão esquerda dos dedos de Ash, depois hesitei. Com exceção da pequena Jadis, eu não costumava tocar um dragontino naquela forma, mas a criatura não afastou a cabeça. Pressionei levemente a palma naquela poderosa mandíbula. As escamas eram lisas e secas, apenas as cristas ásperas. Um ruído vibrante, quase como um ronronar, irradiou de Ehthawn.

— Está tudo bem — falei, mesmo duvidando de que ele estivesse realmente se desculpando. Meu olhar passou pelo focinho achatado e largo. Senti um nó na garganta quando olhei para o céu azul e sem nuvens, sem ver outro dragontino. — Orphine?

Ehthawn fez aquele som triste novamente. Senti um aperto crescente no coração. Bele ficou em silêncio.

— Orphine lutou com bravura — revelou Ash, calmamente. — Até seu último suspiro.

Com os dedos curvados sobre as escamas de Ehthawn, fechei os olhos. Uma onda de tristeza me invadiu, inundando meu peito. Não tinha certeza se poderia chamar Orphine de amiga ou dizer que ela realmente gostava de mim, mas eu era mais próxima dela do que de Davina, que havia perecido na luta contra os deuses sepultados. Eu respeitava a gêmea de Ehthawn, e ela me respeitava. E, se tivéssemos tido mais tempo, eu imaginava que talvez pudéssemos ter nos tornado amigas.

A tristeza se alojou em minha garganta enquanto abria os olhos.

— Sinto muito — sussurrei para Ehthawn quando Ash se aproximou de mim, o frescor que saía de seu corpo em contraste com o calor das escamas do dragontino.

Ehthawn soltou outro ruído, depois recuou. Mais poeira caiu, cobrindo os ombros de Elias.

— Tire-o dali antes que todo o telhado desmorone sobre ele — ordenou Ash.

Bele suspirou.

— Tudo bem.

Ash entrelaçou os dedos nos meus enquanto Bele avançava, desembainhando uma das adagas de pedra das sombras em seus antebraços.

— Devia ter contado a você sobre Orphine — disse Ash, em voz baixa. — Com tudo o que estava acontecendo...

— Tudo bem. — Soltei um suspiro trêmulo. — Ela...? — Pressionei os lábios em uma linha fina. — Foi rápido para ela?

— Acredito que sim. — Ash ajeitou um cacho atrás de minha orelha. — Ela está em paz agora, em Arcadia.

Gostaria que saber aquilo diminuísse a dor. Observei Bele cortar a corda dos ombros de Elias. O deus se lançou para a frente, então caiu no chão coberto de musgo... de cabeça.

— Ops! — exclamou Bele, devolvendo a adaga à bainha. — Ele vai viver.

Suspirei.

Com os lábios estremecendo, Ash me guiou em direção aos degraus do Templo enquanto Bele içava o deus inconsciente sobre os ombros. Atentos às trepadeiras nos degraus, subimos as escadas, a pedra quente sob os pés. Nem bem na metade do caminho, minha respiração se tornou ofegante, o suor brotava em minha testa. Eu me recusava a deixar aquilo transparecer, forçando minhas pernas a continuarem se movendo.

Tínhamos dado apenas mais alguns passos quando Ash parou logo acima de mim, inclinando a cabeça na direção da minha.

— Deixe-me ajudá-la.

Minhas costas enrijeceram enquanto eu olhava para a frente, levantando uma perna em protesto, depois a outra, então fiquei no mesmo degrau que ele.

— Estou bem.

— *Liessa*, olhe para mim.

— O quê?

Uma brisa salgada afastou o cabelo de seus ombros quando ele disse:

— Precisar de ajuda não é uma vergonha.

Minhas bochechas esquentaram.

— E há apenas força em aceitá-la.

— Eu posso subir as escadas — insisti, mesmo enquanto meus músculos gritavam em negação.

— Eu sei. O que não significa que não posso ajudá-la. — O éter rodopiava em seus olhos. — Permita-me. Por favor.

Engoli um xingamento.

— Acho que você percebeu que não posso negar nada a você quando pede por favor.

Um lado de seus lábios se curvou.

— Não tenho ideia do que você está falando.

— Claro — murmurei, mas não resisti quando ele me levantou em seus braços. Para ser sincera, eu não tinha certeza se conseguiria chegar ao topo.

E aquela ideia não só me fez sentir patética.

Também me assustou um pouco.

Ash alcançou o andar principal do Templo em poucos segundos, imediatamente me colocando de pé enquanto Bele passava, deixando Elias cair ao lado de um dos pilares. Eu até esperava que fizesse algum comentário, mas ela não disse nada, as feições pensativas quando parou no que parecia ser a base de uma estátua que um dia devia ter sido majestosa. Esquadrinhei a área do Templo, vendo vários blocos de mármore em diferentes estágios de ruína, conduzindo ao outro lado do santuário, onde havia um espaço fechado.

— Obrigada — agradeci, em um sussurro.

Ash me deu um beijo na bochecha, em seguida se endireitou enquanto várias figuras apareciam ao longo das colunas ao fundo, passando pela parte fechada do Templo. Conforme cruzavam o salão, senti meus ombros tensos ao reconhecer a maioria.

Saion e seu primo Rhahar caminhavam juntos, as mesmas magníficas feições exibiam um tom marrom profundo à luz do sol. Ambos usavam armadura prateada sobre o peito e, como Bele, era possível ver que carregavam todo tipo de arma.

Ambos pararam nas escadas do Templo. Atrás dos dois vinha Kars, o deus louro que eu conhecia como um dos guardas das Terras Sombrias, junto com outro deus que me lembrei de ter visto nos campos de treinamento.

Saion foi o primeiro a se separar do pequeno grupo e se aproximar de Ash. Eu podia jurar que os olhos escuros do deus brilharam quando Ash se moveu para apertar seu antebraço. Saion não parou por aí, no entanto. Ele puxou o homem mais alto para a frente, em um abraço de um só braço.

A surpresa me invadiu. De fato, eu jamais vira ninguém, além de Nektas, se aproximar de Ash, quanto mais tocá-lo. E sempre que eles me viam tocá-lo, parecia que testemunhavam algum tipo de magia.

Ash hesitou, nitidamente surpreso com a reação. Mordi o interior da bochecha, esperando e torcendo para que ele retribuísse o abraço. Aquelas pessoas. Saion, seu primo, Bele — todos eles — eram amigos de Ash, mesmo que ele não se permitisse reconhecer o fato desde a morte de Lathan. Mesmo que não devesse formar laços com qualquer um deles, já o fizera. Na minha opinião, não poder ver a jornada de uma alma ou influenciar seu destino não era mais importante do que o que se vivenciava em vida.

Então eu discordava dos Arae. A vida eterna após a morte não era mais valiosa.

Um arrepio de alívio passou por mim quando Ash finalmente se moveu, passando um braço em volta do ombro de Saion.

— É bom ver você — disse Ash, de modo áspero.

— Igualmente, irmão. — A voz de Saion não soou menos rouca. Ele deu tapinhas nas costas de Ash. — Igualmente.

Rhahar logo substituiu Saion no momento em que seu primo recuou. Então vi Lailah avançando, as longas tranças penteadas para trás. Seus lábios se curvaram em um sorriso, e meu olhar passou para quem caminhava logo atrás dela. Não era seu gêmeo, Theon.

Era Rhain.

Deuses, sua aparência estava muito melhor do que quando o vira pela última vez. O sangue e a carne machucada e mutilada haviam sumido.

O olhar de Rhain pousou em mim. Seus passos hesitaram no mesmo instante em que meu coração o fez. Desviei o olhar, erguendo a mão livre para o colar de Aios.

Ash estava recebendo muitos abraços, então me concentrei naquilo. Um leve sorriso repuxou meus lábios. Eu podia jurar que suas bochechas ficaram um tom mais coradas quando Rhain foi até ele. Era bom testemunhar aquela troca, ver Ash aceitando os amigos e seu evidente amor por ele. Minha respiração seguinte foi mais fácil e mais firme.

Ash não ficaria sozinho.

Respirei fundo para suprimir uma súbita dor nas têmporas e fui até onde Elias havia sido deixado. Ajoelhei ao seu lado e afastei uma mecha de cabelo castanho de seu rosto. Um filete de sangue cortava a tinta dourada. Ele ainda estava inconsciente. Levantei a cabeça e olhei para o outro lado do cômodo.

De onde o Templo foi posicionado, eu podia ver além da copa das árvores até as colinas acidentadas e irregulares, pontilhadas com tons mais escuros de verde, que levavam às dunas arenosas de que Kolis tinha falado.

Havia ali grandes afloramentos de rochas brancas e opacas, algumas longas e delgadas, e outras mais redondas. Não me pareciam ossos, mas, quando meu olhar se ergueu para as águas azuis cintilantes da enseada, vi navios. Dezenas de grandes navios, com as velas pretas recolhidas. Um movimento à direita das embarcações chamou minha atenção. Nas falésias do outro lado da enseada, outro dragontino preto e marrom levantou a cabeça. Aquele era Crolee? Primo de Ehthawn e Orphine? Eu não via o outro dragontino desde que tinha pisado pela primeira vez nas Terras Sombrias.

Meu olhar baixou para as dunas além, e me concentrei nas profundezas sombrias sob o penhasco. Apertei os olhos, vendo movimento. De vez em quando, algo prateado brilhava à luz do sol. Armaduras. *Soldados*.

Eu me levantei e virei, engolindo uma exclamação.

Saion estava bem na minha frente, em uma profunda mesura.

— Consorte, sentimos sua falta.

Meu sorriso se tornou irônico. Não achei que estivesse mentindo. Eu gostava de acreditar que Saion e eu tínhamos deixado para trás a parte de *ameaçar-minha-vida* de nosso relacionamento, mas a única coisa de que os deuses deviam ter sentido falta era a falta do drama causado por minha presença.

— Também estamos felizes em vê-la aqui. — Rhahar se juntou ao primo. — Sabíamos que Nyktos não voltaria sem você.

— É mais correto dizer que *ela* não voltaria sem mim — corrigiu Ash, tendo aparecido ao meu lado, daquele seu jeito silencioso e rápido.

Rhahar ergueu as sobrancelhas.

— Mesmo?

— Foi ela quem nocauteou Kolis. — Bele se meteu na conversa, tendo se postado na base de pedra. Ela estava cortando uma... Onde ela havia conseguido uma maçã? — Não nosso estimado e destemido líder.

Franzi os lábios.

— Droga — murmurou Lailah, a mão apoiada no punho de sua espada. Olhando para Ash, seu sorriso se alargou. — Vou precisar de detalhes.

— Ela também me libertou — revelou Ash. — Estou aqui por causa dela.

— Assim como eu — acrescentou uma voz calma.

Kars se virou, dando um passo para o lado para revelar Rhain, que disse:

— Creio que muitos de nós não estariam aqui, se não fosse por você.

Sentindo que meu rosto devia estar da cor do cabelo de Rhain, mudei o peso do corpo de um pé para o outro enquanto ouvia vários gritos de afirmação.

— Todos ainda estamos curiosos sobre isso — afirmou Kars.

Meu olhar foi para Rhain. Ele não havia contado aos outros sobre o acordo? Meu aperto no diamante se intensificou enquanto o alívio crescia dentro de mim. Rhain não estivera consciente quando Kolis fez suas exigências, mas não era preciso ser muito inteligente para compreender o que aquilo provavelmente implicava.

— Não... não foi nada — declarei, sem saber ao que ou a quem estava respondendo. — Só fiz o que qualquer um de vocês faria.

Rhain assentiu enquanto desviava o olhar. Meus olhos se fixaram em Ash. Ele me observava de um modo que confirmava ainda mais minha crença de que sabia.

— Tudo bem. Acho que precisamos de um tempo para contar histórias. Ah! — Bele engoliu um pedaço de maçã. — Ainda não encontrei botas. Não há muitas disponíveis por essas bandas.

— Está tudo bem — assegurei a ela.

Ash disparou a cabeça para a direita.

— A hora para histórias terá de esperar.

— Deve ser Attes — disse Bele, franzindo a testa enquanto olhava para o horizonte. — Parece que não veio sozinho.

Meu estômago embrulhou enquanto Rhain perguntava sobre Attes. Tudo o que captei da resposta de Ash foi que ele era confiável. Eu devia estar prestando atenção, mas… não conseguia sentir Attes.

Não havia zumbido algum sinalizando a chegada de outro Primordial.

Ainda podia sentir a essência vibrando levemente dentro de mim, mas aquilo devia ser um mau sinal.

— Sera? — chamou Ash, suavemente.

Tomei fôlego, fixei um sorriso no rosto e olhei para ele. Antes que qualquer coisa pudesse ser dita, Ehthawn decolou do telhado, sacudindo nuvens de poeira enquanto ganhava o céu. No horizonte, eu podia distinguir o formato de asas — asas enormes e bem abertas.

Rhahar e Saion avançaram como uma unidade, ambos levando a mão às espadas.

— Não há necessidade disso. — A voz de Attes subiu dos degraus. — É apenas Aurelia. Ela não fará mal a nenhum de vocês.

— Sim, bem, não pode culpar meu pessoal por ser cauteloso.

Ash mudou de posição a fim de me proteger com metade do corpo. A seu lado, a mão se crispou enquanto houve uma rodada de reverências apressadas de que nem Ash, nem eu participamos.

Bele também não.

Ela cortou outro pedaço de maçã e o colocou na boca.

Pressionei a mão nas costas de Ash enquanto Attes chegava ao topo das escadas.

— Não posso. — Attes olhou para o mar enquanto sua dragontina se aproximava de Ehthawn, que rugiu uma advertência baixa. Attes cerrou o maxilar. — Espero que seu dragontino esteja sendo apenas exageradamente amigável.

Bem...

— Ehthawn não atacará Aurelia, a menos que tenha motivo — avisou Ash. — Mas não é com ele que você está realmente preocupado.

Nektas bufou fumaça de seu poleiro, no penhasco.

Attes inclinou a cabeça.

— Presumo que Seraphena esteja bem e ainda em posse da Estrela?

— Do quê? — murmurou Bele.

— Estou. — Eu me desviei de Ash, olhando para trás e não vendo ninguém. — Keella?

— Ela está aqui. — Attes pareceu surpreso ao avistar Elias. — Pedi que nos desse alguns minutos, para o caso de precisarmos. — Ele olhou incisivamente para Ash. — Espero que esses minutos não sejam necessários.

— Não são — retrucou Ash, cruzando os braços sobre o peito. — Ainda.

— Eles não serão necessários. — Lancei um olhar para Ash enquanto Ehthawn se desviava na direção de quem eu presumi ser Crolee.

— É bom lidar com alguém razoável. — O sorriso de Attes suavizou as cicatrizes em seu rosto.

Um grunhido veio de uma fonte muito, muito mais próxima.

O sorriso de Attes se alargou quando ele ignorou a ameaça de violência crescendo em Ash. O Primordial dos Tratados e da Guerra estudou aqueles no Templo enquanto sua dragontina voava acima, as escamas uma mistura de verde e marrom à luz do sol.

— Hmm — murmurei, enquanto a dragontina circundava o Templo, mergulhando. A ponta de sua cauda pontiaguda roçou a encosta do penhasco diretamente acima de Nektas, enviando uma chuva de sujeira sobre ele.

Espere. Aquela não era a dragontina que Nektas tinha visitado a fim de obter informações? E Reaver não tinha dito que achava que *Nek* gostava dela?

Nektas resmungou, sacudindo a terra enquanto levantava a cabeça. Estreitando os olhos, girou a cabeça, filetes de fumaça flutuando de seu nariz. Aurelia dobrou as asas na lateral do corpo, pousando em um penhasco acima e ao lado de Nektas.

Ela era maior que Ehthawn e Crolee, mas parecia insignificante perto de Nektas quando o dragontino se levantou, mostrando os dentes...

Aurelia foi *rápida*, esticando o pescoço e atacando Nektas enquanto os frisos em volta de seu pescoço vibravam.

Puxei as costas da camisa de Ash.

— Deveríamos nos preocupar com aquilo?

— Deveríamos? Provavelmente — respondeu secamente. — Já que essa é a ideia deles de flerte e tudo tende a ficar um pouco... agressivo.

— Mais ou menos como vocês dois flertam — comentou Saion, enquanto passava por nós.

— Rude — murmurei.

Ash riu, me pegando de surpresa. Normalmente, ele teria ameaçado Saion ou, pelo menos, o feito se calar com um olhar furioso, mas o Ash que eu havia conhecido no plano mortal? Ele era mais relaxado, mais brincalhão. Eu estava vendo um pouco daquele seu lado agora, sua natureza mais espirituosa...

Nektas ganiu quando Aurelia mordeu seu pescoço quando ele chegou perto demais.

Ele recuou, o peito roncando.

— Imagine — Attes se aproximou de nós — se eles ficarem juntos, vamos ser meio que parentes.

— Que perspectiva emocionante — disse Ash.

Desviando o olhar das duas criaturas, eu me lembrei da outra dragontina da qual Attes havia falado.

— Onde está Basilia?

— Ainda mantendo os dragontinos de Kolis ocupados — respondeu Attes, seu sorriso se alargando quando ele deu as costas a Ash. Uma covinha apareceu. — Lailah, faz tempo que não a vejo.

— Faz? — comentou a deusa, com indiferença.

— Sim. — A sugestão de uma presa apareceu quando Attes passou por Kars, que lhe deu um amplo espaço. — A última vez que visitei a Casa de Haides, Theon alegou que você estava indisposta.

— Eu estava. — Lailah arqueou uma sobrancelha quando vi Saion começar a sorrir enquanto o primo coçava o cabelo curto. — Eu estava com dor de cabeça.

— Dor de cabeça? — repetiu Attes.

— Sim. — Ela mudou o peso do corpo de um pé para o outro. — Estranhamente, está começando a voltar.

O Primordial riu e ambas as covinhas apareceram.

— Acredito que esteja insinuando que sou a causa dessa dor de cabeça.

— Você é incrivelmente astuto. — Ela piscou os grandes olhos dourados. — Talvez devesse ter sido o Primordial da Sabedoria.

— Eu detecto sarcasmo. Assim você me magoa. — Attes levou a mão ao peito. — Profundamente.

— Não o bastante — murmurou Lailah.

Puxei a camisa de Ash outra vez, enquanto sussurrava:

— Eles estão flertando agressivamente?

Ash estreitou os olhos na direção dos dois.

Lailah e Theon eram de Vathi. Como eles acabaram com Ash era uma história ainda não compartilhada comigo, mas a maneira como Attes olhava para a deusa me fez pensar que havia uma história ali, que também poderia envolver... flerte agressivo.

Ash se voltou para as escadas. Um momento depois, Keella apareceu, levantando a mão quando todos começaram a se curvar outra vez.

— Não é necessário — assegurou ela aos deuses, mas Kars e Rhain permaneceram curvados. Ela sorriu para eles. — Espero que tudo esteja bem.

— Perfeito. Um segundo, por favor. — Ash virou a cabeça para onde, no momento, Attes se encontrava circulando Lailah. — Pare com essa merda.

Attes ergueu o olhar por entre uma mecha de cabelo castanho-claro. O silêncio recaiu sobre o Templo enquanto Keella cruzava as mãos na frente do manto azul-claro que vestia.

— Ela não serve mais em sua corte — Ash o lembrou.

— Graças aos malditos deuses — respondeu Attes. — Eu teria perdido totalmente o controle sobre minha Corte se ela ainda o fizesse.

A afirmação despertou ainda mais minha curiosidade.

A resposta de Lailah não ajudou.

— Está tudo bem, Nyktos. Sei como lidar com ele.

— Posso confirmar cem por cento — disse Attes, enviando uma piscadela na direção de Lailah. — Com as mais agradáveis lembranças.

Lailah revirou os olhos.

Tudo bem. Agora, eu estava mesmo curiosa.

— Sim. — Keella ergueu o queixo. — Tudo parece tão... perfeito. — Ela se virou para eles. — Attes me pôs a par de tudo. Você está com A Estrela?

Piscando, parei de prestar atenção em... bem, no que quer que estivesse acontecendo.

— Sim. — No momento em que o olhar de Keella pousou em mim, fiz de tudo para não pensar na última vez que ela havia me visto. Eu levantei o diamante embrulhado. — E ele te contou tudo?

Keella assentiu enquanto deslizava para a frente, os olhos cheios de tristeza se erguendo para Ash.

— Então, de volta ao que importa. — Bele saltou para fora da pedra, jogando o caroço de maçã na direção do dragontino. Nektas se moveu para pegá-lo, mas Aurelia foi mais rápida. — O que é a estrela?

— Presumo que não seja uma do céu — disse Rhahar, enquanto o caroço da maçã, ou metade dele, foi arremessado em direção a Nektas.

Ah, fofo. Eles estavam... dividindo a comida.

— É algo que ninguém além dos Arae deveria possuir. — Keella olhou o pacote que eu segurava. — Ou deveria ter criado.

— Posso concordar com isso.

— Mas, se não o tivessem feito, então você não estaria aqui com ele. — Keella parou diante de mim. — Sempre há o bem no mal. — Seus olhos encontraram os meus, e a intensidade de seu olhar me deixou desconfortável. — Entendi então, assim como entendo agora.

Respirei fundo, sabendo que ela estava falando da última vez que tínhamos nos encontrado.

— Entendeu o quê? — perguntou Ash.

— Que muitas vezes há algo bom por trás do mal — explicou ela. — Tem certeza do que você viu no diamante?

Grata pela mudança de assunto, assenti enquanto olhava para Ash. Eu não sabia se ele queria que mais alguém ali soubesse.

Ash sustentou o meu olhar, depois passou para os outros, antes de voltar para o diamante.

— É a alma do meu pai. Está aí dentro.

Bele ficou boquiaberta.

— Você...? — Rhain empalideceu. Ele avançou, parando a vários centímetros de nós para examinar o que eu segurava.

— Tenho certeza.

Desembrulhei cuidadosamente o diamante, deixando a seda frágil e rasgada cair no chão. A luz branca leitosa pulsava dentro da Estrela, pressionando as arestas.

— Attes contou a você sobre Sotoria? — Quando Keella assentiu, eu quase era capaz de sentir as perguntas que ameaçavam explodir de Bele, mas ela permaneceu calada.

— É viável, então? — O peito de Ash subiu com uma respiração ofegante. — Uma vez que a alma do meu pai esteja livre?

— Sim.

— E você sabe como é feito? — perguntou ele. — Eu serei capaz de fazer?

— Não imagino que seja como atrair outras almas — respondeu ela, franzindo as delicadas sobrancelhas. — Se for semelhante a transferir as brasas, então a alma provavelmente só poderá ser convocada por quem a colocou lá.

Attes praguejou, tendo saído do lado de Lailah.

— Isso não vai acontecer.

— Tem de haver outras maneiras.

A brisa jogou alguns fios de seu cabelo ruivo contra o queixo.

— Os Arae poderiam libertar a alma.

O que Ash havia afirmado no sonho?

— Você disse que eu poderia convocá-los, certo?

Antes que Ash pudesse me responder, Keella disse:

— Sim, mas provavelmente iriam reclamar A Estrela.

Droga.

— Isso também não vai funcionar. — O tom de Attes estava impregnado de frustração.

— Há uma outra maneira — disse Keella. — O verdadeiro Primordial da Vida pode convocar a alma.

Lógico.

— Absolutamente não — declarou Ash.

Um tremor percorreu meu braço.

— Como?

Ash se aproximou.

— Sera…

— Você simplesmente desejaria, e deveria acontecer — explicou Keella, enquanto Ash praguejava. — O Primordial da Vida…

— Não diga mais nada — rosnou Ash, enquanto a bloqueava. — Você não pode fazer isso.

Consciente da confusão entre aqueles ao nosso redor, sorri para ele.

— Se é apenas desejar, não será preciso muita energia.

— Não é assim que funciona. — Ash agarrou meus ombros. — E você sabe.

Eu sabia.

— Eu preciso — argumentei com ele. — É seu pai, Ash. — Mesmo que não precisássemos tirar a alma de Sotoria de dentro de mim. — Eu tenho de fazer isso.

Suas narinas se dilataram quando o éter pulsou momentaneamente através de seu corpo.

— Você não precisa fazer nada disso.

— Tem razão. — Concentrando-me nas brasas, senti-as latejar debilmente por todo o meu corpo enquanto juntava minha vontade a elas. — Eu quero.

— Sera... — Ele ficou rígido, vendo algo em mim que o informou ser tarde demais. Seus dedos se cravaram nos meus ombros. — *Liessa*...

Não senti qualquer onda de energia, apenas uma consciência do que eu havia desejado se concretizando. Baixei o olhar.

A Estrela aqueceu na palma da minha mão enquanto começava a zumbir e vibrar. O zumbido agudo soou novamente. Pequenas listras de luz leitosa vazaram do diamante.

Nektas soltou um rugido baixo e vibrante conforme a luz no diamante pulsava intensamente uma, depois duas vezes...

A essência jorrou da pedra, forçando Ash a recuar um passo. Várias exclamações. Um som leve e estridente veio de um dos dragontinos. Com olhos arregalados, observei a luz prateada esbranquiçada se derramando no ar entre nós, tornando-se uma massa pulsante e indistinguível.

Vários deuses recuaram quando a luz refletiu em seus rostos. Até Attes se afastou, com os olhos arregalados.

A massa de luz se contorceu e se alongou, virando-se em direção a Ash. Ele pareceu prender o fôlego enquanto a alma do pai pairava ao seu lado. A alma pulsou, depois se estendeu, formando o que parecia ser um braço, e então...

Mão. Dedos.

Que roçaram a bochecha de Ash.

Ash fechou os olhos, o corpo trêmulo, enquanto murmurava:

— Pai.

Lágrimas turvaram minha visão enquanto a alma de Eythos começava a se elevar e flutuar para cima.

— Eu entendo — sussurrou Ash.

Entende o quê? Ele tinha ouvido o pai? Pisquei, tentando enxergar melhor, mas não...

Senti o coração palpitar, depois acelerar, batendo duas vezes no lugar de uma. Tentei respirar fundo, mas uma dor súbita e desconcertante me rasgou o peito, levando consigo minha visão, minha audição e... *todo* o resto.

36

Aos poucos, percebi um leve gosto em minha boca; um sabor doce, esfumaçado e exuberante. Decadente. Poderoso. Meus lábios formigavam. Meus dedos também. Eu me espreguicei, apreciando a força de meus músculos enquanto mexia os dedos dos pés.

Um corpo se moveu contra o meu. Uma inspiração repentina de ar fez um peito grudar em minhas costas.

— *Liessa* — murmurou uma voz familiar e profunda, uma que eu reconheceria em qualquer lugar, a qualquer hora. — Aí está você.

Ash.

Abri os olhos e vi um céu de safira vívido e profundo, raiado de nuvens cor-de-rosa e ametista. A confusão me invadiu conforme eu semicerrava os olhos. Eu jamais vira um céu assim. Meu olhar baixou para as árvores em uma variedade de tons de azul e violeta que beiravam o cor-de-rosa, o que me lembrava dos jacarandás no terreno de Wayfair.

Vislumbrei lembranças desconexas. A caverna dos lilases. A chegada às Terras dos Ossos. A libertação de Eythos. Uma dor lancinante, terrível, e depois nada.

Olhei para a paisagem surreal e de cores vivas. Eu tinha... eu tinha morrido? Aquilo não fazia sentido. Se tivesse, não estaria nos braços de Ash. Ele não podia se aproximar das almas que tivessem atravessado os Pilares de Asphodel, não sem arriscar destruí-las. E eu não teria me lembrado de passar pelo portal e ser julgada? Apesar da opinião de Ash sobre minha alma, eu duvidava seriamente de que acabaria em algum lugar tão lindo quanto aquele. No mínimo, eu teria sido uma daquelas almas que precisava de um exame mais minucioso. Seria o caso? Se sim, por que minhas têmporas ainda doíam?

— Eu estou...? — Pigarreei, fazendo com que o sabor suntuoso desaparecesse. — Eu morri?

— O quê? — Seu braço apertou minha cintura. — Destinos! Não, Sera.

Eu me mexi novamente, sentindo um colchão macio sob o corpo. Estávamos em algum tipo de sofá.

— Onde estamos?

— Nas Planícies de Thyia. — Ash me ajeitou em seu abraço, e minha cabeça de repente pousou na dobra de seu braço. Eu o encarei. Seu cabelo era de um tom castanho-avermelhado suntuoso e quente, que caía até a linha do maxilar. O marrom reluzente de sua pele estava mais pálido, e vi a preocupação estampada nas linhas e ângulos marcantes de seu rosto. — Keella achou que você ficaria mais confortável aqui. Estamos na varanda de seu palácio.

Meu olhar se afastou do dele, percorrendo a pedra de terracota do chão, depois o desfiladeiro que se estendia em ambos os lados. Vi Ehthawn. O dragontino estava enrolado em um dos penhascos rochosos, a cabeça apoiada na pedra aquecida pelo sol. Eu teria pensado que ele estava dormindo se não fosse pelo único olho vermelho aberto e pelo movimento ocioso da cauda. Observei os outros penhascos, sem ver Nektas ou outro dragontino.

Ash passou o polegar pela minha bochecha, seu toque frio me surpreendeu. Estava ainda mais frio do que antes.

Engoli em seco, olhando para minhas mãos — minhas mãos vazias. Meu estômago revirou.

— Onde está A Estrela?

— Keella e Attes estão com o diamante — respondeu ele, e eu relaxei. — Como está se sentindo?

— Eu... eu não sei. Bem? — Meu olhar reencontrou o dele. — Eu desmaiei, não foi?

— Sim.

Minha mente desanuviou e eu enrijeci.

— Ai, deuses, desculpe.

Ele franziu as sobrancelhas escuras.

— Pelo quê?

— Por desmaiar bem no meio da libertação de seu pai.

A expressão de Ash se suavizou.

— Sera...

— Eu o vi tocar em você. Ele estava falando com você, não estava? De um modo que ninguém mais podia ouvir? — Tinha visto nitidamente a alma de Eythos vagar para cima. — Por favor, me diga que você não se concentrou em mim quando desmaiei.

— Eu podia ouvir... a voz dele. — A voz de Ash ficou embargada. — Não pensei que iria ouvi-la de novo, mas ouvi. Graças a você.

— Na verdade, não fiz muito.

— *Liessa* — repreendeu ele suavemente, passando o polegar na pele abaixo de meu lábio. — Você fez tudo.

Um nó se alojou em meu peito.

— Mas eu tinha de desmaiar e arruinar o que era um lindo momento. Então isso desfaz...

— Isso não desfaz nada, Sera. Você não interrompeu nada. A alma de meu pai estava deixando este plano.

— Tem certeza de que eu não...?

— Absoluta. — Ash abaixou a cabeça, beijando minha testa. — Ele não poderia ficar aqui. E não queria, depois de todo esse tempo.

Imaginei que não.

Deuses, eu realmente esperava que Ash não estivesse mentindo para mim.

— O que ele disse a você? — Arregalei os olhos com a pergunta. — Quero dizer, você não precisa me contar. Tenho certeza de que era particular...

— Ele me disse que me amava. — Ash passou os dedos ao longo do meu queixo. — Que estava orgulhoso de mim, do homem que me tornei.

— Ah — sussurrei, sentindo o nó subir até minha garganta. Lágrimas ardiam em meus olhos.

Ele esticou o pescoço para o lado.

— Quase não fui capaz de acreditar que ele dissera as palavras, para ser sincero.

— Por quê? — Levantei a mão, aliviada pelo movimento não ter exigido tanto esforço quanto subir aqueles malditos degraus do Templo. — É óbvio que ele teria orgulho de você.

— Fiz muitas coisas das quais ninguém se orgulharia.

Meu coração doeu por ele.

— Você fez coisas que outros o obrigaram a fazer.

— Não estou falando só disso, *liessa*. Apenas nas últimas 24 horas cometi atrocidades indiscutíveis matando aqueles que abaixaram suas espadas. Aqueles que se viraram e fugiram.

Franzi o cenho.

— Eu não consideraria isso uma atrocidade.

Ash levantou uma sobrancelha.

— Um ato desse provavelmente enviaria a alma de um mortal para o Abismo.

— Isso é diferente — argumentei.

Um lado de seus lábios se curvou para cima.

— Poderia explicar essa linha de raciocínio?

— Na verdade, não.

Ele riu.

Analisei sua expressão.

— Você se arrepende de matá-los? Aqueles que se renderam ou fugiram?

— Não.

Sua resposta rápida me revelou que ele falava a verdade.

— Ótimo.

Ash inclinou a cabeça.

— O quê? Eu permaneceria arrependido por três segundos e meio, então seguiria em frente. Você sabe disso. — E ele sabia, porque eu havia compartilhado meus conflitos em relação a minha falta de culpa. — Você me disse antes que todos nós somos capazes de atos monstruosos, mas isso não nos torna monstros.

— Eu disse.

Meu olhar caiu para a gola de sua camisa. A abertura ampla deixava à mostra um pedaço de ombro e a tinta preta ali.

— Cento e dez — murmurei, erguendo o olhar. Ash podia alegar que não havia se arrependido de ter tirado aquelas vidas, mas por trás da raiva ele o fazia. Ash era melhor do que eu, menos monstruoso. — Não adicione essas vidas à pele — pedi. Certo ou errado, eu não queria aquilo para ele.

Ele semicerrou os cílios grossos e assentiu. Senti seu peito subir novamente com uma respiração profunda, mas entrecortada.

— Eythos disse mais alguma coisa? — perguntei.

Ash assentiu.

— Ele me disse para não esquecer o que me falou quando estávamos perto do Rio Vermelho, cercando as Sombras. — Ele cerrou o maxilar enquanto roçava o polegar na linha da minha bochecha. — Foi a última vez que o vi com vida.

— O que ele te disse?

— Aí é que está. — Ash hesitou, desviando os olhos dos meus antes de me encarar outra vez. Ele balançou a cabeça bruscamente. — Não me lembro.

Sua negação pairou no ar entre nós, e eu mordi o interior do lábio, sentindo um toque do sabor doce e defumado novamente...

Espere.

— Você me deu seu sangue.

— Eu dei.

— Ash. — A preocupação se enraizou em mim como uma erva daninha. Ele havia ficado preso por *semanas*, e o pouco sangue que tinha tomado depois de ser libertado não poderia ter sido suficiente para recuperá-lo. — Você não devia ter feito...

— Você não devia ter usado o éter para libertar meu pai — interrompeu ele, gentilmente. — Então nós dois fizemos o que acreditávamos que o outro não deveria ter feito.

— Não é a mesma coisa.

— Seu gesto esgotou sua energia e fez com que você desmaiasse — rebateu ele, a essência dançando em seus olhos. — Eu, por outro lado, não sofri essas consequências.

— O desmaio provavelmente tem mais a ver com escalar aqueles malditos degraus do Templo do que com usar o éter para libertar Eythos.

Um pequeno sorriso apareceu.

— Sera.

— Estou falando sério. Odeio escadas e não é nada diferente. Você precisa conservar sua energia.

Ash suspirou.

— Não te dei muito sangue, apenas o suficiente...

— Apenas o suficiente para garantir que eu acordasse — terminei por ele. Parte de mim ficou surpresa que o sangue de Ash tivesse feito aquilo no momento. Por causa da dor que havia sentido no peito, não ficaria surpresa se meu coração tivesse implodido. — Você não devia ter feito isso.

— E o que eu *deveria* ter feito? — A suavidade desapareceu de seu semblante. — Ter te deixado morrer? — Ele estreitou os olhos quando abri a boca. — Se você disser que sim, então que os Destinos me ajudem, Sera, porque eu não vou deixar você morrer.

Comecei a me sentar, mas o braço que me amparava ficou tenso e Ash apertou meu ombro. A frustração tomou conta de mim.

— Não era o que eu ia dizer.

— Sério?

— Não. — Eu lutei para me desvencilhar. — Você sabe o que deveria ter feito.

— Eu fiz exatamente o que deveria ter feito — retrucou. — E pare de tentar se movimentar. Você precisa ir com calma.

— O que a calma vai fazer por mim? — Joguei meus braços para cima, quase dando um tapa na cara de Ash. — O mesmo que me dar sangue? Atrasar o inevitável enquanto perdemos tempo?

A pele de suas bochechas se tornou mais fina. As sombras floresceram, engrossando.

— Discordo.

— Discorda? — rebati.

— Acho que foi o que acabei de dizer. Ficar com raiva da minha resposta não muda nada.

Meus olhos se arregalaram enquanto eu o encarava.

— Não estou com raiva de você.

— Sério? — repetiu, secamente.

— Sim — sibilei, tentando controlar meu temperamento. Eu não estava com raiva de Ash. Estava furiosa com *aquela*... situação em que ele fora colocado. Em que eu estava. Com o que não poderia ser evitado. — Você precisava...

— Eu fiz o que precisava fazer, Sera.

— Vocês dois estão discutindo. — Alguém com uma voz mais intensa e rouca se intrometeu. — Acredito que isso signifique que Sera está se sentindo melhor.

Girei nos braços de Ash tão rápido que comecei a escorregar do sofá.

— Pelo amor de Deus — murmurou Ash, me segurando. — Não acabei de falar para ir com calma?

Meu olhar se voltou para as cortinas diáfanas cor de turquesa que ondulavam na frente das portas abertas, e depois para o homem alto com cabelo preto comprido com mechas vermelhas que havia entrado.

— Nektas.

Vi seus lábios se curvarem levemente enquanto ele cruzava a varanda, cristas de escamas visíveis em seus ombros nus.

— Olá, Seraphena.

Vê-lo em sua forma mortal me pegou desprevenida, e fui tomada por uma emoção muito intensa. Mais uma vez, senti lágrimas inundarem meus olhos. Eu não tinha ideia de por que andava tão emocionada o tempo todo.

Provavelmente tinha algo a ver com minha morte.

Mas Nektas... ele sempre havia sido gentil comigo; jamais usado o que eu planejara originalmente contra mim. E ele... ele tinha me dito que, se alguma vez não estivesse me sentindo bem, eu poderia falar com ele. Que nós garantiríamos juntos que eu voltasse a ficar bem.

— Não estávamos discutindo — disse Ash, desistindo de me manter deitada. Ele se sentou, me puxando consigo. Acabei meio em seu colo, meio entre suas pernas.

Nektas arqueou uma sobrancelha.

— Estávamos debatendo — acrescentou Ash. — Sobre o que discordamos.

Rindo baixinho, Nektas se sentou ao nosso lado.

— Ambos têm e não têm razão.

Eu recuei.

— Você nos ouviu.

— Qualquer um perto da varanda ouviria vocês.

— Ah. — Minhas bochechas coraram quando olhei para as cortinas balançando.

Ash cruzou o braço sobre minha cintura novamente.

— O que você quis dizer é que eu tenho razão, e ela não.

Eu o fuzilei com um olhar por cima do ombro.

— Não foi o que ele disse.

Ash me encarou.

— Foi o que ouvi.

— Então há algo errado com sua audição.

— Esta é uma continuação da discussão que vocês dois não estavam tendo, apenas debatendo? — perguntou Nektas.

— Sim — respondemos Ash e eu ao mesmo tempo.

— Pelo menos vocês concordam em algo.

— Eu só estava dizendo que ele precisa pegar as brasas — comecei.

— Não quero soar repetitivo — disse Ash —, mas discordo.

— Ai, meus malditos deuses.

— Agora você está apenas cometendo sacrilégio.

Eu o olhei feio.

Seus lábios se contraíram.

— Isso nem foi engraçado.

Ash abriu a boca.

— Se você disser que discorda novamente, não vou me responsabilizar por minhas ações... minhas ações extremamente violentas.

— Como eu estava dizendo — interveio Nektas novamente, uma mecha de cabelos vermelhos deslizou por seu ombro quando ele inclinou a cabeça. Nossos olhos se encontraram —, você tem razão. Ash não pode se dar ao luxo de se enfraquecer. *Mas* — disse, antes que Ash pudesse intervir — ele só deu a você um pouco de sangue. Não o suficiente para ter impedido esta inevitabilidade.

Fechei a boca.

— Acho que foi mais como se a vontade de Ash a despertasse — continuou Nektas.

Pura força de vontade?

— E acordar nos braços daquele por quem se nutre sentimentos tão profundos é perda de tempo? Não há nada que eu não daria para ter mais um momento com Halayna.

Perdi o fôlego com a sinceridade brutal e a dor persistente em sua voz. Eu me virei para Ash.

— Não acho que qualquer tempo extra com você seja desperdício. Eu não estava pensando direito.

— Eu sei. — Ash aninhou minha bochecha na palma da mão.

— Mas Sera não tem muito mais desse precioso tempo — observou Nektas, calmamente. — Não se pode negar isso. Eu posso sentir. — Ele colocou uma das mãos no peito. — Farejar.

Meu lábio superior se curvou.

— Você pode... sentir o cheiro?

— O corpo passa por mudanças naturais quando começa a morrer. É algo que podemos farejar — explicou ele. Eu me lembrei da última vez que ele tinha dito que eu cheirava a morte. Esse havia sido meu cheiro o tempo todo? — E podemos sentir o enfraquecimento das brasas.

Olhei para onde Ehthawn descansava e pensei no muxoxo baixo e triste que eu o ouvira soltar.

— Assim como Ash — continuou Nektas. — Assim como qualquer Primordial que esteja próximo de você.

Abaixando-me, enlacei a mão sobre o braço na minha cintura.

Nektas ergueu seus olhos rubi para Ash.

— Você sabe o que tem de ser feito. E logo.

Ash estava completamente imóvel atrás de mim. Eu nem o sentia respirar.

— Eu sei.

Fechei os olhos por um momento e encostei-me no peito de Ash. Havia tanto que eu queria dizer, mas a maior parte só iria piorar as coisas. Eu sabia.

Inspirei fundo.

— Sinto muito por Orphine.

— Eu também.

Observei Ehthawn, desejando que houvesse algo mais que eu pudesse dizer, mas realmente não havia palavras em qualquer idioma que fossem capazes de capturar a tristeza sentida após uma morte.

— Como... como está Jadis? Reaver?

As belas feições de Nektas se suavizaram.

— Estão bem. Seguros. Reaver perguntou por você, e minha filha sempre procura por você. — Seu sorriso saiu triste. — Acho que ela sente falta de dormir nas suas pernas.

Meus lábios tremeram e eu os pressionei enquanto Ash dobrava seu outro braço sobre meu peito. Será que Jadis se lembraria daquilo? E quanto a Reaver? O nó que sentia triplicou de tamanho. Meu nariz ardia, e foram necessários vários segundos até que eu conseguisse falar.

— Eu... eu senti falta disso — admiti, a voz embargada. — Sinto saudade dos dois.

— Eu sei — disse Nektas, solene.

Encontrei seu olhar e tentei dizer algo mais. O que, exatamente, nem tinha certeza, mas não consegui externar coisa alguma. O rosto do dragontino ficou embaçado, e tentei encontrar aquele véu do vazio, porque não queria que Ash sentisse minhas emoções. Não queria que Nektas testemunhasse aquilo.

Nektas estendeu a mão para mim, a pele quente demais quando segurou a minha mão entre as suas. Ele nada disse enquanto a colocava sobre o peito, pressionando-a onde senti seu coração bater — senti duas batidas, quase lado a lado. Então ele devolveu minha mão para a de Ash. Aqueles dedos frios se entrelaçaram aos meus. Pisquei algumas vezes, deixando a cabeça pender para trás contra o peito de Ash.

Nektas se virou para as portas e se levantou quando Keella surgiu na varanda, seguida por Attes.

O ar gelado explodiu de Ash quando ele viu o outro Primordial.

— Não quero me intrometer — anunciou Attes, com passos mais lentos.

— Ainda assim você vai — retrucou Ash, friamente.

— Eu não o faria, se pudesse. — Attes se aproximou de nós enquanto Keella ficava para trás. Meu olhar caiu para o alforje de couro que ele segurava com força. — Como está se sentindo, Seraphena?

Ash não ficaria mais rígido nem se tentasse.

— Estou bem — respondi.

Seu sorriso era mais uma careta.

— Por que tenho a sensação de que você diz que está bem quando na verdade não está?

— Porque ela não está mesmo. — A palma da mão de Ash repousou em meu quadril. — Mas saber disso não vai te impedir.

— Infelizmente, não — admitiu Attes, baixinho. — Precisamos cuidar da alma de Sotoria.

— Não dou a mínima para essa alma — rosnou Ash, sombras pressionando o braço que ele tinha enlaçado em minha cintura.

— Mas deveria — começou Attes.

Ash virou a cabeça rapidamente na direção do outro Primordial.

— Não fui claro? — Sua voz vibrava de raiva, todo o seu corpo vibrava. Mas ele me abraçava com muito cuidado, como se eu fosse feita de uma frágil filigrana de vidro.

— Ash — falei, virando-me em sua direção.

— Sei que ela é importante. — Attes se aproximou, falando antes que eu pudesse continuar. — Sei que ela é muito importante para você.

Os fios agitados de éter se aquietaram nos olhos de Ash. Ele desviou o olhar do meu e lentamente virou a cabeça para Attes. O olhar que lançou ao Primordial dos Tratados e da Guerra seria capaz de congelar uma alma.

Attes não se intimidou.

— Eu me lembro de como é. E esse maldito sentimento me assombra — declarou. Pensei nos filhos que ele havia perdido. — Me disseram que você teve sua *kardia* removida. Com toda a sinceridade, acho difícil acreditar, considerando tudo. — Ele lançou um olhar incisivo para Ash. — No entanto, se for verdade, você sabe o que vai acontecer.

Um estrondo baixo de alerta começou no peito de Ash.

— E eu sinto muito. De verdade — acrescentou Attes, rapidamente. — Gosto de Seraphena. Ela... — Ele olhou para mim, seu sorriso triste não alcançava os olhos. — Ela me diverte.

O grunhido vindo de Ash se intensificou.

A atenção de Attes voltou para ele.

— Mas a alma dentro dela é bem mais importante.

— Não tenho certeza de como isso vai ajudar agora — comentei, pressionando a mão no peito de Ash, enquanto seus lábios se afastavam, revelando presas. — De verdade.

— O que estou tentando dizer é que, quando Seraphena morrer, Sotoria se perderá — afirmou Attes. — O que significa que a única chance real de deter Kolis morre com essa alma. Se acontecer? Nada será capaz de detê-lo. E você sabe melhor do que ninguém que ele não precisa Ascender como Primordial da Vida e da Morte para causar estragos.

— Você sabe muito sobre essa alma, já que é o maldito Primordial da Guerra — cuspiu Ash. — Além disso, Sotoria não está viva de verdade, não é? A alma é apenas uma invasora no corpo de Sera, que *está* viva.

Franzi a sobrancelha. Eu entendia o que Ash estava dizendo, mas...

— Ela está viva — sussurrei. Olhos indiferentes, do tom do cromo, se voltaram para os meus. — Quero dizer, talvez seja mais correto dizer consciente, não viva, mas ela está desperta.

Ash franziu a testa.

— É verdade. — Attes havia se aproximado, talvez a alguns metros de nós. — Ouvi Sotoria, a voz e a risada dela vindo de Sera, quando Kolis a pegou pela primeira vez. É um som que eu reconheceria em qualquer lugar.

Entreabri os lábios, surpresa. Ele estava falando sobre quando Kolis tinha tentado tirar as brasas. Attes não havia compartilhado a informação.

— Como você saberia? — exigiu Ash.

— Ele conhecia Sotoria — respondi. — Não tive oportunidade de te contar.

Attes assentiu.

— Eu a conheci quando Kolis a trouxe de volta pela primeira vez. Em Dalos. Eu estive... na presença dela por tempo suficiente para conhecer sua voz e sua risada.

— Tenho tantas perguntas sobre isso — murmurei, mas algo de repente me ocorreu. — Mesmo que eu fosse Sotoria e o plano de Eythos tivesse funcionado, ainda não podemos matar Kolis, certo? Ele é o único com as verdadeiras brasas do Primordial da Morte.

— Correto. — Keella se aproximou, um aroma amadeirado e terroso em seu rastro. — Se Kolis morrer sem que haja verdadeiras brasas da morte em alguém, a liberação dessas brasas devastaria os planos e perturbaria o equilíbrio.

Arqueei as sobrancelhas.

— O que me faz voltar ao tópico que eu estava defendendo. Kolis não pode ser morto.

— Ainda — acrescentou Keella.

— A Estrela. — Ash olhou para a bolsa de couro que Attes carregava. — A Estrela pode ser usada para transferir as brasas de Kolis.

— Claro — murmurei, enquanto franzia a testa. — Mas o diamante estaria com a alma de Sotoria.

— Com sorte, não por muito tempo — disse Attes. — Eythos tinha esperança de que Sotoria pudesse enfraquecer Kolis o suficiente para que as brasas fossem transferidas para A Estrela.

— Mas e se eu não tivesse encontrado o diamante? — salientei. — Correram um grande risco.

Um sorriso irônico apareceu no rosto de Attes.

— Como eu disse, não achei que o plano de Eythos fosse uma maravilha.

— Talvez não fosse seu único plano — comentou Nektas. — Sim, Eythos podia ser impulsivo, mas duvido que ele não tenha levado em consideração todas as possibilidades de erro. É possível que houvesse outros planos e ele simplesmente não os compartilhou.

— Não há como saber — argumentou Attes. — Mas o que, de fato, sabemos é que assim que Sotoria renascer, teremos A Estrela e poderemos acabar com Kolis.

Assim que Sotoria renascesse, ela provavelmente seria criada como eu fui, imersa em morte, treinada para um único propósito: seduzir e matar. Não para ser dona de si, com um futuro. Meu estômago se revirou com náusea.

Balancei a cabeça.

— E até lá?

— Várias coisas precisam acontecer antes — respondeu Keella. — Muito embora Eythos não fosse mais o Primordial da Vida quando colocamos a alma de Sotoria em sua linhagem, ele ainda possuía as verdadeiras brasas da vida na época. Para que eu possa repetir o que fizemos, precisarei da assistência do verdadeiro Primordial da Vida.

— Então você vai precisar de Ash — deduzi. O alvo da minha declaração ficou tenso atrás de mim. — E depois?

O olhar de Keella se ergueu para Ash, depois se voltou para mim, mas foi Attes que respondeu:

— Então teríamos de incapacitar Kolis até Sotoria poder renascer e atingir a maioridade. Ele estará enfraquecido pela Ascensão do verdadeiro Primordial da Vida. Será nossa única chance de atacar.

Ash enfim se pronunciou:

— Está falando em sepultá-lo e colocá-lo em estase.

Agora eu sabia como aquilo poderia ser feito: usando os ossos do Antigos.

— Você fala como se fosse fácil — continuou Ash. — Aqueles leais a Kolis resistirão. Vão lutar por ele.

— Haverá guerra — sussurrei, olhando para Attes. — Mas a guerra estava a caminho.

Attes assentiu.

— Mas não será o tipo de guerra que Kolis travaria.

— Kolis afirma que não quer guerra — compartilhei. — Sei que é difícil acreditar, e apenas uma parte de mim acha que ele falou a verdade. Mas isso foi antes... bem, antes de agora. Quando ele acordar e se der conta de que não sou realmente Sotoria, não vai ser nada bom.

— E estaremos preparados. — O olhar de Attes se desviou para Ash. — Não podemos permitir que a única esperança que temos de deter Kolis morra.

— A única pessoa que me importa que não morra é Sera — garantiu Ash.

Meu coração estava, bem... Dando pequenos disparos.

— Eu entendo. — Attes baixou a voz. — Mas isso é maior do que você, maior do que Seraphena. Do que todos nós. Você sabe disso. Lá no fundo, você sabe.

Meu olhar voltou para Ash.

— Ele tem razão — afirmei baixinho. — E você sabe. Pode não pensar assim agora, mas e depois? Quando... quando tudo isso tiver sido em vão?

— Não haverá um depois em que tudo tenha sido em vão — rebateu ele.

— Ash. — Um tatear em meu peito, uma sensação de assobio, me tirou o fôlego, mas apenas por um segundo. Eu a ignorei. — Isso é importante.

— Não, Sera. Essa alma não é importante. Você é. — Seus olhos agitados e prateados se fixaram no outro Primordial. — Ela é o que importa. E se eu tiver de repetir, vou arrancar sua língua.

Um tremor tomou conta de mim enquanto eu estudava as duras e belas linhas do rosto de Ash. Não foi aquela ameaça bem grotesca que preencheu meu coração. Foi a outra coisa que ele disse. Que *eu* era importante para ele. *Eu* importava para ele. Eu já sabia que sim, mas eu *senti* no modo como me abraçava, com força, mas ainda assim gentilmente. Eu ouvi na ferocidade com a qual ele falou. Eu vi na maneira como ele me olhou, seus olhos de um tom prateado luminoso e quente, e soube que era verdade.

Eu era importante.

Eu importava.

Não por causa do que nasci para fazer, mas por ser quem eu era.

E aquela constatação não surgiu de repente, somente porque Ash dissera aquela frase. Era algo de que eu sempre estive ciente, não? Eu não teria ficado aliviada todos aqueles anos atrás, quando Ash se recusou a me aceitar como sua Consorte. Eu havia entendido então que minha vida importava, apesar de meu dever e dos supostos fracassos. Eu simplesmente não tinha me permitido aceitar a verdade. Ash me ajudou a enxergar. A aceitar.

Mas eu sabia que a alma de Sotoria também era importante.

Inclinei-me em direção a Ash e aninhei sua bochecha na palma da mão. Aqueles olhos frígidos pousaram em mim.

— Eu te amo — sussurrei. — E amo sua proteção. Amo que você *me* entenda. Que eu seja importante para você. Que *eu* importe. Eu te amo tanto por isso.

Um arrepio o percorreu enquanto o éter girava com mais força em seus olhos.

— Você é a única coisa que importa.

— Mas não sou — falei. — Sotoria é. Como seu pai, ela ficou presa e não merece o que acontecerá se sua alma permanecer em mim.

Um músculo começou a latejar em sua mandíbula.

— Não é justo com ela. Você sabe. — Passei meu dedo ao longo de seu lábio inferior. — E eu sei que não é o que você iria querer para ela. Minha importância não anula a de Sotoria.

Éter ardia em seus olhos.

— Discordo.

— Tem certeza de que sua *kardia* foi removida corretamente? — perguntou Attes, de modo seco. Ele levantou uma das mãos quando Ash virou a cabeça em sua direção. — Só para saber.

— Ignore-o. — Guiei seu olhar de volta para mim. — Ouça, comecei a Ascensão, mas não vou Ascender totalmente no momento. Temos tempo para cuidar disso, e não é como se fosse me machucar. — Espiei por cima do ombro, olhando de um Primordial para o outro. — Certo?

— Não deveria — respondeu Keella.

— Isso não é muito tranquilizador — murmurou Nektas, de onde estava.

— Não, não é. — Ash estreitou os olhos para a Primordial.

— O que planejamos em relação a remover a alma de Sotoria e colocá-la no caminho do renascimento não é livre de riscos — explicou Keella. — Poderia incitar a ira dos Destinos.

— E o que não incita a ira deles? — murmurei, com ironia.

— Muito pouco. — O breve sorriso de Keella desapareceu quando ela se ajoelhou ao lado de Ash e eu, a voz ganhando um tom solene. — Há um equilíbrio na vida que Eythos entendia, mas Kolis nunca foi capaz de compreender, independentemente do quanto tentasse. Veja, se existe vida, também deve haver morte.

A compreensão me atingiu quando pensei em Marisol e meu padrasto.

— Se você traz alguém de volta, outro alguém perde a vida? Esse tipo de equilíbrio?

— Mais do que isso, Seraphena. Os Destinos jamais gostaram de restaurar a vida. Nem mesmo o que faço ao dar a quem nunca viveu de verdade uma chance de viver. Mas a reencarnação é como se fosse uma brecha. O que Kolis fez, com a minha participação e a de Eythos, e o que estamos prestes a fazer novamente vai perturbar o equilíbrio.

Não tinha certeza do que ela queria dizer.

Keella se inclinou, seu olhar ancestral fixo no meu.

— Havia um motivo para a cautela de Eythos quando a questão era restaurar a vida, devolvê-la a alguém que falecera. Não é possível fazer duas vezes com a mesma pessoa, seja mortal, deus ou dragontino, sem que os Arae intervenham de algum modo, tornando-se os pesos e contrapesos. Portanto, fazer isso jamais vai terminar do jeito que se pretende. Ou a morte virá para eles novamente, ou os Arae vão restabelecer o equilíbrio de alguma outra maneira. — Seus lábios se curvaram. — Afinal, veja a bagunça que nós, Kolis, Eythos e eu, criamos com Sotoria. — Ela fez uma pausa. — E não há como os Destinos não terem se intrometido no assunto e tornado tudo ainda mais confuso.

— É por isso que Holland chamou os Espectros de abominação, não é? — Olhei para Ash. — Porque eles continuam voltando.

Keella assentiu.

— Sotoria morreu várias vezes e foi trazida de volta de algum modo. Depois, sua alma reencarnou. Isso cessou quando a colocamos com as brasas. Ela deveria ter renascido, o que não aconteceu.

Então me ocorreu.

— Será que os Destinos foram o motivo pelo qual eu não renasci como Sotoria e, em vez disso, me tornei um... um recipiente para ela?

— Não posso responder com certeza, mas, se tivesse de arriscar um palpite, diria que sim.

Balancei a cabeça.

— Então eles poderiam fazer algo assim de novo?

— Ou não. — Keella inclinou a cabeça. — Eles poderiam fazer algo muito mais... preocupante. Não há como saber, mas seria tolice não considerarmos o risco.

Eu a observei.

— Você parece ter medo dos Arae.

— Os mais velhos entre nós são sábios o bastante para desconfiar deles. — Ela sorriu. — Podemos ser Primordiais, mas não somos o poder supremo.

— No momento, eu não poderia me importar menos em irritar os Destinos. Não foi essa a pergunta — insistiu Ash, o tom impregnado de impaciência. — Remover a alma de Sotoria prejudicará Sera?

O olhar de Keella se voltou para Ash.

— Não.

Aquilo foi um alívio.

— Como é feito?

— Você foi capaz de sentir as almas duplas?

Ele balançou a cabeça.

— Só fui capaz de sentir a marca da alma de Sera.

— Interessante. — Keella franziu as sobrancelhas, depois as relaxou. — Já que lidei com essa alma antes, consigo fazer, mas preciso de sua ajuda, Nyktos. Preciso que você mantenha as mãos em Sera e se concentre em sua alma.

— Existe alguma chance de acontecer algo com a alma de Sera? — perguntou Ash.

Um pequeno incômodo percorreu minha coluna quando Ehthawn levantou a cabeça de onde descansava. Nektas deu um passo à frente, cruzando os braços.

Keella sorriu.

— Não se você fizer o que peço. Você basicamente vai se ancorar na alma de Sera. Entendeu?

— Sim — respondeu Ash, e fiquei feliz por ele ter entendido, porque eu mesma não entendi. — Vamos prosseguir então.

Attes deu um passo à frente, levantando o alforje. Vasculhando o interior, ele pegou o diamante e estendeu o braço, abrindo a mão.

A Estrela repousava em sua palma, com bordas recortadas e irregulares. Não havia luz leitosa preenchendo o diamante agora, mas cada faceta refletia a pouca luz que o atingia, lançando tons cintilantes de arco-íris sobre minhas pernas e pelo chão.

Keella pegou A Estrela com cuidado. Seus olhos prateados encontraram os meus.

— Attes disse que você conseguia sentir a presença de Sotoria. Sente agora?

Molhando os lábios, fechei os olhos e me concentrei. Não havia zumbido em meu peito, mas uma consciência, aquela presença perto do coração. Estava muito fraca, e me perguntei se o fato de eu estar tão perto da morte a afetava. Assenti, abrindo os olhos.

— Posso senti-la.

— Ótimo. — Keella encarou Ash enquanto Attes dava um passo para trás. — Preparado?

Ash pressionou a palma da mão entre meus seios.

— Sim — respondeu ele, rispidamente.

Um momento depois, Keella colocou a mão logo abaixo da de Ash, o dedo mínimo sobrepondo o dele. Meus lábios se contraíram enquanto eu lutava para reprimir uma risada ridícula.

Ash abaixou a cabeça.

— No que está pensando? — perguntou.

— Só que não é sempre que dois Primordiais colocam a mão em meus seios.

Nektas bufou quando uma covinha apareceu na bochecha direita de Attes. Eu podia sentir Ash balançando a cabeça atrás de mim.

O sorriso de Keella se alargou.

— Tente se concentrar na alma de Sotoria.

Assenti, obediente, e era capaz de jurar que vi a outra covinha de Attes aparecer.

A aura branca atrás das pupilas de Keella pulsou. Gavinhas de éter vazaram, rodopiando em sua íris e em sua pele. Seus olhos se fecharam enquanto os fios se espalhavam por suas bochechas de um tom marrom profundo e esfumaçado e se moviam garganta abaixo, até que todo seu ser estivesse inundado de essência.

Ash abaixou a cabeça, pressionando o rosto contra o meu, enquanto eu me concentrava na presença de Sotoria. Em um piscar de olhos, uma leve frieza penetrou em meu torso. Não tinha certeza se era o toque de Ash ou algo mais... ele se ancorando em minha alma.

— Está com a alma de Seraphena? — perguntou Keella.

— Sim — confirmou Ash, a voz rouca.

Quase perguntei como era, como se parecia, mas provavelmente não seria sensato quebrar a concentração deles.

Nem a minha.

— Posso senti-la — anunciou Keella, com um suspiro solene. — *Suu ta lene.* — A essência ao seu redor brilhou. — *Vas na sutum.*

— Está tudo bem — traduziu calmamente para mim. — Você está segura.

— *Vena ta mayah* — insistiu ela. Aquela eu entendi. *Venha até mim.* Fios de éter crepitavam ao seu redor. — *Illa vol la sutum.*

— Ela vai... vai ficar segura — repetiu Ash.

Aquilo não fazia sentido, exceto que... Keella tinha dito que ele fosse até ela e depois garantiu que ela estaria segura. A Primordial não estava se referindo a Sotoria. Estava se referindo a mim.

Ai, deuses. Sotoria estava, de algum modo, resistindo porque se preocupava comigo?

— *Illa vol ori* — disse Keella a ela. — *Illa vol...* — O que mais Keella falou foi perdido pelo zumbido repentino em meus ouvidos.

Ash respirou fundo, e meu corpo estremeceu quando senti Sotoria responder. Era como se ela estivesse se desvencilhando de mim, de repente se aproximando da superfície. Era a única maneira de descrever.

— Fique com Seraphena — instruiu Keella.

— Sempre — retrucou Ash. — Sempre.

Meu coração palpitou, depois acelerou quando olhei para baixo, mal conseguindo ver além da aura que saía de Keella. Ainda assim, *senti* o calor repentino pulsando no local em que suas mãos me tocavam.

Uma luz suave e prateada subitamente irradiou de meu peito. Arregalei os olhos quando Keella substituiu a mão pela que segurava A Estrela. As arestas duras pressionaram minha pele...

E então eu ouvi Sotoria.

Ouvi-a falar assim que sua alma me deixou e se derramou no diamante.

Keella cambaleou para trás, a essência escurecendo ao seu redor enquanto ela fixava o olhar na Estrela. Uma luz branca intensa e brilhante flutuou para dentro da pedra.

— Está feito? — perguntou Attes, a voz embargada.

— Sim. — A Primordial se levantou, voltando-se para Attes. — Vamos mantê-la segura.

— Até... — Pigarreei. — Até quando?

— Até que seja melhor permitir que renasça — respondeu ela, enquanto Attes tomava o diamante. Ele o segurou com reverência, colocando-o delicadamente dentro do alforje. — Quando tivermos certeza de que Kolis não será capaz de encontrá-la antes que esteja pronta.

Antes que esteja pronta.

Um gosto amargo surgiu na minha boca quando coloquei a mão no peito. Ash me perguntou se eu estava bem, e assenti. Não me sentia diferente, ainda assim eu estava. A presença da qual não tive consciência durante a maior parte da vida havia desaparecido, mas eu ainda ouvia as palavras de despedida de Sotoria.

Nós nos encontraremos de novo.

37

Caminhamos nas sombras até as Terras dos Ossos, deixando Keella e Attes nas Planícies de Thyia.

Enquanto olhava para além dos navios no mar, desejei ter visto mais da Corte. Era linda.

Keella me abraçou antes de partirmos. Attes não. Com certeza porque Ash cumpriria sua ameaça de arrancar a língua do Primordial. Em vez disso, ele colocou a mão sobre o coração com uma mesura.

Eu o havia lembrado de sua promessa enquanto Ash se despedia de Keella: que ele apoiaria Ash.

— Não esqueci, Seraphena — respondeu ele. — Ash terá meu apoio.

— Sera. — Eu o corrigi.

Attes sorriu então, mas suas covinhas não surgiram e seus olhos pareceram tristes. Torcia para que ele e Ash pudessem resolver as coisas e se tornar mais do que camaradas. Esperava que se tornassem amigos, como aqueles com quem Ash conversava agora.

Nós nos encontraremos de novo.

Eu não tinha imaginado a voz de Sotoria, mas o que ela quis dizer? Depois que nós duas morrêssemos? Seria em breve, *muito em breve* para mim. Mas ela?

Meu estômago revirou novamente quando pensei em Sotoria naquele diamante sabia-se lá por quanto tempo, apenas esperando renascer, crescer e ser colocada de volta nas mãos de Kolis e sua obsessão. Não parecia certo. Eu devia ter me pronunciado sobre o assunto.

Eu me virei ao ouvir o som de passos, avistando Elias, que estava consciente quando voltamos. A tinta dourada fora lavada de seu rosto. Sempre achei difícil determinar a idade de um deus, mas seu rosto quadrado parecia mais jovem do que eu esperava.

— Desculpe pelo que aconteceu quando chegou aqui — lamentei.

— Tudo bem. Prefiro ser visto como suspeito e pedir perdão do que acabar morto. — Ele tocou a parte de trás da cabeça enquanto encarava Ehthawn, empoleirado no penhasco que Aurelia ocupara antes. — Embora prefira não levar mais uma chuva de pedras sobre a cabeça.

— Então suponho que precisará evitar ficar sob qualquer dragontino — comentei.

Elias olhou para o mar.

— Deu tudo certo com o diamante?

— Sim. — Observei o contorno de seu queixo. — Você é da Corte de Attes originalmente?

Ele assentiu.

— Ele teve algo a ver com você acabar como guarda de Kolis?

— Sim. Attes me recomendou, mas também tive de dedicar meu tempo para conquistar meu posto. — Elias franziu a testa, parecendo desconfortável. — Ele não podia te contar sobre mim, sabe? Era um risco muito grande.

— Eu sei.

Seu olhar encontrou o meu.

— Sério?

— Eu poderia ter usado esse tipo de informação como ferramenta de barganha.

— E teria?

Observei Ash enquanto ele falava com Saion e Rhahar, a brisa agitando seu cabelo.

— Depende.

Elias seguiu meu olhar.

— Você faria qualquer coisa por ele.

— Sim, faria.

— Ele é um homem de sorte, então, por ter pelo menos um dia de tamanha devoção. — Um breve sorriso apareceu. — E tenho a sensação de que serei um homem morto se ele me pegar conversando com você.

Meus lábios se curvaram.

— Você vai ficar bem. Já Attes? Aí é outra história.

Elias riu.

— Attes leva jeito para incitar essa reação nos outros. — Ele estreitou os olhos. — Acho que alguém deseja falar com você.

Segui seu olhar, vi Rhain caminhando em nossa direção.

— Com licença. — Elias fez uma reverência.

Mordi o interior do lábio quando Elias partiu, logo sendo interceptado por Kars, depois voltei minha atenção para Rhain.

Ele parou a cerca de um passo de distância.

— Eu perguntaria como você está se sentindo, mas…

— Sim — murmurei. — Obrigada por não perguntar.

— E forçá-la a mentir?

Assenti, agora era ele que parecia desconfortável.

— Ah.

Estendi a mão e tirei o colar de Aios, oferecendo-o a ele.

— Pode devolver para Aios? Ou entregar a Bele?

Rhain olhou para a corrente de prata.

— É você quem deveria devolver o cordão a ela.

Ele pegou a corrente.

— Eu gostaria — comentei, olhando para o piso rachado de mármore. — A propósito, talento legal esse que você tem. Telepatia.

As maçãs de seu rosto exibiam o mesmo tom do cabelo.

— Sim, não é algo que eu anuncie por aí. Não sou tão bom quanto Kolis acredita.

Eu duvidava muito.

— Sinto muito por seu pai e seu irmão.

Estreitando os olhos, ele assentiu. Seu peito subiu.

— Eu queria… eu queria agradecer por…

— Não precisa.

— Sim, preciso. — Seus olhos castanho-dourados encontraram os meus. — Você não precisava intervir para me salvar. Não precisava fazer nada. No entanto, você o fez.

Cruzei um braço sobre a cintura.

— Só fiz o que qualquer pessoa teria feito.

— Não acho que seja verdade, Seraphena. — Ele se aproximou. — Não sei o que você precisou fazer — disse, com a voz baixa. — Mas independentemente do que tenha sido, nunca esquecerei o quanto você sacrificou.

— Não foi… — Fechei os olhos, sabendo que era improvável ele acreditar em mim se eu dissesse que não foi nada. — Obrigada por não contar nada a ninguém quando foi libertado.

— Claro. — Seu olhar passou por mim. — Mas eles não a teriam tratado de forma diferente se descobrissem. Sei que eles sentiriam o mesmo que eu, apenas arrependimento.

— Arrependimento?

Rhain assentiu.

— Por não ter te visto com os olhos de Ector — explicou ele, com a voz embargada. — Ele a viu como era assim que você pôs os pés nas Terras Sombrias.

— Alguém que você não queria esfaquear? — brinquei.

Seu olhar muito solene pousou em mim.

— Alguém que conquistou nosso respeito e admiração. Principalmente o meu. — Ele desviou o olhar. Ash estava se aproximando. — Mas *ele* sempre viu você. Sempre.

Ash tinha visto.

Ele sempre *me* via, mesmo quando estava com raiva ou decepcionado.

— Sobre o que estão conversando? — Ash se postou ao meu lado, e Rhain recuou vários passos, seguido pelos outros.

— Eu estava devolvendo o colar de Aios — respondi, observando o rosto daqueles com quem podia ter feito amizade se tivesse mais tempo, e sentindo falta daqueles que não estavam presentes e daqueles que não estavam mais conosco.

Queria ver os olhos de Reaver, muito solenes e sábios para um rapaz tão jovem. Seu sorriso. E desejei poder abraçar Jadis novamente. Sentir seu peso em meu peito enquanto ela dormia.

Deuses, era tão estranho.

Porque eu não tinha certeza se havia apreciado aquela experiência tanto quanto deveria na ocasião. Mas agora? Agora eu gostaria de ter prestado mais atenção. Porque imaginava que, se fosse capaz de viver o suficiente para ter filhos, aquela seria a sensação de segurá-los no colo. De sentir seu coração bater contra o peito. E saber que eu segurava todo o meu mundo nos braços.

Olhei para Ash. Ele estava me encarando, e senti um nó de puro desejo na garganta. Jamais havia considerado ter filhos. Sequer gostava de embalar crianças nas raras ocasiões em que estive perto de uma. Bebês, suas mãozinhas e fragilidade me aterrorizavam. A ideia de ter filhos nunca tinha feito parte do meu futuro. Mas enquanto meu olhar viajava pelo rosto de Ash, eu teria... Acho que teria cogitado ter filhos com ele. Ele seria um pai incrível.

Não, eu me corrigi com uma respiração profunda. Ele *será* um pai incrível.

As gavinhas de éter se iluminaram em sua íris. Ele baixou a cabeça para a minha e falou, baixinho:

— Qual é o problema?

Tudo.

— Nada.

Ele passou a mão pelas minhas costas, deslizando-a sob meu cabelo.

— Isso não é verdade.

Recuei, encontrando seu olhar.

— Não leia minhas emoções.

— Não minta para mim.

— Não estou mentindo.

Eu com certeza estava mentindo.

Ele arqueou uma sobrancelha.

— *Liessa*.

— Nyktos — disparei, e um canto de seus lábios se curvou.

— Vocês dois já estão brigando? — perguntou Saion.

Ash levantou a cabeça.

— Não.

— Estamos quase lá — murmurei ao mesmo tempo.

— Sim, eles estão. — Saion sorriu para o primo. — Eu te disse que a trégua não duraria uma hora.

— Maldição — resmungou Rhahar.

Saion ergueu a mão.

— Pode pagar.

Rhahar estava balançando a cabeça enquanto enfiava a mão por baixo da armadura.

— Tenho de ser mais cínico.

Franzi o cenho enquanto olhava de um para o outro.

— Vocês dois...? — Arqueei as sobrancelhas enquanto Rhahar recolhia algumas moedas. — Vocês dois fizeram uma aposta?

— Sim. — Saion pegou as moedas. — Rhahar acreditava que vocês dois iriam passar o dia todo sem brigar. Eu disse que não aguentariam uma hora sem discutir sobre alguma coisa... e isso sendo generoso.

— Uau — murmurou Rhain.

Virei-me para Bele.

Suas mãos se ergueram.

— Não tive nada a ver com isso. — Ela fez uma pausa. — Mas concordo que Saion estava sendo generoso.

Cruzando os braços, encarei Ash.

— Esses são seus amigos.

Seus lábios se contraíram enquanto olhava para eles.

— Eram.

Rhahar riu, e Saion fez algumas piadas sobre ser amigo de um Primordial da Morte, mas eu... eu mal conseguia recuperar o fôlego ao encarar Ash.

Ele acabara de reconhecê-los como *amigos*.

Ash jamais havia feito aquilo, chegando a afirmar que não tinha amigos.

A interação significaria muito pouco para a maioria, mas era um enorme avanço para Ash. Ele fora ensinado que qualquer conexão podia se tornar uma fraqueza a ser explorada, então sempre havia mantido distância de todos os outros — todos, exceto Nektas.

Inclinei a cabeça, meu olhar se fixando no dragontino com escamas pretas e cinza empoleirado no mesmo penhasco em que estivera antes. Podia ter jurado que ele sorriu. Era meio difícil dizer quando ele estava na forma de dragontino, mas aqueles olhos vermelhos pareciam melancólicos.

Respirei fundo e olhei o azul cristalino das águas. Havia várias coisas para as quais eu gostaria de ter tempo. Eu adoraria ver Ash relaxar com os *amigos*. Jantar e beber juntos discutindo qualquer coisa que não guerra e violência. Gostaria de ver os olhos de Nektas ficarem azuis como o mar novamente, e Aios, Ezra e Marisol...

Eu realmente queria ter a chance de causar algum dano corporal verdadeiro a Veses.

Suspirei.

Meu olhar voltou para Nektas. Ele não estava mais olhando para mim, observava o horizonte. Voltei minha atenção para aqueles que estavam diante de nós.

Lailah conversava com Kars, a cabeça inclinada. Queria ter tido a oportunidade de conhecê-la melhor, porque gostaria de saber o que diabos havia entre ela e Attes. Bele estava de pé, braços cruzados sobre o peito, o vento açoitando seu cabelo escuro contra as bochechas. O brilho do éter em seus olhos parecia quase tão brilhante quanto o de Ash. Pensei em Aios outra vez e desejei poder dizer adeus. Olhei para os primos e senti um sorriso se abrir. Eles falavam com Elias, provavelmente dizendo alguma merda para o guarda. Vi Ehthawn, e meu coração... deuses, meu coração doía por Orphine. Sua morte não foi justa.

Mas a morte raramente era.

Pensando em Ector, senti um aperto no peito enquanto me concentrava em Rhain, um pouco afastado dos outros, o cabelo mais vermelho do que dourado à luz do sol. As mãos estavam na lateral do corpo e perto das adagas presas a suas coxas. Ele olhou em minha direção, o olhar encontrando o meu antes de se desviar. Eu o vi engolir em seco, e pensei que talvez estivesse pensando no que estava por vir.

O nó em minha garganta se apertou. Queria ficar, mas não tínhamos muito tempo, e ainda precisava conversar com Ash em particular. Ainda precisava daquele tempo que Nektas disse nunca ser um desperdício.

Estendi o braço e toquei a mão fria de Ash. Seu olhar veio até o meu.

— Pode me levar até o meu lago? — sussurrei.

Ash imediatamente enrijeceu o maxilar, e todos os vestígios de bom humor desapareceram.

— Você prometeu — lembrei.

Ele nada disse, mas assentiu.

Inspirei, ofegante e trêmula, e me voltei para aqueles diante de nós. Todos se calaram. Ninguém sorria, e o ar ao nosso redor parecia carregado, subitamente cheio de tensão e talvez até de tristeza. Todos sabiam o que estava por vir. Todos sabiam como Ash provavelmente estaria quando o vissem de novo.

Abri a boca, mas não sabia o que dizer. "Adeus" não parecia adequado. O que se dizia ao saber que seriam suas últimas palavras? Podia apostar que algumas pessoas tinham discursos planejados ou declarações eloquentes pelas quais seriam lembradas e que simplesmente lhes ocorriam, mas me perguntei quantas realmente eram capazes de fazer esses discursos, ou dizer palavras de despedida, quando chegava a hora. Porque não havia palavras.

Se Ector estivesse ali, provavelmente diria algo ridículo. Ele nos faria rir ou xingar.

Esperava que ele estivesse em paz e feliz.

Esperava vê-lo novamente.

Aquele maldito nó subiu até o topo da minha garganta, fazendo com que meus olhos ardessem. Apertei os lábios.

Saion ergueu o queixo, um sorriso pálido no rosto bonito.

— Boa viagem.

Assenti. Foi tudo o que consegui. Não queria que em sua última lembrança de mim eu parecesse uma chorona.

Rhain deu um passo à frente, parando entre os primos. Olhos castanhos iluminados pelo éter encontraram os meus. Então, retirando uma espada de pedra das sombras, ele a cruzou sobre o peito e se apoiou sobre um joelho, curvando a cabeça.

Inspirei fundo.

Bele fez o mesmo, com a espada na mão enquanto se ajoelhava. Então Lailah. O que eles estavam fazendo? Saion e Rhahar imitaram os outros, e eu senti os dedos de Ash se entrelaçarem aos meus. Atrás deles, Nektas baixou seu chifre até a pedra e os remendos de grama do penhasco. Ehthawn fez o mesmo, com uma expiração esfumaçada.

Em uníssono, os deuses mantiveram suas espadas na altura do peito, as outras mãos se dobrando firmemente sobre as bordas das lâminas. Sangue pingava diante deles, espirrando no solo rochoso. Então me ocorreu, o pensamento enfraquecendo minhas pernas. Entreabri os lábios.

Eles estavam me prestando honra e respeito, a mesma homenagem que eu tinha visto ser concedida aos cavaleiros em Lasania após sua morte.

— Com minha espada e com minha vida — jurou Rhain, levantando a cabeça. Os outros ecoaram suas palavras. — Eu vou honrá-la. — Éter prateado e crepitante irrompia de seus dedos, espalhando-se pela espada. A lâmina se dissolveu primeiro, então o cabo virou cinzas. — Em sangue e cinzas, para sempre.

38

Uma névoa surpreendentemente fria umedecia o ar. Estávamos sob uma copa de galhos pesados.

Os Olmos Sombrios haviam se aquietado quando chegamos, a vida selvagem reagiu à presença de um Primordial da Morte e fugiu da floresta. Alguns pássaros permaneceram escondidos nos galhos mais altos, perto do meu lago, chilreando suavemente um para o outro na escuridão.

Apenas fragmentos do luar penetravam nas sombras espessas da noite. O denso bosque de olmos fazia sombra no que havia além, mas eu sabia que podia facilmente encontrar o caminho até o Castelo Wayfair através do labirinto. Estava bem perto de Ezra.

De minha mãe.

Queria ver minha meia-irmã. Talvez até minha mãe. Mas o que diria a elas? Mesmo que não revelasse os verdadeiros motivos de minha visita, Ezra saberia que algo estava acontecendo. Ela era inteligente, e eu não queria que suas últimas lembranças de mim fossem impregnadas de tristeza.

E minha mãe?

Qualquer conversa entre nós provavelmente não correria bem. Certamente iria terminar com uma de nós dizendo algo terrível, o que significava que Ash provavelmente cumpriria a ameaça de mandá-la para o Abismo antes que minha vida sequer chegasse ao fim.

Mas eu não tinha todo o tempo do mundo. A última coisa que eu queria era gastá-lo preocupando Ezra ou discutindo com minha mãe.

Eu queria ficar com meu marido.

Soltei um suspiro trêmulo quando levantei meu olhar para ele. Ash estava de costas para mim, as costas rígidas enquanto observava as plácidas águas da cor da meia-noite.

Ele não queria ter ido até ali, mas havia me prometido. E ele não quebraria aquela promessa.

Ash se manteve em silêncio desde que saímos das Terras Sombrias, caminhado nas sombras, até o coração dos Olmos Sombrios. Não disse uma palavra aos outros quando partimos. Meus olhos ardiam com as lágrimas que contive… que *vinha* contendo.

Em sangue e cinzas…

Na vida *e* na morte, para sempre.

O que Rhain e os outros haviam me dado fora lindo. Poderoso. Mais do que aceitação. Foi um *reconhecimento* de quem eu era.

Uma guerreira.

Digna de respeito e honra.

Deuses, eu não podia começar a chorar agora.

Rapidamente, estendi a mão e, apressada, limpei os olhos. Meus dedos ficaram levemente tingidos de vermelho, então com sorte meu rosto não estava manchado de lágrimas de sangue.

Pigarreei, dando um passo em direção ao Primordial.

— Ash?

Houve um longo momento de silêncio, e então ele declarou, sem emoção:

— Sera?

Seu tom magoou meu coração.

— Sei que não temos muito tempo.

— Temos todo o tempo do mundo.

Mas não tínhamos. Ele sabia. Se alguém ainda não havia descoberto Kolis, logo descobriria. E além do mais? Eu estava sem tempo.

— Há algo sobre o qual quero falar — comecei.

Sua cabeça se inclinou para trás.

— Sou todo ouvidos.

Ciente de como aquilo era difícil para ele, consegui controlar meu temperamento.

— Sério? — disparei. Tudo bem. *Essencialmente*, mantive meu temperamento sob controle. — Você é todo ouvidos, mesmo sem olhar para mim?

Ash se virou tão rapidamente que parecia um borrão.

— Mesmo que não esteja te olhando, você continua sendo tudo o que enxergo — disse ele, com as feições envoltas em gelo duro. — Eu te vejo, Sera. Sempre vi.

O amor por ele brotou em meu peito, turvando minha visão.

— Não faça isso.

Ele inclinou a cabeça.

— O quê?

— Não diga essas coisas, belas. Palavras doces — respondi. — Vai me fazer chorar, e eu não quero.

Um pouco da frieza deixou seu rosto.

— Também não quero que você chore.

— Então não seja legal.

Ele ergueu as sobrancelhas.

— Devo me virar e te dar as costas de novo?

— Não! — exclamei. — Isso vai me deixar com raiva, o que também não quero.

Ele prendeu o lábio inferior entre os dentes como se contendo um sorriso.

— Então o que gostaria que eu fizesse, *liessa*?

Deuses.

Cada vez que ele me chamava assim, eu me derretia. Aquilo ainda me fazia derreter, mas também me dava vontade de chorar. Fechei os olhos e eu me forcei a manter o controle.

— Sei que está zangado.

— Não estou zangado.

Franzi os lábios.

— Não está?

— Eu estou... — Ash balançou a cabeça. — Tudo bem. Estou zangado. Mas não com você.

— Sei que não está zangado comigo — falei. — E sei que não quer estar aqui. Você não quer fazer o que precisa.

Suas narinas se dilataram.

— Mas também sei que entende que isso precisa ser feito. Se há qualquer esperança de deter Kolis, salvar os planos e parar a Devastação, é essa. E não quero desperdiçar o tempo que nos resta discutindo sobre o que já sabemos — argumentei. — Quero que você ouça o que tenho a dizer.

Ash virou o pescoço para o lado, depois me deu um breve aceno de cabeça.

Tudo bem, aquilo não foi uma manifestação vocal, mas foi melhor do que nada.

— Quero que saiba que eu te amo — comecei. Seus olhos se fecharam, e minhas mãos começaram a tremer. — E não vou deixar de te amar. Eu queria ter dito isso mais vezes... Deuses, gostaria de ter reconhecido meus sentimentos muito antes.

— Eu sei — disse ele, as duas palavras soando como se tivessem sido arrancadas das profundezas de sua alma.

Dei um passo à frente.

— E quero que saiba que nada disso é sua culpa.

O peito de Ash subiu com uma respiração profunda.

— Nada disso — repeti.

— Sera. — Ele soltou uma risada mordaz e abriu os olhos. Sombras apareceram sob sua pele. — Você sabe o que eu preferiria estar fazendo nesse instante?

Eu podia arriscar um palpite.

— Qualquer outra coisa?

Ele balançou a cabeça.

— Não apenas qualquer outra coisa. Eu pensei em coisas.

— Tipo... tipo o quê?

— Ensinar você a nadar — disse ele, sem hesitação. Senti um aperto no peito. — Mostrar mais o Iliseu. Voltar para a caverna... Acho que você gostou de lá.

— Gostei — sussurrei.

— Preferia me deitar com você na cama, sentar em sua companhia na varanda do palácio, te fazendo me contar todas as histórias de infância que não compartilhou comigo. Treinar com você. Lutar com você. Até discutir com você. — As sombras se aprofundaram sob sua carne. — Mas a única razão pela qual estamos aqui, tendo esta conversa em vez de fazendo todas essas coisas, explorando as inúmeras maneiras com as quais sonhei foder você, é por causa do que eu fiz.

Minha mente ficou presa em uma parte específica do que ele disse.

— Quais são algumas dessas inúmeras maneiras?

Ash mudou rápida e inebriantemente. Ele abaixou a cabeça, suas feições marcantes mais ardentes enquanto as sombras desapareciam.

— Eu ficaria mais do que feliz em mostrar a você.

O calor inundou minhas veias, o que não ajudava muito no momento. Balancei a cabeça.

— Tem certeza? — Sua voz sedosa se estendia como uma gavinha de névoa sombria, roçando em mim.

— Sim. — Eu me forcei a dizer. — Infelizmente. — Eu me concentrei novamente. — Ouça, você fez escolhas com base no que sabia no momento. Você não fez nada errado.

Balançando a cabeça, ele desviou o olhar. Um músculo latejou em sua mandíbula.

— Não foi nem culpa do seu pai de verdade. Os Arae fizeram tudo de um modo que nem ele, nem ninguém que sabia pudesse te contar — repeti o que havia dito a ele mais cedo. — Você não tinha ideia do que iria acontecer.

Aquele músculo latejou ainda mais.

— Não culpo você. — Eu me aproximei. — E sei que não é algo de que posso convencê-lo. Você precisa compreender, aceitar. E eu preciso que o faça, porque quero que me prometa uma coisa.

Ele virou a cabeça ligeiramente em minha direção.

— Eu... eu quero que você *viva* — comecei. — Depois que a questão de Kolis for resolvida e você tomar seu lugar de direito como Rei dos Deuses...

— Esse não é meu lugar de direito.

— Ash...

— É o seu lugar de direito.

Franzi as sobrancelhas.

— O quê? Não sou uma Primordial. Sequer sou uma deusa.

— Mas aquelas brasas? — argumentou Ash. — Elas se tornaram suas.

As tais brasas zumbiam debilmente em mim, mas eu não iria me tornar *aquilo*, mesmo que Ash tivesse sua *kardia* e pudesse me Ascender. As brasas provavelmente fariam meu corpo explodir ou qualquer outra coisa perturbadora e nojenta.

— E se tornarão suas — acrescentei.

Com os lábios comprimidos em uma linha fina, ele desviou o olhar.

— E não quero que você fique sozinho depois que isso acontecer.

O éter em seus olhos se aquietou.

— O que está dizendo, Sera?

— Eu... estou dizendo que quero que você viva. *Viva* de verdade, Ash. — Entrelacei meus dedos. — Quero que você encontre um jeito de restaurar sua *kardia*.

— Bons Destinos. — Ele passou a mão pelo cabelo.

Sem me deixar abalar, eu me aproximei, parando em sua frente.

— E eu quero que você se permita amar.

Sua mão caiu, cerrando-se em punho.

— Você só pode estar brincando comigo.

— Não estou. — Eu o encarei. — Quero que você se permita amar e ser amado, Ash. Você é mais do que digno. Você merece. Mais do que qualquer pessoa que conheço.

— Não dou a mínima para o que eu supostamente mereço — rosnou ele, sombras sangrando através de sua pele. — Você está mesmo me pedindo para encontrar uma maneira de amar outra pessoa?

— Estou.

Ele me encarou, o peito arfando.

— Eu… eu *nunca* conseguiria fazer isso.

A pressão em meu peito se intensificou.

— Preciso que você consiga.

— Nem posso acreditar no que está me pedindo. — As sombras crepitavam sob sua pele. — Que pensou que eu seria capaz de te esquecer…

— Não estou pedindo que me esqueça. Eu não quero isso. Não quero que me esqueça nunca. — Coloquei as mãos em seu peito, fazendo-o se afastar como se tivesse sido queimado. — Mas você vai viver por muito tempo. Quero que seja feliz. É importante para mim. Porque eu te amo, Ash.

— Merda — murmurou, o prateado de seus olhos tão brilhante quanto o luar refletido nas águas do meu lago, e a curva de seu queixo tão inflexível quanto a pedra das sombras logo abaixo.

— Eu te amo. — Lutando contra as lágrimas, levantei as mãos e aninhei seu rosto nas palmas. Seus olhos se fecharam brevemente, cílios grossos roçando na pele. — Saber que você vai ser feliz me permitirá encontrar a paz, porque *você* vai ter encontrado a paz.

Um segundo se passou. Então outro. Ele enfim abriu os olhos.

— Eu vou encontrar a paz.

Analisei seus olhos. Não soou exatamente como uma confirmação.

— Prometa que fará isso por mim.

— Sera…

— Prometa que vai fazer o que estou pedindo — pressionei, sabendo que assim que ele o fizesse, o juramento o vincularia. — Prometa.

Diversas emoções passaram por seu rosto, muitas para eu sequer ser capaz de decifrar.

— Eu prometo.

Antes que eu pudesse reagir ou mesmo pensar, ele baixou a cabeça e seus lábios encontraram os meus em um beijo forte e feroz. Abri minha boca instintivamente para ele e, deuses, a mistura de quente e gelado de seus lábios enviou uma onda doce e cálida por meu corpo. A paixão em seu beijo parecia uma tempestade, me dominando e me levando a alturas vertiginosas.

— Essa é uma das coisas que prefiro fazer. Beijar você. Sentir o modo como você se funde a mim. Você quer que eu viva? É assim que me sinto mais vivo. — Seus lábios roçaram os meus. — Com você. Viva comigo. Preciso disso. Preciso de você — rosnou Ash contra minha boca.

Estremeci contra ele.

— Tempo...

— Vamos arranjar tempo — jurou. — Nós merecemos isso.

Meus dedos estremeceram em seu maxilar. Ele estava certo. Nós merecíamos *mesmo*. E, caramba, eu queria aquilo. Eu o queria como meu último ato naquele plano. Queria aquelas lembranças. Não o tempo que passei em cativeiro, nada relacionado a Kolis. Não a raiva e a tristeza de Ash. Não minha relutância em aceitar meu destino. Eu queria Ash e como ele me fazia sentir.

Vista.

Respeitada.

Desejada.

Eu deveria ter passado dias e semanas me sentindo assim antes que o fim chegasse. Deveria ter tido uma vida inteira.

Mas não tive.

Eu tinha o agora.

E não iria desperdiçá-lo.

Puxei sua cabeça para baixo e, colei seus lábios de volta aos meus. Nenhuma palavra era necessária. Como eu o beijei dizia tudo.

Os braços de Ash me envolveram, puxando-me para seu peito. Sua mão se emaranhou em meu cabelo. Nós nos beijamos até meus lábios ficarem inchados, meu pulso trovejando. Só então sua boca deixou a minha, traçando um caminho pela curva de meu queixo, descendo pelo pescoço.

Um filete de desconforto perfurou o calor enquanto ele acariciava meu pescoço, mordiscando suavemente. Não onde Kolis havia me mordido... e não deveria me incomodar. Aquele era Ash. Minha boca secou quando me forcei a respirar fundo, sentindo seu cheiro. Frutas cítricas. Ar fresco da montanha. Deuses, jamais havia sentido um perfume melhor, e eu estava ali, com Ash. Somente Ash.

Abri meus olhos quando ele depositou um beijo em meu pulso latejante, em seguida levantou a cabeça.

Cílios descortinaram olhos de um prata derretido, fixos nos meus. Vi uma urgência em seu olhar, uma tempestade de necessidade e muito desejo. Mas ele hesitava. Puro desejo desenhou linhas profundas naquelas feições marcantes, mas ele… ele esperava.

Por mim.

— Não precisamos fazer isso — disse ele, com a voz rouca e áspera. — Ter você aqui em meus braços, te beijar... é o bastante.

Ai, deuses, ele *ia* me fazer chorar.

Mesmo sem falar mais nada, eu sabia por que Ash dissera aquelas palavras. Por que ele se conteve, apesar do que eu havia pedido. Mas Ash… deuses, ele sabia que não tinha sido *nada*. Foi por isso que havia me assegurado de que eu estava a salvo na caverna. Ele sabia que eu não tinha me livrado de Kolis sem algumas cicatrizes novas não aparentes, mas ainda assim profundas. Ele sabia o bastante para me garantir que eu estava segura com ele. E eu estava.

Deuses, eu não poderia amá-lo mais.

E não poderia odiar mais os planos por me afastarem de Ash do que agora. Não era justo. Mas se eu me concentrasse naquilo? Em quaisquer das coisas ruins? Eu estaria sacrificando o pouco tempo que nos restava e que ainda não havia sido roubado de nós.

Engoli o nó de emoção que ameaçava me deixar aos soluços no chão da floresta, deslizei as mãos para baixo e agarrei a frente de sua túnica. Puxei o tecido e Ash obedeceu, levantando os braços. Ele se inclinou, facilitando tirar sua camisa.

— *Liessa* — murmurou ele, enquanto eu deixava as roupas caírem no chão.

Sustentando seu olhar, levantei as mãos e enganchei meus dedos sob a túnica emprestada que eu vestia, tirando-a. O tecido macio e desgastado deslizou pela minha cintura e depois pelos meus seios. Ele não desviou o olhar, nem por um segundo, enquanto eu despia a peça, deixando-a cair ao lado da dele.

O peito de Ash subiu acentuadamente enquanto seu olhar frio vagava, centímetro por centímetro, a pele que eu tinha exposto para ele. Meus mamilos intumesceram por entre as mechas de meu cabelo e eu me mantive parada, deixando-o olhar até se saciar, querendo que ele o fizesse. Aguardei, o coração mais acelerado que em dias.

Lentamente, ele ergueu os dedos, pegando meu cabelo pelos lados. Seu olhar acompanhava o caminho percorrido por sua mão ao longo dos cachos quando os levantou e os penteou para trás, sobre meus ombros.

Minha respiração acelerou quando fechei os dedos em torno de seu pulso.

— Me toque. — Levei a mão dele a meu peito.

Ash soltou um rosnado do fundo da garganta diante do contato, e minhas costas se arquearam, colando meu corpo contra sua palma.

— Como eu já disse, farei tudo o que me pedir — jurou, fios de éter girando descontroladamente em seus olhos. Ele acariciou a curva do meu seio com o polegar. — Qualquer coisa.

Eu sabia que ele estava falando sério.

Ele faria qualquer coisa por mim.

Meu estômago se agitou quando ele segurou meu outro seio. Seus olhos continuavam grudados nos meus enquanto eu movia minha outra mão pela pele fria e rija de seu tronco, guiando-a mais para baixo. Os músculos de seu abdome se contraíram sob minha palma. Alcancei o cós de sua calça, encontrei a fivela ali e a abri com dedos um pouco trêmulos. Ash tirou as botas, e então foi a vez de ele parar enquanto eu baixava suas calças.

Ajoelhei e olhei para cima, observando a penugem escura de suas coxas grossas e musculosas. Vi pequenos cortes em sua pele; cicatrizes cuja história eu jamais saberia. Eu nunca saberia se ele as havia ganhado antes de Ascender, enquanto aprendia a manejar uma espada ou se algo terrível as tinha criado, mas eu as apreciava mesmo assim.

Inclinei-me, pressionando os lábios em uma delas, em seu joelho, depois em outra logo acima. Deslizei as mãos pela parte externa de suas pernas, contemplando a cicatriz de quase três centímetros na parte interna da coxa.

Ao ouvi-lo arfar, sorri e conforme me afastava, ergui o olhar. Os músculos de meu ventre se contraíram, e eu sabia que ele devia ter me escutado tomar fôlego quando meu olhar pousou naquele pau grosso e duro. Mordi o lábio, lembrando seu gosto, a sensação de seu gozo em minha língua. Eu me estiquei, comecei a me inclinar...

A mão de Ash voltou para o meu cabelo, me parando.

Eu o encarei. Suas bochechas estavam coradas, os lábios entreabertos.

— Você disse alguma coisa.

— Eu disse. — Ele agarrou meu cabelo, puxando meu couro cabeludo de um modo que causou uma onda de calor intenso.

— E eu quero você na minha boca. — Agarrei suas coxas. — Quero sentir o seu gosto.

— Sera — gemeu Ash. — Qualquer coisa menos isso.

Meus olhos se estreitaram.

— Não sabia que havia restrições.

Ele riu.

— Eu também não. Mas, se fizer isso, eu vou...

Deslizei minhas unhas em sua pele, muito satisfeita com o breve vislumbre de suas presas.

— Vai o quê?

— Vou perder o controle.

Meu sangue se transformou em fogo líquido ao pensar em Ash sem controle.

— É o que eu quero.

— É o que quero também. — O leve brilho do éter apareceu nas veias de seus rosto e pescoço, fazendo com que eu soltasse um suspiro entrecortado. — Mas quero perder o controle com meu pau bem fundo em você, não quando estou fodendo sua boca.

Minhas pernas tremeram quando uma onda de luxúria seguiu direto para a fonte de meu desejo.

Ele inclinou a cabeça, fazendo com que o cabelo caísse na lateral do rosto. Um olhar brilhante se fixou no meu.

— Você gostaria disso.

Nada sobre ele dizer "fodendo sua boca" deveria me excitar, mas assenti. Porque quando ele falava assim... Eu queria que ele fodesse minha boca. Com força.

As narinas de Ash se dilataram.

Eu tinha dito aquilo em voz alta?

— Você pode ter o que quiser — concedeu ele. — Depois.

Depois.

Apenas uma única palavra, muitas vezes tida como certa. Não tínhamos um depois.

— Mas...

— *Depois* — insistiu Ash, o aperto em meu cabelo firme o bastante para me colocar de pé.

Assenti, sustentando seu olhar. Não havia razão para corrigi-lo. Poderíamos fingir. Tínhamos todo o direito.

— Existem outras coisas não incluídas em *qualquer coisa*?

Um sorriso provocante curvou sua boca. Eu adorava aquele tipo de sorriso. Era raro. Eu me lembraria aonde... aonde quer que eu fosse?

— Sera — disse ele, suavemente agora.

Pisquei os olhos, erguendo o olhar para o dele.

— Estamos aqui. — Ele aninhou meu rosto em suas mãos. — Estamos juntos. Agora. É tudo que importa. Só nós dois. Agora.

Exalando bruscamente, assenti.

— Só nós dois.

Ash baixou a cabeça, capturando meus lábios com um toque doce e insistente. Estremeci enquanto o beijo se aprofundava, enquanto ele me saboreava e me possuía, me bebendo.

Sua boca deixou a minha mais uma vez, mas ele ignorou meu pescoço. Eu não sabia se de propósito, se ele havia sentido aquela semente de incômodo em mim antes, mas seus lábios trilharam outro caminho ardente em minha clavícula. Seus dedos seguiram a boca, acariciando meus ombros, meus seios. Passaram pela curva de minha cintura, encontrando o cós da calça.

A língua de Ash brincou com um mamilo, em seguida o sugou, arrancando um suspiro enquanto puxava a calça de meus quadris para baixo. Eu a despi, tremendo com o suave sussurro do ar contra a pele.

Então nada ficou entre nós. Ele se inclinou sobre mim, enlaçando minha cintura com o braço. A sensação de sua pele contra a minha, fria e dura em meu ventre, me queimava. Ele me segurou com força, me deitando com cuidado, apoiando com um das mãos a parte de trás da minha cabeça enquanto me ajeitava na margem úmida e gramada do meu lago. A ternura no modo como ele cuidava de mim quase acabou comigo, e teria acontecido se não pela visão de Ash.

Seu corpo sobre o meu, o cabelo escuro caindo contra as bochechas angulosas, seus lábios entreabertos revelando a ponta das presas e as feições marcadas pelo desejo eram a personificação da pura luxúria.

Seus olhos brilhavam com um prateado luminoso, capturando os meus enquanto as pontas macias de seu cabelo provocavam minha pele. Ele mordiscou minha clavícula.

— Mantenha esses lindos olhos em mim — ordenou, com aquela sua voz esfumaçada e sombria. — Quero que você veja o quanto gosto do sabor de sua pele.

Meu estômago revirou e se contraiu.

— Eu… eu não vou desviar o olhar.

Seu sorriso era gélido e seus lábios desconcertantes enquanto ele trilhava um caminho de beijos pelo centro de meu peito e depois subia pela curva de um seio. Ele ergueu a cabeça, olhos cheios de fios de éter rodopiantes, enquanto arrastava a ponta de uma presa sobre a pele sensível. Ele hesitou no mamilo, a respiração fria e provocante aumentando minha expectativa.

— Observe — murmurou ele.

Nada em nenhum dos planos poderia me forçar a desviar o olhar. Ele acariciou meu mamilo com a língua, e meus dedos agarraram a grama. Eu me remexia incansavelmente sob Ash, tremendo com a sensação dos pelos mais ásperos de suas pernas contra as minhas.

Ash capturou o mamilo intumescido com a boca, sugando profundamente. Ele sorriu enquanto arrancava um leve grito dos meus lábios. Agarrei seu antebraço, e ele voltou sua atenção para o outro seio. A ponta de sua presa roçou em meu mamilo.

— Ash — gemi, quadris se contraindo.

— Hmm. — Ele me tomou em sua boca e pressionou os dedos no outro seio, apertando o polegar e o indicador habilmente no meu mamilo. — Apenas algumas coisas neste plano são melhores do que o som dos seus gemidos.

— Como… — Minha respiração saía em suspiros curtos quando sua mão deixou meu seio e deslizou para baixo. Ele se mexeu, me permitindo um vislumbre dos músculos esculpidos na parte inferior do abdome, antes de agarrar meu quadril e enfiar sua coxa elegante e musculosa entre as minhas. — Como o quê?

— O som que você faz quando goza. É como um canto de sereia. Está mais em cima na lista — disse ele, a tentadora sensação de seus lábios frios em minha pele quente. — Mas você sabe o que está em uma posição ainda mais alta?

Pressionando meus lábios, balancei a cabeça.

Ele pegou meu mamilo entre os dentes e eu gritei de novo, roçando contra ele, cavalgando sua coxa.

Sua língua acalmou a dor perversa.

— Sua voz — disse ele.

Eu estava ofegante.

— Minha voz?

— Sua voz — confirmou, pressionando a coxa contra o calor úmido entre as minhas. — É suave, mas forte. Confiante.

— Sério? — perguntei, sem ter certeza se soava tão suave ou confiante agora.

Ash assentiu.

— Sua voz é um bálsamo.

Ai, deuses.

— Outra coisa que tem uma posição melhor na lista? Sua risada. Você não ri o suficiente, mas quando o faz? Me derruba.

— Ash — sussurrei, meu peito inchando.

Ele gemeu, rangendo os dentes.

— E *isso*. O modo como você diz meu nome. Quando está dominada pela paixão e tudo o que consegue fazer é sussurrar meu nome. — Ele inclinou os quadris, pressionando-os contra mim. — Quando você está com raiva de mim e o grita.

Eu ri.

— Mesmo assim?

— Principalmente assim. — Ele deslizou pelo meu corpo e mergulhou a língua em meu umbigo, o que fez todo o meu corpo estremecer conforme espasmos agudos pulsavam através de mim. — Mas como você diz meu nome quando decide ser agradável, quando se despe de todos os lindos escudos atrás dos quais se esconde... — Uma teia de éter marcava a pele sob suas bochechas. Seus lábios e sua língua dançaram mais abaixo enquanto sua coxa se afastava de mim. — Quando você diz meu nome enquanto declara que me ama.

Talvez eu tivesse parado de respirar por alguns instantes, enquanto os segundos se alongavam.

— Não há um maldito som melhor do que esse, Sera. *Isso* eu juro. — O éter pulsava nas veias de sua mandíbula e seu pescoço. — Porque silencia todas as merdas terríveis que tive de fazer e testemunhar, e me permite sentir esperança.

Suas palavras soaram tão poderosas que acalmaram as arestas ásperas e frágeis de minha alma.

— Ash. — Sentei-me, aproximando meu rosto do dele. — Eu te amo.

Sua mão envolveu meu pescoço, a ponta áspera dos dedos arranhando minha pele. Uma faísca de energia disparou dele para mim. Seu beijo era uma combinação de dominação e vulnerabilidade, uma atração tão poderosa que esqueci quem eu era por um segundo. Eu o senti quebrando barreiras e desfazendo algo profundo dentro de mim.

— Ash. Deuses — sussurrei, descolando minha boca da dele. Ergui o olhar para encará-lo. — Eu sempre vou te amar.

O Primordial ficou imóvel junto a mim. Seu corpo. O éter em seus olhos.

Então ele me tomou de assalto como um raio, a boca reivindicando a minha enquanto me pressionava contra o chão novamente. Tudo o que aconteceu a seguir só dizia respeito a nós, ao aqui e agora.

Quando a boca de Ash deixou a minha, ele desceu, abrindo minhas coxas com os ombros largos.

Não houve hesitação nem provocação, apenas seu hálito fresco, e então sua boca se fechando em torno daquele centro de sensações.

Minhas costas se arquearam com a intensidade daquele latejar bruto. Era demais. Comecei a me sentar outra vez, mas sua mão pousou em meu abdome, me segurando no lugar enquanto ele se banqueteava.

Ash me devorava.

— Isso. — sussurrou ele, arrastando a língua até minha entrada, antes de mergulhá-la profundamente ali. — Seu gosto. Ele vem logo atrás da lista de sons favoritos, mas é meu gosto favorito em todos os planos.

— É? — Foi tudo o que consegui pronunciar enquanto a tensão ia crescendo rapidamente.

— Ainda melhor que o do seu sangue — murmurou. — Doce amanhecer.

Eu não conseguia nem me concentrar o suficiente para perguntar qual o gosto de um doce amanhecer, porque ele *estava* me saboreando. Lambendo. Chupando. Eu tinha a impressão de que Ash estava por toda a parte. Sua língua. Seus lábios. Seus dedos se cravaram em minha bunda, e ele me levantou. Todo aquele furor tenso e ondulante me roubou o fôlego quando meus movimentos se tornaram quase frenéticos, e montei seu rosto como fizera com sua coxa. Seu grunhido de aprovação queimou minha pele, acendendo o fogo.

Tentei retardar o gozo iminente. Queria saborear as sensações, mas me sentia como se estivesse correndo em direção ao orgasmo e pensei que talvez aquilo fosse me matar. Eu não conseguia recuperar o fôlego...

Ash de repente se levantou entre minhas pernas, a boca reencontrando a minha antes que eu pudesse dizer qualquer coisa. A mistura de seu sabor ao meu na língua dele era inebriante, me deixando atordoada e fora de controle enquanto sentia sua pele endurecer e esfriar ainda mais sob minha palma. O modo como ele tremia enquanto agarrava minha coxa, enganchando minha perna em torno de sua cintura, quase foi minha ruína. Sua boca não desgrudou da minha enquanto ele girava os quadris, pressionando onde eu precisava. Inclinei os meus, e ele respondeu com um gemido abafado e rouco.

Um arrepio eriçou minha pele quando ele me penetrou, meu corpo enrijecendo com o desconforto inicial causado por seu tamanho. Ele parou, mas eu queria mais. Eu precisava de mais. Porque era o fim. Era do que eu iria me lembrar.

Com minha perna enganchada em seu quadril e meus braços envolvendo seus ombros, eu me levantei e o puxei para baixo, acomodando-o completamente dentro de mim.

— Porra — murmurou Ash, seu gemido uma meia risada, e então disse algo na linguagem Primordial, mas muito rápido e baixo para que eu entendesse.

Ash me beijou novamente, e os beijos foram doces e ternos. Ele me beijou como... como se tivesse sua *kardia* e não apenas me amasse, mas estivesse *apaixonado* por mim. Agora e sempre. E ele continuou me beijando enquanto começava a se mover.

Meu corpo se contraiu ao seu redor enquanto ele se afastava até quase sair de mim e depois voltava, o mais fundo possível. Uma onda cálida e avassaladora me inundou quando ele mordiscou meus lábios, meu queixo. O ritmo que ele estabeleceu era lento e torturante, me deixando desesperada.

— Mais. — Agarrei seu cabelo e ele gemeu.

— Mais rápido? — provocou contra meus lábios.

— Sim.

— Mais forte?

Estremeci, um raio percorrendo minhas veias.

— *Sim.*

Ash ainda se continha, os rodopiantes olhos prateados grudados nos meus enquanto arremetia os quadris com força, bem fundo. E eu o tomei. Ergui os dois joelhos, apertando minhas pernas em volta de sua cintura. Por um momento, nenhum dos dois se mexeu. Nossos corpos estavam alinhados, quadril com quadril, peito com peito.

Então ele se moveu, exatamente como eu queria, rápido e forte. Eu mal podia acompanhar seu ritmo. Tudo o que consegui fazer foi acolhê--lo enquanto ele me possuía.

— Destinos, nada se compara a isso — declarou contra minha boca. — Nada se compara a você.

Eu sentia o mesmo, mas não fui capaz de pronunciar as palavras quando o prazer começou a assomar mais uma vez, enquanto ele me levava ao clímax, repetidamente. Sua boca encontrou a minha, e ele passou um braço por baixo de mim, inclinando meus quadris para cima.

Então perdi toda a noção do tempo. Havia apenas os sons de nossos corpos se unindo e o vento agitando os galhos. Eu o senti inchado e pulsante a cada estocada profunda e forte. A urgência retornou, cada vez maior dentro de mim, até que todos os músculos do meu corpo ficaram tensos.

Não houve nada lento em meu orgasmo, nada de brincar com os limites e depois atrasar o prazer. O desejo foi ganhando força dentro de mim se libertou em uma explosão chocante. Gritei seu nome, o prazer mais intenso que jamais havia sentido me inundou em ondas quentes que encharcaram todas as terminações nervosas.

Sem pensar, joguei a cabeça para trás, mas a mão de Ash estava atenta, evitando que me chocasse com o chão. Ele embalou minha nuca e pressionou os quadris contra os meus, enviando pulsos de êxtase incontrolável através de cada nervo do meu corpo.

— *Liessa*. — Sua voz soou áspera e baixa. Ele investiu mais uma vez, juntando-se a mim no clímax com um grito rouco. — Sera.

Eu me segurei a ele, mesmo quando o restante do meu corpo relaxou. Apenas o agarrei junto a mim enquanto o prazer o tragava na mesma onda infinita.

— Eu jamais desejei... — sussurrou Ash contra minha pele, mesmo enquanto eu ainda o sentia gozar dentro de mim. Ele beijou meu pescoço, depois o canto de meus lábios. — Eu jamais desejei até você.

39

Ash roçou os lábios nos meus e suas palavras ecoaram em minha mente.

Eu jamais desejei.

Passando meus braços em volta de seus ombros, eu o apertei com força. O beijo se intensificou até que estivéssemos nos afogando um no outro.

Eu jamais desejei até você.

Seu coração batia forte contra o meu enquanto nossos lábios se separavam com relutância. Estávamos ambos sem fôlego e famintos...

A Essência Primordial de repente pulsou intensamente através de mim, me fazendo respirar fundo. Ash ergueu a cabeça exatamente naquele momento.

Um estrondo baixo de trovão viajou pelo ar, parecendo emanar de todas as direções, acima e abaixo de nós. Pequenos arrepios de pavor percorreram minha pele e meus olhos encontraram os dele.

— Kolis — rosnou Ash, sombras aparecendo rapidamente em suas bochechas enquanto sua carne se tornava mais fina. — Eles o encontraram.

— E ele está consciente — sussurrei.

Tempo...

Estávamos sem tempo.

O estrondo aumentou e o chão tremeu, o que fez as árvores balançarem e várias folhas caírem.

Eu não estava pronta.

Mas tinha de estar.

Tinha de enfrentar o fim porque a hora havia chegado. Não haveria salvação no último instante. Não haveria mais amanhãs. Nenhum depois. Era o fim.

Olhei para os olhos prateados e rodopiantes de Ash enquanto cem — não, *mil* — coisas diferentes surgiram na ponta da minha língua. Ainda tinha muito para aprender e dizer. Tudo aquilo levaria uma vida inteira ou mais, mas eu tinha apenas alguns minutos. Nem mesmo horas agora.

Minutos.

O pânico cortou meu peito, despejando adrenalina em minhas veias.

Filetes de éter brilharam no olhar de Ash enquanto ele arfava.

Ai, não. Ele estava lendo minhas emoções. Eu precisava me controlar. Não queria que ele sentisse meu pânico nem minha angústia. Aquilo já seria ruim o bastante para ele.

Inspire. Estendi os braços, afundando as mãos em seu cabelo. *Prenda.* Eu me permiti sentir a textura escorregadia dos fios entre os dedos durante um piscar de olhos ou dois. *Expire.* Forcei meu coração acelerado a se acalmar.

— Eu sempre desejei antes de você.

Um tremor percorreu Ash, e eu sabia que não tinha a ver com a fúria Primordial crescendo no Iliseu e se espalhando pelo plano mortal.

— *Liessa*...

— Desejei ser conhecida — sussurrei, precisando que ele escutasse. — Desejei ser aceita.

Outro estremecimento sacudiu Ash.

— Desejei ser incluída. — Deslizei as mãos para fora de seu cabelo e as apoiei na pele fria de seu pescoço. — Desejei ser tocada, ser ouvida.

— Sera — sussurrou ele.

As pontas de meus dedos traçaram o contorno de seu queixo.

— Acima de tudo, eu desejei ser valorizada, necessária, querida e *desejada* por minha própria causa e não por causa de quem eu deveria ser ou do que poderia fazer por alguém. Eu desejei ser *vista.* — Uma onda de emoção obstruiu minha garganta conforme o chão tremia mais uma vez. — Você me deu tudo isso, Ash. Eu vivi por sua causa.

Um som irrompeu do âmago de Ash, como se arrancado das profundezas de sua alma.

— Eu vou te dar muito mais.

Antes que eu tivesse processado o que ele disse, sua boca se fechou sobre a minha. Com um impulso para trás, ele se levantou com fluidez e me embalou em seu peito, aprofundando o beijo, separando meus lábios. Sua língua acariciou a minha, e, quando ele me beijava assim, a emoção me dominava — seu cheiro, seu sabor e o frescor úmido de sua boca. Nossos lábios se moviam avidamente enquanto eu agarrava sua nuca, absorvendo todas as sensações. Não queria esquecer para onde estava indo.

Não esqueceria.

O vento forte se agitou ao nosso redor. O toque repentino da água fria em meus pés foi um choque para meus sentidos. Ash havia entrado no lago, descendo graciosamente os degraus de pedra das sombras escavados no leito rochoso, a água subindo e lambendo minhas pernas e depois minha cintura. Ele continuou a me beijar, a boca sôfrega e exigente, como se quisesse se perder no beijo tanto quanto eu.

Sua boca só saiu da minha quando a água atingiu a parte inferior de minhas costas e ocasionalmente ondulou contra meus ombros.

— Sera — suspirou.

Como sempre, o lago me acalmou, e meus batimentos desaceleraram. Ergui a mão, pressionando a palma em sua bochecha. Seus olhos estavam cheios de fustigantes espirais prateados de éter.

— Eu te amo, Ash.

Seu peito subiu bruscamente, cada respiração ofegante.

— Está na hora — sussurrei.

O éter desacelerou em seus olhos. Seu peito parou de arfar. Ele não se moveu, nem mesmo quando sentimos o tremor abaixo de nós mais uma vez.

Eu segurei seu queixo.

— Por favor.

— *Não* — rosnou, e um lado de seus lábios se curvou, revelando uma presa afiada.

Então ele agiu.

Foi tão rápido que não tive tempo de sentir o incômodo que havia ameaçado assumir o controle mais cedo, quando senti sua presa roçando em mim.

A única palavra que ele tinha falado se perdeu no meu grito enquanto suas presas perfuravam minha pele. Agonia intensa reverberou por meu corpo, mas a dor não durou. Prazer não foi exatamente o que a afugentou, simplesmente não doeu quando sua boca se prendeu ao meu pescoço ou talvez... talvez eu não conseguisse sentir o prazer.

Porque eu sabia que ele não havia encontrado prazer algum.

Ash estava trêmulo, mas ele não iria prolongar o ato. Não faria aquilo comigo.

Seus dedos se moveram contra meu quadril, agora sob a água, em carícias lentas e suaves, em sintonia com as intensas e viciantes sucções em minha veia. Ele bebia depressa, absorvendo meu sangue, e eu sabia que aquilo provavelmente estava matando uma parte de Ash que levaria muito tempo para voltar.

Deslizei minha mão sob seu cabelo, movendo meus dedos ao longo de seu pescoço. Torcia para que aquilo o reconfortasse de alguma maneira enquanto eu abria os olhos.

As estrelas brilhavam bem acima de nós, cobrindo o céu com um deslumbrante leque de luzes cintilantes. Eram tantas. Centenas. Milhares. E a lua? Parecia tão grande, tão brilhante.

O braço de Ash se contraiu ao meu redor... ou eu estremeci? Não tinha certeza, continuava a fitar a lua. As brasas começaram a vibrar em mim, a princípio nada além de uma pequena pulsação, depois uma dança frenética.

Está tudo bem, pensei, minha mão deslizava por vontade própria até parar em seu peito. Meus pensamentos começaram a vagar até questões sobre as quais não tinha me permitido refletir por muito tempo.

Para onde eu estava indo?

Ash não seria capaz de intervir. Caberia aos Arae, e eu esperava que não me sentenciassem ao Abismo. Mas eu havia tirado vidas quando a *minha* não estava em perigo; matado pessoas más e aqueles que por acaso eram inimigos do meu reino. Eu iria queimar?

Não, raciocinei. Eu entraria no Vale. Holland iria garantir minha entrada. Precisava acreditar. Mas como seria? Nem Ash podia me contar. Eu só sabia que era diferente para cada pessoa. Não entendia como alguém podia encontrar seus entes queridos se o paraíso fosse individualizado, mas talvez não devêssemos entendê-lo.

Eu me perguntei quem veria. Quem iria encontrar. Meu pai? Seria legal. Veria minha velha ama? Também gostaria disso.

Eu me lembraria?

Ash? Minha família? Tudo? Eu ficaria em paz? Não tinha certeza de como poderia me sentir se me lembrasse ou se me esquecesse. Era assim que nasciam os fantasmas…?

Suspirei, perdendo a linha de raciocínio.

Morrer não doeu.

Ash se certificou de que eu não sofresse, com a ajuda do leve frio do meu lago e da sucção agora mais lenta e suave de sua boca em minha garganta.

Ele tomou meu sangue para si, e meu calor… eu podia senti-lo em seu corpo. Começou no peito e depois se espalhou pelo abdome. Seus braços, tão apertados a minha volta, já não estavam frios. Meu sangue estava fazendo aquilo, dando vida a ele. E, deuses, fiquei tão grata por sentir aquilo outra vez, por ter a chance de me lembrar da sensação de seu corpo assim. E eu *iria* me lembrar.

Iria, sim.

Eu iria.

Concentrei-me na sensação do coração acelerado de Ash sob minha palma. Aquilo me ancorou. Por um tempo.

Mas os cantos da minha visão começaram a escurecer; ou já tinham escurecido havia um tempo. Era outra coisa da qual eu não tinha certeza, mas senti meu coração desacelerar e a água corrente não parecia mais tão ruidosa. Parecia silenciosa, distante. Não conseguia mais sentir os terremotos que sacudiam o plano.

Mas senti o plano me escapando enquanto eu caía na escuridão.

Minha mão escorregou de novo. Tentei mantê-la onde pudesse sentir seu coração, mas estava cansada. Fraca. Minha mão se crispou e começou a cair.

Ash pegou meu pulso. Ele não parou de se alimentar, mas segurou minha mão, pressionando a palma em seu peito, acima do coração.

Ele sabia.

De algum modo, ele sabia.

Senti meus lábios se curvarem para cima. Eu o senti tremer, mas sabia que eu estava sorrindo, embora estivesse morrendo. Estava acontecendo. Depois de todo aquele tempo, não havia como escapar e, apesar de estar nos braços da Morte, *sorri*. Não queria morrer. Não estava pronta. Minha morte não havia se tornado justa em um passe de mágica. Eu queria viver. Queria a vida mais do que nunca, mas eu…

Senti o calor da pele e da boca de Ash. Senti a força das batidas de seu coração sob minha palma e soube que meu sangue agora corria em suas veias. Ash faria mais do que viver. Ele Ascenderia e governaria como sempre deveria ter feito.

E eu… eu senti paz.

Não aceitação. Não submissão. Apenas paz. Um espasmo percorreu meu corpo, meu coração palpitou e as brasas brilharam intensamente em meu peito…

Ash jogou a cabeça para trás, a respiração ainda rápida e ofegante. Suas feições estavam borradas, mas eu vi o quão luminoso o éter ardia em seus olhos quando ele me encarou. E as brasas…

Elas pulsavam violentamente em meu peito. Ele não tinha…

— As brasas — sussurrei, minha língua parecendo grossa e pesada.

— Fodam-se as brasas.

Minha mente ficou nublada pela confusão quando ele colocou a mão no meu colo, sem deixar cair na água.

— Ash. — Tentei me mover, mas não consegui fazer com que meu corpo me obedecesse. — O que… o que você está fazendo?

— Sera, você precisa beber meu sangue. Precisa se alimentar de mim.

— O quê…? — Meu coração lento palpitou uma vez conforme o que ele estava fazendo, ou *não* fazendo, começou a romper a névoa de minha paz. — Não, Ash. Não…

— *Não!* — Ele gritou… ou sussurrou.

Eu me lembrei de como ele havia dito a palavra antes de me morder. Eu lembrei que ele se recusara a ouvir quando eu disse que desejava que ele realmente vivesse, o *depois* ao qual ele mencionara, e como ele disse que me daria mais. Quando ele falou comigo na caverna. Pensei em tudo o que ele não tinha dito. Ele jamais dissera que planejava pegar as brasas, não para mim. Nem para Keella ou Attes.

Repassei tudo o que ele havia dito desde que nos reencontramos, e mesmo antes de Kolis me levar.

Eu não vou deixá-la morrer.

Ash nunca havia planejado pegar as brasas.

— Não vou deixar você partir — disse ele. — Vou Ascender você.

Senti outro solavanco no peito.

— Você… você não pode.

A risada que ele soltou foi sombria e interminável.

— Eu posso sim, porra.

— Não vai… funcionar — argumentei.

O éter rodopiava em seus olhos.

— Sou um maldito Primordial da Morte. Meu sangue é dos Antigos, então não sabemos com certeza. Ninguém sabe. Não me importa o que Delfai ou os Arae alegaram. Fodam-se eles. Eu vou tentar.

Conforme assimilava suas palavras, senti uma centelha de esperança, mas foi passageira. Quando Kolis falou em fazer o mesmo, eu sabia que não funcionaria. E mesmo que desse certo…

— No que… vou me transformar?

— Não sei. Uma demis? Um dos Ascendidos que Kolis cria? — Mas não era assim que funcionava. Os Ascendidos eram terceiros filhos e filhas. Ash sabia bem disso. Outro tremor o sacudiu. — Ou a Primordial da Vida.

Mas aquilo não iria acontecer. Era impossível.

— Não me importo com o que vai se tornar. — Ele baixou a mão. — Não me importo, contanto que esteja viva. Contanto que não me deixe. Eu não ligo. Quero você, seja lá qual for a maneira que retornar para mim.

Deuses, eu acreditava nele.

Mas não funcionaria.

Concentrei-me nas brasas e agarrei-me a elas em busca de força. Uma tênue energia zumbiu em minhas veias, permitindo-me levantar a mão de volta para seu peito, sobre seu coração.

— Eu te amo.

Seus olhos se fecharam.

— Sera, fique quieta e pelo menos uma vez não discuta comigo.

— Eu te amo muito, mas você p… precisa fazer isso.

— Cale a boca, Sera. — Ele virou a cabeça para o pulso conforme uma linha de escuridão percorria sua bochecha.

— Pegue as brasas. Você precisa. Por favor.

— *Cale a porra da boca, Sera!* — gritou Ash, afugentando todos os pássaros que restavam nos olmos. — Pela última vez, não me importo com as brasas nem com os planos. Eles podem queimar.

Estremeci, cravando meus dedos em sua pele.

— Você não… não está falando sério.

Seus olhos se abriram e encontraram os meus. Pareciam poços de quietude e prata infinita.

— Estou.

— E se ainda assim eu morrer? — Eu me apeguei a minha força que decaía rapidamente, meu peito parecia se apertar mais a cada palavra. — As brasas vão morrer, e você não me terá…

— Eu sei. Pode não funcionar. Se não der certo, vou perder você e as brasas. Estou disposto a arriscar e aproveitar a chance — disse ele. Acima de seu ombro, vi a água congelar nas rochas. — Nem a vida de milhões de mortais, nem a dos deuses, vale mais do que a sua. Os planos podem apodrecer no Abismo e toda a vida poder cessar. — Outra lágrima deslizou por sua bochecha, úmida e carmesim-escuro, quase da cor da meia-noite. — Eu não me importo, contanto que você esteja ao meu lado.

Ai, deuses.

Lágrimas de sangue escorriam por seu rosto.

Ash *chorou.*

— Vou levar as almas daqueles caídos em minha carne. Vou inaugurar o fim dos tempos de bom grado e o farei com você ao meu lado — jurou. — E se não. Se eu falhar e te perder... — Sua voz embargou devido à agonia de sua tristeza e remorso. Meu coração se despedaçou. — Os planos não vão sobreviver, Sera.

— Ash — implorei, odiando sua dor. Detestando todo o arrependimento que ouvia naquela voz.

— Se eu te perder, eles já estão acabados, praticamente mortos, apodrecendo. — Sua testa pressionava a minha. — Ainda não se deu conta disso? Acho que sim. Kolis sempre teve razão sobre mim. Ele sabia que eu faria coisas muito piores do que ele jamais seria capaz de conceber. E eu vou. Vou arrasar os planos se perder você. Se você morrer, não haverá esperança para eles, qualquer um deles, inocente ou perverso, deus ou mortal. Eu destruirei a todos. — Ash estremeceu, então me deu um beijo forte e rápido, que deixou meus lábios dormentes. — Então não morra.

Eu o encarei enquanto ele afastava a cabeça e levantava o pulso outra vez. Uma... uma risada fraca me deixou.

— Não morra?

— Sim. Exatamente. Não morra, porra — repetiu, como se aquilo fosse a solução. Seu olhar sustentou o meu. — Foda-se o bem maior, Sera.

— Foda-se o bem maior — murmurei, em vez de gritar como fizera antes. As brasas zumbiam em mim. — Porque nós não...

— Não somos bons, *liessa.*

— Mas você é.

— Não sem você — disse ele. — Não sem você.

Eu vi Ash entreabrir os lábios. Ele mordeu o pulso, rasgando a pele. Então vi o brilho de seu sangue escorrendo pelo braço.

Sombras invadiram minha visão novamente, a força roubada desaparecendo. Quando ele abaixou o pulso, eu soube que provavelmente seria meu fim... o fim dos planos *e* de Ash. Ele iria se arrepender. Em algum momento, antes de tudo deixar de existir, ele se arrependeria.

Mas seu sangue tocou meu lábio, quente e vibrante, acendendo as brasas ou meu instinto. Minha boca se abriu. O sangue doce e esfumaçado invadiu minha língua. Não houve profusão de sensações nem choque nos sentidos. Estava muito cansada para isso, mas meu corpo reagiu de modo automático. Ou as brasas reagiram.

Então engoli.

Seu sangue desceu pela minha garganta, quente e espesso, enquanto Ash pressionava a ferida aberta em minha boca. Eu bebi.

Bebi até minha garganta não funcionar mais. Engoli até não poder mais sentir seu sangue escorrendo pela garganta. Eu... eu não sentia nada. Nem calor, nem frio.

Então a coisa mais estranha aconteceu. Uma maré interminável de memórias me invadiu.

Eu, uma criança de cabelo claro, observando a pintura de meu pai e finalmente entendendo de onde herdei minhas sardas. O olhar frio de minha mãe, que costumava me cortar com toda a intensidade e depois nem mais me abalava. Mas então me lembrei de quando eu tinha... nove ou dez anos? Havia acontecido à noite, depois de passar o dia treinando com Holland e de jantar sozinha. Tinha ido para o jardim me sentar perto dos arbustos verde-prateados com flores azul-arroxeadas. Eu gostava do perfume porque...

As flores cheiravam a mamãe.

Um passo suave contra o cascalho me fez girar no banco. Mamãe caminhava sozinha sob o brilho das lanternas penduradas, o cabelo claro preso em um penteado ao qual Odetta jamais poderia submeter meus fios.

Fiquei completamente imóvel e silenciosa como um espírito, exatamente como Sir Holland havia me ensinado. Mamãe não me viu. Estava muito ocupada olhando para o céu, e não achei que deveria chamar sua atenção quando não estávamos em aula. Ela nunca parecia feliz quando eu o fazia.

Mamãe nunca parecia feliz.

Nem mesmo depois de se casar com o Rei Ernald.

O Rei Ernald parecia feliz. Ele me dava chocolates escondido quando passava por mim nos corredores.

Apertando as pernas, fechei a boca para não respirar muito alto. Não queria aborrecê-la. Queria que ela tivesse orgulho de mim. Meu queixo se ergueu. Eu a deixaria orgulhosa, mas… queria que ela me visse. Que conversasse comigo, como fazia com Ezmeria e Tavius. Ela não falava sobre dever com eles. Ela falava sobre coisas bobas como…

— Sei que está aí, Seraphena.

Meus lábios se abriram, fazendo um som de estalo enquanto meu olhar disparava para ela.

— Lamento muito.

— Lamenta? — Ela parou alguns metros atrás, com as mãos cerradas sobre o vestido azul-claro, o corpo tão rígido quanto o meu. — Pelo que você lamenta?

— Eu… — Não tinha certeza exatamente. Havia me desculpado porque senti que devia. Eu sempre dizia coisas assim.

— Não tem importância. — Seu olhar se desviou do meu para as flores. A luz da lanterna refletia em sua… bochecha úmida. — Eu não sabia que você vinha aqui.

Ela estava chorando? Eu a observei se aproximar, o vestido farfalhando silenciosamente sobre os seixos e a grama.

— Gosto do cheiro.

Ela deixou escapar uma risada estranha. Parecia um pouco cruel e triste.

— Você gosta, não é?

Eu não fazia ideia do que ela quis dizer com aquilo, mas tinha aprendido que, se não soubesse alguma coisa, era melhor ficar calada.

— Sabe como são chamadas? — perguntou, depois de alguns segundos.

— Hmm. — Olhei de volta para as flores. — Lavanda?

— Quase, mas não. — Ela passou por mim, e eu esperava que continuasse andando, mas ela se sentou ao meu lado. — São chamadas de erva-gateira.

— Ah — sussurrei, os dedos pressionando o linho fino de minha camisola.

Ela olhou para a frente.

— Por que você está aqui fora tão tarde?

— Num consegui... — Eu me contive. Mamãe gostava quando eu falava direito. — Não consegui dormir.

Não houve resposta.

— Por que... por que você está aqui? — perguntei, hesitante.

— Tive uma dor de cabeça — respondeu ela. — Imaginei que ar fresco e silêncio me fariam bem.

— Ah — repeti, mordendo o lábio. Então lembrei que, certa vez, ela me disse que o gesto era inapropriado, então parei. — Eu devia ir então. — Comecei a me levantar.

— Não, está tudo bem. — Mamãe me interrompeu. — Você está... você está sempre quieta.

Fui tomada pela surpresa. Não sabia o que fazer nem dizer. Mamãe nunca sentava comigo, a não ser nas aulas. Então, fiz o mesmo que ela. Olhei para as lindas flores.

Fiquei imóvel e em silêncio, cada parte de mim consciente de nossa proximidade. Quase podia sentir o calor de seu corpo enquanto os segundos passavam, transformando-se em minutos. Eu a olhei de esguelha. Suas bochechas brilhavam. Minha preocupação aumentou.

— Sua cabeça a está deixando triste? — perguntei, baixinho.

— O quê? — Ela olhou para mim, franzindo as sobrancelhas. — Ah — murmurou, levantando a mão para limpar o rosto, como se não percebesse que andara chorando. — Não é minha cabeça.

— Então o que a deixou triste? — Eu me aproximei, minhas mãos se fechando.

— Está mais para quem — comentou, sua atenção toda em mim. Em meu rosto. — Juro pelos deuses, toda vez que a vejo...

Prendi a respiração. Ela conseguia me ver bem mesmo? Eu me lavei antes de sair para o jardim? Às vezes eu esquecia e sempre tinha alguma coisa manchada no meu rosto.

— Você está com mais sardas. — Os cantos de seus lábios se curvaram. Ela sorriu.

Mamãe sorriu para mim.

— Igual a... — Pigarreou, e seu sorriso desapareceu. Ela se voltou para as flores. — Seu pai gostava dessas.

Eu não sabia o que me deixava mais animada. Seu sorriso. Ou ela estar falando de papai.

— Ele também gostava do perfume — continuou. — Achava que tinham um cheiro mais fresco e leve comparado ao da lavanda. — Ela balançou a cabeça. — Eu nunca soube distingui-los, mas ele sim. Ele achava que lavanda tinha cheiro de...

Voltei-me para as flores, os dedos relaxando.

— Baunilha.

— Sim — concordou ela, então suspirou. — Ele dizia o mesmo. Com licença. — Ela se levantou e deixou o recanto do jardim sem dizer mais nada.

Me... deixou.

Deslizei para fora da lembrança com uma estranha sensação de compreensão que jamais experimentara. Seus olhares e suas palavras nunca eram apenas frios; também pareciam carregados de agonia cruel e sofrimento pelo que havia perdido e pela criança de quem jamais poderia se permitir se aproximar. Cuidar. Amar. Porque, se o fizesse, como poderia honrar o acordo firmado pelo ancestral de meu pai?

Mergulhei em outra lembrança e vi os cabelos prateados de Odetta, as rugas de seu rosto suavizando um pouco em simpatia, enquanto jantávamos. Eu me vi sentada ao seu lado, na pequena mesa em seus aposentos, enquanto comíamos. Foi antes do jardim. Eu era mais jovem e... não tinha me lembrado corretamente.

— Você acha que mamãe está orgulhosa de ter uma Donzela como filha? — perguntei, brincando com o garfo.

— Criança boba. — A risada de Odetta mais parecia um chiado. — Sempre perguntando bobagens.

Não achei que fosse uma pergunta boba. Deixei cair o garfo sobre a mesa, satisfeita com o barulho.

— Deixa para lá.

Odetta estendeu a mão e envolveu meu queixo com os dedos nodosos e ossudos. Ela virou minha cabeça em sua direção.

— Criança, os Destinos sabem que você foi tocada pela vida e pela morte, criando alguém que não deveria existir. Como ela poderia sentir outra coisa além de medo?

A memória se estilhaçou. Odetta não havia dito "criar *algo* que não deveria existir." Ela dissera, "criar *alguém*". Referia-se a mim? Ou a alguém que *eu* criaria? Mas eu não criaria alguém.

A voz suave de Holland se ergueu então, abafando a minha:

— Não temo a morte — disse ele, enquanto me circulava. Eu estava mais velha, perto dos 17 anos. — Temo a vida.

Franzindo a testa, desembainhei a espada.

— O quê?

— A morte pode ser uma recompensa desejada por muito tempo na velhice, mas a vida? — Sir Holland girou, pegando meu braço e o torcendo, me jogando no chão. — A vida é cruel. Quando roubada, pode se tornar a ruína dos planos, uma ira da qual até a Morte se esconderá.

Ezra substituiu Holland. O ar estava pegajoso de umidade enquanto caminhávamos pelos jardins, mas ela vestia um colete listrado cor de creme, abotoado até o pescoço.

— Você acreditou? — perguntou ela.

Eu a encarei.

— Acreditei no quê?

Ela estava prestando atenção no livro em suas mãos.

— Você não estava ouvindo.

Não mesmo, então não fazia sentido mentir.

— Eu estava contando a você o que Phebe escreveu sobre o que Etris viu antes de morrer... Não importa. — A brisa brincou com uma mecha de cabelo

escuro, mandando-a para seu rosto enquanto eu me perguntava quem diabos eram Phebe e Etris. Ela me encarou. — Você importa para mim.

Tropecei, quase caindo.

— O quê? — Eu ri.

Seu olhar estava sério.

— Só quero que saiba. Você é importante para mim.

O sorriso desapareceu do meu rosto. Ela sabia do sonífero...? Meu peito gelou. Como poderia? Sentindo o rosto quente, balancei a cabeça.

— Essa tal de Phebe escreveu neste livro para dizer isso?

— Ah, sim. Definitivamente. — Ela sorriu, a bainha do vestido batendo em seus tornozelos quando começou a andar.

Fiquei onde estava, as palmas das mãos úmidas. Senti um aperto no peito...

Meu peito.

Vi a pequena Jadis aninhada em meu peito, ela e Reaver dormindo profundamente. A imagem dos dois se dispersou como fumaça, substituída por vislumbres de Aios e Bele. O sorriso de Ector. A risada profunda de Saion...

Ash e eu na passagem coberta de ervilhas-de-cheiro do Bairro dos Jardins, antes que eu soubesse quem era ele.

— Não pedi sua ajuda — disparei.

— E ainda assim você a tem.

Meu coração vacilou, e então eu nos avistei ali, naquele mesmo lago, minha cabeça apoiada em seu colo, seus dedos tocando levemente meu braço. Pensei que talvez já estivesse apaixonada por ele naquela época. Simplesmente ainda não tinha percebido. Se tivesse...

A memória se transformou em uma mais recente. Vi Ash e eu na coroação, olhando para os redemoinhos dourados em nossas mãos.

Ash havia se recostado, um daqueles sorrisos raros e genuínos no rosto enquanto observava a multidão.

— Os Destinos são capazes de qualquer coisa.

— Liessa? Sera?

A voz me arrancou das lembranças turbulentas.

— Não me deixe. Por favor.

Era Ash, mas ele parecia diferente. Rude. Aterrorizado. Nunca o tinha ouvido tão assustado.

— Por favor — implorou. — Malditos Destinos, não posso perder você. Não posso… Eu te amo. Eu amo. Destinos, eu amo. Eu te amo, porra. Como posso não te amar? Como isso pode não ser amor? — Ele gritou para os olmos, ou pelo menos foi o que pensei. Não tinha certeza se era ele ou se o som vinha apenas de minha mente. — Eu te amo, mesmo que não possa. Estou *apaixonado* por você.

Então eu já não estava ali.

Não estava em lugar algum, exceto na morte…

Eu te amo.

A morte não era silenciosa.

Ou pacífica.

Parecia cheia de uma raiva selvagem.

Eu te amo, mesmo que não possa.

A morte era um rugido de fúria e agonia, o som de uma alma sendo dilacerada.

De um coração partido.

Estou apaixonado por você.

40

Eu flutuava na escuridão silenciosa.

Não havia dor. Nem felicidade. Nem medo. Nem emoção. Não havia noção de qualquer coisa. Eu simplesmente estava lá. Quem, ou o quê, eu era não importava mais.

Eu era apenas uma coisa.

Uma coisa como qualquer outra criatura viva. Uma coleção de diferentes pedaços moldados destinados a voltar ao pó...

Pó que retornaria à terra, enriquecendo o solo e provendo nutrientes para a vida que brotava dos campos.

Mas a escuridão não estava totalmente silenciosa. Havia um zumbido distante. Um sussurro. Um nome sendo chamado. Súplicas. O apelo distante me atraía.

Seraphena, criança.

Parei de flutuar com aquele eco alto. De uma... alma. Que eu conhecia, porque eu havia sido algo antes de ser nada, alguém que fazia parte da coleção de peças irregulares. Eu tinha tido um nome.

Abra os olhos, garota. A voz soou de novo; uma voz velha e desgastada que pertencia a... a...

Odetta.

Ela fazia parte do ciclo agora, assim como eu, certo?

Não, criança, você não faz.

Abri os olhos. Um pontinho de luz apareceu na escuridão, ganhando um rodopiante tom de safira. Um fulgor cintilou em seu rastro e um raio de esmeralda disparou, embrulhando o azul. Um marrom-escuro seguiu, e então as três luzes giravam em torno de um centro escuro.

Naquele centro havia um… um passado. O passado. Um começo de tudo. E tudo teve início com uma explosão — uma explosão que deixou uma trilha de pequenas luzes pulsantes enquanto energia bruta ondulava, criando terras estéreis e montanhas onde antes não havia nada além do vazio.

Aquelas luzes pequenas e pulsantes eram estrelas, estrelas muito brilhantes. E, depois de um tempo, caíram em terras que não eram mais estéreis. Algumas caíram onde enormes criaturas aladas governavam, enquanto outras caíram em terras separadas por volumes de água a oeste e a leste. E tais estrelas se enterraram profundamente no solo, solo que eventualmente se curou do impacto. Solo que gerou mudas, que se transformaram em árvores fortes e alimentaram o que estava enterrado bem abaixo. Estrelas que foram alimentadas e nutridas, que cresceram a partir das raízes das árvores às quais deram vida. Estrelas que ficaram sob a superfície até que também ficassem tão fortes quanto as árvores, até que se ergueram do solo para caminhar como…

Antigos.

Eu os vi, seus olhos estavam em constante mudança, cheios de inícios, conforme calor acendia dentro de mim. O calor preenchia todos os meus pedaços irregulares quando vi um fogo na carne, aquele que criou os Primordiais. Calor crepitante inundou meus membros enquanto eu ouvia os nomes pelos quais eram chamados, tanto ali quanto além, em terras desconhecidas cheias de cidades imponentes e feras de aço.

Então vi o Primordial da Vida, cujas feições eram tão dolorosamente familiares. Ele enfiou a mão no solo encharcado com o sangue dos dragontinos que havia passado séculos cultivando, cuidando com seu fôlego e sua vontade, e a água e o fogo dos planos. Ele levantou um recém--nascido de rosto vermelho que berrava. Os olhos do bebê se abriram pela primeira vez, um carmesim que se transformou no tom brilhante e deslumbrante do céu. Aqueles olhos se tornaram um caleidoscópio de todas as cores dos planos antes de mudar para um suave castanho quando o bebê se acalmou ao ver o Primordial.

Vi o primeiro mortal nascer, não à imagem dos Primordiais e dos deuses, mas no modo dos Antigos, que nasceram das estrelas.

E vi os mesmos Antigos se alegrarem com a continuação da vida que havia sido moldada a sua imagem. Então vi tudo começar a mudar à medida que aqueles criados a sua imagem destruíram o que veio antes dos Primordiais, a primeira criação deles: os planos em si. E conforme o calor pulsante se expandia em meu peito e uma cintilante luz prateada aparecia atrás dos meus olhos, eu compreendi.

Eu *compreendi*.

O éter, a essência, tinha vindo das estrelas que haviam caído eras antes.

Eu *compreendi*.

Porque vi os Primordiais se erguerem e os Antigos caírem enquanto meu coração dava sua primeira batida pela segunda vez. Eu os vi desaparecer em lugares de paz e descanso. Vi muitos sob a terra, e vi que alguns permaneceram para garantir o que eu agora sabia, com toda certeza, ser a coisa mais importante de todas.

Que sempre deve haver equilíbrio, que a vida deve sempre continuar. Que a morte sempre deve vir.

Eu *compreendi*.

À medida que o éter fluía por meus dedos e por minhas pernas, vi o horror do que aconteceria se o ciclo da vida fosse quebrado. Ouvi o grito de milhares, de milhões, se a morte fosse vencida, e então soube.

Soube que os Antigos que haviam retornado à terra nunca, jamais deveriam voltar à superfície.

Porque já não eram o início de tudo, os grandes criadores, os doadores da vida e o equilíbrio que manteve os planos estáveis.

Eles eram o fim que abalaria os planos, causando a explosão das mais altas montanhas, cuspindo chamas e nuvens que consumiriam tudo em seu caminho, transformando o dia em noite. Eles iriam ferver os rios e transformar os mares em desertos, devastando reinos de pedra em expansão, derrubando aquelas grandes cidades de aço em terras distantes.

Pois se eles se erguessem, assim o fariam como sangue e ossos, a ruína e a fúria daquele outrora grande começo.

À medida que a essência das estrelas zumbia dentro de mim, vi o fim.

E *soube.*

Soube que não fazia parte do ciclo da vida.

Eu *era* o ciclo.

O início.

O meio.

O último suspiro antes do fim.

A fiel companheira da Morte.

Eu era a Vida.

*

Lentamente, percebi uma pressão em minha cabeça. Ela se intensificou e espalhou, pressionando meus pulmões.

Meu coração parou e depois acelerou. Uma súbita explosão de dor atingiu minha mandíbula superior. Dentes afrouxaram. Um gosto metálico encheu minha boca conforme um tremor foi surgindo no fundo do meu peito, onde as duas brasas tremeluziam e pulsavam, expandindo-se com cada batida acelerada de meu coração. As brasas cresceram, inchando dentro de mim, até que o abismo que havia sido aberto *estilhaçou.*

Poder puro e imaculado foi derramado, espalhando-se como raízes em minhas veias. A essência preencheu meus órgãos. O éter se entrincheirou em meus ossos e sangrou em meus tendões, fluindo para meus músculos. Meu corpo se aqueceu.

Algo me enlaçou. Não algo. Braços? Sim, *braços*. Alguém estava me abraçando... na água. Um lago.

— Sera? — Um sussurro rouco me chamou. O sussurro *dele.*

O Sombrio.

Eu conhecia aquela voz. Eu a ouvi na escuridão, não?

Aquele que é Abençoado.

O Guardião das Almas.

O Primordial do Povo e dos Términos.

O Fim para o meu Começo.

Meus olhos se abriram, fixando-se no céu noturno... nas estrelas e na lua.

— Sera — suspirou ele.

Aquele nome. Aquele nome. Aquele nome.

Era importante, mas algo...algo ainda estava acontecendo dentro de mim. Energia crua e Primordial pressionava minha carne, infiltrando-se em meus poros. Minha pele zumbia...

O tempo parou. Não havia sons de água nem vento. Nenhum farfalhar de animais ou cantos de pássaros distantes. Havia apenas ele inclinado sobre mim, os olhos prateados arregalados enquanto me segurava em seus braços, me mantendo na superfície.

— *Liessa* — murmurou.

Éter irrompeu do meu peito, rasgando o ar em uma torrente de centelhas rodopiantes. O fluxo de éter golpeou o céu. O tempo parecia ter parado mais uma vez.

Braços tensionaram ao meu redor.

— Ai, merda.

A torrente de poder pulsou, e eu vi a onda de choque antes de ouvi-la, oscilando pelo ar, estendendo-se em todas as direções. Com um estrondo enorme e ensurdecedor que abalou a terra em todos os planos, uma intensa luz ouro-prateada ondulou pelos céus, estendendo-se para além de onde a vista alcançava. Aquela onda de choque nos atingiu...

Ele foi arrancado de mim, arremessado nas árvores, enquanto eu era erguida no ar. A água do meu lago jorrou para fora e para cima, parando conforme pedra das sombras rachava sob nós e cedia. Os altos olmos rangeram e tremeram, balançando para trás e para a frente, as raízes se libertando do chão. Eles começaram a deslizar e tombar, afundando na água corrente quando o éter retornou a seu receptáculo.

A mim.

A essência se enrolou, agitada, ao meu redor, crepitando e cuspindo faíscas, envolvendo-me em sua luz, até que era tudo o que eu via.

Tudo o que me tornei.

41

Eu dormi.

E sonhei.

Estava em um lago, flutuando na água fria. Era bem pacífico. Tranquilo.

Eu nunca ficava sozinha.

Sentado na margem do lago, um lobo branco-prateado observava, sempre alerta, montando guarda enquanto eu flutuava e…

Ouvia.

Alguém estava falando comigo enquanto eu dormia.

A voz parecia cheia de fumaça e sombras sedosas. Havia outras também. Uma mais rouca. Tons mais suaves, femininos. Sussurros. Mas a *dele*, a voz da meia-noite… Foi nela que sintonizei. Ela me acalmava. Significava algo para mim.

Ele significava algo para mim.

— A primeira vez que te vi… realmente te vi? Você era apenas uma criança, embora não parecesse. Eu havia assumido minha forma de lobo.

Olhei para onde o lobo prateado estava sentado. O lobo… era ele.

— Não que estar nesta forma faça com que seja… Como você descreveu? — Uma risada rouca e baixa varreu a água, trazendo um sorriso aos meus lábios. — Menos assustador.

Eu… eu havia dito aquilo?

— Você era pequenininha e carregava pedrinhas que tinham seu peso, seu cabelo um pálido emaranhado de luar. Quando me viu, pensei que fosse gritar e fugir. Criança ou não, a maioria dos mortais sensatos correria quando confrontados por um lobo. Você não fez nenhuma dessas coisas.

Não achei que... fosse conhecida pela sensatez.

— Você apenas olhou para mim com aqueles grandes olhos verdes. — O silêncio se prolongou por vários minutos, e temi que ele não falasse novamente, mas ele falou. — Passou muito tempo até que me visse de novo. Na noite em que completou dezessete anos, mas eu a vi antes.

Tive a estranha sensação de que a noite que ele citou já havia sido importante para mim. Transformadora e assombrosa. Uma fonte de amargo fracasso, que me parecera que jamais ficaria para trás. Mas eu também tinha a sensação de que o evento não significava mais nada para mim.

— Nunca te contei sobre o sonho que tive com seu lago, antes mesmo de colocar os olhos em sua superfície — disse. — Não posso nem dizer que foi um sonho. Foi... Sim, foi outra coisa. Mas, durante anos, eu disse a mim mesmo que era só isso. Me convenci até não poder mais. Foi um aviso, um que escutei. — Arrependimento amargo impregnava sua voz. — Mas da pior maneira possível.

Então ele ficou quieto e eu, grata. Não queria que falasse de coisas que o deixavam triste. Queria que ele risse como antes.

O tempo passou enquanto eu flutuava e ouvia outras vozes, que não reconhecia. Achei que eventualmente reconheceria algumas. Elas falavam sobre o passado e o futuro. Compartilhavam conhecimentos antigos de magia e poder, até que a voz *dele* as silenciou.

Ele continuou falando, mencionando a noite em que me viu em um templo. Contou que tentou se afastar de mim, que me viu em outra ocasião em que me impediu de atacar alguns deuses.

Parecia uma coisa completamente insensata da minha parte tentar, mas me fez sorrir.

— Eu já sabia que você era corajosa — disse ele. — Mas não tinha me dado conta do tamanho dessa coragem. De como você era destemida e apaixonada.

Gostei daquela parte.

— E eu não estava preparado para o quanto me sentiria... O quanto me sentiria vivo apenas por estar em sua presença.

Gostei *muito* daquela parte.

— Depois que tive minha *kardia* removida, ainda era capaz de sentir. De me importar. Ainda era eu mesmo, eu só não... Sei lá. — Sua voz soou mais próxima.

Enquanto flutuava, senti um toque fantasma em minha bochecha. Meus olhos se fecharam. Gostei muito daquilo, muito mesmo.

Então me ocorreu que sempre gostava quando ele me tocava. Amava seu toque.

— Eu simplesmente não sentia as coisas com intensidade. Já não era mais capaz — revelou. — Até você. Você me fez sentir com intensidade. Tudo, *liessa*.

Liessa? Aquele era meu nome? Achei que não, mas meu coração deu um pulo ao ouvi-lo. E não foi uma sensação ruim. Foi agradável. Eu adorava quando ele me chamava assim. Tinha um significado especial.

— Depois daquele maldito primeiro beijo, eu deveria saber. — Ele suspirou.

Saber o quê?

Melhor ainda... Eu queria que ele me contasse sobre nosso primeiro beijo. Queria lembrar.

E, para minha felicidade, foi o que ele fez.

— Você sabia que eu era, pelo menos, um deus, e ainda assim me ameaçou.

Bem, minha felicidade durou incrivelmente pouco. Por que eu o havia ameaçado? Tive a sensação de que fora merecido.

— Você me avisou que, se eu tentasse alguma coisa...

Você vai fazer o quê? Tentar pegar a arma na sua coxa outra vez? Ouvi sua voz, não naquele momento, mas em minha mente. Ele tinha dito aquilo para mim depois que o ameacei, e eu havia respondido com um *sim*.

— Quando te mandei ficar quieta, eu realmente pensei que você fosse me bater — lembrou ele, com outra risada baixa. — Nunca imaginei que uma mortal pudesse ser tão... maravilhosamente beligerante com um deus. Foi revigorante.

Aquela era uma reação estranha, mas, ainda assim, me fez sorrir.

— Eu poderia ter feito tantas coisas para garantir que não fôssemos vistos. Mandar você me beijar devia ter sido minha última sugestão. — Senti aquele sussurro de toque novamente, daquela vez no queixo. — Mas suas ameaças me provocaram e, droga... fiquei chocado. Antes mesmo de Maia remover minha *kardia*, eu havia aprendido a controlar meu temperamento. A não deixar as coisas me irritarem. Eu já tinha experiência.

Ele... ele tinha. Porque ele... ele precisara aprender.

— Mas alguns minutos com você e eu já estava respondendo cada palavra e cada gesto sem pensar. Apenas por instinto. Eu queria te desafiar. Não imaginei que você fosse me beijar. Achei mais provável que me batesse. Mas você me beijou. — Sua voz era um suspiro contra minha pele. — E isso me deixou desconcertado.

Mas eu... Franzi a testa quando abri os olhos para o céu vazio e escuro. Eu tinha... tinha mordido o lábio dele. Então ele havia me beijado em resposta.

— Destinos, *liessa*, você tinha gosto de calor e sol — revelou. — Vida. Isso me deixou fora de prumo por *dias*. Eu estava tão puto comigo mesmo por envolvê-la assim. Eu devia saber. Eu *já* devia saber. Você ainda não tinha se dado conta de quem eu era, e eu sabia o tipo de perigo em que a estava colocando. Sabia o que poderia acontecer. Mas você estava em meus braços, depois de todos aqueles anos te evitando, e você... você... você parecia ser minha.

Minha.

Tive a consciência de que a ideia de pertencer a alguém me deixaria enfurecida, mas não com ele. Ele era diferente. Eu *pertencia* a ele. E ele pertencia a mim.

— Disse a mim mesmo que foi por causa do que meu pai fez. Fazia sentido que eu me sentisse dessa forma, já que você havia sido prometida a mim, antes mesmo de nascer.

Um acordo…

Feito entre um Rei desesperado e um Primordial para salvar um reino — e os planos.

— Não podia ser outra coisa, mas eu… comecei a sentir com intensidade de novo. Depois daquele maldito beijo, eu senti… eu senti excitação. Expectativa. E, droga, já fazia muito tempo que eu não sentia essas duas emoções, mas tudo parecia amplificado quando o assunto era você. Mesmo a raiva e a frustração — explicou, com uma risada rica e sombria. — E quando você me apunhalou?

Eu… eu o tinha apunhalado?

— Até isso fez eu me sentir vivo.

Que homem estranho.

Eu sorri.

— Quando você discutia comigo. Quando sorria para mim. Quando exibia aquele brilho de violência nos olhos. Quando o brilho se tornava sensual. Mas principalmente quando você ria. Eu me sentia *vivo* — acrescentou. — Mas também sentia medo novamente. E, Destinos, não conseguia me lembrar da última vez que me sentira assim. Foi antes mesmo de minha *kardia* ter sido removida, mas eu sentia um medo real quando pensava que você estava disposta a arriscar sua vida. Terror ao pensar em Kolis descobrir sobre você.

Aquele nome…

Minhas mãos se fecharam em punhos. Não gostei daquele nome.

Senti o suave roçar de dedos sobre os meus. Olhei para minha mão flutuando na água. Lentamente, meus dedos relaxaram, desenrolando-se. Era seu toque. Parecia que ele mapeava os ossos e tendões abaixo de minha pele. Ele falou sobre nosso tempo no lago e sobre como nunca se sentiu mais centrado do que quando estava ali, comigo. Falou sobre como finalmente havia me levado para as Terras Sombrias.

— Esse medo me fez agir como um verdadeiro crápula — admitiu. — E quando descobri o que você tinha em mente?

Eu… eu planejava matá-lo.

Meu peito se apertou de agonia. Eu não havia gostado da ideia, mas tinha acreditado que precisava fazer aquilo. Mesmo assim estava muito errada. Eu sabia.

— Sim, me deixou com muita raiva.

Sem dúvida. Quem não ficaria bravo?

— Mas isso não deveria ter me irritado. Eu não deveria ter me sentido traído — prosseguiu, e fechei os olhos com força. Meu coração doeu. Não queria que ele tivesse se sentido assim. Não queria ser a causa. — Não com minha *kardia* removida. Não conseguia entender o porquê, mas o que eu sabia, mesmo naquela época, era que estava mais irritado com o risco que você correu do que com sua traição.

Meus olhos se abriram.

— Você não teria sobrevivido à tentativa. Teria morrido. E para quê? Por um reino maldito que sequer sabia da sua existência? Uma mãe que não merecia tal honra? *Porra* — cuspiu ele.

Sua raiva me fez sorrir. Não devia. A vida era importante. Todas elas, até a daqueles considerados indignos. Eu sabia *agora*. E não achava que havia entendido aquilo na época. Ou que me importasse. Mas agora estava gravado em meus ossos.

Mas o mesmo aconteceu com a violência que ele tinha visto em meus olhos. Porque… a *vida era cruel*. Quando roubada, tornava-se a ruína dos planos, uma ira da qual até a morte se esconderia.

E a Morte *iria* se esconder de mim.

*

O tempo passou enquanto eu flutuava no lago, e, sentado na margem, o lobo observava e esperava conforme a voz falava do que havíamos dito um ao outro, e do que tínhamos sussurrado. Ele contou de arrependimentos e anseios, paixão e desejo. Sua voz sempre se aprofundava, tornando-se rouca de um modo que me trazia vislumbres de lembranças — de nós, de nossos corpos entrelaçados e unidos. Aquelas lembranças provocaram intensas ondas de desejo, que me deixaram tão faminta, tão ávida por senti-lo contra minha pele e dentro de mim, que me rendi àquelas lembranças em que ele assumia o controle.

Eu me lembrava daqueles momentos com nitidez. Seu corpo aprisionando o meu, me prendendo no lugar enquanto ele me pegava por trás. E sabia que eu permitia que somente ele dominasse a mim e a meu corpo. E era desconcertante que eu pudesse fazer aquilo e me sentir segura; que eu pudesse abandonar quaisquer inibições e reservas enterradas bem dentro de mim e ser tão livre. Aquilo me *excitava*. Aquilo me *empoderava*. Podíamos fazer amor. Podíamos foder. E, no final, era eu quem decidia.

Eu tinha o controle total.

Eu sabia.

Eu me lembrava.

•

Flutuei um pouco mais, sentindo-me menos leve e mais sólida. Mais tarde, quando ele falou sobre o pai, eu me *lembrei* de ter visto seu retrato, me lembrei de ter conversado com *ele*.

— É o que você faz? — perguntei, olhando para a mulher. Ela era linda. Cabelos ruivos da cor de vinho tinto, quase idênticos aos de Aios, emolduravam um rosto oval de pele corada. Suas sobrancelhas eram marcadas e os olhos, prateados e penetrantes. Penetrantes como os dele. *Tinha as maçãs do rosto salientes e a boca carnuda. — Você costuma aceitar a ajuda dos outros?*

— Não com a frequência que deveria. — A voz dele estava mais próxima.

— Então talvez não saiba se é uma coisa corajosa ou não. — Voltei a atenção para a pintura do homem e perdi o fôlego então. Como agora. *Seus cabelos pretos alcançavam os ombros.*

Mas o cabelo *dele* não era tão escuro. Era de um tom de castanho com mechas avermelhadas. Eles se pareciam. Queixo forte e maçãs do rosto angulosas. Nariz reto e boca larga, mas a dele era mais definida que a do pai. Herdara as feições mais suaves da mãe.

Podia vê-*lo* em minha mente agora enquanto ele falava em seguir seu pai quando criança, e ele era impressionante. Tinha uma beleza que beirava a crueldade. Perfeito para mim. Para mim.

Mais tarde, ele contou como costumava seguir seu pai pelo enorme palácio durante a infância.

— Ele nunca se cansava da minha presença — comentou. — Ele me queria por perto. Acho que porque eu o lembrava de minha mãe, embora também me parecesse com ele. Quando meu pai falava dela, eram os únicos momentos em que o via sorrir… sorrir *de verdade*. Destinos, *liessa*, ele a amava tanto.

A história dos dois era trágica e havia terminado em traição e ciúme.

— Ele era tão forte… Nunca sucumbiu à agonia do luto — compartilhou. Sua voz ficou triste, o que *me* deixou triste. — Ele permaneceu gentil e compassivo, mesmo tendo perdido uma parte de si mesmo. Não sei como conseguiu. Como ele continuou por tanto tempo.

Um leve toque roçou meu queixo.

— Queria ser tão forte quanto meu pai, mas não sou ele.

— Não tem a ver com força. — Aquela voz mais rouca de fogo se juntou à dele, e eu… senti um peso nas pernas.

Franzindo o cenho, olhei para minhas pernas flutuando na água. Não vi nada, mas senti um peso que conhecia, mas não conseguia identificar.

— Eythos era muito mais velho do que você — disse a outra voz, e imagens surgiram em minha mente, de um homem alto, pele marrom e cabelo longo e escuro com mechas vermelhas. — E ele mudou, Ash.

Meu coração martelava no peito. *Ash*. Eu conhecia aquele nome. Ele era o pesadelo que se tornara meu sonho. A calma em minha tempestade. Minha força quando eu estava fraca. O ar quando eu não conseguia respirar. Ele era mais do que meu Rei. Meu marido.

Ash era a outra metade de meu coração e de minha alma.

— Eythos nunca mais foi o mesmo — continuou a outra voz. — E se você não tivesse vivido? Ele teria definhado.

Houve um momento de silêncio e então:

— E se eu a tivesse perdido? — retrucou Ash. — Eu não teria definhado. Eu teria destruído tudo.

— Eu sei — disse a outra voz, tão pesada que senti a verdade em meus ossos.

Porque eu *era* a outra metade da alma de Ash. Seu coração. E nada era mais poderoso... ou mais perigoso.

— Mas isso não vai acontecer — afirmou a outra voz. — Você a salvou.

Salvou mesmo.

Aquela outra voz estava certa, e eu sabia seu nome, não sabia? Certa vez ele havia me dito que *ninguém consegue estar sempre bem*. E me fez concordar que se eu... se eu não estivesse bem, falaria com ele. Que nós...

Vamos dar um jeito para que você fique bem.

Nektas.

Aquele era seu nome.

Lágrimas arderam em minha garganta e em meus olhos, sua oferta significava tudo para mim, porque Nektas sabia que valia a pena viver, mesmo quando muitas vezes a vida era injusta e as injustiças pareciam se acumular. As dificuldades nem sempre tinham um motivo. Às vezes, os Destinos não tinham um plano maior.

Mas, mesmo quando começava a parecer uma tarefa árdua que era preciso se forçar a completar, a vida ainda valia a pena ser vivida.

Mesmo quando injusta e dolorosa, sombria e cheia de incertezas, a vida ainda valia a pena ser vivida.

Porque as recompensas podiam ser encontradas entre as tarefas. Momentos fugidios de prazer que viriam a significar alguma coisa. A escuridão sempre abria caminho para a luz no devido tempo e, embora algumas feridas pudessem jamais cicatrizar por completo, viver permitia que surgissem novas fontes de felicidade e prazer.

Valia a pena viver, mesmo quando a vida estava cheia de deslealdade e injustiça. Quando o coração estava leve e quando o peito estava apertado demais para respirar.

Porque a morte era definitiva.

A ausência de escolha.

E a vida era uma coleção de novos começos.

Cheia de infinitas possibilidades.

*

O tempo passou, eu dormi, e Ash continuou a falar. Sua voz soava mais alta, depois se tornava um sussurro.

Outra voz veio, calma e séria... sempre séria.

— Você precisa se alimentar. Quando ela acordar..

Quando eu acordasse, estaria... com fome.

Ash ficou em silêncio, então senti seu toque novamente em minha bochecha. Sua mão estava fria, mas um pouco mais quente.

— Eu nunca me senti vivo até você — sussurrou ele. — E eu devia saber então o que você era para mim. Que você era o impossível. A única coisa que poderia devolver uma *kardia*, cicatrizando a ferida que sua remoção deixou para trás. Meu coração gêmeo.

Com os lábios curvados para cima, arrastei meus braços pela água enquanto sorria.

— Descanse o tempo que precisar — disse Ash. — Estarei aqui, esperando. Sempre esperarei por você, Sera.

42

A voz de Ash desvaneceu. As outras voltaram por um tempo, me chamando, mas então desapareceram também. De algum modo, acabei de frente para a margem do lago.

O lobo se foi.

Em seu lugar, havia um grande felino, que lembrava um gato das cavernas, mas sua pelagem não era do tom das nuvens de tempestade; brilhava como o luar. O felino rondava o solo úmido e coberto de musgo à beira do lago.

Comecei a nadar para a frente, sem medo. O gato balançou a cauda de um lado para o outro enquanto seus olhos verdes mesclados com prateado acompanhavam meus movimentos. Quando meus pés tocaram a gélida pedra das sombras, eu não mais singrava a água, mas caminhava sobre o leito do lago.

O felino recuou, as grandes patas afundando no solo e na grama. Vi que era uma fêmea. Ela se sentou enquanto eu subia os degraus de terra. A água escorria de meus dedos e cabelos quando me ajoelhei diante da criatura deslumbrante.

Estendi o braço no espaço entre nós, colocando minha mão sob aquela poderosa mandíbula. O pelo macio brincava com minha palma e se enroscava entre meus dedos. O animal soltou um ronronar suave. Um movimento atrás da fêmea chamou minha atenção. Nas sombras, algo se moveu… dois deles. Menores, de pelagem mais escura. Voltei minha atenção para a grande felina. Nossos olhos se encontraram e eu…

Eu me vi olhando para trás.

*

Uma sensação de formigamento começou em meus pés e subiu lentamente por minhas pernas, seguida por uma onda de calor. Meus dedos se contraíram. Senti um espasmo em uma perna, que então se dobrou sob algo macio. Forcei minha boca a se abrir. Algo raspou em meu lábio inferior enquanto eu respirava fundo.

Um corpo sólido e… frio se moveu ao meu lado, e um cheiro me alcançou: ar fresco da montanha e frutas cítricas. Gostei daquele cheiro. Bastante. Vislumbres de olhos prateados e pele marrom reluzente brilharam na escuridão da minha mente. Minha garganta vibrou com um zumbido suave.

Algo tocou minha bochecha. *Dedos*. Eles enviaram uma descarga de energia através de meu corpo.

— *Sera?*

Aquela voz.

Seda da meia-noite e pecado.

Algo macio e quente roçou minhas coxas e meus seios. Um cobertor? Independentemente do que fosse, minha pele ficou ainda mais sensível.

— Sei que é difícil acordar pela primeira vez — disse a voz da meia-noite. — Levei horas, então não lute se voltar a dormir. Nós temos tempo.

Mas eu não queria dormir.

Os dedos em minha bochecha deslizaram para meu queixo, inclinando minha cabeça. Minhas costas se arquearam quando aquele som reverberou em meu peito novamente, um ronronar vibrante.

Eu estava… estava com tanta sede. Tudo dentro de mim parecia pegar fogo. Eu me sentia ressecada e estéril. Minha mandíbula latejava e minha garganta queimava. Tentei engolir, mas minha boca estava muito seca. Meus músculos se contraíam enquanto eu tentava forçar meus olhos a se abrir. Minhas pálpebras pareciam fundidas. O som trinado que eu emitia se aprofundou com minha frustração, tornando-se um grunhido rouco.

— Tudo bem. Dê um tempo a si mesma — a voz me tranquilizou. — Estou bem aqui. Estou com você.

A mão em meu queixo subiu para a lateral do meu rosto, a pele fria um breve alívio contra o inferno. Queria me aninhar no toque, me aconchegar na sensação, mas estava muito fraca.

Não podia estar fraca.

Não... não *antes*. E não agora.

Deuses, eu estava com muita sede. Com fome. E inquieta. Meus músculos pareciam atrofiados, como se eu tivesse dormido durante anos — mas não fazia anos. Talvez fizesse dias. Dias durantes os quais ouvia uma voz. A voz dele. A voz dos outros. Minha mente parecia um turbilhão de pensamentos acelerados, explosões de conhecimento que continuavam a me bombardear. Mas eu precisava me mover.

Eu precisava... de algo.

Sustento.

Precisava me *alimentar*.

Minha mandíbula latejou ainda mais. Queria muito abrir os olhos. O éter pulsou, primeiro em meu peito, antes de inundar meu corpo com pura vontade. Meus cílios tremularam e depois se ergueram. Enfim abri os olhos para a escuridão e a pressão fria de um corpo próximo ao meu.

O corpo *dele*.

E tinha ficado imóvel.

A princípio, havia apenas manchas de sombra, mas meus olhos rapidamente se ajustaram. Mesmo com a falta de luz, vi nitidamente uma mesa lateral, na qual repousava uma pequena caixa de madeira. Meu olhar se moveu lentamente por um guarda-roupa e alguns baús. Uma mesa. Duas cadeiras. Aquilo parecia diferente, como se tivesse mudado. A confusão e a curiosidade aumentaram à medida que fragmentos de lembranças existiam quase ao meu alcance. Avistei duas portas fechadas. Tudo tinha uma cor sobressalente e sombria. Não tinha vida.

Exceto pelos toques de cor espalhados ao longo de um sofá comprido. Vestidos azuis e vermelhos vibrantes, blusas e coletes. Aquilo também parecia novo. Parecia importante e...

— Sera?

O corpo ao lado do meu estremeceu.

Minha fome foi momentaneamente silenciada enquanto eu assimilava os arredores, mas agora havia voltado com força total. Os músculos ficaram tensos. Respirei fundo, atraindo seu cheiro para mim.

Meus braços e pernas se moveram ao mesmo tempo, me colocando em uma posição agachada, enquanto minha cabeça chicoteava em direção à origem da voz.

— Está tudo bem — garantiu ele baixinho, com cautela.

Por entre os cachos claros e emaranhados, eu vi apenas o que havia dentro dele. Inclinei a cabeça enquanto o éter latejava em meu peito e depois se movia através de mim, reconhecendo o que corria naquelas veias. Ele estava cheio de éter. Aquilo o preenchia. Minha boca salivou quando ele se sentou mais ereto, o peito nu. Eu *senti* o que ele era.

Um Primordial.

Mas sua carne estava fria, e a parte de mim que agora parecia muito mais velha sabia o que aquilo significava.

Ele não era apenas um Primordial.

Ele era aquele a quem eu eventualmente me submetia, não importava a força, a crueldade e a tenacidade que eu pudesse ter. Ele sempre vencia, porque era o fim para o meu começo. Ele era um Primordial da Morte.

Meu.

A palavra invadiu minha mente de forma descontrolada e eu não entendi o que aquilo significava. Estava com muita fome para me concentrar, muito distraída com a constatação repentina de que ele era um de dois.

E eu *sabia* que não deveria haver dois Primordiais da Morte. Aquilo iria perturbar o equilíbrio, e o equilíbrio devia…

— Você…? — Ele se interrompeu com um xingamento. Então engoliu em seco, chamando minha atenção. Ele ergueu a mão. — Sera…

Uma pontada intensa de agonia iluminou meu rosto, do queixo às têmporas, forçando um silvo de dor. Eu me encolhi.

— Não vou te machucar — assegurou. — Eu nunca te machucaria.

Apesar do quanto estava fraca, e da ameaça que ele representava, eu ri, e o som saiu rouco e quente, como uma brisa de verão.

— Me machucar? — murmurei, inclinando-me para a frente enquanto deixava a essência vir à tona. Uma aura prateada penetrou nos cantos da minha visão. — Você pode até ser invencível, mas não pode me deter.

Ele franziu as sobrancelhas.

— Eu não quero... Merda. — Sua expressão suavizou, e vi uma leve contração em seus lábios, como se ele fosse sorrir ou soltar uma risada. De algum modo, eu sabia que gostaria daquele som. — Pensei que estava preparado para isso. Aparentemente, não estou. — Ele tomou fôlego. — Deixe-me tentar de novo. Eu não quero te deter. Nem quero que você se submeta a mim... nem agora, nem nunca.

Meu coração começou a martelar no peito enquanto eu olhava para o homem. Suas palavras me confundiam porque eu tinha de ceder a ele, mas também faziam sentido porque eu não o fiz.

— A menos que seja um daqueles momentos em que você *deseje* se submeter. — Um lado de seus lábios se curvou e seu cheiro ficou carregado de... excitação. — Então ficarei mais do que feliz em obedecer.

Ele não estava falando sobre a ordem natural das coisas. Ele estava falando sobre...

Uma imagem surgiu, de mim sendo deitada de bruços enquanto um corpo me pressionava, movendo-se atrás de mim, dentro de mim. Minha pele ficou ainda mais quente, alimentando a fome torturante e dolorosa.

— Você definitivamente se lembra — comentou ele, a voz tão grave quanto meu sangue. — Isso é ótimo. — O cabelo caiu em seu rosto enquanto abaixava o queixo. Ele mexeu os dedos. — Sei do que precisa, Sera. De mim. Do meu sangue. Você precisa se alimentar.

Olhei sua mão enquanto a fome agonizante se expandia.

— Eu sou seu.

Meu.

Meus lábios se entreabriram e meu coração trovejou. Havia algum sentido, um conhecimento que as outras vozes haviam compartilhado comigo...

— O Primordial da Vida nunca se alimentou de um Primordial da Morte antes — argumentei, os dedos se curvando sobre pele... um cobertor. — Nós… fomos feitos para ser duas metades de um ciclo, mas separados.

Sua respiração saiu áspera.

— Mas somos diferentes, Sera. Essas crenças não se aplicam a nós. — Ele se inclinou em minha direção, a mão ainda levantada. Seu perfume se intensificou até que eu quase senti o gosto na língua. Frutas cítricas. Ar fresco. — Eu sou seu. Todo meu ser. Meu corpo. Meu sangue. Minha alma. — Sua voz ficou rouca. — Meu coração.

Meu.

Desviei o olhar até sua mão. Havia algo na palma. Um redemoinho dourado e cintilante. A visão fez meu coração pular. Lentamente, levantei minha mão e a coloquei na dele. O contato foi chocante, e uma onda de energia e lembranças surgiram rápido demais para eu entender, mas olhei o topo de minha mão. Vi o redemoinho dourado e brilhante que combinava com o da mão debaixo da minha.

— É isso. — Ele baixou a voz. — Venha até mim.

Observei seus dedos se fecharem em torno dos meus. Ergui o olhar. Ele inclinou a cabeça para trás, expondo o pescoço.

Minha mão apertou a dele. Vi seus olhos se fecharem. Então me lancei em sua direção, subindo em seu colo. Ele não reagiu, apenas ficou parado, vulnerável apesar do tamanho. Agarrei seus ombros enquanto meus lábios se abriam. O latejar em minha mandíbula aumentou.

— Alimente-se — ordenou.

Guiada pelo instinto, minha cabeça virou em direção a seu pescoço. Eu avancei, afundando as presas na veia de seu pescoço.

A primeira gota de seu sangue em minha língua foi um despertar.

Minhas costas se arquearam, o choque do sabor e a força da essência me inundaram. Era tudo em que eu conseguia pensar enquanto ele xingava. Era tudo. Com a boca formigando, bebi avidamente, chupando aquele sabor esfumaçado e doce. Seu sangue atingiu o fundo de minha garganta, provocando uma profusão de sensações intensas. Seu sangue tinha um gosto bom. O contato de sua pele na minha, seu frescor em contraste ao meu calor. Mas ele…

Seu corpo estava rígido.

— Recolha... recolha as presas.

A ordem foi filtrada pela fome. Eu... eu o estava machucando. Eu não queria aquilo. Nós éramos o ciclo. Eu era o começo. Ele era o fim. Mas éramos mais. Ele era *meu*. Tirei minhas presas de sua carne, mas mantive a boca na mordida. Ele estremeceu, o peito subindo bruscamente enquanto eu o bebia. Um gemido profundo provocou meus ouvidos. Ele estava gostando agora. Deleitando-se. Bebi mais, seu sangue escorria por minha garganta, acalmando a queimação presente nela, até atingir meu peito vazio, aliviando a dor torturante. Mas não era seu sangue. Era o éter nele, acumulando-se no centro de meu peito, restaurando minha força.

Ele era um Primordial da Morte, mas seu sangue... seu sangue era vida.

O Primordial se remexeu sob mim. Seu braço cruzou meus quadris e sua mão pousou na parte inferior das minhas costas. Fiquei tensa.

— Continue bebendo — instruiu, a palma da mão encostada em minha pele. — Ainda não tomou o suficiente.

Resmunguei minha gratidão. Seus quadris estremeceram com o som, e eu senti sua excitação contra mim. Um arrepio me invadiu, tenso e quente. O calor desconfortável diminuiu, substituído por um calor lânguido que se espalhou quando sua mão acariciou minhas costas e desapareceu sob meu cabelo, antes de deslizar de novo para baixo. Seus dedos roçaram a curva da minha bunda, fazendo com que aquele calor se transformasse em um fogo que não doía, mas incendiava.

Eu me alimentei em sua garganta, o sangue me preenchendo enquanto ele subia e descia a mão pela minha coluna. Lentamente, ou talvez rapidamente, cada movimento daquela mão despertava um tipo diferente de urgência.

Eu queria mais.

Precisava de mais.

Inclinei-me para a frente, me pressionando contra ele. O contato da pele fria contra a minha transformou o sangue que bebi em desejo líquido. Com os mamilos intumescidos, eu me contorcia incansavelmente contra ele, e a pele rosada e sensível roçava seu peito liso e frio. Uma dor inebriante se instalou em meus seios. Seu sangue. Seu corpo... Deuses. Eu formigava, extremamente sensível.

Meus dedos se abriram sobre seus ombros enquanto eu inclinava os quadris para a frente, em busca do que procurava, do que precisava. Ele gemeu quando me esfreguei contra sua ereção. Havia uma barreira entre nós, linho fino e macio. Rosnei em frustração.

Seu braço apertou a curva de minhas costas.

— Malditos Destinos — gemeu, enquanto eu rebolava em seu membro.

Ouvir seus gemidos e senti-lo contra mim era como cair em um turbilhão de sensações. Músculos na parte inferior de meu ventre se contraíram enquanto pequenos dardos de prazer disparavam através de meu corpo. Eu choraminguei, querendo mais, precisando de mais.

Sua mão parou no meio das minhas costas.

— Sera...

Com a boca colada em seu pescoço, gemi enquanto me remexia contra ele. Eu queria muito. Ele. Seu sangue. Seu pau.

— Eu sei. Eu sei do que você precisa. Deixe-me dar a você. — Ele mexeu o braço e me levantou. Eu o busquei em sua ausência. — Confie em mim.

Eu confiava. Irrevogavelmente.

Parei de lutar e deixei que ele me levantasse de seu colo.

— Continue bebendo — ordenou ele, rouco, enquanto colocava a mão entre nós, empurrando as calças para baixo e me segurando com apenas um braço. Sua força... era inacreditável. Intoxicante. — Tome o que precisar.

Obedecendo, eu suguei sem parar, minha boca se movendo avidamente em sua pele enquanto eu o sentia frio e pesado contra o meu calor. Uma pontada selvagem de luxúria me incendiou. Sua mão voltou para meu quadril, firmando minhas tentativas frenéticas de senti-lo na região em que eu precisava. Ele me guiou para baixo e nós dois gememos quando senti a cabeça fria de seu membro pressionando minha entrada.

Estremeci. Aquilo… era o que eu queria. Precisava. Abaixei o quadril com vontade, gemendo quando comecei a guiá-lo para dentro de mim. Não foi rápido nem profundo o bastante.

Ele sentiu aquilo, levantando os quadris, me esticando e me preenchendo em uma única estocada. Ele era uma presença enorme em meu corpo. Seu pescoço abafou meu grito de prazer enquanto eu tremia. O braço em minha cintura me levantou e então me trouxe de volta para baixo, fazendo com que meus dedos dos pés se curvassem enquanto eu continuava a beber sofregamente. Ondas de prazer me inundaram a cada cavalgada sobre seu pau. Eu estava vibrando agora, o calor se espalhando, seu corpo esfriando ainda mais. Eu podia bebê-lo inteiro. Tomá-lo inteiro dentro de mim.

E ele me permitiria.

Ele daria qualquer coisa por mim, até a si mesmo. Instintivamente, eu sabia que isso não poderia matá-lo, mas *poderia* enfraquecê-lo, levá-lo a um ponto em que seu corpo precisaria entrar em estase.

Não era o que eu queria.

Ele se moveu sob mim, o ritmo dos quadris febril e avassalador, tornando impossível pensar em qualquer coisa que não fosse satisfazer as necessidades duplas e brutais.

Mas ele era muito importante e eu iria *machucá-lo*. Eu não podia. Porque ele era… ele era minha outra metade.

Com o corpo trêmulo, diminuí o ritmo de minha alimentação. A névoa vermelha da sede de sangue se dissipou, permitindo-me organizar meus pensamentos. Eu não estava me alimentando apenas de sangue Primordial. Não era apenas um corpo que me dava prazer. Era *ele*.

Ash.

Meu amante.

Meu Rei dos Deuses.

Meu marido, por quem eu estava perdidamente apaixonada.

Um senso de identidade retornou para mim. Meu nome: Seraphena. Quem eu uma vez fui e era agora. Quem eu deveria me tornar. A nova percepção era como uma fechadura sendo girada. Lembranças não voltaram em uma torrente, simplesmente me reencontraram, ocupando seus devidos lugares.

Um tremor percorreu meu corpo.

Ash... ele me salvou.

Eu não sabia como. Holland disse que a única maneira de eu ser salva era pelo amor. E aquilo era impossível, não era?

— *Eu te amo, mesmo que não possa* — gritou Ash. — *Estou* apaixonado *por você.*

Deuses, ele queria muito me amar. Ele havia feito algum tipo de acordo? Os Arae tinham interferido? Eu não sabia enquanto me forçava a relaxar. Levantei a boca da mordida. Compelida ou pelo recém-formado instinto, ou pelas lembranças de Ash fazendo o mesmo, mordi meu lábio inferior. A picada da dor foi quase imperceptível em meio à tensão crescente. Sangue derramado, eu beijei o ferimento que havia causado, estancando o sangramento.

— *Liessa* — sussurrou Ash.

Algo belo.

Algo poderoso.

Levei minha boca até a dele e o beijei, sabendo que ele provavelmente sentia tanto o gosto do próprio sangue quanto o do meu nos lábios. Inclinei meus quadris, plantei as mãos em seu peito e o empurrei até que deitasse de costas. Não foi necessária muita força. Apenas uma leve pressão, e ele obedeceu, as mãos encontrando meus quadris. Ele os apertou. Se Ash quisesse lutar, com forças equiparadas, eu não tinha ideia de quem iria ganhar.

Mas eu mal podia esperar para descobrir.

E, no entanto, aquilo teria de esperar.

Abri os olhos, encarando-o, e senti meu peito relaxar e contrair simultaneamente. Tudo nele parecia muito mais evidente, mais nítido agora. A leve cicatriz em seu queixo. O formato de seus lábios bem delineados. Havia outra cicatriz na ponta do nariz que eu nunca tinha visto. Eu sempre achara seus cílios absurdamente grossos, mas agora eu via como eram densos. E seus olhos? A aura de éter atrás das pupilas era como estrelas, e os fios se agitando em suas íris, uma constelação. Foi como vê-lo pela primeira vez. Havia tanta coisa que eu queria dizer — tanta coisa que eu sabia que precisava contar a ele —, mas os músculos poderosos em seu peito e ombros se contraíam e relaxavam quando seu aperto em meus quadris me incentivou a pegar o que eu queria.

E foi o que fiz.

Eu o montei, meu ritmo acelerando, fazendo com que vários cachos de meu cabelo caíssem para a frente, cobrindo os seios. Uma forte explosão de arrepios se espalhou enquanto eu rebolava em cima de seus quadris. Entreabri os lábios, e a sensação da ponta de minhas presas roçando meu lábio inferior era estranha.

A tensão crescia cada vez mais. Era como se um fio fosse esticado demais. A linha se rompeu e então um raio atingiu minhas veias. Minha cabeça caiu para trás quando gozei. O prazer invadiu cada pedaço de meu corpo, o êxtase me inundando.

Lentamente, todos os meus músculos contraídos relaxaram, e minha cabeça pendeu para a frente. Só então percebi que Ash tinha parado de se mover e parecia ainda duro e grosso dentro de mim. Levantei a cabeça e abri os olhos. Por entre os cachos emaranhados, nossos olhares se encontraram.

Ash estremeceu e então se moveu sob mim, sentando-se. Ele agarrou minha nuca, os dedos entrelaçados em meu cabelo, e sustentou meu olhar.

— Você sabe quem eu sou?

A pergunta me confundiu no início, mas depois me lembrei dos sonhos em que ele conversava comigo, e como eu havia me esforçado para lembrar seu nome e de outros. Sem contar meu comportamento ao acordar. Era possível que eu não tivesse me lembrado dele? O mero pensamento fez meu coração doer.

— Sempre vou te reconhecer, Ash.

43

O peito de Ash subiu bruscamente, e então ele ficou completamente imóvel, e até mesmo o éter em seus olhos parou.

Meu coração disparou quando nossos olhares colidiram mais uma vez. Havia um brilho quase selvagem em seus olhos que fez meu estômago se agitar.

— Ash? — sussurrei.

Seus olhos se fecharam. Sombras começaram a aparecer ao longo de seus ombros e sobre o peito. A pele ficou mais fina.

Ai, deuses, eu tinha tomado muito sangue? Eu me afastei um pouco.

Gavinhas de éter sombrio saíam dele, enrolando-se ao longo de meus antebraços. Engasguei com o frio, momentaneamente pega de surpresa. Eu o analisei. Manchas escuras apareceram em seus braços, coxas, e até mesmo em seu pau, do qual um líquido branco-perolado gotejava na ponta…

Respirei fundo e inclinei a cabeça enquanto as sombras deslizavam por meus braços, roçando as laterais dos seios como um beijo frio de inverno. Meus mamilos enrijeceram, enviando uma onda incisiva de desejo por meu corpo.

Com a pele formigando, tentei controlar minha resposta. Aquele não parecia o momento certo para ficar excitada, mas uma luxúria ardente e intensa me incendiava.

Um grunhido baixo e estrondoso ecoou de Ash, chamando minha atenção de volta para ele. Minha excitação não tinha passado despercebida.

Seus lábios se entreabriram, oferecendo um vislumbre de suas presas. Suas bochechas ficaram fundas e escuras.

— Ash. — Tentei novamente.

— Fiquei apavorado — disse ele, com a voz mais grossa e gutural. — Tive medo de te perder.

Senti um aperto no peito.

— Você não me perdeu. Você me salvou. — Eu não tinha exatamente certeza de como, mas sabia que ele o fizera. Sabia que a única razão pela qual eu estava viva era por causa de Ash.

— Depois, tive medo de que não se lembrasse de mim. — Os tendões se destacaram com nitidez em seu pescoço quando ele virou a cabeça, parecendo não me ouvir. — Que eu ainda fosse te perder.

— Você não vai me perder. Nunca — prometi, tentando mais uma vez me aproximar.

A torrente de éter desceu sobre meus ombros, me pressionando de costas. A essência pulsava em meu peito, aumentando em resposta àquela exibição de poder Primordial. Arregalei os olhos ao ver a energia brilhar ao longo de minha pele, abaixo da massa pulsante das sombras de Ash.

A visão da luz prateada vindo de dentro de mim, luz raiada de *ouro*, me distraiu por um segundo. Eu jamais a vira assim. Mas eu... eu estava diferente agora.

Lembrei-me de que a essência fazia parte de mim e que eu era capaz de controlá-la, então reprimi meu poder. Não foi um esforço como antes. No fundo da mente, eu sabia ser porque o éter era apenas um subproduto da minha vontade, e que respondeu de imediato porque eu nunca quis machucá-lo.

— Ash?

Ele estremeceu.

— Eu temia nunca ouvir você dizendo meu nome. — Seu corpo... *vibrava*. Um segundo se passou, e depois outro, enquanto ele virava a cabeça de um lado para o outro. Os fios de éter se ergueram. — Quando eu... quando eu te libertar, você precisa correr.

Eu fiquei tensa.

— O quê?

— Você precisa correr, Sera. Rápido. Mais rápido que nunca. Talvez seja capaz de me superar... — Outra série de arrepios o sacudiu. — Você tem de tentar. Porque eu... eu *preciso* de você. De seu calor. De seu aperto sedoso. Eu *preciso* estar dentro de você.

Outra impressionante onda de desejo me invadiu, fazendo com que meus quadris se contorcessem de pura expectativa.

— Por que eu iria querer fugir disso?

A escuridão se tornou mais visível, quase encobrindo a sua pele.

— Não serei capaz de manter minha forma mortal por muito mais tempo. — As sombras engrossaram brevemente ao seu redor. — Não quero te machucar.

— Você não vai. Confio nisso... confio em *você*. Assim como você confiou em mim antes, quando eu nem estava tão consciente...

— É diferente.

Comecei a dizer a ele que não era, mas Ash *mudou*. Era ele. O formato de seu rosto, a mandíbula forte, a boca larga e expressiva; as maçãs do rosto proeminentes e marcantes, e o nariz reto. Mas agora ele parecia sombra e fumaça transformadas em pedra.

Ele havia mudado para sua forma Primordial, a pele manchada de meia-noite tão dura quanto granito, enquanto as asas de luar se erguiam às suas costas, varrendo e bloqueando o cômodo logo atrás.

Aquele era Nyktos, o Sombrio, aquele que é Abençoado, o Guardião das Almas e o Primordial do Povo e dos Términos. Aquele era Ash em sua essência: um predador ancestral, aquele que dava e tirava vidas.

Um Primordial da Morte, aterrorizante em seu poder e glória... e fora de controle.

Mesmo sem o conhecimento recém-adquirido com minha Ascensão, eu sabia que aquilo o tornava incrivelmente perigoso. Até mesmo para um Primordial.

Até mesmo para mim.

Meu peito ofegava enquanto eu olhava para o Primordial, ainda... ainda enxergando Ash. Eu enxergava apenas ele e não senti medo enquanto o éter envolto em sombras flutuava em fios esfumaçados, derramando-se sobre a cama.

— Se não fugir, se eu te foder, vou te foder assim — alertou. — Como Primordial.

— Estou aqui e não vou embora — sussurrei, disposta a dar a ele qualquer coisa de que precisasse. — Sou sua, Ash. Me fode.

Um rugido baixo e sensual ecoou de Ash, provocando uma onda de arrepios em mim. As sombras rodopiantes saíram de meus ombros e se juntaram ao longo de meus antebraços. Então se enrolaram em meus pulsos. Meu coração deu um pulo no peito quando meu olhar encontrou o dele.

Os olhos de Ash eram pura prata derretida.

— Tentei te avisar.

Antes que eu pudesse responder, as sombras ergueram meus braços, prendendo-os na cama acima da minha cabeça.

Ai, deuses.

Em um instante, a essência dentro de mim lutou contra aquela demonstração de dominação. Mas não havia medo, nenhum lampejo de pânico ou desespero. Não havia espaço para nada daquilo em meio à necessidade de revidar e ver quem se sairia melhor, em meio à explosão tortuosa de desejo ardente.

As narinas de Ash se dilataram enquanto ele respirava fundo. O rosnado se aprofundou quando ele se inclinou para a frente, enrolando os dedos em volta do meu tornozelo. Meu corpo inteiro estremeceu com o toque. Eu não tinha certeza se por causa de seus dedos frios ou da tensão palpável acumulada no cômodo.

Com o maxilar cerrado, ele levantou minha perna, empurrando-a para o lado, expondo o calor latejante entre minhas coxas para o ar... e para ele.

Aqueles olhos brilhantes deixaram os meus enquanto fios de éter sombrio latejavam incansáveis contra a cama, roçando a parte externa de minhas pernas. A intensidade de seu olhar parecia me marcar como ferro em brasa quando ele baixou, demorando-se sobre meus seios inchados. Entre *suas* coxas, seu pau pulsava e…

Estava maior? Mais grosso e mais comprido?

Meu coração disparou enquanto eu o estudava. Seu corpo parecia maior… mais largo e provavelmente mais alto. Meu olhar deslizou de volta para baixo.

Queridos deuses.

Seu olhar desceu, passando pelo meu umbigo, depois baixou ainda mais, o que significava que eu era incapaz de me concentrar em qualquer outra coisa.

Tudo em Ash vibrava quando seu olhar se fixou em mim. Minhas pernas começaram a se fechar por puro reflexo, mas seu aperto em meu tornozelo se firmou enquanto um dos vibrantes tentáculos se erguia da cama e envolvia o outro.

O súbito peso frio de seu éter fez meu estômago revirar, mas, ainda assim, não senti medo. Nem incômodo. Nunca sentia isso com Ash. Não quando ele me dava controle total nem quando o tomava para si. Eu sempre estive segura com ele.

Lembranças da noite após o ataque dos Cimérios me tomaram de assalto. Ele iria me tocar daquele modo tão devasso outra vez? Estremeci. Ele faria mesmo ciente de que eu o via? Uma onda de calor e umidade se acumulou na região em que seus olhos se banqueteavam.

Um lado de seus lábios se curvou quando seu olhar reencontrou o meu.

— Posso sentir o gosto de seu desejo.

Eu tremi.

Seu olhar desceu mais uma vez enquanto ele ajeitava meu tornozelo, abrindo minhas pernas ainda mais.

— Tão linda — murmurou. — Tão molhada.

Minha pele corou.

— Minha — rugiu.

A gavinha em minha panturrilha começou a se mover, chamando minha atenção. Meu coração começou a martelar no peito enquanto a massa rodopiante de energia ondulava sobre meu joelho, deixando uma cascata de arrepios em seu rastro. Tentei acalmar a respiração, mas não adiantou. O fio de escuridão beijou o lado interno de minha coxa. Eu não conseguia desviar o olhar enquanto o tentáculo de éter subia por minha pele trêmula. Impotentes, minhas mãos se fecharam enquanto o calor ardente passava pela curva de minha coxa.

O ar frio beijou a fonte de meu desejo.

Gritei, seus quadris descontrolados enquanto o ar ao nosso redor adensava. A sombra roçou em mim, provocando a pele úmida e quente. A névoa engrossou, solidificando a ponto de eu só conseguir ver um leve indício de minha pele por baixo. Estremeci com a sensação suave e vibrante das sombras contra mim, tão concentrada no que estava acontecendo ali que não vi os outros tentáculos se levantando da cama.

O ar espesso e crepitante deslizou por meus quadris, me assustando. Sem fôlego, inclinei a cabeça para o lado. As gavinhas fluíram sobre meu abdome, depois se espalharam, beijando e lambendo minha pele, meus seios. Parecia que dedos beliscavam e giravam meus mamilos. Arqueei as costas...

Ash estalou a língua, atraindo meu olhar para o dele. Parecia totalmente sobrenatural em sua forma Primordial. Selvagem. Primitivo.

— Estes lábios são ainda mais macios.

Acho que parei de respirar enquanto olhava para ele. Ele tinha um... um vocabulário indecente em sua verdadeira forma.

— E mais quentes — disse ele, sua língua percorrendo o interior de seu lábio inferior. — Eu não quero que minha linda buceta se sinta solitária.

Minha linda...

Com os olhos arregalados por causa daquela linguagem, uma risada subiu pela minha garganta, mas nunca passou dos lábios. Um grito súbito de espantoso prazer fez com que as sombras mais grossas e pesadas pulsassem, separando os lábios mais suaves e quentes de que ele falou.

— Ai, deuses — gritei, rebolando enquanto o fio de energia me penetrava.

Minhas lembranças da experiência não faziam justiça a ela. Minha cabeça girava enquanto as sensações em meus seios e ventre me dominavam. Parecia maravilhosamente indecente.

Gemi, me contorcendo enquanto a massa espessa e rodopiante se movia dentro de mim. Ash estava mais perto, e então não segurava mais meu tornozelo. Ainda estava de joelhos, mantendo minhas pernas abertas para ele e seu olhar. Estremeci e arfei, rapidamente me perdendo no prazer pecaminoso. Minha bunda se ergueu da cama, e eu não sabia se era eu ou ele, mas a rajada de ar fresco nas costas me assustou.

Não ousei me mover enquanto o ar escorregava e deslizava. Meus quadris estavam ainda mais inclinados e vi um fio mais fino de energia se separar. Ai, deuses, ele ia...? Eu jamais coloquei nada *ali*. As Amantes de Jade tinham falado de como aquilo podia ser prazeroso com a... bem, preparação correta, mas estavam falando de paus, não de sinuosos tentáculos de energia.

— *Liessa* — chamou em um trinado baixo.

Meu olhar encontrou o seu quando o senti deslizando e sondando. Não pensei que meu coração seria capaz de bater mais rápido. Mordi o lábio novamente, mas não tirei sangue daquela vez, ou então nem fui capaz de sentir o gosto enquanto tentava acomodar aquele raio vibrante de energia.

Éter patinou sobre a pele de Ash enquanto suas asas se abriam mais uma vez.

— Quero ouvir você dizer.

Sua exigência queimou cada parte de mim.

— Sim.

Ele virou a cabeça novamente, o peito sombrio e rígido subindo com uma respiração funda. A gota perolada na ponta de seu pau estava mais perceptível agora.

— Quero ouvi-la dizer exatamente o que quer de mim, e quero que diga o meu nome.

Descobri naquele momento que meu temperamento não havia melhorado com a Ascensão. Meus olhos se estreitaram.

— E se eu não fizer?

Seu rosnado não foi de raiva, mas de desafio sensual. A presença provocante atrás de mim se acalmou, assim como a gavinha dentro de mim.

— Então eu não vou foder essa sua linda buceta nem sua bunda.

Bons deuses, porra...

Não consegui me mover, pensar, nem mesmo respirar por um momento. Ele era tão... sem vergonha em sua forma Primordial!

E eu não poderia estar mais excitada com isso porque era *ele*.

— Por favor — sussurrei.

Ele inclinou a cabeça.

— Por favor, foda minha linda buceta e minha bunda. — Fiz uma pausa. — *Ash*.

O ar sombrio entre minhas coxas arremeteu enquanto a súbita pressão diminuiu em minha entrada, rapidamente se tornando um ardor... um ardor pungente.

Cada músculo do meu corpo travou enquanto ele me segurava, a parte inferior de meu corpo a vários centímetros da cama. A pressão e a plenitude eram... *alucinantes*. Eu nunca havia sentido nada parecido. Nunca teria imaginado ser possível.

Ash riu sombriamente, agarrando meu quadril com a mão enquanto gentil e cuidadosamente me baixava de volta para a cama. Estava tão fria e quente quanto os tentáculos rodopiantes ainda dentro de mim. O mais fino não se mexia, mas o outro... entrava e saía enquanto ele observava a si mesmo me possuindo daquele jeito, rajadas finas de éter crepitavam em sua pele, como relâmpagos.

— Quero ver você gozar de novo — disse ele, a voz um sussurro de luar enquanto sua mão me incentivava a me mover, a pegar o que eu queria. — Quero ouvir seu clímax. Provar e sentir. Me afogar nele.

E então foi o que fiz.

Eu me balancei contra ele, ofegante com a sensação de plenitude e as espirais duplas de prazer girando. Em segundos, eu estava perdida na sensação escandalosa. Esfregava meus quadris com força nos dele, debatia a cabeça de um lado para o outro. O éter em meu peito pulsava, provocando meus mamilos. Eu gritei, o corpo trêmulo.

A tensão cresceu rapidamente, roubando meu fôlego e me chocando. Ash tinha um incrivelmente talentoso… éter, mas eu jamais havia sentido aquele tipo de intensidade antes. Eu sentia as coisas com mais intensidade simplesmente por causa da Ascensão? Ou era ele e aquelas novas experiências?

A devassidão de tudo aquilo? Eu não sabia, mas não conseguia nem pensar com coerência enquanto sua cabeça abaixava. Fios macios de cabelo roçaram minha barriga. Sua língua fria e escorregadia subiu pela parte interna da minha coxa.

A expectativa dentro de mim se intensificou. Meus movimentos se tornaram quase frenéticos, o prazer que sentia beirava a dor.

— Eu… eu não posso — ofeguei. — É demais.

— Você pode. — Ele lambeu novamente, sorvendo a umidade ali. — Você vai. Porque ninguém é mais forte do que você.

Não tinha certeza se aquilo era verdade, mas continuei arremetendo, meus movimentos se tornando cada vez mais erráticos.

A tensão crescia depressa, roubando meu fôlego e me surpreendendo. Gritei quando o orgasmo me atingiu com força, rodopiando pelo meu corpo em fortes espirais de prazer. E Ash…

Deuses, ele era implacável.

Sua boca se moveu sobre mim enquanto ele lambia e provava, extraindo cada tremor e suspiro.

As gavinhas saíram de mim, arrancando um suspiro sôfrego. Seus olhos pulsavam com éter quando ele se levantou. O poder estalava em sua pele em tons de pedra das sombras enquanto ele rastejava sobre mim.

Uma intensa onda de luxúria me atingiu. Não imaginei que seria possível sentir algo assim depois do que tínhamos acabado de fazer. Ou do que ele tinha feito. Do que nós dois tínhamos participado. Tanto faz.

Ele agarrou o meu quadril e me virou de bruços. Comecei a me erguer por reflexo, mas a pressão fria de seu peito contra minhas costas não me deixou chegar tão longe.

Uma de suas mãos permaneceu em meu quadril, os dedos cravados na carne. Tremi quando sua assertividade calou fundo dentro de mim, acariciando aquela minha parte perversa e sombria, atiçando-a mais uma vez.

Ash abriu bem minhas pernas, então me guiou até que minhas costas ficassem quase retas. Eu o senti começar a pressionar… Como ele chamara antes? Minha buceta? Estremeci e agarrei seu braço.

Ele parecia… ai, deuses, ele parecia definitivamente maior.

— Nunca vou me cansar disso — sussurrou em meu ouvido, arrastando sua mão livre sobre meu peito, depois a descendo pela minha barriga até a junção de minhas coxas. — Principalmente *disso.*

Meus quadris estremeceram, procurando sua mão, mas ele me agarrou, puxando minha bunda contra si.

— Nunca vou deixar de te dar o devido valor — prometeu, e minha respiração congelou, então se intensificou quando o senti me penetrar, centímetro por delicioso centímetro. — Jamais vou te desonrar.

Um espasmo percorreu minha perna enquanto ele esticava minha carne. A frieza daquele pau foi um choque.

— Sempre vou estar ao seu lado. Seu desejo é uma ordem. — Ele mordeu meu queixo enquanto enfiava mais fundo. — Eu jamais permitirei que algum mal aconteça a você.

Estremeci, incapaz de gritar enquanto ele me penetrava até o talo. Ele gemeu enquanto eu encarava a parede com olhos arregalados. A sensação de Ash dentro de mim agora, seu pau latejando, era indescritível.

— E eu destruirei Primordiais, deuses, reis e homens se eles sequer tentarem machucá-la, sem sentir remorso algum ao fazê-lo. — Sua língua acalmou a pele que ele havia arranhado. — Darei minha vida pela sua.

Meu peito subiu acentuadamente. Não queria ouvi-lo dizer aquilo.

— Ash…

Seus quadris avançaram mais uma vez, arrancando um gemido rouco. Ele arremeteu contra mim, atingindo todas as partes sensíveis e ocultas, e algumas mais.

— E eu mataria por você.

Com os sentidos em turbilhão, eu estava apenas vagamente consciente de meus joelhos se levantando da cama, de nós dois no ar enquanto seu braço enlaçava minha cintura para me manter no lugar. Ele se moveu, recuando até a cabeça de seu pau pressionar minha entrada, depois arremeteu novamente até que não houvesse um milímetro entre nós. Minhas pernas se tensionavam no espaço vazio a cada estocada urgente. Pressionei a sola dos pés em suas panturrilhas, tentando fugir da sensação intensa e, ao mesmo tempo, querendo mais. O atrito criou uma forte tempestade de sensações que rapidamente se transformou em um nó rodopiante de profunda tensão e me fez roçar e estremecer contra ele e em seu pau.

— Você é meu tudo — disse ele, o rosto pressionado contra o meu enquanto seus quadris me golpeavam. — Meu mundo. Minha salvação. Minha redenção.

Ash me penetrou, repetidamente, parando entre estocadas para se esfregar contra mim. O prazer me lambia como doces chamas, acendendo um inferno que era, de algum modo, tão intenso e devastador quanto aqueles que vieram antes. Meus pés perderam o equilíbrio quando gozei, um grito rouco dizendo seu nome.

As coisas ficaram um pouco confusas depois do meu orgasmo, e eu nem tinha certeza de como acabamos do jeito estávamos; eu de costas e Ash em cima de mim, seus dedos correndo por minha bochecha e por meu cabelo.

Seus olhos estavam cheios de fios brilhantes de éter.

— Destinos, Sera, eu... — O peito de Ash subiu bruscamente quando ele aninhou minha bochecha na palma da mão. — Eu te amo.

44

Eu te amo.

Não sabia como isso era possível sem sua *kardia*, mas naquele momento, o como não importava. Porque...

Ash tinha acabado de dizer que me amava.

Uma onda de emoção me atingiu, tomando meu fôlego. Aquelas três palavras pareciam tão simples — uma combinação de apenas sete letras —, mas tão poderosas. Jamais imaginei que iria ouvi-las da boca de quem eu amava.

— Não sei exatamente quando comecei a me apaixonar por você — continuou ele, passando o polegar ao longo de meu queixo. — Talvez tenha sido naquela noite, no Bairro dos Jardins, enquanto estávamos sob as trepadeiras, ou quando você cravou sua adaga em meu peito.

Uma risada trêmula me escapou.

— Espero sinceramente que não tenha sido nessa ocasião que você começou a se apaixonar por mim.

O éter girou em suas íris.

— É bem possível que sim.

— Se foi, então é bem doentio de um... de um jeito cativante — argumentei, sentindo o fundo da minha garganta e os olhos começarem a arder. — A propósito, aquela coisa de esfaquear você foi um acidente.

— Óbvio. — Ele arrastou a palavra.

Fiz menção de dar um tapa em seu braço, mas ele agarrou meu pulso. Depois ergueu minha mão, sua pele quente, até a boca, depositando um beijo na gravação de casamento. Seu olhar se levantou para encontrar o meu. Os fios de éter brilhavam intensamente.

— Eu te amo.

Um tremor começou na parte inferior do meu corpo, subindo rapidamente para os ombros.

— E… eu não sei por que estou tremendo.

Ele emitiu um som rouco, encostando a testa na minha.

— *Liessa…*

Meu coração batia acelerado. Por que fiquei tão abalada com aquela declaração? Lembrei-me do que o ouvira gritar, antes de perder a consciência. Devia ter se dado conta desde o momento em que eu havia despertado e percebido quem era, que Ash me amava. Não estaria viva se não fosse o caso. Mas estava com muito medo de me permitir acreditar que seu amor me salvou. Que não foi um acordo desesperado ou intervenção dos Arae. Eu simplesmente nunca…

— Eu pensei… — sussurrei, com voz rouca, fechando os olhos com força. — Pensei que morreria sem conhecer seu amor.

Ash ficou rígido.

— Eu não poderia permitir — declarou. — Nunca vou permitir.

Fiquei sem fôlego enquanto estremecia. Seu juramento acalorado pairou no ar entre nossas bocas, pensei que, talvez, sempre tivesse sabido que ele me amava, apesar da impossibilidade daquilo. Porque quantas vezes eu havia questionado o que, senão amor, poderia ter alimentado suas ações?

Seria possível que Maia não tivesse removido sua *kardia*? Antes que eu pudesse perguntar se aquilo era uma possibilidade, sua boca tocou a minha. O beijo foi um testemunho ardente e apaixonado, prova de que suas palavras não foram em vão. Eu era capaz de sentir o amor no modo gentil, mas feroz, como sua boca abriu a minha e ele provou seu desejo na dança de nossas línguas.

Ash interrompeu o beijo, recuando. Abri os olhos. Ele se ajoelhou entre minhas pernas, o membro grosso e brilhante se projetando de sua pélvis.

Mordi o lábio, estremecendo com a breve dor causada por… deuses, minhas presas. Eu tinha *presas* de verdade. Precisaria prestar mais atenção.

Mas não agora... definitivamente não agora. Porque ele cravou as mãos em meus quadris e abaixou a cabeça. O primeiro toque de seu hálito entre minhas coxas roubou meu fôlego.

— Vou passar o resto da eternidade garantindo que nunca duvide de meus sentimentos por você — prometeu, deslizando as palmas das mãos sobre minhas coxas. Ele as separou como fizera com meus lábios momentos antes: gentil e ferozmente. — A partir de agora.

Prendi a respiração, os dedos dos pés se curvando em expectativa. Não precisei esperar muito. Arqueei as costas quando senti sua língua deslizando bem no meu centro.

Todo o plano deixou de existir. Éramos só ele, eu e aquela língua pecaminosamente talentosa. Só o que pude fazer foi me entregar ao calor que se espalhava por todo o meu corpo enquanto ele sorvia minha umidade, me levando cada vez mais alto. Eu me contorcia, indo ao encontro de sua boca a cada estocada, a cada vez que sua língua mergulhava em mim.

Ele apertou meus quadris, me mantendo presa em sua boca. Sua língua deslizou para baixo, me abrindo. Eu gemi, levantando os quadris. O prazer era tão intenso que parecia quase doloroso, e ele não estava desacelerando nem parando.

— Ash... por favor — sussurrei, uma perna se curvando, pressionando seu corpo.

— Não provei o bastante de você. — Sua língua roçou aquele centro de prazer, arrancando um grito agudo de mim. — Acho que nunca vou me saciar.

Agarrei o cobertor debaixo de mim e comecei a tremer enquanto ele rolava a língua sobre aquela minha parte sensível mais uma vez. Em seguida, ele fechou a boca sobre meu clitóris. A sucção e a fricção repentina de suas presas me enviaram ao limite.

— Ash — gemi.

Seu grunhido de resposta queimou minha pele, aumentando a excitação. Minha cabeça tombou para trás enquanto eu gritava, gozando em uma onda ofuscante e surpreendente, que eu jurava aos deuses ter sido capaz de me arrastar até outro plano, porque não tinha ideia de quanto tempo havia se passado antes que eu ouvisse uma batida na porta.

— Está tudo bem aí? — Soou a voz abafada de Nektas.

Ou Ash não o ouviu, ou estava ignorando o dragontino, porque sua resposta foi passar a língua sobre minha pele em brasa mais uma vez.

Meus quadris se contraíram e meus dedos dos pés se curvaram.

— Estou começando a ficar preocupado — disse Nektas.

Estremeci quando ele passou um dedo pela minha umidade.

— *Ash*.

Ele recuou apenas o suficiente para eu ver seus lábios brilhantes.

— Está tudo bem.

Mal tive chance de respirar antes de sua cabeça mergulhar mais uma vez. Ele fechou os lábios sobre mim enquanto me penetrava com um dedo, arrancando outro suspiro.

— Tem certeza? — perguntou Nektas. Minha cabeça se virou em direção à porta. — Pensei ter ouvido gritos.

— Você não ouviu nada.

Agarrei o cobertor enquanto Ash movia lentamente o dedo para dentro e para fora.

— Tenho certeza que ouvi — insistiu o dragontino.

O dedo de Ash saiu de mim. Comecei a me apoiar nos cotovelos, mas sua mão encontrou meu peito, logo abaixo do pescoço.

Seus olhos pulsavam com éter. Sua outra mão foi parar em meu ombro.

— Ainda não acabamos.

O ar ficou preso na minha garganta quando fitei aqueles olhos selvagens. Desci o olhar até seu pau grosso e rígido.

— O que você disse? — perguntou Nektas.

Ash virou a cabeça na direção do som.

— Eu disse que sou capaz de te matar se você não sair dessa maldita porta.

Arregalei os olhos. Ao me dar conta de como seu peito parecia imóvel enquanto ele levava a mão até o centro do meu, pensei que talvez Ash realmente *fizesse* aquilo.

— Grosso! — reclamou Nektas lentamente. — Presumo que sua desnecessária ameaça de violência significa que os dois estão acordados, vivos e bem conscientes um do outro para que estejam... se reaproximando?

Ash baixou a cabeça e um grunhido baixo retumbou de sua garganta.

— Eu estou... — Fechei a boca, abafando um gemido, enquanto Ash cobria meu mamilo com a boca. — Estou bem.

Houve uma pausa.

— Você não parece bem.

— Juro que estou. — Estiquei o braço, agarrando a nuca de Ash enquanto ele acariciava meu outro seio. — Mas realmente acho que você *não vai ficar bem* se não for embora.

Houve um momento de silêncio, e então ouvi uma risada.

— Fico aliviado em saber que está bem — disse ele. — Meyaah *Liessa*. Minha Rainha.

Eu me sobressaltei, enfim assimilando a implicação daquilo, do que tinha acontecido. O que eu tinha visto. As vozes que escutara. Meu corpo ficou tenso, e entreabri os lábios.

Meu coração começou a martelar quando Ash levantou a cabeça do meu peito. De alguma forma, Ascendi sem que as brasas da vida me matassem. E elas não apenas estavam dentro de mim agora. Nem faziam parte de mim.

As brasas da vida *eram* eu.

Eu era a Primordial da Vida, a *verdadeira* Primordial da Vida.

A... a *Rainha* dos Deuses.

45

Olhei para Ash, o estômago embrulhado.

— Eu sou… eu sou a Rainha dos Deuses.

— Sim. — A mão dele deslizou da lateral do meu seio até minha coxa.

Senti uma pressão no peito quando ele abriu minhas pernas.

— O que faz você ser o… Rei dos Deuses?

— Só se você achar apropriado me chamar assim — respondeu ele, o olhar viajando por meu corpo e focando na intercessão de minhas coxas. — Caso contrário, sou *seu* Consorte.

Ele? O Consorte?

Não.

Meus quadris estremeceram sob seu olhar ardente, e engoli em seco.

— Eu te faço Rei… Te declaro Rei. Tanto faz.

— Estou honrado — murmurou ele, guiando minha perna até seu quadril.

Minha mente disparou. Se eu fosse a Primordial da Vida, então o que aquilo significava para… Ai, meus deuses, e Kolis? Ele havia despertado enquanto Ash e eu estávamos no meu lago. Sabia que sim. Eu o sentira. Então, onde ele estava? E os outros Primordiais?

— Ash?

Sua atenção ainda estava concentrada entre minhas coxas.

— Hmm?

Puxei seu cabelo, forçando seu olhar a encontrar o meu.

— O que isso significa?

— Significa que o Rei está prestes a foder sua Rainha.

Não era aonde eu queria chegar com a pergunta, mas, em um piscar de olhos, eu estava completamente envolvida.

Olhando para sua ereção, respirei fundo. Um pulso de desejo ecoou, me surpreendendo. Não pensei que seria possível, depois do prazer que ele já tinha me ofertado, mas ali estava eu.

Ash havia ficado imóvel de novo enquanto me observava. Sua pele se tornou mais fina. Sombras apareceram em suas bochechas e no peito. Leves gavinhas de bruma se elevaram às suas costas, derramando-se da parte superior dos ombros para formar o contorno nebuloso de asas. Tirei minha mão de seu cabelo, deixando-a cair na cama.

Ele fechou os olhos enquanto virava o pescoço para o lado. Instintivamente, pude sentir que sua forma Primordial estava próxima da superfície, e ele lutava para controlá-la. Eu era capaz de realmente... *sentir*.

O que era mesmo muito estranho, porque eu não tinha ideia de como. Mas eu conseguia.

— Eu... eu só preciso de um momento para me controlar — disse ele, rispidamente.

Meus dedos se crisparam no cobertor. Seria sensato da minha parte ficar quieta e deixá-lo recuperar o controle. Além disso, precisávamos conversar sobre muitas coisas. Eu não tinha ideia de quanto tempo havia ficado adormecida nem do que estava acontecendo com Kolis e os outros Primordiais; ou mesmo com o Iliseu e o plano mortal.

Mas eu era imprudente e insensata, ainda agora. E todas aquelas coisas importantes podiam esperar.

Apoiei-me nos cotovelos, e ele não me impediu. Estiquei o braço e segurei seu pau.

Um silvo baixo separou seus lábios enquanto seus olhos se abriam.

Eu não conseguia desviar os olhos do ardor vívido daquele olhar enquanto arrastava os dedos ao longo de sua ereção até a cabeça do pau, antes de pousar a mão no ventre. Deixei meu joelho cair para o lado.

— Foda sua Rainha, então.

Não houve hesitação.

Nem mesmo um segundo.

Ash me penetrou, acomodando completamente o pau. Seu gemido ofegante se juntou ao meu. Os músculos de seus braços se contraíram enquanto ele se preparava, começando a mover os quadris. O ritmo que ele estabeleceu não foi lento nem suave, mas tórrido, acelerado e forte. Enlacei seus quadris com as pernas, só o que eu conseguia fazer era me agarrar a ele. Meus dedos se cravaram nos músculos firmes de seus ombros conforme cada estocada atingia um ponto bem fundo dentro de mim e liberava ondas de prazer. Seu peito se colou ao meu, seus quadris arremetendo repetidamente enquanto ele me beijava, os lábios devorando os meus.

Ash fez o que havia prometido, o que eu exigi.

Ele fodeu sua Rainha.

•

Algum tempo depois, deitamos na cama dele — *nossa* cama — um de frente para o outro, minha bochecha apoiada em seu braço, nossas pernas entrelaçadas. Saciado e em silêncio, ele brincava com uma mecha do meu cabelo, me encarando como se eu fosse alguma espécie de miragem. Ele mal desviava o olhar, quase como se temesse que eu desaparecesse.

E sabia que eu o encarava da mesma maneira. Por isso mantive as mãos em seu peito. Enquanto meus pensamentos alternavam de uma coisa para outra, eu precisava tocá-lo, lembrar que nós dois estávamos ali.

Havia muita coisa acontecendo na minha cabeça. Eu tinha todo aquele conhecimento no fundo da mente agora. Como se a essência dentro de mim contivesse tudo, à espera de ser desbloqueada. Era muito, e ainda não conseguia entender que eu estava ali, tinha Ascendido e era agora uma Primordial. Na verdade, eu era *a* Primordial.

Da vida.

As presas.

Que continuavam a furar minha língua.

E eu sequer conseguia pensar em como tudo aquilo era possível, o que fora necessário para que funcionasse. Se eu pensasse, não tinha certeza se começaria a soluçar descontroladamente ou se abraçaria Ash.

Nossos corpos precisavam de uma pausa.

E havia tantas coisas que eu precisava saber, precisava entender… Eu nem sabia por onde começar.

Então, escolhi um dos tópicos mais fáceis.

— Será que algum dia essas coisas vão parar de arranhar minha língua e meus lábios?

— Essas *coisas*? — Ele riu enquanto eu cutucava uma presa com a língua. — Você vai se acostumar com elas.

Cutucando mais uma vez, franzi o cenho.

— Não tenho tanta certeza assim.

— Vai, sim — assegurou. — Sobretudo porque elas são bem pequenas.

Franzi o cenho ainda mais. Elas não pareciam pequenas na minha boca.

— Deveriam ser maiores? — Estudei sua boca, capaz de ver a ponta das dele. — Alguma coisa deu errado?

— Não acho que algo tenha dado errado, *liessa*. — Ele sorriu, obviamente bem-humorado. — Imagino que sejam menores simplesmente devido ao seu nascimento mortal.

— Ah. — Semicerrei os olhos. — Ash?

— Sim? — Ele baixou a cabeça, roçando os lábios na minha testa.

Eu sorri.

— Havia alguma chance de eu não recuperar minha memória ao acordar?

— Havia — admitiu ele, enrolando um cacho no dedo. — A Ascensão é uma transição poderosa para um deus. Mas para um Primordial? É ainda mais. À medida que o éter cresce e muda o corpo durante o estase, pode afetar a mente.

Meu estômago embrulhou.

— Algum Primordial Ascendeu sem lembrar quem era?

— Alguns. Outros recuperaram a maioria das lembranças. Ouvi dizer que Maia passou algum tempo sem muita noção dos anos que antecederam sua Ascensão. O mesmo aconteceu com Phanos. Attes e Kyn Ascenderam ao mesmo tempo, mas Kyn jamais recuperou suas lembranças.

Arqueei sobrancelhas.

— De todas as pessoas que eu esperava que não recuperassem suas memórias, Kyn nem estava na lista.

Ele desenrolou o cacho de cabelo do dedo.

— Por quê?

— Acho que é porque ele tem um irmão gêmeo. Que teria funcionado como âncora, sei lá?

— Eu pensaria o mesmo, mas Ascensões são imprevisíveis, principalmente se você passar por ela sozinho — argumentou ele, e eu observei seus lábios se moverem. Algo em sua voz soava diferente. — Se Nektas não estivesse presente, conversando comigo, quem sabe se eu teria lembrado dos meus anos anteriores?

— Estou feliz que tenha conseguido — comentei, imaginando que teria sido terrível se ele não tivesse lembranças do pai. Passei meu dedo pelo seu peito, logo abaixo da clavícula. — Então foi por isso que sonhei com sua voz? Você estava falando comigo?

— Estava. — Ele fez uma pausa. — De quanto você se lembra?

— Fragmentos e migalhas. — Um deles veio à tona. — Você falou sobre me ver quando criança à beira do lago, certo? Em sua forma de lobo?

— Sim. — Um sorriso curvou seus lábios e roubou um pouco do meu fôlego. — Você estava carregando uma braçada de pedras.

— Estava. Não me lembro do por quê. Eu era uma criança estranha. — Deixei escapar uma risada trêmula. — Esqueci de te contar quando estávamos na caverna, mas, quando te vi em sua forma de lobo, quando foi me buscar pela primeira vez no Palácio Cor, eu sabia que era você. Sabia que você era o lobo que vi quando criança. — Respirei fundo. — Obrigada.

— Pelo quê?

Quase ri de novo. *Pelo quê?*

— Além do fato de você ter se certificado de que me lembrasse de quem eu era?

— Isso não é digno de gratidão, *liessa*.

Ele era…

Um nó de emoção apertou minha garganta. Deuses, eu o amava tanto que parecia prestes a explodir.

Levantando a cabeça, levei minha boca até a dele e demonstrei minha gratidão. Despejei tudo no beijo.

E Ash não apenas sorveu, mas devolveu tudo. O braço em que eu tinha me apoiado enlaçou minha cintura, pressionando meu peito contra o seu. Ele me beijou como se quisesse reivindicar meu próprio ser. Ninguém podia beijar daquele jeito, evocar tal sensação.

As coisas surgiram a partir daí, passando da gratidão para um desejo quase desesperado de um pelo outro que, de algum modo, não fora saciado. Descargas de prazer percorriam meu corpo. Cada parte de mim ficou incrivelmente tensa. Seus beijos tinham essa capacidade, em poucos segundos me levavam da calma para uma frenética necessidade.

Ash deslizou a mão pela lateral de meu corpo, sobre minha perna. Ele levantou minha coxa, enganchando-a no quadril. Ofeguei com seu beijo enquanto ele segurava minha bunda, me pressionando contra seu pau já duro.

— Sim — sussurrei, implorei, na verdade.

Meus dedos se cravaram em sua pele. Ash gemeu e então levantou os quadris, afundando em mim. Gritei, rapidamente tomada por um turbilhão de sensações. Ele me penetrou fundo, lentamente no início, me levando ao limite da razão. E, quando pensei que com certeza morreria, ele me virou de costas. Nossos olhares se encontraram. Meu quadril se erguia para encontrar o dele a cada estocada, o ritmo aumentou quando eu envolvi a cintura dele com as pernas. Sua boca estava por toda parte, capturou um mamilo e o sugava no ritmo de seus quadris, depois subiu para lamber e beliscar meu pescoço…

Senti borboletas no estômago quando abri os olhos. Agarrei seus ombros, querendo que ele se alimentasse, que me mordesse. Mas eu… eu reprimi. A confusão me inundou enquanto meu coração batia doentiamente rápido.

Suas presas arranharam minha pele e duas explosões de luxúria e desconforto — desconforto e *medo* — dispararam pelo meu corpo. Por um momento, eu não estava ali. Estava na jaula, abraçada com muita força. A reação não fazia sentido. Eu estava com Ash. Estava segura com ele. Sempre.

— Sera? — Dedos tocaram minha bochecha. Abri os olhos, ofegante. Ash tinha ficado imóvel. — Você está bem?

Engoli em seco, assentindo enquanto fixava o olhar no dele. No de Ash. Ninguém mais.

— Sim.

— *Liessa*... — Ele começou a se afastar, levantando seus quadris dos meus.

Uma pequena explosão de pânico passou por mim enquanto eu enrolava minhas pernas nele.

— Estou bem. Juro. — E estava. No geral. Havia sido apenas um momento estranho, que eu precisava superar. *Iria* superar. Estiquei o braço e agarrei sua nuca. — Você precisa se alimentar.

Sua cabeça desceu e fiquei tensa, mas ele não procurou meu pescoço. Ele me beijou, lenta e demoradamente.

Quando ele ergueu a cabeça, eu estava ofegante.

— Alimente-se — repeti, levantando meus quadris contra os dele.

Ash gemeu.

— Não preciso.

— Eu bebi muito sangue...

— E eu vou ficar bem. Meu corpo vai se recuperar — garantiu. — Não preciso me alimentar.

Não tinha certeza se acreditava naquilo quando sua boca voltou para a minha, mas tudo bem. Foi apenas um momento constrangedor. Eu tinha ficado bem quando ele me mordeu no lago. Ficaria bem novamente.

Mas Ash não se moveu dentro de mim. Permaneceu imóvel, o membro duro lancinante, seus olhos atentos.

— Sera...

Apertando minhas pernas ao seu redor, fiz menção de virá-lo. Ele resistiu por um instante, mas depois me deixou deitá-lo de costas. Eu o montei, me sentando nele.

— Destinos — disse ele, agarrando meus quadris.

Plantei minhas mãos nos ombros dele, eu o cavalguei, subindo e descendo ao longo de sua ereção. Meu ritmo acelerou quando me concentrei nele, só nele, querendo cada centímetro dentro de mim. Sentir Ash quase me deixou atordoada.

Seu braço me envolveu enquanto ele me puxava para baixo. Nossos hálitos se fundiram quando nossas bocas se abriram. Seus olhos não desgrudavam dos meus enquanto ele me segurava no lugar, arremetendo contra mim. Nós dois gozamos forte e rápido, um após o outro ou ao mesmo tempo, eu não tinha certeza. Então desabei sobre seu peito.

Ainda trêmula por causa das ondas secundárias do clímax, acabamos nos ajeitando na mesma posição de antes, de lado, os dedos em meu cabelo e as pernas entrelaçadas.

— Destinos, se não tomarmos cuidado, vamos acabar esgotando você de volta à estase — murmurou.

Soltei uma risadinha.

— É mesmo possível?

— No ritmo em que estamos indo? Sim. — Ele ficou em silêncio por alguns segundos. — Você está bem?

— Aham.

— Tem certeza? — insistiu, soltando meu cabelo para levantar meu queixo. Nossos olhos se encontraram. Os dele um caloroso cinza-claro. — Não fui gentil antes nem mesmo agora — acrescentou. — Não mesmo.

— Eu sei. — Levantei-me ligeiramente. — Você não me machucou antes nem agora, e adorei as duas vezes... ou as três vezes. Quatro?

— Cinco — corrigiu ele.

— Então você está contando aquelas... — Minha pele ficou vermelha. — Aquelas coisas que você fez com os tentáculos de éter?

— Aquelas coisas das quais você gostou muito.

Sentindo a respiração falhar, assenti.

— Você também parecia estar gostando.

— Gostando? — Ele abaixou a cabeça até tocar na minha. — Você estava encharcada, *liessa* — disse, a voz se tornando seda. — É bem possível que eu tenha gostado mais do que você.

Um arrepio de lascívia percorreu meu corpo.

— Ótimo.

Ele riu com vontade. Infelizmente, o som também diminuiu muito depressa.

— Mas seu corpo já passou por muita coisa. Sua mente também.

Eu bufei.

— Acho que minha mente está até calma, para variar.

— Fico aliviado em ouvir isso. — Ele passou um dedo pelo meu queixo. — Mas algo aconteceu conosco mais cedo.

Fiquei quieta, cogitei fingir que não tinha ideia do que ele estava falando, o que não parecia muito… a conduta apropriada de uma rainha.

— Você enrijeceu — continuou calmamente, quase com cautela. — E pude sentir o gosto do seu incômodo súbito.

— Você realmente precisa parar de ler minhas emoções.

Eu me inclinei para trás, voltando a apoiar a bochecha em seu braço.

O toque de Ash continuou, os dedos pegando outra mecha de meu cabelo.

— Se isso faz você se sentir melhor, foi mais difícil do que o normal.

Estreitei os olhos.

— Então eu não estava projetando? Você foi bisbilhotar?

O cabelo deslizou entre seus dedos.

— Quando você enrijeceu, fiquei com medo de tê-la machucado.

A evidente preocupação em sua voz extinguiu qualquer irritação.

— Você não estava me machucando. Nem um pouco.

Ele arrastou o cacho sobre meu braço.

— Então o que foi?

Dei de ombros.

— Não sei. Acho que talvez seja o que você disse. Meu corpo e minha cabeça passaram por muita coisa. Então foi apenas um momento constrangedor. — E era tudo que eu permitiria que fosse. — Mas todos os outros momentos? Foram incríveis. Lindos. — Eu me inclinei e o beijei. — Acho que ainda posso sentir meu gosto em seus lábios.

Um rugido sensual vibrou em seu peito.

— Nem me fale. — Piscinas gêmeas prateadas se fixaram em mim, e meu corpo imediatamente reagiu, enrolando-se e tensionando de uma forma deliciosa e aquecida. — Porque isso me faz querer te provar de novo, e há algo que preciso dizer. Na verdade, há várias coisas que preciso dizer.

— Tudo bem — murmurei, enquanto a imagem de Ash com a cabeça aninhada entre minhas coxas fazia morada em minha mente.

Ash se inclinou para que nossos olhos se encontrassem.

— Isso significa que você também precisa parar de pensar nisso.

— Não estou pensando nisso.

— Sua excitação é tão forte que posso sentir o gosto dela. — Ash beliscou meus lábios, fazendo minha respiração parar. Um breve sorriso apareceu enquanto eu fazia beicinho. — Se continuar assim, vou me enterrar em você mais uma vez.

Surpreendentemente, pequenos nós de luxúria se formaram em minha barriga.

— Isso deveria me convencer a parar de pensar justamente nisso? Porque se sim, você fracassou.

Ele riu, guiando minha cabeça de volta para seu braço.

— Por razões desconhecidas, não estou decepcionado ao saber.

Desconhecidas? Eu bufei.

— Mas precisamos nos comportar — aconselhou ele. — Há muito sobre o que conversar, muita coisa que precisamos fazer.

Havia mesmo.

A tensão tomou conta de meus músculos. Do momento em que me lembrei de quem eu era até aquele exato segundo, tudo parecia um sonho, no qual o mundo não existia fora daquele cômodo. Uma fantasia que jamais ousara me permitir.

Mas o mundo existia.

— Precisamos conversar sobre Kolis.

Senti um nó no estômago, mas ele não era a única coisa que precisávamos discutir. Havia muito mais.

— Sim, precisamos — concordou Ash. — Mas ele não é um problema.

Inclinei a cabeça para trás a fim de conseguir ver seu rosto.

— Como ele não é um problema? Ele é *o* problema.

— No momento, ele não é um problema — explicou Ash. — Kolis já estava enfraquecido antes da sua Ascensão. Você ascendendo ao poder como a verdadeira Primordial da Vida não apenas o fez se esconder em Dalos, lambendo as feridas, como fez todos os deuses e Primordiais no Iliseu sentirem sua Ascensão.

Meu estômago revirou.

— Por que essa última parte soa como uma péssima notícia?

— Não é boa nem ruim. — Ele traçou pequenos círculos em meu braço. — Tenho certeza de que a maioria dos Primordiais está em estado de choque e não sabe o que pensar de sua Ascensão, mesmo aqueles leais a Kolis.

Minha mente imediatamente saltou para o pior cenário, como de costume.

— E se eles estiverem insatisfeitos com minha Ascensão depois de pensarem melhor sobre o assunto?

— Então lidaremos com isso. — Seus dedos continuaram traçando formas em minha pele. — Juntos.

Não era preciso um conhecimento especial e ancestral para saber que lidar com Primordiais infelizes seria violento e sangrento. Eu podia sentir um aperto no peito; um sinal revelador de minha velha amiga: a ansiedade. Os cantos de meus lábios se curvaram para baixo. Sobrevivi ao impossível, Ascendendo como a verdadeira Primordial da Vida e *ainda* sofria com uma ansiedade esmagadora?

Parecia bastante injusto.

— O choque dos outros Primordiais e o golpe sofrido por Kolis nos fizeram ganhar tempo — assegurou Ash, obviamente percebendo minha ansiedade. — Não muito, mas o suficiente para que todos possam esperar agora. Mais cedo ou mais tarde, Nektas... — Ele fez uma pausa, franzindo a testa. — Tenho uma vaga lembrança dele à porta.

Os cantos dos meus lábios se ergueram.

— Nektas me ouviu gritar e ficou preocupado. Você ameaçou matá-lo, se ele não fosse embora.

Ash arqueou as sobrancelhas.

— Acho que devo desculpas a ele.

Outra risada me escapou.

Fios vibrantes de éter apareceram em seus olhos.

— Sua risada. — Seus cílios baixaram. — É um som tão lindo! — Ele engoliu em seco, deixando escapar um suspiro trêmulo. O éter em seus olhos se acalmou. — Eu amo.

Todos os pensamentos sobre Kolis, sobre pedir desculpas a Nektas, e bem... sobre todo o resto desapareceram. Amor. Eu nunca me cansaria de ouvir aquela palavra saindo de sua boca. Mesmo se fosse apenas para ele dizer que amava toranja ou... dilacerar gargantas.

Os olhos de Ash encontraram os meus.

— Tem uma das coisas que preciso te contar. Algo que nunca contei a ninguém.

— Tudo bem. — Abri meus dedos em seu peito. — Estou ouvindo.

Ele respirou fundo e tirou a mão de meu cabelo, e depois enlaçou os dedos em minha nuca.

— Houve... houve um tempo em que odiava meu pai por selar aquele acordo, por ligar uma garota mortal a mim sabendo que só traria morte e horror para ela. Isso foi antes... bem, antes de saber por que ele fez isso. Mas a cada ano que passava e a noiva prometida a ele... e depois a mim... não nascia, eu comemorava.

— Não posso culpá-lo por isso.

— É evidente que você não o faria. — Ele deu um beijo na ponta do meu nariz. — Mas então você nasceu, e eu o odiei ainda mais. — Ash massageou os músculos do meu pescoço com uma pressão suave enquanto me mantinha ali, então soltou um suspiro trêmulo. — Há coisas sobre as quais não fui totalmente sincero.

A curiosidade aumentou.

— Como o quê?

— Não fui exatamente sincero sobre o motivo que me fez recusar tomá-la como Consorte e ter contato limitado com você. Em parte, foi para mantê-la escondida de Kolis, mas não foi a única razão. — Seus olhos procuraram os meus. — Na noite em que você nasceu? Eu tive um sonho. Eu a vi… eu a vi como você é agora, naquele… — Ele respirou fundo. — Naquele seu lago, e tão linda. — Sua voz ficou embargada. — Seu cabelo cascateava na água escura, como o luar, e esses lábios rosados perfeitos estavam *sorrindo* para mim.

Fiquei imóvel quando uma vaga lembrança do que ele havia me dito enquanto eu estava em estase ressurgiu. Algo sobre ter um sonho que não existiu. Quando viu meu lago, antes mesmo de colocar os olhos nele.

— Eu vi você morrendo naquele lago e me vi… — Ele ficou tão rígido quanto eu, então balançou a cabeça. — Atribuí o fato a minha imaginação, mesmo que tenha sentido seu nascimento. Apenas um sonho estranho. Mas quando eu a vi quando criança, e… e vi o lago. — Ele estremeceu. — Você já sabe disso, mas te acompanhei ao longo dos anos, sobretudo para garantir que continuasse a salvo. Eu a testemunhei se tornar lentamente a linda mulher que tinha visto em meu sonho.

Um tremor percorreu meu corpo, e tirei minha mão de seu peito. Agarrei sua nuca, o coração doía com a suspeita do rumo daquela conversa: a história do que ele havia feito a si mesmo. Queria mais do que qualquer coisa que minhas suspeitas não se provassem verdadeiras, porque, se estivesse certa, a culpa devia ter… Deuses, com certeza aquilo o tinha atormentado todo esse tempo.

— Fiz tudo ao meu alcance para negar que o sonho fosse qualquer coisa além disso. Mesmo depois da primeira noite em que eu deveria tomá-la como Consorte.

Um músculo se contraiu em sua mandíbula.

— Mesmo depois de sentir suas emoções, a bravura que ofuscava seu medo. Jamais tinha sentido algo assim, em generais de guerras havia muito esquecidos nem em deuses enquanto enfrentavam Kolis antes de suas mortes. E cada vez que a vi desde então, tal coragem nunca vacilou. Não quando a vi naquela noite no Bairro dos Jardins, na casa da costureira e naquele maldito lago. Você sempre foi tão corajosa, mesmo quando sua vida estava em perigo ou quando sentia dor.

Seus lábios formaram uma linha fina, um sinal tangível das emoções que se agitavam dentro dele.

— E o que eu senti de você, repetidas vezes, foi a mesma coisa que senti naquele sonho: medo, mas coragem enquanto você morria. E eu não podia mais negar que não era um simples sonho, mas uma visão. Não me mostrou como você morreu nem por quê, mas acreditava que Kolis devia estar envolvido. Então eu estava determinado a impedir que o que vi se tornasse realidade. Pelo menos, foi o que disse a mim mesmo. Mas na verdade, Sera? O que eu vi, o que senti, naquela visão? Me apavorou. — Ele cerrou a mandíbula. — Então removi minha *kardia* pouco antes de trazê-la para as Terras Sombrias. Ainda estava me recuperando do procedimento nos primeiros dias.

O ar ficou preso em meus pulmões. Eu tinha razão. Pior ainda, eu me lembrava com nitidez de ter trombado acidentalmente com ele depois do jantar, no salão. Seu silvo de agonia permaneceu comigo. Lágrimas umedeceram meus cílios. De alguma forma, saber que sua *kardia* fora removida depois de me conhecer tornava tudo... tudo ainda mais trágico.

Ash fechou brevemente os olhos.

— Eu jamais devia ter feito algo assim. Devia ter sido mais parecido com você; com medo, mas corajoso. Em vez disso, fui um covarde.

— Não — protestei, apoiando-me num cotovelo. — Você nunca foi...

— Eu fui, Sera.

Cachos emaranhados caíram sobre meus ombros quando me sentei, as pontas roçando minhas pernas.

— Você não é covarde.

— Aprecio sua discordância, mas sou. — Ele se endireitou, mudando o peso do corpo para a mão próxima ao meu joelho dobrado. — Sua vida poderia ter sido bem diferente. Sua família nunca teria te punido. Você não teria de se sentir tão sozinha, alguém sem permissão de vivenciar o que a maioria considera um direito. Não teria se sentido um monstro. Minhas desculpas não foram e nunca serão suficientes. Eu podia...

— Pare — implorei. — Ouça. Não vou mentir, Ash. Eu queria que você tivesse feito uma escolha diferente, mas a escolha que fez não o torna um covarde. Isso o torna mais forte do que qualquer pessoa que conheço.

Ele abriu a boca.

— Sim — insisti. — Você sacrificou muito para me proteger. Mais do que sequer imagina.

Uma mecha de cabelo caiu sobre sua bochecha quando ele abaixou a cabeça. Seus olhos se fecharam.

— Você é muito compreensiva e acolhedora. Sob toda essa dureza, você é muito gentil.

— Não sei se sou nada disso, mas o que sei é que você não é um covarde. Você fez o que acreditou ser melhor, com a informação que tinha no momento. Não é sua culpa. — Apertei minha mão contra sua bochecha. — Se os Destinos não tivessem decretado que ninguém poderia falar sobre os planos de Eythos, você teria feito escolhas diferentes. Todos nós teríamos.

Ash assentiu lentamente. Ao olhar para ele, senti que havia mais. O quê? Eu não sabia. Com toda a sinceridade, não tinha certeza de como sabia que *havia* mais. Como antes, era quase como se o conhecimento ou a consciência simplesmente se formassem em minha mente. O que me lembrou de...

Soltei um suspiro trêmulo. O que Kolis tinha dito sobre Eythos? Sobre o Primordial da Vida? Que ele tinha a visão? Intuição. O pai de Ash não nascera com o dom. Ele o havia recebido em sua Ascensão.

Caramba, aquilo significava que agora eu era uma sabe-tudo? Porque, se fosse o caso, eu me tornaria mais desagradável do que nunca.

Mas nada daquilo importava agora.

Ash sim.

Passei meus dedos ao longo de seu ombro, deixando vir até mim a desconhecida percepção de que havia algo mais além do que Ash tinha dito. Não foi difícil. Só não pensei no que me veio à mente. Simplesmente falei.

— Esse... esse sonho ou visão te mostrou mais alguma coisa?

Ele pigarreou.

— Me mostrou o que aconteceu depois de sua morte. Eu vi os planos morrerem, tanto os dos mortais quanto os dos deuses, e eles... — Seus olhos encontraram os meus. — Eles morreram por minhas mãos.

O que ele disse antes de me Ascender... Sabia que ele tinha dito a verdade na ocasião, e ouvia a mesma verdade agora. Eu a sentia.

— Removi minha *kardia* porque sabia que você um dia me destruiria — revelou, com voz rouca. — E só uma coisa poderia causar tanta agonia, tanta destruição por parte de um deus ou de um Primordial da Morte. — Seu olhar procurou o meu. — A visão me mostrou que eu tinha me apaixonado por você, e que não foi Kolis quem acabou com os planos. Fui eu. Acabei a eles porque te perdi.

— Ash — sussurrei.

— E achei que remover minha *kardia* salvaria você e os planos. — Ele deixou escapar uma risada seca. — Mas, na verdade, deixou os planos à beira da destruição. E talvez eu tenha interpretado a visão de forma equivocada. Talvez ela estivesse tentando me avisar para não a remover. Não tenho ideia. Mas... — Seus olhos brilharam. — Mas, ainda assim, me apaixonei, Sera. Perdidamente. Irrevogavelmente. Mesmo sem minha *kardia*, eu me apaixonei por você.

— Sim, você se apaixonou. — Um tremor percorreu meu corpo. — Agora, há algo que eu quero te dizer. Quando comentei que achava que morreria sem conhecer seu amor? Eu estava errada. Mesmo se *tivesse* morrido...

Éter pulsou nas veias de seu rosto.

— Não quero falar sobre sua morte.

— Eu sei, mas o que estou dizendo é que você provou, muitas vezes, que me ama — argumentei. — Com cada uma de suas ações, mesmo que jamais tenha dito as palavras. Eu sabia quando me abraçou no lago que, se o que você sentia não fosse amor, era algo até mesmo mais forte, maior. Simplesmente não sabíamos que era possível.

— Não deveria ser. — Ele deu um beijo na minha bochecha. — Existe apenas uma coisa em que consigo pensar que tornaria isso possível. Nós somos almas gêmeas. — Ele recuou, deixando nossos rostos a centímetros de distância. — É a única coisa capaz de tornar a remoção da *kardia* totalmente inútil.

— Almas gêmeas? — Eu me recostei. — Como corações gêmeos?

Ash assentiu.

Com tudo o que aconteceu, eu tinha esquecido totalmente dos sonhos.

— Foi assim que conseguimos entrar nos sonhos um do outro?

— Por que, de algum modo, eu conseguia me conectar com você enquanto estava em estase? Acho que sim. — Seus cílios baixaram. — Não foram as brasas ou porque você se alimentou de mim.

— Sei que conversamos sobre isso na caverna — comecei. — Mas nunca descobri se era verdade ou não.

— Para ser sincero, eu também não. — Ele mordeu o lábio inferior. — Almas gêmeas, ou corações gêmeos, são lendas até mesmo entre nós. Algo raro em que os Destinos estavam supostamente envolvidos.

Os Destinos... Uma lembrança ou um fragmento de conhecimento passou por minha mente, movendo-se rápido demais para eu entender naquele momento. Balancei a cabeça de leve.

— O que você quer dizer?

Ele franziu as sobrancelhas.

— Dizem que quando os Arae olham para os fios do destino e veem todas as diferentes possibilidades da vida de alguém, às vezes conseguem ver o que pode resultar do amor entre duas ou mais almas. E nessa união, veem possibilidades capazes de remodelar os planos, criando algo nunca visto antes ou anunciando uma grande mudança — explicou, passando o polegar sobre o redemoinho dourado em minha mão. — E, quando eles veem aquele fio, são proibidos de intervir nos assuntos dessas almas, pois acreditam que o vínculo entre elas não pode ser contornado. Portanto, nem mesmo a morte do corpo ou do coração e da alma, a *kardia*, pode quebrar essa conexão. — Seu olhar voltou para o meu. — E a união de nossas almas trouxe à tona algo jamais vistos. Uma *Rainha* dos Deuses.

Entreabri os lábios. Se o que havia sido dito sobre corações gêmeos fosse verdade, então explicava como Ash era capaz de amar.

Como ele fora capaz de me amar todo aquele tempo.

Algo que Holland disse me veio à mente.

— O amor é mais poderoso que o destino — murmurei. — Se os Arae não deviam se intrometer nos assuntos dos corações gêmeos, então como Holland foi autorizado a interagir comigo por tanto tempo? E a fazer o que fez?

Os lábios de Ash se curvaram.

— Tenho a sensação de que Holland realmente gosta de testar essa linha tênue entre interferir e observar casualmente.

— Sim. — Algo se agitou em minhas memórias, mas, o que quer que fosse, não se revelou. — Espero poder revê-lo.

— *Liessa* — falou Ash, devagar. — Se quiser ver Holland novamente, você pode. Você é a verdadeira Primordial da Vida. Pode invocar os Destinos, lembra? Há pouco que não possa fazer.

— Pouco que não posso fazer? — Meus olhos se arregalaram. — Na verdade, isso... isso é meio assustador.

— Sim. — Ash sorriu. — É mesmo.

Comecei a rir, mas algo me ocorreu, algo importante. A essência da vida foi totalmente restaurada, cessando a morte lenta das brasas que havia começado quando nasci, assim como das consequências de colocá-las em uma linhagem mortal. O que significava...

Apesar daquela sensação estranha e misteriosa de já saber a resposta, eu precisava ver por mim mesma. Eu me levantei e me arrastei para fora da cama.

— Sera? — A voz de Ash soou carregada de preocupação.

Com o coração batendo forte, passei correndo pelo sofá e fui direto até a sacada. Afastando as pesadas cortinas, abri as portas. Meu olhar disparou primeiro para o céu enquanto eu caminhava para fora, a pedra fria sob os pés.

Tinha um tom cinza, cheio de estrelas brilhantes e vivas, mas parecia diferente. O cinza não era tão uniforme quanto eu estava acostumada e parecia carregar leves traços de listras mais claras, tingidas de roxo e cor-de-rosa. O quadro me lembrou os breves momentos da alvorada.

— Sera — repetiu Ash, juntando-se a mim daquele seu jeito silencioso. — Há algum motivo para estarmos na varanda nus como viemos ao mundo?

Como Rainha dos Deuses, eu talvez devesse estar mais preocupada com minha nudez, mas não podia me importar menos enquanto seguia até o parapeito e olhava para a terra árida e compacta do pátio.

Entreabri os lábios quando um leve tremor percorreu meu corpo. O chão também não estava como eu lembrava. Manchas verdes brotavam a cada poucos metros, substituindo a terra fosca e arenosa.

— Grama — sussurrei com voz rouca. — Estou vendo *grama*.

— Sim, está. — Ash parou atrás de mim, cruzando os braços em volta do meu peito. — Nektas me disse que tudo começou antes mesmo de eu retornar às Terras Sombrias com você.

Levei uma mão trêmula à boca.

— Isso quer dizer…

— Quer dizer que você conseguiu. — Ash baixou a cabeça, roçando os lábios na curva da minha bochecha. — Você deteve a Devastação, *liessa*. Aqui e no plano mortal.

46

Deitada de costas e com os olhos fechados, toquei a cama, o espaço ainda fresco onde o corpo de Ash tinha estado.

Depois de confirmar o que eu já sabia — que a Devastação havia sido vencida — Ash me puxou de volta para o quarto, felizmente antes que alguém me visse ali, completamente nua.

Aquilo não causaria uma boa primeira impressão como Rainha.

A Devastação havia parado.

Lasania estava a salvo... Bem, pelo menos por enquanto. Ainda havia Kolis e... o que quer que eu pudesse ter feito ao plano durante minha Ascensão, mas a Devastação não seria sua ruína.

Eu realmente não fracassei.

Eu havia acabado com a Devastação.

Soltei uma pequena risada enquanto meus dedos se enrolavam no lençol. Naquele momento, Ash estava no corredor, conversando com Rhain, que também tinha aparecido para verificar como estávamos. Em vez de ameaçar a vida do deus como fizera com Nektas, Ash havia ido até o corredor, provavelmente a fim de garantir a Rhain — e, portanto, a todos os outros — que eu não estava apenas bem, mas também sabia exatamente quem era.

Ash só tinha saído por alguns segundos, nem mesmo um minuto, e eu já sentia saudade.

O que era uma bobagem.

Mas um tipo bom de bobagem.

Abrindo os olhos, rolei para o lado e olhei para a porta fechada. Não queria sair da cama novamente. Apesar do que Ash havia dito sobre termos tempo, tive a sensação de que teria de enfrentar a realidade de... bem, tudo o que existia além daquelas portas se me levantasse de novo, nua ou vestida.

Não estava pronta para deixar de ser alegremente tola sabendo que a Devastação havia terminado. De ser outra coisa que não apenas uma esposa, com minha única preocupação sendo a ausência de meu marido. Podia passar a eternidade assim.

Mas sabia que não podia.

Pelo menos, não agora.

Depois que eu me levantasse e *cuidasse* das coisas, poderia ter aquela eternidade.

Eu *iria* ter aquela eternidade.

Meu olhar vagou para a mesinha de cabeceira. Sobre ela, havia uma jarra transparente e dois copos virados de cabeça para baixo. Fiz menção de pegar a água, mas parei, concentrando-me na caixinha de madeira em vez disso.

Olhei para a porta e, vencida pela curiosidade, me apoiei sobre os cotovelos, pegando a caixa. Tinha pequenas dobradiças prateadas e era surpreendentemente leve, quase como se não houvesse nada dentro. Eu me sentei, o fino cobertor de pele amontoado na cintura, enquanto traçava as linhas delicadas esculpidas na tampa, o dedo acompanhando as gravuras. Os entalhes eram os arabescos de trepadeiras que eu frequentemente via nas túnicas daqueles nas Terras Sombrias e nas portas da sala do trono.

Quem havia feito aquela caixa? Ash? Talvez seu pai? Nektas? Outra pessoa? Quem quer que tivesse sido, o tempo que levou para esculpir linhas tão complexas me fez pensar ser algo que alguém usaria para guardar documentos importantes.

Sabendo que estava sendo inteiramente enxerida, abri a tampa. Entreabri os lábios enquanto examinava o interior. Todo o plano pareceu prender a respiração por um momento. Assim como eu. Um leve tremor percorreu minhas mãos conforme um misto de descrença e euforia tomava conta de mim.

Eu não sabia o que imaginara encontrar, mas não era, nem em cem anos, a resposta para o paradeiro de todos os laços de cabelo depois que Ash soltava meus cachos.

Agora, eu sabia.

Estavam todos naquela caixa. Não sabia por que aquilo me encantava tanto. Por que parecia tão importante quanto saber que a Devastação tinha sido interrompida. Mas não houve como reprimir o largo sorriso que se espalhou em meu rosto. Para haver tantos guardados — cerca de uma dúzia — com certeza significava que ele guardara aqueles laços desde a primeira vez que gentilmente desfez a trança do meu cabelo.

Mesmo quando estava com raiva.

Na verdade, eu sabia por que aquilo me comovia tanto.

Um Primordial da Morte andara colecionando meus laços de cabelo, tratando-os como se fossem bens valiosos, tesouros.

Era uma lembrança tão pequena, algo em que a maioria provavelmente nem pensaria duas vezes. Mas aqueles pequenos laços de cabelo pertenciam a mim, e Ash tinha procurado mantê-los perto de si para manter uma parte de *mim* por perto.

Uma torrente de lágrimas inundou meus olhos quando fechei a tampa silenciosamente e coloquei a caixa onde a havia encontrado. Eu me deitei, piscando para afastar a umidade dos cílios.

Aqueles laços de cabelo... eram mais uma prova de que Ash se apaixonara por mim muito antes de minha vida estar realmente em risco — muito antes de eu me dispor a admitir que estava me apaixonando por ele. Eram mais uma prova de que nossos corações e nossas *almas* eram, na verdade, um.

*

Quando Ash voltou de sua conversa com Rhain, imediatamente se juntou a mim. Apoiando um joelho na cama, agarrou minha nuca e puxou meu rosto para si. Seus lábios tinham gosto de desejo quando ele reivindicou minha boca em um beijo lânguido e terno. Cada toque daqueles lábios provocava arrepios na minha coluna.

— Acho que você sentiu minha falta — comentei, quando nos separamos. Eu me sentia um pouco sem fôlego.

Ele passou os dedos por minha bochecha.

— Senti mesmo.

Pensando na coleção de laços de cabelo, sorri contra sua boca. Não duvidei nem por um segundo que ele falava a verdade.

— Alguém me viu nua? — perguntei.

— Para a sorte deles, não.

Balancei a cabeça.

— Está tudo bem então? Com Rhain e os outros?

— Sim. — Uma mecha de cabelo caiu em seu rosto. — Rhain ficou um pouco preocupado depois que Nektas disse a ele que ameacei a vida dele.

Eu sorri.

— Tenho a impressão de que você acha isso infinitamente divertido.

— Sim. — Assenti para dar ênfase à resposta.

— Sabia. — Ash me beijou novamente, depois se afastou. Então segurou minha bochecha, inclinando minha cabeça para trás. Seu olhar encontrou o meu. — Seus olhos são lindos, *liessa*.

Sentindo um calor no peito, sorri.

— Obrigada.

Ash se acomodou na cama ao meu lado. As mãos acariciaram meu corpo, descendo pelas laterais, depois subindo até os seios. Gemi baixinho, ardendo de desejo.

— Ainda há coisas sobre as quais quero conversar. — Sua mão deslizou sobre meu quadril, apertando minha bunda. Ele me puxou para mais perto. — E você está me distraindo.

— Eu? — Estremeci quando meus mamilos roçaram em tórax firme e frio.

— Sim, você. — Seus dedos apertaram minha bunda.

— Foi você que me beijou — lembrei, inspirando seu aroma de ar fresco e frutas cítricas enquanto passava uma perna entre as dele. — E também é você que está apalpando minha bunda.

— É porque não quero que sua bunda se sinta solitária. — Ele mordiscou meu lábio inferior. — Só estou sendo atencioso.

Eu ri, amando aquele seu raro lado brincalhão.

— Tão incrivelmente atencioso.

Ele murmurou uma concordância que se perdeu no suspiro que arrancou de mim quando seus lábios encontraram os meus mais uma vez. Aquele beijo foi tão lento e doce quanto o anterior, uma dança sem pressa, que falava muito de amor e saudade. *Ambos* ficamos sem fôlego daquela vez, quando nossos lábios se separaram, nossos corações martelando no peito.

— Lembra quando eu disse que precisava te contar várias coisas? — perguntou ele, prendendo algumas mechas do meu cabelo para trás.

Assenti.

Um momento se passou, e, quando ele falou novamente, seu tom estava diferente — exibia um timbre mais intenso e complexo, que eu não tinha certeza se teria captado antes.

— Eu te amo, Sera.

Meus lábios imediatamente se abriram no mesmo sorriso largo e bobo que soltei quando vi os laços de cabelo.

— E você me ama.

— Amo. — Eu rebolei um pouco mais para perto.

Seu olhar capturou e sustentou o meu.

— Você é minha esposa.

— "Eu te amo" se tornaram as três palavras favoritas que já ouvi você dizer — revelei. — "Você é minha esposa" fica em segundo lugar. Ou talvez seja um empate? — Franzi o nariz. — Não. Eu te amo é minha frase predileta.

— Pare de ser fofa. — Ele beijou a ponta de meu nariz. — Isso também me distrai.

Sorri, pousando a mão em seu peito.

— Parece que é um daqueles problemas que *você* enfrenta continuamente.

— Com o qual você não está ajudando no momento — salientou ele, soltando meu cabelo para colocar a mão sobre a minha. Eram a sua esquerda e a minha direita. Nossas gravações se tocaram, e eu podia jurar que nossa pele zumbia. — Sou seu marido — repetiu. — Você é minha esposa. E sei que não tenho muita experiência no assunto, nem mesmo por terceiros...

Nem eu. Embora minha mãe tivesse se casado novamente, o casamento era mais uma necessidade. Sequer tinha certeza se ela e o Rei Ernald se amavam. Talvez simplesmente tolerassem um ao outro.

Para ser sincera, meu padrasto sentia mais do que apenas afeição por minha mãe, mas ela... ela ainda estava apaixonada por meu pai.

Aquilo fez meu coração doer enquanto me concentrava em Ash.

— E muito embora eu nunca tenha me permitido pensar no que significaria estar apaixonado por outra pessoa e me casar, sei o tipo de casamento que desejo. — Ash prendeu o lábio inferior entre os dentes. — Ou sei que tipo de casamento quero com você.

Meu coração começou a pular dentro do peito novamente.

— Quero que confiemos um no outro — continuou ele.

— Eu confio em você — admiti. — De modo irrevogável.

Um pequeno sorriso apareceu, suavizando suas feições.

— Eu sei, mas... acho que é um tipo diferente de confiança que nos permite compartilhar tudo um com o outro. As coisas fáceis e as difíceis, principalmente as difíceis. — Apenas um leve brilho de éter pulsava atrás de suas pupilas. — O tipo de confiança que nos diz que podemos ser honestos e nos sentir confortáveis e seguros de que tudo o que compartilhamos não vai mudar a forma como vemos um ao outro.

Senti o estômago embrulhado quando meu olhar caiu para sua mão, ainda sobre a minha. Estudei a gravação de casamento.

— Já temos esse tipo de confiança, não temos? — perguntou Ash, o hálito frio contra a minha testa.

Assenti, com um nó na garganta.

— Nós temos.

— Então você sabe que, não importa o que aconteça, sempre a verei como alguém tão forte e corajosa quanto inteligente e feroz. — Ele apertou meus dedos. — Que minha atração, minha necessidade e meu desejo por você jamais vão diminuir, não importa o que aconteça. — Ele fez uma pausa. — Ou que tenha acontecido.

Meu lábio inferior tremeu e as pontas de minhas presas rasparam a carne atrás da boca enquanto eu a fechava.

— Sei *quem* você é, Sera, e *o que* significa para mim. E isso é tudo, porque você é tudo para mim. — Ele deu um beijo em minha testa. — E nunca vai mudar.

Um arrepio percorreu meu corpo.

— Seria impossível de acontecer. — Ele mudou de posição, de modo que sua testa ficasse encostada na minha. — Porque, mesmo que não fôssemos corações gêmeos, o que você me fez sentir desde o momento em que entrou no Templo das Sombras anos atrás, e em todos os momentos de lá para cá, ainda teria feito eu me apaixonar por você. Sua coragem e força, sua beleza e seu total destemor, seu humor e, acima de tudo, a delicadeza que compartilha comigo teriam garantido que minha *kardia*, de algum jeito, voltasse. Acredito nisso… eu sei… porque você é a primeira pessoa que senti que realmente me aceitou, não importa o que eu tenha feito no passado ou o que foi feito comigo. Você é a primeira que se recusou a permitir que mais gotas de sangue fossem tatuadas em minha pele. Você foi a primeira a me fazer sentir qualquer coisa que importasse – declarou. — Você é… você é simplesmente minha primeira, Sera, e será minha última.

Meus olhos ardiam com lágrimas.

— Você vai me fazer chorar.

— Não é minha intenção. — Sua mão apertou a minha. — Mas está tudo bem se você chorar. Eu não a respeitaria menos se o fizesse. Não há nada que possa me fazer te respeitar menos.

— Eu sei — sussurrei, com voz rouca. E eu sabia. A sensata, lógica e infelizmente menor parte da minha mente sabia. — E sei aonde quer chegar. Eu sei. Você está falando sobre meu tempo com Kolis.

— Estou falando de coisas em geral — argumentou ele. — E sobre isso.

— Não foi nada — falei, apressada, com um nó nas entranhas fazendo com que o ar ficasse preso em meus pulmões.

Não foi nada.

Veses disse a *mesma* coisa. Ela havia contado a *mesma* mentira.

Os lábios de Ash roçaram a curva de minha bochecha, e então ele afastou a cabeça alguns centímetros. Ele soltou minha mão. Em um piscar de olhos, senti a ponta de seus dedos no queixo. Inclinou minha cabeça para trás.

— Quero que você saiba que quando estiver pronta para falar sobre tudo, importante ou não, estarei à espera. Estarei pronto.

Apertei os olhos com tanta força que vi branco por alguns segundos. Uma enxurrada de palavras subiu por minha garganta, mas uma parede de emoção e pura força de vontade, tão forte quanto pedra das sombras, a sufocou.

Veses havia mentido.

Eu não.

Eu não *estava.*

— A propósito — começou Ash, sua voz rouca chegando até mim —, Rhain vai trazer comida para nós. Ele tem certeza de que você está morrendo de fome.

Deuses, o modo como ele mudou de assunto e o momento que escolheu para isso…

Eu amava aquele homem.

Sempre o amaria.

Contando as batidas entre cada respiração, abri os olhos.

— É legal… — Pigarreei. — É legal da parte dele. O que é meio estranho, não é? Rhain sendo legal.

Ash arqueou uma sobrancelha.

— Rhain é conhecido como um dos deuses mais gentis das Terras Sombrias.

— Vou ter de acreditar na sua palavra. — Arregalei meus olhos quando vi uma dureza gelada se infiltrar em suas feições. Merda. — Quero dizer, Rhain tinha motivo para não ser tão acolhedor comigo.

— Não tenho certeza se concordo.

— Rhain é leal a você...

O éter vazou por trás de suas pupilas, agitando a energia dentro de mim.

— Ele é leal a você — afirmou ele, em um grunhido baixo. — Sua Rainha.

— Tudo bem, ele é leal a nós dois — emendei, meio que temendo pela segurança de Rhain. A outra metade de mim estava, bem, meio excitada com a atitude protetora de Ash. — Mas antes ele era leal a você. E já que eu estava planejando te matar, a resposta inicial dele a mim era completamente compreensível.

Ash não disse nada sobre o assunto, mas eu praticamente podia vê-lo tramando a... próxima conversa com Rhain.

— Não diga nada a ele sobre isso — declarei.

— Não vou dizer.

— Estou falando sério. Se ele ainda nutre algum ressentimento por mim — o que realmente não achava que fosse o caso —, ou se alguém o fizer, vou lidar com isso. Preciso. Principalmente se quiser ser sua Rainha.

— Se? — Ash riu. — *Liessa*, você é a Rainha deles.

Meu estômago afundou. Deuses, eu estava tendo dificuldade em processar tudo aquilo.

— Mas você tem razão. Precisa lidar com isso — concordou ele, enquanto pegava minha mão. — Não direi nada.

— Uau! — murmurei, surpresa.

— Mas se seu modo de lidar com o problema não conseguir, de fato, lidar com o problema, e eles ainda se mostrarem desrespeitosos... — Fios de éter se agitaram em seus olhos. — Porra, vou destruí-los.

Pisquei, surpresa.

— Não importa quem sejam — prometeu.

Meus lábios estremeceram. Não achei que sorrir ajudaria, nem dizer a ele que sua ferocidade quando o assunto era eu com certeza era mais potente que o vinho Radek. Pela primeira vez, ouvi aquela voz da razão.

— Falando em Rhain — comecei, depois de um momento. — Projeção de pensamento? É um talento legal que eu desconhecia completamente.

— Muitos não sabem que ele tem esse poder. Você não foi informada...

— Não havia razão para eu saber — interrompi, entendendo que compartilhar aquele tipo de conhecimento comigo, que no passado havia tentado trair Ash e não demonstrado muito interesse em governar as Terras Sombrias ao seu lado, teria sido um risco. — Então todas aquelas vezes que eu podia jurar que Rhain estava se comunicando com você, muito embora eu não o tenha ouvido falar, ele estava?

Um canto da boca de Ash se curvou.

— Provavelmente sim.

Sorrindo, observei-o passar o dedo ao longo do redemoinho dourado.

A *gravação*.

O rumo dos meus pensamentos mudou imediatamente quando me ocorreu que talvez *não tivesse* sido eu que havia abençoado nossa união. Talvez tivessem sido os Destinos. Ou talvez tivesse acontecido porque éramos corações gêmeos.

E talvez... talvez o fato de tal coisa ser real significasse que o que eu acreditava sobre meus pais também era verdade. Explicava por que a agonia da perda de meu pai deixou minha mãe tão profundamente amargurada, e como a união dos dois era importante porque me trouxe... Soltei uma exclamação, minha cabeça se erguendo de súbito.

— O quê? — A preocupação anuviou seus olhos.

— Holland previu isso. Com certeza. Tudo isso. Lembra quando ele e Penellaphe apareceram, e você estava falando com ela em um canto enquanto eu e Holland conversávamos? Você me perguntou o que ele disse e eu... Bem, eu menti.

— Que surpresa — murmurou, o éter cintilando em seus olhos.

Percebi então o que em sua voz soava diferente. Estava mais leve. *Ele* parecia mais leve.

Meu peito queimou de emoção, fazendo com que Ash franzisse a testa. Os deuses sabiam que eu provavelmente havia projetado a emoção na cara dele. Eu precisava me controlar para falar sem cobri-lo de lágrimas.

— *Enfim*, ele disse que aquele meu fio partido foi inesperado e que o destino era tão mutável quanto a mente e o coração. Ele estava falando do *seu* coração. Ele me disse que o amor é mais poderoso do que os Arae podem imaginar. Era como se ele estivesse tentando me dizer para não perder as esperanças. — Franzi o nariz. — Porque ele sabia... ele sabia que você poderia me amar.

— Holland provavelmente sabia que eu já estava apaixonado por você, Sera.

Ouvir aquilo fez meu coração disparar.

— E ele não podia ter nos contado nada disso?

— Acho que isso destruiria a linha tênue na qual ele gosta de caminhar — respondeu Ash, os lábios se curvando.

Revirei os olhos.

— Ele poderia ter sido, pelo menos, um pouco menos vago. Como, sei lá, mencionar aleatoriamente que corações gêmeos valem mais do que uma *kardia* ou... — Sentindo a essência se agitar, parei o que certamente seria um longo discurso. — Tudo bem. Simplesmente não vou pensar no assunto.

Seu sorriso se alargou.

— Então. — Arrastei a palavra. — Por que você acha que teve o sonho?

Ele levantou uma sobrancelha.

— O quê? Quero dizer, você teve uma visão. Isso é muito importante. — Sentei mais ereta. — Você acha que foi a coisa dos corações gêmeos? Eu... — Hesitei, deixando aquela estranha sensação de já saber se formar completamente, sem interrupção.

Era a única coisa mais poderosa do que os chamados Arae.

Era aquele fio inesperado.

Imprevisível.

Era o desconhecido.

O não escrito.

Poderoso.

Algo que nem mesmo os Destinos ousaram prever ou controlar.

A única coisa que poderia atrapalhar o destino.

Não poderia ser encontrado.

Somente poderia ser aceito.

Era ainda mais poderoso do que o que corria nas veias dos Primordiais e seus criadores. Igualmente inspirador e aterrorizante em seu egoísmo. Podia partir um fio inesperada e prematuramente.

Podia prolongar um fio de vida com pura força de vontade, tornando-se um pedaço de pura magia que não poderia ser extinta.

Era o verdadeiro amor do coração e da alma.

— É porque somos… somos *corações gêmeos.* — Assenti, presunçosa. — Eu me sinto muito inteligente por responder minha própria pergunta.

— Você quer dizer por deduzir a resposta óbvia? — sugeriu, irônico.

Tentei acertá-lo mais uma vez e, como antes, ele segurou meu pulso.

— Porra — gemeu ele, me deitando de costas e apoiando seu peso nos braços enquanto se inclinava sobre mim. — Eu te amo.

Havia muitas coisas com as quais precisávamos lidar, muita incerteza. Havia Kolis. Os outros Primordiais. Todas as outras coisas que continuavam a cruzar meus pensamentos sempre que tudo ficava quieto. As coisas que vozes desconhecidas que eu sabia que eram tão antigas quanto aquele plano me disseram enquanto eu estava em estase. O que eu vi. O que eu *sabia.* Muito daquilo parecia desarticulado, fazia pouco sentido, mas eu suspeitava de que todas as peças espalhadas iriam se encaixar no devido tempo. Ainda havia minha… minha Ascensão e como ela afetava o Iliseu e o plano mortal, algo sobre o qual eu quase tinha medo de perguntar, porque de repente me lembrei da explosão de poder que havia me deixado, atingindo os céus acima de Lasania. Havia a alma de Sotoria e os planos que a envolviam, coisas que me deixavam desconfortável.

Planos que eu tinha o poder de mudar.

Mas, no momento, a única coisa que importava era Ash. Nós. O milagre de uma segunda chance. A primeira oportunidade para nós realmente sermos capazes de *viver* e de ter controle total de nossas vidas.

— Diga de novo — exigi.

Ash beijou minha testa.

— Eu te amo, Sera.

A essência vibrava, assim como meu coração, minha alma.

— De novo — sussurrei.

Rindo, Ash segurou meu rosto e me beijou.

— Eu te amo, *liessa*.

Agarrei sua nuca, sentindo o peito inchar.

— Mostre.

Ele obedeceu.

Não houve mais confissões nem verdades sussurradas. Gozamos juntos de novo, mas daquela vez... daquela vez, fizemos *amor*.

Agradecimentos

Por trás de cada livro, não importa quantos sejam escritos, está uma equipe de pessoas que ajudaram a colocá-lo em suas mãos. Obrigada à Blue Box Press — Liz Berry, Jillian Stein, MJ Rose, Chelle Olson, Kim Guidroz, Jessica Saunders, Tanaka Kangara, à incrível equipe de edição e revisão, e Michael Perlman, juntamente com toda a equipe da S&S, pelo suporte e experiência na distribuição de capa dura. Além disso, um enorme obrigada a Hang Le, pelo seu incrível talento em design; a meus agentes Kevan Lyon e Taryn Fagerness; a minha assistente, Malissa Coy; a Gerente de Compras Jen Fisher; e à equipe dedicada por trás da ApollyCon e muito mais: Steph Brown, junto com Vicky e Matt. Além disso, às moderadoras JLAnders, Vonetta Young e Mona Awad, que ajudam a manter o grupo um lugar seguro e divertido para todos. Obrigada a todos por serem a mais incrível e solidária equipe que um autor poderia querer, por garantir que esses livros sejam lidos em todo o mundo, criando produtos, ajudando com o enredo e muito mais.

Também preciso agradecer àqueles que me ajudaram a procrastinar de uma forma ou de outra — KA Tucker, Kristen Ashley, JR Ward, Sarah J. Maas, Steve Berry pela hora das histórias, Andrea Joan, Stacey Morgan, Margo Lipschultz e muitos mais.

Um grande obrigada a JLAnders, por sempre criar um ambiente divertido e muitas vezes hilariante para relaxar. Vocês são os melhores! E para a equipe ARC, por suas críticas e apoio sinceros.

Mais importante ainda, nada disso seria possível sem você, leitor. Espero que saiba o quanto você significa para mim.

Este livro foi composto na tipografia Adobe Caslon Pro,
em corpo 11,5/15,5, e impresso em papel off-white
no Sistema Cameron da Divisão Gráfica
da Distribuidora Record.